कविता

कविता की संस्कृति

प्रो. अनिल सिंह 'सत्यप्रिय'

प्रलेक प्रकाशन

प्रलेक प्रकाशन

PRALEK PRAKASHAN

(an Imprint of "PRALEK PUBLISHING HOUSE PVT. LTD.")

मुख्य कार्यालय : 702, जे-50, ग्लोबल सिटी, विरार (वेस्ट), मुम्बई, महाराष्ट्र-401303

दिल्ली एनसीआर ऑफ़िस पता : 03/सी, ज्ञान खण्ड-4 इंदिरापुरम गाजियाबाद, उ.प्र.-201014

E.mail : pralek.prakashan@gmail.com

Website : www.pralekprakashan.com

दूरभाष : +91 7021263557

कविता की संस्कृति - प्रो. अनिल सिंह 'सत्यप्रिय'

Kavita Ki Sanskriti - Prof. Anil Singh 'Styapriy'

ISBN : 978-93-5869-28-91

प्रथम पेपरबैक संस्करण : 2025

आवरण एवं पुस्तक सज्जा : प्रलेक स्टूडियो

(प्रलेक प्रकाशन का लोगो मिक्की पटेल की तूलिका से।)

"हृदय सिंधु मति सीप समाना, स्वाति सारदा कहहिं सुजाना।
जो बरषइ बर बारि विचारू, होंहि कवित मुक्तामनि चारू॥"

–"कोई मनुष्य अकेला द्वीप नहीं है, वह सतत अपने को शेष से जोड़ने का स्वप्न देखता है। वह दूसरे के भीतर संपूर्णता पाकर ही अपना अधूरापन दूर कर सकता है।"

जॉन डन

–"कला व्यक्तित्व की अभिव्यक्ति को कहते हैं। किन्तु मनुष्य जब तक उपयोगिता के घेरे में है, तब तक उसका व्यक्तित्व नहीं है। व्यक्तित्व हमारा तब आरंभ होता है, जब हम उपयोगिता के घेरे को लांघने लगते हैं।"

रवीन्द्र नाथ टैगोर

–"मनुष्य को उसकी स्वार्थ बुद्धि से ऊपर उठाना, उसको इहलोक की संकीर्णताओं से ऊपर उठाकर सत्वगुण में प्रतिष्ठित करना, परदुख कातर और संवेदनशील बनाना, और निखिल जगत के भीतर चिर स्तब्ध 'एक' की अनुभूति के द्वारा प्राणी मात्र के साथ आत्मीयता का अनुभव कराना ही काव्य का काम है।"

आचार्य हजारी प्रसाद द्विवेदी

–"कवि और योगी की मनोदशा एक होती है, किंतु योगी जिस सत्य को पाकर वहीं बैठ जाता है, कवि उसका संवाद अपने समय और उसके माध्यम से संपूर्ण काल को सुनाता है। आग को जिसने पचा डाला, वह साधक है, जिसने उसके ताप की कथा आरम्भ की वह कवि हो गया।"

रामधारी सिंह दिनकर

–"मेरे ख्याल में एक लेखक का कर्तव्य यह होता है कि वह नागरिक को बराबर उस खाई के प्रति, जो उसकी चेतना के बीच में खुदती जाती, बड़ी होती जाती है, सचेत करवाता रहे।"

निर्मल वर्मा

दो शब्द

इस उत्तर आधुनिक समय में जीवन्त सह-संबंधों का संकट है। आत्ममुग्ध और खुरदुरे यथार्थ के रेखांकन एवं इनकी बढ़ती स्वीकृति ने जीवन के अमृत जल को दूषित किया है। चारों तरफ सतह का शोर और पिंजरे का मोह है। कविता और इतिहास के अंत की घोषणाएँ भी हवाओं में गूँज रही हैं। अतीत और इतिहास को नकारने की कुत्सित कोशिशें तेज हैं। विचारों के अलग-अलग स्वर मुखर हैं। चौगिर्द बदलाव की आंधी क्रियाशील है। प्रतिरोध और प्रतिकार के स्वर सबके अपने-अपने पिंजरे तक सिमट कर रह गए हैं। इतना ही नहीं, शातिर अंधेरे के विरुद्ध घनघोर चतुराई भरी चुप्पी है। ऐसे में कविता भी मूर्छा की शिकार है, विखंडित है। वह भी पिंजरे का मोह पालने के लिए अभिशप्त सी लगती है। इस कठिन समय में सार्थक कवि और कलाकार का दायित्व मनुष्यता और संवेदना के पक्ष में अधिक बढ़ जाता है। "कविता की संस्कृति" नामक यह पुस्तक अपनी समग्रता एवं समावेशिता में कवि और कविता-जीवन की आशाओं एवं उम्मीदों को सहेजने की कोशिश है।

यह अब स्पष्ट रूप से दिखने लगा है कि आने वाले वर्षों में विचारों और प्रौद्योगिकीय संसाधनों के चलते जीवन में दबाव अधिक बढ़ेंगे। खेमे-खूटों और अलग-अलग विचारों में उन्माद के हद तक उभार देखने को मिलेगा। मूल्यवान विश्वास एवं आस्थाओं पर भी तेज चोटें लगेंगी। ये सब धरती और लौकिक उपलब्धियों को ही सच मान लेने के कारण होगा। इसलिए इस विखंडन एवं टूटन-छूटन की बेला में, इस बदलते हुए परिदृश्य और परिप्रेक्ष्य में कविता अपने होने को कैसे बचाये-यही चिंता इस पुस्तक का केन्द्रीय विषय है।

आखिरकार सारे विचार, संघर्ष, लड़ाई और मुठभेड़ जीवन के अस्तित्व को बचाने के लिए ही तो है, किंतु अस्तित्व बोध की न्यून समझ के कारण यह संघर्ष विकराल और भयावह बन गया है। कविता को इन असाध्य सी दिखने

वाली भयावहताओं के विरुद्ध अपने 'होने' को मनुष्य के पक्ष में सिद्ध करना है। इस पुस्तक के माध्यम से पाश्चात्य और भारतीय काव्य परंपरा में निहित कीमती कविता-जीवन के तत्वों को चिन्हने का सीमित प्रयत्न किया गया है। जीवन को अर्थ और सार्थक गति देने वाले साधक कवियों-संत कबीर, श्रीअरविंद, अज्ञेय, मुक्तिबोध और केदारनाथ सिंह-के बहाने कविता मूल्यों की पड़ताल की गयी है। मैं पूरी विनम्रतापूर्वक स्वीकारना चाहूँगा कि इसमें किसी विचार या मान्यताओं को नकारना या कमतर आंकना मेरे स्वभाव का हिस्सा कतई नहीं है, बल्कि इन सबके सहारे इस लघु प्रयास को अर्थवान कविता की खोज के रूप में ग्रहण करना चाहिए। इस पुस्तक को लिखने के पीछे मनुष्य और सामाजिक जीवन के भावों और मनोभावों को गहरे संवेदनात्मक स्तर पर उनकी पारस्परिकता और समावेशिता में समझना ही लक्ष्य रहा है। उम्मीद है कि यह पुस्तक कविता के साधकों और भावकों की परम चेतना एवं जागृति को बचाने में सहयोग करेगी।

इस पुस्तक के लेखन में प्रत्यक्ष एवं परोक्ष रूप से बहुतों का योग और प्रोत्साहन रहा है। इस नाते अपने पुरखे साहित्यकारों के प्रति तो मैं हार्दिक रूप से ऋणी हूं ही, किन्तु 'कविता की संस्कृति' को आकार देने में श्री मती सुनीता सिंह, संजय सिंह, आनंद सिंह राजावत एवं बिटिया ऋचा सिंह राजावत का विशेष प्रोत्साहन रहा है। इस पुस्तक को बेहतर बनाने के लिए समय-समय पर मिले सुझाव एवं सहयोग के लिए अनुराग पाण्डेय एवं पुत्रवत आदर्श सिंह चौहान के प्रति भी आभारी हूं। पुस्तक प्रकाशन के लिए जितेंद्र पात्रो और उनकी टीम को धन्यवाद प्रेषित करता हूं। इति-शुभम्।

-अनिल सिंह 'सत्यप्रिय'

शिवाजीनगर, सीधी
23.09.2024

अनुक्रम

अध्याय-1

कविता की संस्कृति

इस धरती पर मनुष्य चेतना संपन्न होने के कारण अन्य जीव-जंतुओं से भिन्न और विशिष्ट है। सृष्टि के उषाकाल से ही वह रोटी, कपड़ा और मकान के अतिरिक्त भी कुछ खोजता रहा है। पार्थिव देह की संतुष्टि ही उसके लिए सब कुछ नहीं रही है, वह आत्मिक और भावनात्मक संतुष्टि के लिए भी जिज्ञासु और लालायित रहा है। उसकी इसी जिज्ञासा वृत्ति ने उसमें जुड़ाव और पारस्परिकता की भावना का संचार किया और उसमें समावेशी मूल्यों का जन्म हुआ। उसमें अगल-बगल रहने वाले लोगों के साथ-साथ अपने परिवेश के प्रति भी धीरे-धीरे जागरूकता आई। वह उन उपादानों के लिए भी प्रेम और धन्यवाद के भाव से भरता चला गया जो उसके जीवन में सहयोगी भूमिका के रूप में रहे। वह उनके सुख-दुःख से प्रभावित होने लगा। खुशियों के क्षण में उसके पैर नाचने के लिए थिरक उठे और दुःख के समय वह रोने बिलखने को भी मजबूर हुआ। सुख-दुख की इस मनोभूमि पर बढ़ते खोजते हुए कला और साहित्य का एहसास उसके संवेदना का हिस्सा बनती चली गई।

संसार की सुंदरता उसकी एकरूपता में नहीं, बल्कि विविधता में है। हर मनुष्य में प्रेम, करुणा और दुख कातरता के भाव एक जैसे नहीं होते हैं। समानुभूति तो एक विरल स्थिति एवं भाव दशा है। यही विरल विलक्षणता कलात्मक रचाव में अहम भूमिका निभाती है। तभी कोई बाल्मीकि या होमर बन पाता है, तभी कोई रच पाता है टी.एस. इलियट या अज्ञेय सा। वह गहन परदुखकातरता ही रही होगी तभी तमसा नदी के तीरे वन में आत्म चिंतन के लिए घुमने के दौरान साथी क्रौंच की शिकारी द्वारा किये गये शिकार से बिलखती हुई क्रौंची पक्षी को देखकर करूणा विगलित वाल्मीकि ने व्याध को इस रूप में शाप दिया -

मा निषाद प्रतिष्ठाम् त्वमगमः शाश्वत समाः।
यत्क्रौंचमिथुनादेकमवधीः काममोहिताम॥

निषाद! तुम बहुत दिनों तक इस संसार में जीवित नहीं रहोगे क्योंकि तुमने क्रौंच मिथुन में से एक काम मोहित पक्षी को मार डाला है। यह कवि की बिलॉन्गिंगनेस है। यह उसकी मानवतावादी दृष्टि है। भारतीय कविता परंपरा में इस पद को प्रथम भावनात्मक उद्‌गार या कविता माना जाता है।

बाल्मीकि की 'रामायण' और व्यास कृत 'महाभारत' को कविता संस्कृति की आधारशिला के रूप में देखा जाना चाहिए। जहाँ पूर्व में, वृहत्तर भारत में काव्य संस्कृति की मूल्यवान धारा बहती दिखी तो पश्चिम में यूनान काव्य चिंतन का उद्‌भावी केंद्र बना। ई.पू. नवीं शताब्दी का कवि होमर यूनान का ही नहीं सारे यूरोप में सर्वोत्कृष्ट कवि के रूप में प्रसिद्ध है। उनके दो महाकाव्य-'इलियड' और 'ओडेसी' का प्रमुख सरोकार वस्तु एवं चरित्र चित्रण के माध्यम से आनंद ही रहा है, जिसमें यूनानी धर्म, दर्शन एवं संस्कृति का उदात्त एवं प्रभावी विवेचन किया गया है। बोसानके ने अपनी पुस्तक 'हिस्ट्री ऑफ एस्थेटिक्स' में काव्य ग्रन्थ, 'इलियड' के सौंदर्य-आनंद की पुष्टि की है। वहीं हैसियड की प्रसिद्ध रचना 'थ्यागोनी' में भी आनंद निरूपण और नैतिकता पर बल दिया गया है। उनकी मान्यता थी कि काव्य के माध्यम से नैतिक शिक्षा एवं मानव हित का संवर्धन होना चाहिए।

और यूनान का ही एक प्रसिद्ध गीतिकार पिंडार का नाम सम्मान से लिया जाता है जिसकी प्रसिद्ध रचना 'एपीनिका' का प्रभाव लैटिन कवियों पर पड़ा। होरेस भी इसके प्रभाव से अछूता नहीं रह सका। पिंडार का मत था कि काव्य रचना आंतरिक प्रेरणा से रची जाती है। अंत:प्रेरणा से लिखी गयी रचना केवल काव्य कौशल के भरोसे तैयार की गयी रचना की तुलना में सदैव श्रेष्ठ होती है। उसका मानना था कि काव्य के माध्यम से भय और चिंता से मुक्ति मिलती है तथा विशिष्ट प्रकार के आनंद की प्राप्ति होती है। नैतिकता और करूणा का संचार करने की काव्य में विशेष शक्ति होती है।

मेरे मन में वैश्विक स्तर पर जीवंत कविता और कविता चिंतन की जांच परख करने की इच्छा है। वह यह कि आखिरकार सार्थक कविता क्या है और बदलते समय के साथ हुए कविता लेखन और चिंतन में और क्या-क्या बदलाव आया, कविता की दशा और दिशा कैसी रही और इन बदलावों के बीच भी मूल्यवान कविताओं का मूल सरोकार और उद्देश्य अद्यतन क्या रहा है? यह सच है कि आज के वैचारिक उहापोह के समय में कुछ बेहद प्रगतिशील लोग यह कह सकते हैं कि सार्थक और मूल्यवान जैसी भी क्या कोई चीज होती है? वे तो यह सोचते हैं कि समय के मांग के हिसाब से चीजे सार्थक और मूल्यवान

होती है। वह भी तब, जब सारा खेल भौतिक परिधि में आकर सिमटने के लिए मजबूर हो। किंतु यह भी विचारणीय है कि क्या रचना की पाठकीय मांग की अधिकता या उसका चर्चित होना ही उसकी सार्थकता और मूल्यवत्ता है या होनी चाहिए?

कविता की संस्कृति समय-समय पर अपनी गति और प्रवाह में किन प्रतिमानों और मूल्यों को पकड़ी और क्या-क्या उसे छोड़कर आगे बढ़ना पड़ा, मोटी-मोटा यही समझने की कोशिश इस लेख में है। जहाँ एक ओर हम पाते हैं कि पाश्चात्य कविता दर्शन की जड़ें ग्रीक की भूमि से जुड़ी रही हैं तो वहीं दूसरी ओर भारतीय कविता का लेखन संस्कृत की गोद में ही विकसित हुआ। और जहाँ तक आधुनिक हिंदी कविता की बात है तो वह संस्कृत कविता चिंतन और पाश्चात्य काव्य विचारों से ओतप्रोत लगती है।

चूँकि कविता भी एक संवेदनशील विचार ही है, और इस विचार को सुकरात, प्लेटो और अरस्तू ने प्रत्यक्षतः-परोक्षतः खूब प्रभावित किया है। सुकरात (469 ई.पू.-399 ई. पू.) एक महान दार्शनिक, चिंतक, संत एवं तार्किक के रूप में जाने जाते हैं। उनका मानना था कि मनुष्य को अपनी आत्मा की आवाज से प्रेरणा लेनी चाहिए। उनके लिए सत्य ही शिव और सुंदर था। कविता को उन्होंने दिव्य प्रेरणा से प्रेरित संदेश का रूप दिया है। उनके मतानुसार जब ईश्वर हमसे बातचीत करना चाहता है तो वह कवियों की वाणी के माध्यम से अपने विचार को व्यक्त कर देता है। सच्चे कवि के उदगार दैवीय उद्‌गार होते हैं। वे सत्य के लिए सतत संघर्ष करते रहे। सत्य के लिए ही उन्हें अपने जीवन की कुर्बानी देनी पड़ी। वे आदर्शवादी थे। वे नैतिकता, सदाचार एवं सच्चाई पर आजीवन जोर देते रहे। किंतु सुकरात को नव युवकों को भ्रष्ट करने के आरोप में मृत्युदंड दिया गया और सुकरात ने राजकीय कानून का सम्मान करते हुए विष का प्याला पी लिया। आदर्श राज्य की कल्पना उनकी प्रमुख वैचारिक देन रही है। सुकरात के वैचारिकी की छाप प्लेटो पर स्पष्ट दिखाई देती है। उनके जीवन दृष्टि एवं चिंतन को एक पट्टशिष्य के नाते प्लेटो ने विस्तार दिया।

प्लेटो (428 ई.पू.-347 ई.पू.) सुकरात की मृत्यु के बाद कुछ समय के लिए एथेंस से बाहर चले गए और इटली एवं मिस्र की यात्राएँ की किंतु इन यात्राओं के दौरान वे लोगों का बिलासी एवं अर्थहीन जीवन देखकर विचलित हुए उनके मन में वैराग्य का भाव जागृत हुआ। वे पुनः एथेंस लौट आए। एथेंस में उन्होंने दार्शनिक और वैज्ञानिक अनुसंधान को दिशा देने के लिए 387 ई.पू. में 'अकादमी' की स्थापना की। उनका प्रसिद्ध ग्रंथ रिपब्लिक (पोलिटिया)

राजनीतिक चिंतन और आदर्श राज्य के लिए एक मूल्यवान दस्तावेज है। उन्होंने अपने प्रसिद्ध संवाद (एपोलाजिया) और आलेख (ईपिस्टल) में ज्ञान-विज्ञान संबंधी विभिन्न विषयों पर गंभीर विचार व्यक्त किए हैं। वैसे तो प्लेटो द्वारा काव्यशास्त्र पर अलग से ग्रंथ नहीं लिखा गया है, किंतु वे कविता और कलाओं को राजव्यवस्था और नैतिकता के परिपेक्ष में जांचने परखते रहे। 'आयोन' और 'रिपब्लिक' में उनके कला संबंधी विचार व्यक्त हुए हैं। कवियों के बारे में प्लेटो का मानना रहा है कि वे आवेग और भावनाओं में आकर अपनी रचना करते हैं। इसलिए रचनाएँ वैज्ञानिक नहीं होतीं हैं। फलतः वे समाज में उत्तेजना, अनैतिकता तथा अनुशासनहीनता का कारण बनती हैं। उनकी दृष्टि में ईश्वर द्वारा रचित प्रत्यय जगत ही सत्य है और ईश्वर ही सृष्टा है। यह वस्तु जगत प्रत्यय जगत की अनुकृति या छाया होने के कारण मिथ्या है। कवि मिथ्या जगत से रचना के साधन ढूढता है इसलिए उसकी रचनाएँ भी मिथ्या होती हैं। वह मानता है कि कवि दैवी प्रेरणा के वशीभूत होकर काव्य रचना करता है। उत्कृष्ट काव्य से उच्च भावनाओं उच्च विचारों संचार होता है किंतु कला जगत वस्तु जगत का अर्थात् अनुकरण का अनुकरण होने के कारण और भी मिथ्या है क्योंकि यह अनुकृति की अनुकृति करता है। कलाकार इमिटेटर है। कवि का मानवीय भाव कल्पनाओं पर आधारित होता है। इसलिए कलात्मक रचनाएँ समाज के लिए उपयोगी नहीं हो सकती हैं। उसका कविता के संबंध में मत था-'Poetry is the mother of lie. It is thrice removed from reality.'

प्लेटो की मान्यता रही है कि सामाजिक और नैतिक मूल्यों के विघटन वाली कविता समस्या पैदा करती है। इसलिए वे ऐसी कविता का पक्षधर थे जिसमें सत्य और ज्ञान की पूर्ण प्रतिष्ठा हो, जो काल्पनिक और अतिरंजित न हो। वे कविता और कला में वस्तु के साथ-साथ उसके फार्म (रूप) को भी महत्वपूर्ण मानते थे। इस तरह प्लेटो की काव्य शास्त्रीय दृष्टि नैतिक और पूर्ण ज्ञान की प्रतिष्ठा पर आधारित थी। कला की अनुकरण मूलक उद्भावना का श्रेय प्लेटो को ही है। उन्होंने कविता को वस्तु जगत के अनुकरण का अनुकरण कह कर काव्य मीमांसा के नए द्वार खोल दिए। अपने गुरु प्लेटो के विचार सूत्रों, विशेषकर अनुकरण की उद्भावना को अरस्तु ने अनुकृति के सिद्धांत के रूप में ढाल दिया।

उत्तरी यूनान के मेसिडोनिया प्रायद्वीप में जन्मे अरस्तु (384 ई.पू.-321 ई. पू.) यूनानी साहित्य चिंतकों की परंपरा में एक गौरवपूर्ण हस्ताक्षर है। दार्शनिक और साहित्यिक मनीषा की जीवंत प्रतिमूर्ति अरस्तु को कई विचारों और सिद्धांतों के आदि प्रवर्तक के रूप में जाना जाता है। अरस्तु प्लेटो की अकादमी में

अध्ययन किए। लगभग 20 वर्ष तक प्लेटो के संपर्क में रहे। यूनानी चिंतन धारा को प्रभावी और अनुकरणीय बनाने में सुकरात, प्लेटो और अरस्तू का विशेष योगदान रहा है। प्लेटो के शिष्य, विश्व प्रसिद्ध सिकंदर के गुरु और पाश्चात्य काव्यशास्त्र के पितामह अरस्तु बहुमुखी प्रतिभा के धनी, गंभीर अध्येता और चिंतक थे। यूनानी साहित्य में 'पोयटिक्स' (काव्य शास्त्र) और 'रिटोरिक', (वक्तृत्व कला या अलंकार शास्त्र) जैसी कालजयी रचनाएँ लिखकर विश्व के साहित्य चिंतकों की चिंतना को अनुप्रेरित किए।

'पोइटिक्स' में अरस्तू ने काव्य के विविध रूप, तत्व, भेद, रचना विधान और उसके अंगों पर प्रकाश तो डाला ही है साथ ही नाटक के संबंध में भी गंभीर चर्चा की है। पोइटिक्स में सुखान्त और दुखान्त नाटक और महाकाव्य पर विचार किया गया है। अरस्तू का मानना है कि काव्य का सत्य जीवन में घटित ऐतिहासिक सत्य से भिन्न होता है। यह यथार्थ का आभास देने वाला काल्पनिक सत्य है। इसमें संभाव्य सत्य निहित रहता है। यह सच है कि कविता और नाटक में जीवन का अनुकरण करने वाले पात्र वास्तविक चरित्र नहीं होते, किंतु इनका जीवन भी अनुभूत जीवन पर ही आधारित होता है। वह आदर्श संभावनाओं की अनुकृति है। इस रूप में काव्य जीवन और प्रकृति की अनुकृति है, अनुकरण है। और यह अनुकरण अन्य कलाओं में भी घटित होता है। Aristotle says, 'The object of poetic imitation is 'men in action.' The poet may imitate men as they were or are, or they ought to be. As it is not the function of the poet to relate what has happened but what may happen - according to the laws of probability and necessity.' Art imitates Nature, poetry also imitates. Poetry is not an x-ray copying but a creative process. It imitates the ideal and the universal. It is an idealised representation of character, emotion, action - under forms manifest in sense. Poetic truth is higher than the historical truth.

युनानी भाषा में कवि को निर्माता कहा जाता है। वह कविता की रचना ही नहीं करता, बल्कि कथावस्तु का भी निर्माण करता है। कथावस्तु को अरस्तु ने दुखांत नाटक की आत्मा कहा है। यह जीवन भी मूल रूप से दुख से ही भरा हुआ है सुख का केवल आभास होता है इस लिहाज से यह जीवन ट्रेजडी है। कवि रचना करते समय एक खास किस्म की रचना प्रक्रिया से गुजरता है। जहाँ तक अनुकरण की बात है अरस्तु का विचार प्लेटो के अनुकरण संबंधी विचार से भिन्न हैं। अरस्तु का मत है कि कवि और कलाकार प्रकृति की गोचर वस्तुओं का नहीं, वरन् प्रकृति की सर्जना प्रक्रिया का अनुकरण करता है। इस रूप में कला प्रकृति और जीवन की पुनर्रचना है, रिक्रीयेशन है। अरस्तु के अनुसार,

इतिहासकार का संबंध घटित घटनाओं से होता है, जबकि कवि का संबंध जो घटित हो सकता है उससे होता है। इसलिए काव्य इतिहास की अपेक्षा अधिक दार्शनिक और अधिक गंभीर सरोकार है। काव्य विश्वात्मक सत्य को अभिव्यक्त करने पर बल देता है तो वहीं इतिहास विशिष्ट सत्य की अभिव्यक्ति से ही संतुष्ट हो जाता है। अनुकरण में आत्म तत्व के प्रकाशन का भाव निहित होता है। आनंद की प्राप्ति आत्म प्रकाशन के बिना संभव नहीं है। काव्य कलात्मक अनुकृति है। कवि का काव्य आवश्यकता या संभावना के नियमानुसार होने वाली घटनाओं का निरूपण करना है। कविता-कला के प्रतीयमान रूप, संभाव्य रूप और आदर्श रूप का अनुकरण करती है। अतः अनुकरण महज यथार्थ प्रत्यांकन नहीं है।

अरस्तु ने अपनी 'पोयटिक्स' में महाकाव्य के तत्वों और लक्षणों के साथ-साथ नाटक के लिए कथावस्तु, चरित्र, भाषा शैली, विचार, प्रदर्शन और संगीत को महत्वपूर्ण माना है। नाटक सर्वसाधारण के लिए होना माना जाता है। हाँ, शिक्षित लोग भी नाटक देखते हैं। जबकि महाकाव्य शिष्ट और पढ़े-लिखे समाज के लिए होता है। महाकाव्य में कथानक का समुचित संगठन, चरित्र चित्रण, भाषा-छंद का सुंदर प्रयोग, उदात्त विचारधारा आदि तत्व आवश्यक होते हैं। कवि का काव्य सत्य ऐतिहासिक और वैज्ञानिक वस्तुगत सत्य से भिन्न होता है। काव्य सत्य आदर्श सत्य होने के कारण भागवत सत्य है। काव्य सत्य संवेद्य और इंद्रीय गोचर होने के कारण घटनाओं, चरित्रों और बिंबो के माध्यम से व्यक्त होते हुए भी सार्वभौमिक होता है। काव्य प्रकृति और जीवन के अपूर्णताओं को अधिक पूर्णता प्रदान करता है। इस तरह कविता अनुकृति के माध्यम से कल्पना के सहारे जीवन का रिक्रीयेशन है, पुनःसृजन है।

इतना ही नहीं, अरस्तु ने प्लेटो के इस विचार का भी तार्किक प्रतिवाद किया कि काव्य मनुष्य की वासना का पोषण करता है, और उसे विकार ग्रस्त बनाता है। अनुचित और असामाजिक कार्यों का वर्णन कर गलत उत्तेजना लोगों में भरता है। अरस्तु की मान्यता है कि काव्य या नाटक में वासना या विकार ग्रस्त भाव अतिरंजित रूप में प्रस्तुत होते हैं, किन्तु अनुशीलन और प्रेक्षण से दूषित मनोविकार विरेचित होकर शमित और परिष्कृत हो जाते हैं। काव्य या नाटक के अतिरंजित भावोद्दीपन से सहृदय के मानसिक विकार दूर होकर आनंद की प्राप्ति कराते हैं। मुझे लगता है कि अरस्तु प्लेटो के काव्य संबंधी विचारों का सम्यक परिमार्जन करने में सफल रहे हैं। उनका काव्य और कला संबंधी विचार यूरोपीय काव्य चिंतकों के लिए ही नहीं, बल्कि वैश्विक काव्य एवं नाटक के चिंतन

में मील का पत्थर साबित हुआ है। उनके विचारों से प्रभावित होकर एटकिंस, स्कॉट जेम्स, एबर क्रॉम्बी, प्रो. बूचर, आइ.ए.रिचर्ड, एवरेमांड, लुकास जैसे पाश्चात्य विचारक कविता और कला पर नए ढंग से सोचने के लिए विवश हुए, तो वहीं भारतीय काव्य चिंतकों-डॉ. नागेंद्र, डॉ. भागीरथ मिश्र, डॉ. राम अवध दिवेदी, डॉ. निर्मला जैन, डॉ. देवेंद्र नाथ शर्मा और अन्यान्य साहित्य भावकों के लिए अरस्तु ने प्रत्यक्षतः-परोक्षतः प्रभावी आधार भूमिका निभाई है। पूरब या पश्चिम का कोई कविता या कला प्रेमी अरस्तु के अनुकरण (Imitation) और विरेचन (Catharsis) के सिद्धांत को पढ़े बिना क्या साहित्य को पढ़ने का गंभीर दावा कर सकता है?

अरस्तु की ही तरह लोंजाइनस भी यूनान का गंभीर काव्यशास्त्री और सौन्दर्यवादी चिंतक रहा है। लोंजाइनस काव्य में सतही चमत्कार जैसे-अतिशयोक्ति, शब्दाडंबर, क्षुद्रता, भावुकता, पुनरुक्ति आदि दोषों को नकार कर काव्य के लिए उदात्त तत्वों का निरूपण किया है। अपनी पुस्तक पेरिइप्सुस (आन द सबलाइम) में लोंजाइनस ने उदात्त साहित्य और कला के आधारभूत तत्वों पर गंभीर प्रकाश डाला है। उन्होंने भाव और विचारों की उदात्तता को साहित्य सर्जना के लिए आवश्यक माना है। समग्र रूप में काव्य का उद्देश्य उदात्त प्रभाव डालना ही होना चाहिए। किसी भी रचना में अनुभूति और अभिव्यक्ति की सिद्धि के लिए उदात्त तत्वों की अपेक्षा होती है किसी भी रचना की श्रेष्ठता के लिए उसमें विचारों की उत्कृष्टता के साथ प्रभावशाली अभिव्यक्ति की दरकार होती है। लोंजाइनस ने रचना में उदात्ता के लिए पांच तत्वों का निर्देश किया है।उन्होंने कहा है, रचनाकार के विचार श्रेष्ठ होने चाहिए। कोई भी रचना तब तक श्रेष्ठ नहीं हो सकती, जब तक उसमें श्रेष्ठ विचार ना हो। इसलिए वे मानते हैं-'Sublimity is the echo of greatness of soul-It is only natural that great accents should fall from the lips of those whose thoughts have always been deep and full of majesty.' उसकी मान्यता थी-'Men catch fire from the spirit of the others.' श्रेष्ठ विचारों की प्राप्ति श्रेष्ठ विचार परंपरा के अवगाहन से संभव होती है जो कठिन श्रम से अर्जित होती है। इन्हीं की तरह श्रेष्ठ विचारों की प्राप्ति के लिए बीसवीं सदी के महान अंग्रेजी लेखक टी एस इलियट ने भी परंपरा बोध और इतिहास बोध को लेखक के लिए परम आवश्यक माना है।

लोंजाइनस कला प्रयोजन की श्रेष्ठता को प्रमुख अवयव के रूप में स्वीकार करते हैं। वे उपदेशात्मकता को नहीं, बल्कि औचित्य, उदात्तता और आनंदानुभूति को महत्त्व देते हैं। वे काव्य में कल्पना के औचित्य पूर्ण उपयोग पर बल देते हैं। मजबूत मनोभाव को रचना के लिए जरूरी तत्व मानते है बशर्ते वे इमोशन

असली हों। उनका मानना है कि अलंकारों का समुचित प्रयोग रचना की उदात्तता को बढ़ा देता है किंतु इन अलंकारों का प्रयोग सही स्थान पर सही तरीके से और सही अवसर पर एवं सही उद्देश्य से करने की जरूरत है। अगर ऐसा होता है, तब रचना अपना गंभीर प्रभाव पाठक पर छोड़ पाती है, उसे प्रभावित करने में सफल होती है। वह रचना की उदात्तता के लिए उत्कृष्ट भाषा शैली, जिसमें शब्द चयन, मुहावरे, छंद-लय का प्रयोग होता है, को महत्वपूर्ण मानते हैं। साथ ही लोंजाइनस का दृढ़ विश्वास रहा है कि उदात्त विचार, उदात्त मनोभाव, अलंकारों का प्रयोग और भाषा शैली को यदि गरिमामय ढंग से संगठन और संगुंफन न किया जाय तब रचना अपना समग्र प्रभाव छोड़ने में सफल नहीं हो पाएगी। इसलिए श्रेष्ठ रचना में 'हारमोनियस होलनेस' होनी ही चाहिए। इस तरह लोंजाइनस परवर्ती काव्य चिंतकों को गहरे तक प्रभावित किया है। इस रुप में स्काट जेम्स ने उसे प्रथम रोमांटिक क्रिटीक माना है तो वहीं एटकिंस को उसमें असली क्लासिक चेतना की झलक दिखाई दी। इस तरह हम पाते हैं कि यूनानी काव्य चिंतकों का मूल सरोकार नैतिकता, आनंदानुभूति और उदात्त रचना-सर्जना रहा है।

पश्चिमी साहित्य जगत में जिस सम्मान के साथ अरस्तु के 'पोयटिक्स' पर चिंतन और चर्चा होती रही है, उसी तरह भारतीय साहित्य में भरतमुनि के 'नाट्य शास्त्र' को मील का पत्थर माना जाता रहा है। कभी-कभी मन में लगता है कि यह कैसा संयोग रहा है की अरस्तु की पोयटिक्स में कविता के साथ-साथ नाटक के लक्षणों का गंभीर विवेचन किया गया है। इसी तरह भरत मुनि ने नाट्य शास्त्र में नाटक के तत्वों और उसके अंगों की चर्चा तो की ही गयी है, साथ ही रस सिद्धांत को नाटक एवं सफल काव्य के लिए परम आवश्यक तत्व निरूपित किया है। कविता की व्यापकता को देखते हुए ऐसा जान पड़ता है कि कविता को साहित्य और साहित्य को कविता माना जाता रहा है। काव्य रूपों-दृश्य काव्य और श्रव्य काव्य-को इसी रूप में देखा जाना चाहिए। दृश्य काव्य के अंतर्गत नाटक, एकांकी, प्रहसन, नाटिका जैसे रूप होते हैं। भाषा शैली की दृष्टि से श्रव्य काव्य के अंतर्गत गद्य, पद्य और चंपू काव्य आते हैं। मैथिली शरण गुप्त द्वारा प्रणीत 'यशोधरा' में गद्य और पद्य दोनों की मंजुल धारा निहित होने के कारण चंपू काव्य के अंतर्गत है, और आधुनिक काल में तो गद्य काव्य की शैली ही विकसित हो गई है। गद्य में लिखे जाने के बावजूद इसमें अनुभूति, कल्पना और चमत्कार कविता जैसे ही मिलता है। वहीं धर्मवीर भारती का 'अंधा युग' काव्य नाटक का सुंदर उदाहरण है। इस रूप में अरस्तु और भरतमुनि की

काव्य दृष्टि व्यापक और गंभीर है।

भारतीय साहित्यिक संस्कृति में भरतमुनि को रस सिद्धांत का प्रवर्तक माना जाता है। नाट्य शास्त्र में रस के अवयवों, उसके लक्षणों और जीवंत साहित्य के लिए उसकी आवश्यकता पर मूल्यवान चिंतन मनन किया गया है। नाट्यशास्त्र में उन ग्रंथों का उल्लेख तो भरत मुनि ने नहीं किया है किंतु वे मानते हैं- "एते ह्यष्टौ रसाः प्राक्ता द्रुहिणेन महात्मना।" चिकित्सा में रस जीवनदायिनी है। वही रस संगीत और साहित्य में आनंद वर्धक है। रस ही आनंद है और आनंद ही रस है। अध्यात्म की दुनिया में स्वयं परमात्मा को ही रस (आनंद) माना गया है। "रसो वै सः" अर्थात् रस ही परमात्मा है। साहित्य और काव्य के आस्वादन से होने वाली आनंद अनुभूति ही रस है।

भरतमुनि का नाट्यशास्त्र, जिसे पंचम वेद भी कहा गया है, काव्यशास्त्र का उपजीव्य ग्रंथ है। इसमें काव्य का लक्ष्य सहृदय पाठक को आनंद की अनुभूति प्रदान कराना होता है। काव्य जन्य आनंद का नाम ही रस है। यह आनंद भावनाओं के उद्वेलन द्वारा संपन्न होता है। रस सिद्धांत में भाव-स्थायी भाव और संचारी भाव-को प्रमुख तत्व के रूप में स्वीकारा गया है। भरतमुनि ने नाट्यशास्त्र के छठवें अध्याय में रस सूत्र का प्रतिपादन करते हुए स्पष्ट किया है कि "विभावानुभाव संचारीभाव संयोगाद्रस घरनिष्पत्तिः।" अर्थात् विभाव अनुभाव एवं संचारी भाव के सहयोग से रस की निष्पत्ति होती है। स्थायी भाव दीर्घ काल तक हृदय में रहता है और संचारी भाव विद्युत की चमक की भांति प्रकाशित होकर कुछ ही क्षणों में लुप्त हो जाता है। प्रेम घृणा आदि स्थायी भाव हैं। रस सिद्धांत में भाव, विभाव, अनुभाव, संचारी भाव के भी उपभेद भी किए गये हैं। भरतमुनि ने स्थायी भाव के आधार पर क्रमशः आठ रसों को मान्यता दी थी। उनके मतानुसार रति, हास, शोक, उत्साह, क्रोध, भय, जुगुप्सा और विस्मय ये स्थायी भाव हैं, और तदनुसार क्रमशः शृंगार, हास्य, करुण, वीर, रौद्र, भयानक, विभत्स और अद्भुत रस का उल्लेख मिलता है। आचार्य भरतमुनि ने करुण रस को रसों में श्रेष्ठ माना है तो वहीं भोजराज ने शृंगार रस को रसराज घोषित किया है। इस तरह भरतमुनि का रस सिद्धांत भावों पर आधारित है।

'भाव्यते इति भावा' अर्थात् जो भावित करते हैं उसे भाव कहा जाता है। भरतमुनि के अनुसार-

विभावेनाहतोयोऽर्थोह्यनुभावेस्तु गम्यते।
वागङ्गसत्वाभिनयेः स भाव इति संज्ञितः॥

वहीं भरत मुनि ने श्लेष, प्रसाद, समता, समाधि, माधुर्य, ओज, पद

सौकुमार्य, अर्थ-व्यक्ति, उदारता एवं कांति को काव्य के दस गुण माने हैं।

इस तरह हम पाते हैं कि नाट्यशास्त्र कला और साहित्य का एक अद्‌भुत ग्रंथ है। किसी ने सच ही कहा है-

न तज्ज्ञानं न तच्छिल्पं न सा विद्या न सा कला।
नासौ योगो न तत्कर्म नाट्येऽस्मिन् यन्न दृश्यते।।

अर्थात् ऐसा कोई न ज्ञान है, न शिल्प है, न विद्या है, न कोई कला है, न कोई योग है और न ही कोई कर्म है जो इस नाट्यशास्त्र में वर्णित न हो। यह ग्रंथ परवर्ती कला-साहित्य के विचारकों, लेखकों और चिंतकों के वैचारिकी में खंडन-मंडन के लिए आधार बीज रहा है।

(आर. यम. वुडवर्थ ने भाव के संबंध में चार बातें कहीं हैं 1-भाव, 2-भाव को प्रेरित करने वाला व्यक्ति या पदार्थ 3-भावोत्तेजित होने वाली व्यक्ति के अंग प्रत्यंगों की अवस्था, 4-वह परिस्थितियां जो भाव को उद्दीप्त करती हैं जिसका उल्लेख वे अपनी पुस्तक 'एन इंट्रोडक्शन टू सोशल साइकोलॉजि' में करते हैं। जिसे हम भाव, आलंबन विभाव अनुभाव और उद्दीपन विभाव कहते हैं। जबकि मैकडूगल ने भाव को इमोशन और सेंटीमेंट के रूप में रेखांकित किया है। रस सिद्धांत के इन मूल भावों को मनोविज्ञान की सहज प्रवृत्तियाँ, भावनाओं एवं मूल भावों में सहज ही देखा जा सकता है)

काव्य और काव्य चिंतन की धारा आगे बढ़ी तो इस धारा को प्रवहमान बनाने में चिंतकों ने यथेष्ट सहयोग देकर इसे गतिमान बनाया। उपयोगी सुझाव इसमें जुड़ते चले गए किंतु जो गैरजरूरी थे उसे समय ने पीछे छोड़ दिया। इस तरह कविता की धारा अनंतर बढ़ती और विकसित होती रही। कश्मीर निवासी भामह काव्यशास्त्र में अलंकार संप्रदाय के प्रवर्तक माने जाते हैं। इनकी रचना "काव्यालंकार" अलंकार शास्त्र की प्रथम व्यवस्थित एवं स्वतंत्र रचना के रूप में समादृत है। वैसे तो स्वयं भरतमुनि ने नाट्यशास्त्र में उपमा, रूपक, यमक अलंकारों की विवेचना की है किंतु अलंकारों को काव्य की आत्मा घोषित करते हुए अलंकार संप्रदाय की स्थापना करने का श्रेय भामह को ही जाता है। वे अलंकारों में वक्रोक्ति अलंकार को अलंकारों का मूल या प्राण मानते हैं। इन्होंने दो शब्दालंकार एवं छत्तीस अर्थालंकार का वर्णन किया है। साथ ही दोनों अलंकारों को चमत्कार जनक माना है।

भामह रस विरोधी आचार्यों के अगुआ रहे हैं। इनके अनुसार जो शब्दार्थ के सहित है वह काव्य है। "शब्दार्थो सहितौ काव्यम्" को काव्य लक्षण के रूप में प्रतिपादित किया है। भामह मानते हैं कि शब्द रचना की चतुराई जितनी चित्त

आकर्षक होती है उतनी अर्थालंकार कि नहीं होती है। भरतमुनि द्वारा प्रतिपादित दस काव्य गुणों को ये माधुर्य, ओज और प्रसाद में ही समावेशित कर दिये हैं। वे रस को अलंकार में अंतरभुक्त मानते हैं। काव्य में शब्द और अर्थ का समान महत्व है। भारतीय चिंतन परंपरा में तो शब्द को अक्षर ब्रह्म कहा गया है। महर्षि पातंजलि ने कहा है-'सम्यक रूप से ज्ञात सुप्रयुक्त एक शब्द भी स्वर्ग में और संसार में कामधेनु के समान मनुष्य की सब इच्छाएँ पूरी करता है।' कालिदास तथा गोस्वामी तुलसीदास ने शब्द और अर्थ को शिव-पार्वती के समान या 'जल-वीचि' के समान अभिन्न माना है।

वहीं पल्लव नरेश सिंह विष्णु के सभापंडित दंडी के 'काव्यादर्श' की चर्चा काव्यमीमांसकों के बीच होती रही है। उन्हें रीति संप्रदाय के उद्‌भावक और अलंकार संप्रदाय के समर्थक एवं पोषक के रूप में जाना जाता है। काव्यादर्श अलंकार शास्त्र का प्रसिद्ध ग्रंथ है। इसमें पूर्ववर्ती अलंकार ग्रंथों से अधिक अलंकार के उपभेदों एवं गुणों का विस्तृत उल्लेख है। दंडी अलंकार को काव्य की आत्मा मानते हैं। उनका मानना है, "काव्य शोभाकरान् धर्मान् अलंकारान् प्रचक्षते", अर्थात् काव्य में शोभा उत्पन्न वाले धर्म अलंकार कहे जाते हैं। दंडी जहाँ एक ओर अतिशयोक्ति पर बल देते हैं तो वहीं भामह काव्य के मूल में वक्रोक्ति को मान्यता प्रदान करते हैं। उनकी दृष्टि में शब्दालंकार की महत्ता अर्थालंकार से अधिक है। दंडी का मत है कि विषय वस्तु को रूप संपत्ति का गुण सौंदर्य सहृदय काव्य रसिकों के चित्त को आकृष्ट कर लेता है। अलंकार संप्रदाय में ही उद्‌भट का नाम आता है। भामह के 'काव्यालंकार' पर 'भामहवृत्ति' नामक टीका इनकी प्रसिद्ध रचना है। भामहवृत्ति को 'अलंकार सार संग्रह' और 'भामह विवरण' नाम से भी जाना जाता है।

साहित्य में कोई रस को काव्य की आत्मा मानता है, तो कोई अलंकार को सर्वोपरि ठहराता है। इसी क्रम में कुछ विचारक रीति संप्रदाय के रहे हैं। रीति में विश्वास करने वालों के लिए रीति ही काव्य की आत्मा होती है। विशेष प्रकार की पद रचना को ही रीति कहा गया है। विशेष पद रचना "विशेषौ गुणात्मा" अर्थात् गुणों से युक्त होती है। इस तरह गुणों से युक्त रचना पद्धति ही रीति है। कश्मीर नरेश जयापीड के मंत्री, रीति संप्रदाय के प्रतिष्ठापक वामन रीति को काव्य की आत्मा मानते हुए कहते हैं-'रीतिरात्मा काव्यस्य'। वे विशिष्ट पद रचना को ही रीति कहते हैं-विशिष्टः पद रचना रीतिः। वामन द्वारा प्रणीत 'काव्यालंकार सूत्र' रीति संप्रदाय की प्रमुख रचना है। रीति का प्रयोग करने वाले वामन पहले चिंतक है जिन्होंने गुण को काव्य का नित्य तत्व माना है और अलंकार को वह

अनित्य कहते हैं। गुण को अलंकार से अधिक महत्व देने वाले वामन मानते हैं-काव्य शोभाया: कर्तारो धर्मा गुणा:। तदतिशयहेतवस्त्वलंकारा:।

वे अलंकार को काव्य का सौंदर्य तत्व मानकर अलंकार के कारण ही काव्य को ग्राह्य मानते हैं। इनके मतानुसार अलंकार ही सौंदर्य है। इन्होंने कहा है-'काव्यं ग्राह्यम्लंकारात्' एवं 'सौंदर्यम्लंकार:', किंतु अलंकारों में भी इन्हें उपमा अलंकार अधिक प्रिय है। इसे यह मुख्य अलंकार मानते हैं। उपमा को ही अलंकारों का मूल मान कर अर्थालंकार के अंतर्गत प्राय: सभी अलंकारों को वे सामूहिक रूप से उपमा का प्रपंच कहते हैं। इतना ही नहीं वक्रोक्ति को सादृश्य मूलक लक्षणा मानते हैं-"सादृश्यात लक्षणा वक्रोक्ति:"। वामन काव्य के वैशिष्ट्य के लिए रीति, सौंदर्य, गुण और अलंकार की अधिक व्यापक और गंभीर चिंतना की है। काव्य के कुछ विशेष तत्वों को रेखांकित करने के साथ उन्होंने गुण को शब्द का धर्म माना है। इस तरह वे इस निष्कर्ष पर पहुँचते हैं कि "वह शब्दार्थ काव्य है जिसमें गुण हों, दोष न हों तथा उसमें शब्दालंकारों तथा अर्थालंकारों का होना बांछनीय है।"

काव्य चिंतन के विकास में आनन्द वर्धन का योगदान अप्रतिम है। राजतरंगिणी के लेखक कल्हण के अनुसार नवीं सदी के मध्य कश्मीर नरेश अवंती वर्मा के शासनकाल में वे सभापंडित के रूप में थे। ध्वनिवादी आनन्दवर्धन ने अपनी कृति 'ध्वन्यालोक' में ध्वनि को काव्य की आत्मा माना है- "काव्यास्यात्मा ध्वनिरीति बुधैर्य: समाम्नात, पूर्व:।" हम पाते हैं कि ध्वनि सिद्धांत भी अलंकार और रीति से बहुत अलग नहीं है। किंतु इसमें सर्वाधिक महत्व व्यंजना को प्रदान किया गया है। व्यंजना शब्द शक्ति को ध्वनि सिद्धांत का अनिवार्य तत्व माना गया है। इसके अलावा सौंदर्य की शर्त भी इसमें जोड़ी गई है। इस प्रकार जिस व्यंगार्थ से सौंदर्य एवं चारुता प्रकाशित होती हो उसी को ध्वनि के अंतर्गत महत्व दिया गया है। आनन्दवर्धन के द्वारा प्रतीयमान अर्थ की प्रतिष्ठा की गई है जिसका अर्थ व्यंगार्थ है। प्रतीयमान अर्थ ही काव्य की आत्मा है जो प्रसिद्ध अर्थ से अतिरिक्त है जिसे शब्द के व्यंजना व्यापार से अर्जित किया जाता है। अभिधा-लक्षणा से इतर व्यंजना नामक शब्द व्यापार आनंद वर्धन का मुख्य प्रदेय है। उनकी ध्वनि की परिभाषा कुछ इस तरह है- "जो चारूत्व अन्य युक्ति से प्रकाशित नहीं किया जा सकता, उसी को प्रकाशित करने वाला व्यंजना व्यापार युक्त शब्द ही ध्वनि कहलाता है।" वे मानते हैं-'सहृदय हृदयाल्हादिशब्दामयत्वमेव काव्य लक्षणम्।" अर्थात् काव्य वह शब्दार्थ है जिसमें सहृदय का हृदय आनंद का अनुभव करे। आल्हाद का अनुभव कराने के लिए

शब्दार्थ मय काव्य को 'ललितोचितसन्निवेशचारू' होना चाहिए।

इस लिहाज से काव्य में गुण, अलंकार, रीति और वृत्ति के अतिरिक्त भी कोई मूल्यवान अर्थ होना चाहिए जिसके कारण गुण अलंकार से मंडित शब्दार्थ उचित और चारू जान पड़े। इसे आनन्द वर्धन प्रतीयमान कहते हैं। यह प्रतीयमान काव्य की आत्मा है। यही सौंदर्य का मुख्य स्रोत है। काव्य की आत्मा के रूप में प्रतिमान अर्थ की स्थापना तथा व्यंजना नाम की शक्ति की स्थापना का श्रेय आनन्द वर्धन को है। यही प्रतीयमान जब अन्य अर्थों की अपेक्षा प्रधान रूप से आनंदकर होता है तब ध्वनि संज्ञा से मंडित होता है। इसलिए आनंद वर्धन ने ध्वनि को काव्य की आत्मा कहा है-'काव्यस्यात्मा ध्वनिः'। इस रूप में हम चारुता अर्थात् सौंदर्य को साध्य और व्यंजना व्यापार को साधन के रूप में देखते हैं। आनन्द वर्धन ध्वनि को वस्तु ध्वनि, अलंकार ध्वनि एवं रसध्वनि के रूप में निरूपित करते हैं। इस रूप में वे रस को ध्वनि के साथ युक्त करते हैं। किंतु उनके चिंतन के केंद्र में सौंदर्य है, जिसे वे व्यंजना व्यापार से प्राप्त करने के पक्षधर हैं। "काव्य मीमांसा" के लब्धप्रतिष्ठित रचनाकार राजशेखर, जिन्होंने प्रतिभा को कारयित्री प्रतिभा और भावयित्री प्रतिभा के रूप में निरूपित किया है, आनन्द वर्धन की प्रशंसा करते हुए कहते हैं-

ध्वनिनातिगभीरेण काव्यतत्वनिवेदिना।
आनन्दवर्धनः कस्य नासीदानन्दवर्धनः॥

अर्थात् काव्य के अंतःसारमय में अत्यंत गंभीर ध्वनि तत्व का प्रस्थान देकर आनन्द वर्धन ने किसका आनंद वर्धन नहीं किया?

जिस ध्वनि सिद्धांत का साहित्य जगत में विशेष आदर है, उसी ध्वनि सिद्धांत का भट्ट नायक ने बड़ी सूक्ष्मता एवं मार्मिकता पूर्वक खंडन 'हृदय दर्पण' में किया है। ध्वनि सिद्धांत को न मानने वालों में भट्ट नायक का नाम प्रमुखता से लिया जाता है। इन्होंने व्यंजना शक्ति को अस्वीकार कर भावकत्व एवं भोजकत्व का प्रतिपादन किया है। इनके मतानुसार काव्य रस ब्रह्मानंद से भी अधिक श्रेष्ठ है। 'रस को ब्रह्मानंद सहोदर' कहने की परंपरा इन्हीं के समय से चल पड़ी।

नालंदा और तक्षशिला की तरह कश्मीर भी कला और साहित्य का एक महत्वपूर्ण गढ़ रहा है। कला और साहित्य की उर्वर भूमि के रूप में कश्मीर को नजरअंदाज नहीं किया जा सकता है। अभिनव गुप्त कश्मीर निवासी थे। उन्होंने आचार्य भरतमुनि के 'नाट्य शास्त्र' की टीका 'अभिनव भारती' तथा आनन्द वर्धन के 'ध्वन्यालोक' की टीका 'ध्वन्यालोक लोचन' के रूप में की, लिखने

के लिए तो वे कई ग्रथों का प्रणयन किये हैं किन्तु ये टीकाएँ उनके प्रतिष्ठा और विमल कीर्ति का आधार बनीं। माना जाता है कि अभिनव गुप्त ने शैवागम सिद्धांत में प्रतिपादित आनंदवाद के आधार पर ही रस मत की व्याख्या की है। काव्यप्रकाश के रचयिता मम्मट ने अभिनव गुप्त का नाम रस सिद्धांत के निरूपण में सम्मान पूर्वक लिया है- "इतिश्रीमदाचार्याभिनवगुप्तपादाः।"

अभिनव गुप्त ने रस सिद्धांत की व्याख्या प्रत्यभिज्ञा दर्शन के आधार पर की है किंतु इन्होंने भी भरतमुनि के रस सूत्र को ही स्वीकार किया है। उनकी मान्यता है कि रस का आश्रय सहृदय ही है। रस की निष्पत्ति सामाजिक में होती है। रस की अवस्था में भावक अपने हृदय में आनंद का अनुभव करता है। रस अर्थात् आनंद के पक्षधर अभिनव गुप्त ने ध्वनि विरोधी आचार्यों के आरोपों का समाधान भी अपने ग्रंथ में सुझाया है और उनका खंडन भी किया है। अभिनव गुप्त ने रस निष्पत्ति की व्याख्या काव्य गत, सामाजिक गत और परिस्थिति के आधार पर किया है रस निष्पत्ति की प्रक्रिया को उन्होंने स्पष्ट किया है इन्होंने काव्य और कला का सर्वोपरि तत्व सौंदर्य को मानते हैं उनके विचार से विभाव अनुभाव स्थायी भाव आदि सौंदर्य के केवल साधन मात्र हैं अभिनव गुप्त ने एक कदम आगे बढ़कर सोचा है कि काव्य रस का आधार केवल स्थायी भाव नहीं है बल्कि विचार या ज्ञान तत्व के आधार पर बौद्धिक रस की निष्पत्ति होती है। फलतः उन्होंने बौद्धिक रस के स्पष्ट संकेत देकर रस को व्यापकता प्रदान करने के साथ काव्य एवं कला की आस्वादन प्रक्रिया का सूक्ष्म, गंभीर एवं प्रौढ़ विवेचन इनकी प्रमुख देन है।

वैसे भी हम रचनाओं में पाते हैं कि वे भाव प्रधान एवं कल्पना प्रधान होने के साथ ही विचार प्रधान होती हैं। वैज्ञानिक युग में विचार प्रधान रचनाओं को कुछ अधिक ही बल मिला है। एक भविष्य द्रष्टा के रूप में अभिनव गुप्त ने तत्व ज्ञान को भी महत्व देकर सौंदर्य अर्थात् रस को व्याप्ति दी है। उन्होंने भाव वादी भरतमुनि के रसों के अतिरिक्त शांत रस का स्थाई भाव तत्वज्ञान को घोषित करते हुए इसे सर्वोत्कृष्ट रस की मान्यता दी है। जैसा कि हम जानते हैं की अभिनव गुप्त स्वयं बहुत बड़े दार्शनिक भी थे इसलिये भी ऐसा लगता है कि उन्होंने दर्शन और काव्य कला में सामंजस्य बिठाने के लिए शांत रस-तत्वज्ञान को माध्यम बनाया होगा। (कालांतर में नीतिकारों-चिंतकों ने शांत रस को बौद्धिक रस भी कहने लगे हैं) इस रूप में शान्ति रस के स्थायी भाव के रूप में तत्वज्ञान की प्रतिष्ठापना करने का श्रेय अभिनव गुप्त को जाता है। साहित्य एवं कला मर्मज्ञों-प्रेमियों के बीच रस सिद्धांत और ध्वनि सिद्धांत को अधिक

ग्राह्य बनाने का श्रेय अभिनव गुप्त को जाता है।

काव्य के तत्व, लक्षण और प्रयोजन को लेकर सूक्ष्म चिंतन करने वालों में मम्मट का नाम भी आदर से लिया जाता है। 11वीं सदी के उत्तरार्ध में जन्मे मम्मट का संबंध भी कश्मीर से है। 'काव्यप्रकाश' उनका प्रसिद्ध ग्रंथ है, जिसमें काव्य शास्त्रीय विवेचन का सार समाहित है। काव्य के संबंध में इनकी मान्यता रही है-'तददोषौ शब्दार्थौ सगुणावनंलकृती पुनः क्वापि', अर्थात् दोष रहित, सगुण सहित रचना काव्य है। उसमें अलंकार हो सकते हैं और कहीं नहीं भी हो सकते हैं। 'काव्यप्रकाश' के दस उल्लासों में क्रमशः काव्य प्रयोजन कारण स्वरूप विशेष निर्णय, शब्दार्थ स्वरूप निर्णय, अर्थ व्यंजकता निर्णय, रसादि निरूपण सहित ध्वनि काव्य प्रभेद निरूपण, ध्वनि गुणीभूत व्यंग संकीर्ण भेद निर्णय, काव्य निर्णय, काव्य दोष निर्णय, गुण अलंकार भेद नियत गुण निर्णय, रीति सहित शब्दालंकार निर्णय एवं अलंकार दोष निर्णय सहित अर्थालंकार निर्णय का विशद विवेचन किया गया है। इस रूप में 'काव्यप्रकाश' समन्वयात्मक ग्रंथ है। भरतमुनि, आनन्द वर्धन, उद्भट, बामन, अभिनव गुप्त की रचनाओं को आधार बनाकर इसमें विवेचना की गई है। वैसे तो इसमें रस, गुण, अलंकार एवं ध्वनि विषयक मतों पर विश्लेषण किया गया है, किन्तु ध्वनि की महत्ता को विशेष रुप से प्रतिपादित और सिद्ध किया गया है। इनके द्वारा ध्वनि विरोधी मतों का खंडन कर ध्वनि सिद्धांत को प्रतिष्ठित किया गया है। वे आनन्द वर्धन के ध्वनि विषयक मान्यताओं का समर्थन अभिनव गुप्त के विचारों के साथ जुड़कर करते हैं। इस रूप में मम्मट ध्वनि वादी आचार्य हैं। आचार्य मम्मट ने कवि को प्रजापति कहा है-"अपारे काव्यसंसारे कविरेकः प्रजापतिः।" 'काव्यप्रकाश' में पूर्ववर्ती काव्य चिंतकों के गंभीर विचारों के सार के साथ ही इसमें काव्य विषयक नवीन विवेचना दृष्टि भी शामिल हैं। फलतः यह ग्रंथ साहित्य के लिए संजीवनी है। काव्य प्रयोजन के बारे में आचार्य मम्मट का विचार है-

काव्यं यशसे अर्थकृते व्यवहारविदे शिवेतरक्षतये।
सद्यः परनिर्वृत्तये कान्ता सम्मिततयोपदेशयुजे।।

हम पाते हैं कि भारतीय काव्य परंपरा में रस संप्रदाय, अलंकार संप्रदाय, रीति संप्रदाय, ध्वनि संप्रदाय, वक्रोक्ति संप्रदाय, औचित्य संप्रदाय आदि की चर्चाएं की गयी हैं। साहित्य और कला की प्रक्रिया को समझने, क्रियान्वयन करने और उनके विस्तार करने के निमित्त ही अलग-अलग मतों, विचारों, संप्रदायों की जीवनदायिनी नदियां इनमें समय-समय पर सहायक होती रही हैं। इस तरह काव्य और कला के वैभव और विविधता में श्री वृद्धि उपलब्धि का

सूचक है, और यह सारा रचनात्मक व्यापार काव्य और कला जीवन को जीवंत और प्राणवान बनाने के लिए ही जारी है जिसके केंद्र में गुण-सौंदर्य-आनंद ही रहे हैं। जिन्हें प्रेम, करुणा, मनुष्यता, मानवता और सार्थक जीवन सरोकार के रूप में देखा जा सकता है।

भारतीय काव्य और काव्य चिंतकों की चर्चा हो किंतु उसमें कुंतक की चर्चा न हो, यह भला कैसे संभव हो सकता है। आचार्य कुंतक ने वक्रोक्ति, वक्रता या वैचित्र्य को काव्य युक्ति के रूप में स्वीकार करते हुए उसे काव्य की आत्मा कहा है। एक अलंकार विशेष के रूप में कुंतक के पहले भी इसका संकेत किया जा चुका है। काव्य चिंतन के क्षेत्र में भामह एवं दंडी आदि ने भी वक्रोक्ति को सभी अलंकारों का मूल मानकर उसके व्यापक अर्थ की साहित्य में प्रतिष्ठा की है, लेकिन वक्रोक्ति को सम्मान पूर्वक तरीके से साहित्य में आगे बढ़ाने का काम समुचित रूप से आचार्य कुंतक ने ही किया है। किसी ने भी यह नहीं कहा था कि काव्य के सभी पक्षों के सौंदर्य की व्याख्या करने में वक्रोक्ति सक्षम है। कुंतक ने वर्ण विन्यास वक्रता, पद पूर्वार्द्ध वक्रता, वाक्य वक्रता, प्रकरण वक्रता तथा प्रबंध वक्रता का उल्लेख किया है। उन्होंने वक्रोक्ति को काव्य सौंदर्य के समानार्थी के रूप में उल्लेखित किया है। कुन्तक ने जगह-जगह वक्रता वैचित्र्य, चारूता एवं सौंदर्य का उल्लेख एक-दूसरे के पर्यायवाची के रूप में किया है। वक्रोक्ति का लक्ष्य उनके अनुसार सौंदर्य का प्रस्फुटन करना ही है। वे सुंदर अर्थ को काव्य का सर्वस्व मानते हैं, और कहते हैं-'काव्य में वही अर्थ कहा जाता है जो अपने स्वभाव से ही सुंदर और सुहृदयों को आनंद देने वाला हो।' ऐसा नहीं है कि वे केवल वक्रोक्ति को ही काव्य में महत्व देते हैं, उनका मानना है कि अगर सहजोक्ति भी सौंदर्य युक्त हो तो उसका प्रयोग भी स्वागत योग्य है। आचार्य कुंतक वक्रोक्ति को सौंदर्य और काव्य की आत्मा मानते हैं। हमें यह नहीं भूलना चाहिए कि कोई भी सिद्धांत काव्य को सौंदर्यमय एवं आनंदमय बनाने के लिए होता है ताकि काव्य की मूल्यवान अनुभूति हो सके। इसलिए केवल सिद्धांत कभी भी काव्य या कला नहीं होते हैं, बल्कि काव्य और कला के उद्घाटन के घटक होते हैं। यह सहज मनोविज्ञान है कि कोई विचारक या चिंतक अपने सिद्धांत के आईने में काव्य-कला को संवारता-रचता है। इसलिए उसकी दृष्टि में वह सिद्धांत ही कला रूप लगने लगता है। इसमें आश्चर्य नहीं मानना चाहिए।

कविता की संस्कृति में काव्य के औचित्य की जब भी बात उठती है तब क्षेमेंद्र का नाम बरबस विचारों में कौधने लगता है। कश्मीर निवासी क्षेमेंद्र, जिन्हें

हम 'व्यास दास' के नाम से भी जानते हैं, 'बृहत्कथा मंजरी' के अनुसार वे अभिनव गुप्त के शिष्य थे। आचार्य क्षेमेंद्र औचित्य को काव्य की आत्मा मानते हैं- "औचित्य रससिद्धस्य स्थिरम् काव्यस्य जीवितम्।" औचित्य विचार चर्चा आचार्य क्षेमेंद्र की प्रसिद्ध कृति है। भारत मंजरी, कवि कंठाभरण, दशावतारचरित्, बृहत्कथा मंजरी और सुवृत्ततिलक भी इनकी रचनाएँ हैं।

आचार्य क्षेमेंद्र औचित्य सिद्धांत की स्थापना करने वाले प्रवर्तक माने जाते हैं, इन्होंने अलंकार, रीति, गुण, ओज विभिन्न तत्वों में सामंजस्य स्थापित करते हुए औचित्य अर्थात् उचित प्रयोग को ही काव्य की आत्मा सिद्ध किया है। उनका मानना रहा है कि "अलंकार तभी शोभा बढ़ाने में समर्थ होते हैं जब कि उनका विन्यास उचित स्थान पर हो। प्रतिपाद्य अर्थ के अनुरूप अलंकार का प्रयोग हो तो इस औचित्य से काव्य भारती इस प्रकार शोभित होती है जैसे पीन् स्तनों पर पड़े हार से सुंदरी।" उनका दृढ़ विश्वास रहा है कि "औचित्य के बिना न अलंकार रुचिरता प्रदान करते हैं, न गुण"।

'औचित्य विचार चर्चा' का उप जीव्य ग्रंथ आनन्द वर्धन कृत 'ध्वन्यालोक' है, फिर भी क्षेमेंद्र ने औचित्य को काव्य की आत्मा माना है न कि ध्वनि को। वे मानते हैं-

औचितस्य चमत्कारकारिण' चारूचर्वणे।
रस जीवित भूतस्य विचारं कुरूतेधुना।।

अर्थात् औचित्य रसानुभूति में चमत्कार उत्पन्न करने वाला रस का जीवन है। औचित्य काव्य का जीवित तत्व है। काव्य की सिद्धि रस से होती है एवं औचित्य उसे स्थायित्व प्रदान करता है। वे कहते हैं -

उचितं प्राहुरचार्याः सदृशं किल यस्य यत्।
उचितस्य च यो भावस् तदौचित्यं प्रचक्षते।।

अर्थात् उचित के भाव को ही उचित मानते हैं। उचित का लक्षण निर्धारित करते हुए वे कहते हैं कि जो उसके योग्य है, आचार्य लोग उसे उचित कहते हैं-उसका भाव औचित्य है।

क्षेमेंद्र ने पद, वाक्य प्रबंध, गुण, रस, अलंकार, क्रिया, कारक, लिंग, वचन, विशेषण, उपसर्ग, काल, देश, तत्व, सत्य, अभिप्राय, स्वभाव प्रतिभा, अवस्था, विचार, नाम, आशीर्वाद इत्यादि के औचित्य से काव्य में सौन्दर्य की प्रतिष्ठा होना मानते हैं। ऐसा नहीं है कि क्षेमेंद्र के पहले औचित्य की परंपरा नहीं थी भरतमुनि की नाट्य शास्त्र में हम पाते हैं कि वे भी अनुकूलता औचित्य मानते हैं उन्होंने स्वीकार किया है-

वयोऽनुरूपः प्रथमस्तु वेषः वेषानुरूपश्च गति प्रचारः।
गति प्रचारानुगतं च पाठ्यं, पाठ्यानुरूपोऽभिनयश्च कार्यः॥

आचार्य भामह औचित्य की महत्ता को स्वीकार करते हुए उसे काव्य का प्रमुख गुण मानते हैं। वे कहते हैं कि औचित्य से वर्जित होने पर गुण भी विष तुल्य हो जाते हैं। वहीं दंडी का दोष-परिहार विवेचन तो औचित्य पर ही आधारित है। यशोवर्मन, राजशेखर, आनन्द वर्धन, कुंतक आदि ने भी औचित्य पर प्रकाश डाला है। आनन्द वर्धन के द्वारा 6 प्रकार के औचित्य-रस, अलंकार, गुण, संघटना, प्रबंध, और रीति-का निर्देशन किया गया है। इतना ही नहीं, पाश्चात्य काव्य चिंतकों में अरस्तू, लोंजाइनस, होरेस, अलेक्जेंडर पोप आदि द्वारा भी औचित्य को कलानुशासन कह कर इसके महत्व को मान्यता दी गयी है। होरेस ने अपने ग्रंथ 'आर्स पोइटिका' (Ars Poetica) में काव्य और नाटक के लिए मूल्यवान सुझाव दिए हैं। इसमें औचित्य तत्व पर, गहन विचार किया गया है। इसे वे 'प्रोप्राइटी' कहते हैं। नाटक के प्रसंग में औचित्य का उल्लेख करते हुए वे विषय का औचित्य, चरित्रांकन का औचित्य, अभिनय का औचित्य, घटना का औचित्य, भाषा-शैली का औचित्य, शब्द-चयन एवं छंद-विधान के औचित्य को लेकर विचार रखे हैं। हाँ, यह सच है कि औचित्य को काव्य का प्राण स्वीकारने वाले एवं उस पर सूक्ष्म, गहन और व्यापक विश्लेषण करने वाले तो आचार्य क्षेमेंद्र ही हैं। अतः उन्हें औचित्य सिद्धांत को प्रतिष्ठापित करने का श्रेय जाता है।

काव्य और कला संबंधी विचारों, धारणाओं, मान्यताओं एवं प्रयोजनों और उनमें समय-समय पर होने वाले संशोधनों-परिवर्धनों से स्पष्ट है कि चिंतन यात्रा सतत रूप से जारी है। यह काव्य विचारणा समय के साथ अधिक सूक्ष्म गहन और संश्लिष्ट भी होती गई है। जिन परवर्ती साहित्य चिंतकों ने काव्य को गहरे तक प्रभावित किया है, उनमें विलियम वड्र्सवर्थ, कॉलरिज, मैथ्यू अर्नोल्ड, बेनदेतो क्रोचे, टी.एस. इलियट, काडवेल, आइ.ए.रिचर्डस, एफ.आर. लेविस श्रीअरविंद, आचार्य रामचंद्र शुक्ल, आचार्य हजारीप्रसाद द्विवेदी आदि के काव्य विषयक चिंतन और चिंताओं का उल्लेख करने के अतिरिक्त मानववादी, मनोविज्ञानवादी एवं मार्क्सवादी जैसी मूल अवधारणात्मक दृष्टिकोणों के अंतर्गत अस्तित्ववादी, स्वच्छंदतावादी, कलावादी, प्रतीकवादी, और अति यथार्थवादी चश्मे से अलग-अलग ढंग से देखने के बावजूद भी कविता का "कवितापन" क्या है या सारतः विश्व मानवता के समग्र हित और बोध के लिए भविष्यत काव्य को कैसा होना चाहिए? जैसे बिन्दुओं की पड़ताल कर ही मूल्यवान रस की प्राप्ति संभव है।

विलियम वर्ड्सवर्थ (1770-1850) कॉलरिज, वायरल, शैली, जान किट्स, साउथी के समकालीन कवि थे। एस.टी. कॉलरिज के साथ मिलकर इन्होंने रोमांटिक एज की आधार शिला रखी। 1798 में इनके "लिरिकल बैलेड्स" का प्रकाशन हुआ जिसमें कुल 23 कविताएँ थीं। विलियम वर्ड्सवर्थ की महत्वपूर्ण भूमिका के साथ लिरिकल बैलेड्स का द्वितीय संस्करण 1800 में प्रकाशित हुआ। इन्हें इंग्लैंड का पोयट लॉरिअट (राजकवि) 1843 में घोषित किया गया। वैसे तो इनकी प्रसिद्धि कवि के रूप में ही है, किंतु लिरिकल बैलेड्स की भूमिका ने इन्हें काव्य चिंतक के रूप में प्रसिद्धि भी दिलवाई। विलियम वर्ड्सवर्थ के पूर्व काव्य लेखन नियमों एवं खास किस्म की विषय वस्तुओं से लबरेज था। इसमें कुलीन वर्ग के आस्वादन पर विशेष बल था। बनावटी पन के बोझ से कविता बोझिल थी। कहने का अर्थ यह कि कविता एकांगी और सीमित भाव भूमि को अपने में समेटे हुए थी। विलियम वर्ड्सवर्थ का लेखन उस तात्कालिकता के प्रति विद्रोह की तरह उभरा। यह जरूर है कि विलियम वर्ड्सवर्थ की इस दृष्टि पर फ्रांस की राज्य क्रांति (1789) का गहरा असर प्रतीत होता है। 'लिबर्टी, इक्वलिटी, फ्रेटरनिटी' जैसे क्रांति के महत्वपूर्ण उद्घोष ने छूने के लिए तो पूरे विश्व को आने वाले समय में प्रभावित किया और यह भावुक कवि भी उसके प्रभाव से अछूता नहीं रहा। इसके मन में ग्राम्य जीवन और उसकी भाषा के प्रति आकर्षण पैदा हुआ। व्यक्तिगत स्वतंत्रता का भाव विकसित होकर उनकी रचनाओं में प्रवाहित होने लगा। इस रूप में जो लेखन मात्र उच्च वर्ग के जीवन से जुड़ा रहा, उसे विलियम वर्ड्सवर्थ ने ग्रामीण जीवन और उनकी भाषा शैली से जोड़कर लेखन के, विशेषकर कविता के आयाम को ही बढ़ा दिया। कविता को व्याप्ति मिली और कविता समृद्धि भी हुई।

काव्य भाषा के संदर्भ में विलियम वर्ड्सवर्थ की धारणा थी कि वह कृत्रिम और आडंबर से दूर रहे, तथा उसे मौलिक होना चाहिए। कृत्रिम भाषा को वे निम्न श्रेणी के कवियों की देन मानते हैं। उनके अनुसार भाषा में जीवंत संवेदन की स्थिति होनी चाहिए। वे छंद को कविता के लिए अनिवार्य नहीं मानते किंतु छंद की महत्ता और शक्ति को स्वीकार करते हैं। वे इस बात पर जोर देते रहे कि कविता में उन परिस्थितियों और घटनाओं का उल्लेख होना चाहिए जो ग्रामीण जीवन अर्थात् सामान्य जीवन में घटित होती हैं। इसलिए सामान्य जीवन में घटित घटनाओं और परिस्थितियों के वर्णन के लिए भाषा भी जनसाधारण के बीच से होनी चाहिए। जनसाधारण में से चुनी हुई भाषा का इस्तेमाल कविता के लिए

किया जाना चाहिए। यह जरूर है कि जन सामान्य की भाषा में कल्पना का रंग भर देने से नवीनता और असाधारणता आ जाती है। जनसाधारण के बीच से चुनी हुई घटनाओं एवं वस्तुओं का उल्लेख करने के लिए उन्हीं के बीच की भाषा प्रभावी हो सकती है। इसलिए वड्र्सवर्थ द्वारा रस्टिक डिक्सन अर्थात् कॉमन डिक्शन के प्रयोग पर बल दिया गया है किंतु वे उनके बीच से चुनी हुई भाषा के प्रयोग के पक्षधर रहे। विलियम वड्र्सवर्थ 'लिरिकल बैलेड्स' की भूमिका में कहते हैं--" The principal object, then, proposed in these poems was to choose incidents and situations from common life and to relate or describe them, throughout, as far as was possible in a selection of language really used by men, and at the same time, to throw over them a certain coloring of imagination, where by ordinary things should be presented to the mind in an unusual aspect, and further, and above all, to make these incidents and situations interesting..."

प्रकृति के पुजारी, ग्राम्य जीवन और उसकी भाषा के प्रस्तोता विलियम वड्र्सवर्थ काव्य में बनावटी और आडंबर पूर्ण भाषा के व्यवहार के विरोधी थे। उनके मतानुसार कविता शक्तिशाली भावनाओं की सहज और स्वतः स्फूर्त उद्गार होती है। ऐसी रचना का रचयिता कवि गहराई से कविता की विषय वस्तु पर विचार करता है। अनुभूतियां बहुत समय तक उसके विचार का हिस्सा बनी रहती है। वे यह भी मानते थे कि मानव मन के भीतर सहज और शाश्वत गुणों का वास होता है वाह्य जगत में भी दिखने वाली तत्वों के भीतर भी एक विशेष शक्ति काम करती है, और यही सत्यात्मक शक्ति रचनाकार को प्रेरणा देती है। तब जाकर रचनाकार रचना का प्रणयन करने में सफल होता है।

विलियम वड्र्सवर्थ के लिए कविता साहित्य की अन्य विधाओं से अधिक दार्शनिक होती है क्योंकि उसका ध्येय सत्य को जानना होता है। वह सत्य जो वयैक्तिक न होकर सार्वभौमिक और व्यवहारिक होता है। कविता मानव और प्रकृति का बिंब है। विलियम वड्र्सवर्थ के प्रकृति प्रेम को प्रगाढ़ करने का श्रेय उनकी बहन डोरोथी को भी है। 'टूरिंग पैशन' वाले विलियम वड्र्सवर्थ कई यात्राएँ अपनी बहन के साथ भी किये। प्रकृति के प्रति गहरे प्रेम और यात्राओं के कारण कवि की समझ उदात्त और संवेदनशील बनी रही। प्रकृति प्रेम उनके लिए नदी, पहाड़, झील, झरने या हरी वादियों तक ही सीमित नहीं था बल्कि प्रकृति उनके लिए परमात्मा थी जिस की उपस्थिति में वे विशेष ऊर्जा एवं दिव्यता के दर्शन पाते थे। इसलिए वे अपनी कविता Tintern A bbey में दृढ़ता से कह सके-"Nature never did betray the heart that loved her,"

उनके लिए कविता मानव की सहज गरिमा के प्रति सम्मान भाव है। उनका मानना है कि कविता का ज्ञान सूक्ष्म और सौंदर्य की अनुभूति होने के कारण आनंद प्रदान करता है। उसका ज्ञान और नवीन अनुभव आनंददायी होता है। इनके मतानुसार कवि मानव है और मानव से ही संवाद करता है, परंतु सामान्य मानव की तुलना में वह गहन और जीवंत संवेदना से संपन्न होता है। वह जीवन को सामान्य जन की तुलना में गहराई से देखता-समझता है। एक कवि की दृष्टि अप्रस्तुत को भी प्रस्तुत कर आनंद प्रदान करने की होती है। इस तरह हम पाते हैं कि विलियम वड्र्सवर्थ बेहद संवेदनशील और आत्मावादी हैं। उनके लेखन के केंद्र में मनुष्य और मनुष्यता का भाव है। वे सहज एवं जीवन्त भावनाओं के स्वतः स्फूर्त कवि हैं। वे कहते हैं-

"Poetry is the spontaneous overflow of powerful feeling, it takes its origin from emotion recollected in tranquility, the emotion is contemplated till, by a species of re-action, the tranquility gradually disappears, and an emotion, kindred to that which was before the subject of contemplation, is gradually produced, and does itself actually exist in the mind."

इस तरह विलियम वड्र्सवर्थ अपनी भूमिका में कवि, कविता और कविता प्रक्रिया के बारे में बताते हैं। इस लिहाज से लिरिकल बैलेड्स मील का पत्थर है। कविता और कविता प्रक्रिया को समझने के साथ ही कविता को सामाजिक सरोकार से जोड़ने की दृष्टि से भी मुझे इसका अध्ययन जरूरी पाठ की तरह है। यह दीगर बात है कि जिस लिरिकल बैलेड्स के लिए अपनी कविताएँ लिखकर नए लेखन युग के सूत्रपात के लिए अपने साथी कवि वड्र्सवर्थ का साथ देकर एस.टी.कॉलरिज ने विशेष पहल की थी, उसी कॉलरिज ने विलियम वड्र्सवर्थ के 'पोएटिक डिक्शन' पर प्रश्नचिन्ह भी खड़ा किये।

वर्तमान काव्य-समय यथार्थ या अति यथार्थ के निरूपण के नाम पर सतही लेखन एवं आत्म मुग्ध वर्णन तक सीमित होकर, भौतिक संघर्ष को केंद्र में रखकर, सामाजिक समता का ही छद्म पक्षधर हो चला है। कल्पना, फेंटेसी, आत्मा एवं दिव्य परोक्ष सत्ता अब धीरे-धीरे कविता के हाशिए पर दिखने लगी हैं। ऐसी स्थिति में कविता परंपरा और उसकी संस्कृति से गुजरना इसलिए भी जरूरी है ताकि सार्थक कविता के लक्षणों-प्रतिमानों को चिन्हित किया जाकर मनुष्य जाति के लिए मूल्यवान रचनात्मकता को आयाम मिल सके। यह सच है कि बदलते समय के साथ हममें बदलाव को अंगीकार करने की क्षमता होनी चाहिए, लेकिन बदलाव इस रूप में हो ताकि मनुष्य का जीवन समुन्नत, उदात्त और संवेदनशील बना रहे। मनुष्य का जीवन केवल अर्थहीन संघर्ष, खोखलेपन

और आंधियों का पर्याय बनने के लिये नहीं है, यह सब भी बदलते समय में सोचने-विचारने की जरूरी जरूरत है। एस.टी. कॉलरिज के काव्य चिंतन को इसी परिपेक्ष में समझने की कोशिश की गई है।

सैमुअल टेलर कॉलरिज (21 अक्टूबर, 1772-25 जुलाई, 1834) पाश्चात्य साहित्य के रोमांटिक युग के कवि, दार्शनिक और काव्य चिंतक रहे हैं। वड्र्सवर्थ की तुलना में ये कम लिखें किंतु इनका लेखन मूल्यवान है। कविता लेखन में कल्पना और फेंटेसी की कोटियों का उल्लेख कर जिन अवधारणाओं को इन्होंने जन्म दिया उसे भुलाया नहीं जा सकता है। असाधारण प्रतिभा के धनी कॉलरिज के जीवन में भी कुछ असाधारण ही घटा। वे शराब और अफीम के शौकीन हो गए। ये आदतें उनके स्वास्थ्य पर बुरा असल तो डालीं ही, उन्हें बिषाद ग्रस्त और विवाद ग्रस्त भी बनायीं। आर्थिक तंगी, मित्रों से मनमुटाव पारिवारिक समस्याएँ एवं शारीरिक अस्वस्थता ने इन्हें अंतर्मुखी एवं एकाकी भी बना डाला। फिर भी इस मौलिक चिंतक ने 'कुबला खान' (1816)' दि राइम ऑफ एंन्सियेंट मेरिनर' (1797-98) 'बायोग्राफिया लिटरेरिया' (1817) 'चर्च एंड स्टेट' (1830) 'शेक्सपीरियन क्रिटिसिज्म' जैसे प्रसिद्ध रचनाओं का प्रणयन किया। 'दि राइम ऑफ एन्सियेंट मेरिनर' और 'बायोग्राफिया लिटरेरिया' से इन्हें प्रसिद्धि मिली।

कॉलरिज ने काव्य सृजन के लिए कल्पना और फैंसी को महत्वपूर्ण मानते हुए उसे ईश्वरीय शक्ति के रूप में स्वीकार किया है। वे मानते हैं कि कल्पना अंतर जगत एवं वाह्य जगत के साथ विचार एवं भाव का समन्वय करती है। और यह समन्वय सृष्टि रचना के लिए अनिवार्य है। आत्मवादी चिंतक कॉलरिज जर्मन के दार्शनिक शेलिंग और काण्ट से प्रभावित लगते हैं। कल्पना शक्ति को वे रचना के लिए आधारभूत मानते हुए उसे दिव्य प्रेरणा और सौंदर्य विधायिनी मानते हैं। कॉलरिज को एक मौलिक विचारक, आत्मवादी चिंतक एवं कल्पना और फैंसी का गंभीर अध्येता माना जाता है। कविता के बारे में वे कहते हैं कि कविता तो प्रकृति में निहित सत्य के प्रति पाठक की सहानुभूति को प्रेरित करती है। उसमें कल्पना का रंग भर कर उसे नवीन एवं रुचि पूर्ण बनाती है। सहज प्राकृतिक और साधारण जीवन में कल्पना और फेंटेसी के सहारे उसे अलौकिक एवं आश्चर्य कारी बनाती है। वे मानते हैं कि हमारे जीवन में और उसके आसपास जीवंत, सुंदर और आश्चर्य कारी रूपों के भंडार हैं, किंतु स्वार्थ और लोभ के कारण हम उन सौंदर्य की अनुभूति ठीक से नहीं कर पाते हैं इसलिये आनंद की रसानुभूति से वंचित रह जाते हैं। कविता सौंदर्य बोध एवं जीवंत जीवन अनुभव का आनंद

देती है, वह वाह्य एवं आंतरिक जगत को जोड़ती है, उसका सजीव चित्रण करती है। इसलिए वह आध्यात्मिक भी होती है।

कॉलरिज की दृष्टि में महान कवि वह है जो मनुष्य की आत्मा को सक्रिय कर देता है जिससे उसकी अन्य इंद्रियां गौड़ और शांत हो जाती हैं। यह कार्य कवि कल्पना की शक्ति से संपन्न करता है। वे मानते हैं-

"The poet, described an ideal perfection, brings the whole soul of men into activity, with subordination of its faculties to each other, according to their relative worth and dignity."

वे मौलिक काव्य प्रतिभा को रेखांकित करते हुए कहते हैं कि विषय के अनुरूप सही छंद का चुनाव, उचित लय का समावेश और माधुर्य होना चाहिए। वे मानते हैं कि जिसकी आत्मा में संगीत नहीं होता, वह मूल्यवान कवि कभी नहीं बन सकता। रचनाकार के पास विचार और अनुभूति की प्रभावी बुनावट के लिए शब्दों को लय में गूँथने की कला आनी चाहिए। पढ़ने वालों के मनोभावों पर गहरा प्रभाव रचना से पड़े, इसलिए विषय का चयन नितांत वयैक्तिक न होकर व्यापक और निर्वयैक्तिक होना चाहिए या वैयक्तिकता को इस रूप में प्रस्तुत की जाय कि वह व्यापक जीवन से जुड़ी जान बन पड़े। जिसमें वृहत्तर मानव जीवन का अंकन हो। कल्पना साहित्य लेखन में, विशेषकर कविता सर्जना में अहम भूमिका निभाती है। कल्पना से प्रभावी बिम्बों का सृजन होता है। विचार को प्रभावी और संप्रेषणीय बनाने के लिए बिम्बों का निरूपण होता है। इसलिए कॉलरिज मानते हैं कि जब बिम्ब बहुलता को एकत्व में परिणत करते हैं और जब मनुष्य का संवेदनात्मक जीवन कवि की अपनी स्फूर्ति से उन बिम्बों द्वारा संप्रेषित हो जाता है, तभी रचना की सार्थकता सिद्ध होती है।

एक सार्थक कविता गंभीर कवि के द्वारा ही सृजित हो पाती है और कवि की गंभीरता उसके विचार चिंतन की परिपक्वता और समावेशी जीवन की गहरी समझ से संभव होती है इसलिए वे मानते हैं कि कोई व्यक्ति कभी भी महान कवि नहीं हुआ है जब तक कि वह साथ-साथ गंभीर दार्शनिक न रहा हो क्योंकि कविता मानव के ज्ञान, विचार, वासना, भावना और भाषा का पुष्पत्व और सौरव होती है। विचारों की गहराई और उसकी ऊर्जा से ही कवि की प्रतिभा निखरती है। तभी वह अपनी कल्पना शक्ति के सहारे प्रभावी बिम्बों का सृजन कर सार्थक अभिव्यक्ति दे पाता है। 'बायोग्राफिया लिटरेरिया' में वे लिखते हैं- "No man was ever a great poet without being at the same time a profound philosopher." यकीनन यह दार्शनिकता जीवन को उसके पूर्ण और समग्र रूप में देखने और समझने से विकसित होती है। एकांगी दृष्टि का व्यक्ति मेरी दृष्टि में कभी

भी दार्शनिक नहीं हो सकता। दार्शनिक होने के लिए गंभीर और समन्वय कारी दृष्टि की दरकार होती है। संभवत: तभी हमारी भारतीय परंपरा में कवि को ऋषि कहा गया है अर्थात् निर्लिप्त और व्यापक दृष्टि वाला मानव।

'बायोग्राफिया लिटरेरिया' में दर्शन, साहित्यिक सिद्धांत और लेखक की खुद की जीवनी का सम्मिश्रण है। बावजूद इसके यह विश्व की प्रसिद्ध रचना है। आलोचक सेंट्सबरी मानते हैं-"The whole book is among the few which constitutes the very Bible of ctiticism." कॉलरिज कल्पना संबंधी विचार के लिए ऐसा लगता है कि काण्ट से प्रभावित हैं। काण्ट के लिए भी कल्पना esemplastic power (समन्वयकारी शक्ति) है। उसी तरह कॉलरिज इसमें एकीकरण की शक्ति देखते हैं। वे मानते हैं कि कल्पना शक्ति ही निराकार विचारों और भावों को रूपायित करती है। वह परस्पर विरोधी भाव और विचार के बीच सामंजस्य और अन्विति स्थापित करती है। वाह्य पदार्थों और आत्म तत्व के बीच संबंध स्थापित करने में कल्पना शक्ति का प्रमुख हाथ होता है। कालरिज ने इमैजिनेशन और फैंसी के बीच अंतर स्पष्ट किया है। कल्पना काव्यगत सार्थक बिम्बों की रचना करती है जबकि फैंसी कपोल कल्पना, दिवास्वप्न वाले और अवास्तविक कार्यकलाप को मन में रूपायित करती है। वह अधिक सार्थक रचनात्मक और क्रिएटिव पावर से परिपूर्ण होती है।

कल्पना आत्मा की एक विशेष शक्ति है। वह दिव्य और सर्जनात्मक होती है। उसमें जड़ और चेतन तथा भाव और विचार के बीच सामंजस्य स्थापित करने की क्षमता होती है। कालरिज ने कल्पना के दो प्रकार बताए हैं.-एक मुख्य या प्राथमिक तथा दूसरी गौण या अनुवर्ती। उन्होंने प्राथमिक कल्पना को प्रत्येक मानव की जीवंत शक्ति के रूप में स्वीकारते है। किंतु कवि में उस कल्पना को रीक्रिएट करने की क्षमता होती है। अनुवर्ती कल्पना मुख्य कल्पना की छाया मात्र होती है। सचेतन संकल्प शक्ति के साथ उसका सह अस्तित्व होता है। मुख्य कल्पना अचेतन और अनैच्छिक होती है जबकि गौण कल्पना चेतन और ऐच्छिक होती है। मुख्य कल्पना निर्माण या संगठन करती है जबकि गौण कल्पना विघटन और संगठन दोनों करती है। मुख्य कल्पना सृजन है तो गौण कल्पना पुन: सृजन है। प्राथमिक कल्पना की शक्ति चूँकि हर मानव में होती है इसलिए इसका संबंध भौतिक जगत से रहता है, जबकि गौण कल्पना आध्यात्मिक जगत का परिचय कराने में सक्षम होती है। मुख्य कल्पना जन सामान्य की मस्तिक में होती है जबकि परवर्ती कल्पना मुख्यत: कवि, दार्शनिक एवं कलाकार की पूँजी है। इसलिए कॉलरिज प्राथमिक कल्पना को अंडरस्टैंडिंग और गौण कल्पना को

रीजन से जोड़कर प्राथमिक कल्पना की तुलना में द्वितीय कल्पना को श्रेष्ठ मानते हैं। उनके मतानुसार कल्पना में संश्लेषात्मक तथा जादुई शक्ति होती है जो विरोधी तत्वों में संतुलन स्थापित करती है। उसमें विरूद्धों को साधने की शक्ति होती है।

'बायोग्राफिया लिटरेरिया' में कॉलरिज इमैजिनेशन और फैंसी के बारे में लिखते हैं-

"The primary imagination I hold to be the living power and prime agent of all human perception and as a repetition in the finite mind of the external act of creation in the infinite I am. The secondary I consider as an eco of the former, Co-existing with the unconscious will, yet still as identical with the primary in the kind of its agency, and differing only in degree, and in the mode of its operation. It dissolves, diffuses dissipates, in order to re-create, or where this process is rendered impossible, yet still, at all events, it struggles to idealize and to unify."

"Fancy, on the contrary, has no other counters to play with but fixities and definites. The fancy is indeed no other than a mode of memory emancipated from the order of time and space, and blended with, and modified by that empirical phenomenon of the will which he expresses by the word choice. But equally with the ordinary memory it must receive all its materials ready made from the law of association."

कॉलरिज के विचार से स्पष्ट होता है कि कल्पना का कार्य एकीकरण और समंजन करना है। इसका संबंध आत्मा और मन से है। कल्पना आत्मिक होती है और यह प्रतिभा की उपज है। कल्पना अंतर प्रेरणा, प्रत्यक्ष तथा अन्य स्रोतों से खुद को संपन्न करती है। कल्पना बिंम्बों को विघटित, विगलित तथा रूपांतरित कर उसे नए रूप में ढाल देती है। वहीं फैंसी का कार्य संयोजन करना होता है। इसका संबंध मस्तिष्क से होता है तथा यह यांत्रिक होती है। फैंसी टैलेंट की उपज है और यह रूपांतरण लाने में सक्षम नहीं है। इस तरह बायोग्राफिया लिटरेरिया में कॉलरिज का एक प्रसिद्ध मुहावरा है-'Willing suspension of disbelief.' कल्पना के सहारे बिंम्बों का ऐसा अंकन करना कि अविश्वास का अवसर ही न रहे। कुल मिलाकर हम पाते हैं कि कॉलरिज कविता की जीवंतता के लिए वाह्य जगत के चित्रण में आंतरिक लोक की उपस्थिति अर्थात् दार्शनिक दृष्टि को महत्वपूर्ण मानते हैं। इसलिए उन्होंने कहा है कि कवि को दार्शनिक भी होना चाहिए और यह दार्शनिकता मानव को उदात्त और व्यापक बनाती है। 'दि राइम ऑफ दि एन्सिएंट मेरिनर' में वे लिखते हैं-

"He prayeth well, who loveth well
Both man and bird and beast.

He prayeth best, who loveth best
All things both great and small,
For the dear God who loveth us,
He made and loveth all."

इस महत्वपूर्ण कवितांश से साफ जाहिर है कि असली प्रार्थना, असली प्रेम मनुष्य एवं पशु-पक्षी से प्रेम करने में है। जो बड़े-छोटे में अंतर न मान कर सब से प्रेम करता है वही ईश्वर की सच्ची प्रार्थना करता है। इसमें प्रेम और पारस्परिकता का अप्रतिम भाव समाहित है। संकीर्णता, दुराव और भेदभाव जैसे नकारात्मक भावों का अभाव जिस कविता की अन्तिम परिणति होती है, वही श्रेष्ठ कविता होती है। इस कविता दृष्टि के प्रकाश में आज अति यथार्थ के नाम पर रची-गढ़ी जाने वाली कविताओं को भी समझने की आवश्यकता है, और यह थाह लगाने की भी जरूरत है कि क्या भेदकारी व संकीर्ण विजन वाली कविताएँ सचमुच में कविताएँ है भी या नहीं?

वैसे तो साहित्य लेखक के व्यक्तित्व का ही प्रकटीकरण है, किंतु लेखक का यह व्यक्तित्व उस समय और परिस्थितियों से निर्मित होता है जिसमें वह रहता है, और वह समय और परिस्थितियां भी पूर्ववर्ती समय और विचार की वाहक के रूप में रचनाकार के व्यक्तित्व में शामिल रहती है।

मैथ्यू अर्नाल्ड (1822-1888) को कवि और आलोचक बनाने में उनके विद्वान पिता और उस काल खंड का तो योग है ही, जिसमें वे पैदा हुए, साथ ही जर्मनी के कवि गेटे और फ्रांस के आलोचक टैने और सेन्ट ब्यूव का उन पर गहरा प्रभाव माना जाता है। पिता ने उनमें ग्रीक और रोमन कवियों और विचारकों के प्रति गहरी रूचि पैदा की। होमर, सोफोक्लीज, वर्जिल, अरस्तू के अलावा जर्मनी के कवि हेनरिच हैने ने निसंदेह रूप से अर्नाल्ड के विचारों को गढ़ने-संवारने में मदद की। वे प्रतिभाशाली अध्ययनशील तो थे ही, किंतु अगर उन्हें समुचित अवसर अपनी प्रतिभा के प्रदर्शन का न मिलता तो शायद वे श्रेष्ठ कवि और विचारक न बन पाते। व्यक्तित्व के निर्माण में अनुकूल अवसर का होना सोने में सुहागा का काम करता है। मैथ्यू अर्नाल्ड 1857 में ऑक्सफोर्ड यूनिवर्सिटी में कविता के प्रोफेसर नियुक्त हुए। इस रूप में उनके लिए रचनात्मक यश और कीर्ति के द्वार खुल गये।

मैथ्यू अर्नाल्ड मूल रूप से निराशावादी कवि के रूप में जाने जाते हैं। महत्वपूर्ण कविताओं के अलावा उनके साहित्य और संस्कृति से जुड़े विचार "एसेज इन क्रिटिसिज्म" (1865) "कल्चर एंड अनार्की" (1869) एवं "लिटरेचर एंड डॉगमा" (1873) में प्रकाशित हैं। ए.सी. वार्ड की 'सलेक्शन्स

फ्रॉम इंग्लिश पोएट्स' की भूमिका में मैथ्यू अर्नाल्ड के सारगर्भित विचार कविता की प्रकृति और कार्य के संदर्भ में उल्लिखित हैं। उन्हें कविता में व्यापक भविष्य दिखाई देता है। कविता की शक्ति में उन्हें अटूट विश्वास था। वे कविता को अंतिम सांत्वना और विश्राम के रूप में स्वीकारते हैं। वे दृढ़ता पूर्वक घोषित कर चुके हैं-

"In poetry as a criticism of life under the conditions fixed for such a criticism by the laws of poetic truth and poetic beauty, the spirit of our race will find, as time goes on as other helps fail, its consolation and stay. But the consolation and stay will be of power in proportion to the power of the criticism of life. And the criticism of life will be of power in proportion as the poetry conveying it is excellent or inferior, sound rather than unsound or half sound, true rather than untrue or half true."

मैथ्यू अर्नाल्ड मानते हैं कि कविता में जैसा कि वह जीवन की आलोचना है। मानव समाज यह समझेगा कि जीवन की व्याख्या प्रस्तुत करने के लिए हमें कविता की आवश्यकता है। वह ज्ञान की सूक्ष्म चेतना के लिए कविता के मूल्य को समझेगा। वह कविता में जीवन की आलोचना को काव्य सत्य और काव्य सौंदर्य की धारणाओं के अनुरूप देखेगा, और वह जीवन की आलोचना को सान्त्वना और विश्राम के रूप में अनुभव करेगा। इनका मत है कि साहित्यिक प्रतिभा का कार्य संश्लेषण और अभिव्यक्ति का है, न कि विश्लेषण और अन्वेषण का। उनकी दृष्टि में महान और श्रेष्ठ कवि की रचना के लिए मनुष्य की शक्ति और समय की शक्ति में संयोजन की आवश्यकता है। समय की शक्ति को वे अधिक महत्वपूर्ण मानते हैं। वे कहते हैं कि जब नए विचार समाज में पहुँचते हैं तब तहलका मचता है और चारों ओर विकास की प्रक्रिया शुरू होने लगती है। सत्य का संस्पर्श ही जीवन का संस्पर्श होता है। वे यह मानते हैं कि साहित्य लोचन का पहला कार्य है संसार में जो ज्ञान और चिंतन का परिणाम है उसको जानना और उसकी जानकारी देकर सत्य और ताजे विचारों को प्रचलित करना। इस काम को योग्यता और ईमानदारी पूर्वक करना ही साहित्य के लिए वांछनीय है।

अर्नाल्ड मानते हैं कि जीवन की व्याख्या के लिए कविता की तरफ मुड़ना चाहिए। कविता का मूल्यांकन ऐतिहासिक या व्यक्तिगत आधार पर न होकर उसका जीवन के लिए यथार्थ मूल्यांकन होना चाहिए। अच्छी कविता के मूल्यांकन के लिए उनकी धारणा रही है कि 'टचस्टोन मेथड' (निकष पद्धति) का सहारा लिया जाना चाहिए। महान कवियों, जैसे-होमर, दान्ते, शेक्सपियर, मिल्टन आदि की कविताओं में से मूल्यवान छोटे पैसेज या कीमती पंक्तियों को

लेकर उन्हें टचस्टोन मेथड (Touch Stone method) के रूप में प्रयुक्त कर अच्छी कविताओं को पढ़ने और समझने की जरूरत है। वे विषय वस्तु और भाषा शैली के समुचित संयोजन पर बल देते हुए कहते हैं कि यदि कविता की विषय वस्तु सत्य और गंभीर है, तब शैली में भी गंभीरता जरूरी है, क्योंकि दोनों एक दूसरे से संयुक्त हैं। उनका विश्वास रहा है कि श्रेष्ठ साहित्य की महत्ता हमेशा बनी रहती है। मैथ्यू अर्नाल्ड कविता को संस्कृति का वाहक मानते हैं, वे कविता में नैतिकता के पक्षधर हैं, किंतु वे मानते हैं कि नैतिकता की शिक्षा सीधे-सीधे नहीं, बल्कि अप्रत्यक्ष रूप से दी जाय, तथा किसी रचना का मूल्यांकन उसके समग्र प्रभाव के आधार पर किया जाना चाहिए। इस रूप में मैथ्यू अर्नाल्ड एक व्यावहारिक काव्य विचारक लगते हैं।

बुद्ध ने कहा था कि यह संसार जल रहा है और उसी तपन और जलन को देखकर, उसी अर्थहीन भटकाव से विचलित होकर मैथ्यू अर्नाल्ड अपनी कविता "स्कालर जीप्सी" में कहते हैं,

'This strange disease of modern life,
With its sick hurry, its divided aims.'

इस बिमारू जीवन से उबरने के लिए वे प्रेमपूर्ण जीवन को अपनाने पर "डावर बीच" में जोर देते हैं-

"Ah, love, let us be true
To one another! For the world, which seems
To lie before us like a land of dreams...."

इस तरह उनके लिए कविता जीवन का चित्रण ही नहीं है बल्कि उसका विश्लेषण भी है, और इस आलोचना के दौरान वे जीवन की समस्याओं से निजात पाने के लिए उपचार की कीमिया भी गढ़ते हैं। इन्होंने साहित्य को केवल अभिव्यक्ति का साधन नहीं माना बल्कि उसे 'जीवन की आलोचना' कहा है, अर्थात् जीवन के लिए क्या श्रेयस्कर है और क्या अकरणीय है। समग्रतः एक गंभीर कवि और काव्य चिंतक के रूप में मैथ्यू अर्नाल्ड के अवदान को कभी भी नकारा नहीं जा सकता है किंतु टी.एस. इलियट ने इन्हें महान आलोचक न कहते हुए 'ए प्रोपेगैंडिस्ट, ए सेल्समैन, ए क्लेवर एडवरटाइजर' कहा है।

वहीं आधुनिक कविता और काव्य चिंतन को जिसने दूर तक और देर तक प्रभावित किया है उन्हें हम थॉमस ईस्टर्न इलियट (1888-1965)के नाम से जानते हैं। कवि, नाटककार और आलोचक के रूप में ख्याति अर्जित करने वाले इलियट बहु पठित एवं गंभीर सर्जक रहे हैं। इनकी व्यापक एवं गंभीर अध्ययनशीलता और रचनाओं में प्रयुक्त उद्धरणों पर रीझने और खुश होने की

वजाय कुछ लोग इन्हें यहाँ तक कहते हैं कि "कहाँ का ईंट, कहाँ का रोड़ा, भानुमति का कुनबा जोड़ा", किंतु इतिहास साक्षी रहा है कि आलोचना भी उसी की हुई है और होती है, जिसमे शक्ति होती है, विशेषकर चिंतन और विचार की शक्ति।

यकीनन बीसवीं सदी विचारों की सदी रही है। तर्कों-कुतर्कों, विश्लेषणों-अन्वेषणों, अलगावों-जुड़ावों, युद्धों और अस्मिताओं की सदी रही है। कला, संस्कृति और साहित्य को लेकर ही अलग-अलग कोणों से चिंतन-मनन नहीं हुआ, बल्कि सामाजिक, आर्थिक और राजनैतिक मूल्यों और प्रतिमानों में हुए उठापटक को भी इस सदी ने खूब देखा है। यह संघर्ष केवल बाहर-बाहर ही नहीं रहा, बल्कि मनुष्य और समाज के भीतर, मन और चेतना के तल पर भी यह संघर्ष और द्वंद बखूबी तेजी से उभरता-घटता रहा है। अलग-अलग विचारों और ध्रुवों के बीच की खेमेबाजी और चुनौतियों की भी साक्षी रही है यह 20 वीं सदी। बावजूद आंतरिक एवं वाह्य संघर्ष के बीच उभरे एकाकीपन, अलगाव, अविश्वास और संदेह के, इस सदी ने समावेशी और चेतनात्मक मूल्यों के पोषण एवं संरक्षण के लिए भी प्रखरता एवं प्रमुखता के साथ अपने कदम आगे बढ़ाए हैं। जीवन के खुरदरे यथार्थ के बीच जीवंत सत्य को जानने परखने की वकालत और कोशिशें लगातार होती रही हैं, और यही बीसवीं सदी की गतिशील सुंदरता भी कही जा सकती है। कविता और जीवन के रास्ते को आसान बनाने वालों में टी.एस. इलियट का नाम भी सम्मान से लिया जाता है।

टी.एस. इलियट की प्रसिद्धि के पीछे उनकी विश्व प्रसिद्ध रचना "द वेस्टलैंड" (1922) का अमूल्य योगदान है, किंतु आलोचक के रूप में उनके प्रतिमानों में "ऑब्जेक्टिव कोरिलेटिव", "यूनिफिकेशन ऑफ़ सेंसिबिलिटी" और "डिसोसिएशन ऑफ सेंसिबिलिटी" के अतिरिक्त "ट्रेडीशन एंड इंडिविजुअल टैलेंट" (1919), एवं कविता संबंधी मान्यताओं ने उन्हें खूब प्रसिद्धि दिलाई है। उन्हें नकार कर या भुलाकर बीसवीं सदी के साहित्य की चर्चा नहीं की जा सकती है। साहित्य और संस्कृति संबंधी उनके विचार "द यूज़ ऑफ पोएट्री एंड द यूज़ ऑफ क्रिटिसिज्म"1933, "द आइडिया ऑफ क्रिश्चियंस सोसायटी"1939, "नोट्स टुवर्ड्स डेफिनिशन ऑफ कल्चर"1948, "ऑन पोएट्री एंड पोएट्स"1957, और "टू क्रिटिसाइज द क्रिटिक्स"1965, में संग्रहित हैं।

इलियट आलोचना के क्षेत्र में अरस्तू के प्रशंसक रहे हैं। 19वीं सदी में अंग्रेजी में रोमांटिक समीक्षा के अंतर्गत रचना के स्थान पर रचनाकार और उसकी वैयक्तिकता को महत्व दिया जाता था। स्वच्छंदतावाद के प्रमुख प्रवर्तक विलियम

वड्‌र्सवर्थ के अनुसार कविता भावों का सहज उद्रेक थी (अर्थात् पोएट्री वाज द एक्सप्रेशन ऑफ पर्सनालिटी)। कविता में इस निजता (सब्जेक्टिविटी) का इलियट ने पुरजोर खंडन किया। इस वैयक्तिकता का प्रतिकार कर साहित्य में परंपरा बोध और परंपरा के भीतर ही कवि की वयैक्तिक प्रज्ञा की सार्थकता के महत्त्व को स्थापित किया है। यह कवि के व्यक्तिगत भावों की विशिष्टता का सामान्यीकरण करने के पक्षधर रहे हैं। कला को निर्वयैक्तिक (Impersonal) मानकर कवि को काव्य की अवधारणा का केवल माध्यम मात्र स्वीकार करते हैं। "द वेस्टलैंड" की भूमिका लिखने वाले कवि और दार्शनिक एजरा पाउंड की तरह ही वे कवि को निर्वयक्तक (इंपर्सनल) और वस्तुनिष्ठ (ऑब्जेक्टिव) होने की बात कहते हैं। इलियट ने अवयैक्तिक सिद्धांत का प्रतिपादन "ट्रेडीशन एंड इंडिविजुअल टैलेंट" (परंपरा एवं वयैक्तिक प्रज्ञा) में किया है। वे मानते हैं–' Poetry is not a turning loose of emotion, but an escape from emotion, it is not the expression of personality but an escape from personality.' इसका आशय यह नहीं कि वे पर्सनालिटी के विरोधी हैं बल्कि वे पर्सनालिटी को कला में डीपर्सनलाइज् करने के पक्षधर रहे हैं। वे मानते हैं कि कला में अभिव्यक्त भाव निर्वयैक्तिक होते हैं। और कवि अपने को कृति के प्रति समर्पित किए बिना अवयैक्तिक नहीं हो सकता। कविता मनोभावों की स्वच्छंदता नहीं है, वरन उससे पलायन है। वह व्यक्तित्व की अभिव्यक्ति नहीं है, वरन व्यक्तित्व से पलायन है। कवि कविता लिखने का माध्यम मात्र है। उन्होंने यह भी बताया कि कवि को निर्वयैक्तिक होने के लिए उसमें जन्मजात और प्राकृतिक प्रतिभा का होना जरूरी है। साथ ही एक परिपक्व कवि या कलाकार इस इमपर्सनालिटी को परंपराबोध के अवगाहन से अपने अनुभव और सत्य को अधिक जीवंत बनाता है। इसलिए कविता का अपना अलग जीवन होता है। कविता में प्राप्त अनुभूति, मनोभाव और दृष्टि कवि के मन के अनुभूति, मनोभाव और दृष्टि से भिन्न होते हैं। कविता के प्रति अपनी इसी दृष्टि और धारणाओं के कारण टी.एस. इलियट स्वच्छंदतावाद के व्यक्तिवादी उद्‌भावनाओं के विरुद्ध थे। वे कहते हैं–"The emotion of art is impersonal, and the poet can not reach this impersonality without surrendering himself wholly to the work to be done." इलियट अपनी इन इंपर्सनल थ्योरी के अंतर्गत कवि के मन को प्लेटिनम के टुकड़े के समान बताया है – 'The mind of the poet is a shred of platinum.' प्रश्न यहाँ यह उठता है कि क्या कवि के मन को प्लेटिनम का टुकड़ा मान लिया जाय, क्या कविता और रचनाकार के बीच का संबंध वैज्ञानिक और उसकी खोज की

तरह हो सकता है? क्या कवि के संवेदनशील मन और मस्तिष्क की तुलना असंवेदनशील प्लैटिनम के जार से हो सकती है? इसलिए कवि के मन को प्लेटिनम का टुकड़ा कहना या जार कहना साहित्य की दृष्टि से सार्थक नहीं लगता। हाँ, इस रूप में समझने में सुविधा हो सकती है कि कवि को अपनी निजता को कविता में नहीं उकेरना चाहिए। कला की कसौटी उसकी निर्लिप्तता होती है। कविता कलात्मक अभिव्यक्ति होती है।

वस्तुनिष्ठ समीकरण का सिद्धांत अर्थात् "ऑब्जेक्टिव कोरिलेटिव" को जिसे हम मूर्त विधान का सिद्धांत, वस्तुनिष्ठ सह संबंधिता, वस्तुनिष्ठ पारस्परिकता, वस्तुमूलक प्रति रूपता के नाम से भी जानते हैं। इसका प्रयोग इलियट ने "हैमलेट" नामक निबंध में प्रयुक्त किया था। टी.एस. इलियट ने ऑब्जेक्टिव कोरिलेटिव को इस रूप में परिभाषित किया है-

"Objective co-relative is a set of objects, a situation, a chain of events, which shall be the formula."

इलियट इस कसौटी पर शेक्स्पीयर के नाटक हैमलेट का विश्लेषण करते हुए कहते हैं कि उसमें भावों, संवेदनाओं और अनुभूतियों का प्रभावी संप्रेषण नहीं हुआ है। जो मूर्त विधान अपेक्षित था वैसा करने में नाटककार सफल नहीं हो सका है। इलियट मानते हैं कि ऐसी वस्तु संघटना, स्थिति अथवा घटना शृंखला प्रस्तुत की जाय ताकि भाव जागृत हो जायें। ऑब्जेक्टिव कोरिलेटिव के सिद्धांत की तरह ही भारतीय रस सिद्धांत में 'विभावन व्यापार' का उल्लेख आता है। इस सिद्धांत का संकेत अरस्तू और फ्रांसीसी प्रतीकवादियों के काव्य चिंतन में भी मिलता है।

इसी तरह टी.एस. इलियट "डिसोसिएशन ऑफ सेंसिबिलिटी" और "एसोसिएशन ऑफ सेंसिबिलिटी" का भी उल्लेख कविता के तारतम्य में करते हैं। उनकी स्पष्ट धारणा रही है कि डिसोसिएशन ऑफ सेंसिबिलिटी अर्थात् संवेदनशीलता का वियोजन कला और साहित्य के लिए हानिकारक है। वे विचार और भावना के समुचित एकीकरण पर बल देते हैं। इसलिए यूनिफिकेशन ऑफ़ सेंसिबिलिटी अर्थात् संवेदनशीलता के एकीकरण को उन्होंने अच्छे काव्य के लिए अनिवार्य माना है। इस रूप में वे पाते हैं कि 17 वीं सदी के मेटाफिजिकल कवियों की रचनाओं में सफलतापूर्वक यूनिफिकेशन ऑफ़ सेंसिबिलिटी का सुंदर निरूपण मिलता है। जॉन डन जैसे मैटेफिजिकल कवियों को कविता के केंद्र में लाने का श्रेय टी.एस. इलियट को जाता है। वे विक्टोरिया युग के अलफ्रेड टेनिसन और रॉबर्ट ब्राउनिंग जैसे महत्वपूर्ण कवियों को इसलिए श्रेष्ठ नहीं मानते हैं क्योंकि उनकी रचनाओं में यूनिफिकेशन ऑफ़ सेंसिबिलिटी का अभाव है।

टी.एस. इलियट कला और साहित्य के लिए परम्परा एवं इतिहास बोध को अनिवार्य मानते हैं। स्वच्छंदतावादी या व्यक्तिवादी चेतना की तुलना में जीवंत परंपरा बोध कला दृष्टि को संपन्न करने में महत्वपूर्ण भूमिका निभाता है। स्वच्छंदतावादी मान्यताओं का विरोध करते हुए इलियट ने अपने प्रसिद्ध लेख "ट्रेडीशन एंड इंडिविजुअल टैलेंट" (परंपरा और वैयक्तिक प्रतिभा) में यह मान्यता दी है कि कलाकार या कवि की प्रगति, परंपरा के विकास तथा निर्वैयैक्तिकरण से फलीभूत होती है। परंपरा बोध इलियट के लिए मूल्यवान और गंभीर समझ का माध्यम है। परंपरा का अर्थ पूर्ववर्ती नियमों और प्रवृत्तियों का अंधानुकरण किया जाना नहीं है बल्कि परंपरा का अर्थ बहुत गंभीर और व्यापक है। परंपरा की वास्तविक भावना को प्राप्त करने के लिए कवि और साहित्यकार को कठिन साधना करनी पड़ती है। इतिहास बोध स्थिर नहीं होता है, वह गतिशील होता है। वह एक अविच्छिन्न अखंड धारा है, जिसमें अनुपयोगी चीजों का विसर्जन और मूल्यों का संधारण-संवर्धन होता है। परंपरा अतीत से प्रभावित होकर वर्तमान समय और परिवेश से जुड़ी हुई होती है। इस तरह परंपरा एक सतत् विकासशील एवं मूल्यवान अनुभव संपदा है। इससे सिर्फ अतीत और वर्तमान का सामंजस्य स्थापित नहीं होता बल्कि वर्तमान को अधिक अर्थपूर्ण बनाने के लिए अतीत बोध से कीमती और जीवन्त काव्य सूत्र भी प्राप्त होता है।

इतिहास बोध में सिर्फ अतीत का अतीत ही शामिल नहीं होता बल्कि अतीत का वर्तमान भी समाहित होता है जो परंपराओं के माध्यम से वर्तमान तक पहुँचता है। जिसे कठिन मेहनत से, अध्ययन से अतीत के लेखकों एवं तथ्यों में निहित अनुभवों से गुजर कर अर्जित किया जाता है। उनका मानना है कि वर्तमान में अतीत शामिल रहता है। परंपरा एक अखंड धारा है। टी.एस. इलियट मानते हैं-

The historical sense involves a perception, "not only the pastness of the past, but also of its presence. One who has the historic sense feels that the whole of the literature of Europe from Homer down to his own day, including the literature of his own country, forms one continuous literary tradition."

इलियट की परम्परा विषयक सोच गतिशील है। उनके अनुसार परम्परा कोई स्थिर और स्टैटिक चीज नहीं है। वह स्वतंत्र रूप से बदलती रहती है, विकसित होती रहती है और भिन्न होती रहती है। वर्तमान के लेखक को अपने अतीत से मार्गदर्शन प्राप्त करना चाहिए और उसे साहित्यिक परंपरा को कन्फर्म करना चाहिए। वे कहते हैं-'Just as the past directs and guides the present, so the present alters and modifies the past.' इस तरह अतीत और वर्तमान का संबंध

एक तरफा नहीं है, बल्कि पारस्परिक है। दोनों एक-दूसरे को रचते-गढ़ते हैं। परंपरा सतत् संग्रहीत होती अमूल्य अनुभव और ज्ञान की संपदा है, जिसका ज्ञान सार्थक सफलता के लिए अति आवश्यक है। इसके लिए अतीत का विश्लेषणात्मक -परीक्षण जरूरी है। परंपरा बोध का अर्थ यह कतई नहीं है कि कोई कवि कुछ थोड़े से उन कवियों को जान ले, जिसका वह प्रशंसक रहा है। ऐसा करना अपरिपक्वता और अनुभवहीनता का सूचक है। इसका अर्थ यह भी नहीं है कि कोई कवि किसी युग या काल को पसंद कर ले जो उसके लिए प्रीतिकर और आनंदकर है। इन सबसे वह स्वस्थ परंपरा बोध अर्जित नहीं कर सकता। इसके लिए उसे उस निरंतरता और समग्रता को जानना जरूरी है जो गहन अध्ययन, चिंतन और पक्षपातहीन विश्लेषण से अर्जित होती है।

परंपरा को टी.एस. इलियट ने गत्यात्मक कहा है। यह सायास कठिन श्रम से अर्जित होने वाला तत्व है, इसलिए यह सर्जनात्मक है। इतिहास बोध परंपरा का अभिन्न अंग है। विचार की प्रौढ़ता के लिए इतिहास बोध होना जरूरी है। इस परंपरा को जानने का मतलब उस रचनात्मक संस्कृति को जानना है जो वर्तमान को समृद्ध एवं सार्थक बनाती है तथा भविष्य के लिए सुंदर मार्ग प्रशस्त करती है।

तुलना और विश्लेषण को आलोचना का प्रमुख औजार मानने वाले इलियट को 1948 में नोबेल पुरस्कार मिला। अपनी बहुमुखी प्रतिभा को संपन्न करने के लिए उन्होंने संस्कृत और पाली भी सीखी। उससे जुड़े साहित्य का गहन अध्ययन किया। भारत में रचित उपनिषदों तथा बुद्ध साहित्य का उन पर गहरा असर परिलक्षित होता है। उनके लेखन चिंतन में यथार्थ चित्रण के साथ ही गहरी दार्शनिकता का आभास मिलता है। उनकी महान कविता 'द वेस्टलैंड' इसका प्रमाण है। इस कविता में अंतिम अर्थात् पाँचवें भाग "व्हाट द थंडर सेड" को एजरा पाउंड ने भी खूब सराहा। जिसमें क्राइस्ट की अंतिम कष्ट कर यात्रा के चित्रण के साथ बृहद अरण्यक उपनिषद के 'दा-दा-दा' अर्थात् "दत्त-दमयत्-दयाध्वयम्" का सायास उल्लेख एवं 'शान्तिः शान्तिः शान्तिः' का उद्घोष कविता को जीवन्तता और मूल्यवत्ता प्रदान करते हैं। क्या इस भाग में निरूपित इन उद्धरणों-बिम्बों के बिना भी "द वेस्ट लैंड" यशस्वी और प्रभावी कविता बन पाती? शायद नहीं। इलियट के जीवन एवं काव्य दृष्टि से स्पष्ट है कि वे प्राणवान संस्कृति के पक्षधर एवं पोषक रहे हैं। अर्थहीन यथार्थ का भी चित्रण बिम्बों के सहारे वे इसलिए करते हैं ताकि इसकी निरर्थकता को समझ कर मानव जाति मूल्यवान रचनात्मक पथ पर अग्रसर हो सके।

बीसवीं सदी गंभीर चिंतन-मनन और विश्लेषण की सदी रही है। कला और साहित्य को अलग-अलग कोणों से जानने समझने की प्रवृत्ति का तेजी से विकास इस युग में देखने को मिलता है। इस सदी में मानवतावादी दृष्टिकोण कला और साहित्य के केंद्र में घूम फिर कर तो था ही, इस काल में कला और साहित्य को मनोविज्ञान और मार्क्सवादी दृष्टि से भी खूब जांचा परखा गया। जीवन में वाह्य अन्वेषण-विश्लेषण का सिलसिला पहले की तरह तो चलता ही रहा किंतु मानव जीवन के आंतरिक शक्तियों और प्रवृत्तियों को भी समझने की भरपूर कोशिश भी हुई। इस रूप में सिगमंड फ्रायड के प्रभाव की धूम बीसवीं सदी में सहज ही देखी जा सकती है। अमरीकी नई आलोचना को विशेष रूप से समृद्ध करने वालों में आईवर आर्म्सट्रांग रिचर्ड्स (1893-1979) का नाम उल्लेखनीय है।

हावर्ड विश्वविद्यालय में अंग्रेजी के प्रोफेसर रहे आइ.ए. रिचर्ड्स को व्यवस्थित एवं व्यापक सौंदर्यशास्त्र के निर्माण का श्रेय जाता है। इन्हें मनोवैज्ञानिक आलोचक माना जाता है। वैसे तो साहित्य में मनोवैज्ञानिक आलोचना की शुरुआत सिगमंड फ्रायड की पुस्तक "इंटरप्रिटेशन ऑफ ड्रीम्स" (1900)से मानी जाती है। मोड बोडकिन की 'आर्कटाइपल पेटर्न्स इन पोयट्री' रॉबर्ट ग्रेव्स की "ऑन इंग्लिश पोएट्र", "द मीनिंग ऑफ ड्रीम्स" और "पोएटिक अनरीजन" जैसी पुस्तकों ने काव्य और कला विश्लेषण के लिए नई भाव भूमि और आधार गढ़े। एडलर का "इंफेरियारिटी कंपलेक्स" और यूँग की "कलेक्टिव अनकॉन्शियस" थ्योरी मनोवैज्ञानिक चिंतन को गतिशील करने में सहायक रहे हैं। मनोवैज्ञानिक आलोचकों का प्रयास कला कार्य के पीछे की छुपी हुई प्रवृत्तियों और अवचेतन के प्रभाव को जांचना परखना रहा है।

आई.ए. रिचर्ड्स ने द फाउंडेशन ऑफ एसथेटिक्स (1922), द मीनिंग ऑफ मीनिंग (1923), द प्रिंसिपल ऑफ लिटरेरी क्रिटिसिज्म (1924), साइंस एंड पोयट्री (1926), प्रैक्टिकल क्रिटिसिज्म (1929) "कॉलरिज आन इमैजिनेशन" (1935)और 'द फिलासफी ऑफ रिटोरिक' (1936) जैसी महत्वपूर्ण किताबें साहित्य जगत को दीं। 'द फाउंडेशन ऑफ एसथेटिक्स' के सह लेखक सी.के. आग्डेन और जेम्स वूड भी रहे हैं।

आइ. ए. रिचर्ड्स गंभीर जीवन मूल्यों के पक्षधर रहे हैं। उन्होंने ब्रेडले के "कला, कला के लिए" सिद्धांत का पुरजोर खंडन किया और मूल्य सिद्धांत की स्थापना की। जैसा कि हम जानते हैं कि कलावादी आंदोलन कला साहित्य में स्वच्छंदता तथा नियम वद्धता का विरोधी रहा है। इस लिहाज से वह नैतिकता,

अनुशासन और मूल्यों का भी विरोधी रहा है। वैसे तो कला और साहित्य शुरू से ही स्वतंत्रता के पक्षधर ही रहे हैं किंतु स्वतंत्रता को मानते हुए भी उसमें नैतिकता और पारस्परिक सामाजिकता को आवश्यक तत्व के रूप में स्वीकार किया गया। किंतु कला वादियों ने "कला, कला के लिए" या "कविता कविता के लिए" का नारा देकर अनुशासन और नैतिकता को कला संरचना से बाहर कर दिया। वैसे तो "कला, कला के लिए है" का विचार देने का श्रेय फ्रांस की साहित्यकार बेंजामिन कान्स्टेंट को है परन्तु धीरे-धीरे यह विचार जर्मनी और इंग्लैंड के कवियों को भी अपनी चपेट में ले लिया। इस तरह काण्ट, वाल्टर पीटर, ऑस्कर वाइल्ड और डॉक्टर ब्रेडले को इसके विकास का श्रेय जाता है। इस तरह कला वादियों ने कला और कविता के लिए निरपेक्ष और स्वायत्त सत्ता की पहल की। अब प्रश्न यह उठता है कि क्या इन कला सत्ताओं का संबंध सामाजिकता से, मनुष्य से न होकर पूर्णतया स्वतंत्र होना चाहिए? क्या कला और जीवन में कोई पारस्परिकता नहीं है? क्या कला और कविता की स्वतंत्रता के नाम पर की जाने वाली मनमानियां जीवन को प्रभावित नहीं करेंगी? कला की स्वच्छंदता और स्वायत्तता के लिए कला के पक्षधर ने तो यहाँ तक भी कह दिया कि स्वतंत्र कला के निरूपण से समाज में अगर आग लगती हो तो लग जाए। इस तरह के कथन अति उत्साह में दिए गए कथन हो सकते हैं। हमें यह नहीं भूलना चाहिए कि कला और जीवन में स्वायत्तता के बावजूद भी गंभीर पारस्परिक नाता है। एक दूसरे के बिना दोनों अधूरे हैं। वह चाहे कला हो या जीवन। इस लिहाज से कला और साहित्य में स्वच्छंदता या स्वायत्तता के नाम पर पशुवृत्तियों का महिमा मण्डन समझदारी का सूचक नहीं है। अगर कला जीवन में स्वतंत्रता या स्वायत्तता के साथ अनुशासन, जवाबदारी और नैतिकता का भाव न होता तो ए.जी गार्डिनर को क्यों कहना पड़ता-'लिबर्टी इज अ सोशल कांट्रैक्ट', और जवाहरलाल नेहरू को क्यों बताना पड़ता-'फ्रीडम ब्रिंग्स रिस्पांसिबिलिटी'। शायद इसलिए भी आई.ए. रिचड्र्स ने कला और साहित्य में मूल सिद्धांत को स्थापित करने पर बल दिया है। हमारा उठना-बैठना, बोलना-बतियाना, पढ़ना-लिखना, सोचना-विचारना जो हमारे जीवन में शामिल है, इनको क्या मूल्य एवं नैतिकता से अनुप्राणित नहीं होना चाहिए?

वैसे तो रिचड्र्स की हर पुस्तक महत्वपूर्ण है, किंतु 35 अध्यायों में फैली "द प्रिंसिपल ऑफ लिटरेरी क्रिटिसिज्म" एक ऐसा ग्रंथ है जिसमें सौंदर्य, स्मृति, मूल्य, संप्रेषण, कल्पना, निर्णय, मनोविज्ञान, कला और नैतिकता, कविता और विश्वास आदि विषयों पर मनोयोग से विचार-विश्लेषण किया गया है। उनका

माननना है कि सूचना प्रौद्योगिकी एवं वैज्ञानिकता की दबाव में प्राचीन परम्पराएँ टूट रही हैं और स्थापित मूल्य विघटित हो रहे हैं, तब ऐसी स्थिति में समाज कला और कविता के सहारे ही अपनी मानसिक व्यवस्था और संतुलन बनाए रख सकता है। वे कविता और कला में मूल्य और संप्रेषणीयता के गुण को अनिवार्य मानते हैं। इस पुस्तक के चौथे अध्याय में साहित्यालोचना के लिए मूल्य का लेखा जोखा और संप्रेषणीयता के आकलन पर बल देते हुए कहते हैं- "The two pillars upon which a theory of criticism must rest are an account of value and an account of communication.....An experience has to be formed, no doubt, before it is communicated."

आइ.ए. रिचड्र्स के मूल सिद्धांत को मनोवैज्ञानिक मूल सिद्धांत के रूप में भी जाना जाता है, जिसमें मूल्य और अनुभूति पर्याय हैं। इनके अनुसार काव्य का मूल्य मन को प्रभावित करने की क्षमता पर निर्भर करता है। मन को आवेगों का तंत्र कहते हुए वह आवेगों को दो भागों-इच्छा (एपीटेन्सी) और द्वेष (एवर्जन) में बांट कर देखते हैं। वे मानते हैं कि कोई भी वस्तु जो इच्छा को संतुष्ट करने में सक्षम है, वही मूल्यवान है। भावना और इच्छा की संतुष्ट करने की क्षमता जिसमें है उसे वे मूल्य मानते हैं। 'अ साइकोलॉजिकल थ्योरी ऑफ वैल्यू' नामक अध्याय में वे कहते हैं-'Anything is valuable which will satisfy an appetancy without involving the frustration of some equal or more important appetancy.' भावना और इच्छा को संतुष्ट करने की क्षमता को इन्होंने मूल्य तो कहा है किंतु कैसी भावना और इच्छा होगी इसका समुचित विश्लेषण इन्होंने नहीं किया है। भावनाएँ और इच्छाएँ तो नकारात्मक भी हो सकती है, क्या उसके संतुष्टि को भी मूल्य माना जाना चाहिए? खैर। रिचड्र्स ने विरोधी भाव को व्यवस्थित करने वाली कला दृष्टि एवं कला को श्रेष्ठ कहा है। इन्होंने सौंदर्य को निरपेक्ष मूल्य मानते हुए इसकी कोटी को विषयनिष्ठ (सब्जेक्टिव) मानते हैं। वे वस्तु में सुंदरता न मानकर व्यक्ति की दृष्टि में सुंदरता की कल्पना करते हैं। इस रूप में वे सौंदर्य के स्थान पर अनुभूति के मूल्य का प्रयोग करते हैं। वे कलाओं को स्टोर हाउस मानते हैं जिसमें मूल्य संरक्षित रहते हैं। वे 'कम्युनिकेशन एंड द आर्टिस्ट' नामक अध्याय में लिखते हैं-

"The arts are our storehouse of recorded values. They spring from and perpetuate hours in the lives of exceptional people, when their control and command of experience is at its highest, hours when the varying possibility of existence are most clearly seen and the different activities which may arise are most exquisitely reconciled, hours when habitual narrowness of interests or cofused bewilderment are replaced by an intricately wrought composure. Both in the genesis of a work of art, in the creative moment, and in its aspect as a vehicle of communication, reasons can be found for giving to the arts a very important place in the theory of Value."

वे मानते हैं कि कलाएँ हमारे संचित मूल्यों की भंडार होती हैं। और वे असाधारण मनुष्यों के जीवन के क्षणों से अद्‌भुत होती है। और उन्हें स्थायी बनाती हैं। उन क्षणों को जब उनका अनुभव पर अधिकार और प्रभाव अधिक होता है, उन क्षणों को जब अस्तित्व की बदलती हुई संभावनाएँ स्पष्ट दिखाई देती है, उन क्षणों को जब संकीर्णता या भ्रम पूर्ण उलझन और किंकर्तव्यविमूढ़ता तिरोहित हो जाती है और उसके स्थान पर जटिलता युक्त मानसिक संतुलन आ जाता है। रचनात्मक क्षणों में कलाकृति के निर्माण में तथा संप्रेषणीयता के माध्यम की दृष्टि से इस बात के तर्क प्राप्त किए जा सकते हैं कि मूल्य सिद्धांत के बीच कला को बहुत अधिक महत्वपूर्ण स्थान दिया जाना चाहिए। इस तरह देखा जाए तो कलाएँ हमें यह निर्णय करने के लिए उत्तम आंकड़ें प्रस्तुत करती हैं कि हमारे कौन से अनुभव अन्य अनुभवों से अधिक मूल्यवान हैं।

इनका मानना रहा है कि जब भी हम किसी कला या कविता को देखते या पढ़ते हैं तो प्रत्यक्ष या अप्रत्यक्ष रूप से उसके प्रभाव को भी आंकते हैं। यदि किसी कला का प्रभाव समाज पर अच्छा पड़ता है तो निश्चित रूप से उस कलाकृति में मूल्यों का समावेश रहता है। कविता के मूल्य का लेखा-जोखा पाठक या श्रोता के मन को प्रभावित करने वाली क्षमता से पता चलता है। कला या कविता का काम मन को संतुलित करना है। जो कला या कविता स्नायुतंत्र में संतुलन उत्पन्न करती है, वही मूल्यवान और हितकर होती है। कला का मूल्य से गहरा संबंध होता है। इस रूप में मूल्य हमारे अच्छे एवं प्रेरक अनुभव होते हैं। इस तरह रिचर्ड्स के लिए ऐसी कोई भी वस्तु मूल्यवान नहीं है जो हमारे आवेगों में संतुलन और संगति स्थापित करने में सहायक नहीं है। अत: परस्पर विरोधी आवेगों में संतुलन आवश्यक है। संतुलन और संतुष्टि क्षमता में ही मूल्य निहित रहता है।

रिचर्ड्स का विचार है कि वह संतुलन और सामंजस्य बेहतर है जिससे मानवीय संभावनाएँ कम से कम आहत होती हो। वे मानते हैं कि संतुलन और सामंजस्य अपवर्जन (Exclusion) और समावेशन (Inclusion) के द्वारा घटित होता है। किंतु वे अपवर्जी कला या कविता की तुलना में समावेशी कला या कविता को अधिक मूल्यवान मानते हैं। इस प्रकार कवि या कलाकार मूल्यों का संप्रेषण भी दूसरे में करता है। इसके लिए संप्रेषण की अभिव्यंजना क्षमता, भावक

की ग्रहणशीलता, सदहृदयता, और सुरुचि के साथ-साथ कला घटकों का व्यवस्थित संयोजन जरूरी होता है। एक प्रभावी संप्रेषण तब संभव होता है जब वातावरण पर किसी मन की ऐसी क्रिया होती है कि दूसरा मन उससे प्रभावित होता है। यदि दूसरे मन की अनुभूति पहले मन के समान होती है और इस प्रकार यह समानता जितनी अधिक होगी, संप्रेषण उतना ही सफल और प्रभावी होगा। कुल मिलाकर प्रभावी अभिव्यंजना ही संप्रेषण है। जो पाठक के मन में समान अवस्था की उत्पत्ति करती है। इस रूप में हम पाते हैं कि सौंदर्य ही अनुभूति के मूल्य हैं। सौंदर्य अर्थात् अनुभूत मूल्य का कार्य समन्वय और संतुलन स्थापित करना है ताकि उद्वेलित मन को शांति मिल सके। इसलिए रिचर्ड्स कला को एकांगी और एकांतिक नहीं मानते। उनके विचार में काव्य और कलाएँ मनुष्य के कार्य व्यापार से संबद्ध होती हैं। कविता और कलाओं में सिनेस्थीसिस (synaesthesis) करने की क्षमता होती है। इसलिए वे मानव जीवन के लिए मूल्यवान और जरूरी हैं।

कविता और कला को लेकर 20 वीं और अद्यतन इस 21वीं सदी में कई तरह के चिंतन केंद्र सक्रिय हुए। इसमें मार्क्सवादी, अस्तित्व वादी मनोविज्ञानवादी, आदर्शवादी, अतियथार्थवादी साहित्य और कला चिंतन की धूम रही है। अलग-अलग दृष्टिकोण से कला और चिंतन को प्रसारित करने और परखने वाले साहित्य दर्शन अपने-अपने विचारों की श्रेष्ठता के लिए संघर्षशील हैं। सबका दावा मनुष्य जीवन को बेहतर बनाने का है। कहने के लिए हर कला और साहित्य केंद्र प्रेम, करुणा, सौहार्द्र, भाईचारा, बंधुत्व, सामाजिक न्याय, समरसता और समावेशी मूल्यों की पहल कर रहे हैं किंतु इसके साथ समाज में विघटन, अलगाव, खोखलापन, मूल्यहीनता जीवन के जर्रे-जर्रे में बढ़ती दिखाई दे रही है। इस दहकते समय में कुछ विचार पुरुष विचार केंद्र बनकर कला और साहित्य को अधिक मूल्यवान बनाने में लगे रहे। उनमें श्रीअरविंद की कविता और उनका कविता चिंतन लोकहित में बेहद गंभीर, महत्वपूर्ण एवं अनुकरणीय है।

श्री अरविंद (15 अगस्त, 1872-05 दिसंबर, 1950) पश्चिमी और पूर्वी, पुरातन एवं अधुनातन विचारों पर गहन चिंतन-मनन कर, उसकी जीवंतता को आत्मसात कर, इस निष्कर्ष पर पहुँचे थे कि संसार के तमाम दुख-दर्द का संबंध मनुष्य की चेतना और उसकी आंतरिक बनावट से है। मनुष्य के भीतर से ही परिवर्तन लाने की जरूरत है। इसके लिए वे मानते थे कि मन के स्तर पर आध्यात्मिक तरीके से चेतना और जागृति पैदा कर सामाजिक असमानता और विद्रूपता से मुक्त हुआ जा सकता है। समाज में व्याप्त विच्छेद का विच्छेद करने

के लिए प्राण और शरीर को एकान्वित करना होगा। विभिन्न सांसारिक मत वादों की जगह दिव्यता को स्थापित कर ही मानव जाति प्रकाश, शक्ति, एकता एवं समन्वय के दिव्य गुणों को उपलब्ध कर सकेगी। श्री अरविंद सर्वोत्तम कविता को मंत्र कहते हैं। उनकी दृष्टि में प्राण, मन और बुद्धि सभी समर्पित भाव से काव्य क्रिया में यंत्रवत् हैं। आत्मा ही उनकी दृष्टि में सच्चे दृष्टा सच्चे ग्रहिता और सच्चे भोक्ता की भूमिका में होती है। श्री अरविंद के लिए कवि चेतना के रूपांतरण के लिए, उसमें दिव्यता भरने के लिए सक्रिय रहता है और इसी सक्रियता को वह कविता के रूप में अभिव्यक्त करता है।

श्री अरविंद के काव्य विषयक विचार उनकी पुस्तक "द फ्यूचर पोएट्री" में संग्रहित हैं। उसमें लिखा गया है-"भविष्यत कविता में उस तत्व से एक ऐसी सादृश्य मूलक निकटता की संभावना है, जिसे हम कविता में मंत्र का तत्व कहना चाहेंगे। मंत्र छंदमय भाषा है जो वेदों के अनुसार ऋषि के हृदय और सत्य के सुदूर आवास से उद्भूत होती है। वाक् की स्वतः स्फूर्त संप्राप्ति उसकी दिव्य गति, यथार्थ को सही ढंग से व्यक्त करने वाले विचार जिनके बारे में कजिन्स ने बहुत ठीक कहा है कि-वे अस्थिर नश्वर के भीतर छिपे स्थिर और अनश्वर को प्रतिफलित करते हैं। कुछ ऐसा जो मानवता के मौलिक संवेगों की छाया लिए हुए मानवता के परे के सत्य को अभिव्यक्त करता हो। कुछ ऐसा जो उस अबूझ दिव्य चेतना के क्रियाकलापों को समझ सके, जो पूरी सृष्टि के पीछे प्रयोक्ता के रूप में विद्यमान है और जो अब इस सृष्टि को अपनी सीमाएँ तोड़कर ईश्वरीय संभावनाओं को प्राप्त करने के लिए निरंतर प्रेरित कर रहा है"।

इनका मानना रहा है कि वह धरातल सामान्य मनुष्य का धरातल है जिस पर कविता सौंदर्य बोध अथवा कल्पना का आनंद मानी जाती है। श्रवणों का सुख या उच्च कोटि का मनोरंजन समझी जाती है। किंतु साधना के धरातल पर कविता न तो रस है, न भोग है, न देवोपम मनोरंजन का कार्य है। यह दिव्य आनंद देकर ही समाप्त नहीं हो जाती, वह हमारे भीतर कुछ निर्माण करती है, किसी लोक को प्रकाशित करती है। श्री अरविंद की साहित्यिक मान्यताओं पर चर्चा करते हुए रामधारी सिंह दिनकर अपनी पुस्तक "श्री अरविंदः मेरी दृष्टि में" में लिखते हैं कि "मेरा अपना मत है कि मनुष्य के भीतर तीन स्तर हैं। सबसे नीचे का स्तर जैव प्रकृति का स्तर है। उसके ऊपर मन है और उससे भी आगे आत्मा है। जैव प्रकृति के स्तर पर मनुष्य और पशु समान हैं। कविता का जन्म इसी जैव प्रकृति के स्तर पर होता है। अजब संयोग की बात है कि कविता के रसों के जो मूल भाव हैं उनमें से अनेक मनुष्य में भी होते हैं और पशु में भी। यही स्तर वाइटल

का स्तर है। श्री अरविंद शायद इस मत के हैं कि कविता के जन्म के समय वाइटल अवश्य आलोड़ित होता है, किंतु कविता की चरम परिणति यह है कि वह वाइटल से उठकर मन का अतिक्रमण करें और मन को अतिक्रांत करके वह आत्मा से आलिंगित हो जाए। कविता का जन्म जैव धरातल पर होता है किंतु उसकी सार्थकता तब है जब वह आत्मा के धरातल पर पहुँच जाए"।

श्री अरविंद की कविता और कविता चिंतन की धारणा से स्पष्ट है कि वह कविता में यांत्रिकता अर्थात् तकनीकी कौशल को अधिक महत्व नहीं देते हैं। वे कविता की कसौटी को इस रूप में देखते हैं कि वह वर्ण्य वस्तु की आत्मा का उद्घाटन कर सकती है या नहीं। वस्तु के वर्णन में जो आनंद है उससे बड़ा आनंद वह है जो वस्तु की आत्मा के उद्घाटन से उद्भूत होता है। आत्मा की अनुभूति का चित्रण ही असली काव्य है। हृदय और विचार चाहे जितना भी प्रयास करें उसके भीतर से देखने का काम बराबर आत्मा करती है। यह कविता निर्माण की बहुत ही सात्विक और गरिमामय दृष्टि है। जिसमें मनुष्य के दिव्य रूपांतरण की कीमिया निहित है। नई कविता के बारे में वे कहते हैं कि आजकल आलोचक सबसे अधिक जोर टेक्निक पर दे रहे किंतु वे भूल जाते हैं कि टेक्निक के कमजोर रहने पर भी महान आत्मा महान काव्य का निर्माण कर सकती है।

अपनी "द फ्यूचर पोएट्री" में श्रीअरविंद शेक्सपियर और दान्ते की तुलना करते हुए कहते हैं कि शेक्सपियर प्रबल कवि है किंतु दान्ते बड़ा ही उच्च कवि था। दान्ते ने जिस ऊंचाई का स्पर्श किया था शेक्सपियर को उस ऊंचाई का अनुमान भी नहीं था। उन्होंने विलियम ब्लेक की तुलना शेक्सपियर से करते हुए स्पष्ट रूप से कहा है कि शेक्सपियर ब्लेक से नीचे पड़ता है, क्योंकि ब्लेक रहस्यवादी था और रहस्यवादी चेतना शेक्सपियर में थी ही नहीं। श्री अरविंद नई कविता में प्रेरणा पूर्ण वाक्यांशों और अटल शब्दों का अभाव तो देखते ही हैं, उन्हें नई कविता में लय का अभाव भी खटकता है। जबकि उनका विश्वास रहा है कि कविता को चिरायु होने के लिए उनमें प्रेरणा पूर्ण वाक्यांशों के साथ गेयता होनी चाहिए। उनकी मान्यता रही है कि शैली चाहे जो भी हो किंतु प्रेरणा के उत्स पर पहुँचे बिना कोई अच्छी कविता लिखी नहीं जा सकती। उन्होंने कहा है कि केवल ब्रेन माइंड से मत लिखो। भावना और विजन की आत्मा के भीतर पहुँचकर लिखना ही कविता लिखने का सही ढंग है। उनकी धारणा थी कि कविता को शुष्क नीरस एवं आत्म निष्ठ होने से बचना चाहिए। कविता को पढ़कर ऐसा लगना चाहिए कि उसके भीतर से कोई जीवित मनुष्य बोल रहा है।

इस रूप में वे कविता को आत्मनिष्ठ और तकनीकी कौशल से लैश देखकर विचलित होते थे।

श्री अरविंद का विश्वास है कि "The over head poetry, in its highest form, comes from over mind, but all over head poetry is not from the over mind, more often it comes from simply intuitive, illumined or strong and higher revealing thought."

इसका आशय यह है कि पराबौद्धिक कविता, अपने श्रेष्ठतम रूप में, अधिमानस से आती है। परंतु अधिकांश परा बौद्धिक कविता अधिमानस से नहीं आती बल्कि संबोधि, प्रकाशित मन तथा उच्चतर मन से आती है। वे मानते हैं कि काव्य की वाणी कवि में ऊपर के प्रदेश से आती है। सत्ता के ऐसे धरातल से जो व्यक्तिगत बुद्धि के ऊपर और उससे परे है। एक अति मानस से जो वस्तुओं को किसी आध्यात्मिक तादात्म्य के द्वारा अंतरतम और विशालतम सत्य में और देदीप्यमान प्रभा एवं आल्हाद सहित देखता है तथा उसकी सहजात भाषा ऐसा उद्‌भासित, स्फुरित, सुबुद्ध शब्द है जो इस आल्हाद और प्रभा के ऐश्वर्य से सुस्पष्ट या सूक्ष्मतः झंकृत या सघन रूप से भरा हुआ है। श्री अरविंद कविता को मांत्रिक मानते हैं। उनके अनुसार कविता गहनतम सत्यानुभूति का प्रकाशन है। काव्य दिव्य मनो भूमि का प्रतिफल है, इस नाते आध्यात्मिक है।

कवि अपनी विशिष्ट सोच और चेतना दृष्टि के कारण सामान्य मनुष्य से भिन्न होता है। इस विशिष्टता के पीछे श्रीअरविंद परमेश्वर के 'प्रसाद' और कवि की 'साधना' को मुख्य कारण मानते हैं। सतत साधना के कारण कविता बहिर्मुखी व्यक्तित्व शांत होकर भीतर छुपे हुए चैत्य पुरुष को जागरूक कर देता है। इसलिए श्री अरविंद 'कवि को ऋषि मानते हैं, और उसकी काव्य भाषा को ऋषियों की भाषा में वाक् और तांत्रिकों की भाषा में पश्यन्ति कहते हैं। यह स्वीकारने में किसी को आपत्ति नहीं होनी चाहिए कि चेतना के जितने ऊंचे या गहरे धरातल से छंद निर्गत होगा, कविता उतनी ही मंत्रात्मक होगी, और जीवन को उर्वर और समुन्नत करेगी। यकीनन, छंदों के पंखों पर ही सरस्वती मंत्र वाक् बनकर उतरती है। इसके लिए कवि को अपनी अंतर चेतना में धसना पड़ता है। इस रूप में कवि के विचार और भाषा का स्तर उच्चतर चेतना का वाहक होने के नाते सामान्य जन के विचार और भाषा से भिन्न एवं श्रेष्ठ होना स्वाभाविक भी है और अपेक्षित भी। जीवन के खुरदुरे भौतिक यथार्थ को बताने-कहने के लिए पत्रिकाएँ, समाचार पत्र और अन्य साधन हैं। ऐसी स्थिति में कवि को भी क्या भौतिक निरूपण और चित्रण में पत्रकार की तरह फंस कर रह जाना चाहिए? मैं व्यक्तिगत रूप से अनुभव करता हूँ कि कवि को भौतिक घटनाओं,

दृश्यों एवं संघर्षों को अतिक्रांत कर जीवन समुद्र में गहरे गोता लगाकर मोती सदृश उन जीवंत अनुभव को रेखांकित करना चाहिए जिसके मूल में शांति का वास होता है। जो मनुष्य को शैतानी प्रवृति से ऊबार कर देवत्व की ओर उन्मुख करने की सामर्थ्य से भरपूर होता है, वही श्रेष्ठ कवि बन पाता है।

श्री अरविंद "द फ्यूचर पोएट्री" में लिखते हैं-'कवि आध्यात्मिक शक्ति की एक उत्तेजना से सर्जना करता है, जिसका यंत्र या साधन उसका मन है और उसके अंदर तथा दूसरे में इसकी संबद्धता किसी बौद्धिक परीक्षण से नहीं उगती बल्कि आध्यात्मिक अनुभूति से आती है। कवि को यही बताना चाहिए कि जो शब्द आ रहा है वह उसके विजन की सच्ची देह है या उसे दूसरे शब्द को खोजना या उसका इंतजार करना है जो उसके विजन की सही-सही प्रभावी, प्रकाश, स्फूरित या अनिवार्य उक्ति है। 'वे यह भी मानते हैं कि' आत्मा और जीवन परस्पर विरोधी नहीं है बल्कि आत्मा की वृहत्तर शक्ति जीवन की एक वृहत्तर शक्ति ले आती है। हमारी सारी शक्तियों में से काव्य और कला इस सत्य को आलोककारी और उदार शक्ति के साथ मानव मन के लिए बोधगम्य बना सकते हैं, क्योंकि जहाँ दर्शन अपने को अमूर्तताओं में खो सकता है और धर्म असहिष्णु पर लोकवादिता की ओर उन्मुख हो सकता है, वहाँ काव्य और कला अभौतिक और मूर्त आत्मा और जीवन के बीच जन्मजात मध्यस्थ है। आत्मा के सत्य और जीवन के सत्य के बीच यह मध्यस्थता भविष्य के काव्य के मुख्य कार्यों में एक होगी'।

कविता के बारे में श्री अरविंद "द फ्यूचर पोएट्री" के दूसरे अध्याय में इस तरह विचार व्यक्त किए हैं-

"Poetry arrives at the indication of infinite meanings beyond the finite intellectual meaning the word carries. It expresses not only the life-soul of man as did the primitive word, not only the ideas of his intelligence for which speech now usually serves, but the experience, the vision, the ideas as we may say, of the higher and wider soul in him. Making them real to our life-soul as well as present to our intellect, it opens to us by the word the doors of the Spirit."

कहने का आशय यह कि कविता के शब्द चेतना के द्वार खोलते हैं इसके लिए श्री अरविंद ने इसी पुस्तक से दूसरे भाग के लेख में "द आइडियल स्पिरिट ऑफ पोएट्री" में विचार व्यक्त किए हैं -"An intuitive revealing poetry of the kind we have in view would voice a supreme harmony of five eternal powers, Truth, Beauty, Delight, Life and the Spirit- These are indeed the five greater ideal lamps or rather five suns of poetry." श्री अरविंद संबोधिजन्य

काव्य के लिए उसे पांच सूर्यों-सत्य, सौन्दर्य, आनन्द, जीवन, आत्मा-से आवेष्टित होने पर जोर देते हैं। इस रूप में हम श्री अरविंदके इस कथन को फिर से दोहराना चाहेंगे कि 'आत्मा के सत्य और जीवन के सत्य के बीच मध्यस्थता भावी कविता का एक मुख्य कर्म होगा।' वे मानते हैं कि 'कविता की देवी के आगे खड़े होने के लिए उसे अपने मन के सारे वस्त्र बदल देने पड़ते हैं। कवि के भीतर एक ऐसा व्यक्तित्व होता है जो ज्यादा दीपित और बेधक दृष्टि से संपन्न होता है, साथ ही ज्यादा आल्हादित आवाज से बोलता है औरों के पास शब्द का वह आनंद नहीं होता, क्योंकि वह उसके उत्स तक नहीं पहुँच पाते। 'उनका विश्वास रहा है कि' अगर हम शब्द को किसी हद तक अर्थ वान नहीं करते तो हमारा जीवन एक अराजकता के निकटतर आता जाएगा। भाषा मनुष्य को परिभाषित करती है और प्रतिद्वंदिता में उससे परे ईश्वर तक पहुँच जाती है। कवि नए देव रूपों का सर्जक और मनुष्य का संरक्षक है और ऋषि-जिसमें भाषा हद दर्जे की प्राण शक्ति से भरी होती है। वह आगे देख सकता है, मृत्यु के आगे।'

हमें यह जानना जरूरी है कि श्री अरविंद के लिए छंद मात्रात्मक पिंगल का प्रतिरूप कभी नहीं रहा। श्री अरविंद जिसे छंद की आत्मा कहते हैं या जिसे छांदस लय कहा जाता है वह उस अश्रव्य को सुनने से पाई जाती है, जो शब्दों, ध्वनियों के संगीत और वस्तुओं के पीछे हैं। सवाल उस मौन को पा लेने का है जिसके भीतर शब्द उतरते हैं। उस मौन में नहाये शब्द ही शब्द ब्रम्ह होते हैं। उनका मानना रहा है कि मात्रात्मक पूर्णता चाहे कितनी ही सूक्ष्म, समृद्ध और वैचित्र्यपूर्ण हो, वह केवल बाहरी कान को तृप्त करती है। वह रचनात्मक आत्मा के गहरे उद्देश्यों के लिए अपर्याप्त है। राग और संवाद के रचयिता का वास्तविक उद्देश्य है इस अंतरश्रवण तक पहुँचना और उसे तृप्त करना।' इस रूप में कविता लेखन केवल भौतिक निरूपण करना कतई नहीं हो सकता। जैसा कि आजकल जारी है। कवि कर्म गंभीर जीवन साधना है। सच्चा कवि सतही यथार्थ और जागतिक भौतिकता को अतिक्रांत कर सत्य से साक्षात्कार करवाता है। वह उस मौन में भावक को प्रवेश कराता है जहाँ सत्य और प्रकाश की एक समानांतर दुनिया होती है, जो हमें आशाओं और उम्मीदों से भर देती है। इस लिए मैं मानता हूँ एक समर्थ कवि को भौतिक जगत का सूक्ष्म चितेरा मात्र बनने से उसे सफल नहीं कहा जा सकता उसकी कविता की संसिद्धि उसके कुशल गोताखोर बनने में निहित होती है, ताकि वह जीवन समुद्र से अनुभवों के अमूल्य मोती मानव जाति को सौप सके।

श्री अरविंद की काव्य मनीषा से कवि और कविता को अप्रतिम ऊंचाई और

सम्मान मिला है। कविता को मंत्र के पद पर प्रतिष्ठित करने और उसे भावी संस्कारों की जननी के रूप में स्वीकारने का श्रेय पांडिचेरी के इस योगी सर्जक को है। वे कविता के ऐसे नए चेतना क्षितिज से हम सब को जोड़ते हैं जहाँ प्रकाश ही प्रकाश है। इसलिए वे कविता को शब्द साधना की सिद्धावस्था मानते हुए उसे 'over head poetry' कहते हैं। इस लिहाज से कवि होना गंभीर जीवन दृष्टि और दायित्व बोध से जुड़ना है। आत्ममुग्धता और सतही जीवन के दलदल में फंसती जा रही आज की कविता को सावित्री के सानिध्य में भी समय बिताकर कुछ सीखना चाहिए। श्री अरविंद द्वारा प्रणीत "द फ्यूचर पोएट्री" एक मूल्यवान एवं दिशा निर्देशक काव्यशास्त्र ही नहीं है वह जीवन शास्त्र भी है, वह कवियों के लिए पारस मणि है। श्री अरविंद के साहित्यिक अवदान को शब्दों में बांधना मेरे बूते की बात नहीं है। बस उन्हें कविता के चेतस आंगन में बैठकर अनुभव किया जा सकता है।

संसार की सुंदरता और उसका आश्चर्य उसकी विविधता में निहित है। अपनी सुविधा के हिसाब से भारत में समय का बंटवारा करने वालों ने समय को सतयुग, त्रेता, द्वापर, कलयुग के रूप में बांट दिया है, किंतु मुझे ऐसा लगता है कि यह धरती अपने हर कालखंड में सतयुग-त्रेता-द्वापर-कलयुग इन चारो के गुणों को धारण करते हुए गतिमान रहती है। लेकिन अच्छाई तो इस बात में है कि वह तेजोमय सूर्य का चक्कर लगा रही है। खैर! सत्य, आदर्श, नैतिकता सबको प्रिय है सिद्धांत रूप में, किन्तु व्यवहार रूप में अधिकांश को पशु वृत्तियों अर्थात् सतही कामनाओं की सोहबत ही अच्छी लगती है।

और अब 21वीं सदी के तीसरे दशक में पहुँचकर मनुष्य कुछ अधिक ही तार्किक, अवसरवादी एवं लोभी बन गया है। उसका यह रूप जीवन के हर क्षेत्र में क्रियाशील है। औद्योगिक विकास, तकनीकी और वैज्ञानिकता के प्रभाव से अमूर्त सत्ताओं और उनके प्रति विश्वास की चूल हिल गयी है। जो कविता अब तक मूर्त एवं अमूर्त का मिश्रित रसपाक हुआ करती थी। वह अब अमूर्त से दूर होकर यथार्थ के पक्ष में आकर दृढ़ता पूर्वक खड़ी हो गई है। वह केवल खड़ी ही नहीं हुई है बल्कि उसके पक्ष में संघर्ष भी कर रही है। अब काव्य-संघर्ष समता, बराबरी, सामाजिक न्याय, आर्थिक बराबरी के लिए है। अब अन्याय, शोषण और धार्मिक पाखंड से दो-दो हाथ कर रही है आज की कविता। यह कविता का प्रगतिशील और मार्क्सवादी चेहरा है। सज्जाद जहीर, प्रो अहमद अली, प्रो. रघुपति सहाय फिराक, डॉ. अशरफ, प्रेमचंद आदि ने भारत में 1936 में प्रगतिशील लेखक संघ की स्थापना कर लखनऊ में प्रेमचंद की अध्यक्षता में

सम्मेलन का प्रथम अधिवेशन सफलतापूर्वक आयोजित कर इस संघर्षशील लड़ाई को साहित्य के केन्द्र में लाकर खड़ा कर दिया है। अली सरदार जाफरी, एहतेशाम हुसैन ने इस आंदोलन को गति दी। देखते-देखते बीसवीं सदी के उत्तरार्ध का लेखन मार्क्सवादी (बामपंथी) प्रभाव के गिरफ्त में आ गया। इस बामपंथी प्रसार के पीछे सूचना प्रौद्योगिकी, वैज्ञानिकता और औद्योगिक क्रांति का बहुत बड़ा योगदान माना जा सकता है।

अब इस सदी के तीसरे दशक की स्थिति में वामपंथी लेखन कई रूपों में सक्रिय है, लेकिन उसकी गतिशील सक्रियता में कुछ लचरपन है। अपने अभियान और आंदोलन की सफलता के लिए शिद्दत से गंभीर रणनीति बनाकर संघर्ष करना पड़ता है। किंतु आज के मनुष्य की अवसरवादिता ने उसे कहीं का नहीं छोड़ा है। केवल संघर्ष के लिए संघर्ष करना भला कैसे हितकर हो सकता है? यह सक्रियता जनवादी लेखक संघ, दलित लेखक संघ, प्रगतिशील लेखक संघ, मार्क्सवादी फोरम आदि रूपों में भारत भर में ही नहीं, बल्कि वैश्विक क्षितिज पर अपनी उपस्थिति दर्ज किये हुए हैं। मार्क्सवादी दृष्टि भेद-भाव के विरुद्ध आर्थिक समानता की दृष्टि है। इसलिए उसके अलग-अलग रूप भौतिक जगत के आर्थिक भेदभाव, शोषण एवं अन्याय के खिलाफ संघर्षरत रहने के कारण भौतिक, धरातलीय एवं बहिर्मुखी हैं। फलतः मार्क्सवादी लेखन में संघर्ष और विद्रोह की अधिकता स्वाभाविक है। इसमें समग्र गहन चिंतन का अभाव होने के कारण यह एकांगी है। बावजूद इसके, मार्क्सवादी जीवन दर्शन देखते-देखते प्रगतिशील जीवन दर्शन में रूपांतरित हो गया है। यह सुखद भी है और आश्चर्य भी।

आधुनिक मार्क्सवादी साहित्य और कला चिंतकों में कार्ल मार्क्स, एंजिल्स, लेनिन, लियो ट्राटस्की, मैक्सिम गोर्की, लुकास, कॉडवेल आदि का नाम वैश्विक स्तर पर मार्क्स वादियों के बीच स्वीकार्य है। मार्क्स का दर्शन भारत में भी राजनीति, समाज और साहित्य को छुआ और प्रभावित किया। इसी दर्शन के आधार पर राजनीतिक पार्टी अस्तित्व में आई। एक दो राज्य में तो सत्ता का संचालन भी लंबे समय तक की, और समाज और साहित्य को मार्क्सवादी रंग में रंगने की कोशिशों जारी हैं। मार्क्स वादी आलोचकों में प्रो. रामविलास शर्मा, प्रो. नामवर सिंह, मैनेजर पांडेय या यूँ कहें कि 20वीं सदी के उत्तरार्ध से कला और साहित्य को मार्क्सवादी दर्शन जाने अनजाने प्रभावित करता रहा है। भले ही व्यावहारिक जीवन में तथाकथित मार्क्सवादी कवि और विचारक मार्क्सवादी दर्शन को खुद के जीवन में उसे जीते हुए न देखे जाएँ, परंतु सिद्धांत रूप में कला

और लेखन में उन्हें मार्क्स के करीब रहने में गर्व महसूस होता है। मार्क्सवादी विचार के अधिकांश पैरोकारों एवं अनुयायियों के दोहरे रूप के कारण ही इस दर्शन को जिस ऊंचाई पर होना चाहिए, वह उस स्थान पर आज नहीं है।

मार्क्सवादी कला और चिंतन में कार्ल मार्क्स की दृष्टि ही आधार रही। इस लिए इसके मूल निहितार्थ को जानना जरूरी है। 05 मई, 1818 को जर्मनी में जन्मे कार्ल मार्क्स ने आधुनिक समय को प्रभावित ही नहीं किया बल्कि उसे झकझोर कर रख दिया है। इनका चिंतन द्वंदात्मक भौतिकवाद एवं ऐतिहासिक भौतिकवाद को बल देता है। उनका द्वंद्वात्मक भौतिकवाद विकास का वह सिद्धांत है जो क्रिया, प्रतिक्रिया और समन्वय के द्वारा विकास करने की प्रेरणा देता है। वहीं ऐतिहासिक भौतिकवाद मनुष्य के आदिम जीवन से लेकर आज तक चली आ रही विकास प्रक्रिया को समझने की कोशिश करता है। मनुष्य का जीवन श्रम से जुड़े होने के कारण उत्पादन परक और आर्थिक है। इसलिए इनका मनुष्य के जीवन में विशेष महत्व है। आर्थिक स्थितियां कला और साहित्य के निर्माण को प्रभावित करती हैं। इस रूप में जीवन एवं कला-साहित्य को लेकर मार्क्स का दृष्टिकोण भौतिक वस्तुवादी सामाजिकता पर आधारित है।

मार्क्स और फ्रेडरिख एंजिल्स की दोस्ती जगजाहिर है। दोनों ने मिलकर 1847 में "कम्युनिस्ट मेनिफेस्टो" लिखा जो साम्य वादियों के लिए प्रेरणा स्रोत है। मार्क्स ने 'पावर्टी ऑफ फिलासफी' की रचना की। मजदूरों एवं सर्वहारा वर्ग की बाइबल वेद और कुरान कही जाने वाली "दास कैपिटल" (1867) लिखकर मजदूरों एवं सर्वहारा वर्ग को एकजुट करने, जागरूक करने एवं उन्हें आर्थिक समानता दिलाने की प्रक्रिया में उनका यह ग्रंथ मील का पत्थर साबित हुआ। उन्होंने समाज में व्यवहारिक समानता पर बल देते हुए विश्व की अर्थव्यवस्था पर मौलिक एवं क्रांतिकारी चिंतन विश्व को दिया है। उनके व्यापक चिंतन के केंद्र में श्रम, समाज, अर्थव्यवस्था के अलावा कला और साहित्य भी रहा है। "लिटरेचर एंड आर्ट" नामक पुस्तक में उनके कला और साहित्य संबंधी विचार देखे जा सकते हैं। उनका मानना रहा है कि कला सृजन व्यक्तिगत चेतना का परिणाम न होकर वह सामाजिक चेतना का प्रतिफल है। उनका मानना रहा है कि असंतुलित श्रम विभाजन के कारण ही कलात्मक प्रतिमाएँ कुछ व्यक्तियों में ही सीमित हो जाती है। साहित्य और कलाओं का समाज से गहरा रिश्ता होता है। फलतः साहित्य और कला समाज के आर्थिक व भौतिक जीवन से उत्पन्न होती है, और उसी पर आधारित रहती है। आर्थिक और भौतिक स्थितियों में परिवर्तन होने के साथ समाज में कला-साहित्य और अन्य विचारधाराओं में

परिवर्तन होता है। वे यह भी मानते हैं कि आर्थिक और सामाजिक स्थितियां ही सिर्फ कला और साहित्य को प्रभावित नहीं करतीं, बल्कि कला और साहित्य भी इन स्थितियों को कुछ हद तक प्रभावित करते हैं। श्रम के महत्व को मानने वाले इस दार्शनिक-विचारक ने तो यहाँ तक कह दिया है कि कला के उद्भव और विकास में श्रम और अर्थ की महत्वपूर्ण भूमिका होती है।

मार्क्सवादी विचार का संबंध मनुष्य के भौतिक विकास एवं बराबरी से प्रत्यक्ष रूप से जुड़ा हुआ है। इसलिए यह विचारधारा धर्म और आध्यात्मिकता के सहारे मनुष्य की उन्नति विशेषकर मजदूर और सर्वहारा वर्ग के हितों की बात नहीं सोचती बल्कि भौतिकता को श्रम और अर्थ के बल पर नियमन करती है। इसलिए यह दृष्टि आर्थिक समानता और बराबरी के लिए सामाजिक भेदभाव, अन्याय, शोषण के विरुद्ध संघर्ष की पहल करती है। क्रिस्टोफर कॉडवेल (20 अक्टूबर, 1907-12 फरवरी, 1937) मार्क्सवादी विचारधारा के समर्थक, मौलिक लेखक एवं गंभीर चिंतक माने जाते हैं। इनकी असाधारण प्रतिभा का अंदाज इससे लगाया जा सकता है कि वे 25 वर्ष की आयु तक पांच पुस्तकें 'एरोनाटिक्स' पर, सात जासूसी उपन्यास और कविताएँ-कहानियां लिख चुके थे। 1935 में 'दिस माय हैंड' नामक उनका उपन्यास भी प्रकाशित हो गया था। इल्यूजन एंड रियलिटी: ए स्टडी ऑफ द सोर्सेस ऑफ पोएट्री (विभ्रम और यथार्थ), स्टडीज इन अ डाइंग कल्चर (मरणासन्न संस्कृति का अध्ययन) द क्राइसिस इन फिजिक्स, फरदर स्टडीज इन अ डाईंग कल्चर जैसी महत्वपूर्ण पुस्तकों की रचना कर बुद्धिजीवियों एवं विचारकों के बीच इन्होंने अपनी गंभीर रचनात्मक उपस्थिति दर्ज करा ली है।

मार्क्सवादी साहित्य जगत में कॉडवेल की पुस्तक 'इल्यूजन एंड रियलिटी' के लिए विशेष आदर भाव है। इस पुस्तक में वे लिखते हैं कि 'कविता मानव मन के प्राचीनतम कलात्मक व्यापारों में से एक है। इसे किसी जाति की प्रारंभिक साहित्यिक कला की पृथक उपज के रूप में नहीं पाया जा सकता। इसका कारण यह है कि यह समूचे वांग्मय अर्थात् इतिहास, धर्म, जादू और यहाँ तक कि कानून के भी आम माध्यम के साथ घुली मिली रहती है। उनका मानना रहा है कि आदिम जनों में औपचारिक अवसरों पर हमारा सरोकार अक्सर भाषा के ओज पूर्ण रूप से होता है। अत: हम इतना ही मानकर चल सकते हैं कि लिखित सभ्य साहित्य का सामान्य विकास ओजपूर्ण भाषा के एक विशेष रूप में हुआ है। पहले यह ओजपूर्ण भाषा लगभग समूचे परंपरागत साहित्य पर एकाधिकार जमाए रहती है पर सभ्यता के विकास के साथ-साथ यह अपने एक छोटे से खाने में सिमट

कर रह जाती है। वे कविता को श्रम और आर्थिक उत्पादन से जोड़कर देखते हैं। इसलिए वे मानते हैं कि संस्कृति को आर्थिक उत्पादन से या कविता को सामाजिक संगठन से अलग नहीं किया जा सकता। अतः कविता को सारतः जातीय, राष्ट्रीय, अनुवांशिक या विशिष्ट नहीं, कुछ आर्थिक-सी चीज माना जा सकता है। इसलिए सांस्कृतिक और काव्यगत विकास से इस बात की अपेक्षा करते हैं कि यह श्रम विभाजन की जटिलता के साथ, जिन पर कि यह आधारित है, वृद्धि पाएगी।'

कॉडवेल की बारह अध्यायों में फैली "इल्यूजन एंड रियलिटी" (विभ्रम और यथार्थ) नामक कृति मार्क्सवादी नजरिए से कविता एवं कविता के स्रोतों की पड़ताल करती है, तथा साहित्य और कविता को केवल सौंदर्य शास्त्रीय एवं कलात्मक चश्मे से न देखकर उसे समाज के अन्य मूल्यों और घटकों के साथ जोड़कर देखने का आवाह्न करती है। वे मानते हैं कि कविता का गुण सौंदर्य है। और यह मानव मन की आदिम सौंदर्य परक क्रिया है। यह सह-अस्तित्व की उपज है, क्योंकि प्राचीन काल में धर्म, तंत्र, इतिहास, विधि आदि समस्त ज्ञान शाखाओं की अभिव्यक्ति साहित्य के द्वारा ही होती थी। इसके प्रमाण यूनान, रोम, चीन, जापान, मिस्र और भारत के प्राचीन ग्रंथों में मिलते हैं। उस समय सामूहिक अवसरों पर ओजपूर्ण लयात्मक भाषा में विचारों का प्रकटीकरण ही कविता थी। कविता प्राचीन समय में सामूहिक रूप से गाई जाकर सामुदायिक भावना का प्रकाशन करती थी। वह नृत्य, अनुष्ठान और संगीत के साथ घुली-मिली थी, कार्य और परिश्रम को मधुर बनाती थी। इसका मूल संबंध श्रम कार्यों और आर्थिक क्रियाकलापों से जुड़े होने के कारण यह तत्वतः आर्थिक अभिव्यक्ति मानी जाती थी। किंतु अब कविता को इतिहास, धर्म, तंत्र, विज्ञान, विधि आदि ज्ञान शाखाओं से जोड़कर नहीं, अपितु भिन्न माना जाता है। समय और विचार में हुए परिवर्तन के बावजूद क्या कविता की अन्य ज्ञान शाखाओं से अंतः संबद्धता को पूर्णतः नकारा जा सकता है? शायद नहीं।

कॉडवेल भी अपनी इस पुस्तक के दूसरे अध्याय में लिखते हैं कि "कविता की सर्जना विशिष्ट मानव क्रिया द्वारा होती है और इसलिए उसे समाज से काटकर अलग नहीं किया जा सकता। व्यष्टि या प्रकृत मानव और समूह बद्ध या सभ्य मनुष्य के बीच का अंतर विरोध ही कविता को अनिवार्य बनाता है और इसी से उसे अपनी अर्थवत्ता और अपना सत्य मिलता है। ... कविता मनुष्य की उत्पादनशील या आर्थिक क्रिया है"। कविता की विशेषताएँ बताते हुए कॉडवेल कहते हैं कि (क) कविता लयात्मक होती है। हमारे हृदय की गति और

श्वांस-प्रश्वांस की लयात्मकता की तरह समूह का भाव-संवाद भी लयपूर्ण होने से प्रभावी बन पड़ता है। लय की प्रकृति एक सूक्ष्म और संवेद्य रूप में कविता की निसर्गजात और मनोभावात्मक अंतर्वस्तु तथा उन सामाजिक संबंधों के बीच बड़े सटीक रूप में उस असंतुलन को प्रकट करती है जिसके माध्यम से आवेग सामूहिक रूप से संबोधित होते हैं। लय के कारण सामूहिक उत्सव में लोग शारीरिक और आवेगत्मक दोनों दृष्टिओं से एक खास ढंग से एक दूसरे के संपर्क में आते हैं। आवेगात्मक अंतर्मुखता स्वत: एक सामाजिक क्रिया है। इसलिए वे कविता में लय को एक बुनियादी शर्त मानते हैं। (ख) वे मानते हैं कि कविता का अनुवाद करना कठिन कार्य है। क्योंकि अनुवाद मूल कविता से जागृत होने वाले खास आवेगों को शायद ही संप्रेषित कर पाता है। उनका मानना है कि छंद और अर्थ का अनुवाद हो सकता है, परंतु मूल आवेग नदारद हो जाता है। (ग) उनकी दृष्टि में कविता अतर्क्य होती है। और विज्ञान के समान कविता में तर्क का आधार महत्वपूर्ण नहीं होता। कविता भावात्मक होती है और उसकी संगति वाह्य पदार्थों से न होकर आंतरिक भावना या आंतरिक यथार्थ से होती है। कविता वास्तव में मनुष्य के आवेगों और उसके पर्यावरण के बीच उस अंतर्विरोध की अभिव्यक्ति है जो प्रकृति के साथ मनुष्य के संघर्ष का बहुत ही वास्तविक और ठोस रूप ले लेता है। कविता अपने पर्यावरण के साथ मनुष्य के सक्रिय संबंध को प्रतिबिंबित करती है। (घ) कविता को वे शब्द गत रचना मानते हैं। इसमें शब्दों की प्रधानता होती है। किसी शब्द के स्थान पर उसके समानार्थी शब्द प्रयुक्त करने से कविता का चमत्कार कम हो जाता है। अत: कविता का कौशल शब्दों के चयन और उसके सही प्रयोग पर निर्भर करता है। कविता खास शब्द बिम्बों के माध्यम से जीवन के सत्य और विचार को उद्‌घाटित करती है। (ड) कविता को वे गैर प्रतीकात्मक मानते हैं। कविता को उनकी दृष्टि में साकार होना चाहिए। (च) वे रोमांटिक कवि जॉन कीट्स की अवधारणा "Beauty is truth, truth beauty, that is all, ye know on the earth and all ye need to know." की पुष्टि करते हुए कहते हैं कि कविता घनीभूत संवेगों से युक्त होती है। कविता के संवेग भावनात्मक एवं सौंदर्यपरक होते हैं।

क्रिस्टोफर कॉडवेल कविता की सर्जना और उसके प्रभाव को समाज में सामूहिकता, श्रम और उत्पादकता से जोड़कर देखते और दिखाते हैं। कवि थॉमस ग्रे ने भी अपनी प्रसिद्ध कविता 'द प्रोग्रेस ऑफ पोयजी' में कविता रची जाने के लिए उस पर पड़ने वाले अनुकूल एवं प्रतिकूल प्रभावों को तो रेखांकित किया ही है साथ ही कविता के प्रभाव और उसकी यात्रा को भी शिद्दत से इस प्रकार

दर्शाया है-

> ***"Thee the voice, the dance obey,***
> ***Tempered to the warbled lay.***
> ***O'er Idalia's velvet-green***
> ***The rosy-crowned Loves are seen***
> ***On Cytherea's day..."***

यहाँ यह कह देना जरूरी है कि कॉडवेल कविता और उसके संघर्ष को श्रम, सामूहिकता और उत्पादकता के समानांतर जोड़कर देखते हैं। कविता के बहाने वे बुर्जुआ लेखन और सोच के प्रतिपक्ष में साम्यवादी दृष्टि की पक्षधरता विशेष रुप से उद्घाटित करते हुए कहते हैं-"साम्यवाद कोई ख्याल नहीं है यह पूँजीवाद के भीतर पक रहे अंतर्विरोधों का अपरिहार्य समाधान है। ... कविता शब्दों में प्रतीकबद्ध वाह्य यथार्थ के तत्वों के साथ अहम के गतिशील संबंध को साधारणीकृत और अमूर्त रूप में व्यक्त करती है। यह साधारणीकरण इसकी उस योग्यता का स्रोत है, जिसके द्वारा मनुष्य के भीतर सहज स्फूर्त आवेगात्मक तत्वों को-सामाजिक अहं के शारीरिक घटकों को-अनूठी शक्ति से मुखर किया जाता है। वे यहाँ तक कहते हैं कि साम्यवादी कविता पूर्ण होगी क्योंकि इसमें मनुष्य न केवल अपनी अनिवार्यता के विषय में सचेत होगा, अपितु वाह्य यथार्थ की अनिवार्यता के विषय में भी सचेत होगा"।

कॉडवेल महोदय की साम्यवादी पक्षधरता और उनका यह जोर देकर कहना कि 'मनुष्य अपनी अनिवार्यता के साथ ही वाह्य यथार्थ की अनिर्वायता के विषय में भी सचेत होगा', यह कथन यह दर्शाता है कि वे कविता को संघर्ष, भौतिकता, उत्पादकता और समूह की खुशी के लिए औजार की तरह देखते हैं। उनके लिए कविता गंभीर जीवन दर्शन या आत्मा के रूपांतरण का साधन नहीं है। कॉडवेल कविता को जिस भौतिक सीमा में सीमित कर देखना चाहते हैं, क्या कविता का मूल सरोकार वहीं तक सिमट जाने में है या काल को अतिक्रांत कर दिव्यता पूर्ण जीवन को प्रकट करने के लिए क्रियाशील होने में है? जबकि कवि थॉमस ग्रे कविता को आत्मा के रूपांतरण का महत्वपूर्ण जरिया भी मानकर कहते हैं-

> ***"O Sovereign of the willing soul,***
> ***Parent of sweet and solemn-breathing air***
> ***Enchanting shell ! the sullen cares***
> ***And frantic Passions hear thy soft control.***
> ***On Thracia's hills the Lord of War***
> ***Has curbed the fury of his car,***
> ***And dropped his thirsty lance at thy commond."***

इससे तो प्रतीत होता है कि कविता जीवन के जागतिक यथार्थ का चित्रण

कर, उससे टकराते हुए उसे अतिक्रांत कर जीवन के परम सत्य अर्थात् 'Real Realiy' का बोध कराती है। इस लिहाज से क्रिस्टोफर काडवेल की दृष्टि किसी खास विचारधारा का समर्थन करने के कारण एकांगी है। जबकि गंभीर कविता-कला का चिंतन अपने में समग्रता का वाहक और सूचक होता है।' कला और साहित्य स्वतंत्रता के संवाहक होते हैं' वाली बात को क्या हम किसी विचार धारा के दबाव में नकार दें। ऐसे में किसी खेमे-खूंटे से बंध कर क्या हम साहित्य की या कविता की आत्मा की रक्षा कर पाएँगे?

हिन्दी साहित्य में आचार्य रामचंद्र शुक्ल (1884-1941)का प्रदेय विशिष्ट है। प्रगतिशील तो वैसे हर काल का लेखक होता है और उसे होना भी चाहिए, किन्तु भारतीय लेखन में प्रगतिशीलता का भूत सही अर्थों में 1936 से सवार होना शुरू हुआ। मार्क्सवादी विचार धारा और वैज्ञानिक दृष्टिकोण के कारण अदृश्य और अमूर्त शक्तियों के प्रति अरूचि बढ़ी। भारतीय साहित्य भी "आँखन देखी" के प्रति आकर्षित हुआ। मार्क्सवादी वैज्ञानिक दृष्टि ने साहित्य के आकाश को बीसवीं सदी के उत्तरार्ध में पूर्ण रूप से घेर तो लिया लेकिन भारत की तासीर और उसकी मनीषा अमूर्त और आत्मा में भी बसती रही है। इसलिए इसके प्रभाव से भारतीय लेखन पूर्ण रूप से मुक्त नहीं हो सका। फलत: कभी भौतिक सतह पर तो कभी आत्मा के राज्य में साहित्य की आवाजाही बनी रही। हाँ, नैतिकता, आत्मा, आध्यात्मिकता, रहस्यमयता जैसे शब्दों के प्रति मार्क्सवादी प्रभाव के कारण विकर्षण तो बढ़ा, किंतु इनकी जगह मनुष्यता, मानवता, संवेदनशीलता, प्रेम और करुणा की पुकार अनंतर साहित्य लेखन में जारी रही है। मार्क्सवादी दृष्टिकोण ने भारतीय लेखन में अपना प्रभाव कुछ इस कदर बढ़ाया कि प्रगतिशील होना मार्क्सवादी होने का पर्याय बन गया। आजकल साहित्य की दुनिया में करुणा पूरित एवं मानव धर्मी लेखन की मांग बनी हुई है, संभवत: भविष्य में भी बनी रहेगी किंतु प्रगतिशील खेमे अर्थात् मार्क्सवादी खेमे में लेखक अपने को रखने में गौरव महसूस करता है, उसे आत्मावादी कहलवाना अच्छा नहीं लगता। यह शायद उसकी अपूर्ण जीवन दृष्टि का परिणाम है, क्योंकि जीवन जितना भौतिक सतह पर दिखता है, कहीं उससे अधिक अमूर्त आत्मा के प्रभाव से प्रभावित रहता है। दोनों की पारस्परिकता ही उसकी पूर्णता है। वैसे भी हम साहित्य लेखन में जिस दौर से गुजर रहे हैं, वहाँ सिर्फ मार्क्सवादी हस्तक्षेप ही नहीं है, वहाँ फ्राइडियन प्रभाव भी प्रभावी है जो मनुष्य की आंतरिकता या यूँ कहें कि जीवन की मनोवैज्ञानिक खोज को प्रमुखता देता है, मन के तल को विन्यस्त करता है। ऐसे में क्या केवल मार्क्सवादी दृष्टि ही जीवन में आकार पा

सकेगी? ऐसा होना या रचा जाना क्या एकांगी नहीं माना जाएगा? क्या एकांगी होने या लिखने को पूर्ण कहा जा सकता है? जबकि हमें यह नहीं भूलना चाहिए कि लेखन या कला पूर्णता का विस्तार करते हैं। शायद इसलिए आचार्य रामचंद्र शुक्ल प्रकारांतर में इन्हीं विरुद्धों को साधने की बात करते हैं। उनके 'विरुद्धों का सामन्जस्य' केवल सतही नहीं है।

आचार्य रामचंद्र शुक्ल के साहित्य चिंतन और कविता दृष्टि में जो समग्रता दिखाई देती है, वह उनके गंभीर अध्ययन-चिंतन का परिणाम है। उन्होंने साहित्य की बारीकियों और उसके मर्मों को जिस तैयारी के साथ जाना समझा, उसी तैयारी के साथ उन्होंने जीवन को भी उसकी समग्रता में समझने की कोशिश की। इसी तरह की साहित्य और जीवन विषयक समग्रता डॉ. रामविलास शर्मा के लेखन में मिलती है। पूरब और पश्चिम के साहित्य का गहन अध्ययन कर उन्होंने अपने युगबोध को गंभीर और व्यापक बनाया। टी.एस. इलियट की भाषा में कहें तो शुक्ल जी ने साहित्य की जीवन्त परम्परा एवं युगबोध को कठिन श्रम से अर्जित किया। शुक्ल जी आलोचक, साहित्य मर्मज्ञ, निबंधकार, अनुवादक, संपादक के रूप में जाने जाते हैं। उन्होंने एडिशन के 'एसे आन इमेजिनेशन' का अनुवाद 'कल्पना का आनंद' के रूप में किया। टी माधवराव की 'माइनर हिट्स' का अनुवाद 'राज्य प्रबंध शिक्षा' के रूप में, मेगास्थनीज के 'भारत विवरण' राखल दास बंदोपाध्याय के बंगला उपन्यास 'शशांक' और एडविन अर्नाल्ड के 'लाइट ऑफ एशिया' का पद्यानुवाद 'बुद्धचरित' नाम से उनके द्वारा किया गया। जर्मनी के विचारक हैकल की प्रसिद्ध पुस्तक' रिडल ऑफ द यूनिवर्स' का अनुवाद उन्होंने 'विश्व प्रपंच' के रूप में किया। माना जाता है कि हैकल के प्रभाव से वे अछूते नहीं रहे। उनके प्रगतिशील एवं वैज्ञानिक दृष्टिकोण को इस पुस्तक ने गंभीर रूप से पुष्ट किया। उन्होंने लिखा है कि "सृष्टि के जिन रहस्यों को विज्ञान खोल चुका है। उनके संबंध में जो प्राचीन पौराणिक कथाएँ और कल्पनाएँ हैं। वे अब ढाल तलवार का काम नहीं दे सकतीं। अब जिन्हें मैदान में जाना हो वे नाना विज्ञानों से तथ्य संग्रह करके सीधे उस सीमा पर जाएँ जहाँ दो पक्ष अड़े हुए हैं-एक ओर आत्मवादी दूसरी ओर अनात्मवादी, एक ओर जड़वादी, दूसरी ओर नित्य चैतन्यवादी"।

श्रम की रचनात्मकता जीवन को गढ़ती है। उसे जीवंतता प्रदान करती है। आचार्य रामचंद्र शुक्ल को भी गढ़ने में पाश्चात्य विचारकों-दार्शनिकों का विशेष योगदान रहा है। उन्होंने डार्विन, हक्सले हर्वर्ट, स्पेंसर, स्पिनोजा, कांट, डेकार्ट, बर्कले सेलिंग, हीगेल, शॉपेनहावर हैमिल्टन, ह्यूम आदि को ही नहीं पढ़ा एवं

जाना बल्कि वैशेषिकों, नैयायिकों, गीता, उपनिषद, पतंजलि, चरक, सांख्य वेदांत चार्वाक या यूँ कहें कि भारतीय मनीषा का अध्ययन-मनन कर अपने विचारों को प्रभावी एवं जीवंत बनाने के लिए अपनाया। रामचंद्र शुक्ल के व्यक्तित्व के निर्माण में पंडित विन्ध्येश्वरी प्रसाद तिवारी, बाबू बलभद्र सिंह, प्रेम घन जी की प्रमुख भूमिका रही है। मेयो मेमोरियल लाइब्रेरी के अध्यक्ष केदारनाथ पाठक ने शुक्ल जी को हिंदी 'शब्द सागर' की संपादन समिति में बाबू श्यामसुंदर दास के माध्यम से रखवा कर उनके भावी उत्कर्ष की भूमि तैयार की। 'शब्द सागर' के प्रधान संपादक बाबू श्यामसुंदर दास ने लिखा है-"यदि कहा जाए कि शब्द सागर की उपयोगिता और सर्वांग पूर्णता का श्रेय पंडित रामचंद्र शुक्ल को प्राप्त है तो इसमें कोई अत्युक्ति न होगी। एक प्रकार से यह उन्हीं के परिश्रम, विद्वता और विचार शीलता का फल है। कोश ने शुक्ल जी को बनाया और कोश को शुक्ल जी ने"। हम पाते हैं कि विज्ञान एवं दर्शन का गंभीर अध्ययन कर वे इस निष्कर्ष पर पहुँचे थे कि सृष्टि और सृष्टा के बीच द्वैतभाव मानने की अपेक्षा अद्वैत वाला पक्ष अधिक संगत और हितकर है। 'विश्व प्रपंच' की भूमिका में उन्होंने लिखा है कि "नाना भेदों में अभेद दृष्टि ही सच्ची तत्व दृष्टि है। विश्व में जितना द्रव्य है उतना ही सदा से है और सदा रहेगा। उससे न घट सकता है, न बढ़ सकता है। "उनके इस कथन से 'पूर्णमदः पूर्णमिदं' वाली उपनिषदिक दृष्टि को समर्थन मिलता है"।

इतना ही नहीं हीगेल, कांट और शॉपेनहावर के विचारों में भी जब वे सृष्टा और सृष्टि की एकता का भाव देखते हैं तो उनकी भारतीय वेदांत के प्रति श्रद्धा बढ़ जाती है और उन्हें लगता है कि हमारे यहाँ भी इसी तरह के एकता एवं अद्वैत के भाव भारतीयता में समाहित हैं। ज्ञान के क्षेत्र में वे अद्वैतवाद को स्वीकारते हैं पर व्यवहार के स्तर पर द्वैतवाद की सीमा को भी मानते हैं। कहा जाता है कि काशी अध्यात्म और दर्शन की राजधानी है। ऐसी स्थिति में भारतीय दर्शन और अध्यात्म का प्रभाव भला वहाँ रहकर उन पर कैसे न पड़ता? काशी में रहकर साहित्य पर गंभीर चिंतन मनन करने वालों में शुक्ल जी की तरह ही आचार्य हजारी प्रसाद द्विवेदी जी का नाम भी सम्मान से लिया जाता है। इन दोनों की दृष्टि भले ही प्रगतिशील और वैज्ञानिक रही हो किंतु इनके लेखन में अध्यात्म और दर्शन की खुशबू को सहज ही महसूस किया जा सकता है। काव्य में भाव पक्ष अर्थात् आत्मा की श्रेष्ठता को दोनों ने सहज रूप से स्वीकार किया है।

यह सच है कि आचार्य रामचंद्र शुक्ल ने काव्य स्वरूप के संदर्भ में खुद

को अभिव्यक्ति वादी कहते हुए यह स्वीकार किया है कि अव्यक्त की अभिव्यक्ति जगत और जगत की अभिव्यक्ति काव्य है। साहित्य और जीवन में वे पारस्परिकता और समन्वय के सदैव पक्षधर रहे हैं। उनका कहना है-"मनुष्य को हृदय, बुद्धि और शरीर की त्रिमूर्ति मानते हैं और कहते हैं कि तीनों की समस्त शक्तियों के सामंजस्य का उत्कर्ष ही मनुष्य की पूर्णता है। किसी एक या दो की उन्नति तीसरे के उत्कर्ष के बिना मनुष्य को पूर्णता तक नहीं ले जा सकती"। आचार्य रामचंद्र शुक्ल मुझे हिंदी साहित्य के ऐसे पहले चिंतक और विचारक लगते हैं जिनके लेखकीय रचनात्मकता के केंद्र में लोकमंगल की सामन्जस्य पूर्ण भावना निहित है। काव्य इसी सामंजस्य की ओर मनुष्य को ले जाने का एक माध्यम है। मनुष्य के लोक यात्रा का यही लक्ष्य है। यही जीवन का धर्म है। इसलिए वे भाव योग, ज्ञान योग और कर्म योग में समतुल्यता स्वीकारते हैं। "कविता क्या है?" नामक निबंध में वे लिखते हैं कि "हृदय पर नित्य प्रभाव रखने वाले रूपों और व्यापारों की भावना के सामने लाकर कविता वाह्य प्रकृति के साथ मनुष्य की अंत:प्रकृति का सामंजस्य घटित करती हुई उसके भावात्मक सत्ता के प्रकार का प्रसार करती है"।

आचार्य रामचंद्र शुक्ल जी ने माना है-"जिस प्रकार आत्मा की मुक्तावस्था ज्ञान दशा कहलाती है, उसी प्रकार हृदय की यह मुक्तावस्था रस दशा कहलाती है। हृदय की इसी मुक्ति की साधना के लिए मनुष्य की वाणी जो शब्द विधान करती आई है, उसे कविता कहते हैं। इस साधना को हम भाव योग कहते हैं और कर्म योग और ज्ञान योग का समकक्ष मानते हैं। कविता ही मनुष्य के हृदय को स्वार्थ संबंधों के संकुचित मंडल से ऊपर उठा कर लोक-सामान्य भाव भूमि पर ले जाती है जहाँ जगत् की नाना गतियों के मार्मिक स्वरूप का साक्षात्कार और शुद्ध अनुभूतियों का संचार होता है, इस भूमि पर पहुँचे हुए मनुष्य को कुछ काल के लिए अपना पता नहीं रहता। वह अपनी सत्ता को लोकसत्ता में लीन किये रहता है। उसकी अनुभूति सब की अनुभूति होती है या हो सकती है। इस अनुभूति योग के अभ्यास से हमारे मनोविकार का परिष्कार तथा शेष सृष्टि के साथ हमारे रागात्मक संबंध की रक्षा और निर्वाह होता है। जिस प्रकार जगत अनेक रूपात्मक है उसी प्रकार हमारा हृदय भी अनेक भावात्मक है"।

कविता और कविता की अवधारणा को लेकर आचार्य रामचंद्र शुक्ल जी भाव भूमि और अनुभूति की चर्चा करते हुए मनोविकार के परिष्कार पर बल देते हैं। यकीनन कविता को इसी दिशा में बढ़ने और बढ़ाने की जरूरत है, किंतु आजकल 21वीं सदी के पूर्वार्ध में कविता और कविता चिंतन के नाम पर जिस

तरह की आत्ममुग्धता और सतही भौतिक निरूपण जारी है, इसे क्या कविता का उत्स मानकर संतोष कर लेना चाहिए? मार्क्सवादी प्रसार ने कविता और लेखन को सामाजिक समानता और न्याय का औजार मान लिया है जो किसी भी दशा में कविता के लिए शुभ संकेत नहीं है। कविता जीवन के केवल खुरदरे यथार्थ और सतही सरोकार से जुड़ कर जीवंत और चिरंजीवी नहीं हो सकती। कविता केवल संघर्ष का शब्द और नारा नहीं है, वह संवेदनशील रूपांतरण की कीमिया है। इस लिहाज से भी आचार्य रामचंद्र शुक्ल के कविता और साहित्य संबंधी मान्यताओं को, जो सामंजस्य और समन्वय पर आधारित हैं, प्रगतिशीलता के सही अर्थों में प्रसारित करने की विशेष आवश्यकता है।

आचार्य रामचंद्र शुक्ल कविता और साहित्य को जीवन के गंभीर सरोकारों और निहितार्थों से जोड़कर देखते हैं। उनकी दृष्टि में समग्रता है। इन्होंने गोस्वामी तुलसीदास, सूरदास, मलिक मोहम्मद जायसी, रस मीमांसा, हिंदी साहित्य का इतिहास, चिंतामणि आदि महत्वपूर्ण साहित्यिक ग्रंथों का प्रणयन विश्व साहित्य और परम्परा को थहाते हुए पूरी सजगता एवं लोकमंगल की भावना से किया है। कभी-कभी लगता है कि उनकी 'चिंतामणि' को 'चिंतनमणि' कहा जाता तो अधिक अच्छा होता क्योंकि इनके लेख सार्थक चिंतन की ही परिणति हैं, न कि चिंता के। खैर। आचार्य शुक्ल को पढ़ते हुए हमें यह नहीं भूलना चाहिए कि इनके चिंतन के केंद्र में कविता ही है, चाहे वे गोस्वामी तुलसीदास, सूरदास या मलिक मोहम्मद जायसी हो। इनके बहाने वे कविता की ही पड़ताल करते हैं। रस मीमांसा में भी उनके विचार कविता के ही इर्द-गिर्द घूमते हुए से लगते हैं। उनका मानना है कि 'कविता मनुष्य की वासना का परिष्कार करती है, उसे राग-द्वेष से मुक्त कर परकीय सुख-दुख में रमण कराती है। परकीय सुख-दुख को मन का विस्तार कर आत्मीय बनाती है, आत्मा या मन की परिधि का विस्तार करती है और इस तरह कविता हमारे रागात्मक संबंधों की रक्षा करती है। वे मानते हैं संपूर्ण सत्ताएँ एक ही परम सत्ता और संपूर्ण परम भाव एक ही भाव के अंतरभूत हैं। अतः बुद्धि की क्रिया में हमारा ज्ञान जिस अद्वैत भूमि पर पहुँचता है, उसी भूमि तक हमारा भावात्मक हृदय भी इस सत्व रस के प्रभाव से पहुँचता है। इस प्रकार अंत में जाकर दोनों पक्षों की वृत्तियों का समन्वय हो जाता है। इस समन्वय के बिना मनुष्यत्व की साधना पूरी नहीं होती। भाव योग की सबसे उच्च कक्षा पर पहुँचे हुए मनुष्य का जगत के साथ पूर्ण तादात्म्य हो जाता है। उसकी अलग भाव सत्ता नहीं रह जाती, उसका हृदय विश्वहृदय हो जाता है।'

"कविता क्या है?" नामक महत्वपूर्ण लेख 'रस-मीमांसा' नामक पुस्तक

में 'काव्य' के अंतर्गत संजोया गया है। रस मीमांसा कविता को समझने की एक मुकम्मल किताब है। इसमें काव्य की सैद्धांतिक मीमांसा है। किंतु यह कहने में संकोच नहीं होता है कि आचार्य रामचंद्र शुक्ल के साहित्यिक व्यक्तित्व को गढ़ने और निखारने में संस्कृत साहित्य और पाश्चात्य साहित्य का गंभीर योगदान है जिनकी झलक स्पष्ट रूप से उनके लेखन में दिखती है। इनकी रस मीमांसा परंपरा से अर्जित रस विषयक धारणाओं पर आधारित है। इन्होंने 'रस निष्पत्ति पर काव्य की सौंदर्य दृष्टि के साथ ही लोकमंगल की दृष्टि से भी विचार किया है। वे रस के मूल 'भाव' क्षेत्र को पवित्र मानते हैं। उनका मानना है कि वह न केवल सत्कर्म प्रवर्तक है, अपितु शील विधायक भी है। वे मानते हैं कि रस की पूर्ण दशा वह है जहाँ नायक, कवि तथा ग्राहक तीनों का तादात्म्य हो सके और जहाँ भाव दशा अतृप्त रह जाती है, वह रस की मध्यम कोटि है। शुक्ला जी का मानना है कि जब तक भाव से सीधा लगाव रखने वाले मूर्त और गोचर रूप न मिलेंगे तब तक काव्य का वास्तव रूप खड़ा नहीं हो सकता। वे कहते हैं कि काव्य में अर्थ ग्रहण मात्र से काम नहीं चलता, बिंब ग्रहण अपेक्षित होता है। यह बिम्ब ग्रहण निर्दिष्ट, गोचर और मूर्त विषय का ही हो सकता है। इसलिए उन्होंने कहा है–प्रत्ययबोध, अनुभूति और वेगयुक्त प्रवृत्ति इन तीनों के गूढ़ संश्लेष का नाम भाव है।'

कला कला के लिए होकर भी वह केवल उनके लिए वहीं तक सीमित नहीं है बल्कि वे काव्य का लक्ष्य बताते हुए कहते हैं कि काव्य या कवि कर्म शब्द विन्यास द्वारा श्रोता का ध्यान आकर्षित करने, भाव का स्वरूप प्रत्यक्ष करने एवं नाना पदार्थों के साथ उनका प्रकृत संबंध प्रत्यक्ष करने के लिए है। उनका मानना है कि रस विधायक कवि का काम श्रोता या पाठक में भाव संचार करना नहीं बल्कि उसके समक्ष भाव का रूप प्रदर्शित करना है जिसके दर्शन से श्रोता के हृदय में भी उक्त भाव की अनुभूति होती है जो प्रत्येक दशा में आनंद स्वरूप ही रहता है।

आचार्य शुक्ल जी का मानना है कि "काव्य भूमि जीवन से, जगत से परे नहीं है। वह वस्तुव्यापार योजना जो केवल विलक्षणता, नवीनता या अलौकिकता दिखाने के लिए की जाएगी, जिसमें जगत या जीवन का कोई मार्मिक पक्ष, गंभीर या साधारण, व्यक्त होता न दिखाई पड़ेगा, वह काव्य का ठीक लक्ष्य पूरा न कर सकेगी।" शुक्ल जी की काव्य दृष्टि से स्पष्ट है कि उनका काव्य विषयक दृष्टिकोण भारतीय काव्य मीमांसकों के आत्मवाद और नैतिक वादी पीठिका से कुछ हटकर मनोविज्ञान, अंतस चेतना और जागतिक यथार्थ के करीब है। ऐसा

होने के पीछे बीसवीं सदी में बढ़ते वैज्ञानिक आग्रह, मनोवैज्ञानिक विश्लेषकों एवं मार्क्सवादी प्रभावों को स्वीकारना चाहिए। लेकिन आचार्य शुक्ल जी काव्य में लोकमंगल की भावना, जीवन की मार्मिकता एवं उसकी गंभीरता के साथ समन्वय, सामंजस्य और समग्रता के हिमायती होने के कारण विशिष्ट बने हुए हैं। उनकी विशिष्टता पूरब और पश्चिम के मूल्यवान एवं प्रासंगिक साहित्य चिंतन को गति देने के कारण प्रभावशील है।

यह अलग बात है कि आचार्य शुक्ल ने अपने निर्माण में संस्कृत साहित्य और भारतीय मनीषा के ऋण को मुक्त कंठ से स्वीकार किया है और यूरोपीय साहित्य चिंतकों के योगदान को दबे मन से माना है, लेकिन हैकल, रोमांटिक रचनाकारों, फ्राएड, मार्क्स आदि के प्रभाव से क्या वे बच पाये? शायद इसी भारतीयता के मोह में वे कह गये कि 'यूरोप का अभिव्यंजनावाद यहाँ के पुराने वक्रोक्तिवाद का विलायती उत्थान है।' हमें यह नहीं भूलना चाहिए कि कलमकार लेखक होने के पहले मनुष्य है, और मनुष्य की अपनी एक कमजोरी होती है। जहाँ वह रहता है, वहाँ की वह प्रशंसा करता है। सामंजस्य और वैश्विकता को साधने वाले आचार्य शुक्ल जी जैसे चिंतक में भी राष्ट्रीयता की झलक कभी अनायास तो कभी सायास दिख जाती है। बावजूद इसके नंद दुलारे बाजपेयी मानते है कि 'शुक्ल जी में पाश्चात्य बुद्धिजीवियों का असर अधिक है।' इस कथन को नकारा नहीं जा सकता। यह बात भी सच है कि बीसवीं सदी की हिंदी आलोचना और रचना पर पाश्चात्य प्रभाव स्पष्ट रूप से दिखता है, वह आलोचना दृष्टि चाहे प्रो. रामविलास शर्मा की रही हो या प्रो. नामवर सिंह की।

कविता चिंतन के पड़ताल के क्रम में एक नाम जो मुझे भीतर तक छूता है, वह हैं कवि और विचारक रामधारी सिंह दिनकर (1908-1974)। वे खूब पढ़े, खूब लिखे और खूब सम्मानित हुए। काव्य, निबंध साहित्यालोचन संस्मरण एवं बोध कथाएँ पर केंद्रित तीन दर्जन से अधिक ग्रन्थों का प्रणयन कर साहित्य की श्री वृद्धि की। ये पुस्तकें उनकी गहन अध्ययनशीलता के साक्ष्य तो हैं ही, साहित्य और जीवन को देखने समझने के अप्रतिम दस्तावेज भी हैं। वैसे तो उनकी कवि के रूप में हिंदी साहित्य में प्रतिष्ठा है किंतु साहित्यिक चिंतक के रूप में उनका अवदान भी विशेष रूप से उल्लेखनीय है। संस्कृति के चार अध्याय, काव्य की भूमिका, साहित्य और समाज, कवि और कविता, कविता और शुद्ध कविता आदि पुस्तकों में कविता और जीवन की गहन छानबीन की गई है। "काव्य की भूमिका" में 'कविता की परख' नामक लेख में वे लिखते हैं कि 'कवि की अनुभूतियां और कवि के ज्ञान जीवन के तपस्या कुंज से आते

हैं। कविता और कुछ नहीं होकर कवि की आत्मा का प्रस्वेद होती है, अतः जिस कवि की जीवन साधना अधूरी है, उसकी कविता में परिपूर्णता की खोज ही बेकार है'। उनका मानना है कि 'शैली भाव से कोई अलग वस्तु नहीं होती। कवि जिस मुद्रा में अथवा जिस भंगिमा के साथ भावों को ग्रहण करता है, वही मुद्रा या भंगिमा उसकी शैली बन जाती है। शैली भाव की पोशाक नहीं, उसकी त्वचा होती है'। इसी लेख में दिनकर जी ने ऊंची और अपेक्षाकृत कम ऊंची कविताओं को पहचानने क लिए जॉर्ज रसल को उद्धृत करते हुए लिखा है कि 'कुछ कविताएँ अंधी और कुछ पारदर्शी होती हैं। अंधी कविता उसे कहते हैं जो केवल कारीगरी और कौशल से रची जाती है तथा जिनमें प्रेरणा का स्पंदन नहीं होता अथवा कम होता है। ऐसी कविता में रंग और सौंदर्य की कमी नहीं होती किंतु उसका सारा सौंदर्य उसके ऊपरी धरातल पर केंद्रित रहता है एवं उसके भीतर झांकने पर सतह के नीचे कोई चीज दिखाई नहीं देती। इसके विपरीत पारदर्शी काव्य के भीतर झांकने पर उसकी सतह के नीचे अर्थों और संकेतों का बहुत बड़ा संसार जगमगाता नजर आता है।'

काव्य की भूमिका में वे लिखते हैं की' कविताएँ बराबर वर्तमान की कुक्षि से पैदा होती हैं और वर्तमान से उठकर ही उनकी झंकार अतीत और भविष्य का स्पर्श करती है। इतना ही नहीं वे ध्वनि को सभी श्रेष्ठ कविताओं का गुण मानते हुए कहते हैं कि वस्तुओं की आंतरिकता का स्पर्श किए बिना कोई भी श्रेष्ठ कविता नहीं लिखी जाती। कविता की साधारणीकरण के बारे में वे लिखते हैं कि साधारणीकरण की प्रक्रिया कवि की साधना का बड़ा क्षेत्र है किंतु कितने ही भावुक कवि इस साधना में केवल इसलिए असफल रह जाते हैं कि वे दूसरे की पहुँच की भीतर आने को झुक नहीं सकते। भावुक व्यक्ति का एक दूसरा दोष यह होता है कि वह अपना देवता आप बनना चाहता है और उसकी प्रतिभा केवल धुआं उठा कर रह जाती है उससे प्रकाश नहीं फूट पाता।' जैसे अंग्रेजी साहित्य के विश्व प्रसिद्ध कवि इलियट ने श्रेष्ठ कविता के लिए थाट और फीलिंग के बीच संतुलित मिश्रण को अनिवार्य शर्त माना है। ठीक उसी तरह दिनकर जी भी स्वीकारते हैं कि 'निरी बुद्धि से कविता नहीं बनती, किंतु कोरी भावुकता भी कविता के लिए अपर्याप्त है। अनुभूति के समय भावुकता, किंतु रचना के समय बुद्धि का सहयोग, यही मार्ग है जिससे ऊंचे साहित्य का सृजन हो सकता है।'

साहित्य में विशेषकर कविता नैतिकता और सौंदर्य के बीच झूलती रही है। शुरू से ही एक समूह कविता में ज्ञान दान, उपदेश और नैतिकता की वकालत

करता रहा है, तो वहीं दूसरी ओर रचनाकारों में कला और सौंदर्य की उपासना भी प्रबल रही है। और दोनों पक्षों के अपने-अपने दावे रहे हैं। जर्मन के प्रसिद्ध दार्शनिक काण्ट ने अपनी पुस्तक 'क्रिटीक ऑफ जजमेंट' में सौंदर्य बोध पर विचार किया है। उन्होंने सौंदर्य बोध को विज्ञान, नैतिकता और उपयोगिता के क्षेत्र से बाहर गिना है। उनका मानना रहा है कि सौंदर्य बोधात्मक आनंद ऐसे संतोष की स्थिति है जिसका कोई लक्ष्य नहीं होता जो तटस्थ, निष्प्रयोजन और निर्विकल्प है।' वहीं कला के बारे में रविंद्र नाथ टैगोर 'कला को व्यक्तित्व की अभिव्यक्ति मानते हैं और उनके कथनानुसार व्यक्तित्व का निर्माण तब तक हो ही नहीं सकता जब तक मनुष्य प्रयोजन की परिधि के भीतर कैद है। प्रयोजन पशु धर्म है और क्योंकि मनुष्य भी कुछ दूर तक पशु है इसलिए प्रयोजन की चिंता उसे भी करनी पड़ती है। 'इतना ही नहीं कला का अनादर करने वालों के विरुद्ध क्रोसे जोर देकर कहा है कि 'कलाओं के सौंदर्य से यदि समाज में अपराधियों की संख्या बढ़ती है तो उसका उचित उपाय यह है कि समाज पुलिस की संख्या बढ़ाए।' जब कि टालस्टाय और इकबाल जैसे महान रचनाकर कला में 'सत्य और शिव' के समर्थक रहे हैं।

कहने के लिए भले कहा जाए कि 'कविता का महत्व ज्ञानदान में नहीं, सौंदर्य की सृष्टि में है', किंतु यह एसथेटिक सेंस भी तो मनुष्य और समाज का हिस्सा है और समाज में ही जाकर टिकता है, इसलिए न चाहते हुए भी उद्देश्य पूर्ण है। कला को तटस्थ और प्रयोजन हीन कहना आसान लगता है किंतु जागतिक जीवन में यह उतना आसान है नहीं, क्योंकि पारस्परिकता का सिद्धांत एक दूसरे को प्रभावित किए बिना नहीं रह सकता।

दिनकर जी 'साहित्य की भूमिका में' लिखते हैं कि 'कविता के कविता होने के लिए शैली और भाव की भी परस्परस्पर्धी समभाव चाहिए। अनुभूति और अभिव्यक्ति के बीच संतुलन चाहिए। विचार और भाषा में से किसी को भी एक-दूसरे से पीछे नहीं रहना चाहिए। और यह ठीक भी है। क्योंकि जिसके पास कहने की कोई बात ही नहीं है, वह चाहे जैसे भी कहे, उसके कहने का ढंग कभी भी प्रभावोत्पादक नहीं होगा। और जिसके पास कहने की बातें तो हैं किंतु कवित्व नहीं है, वह गद्य में कहे या पद्य में, उसका कथन कविता के वृत्त से बाहर रहेगा।'

रामधारी सिंह दिनकर एक गंभीर चिंतक और जीवंत कवि हैं। उनकी रचनाओं और विचारों में जीवन की आद्रता और उसका दाह मौजूद है। उनके लेखन से रचनात्मक बेचैनी उत्पन्न होती है जो समय और जीवन के निहितार्थ

को अभिव्यक्त देती है वे 'कवि और कविता' में 'कविता का भविष्य' नामक लेख में लिखते हैं कि "मनुष्य के भीतर जो एक शूक्ष्म आध्यात्मिक व्यक्तित्व है उसी ने अपनी अभिव्यक्ति का माध्यम खोजते हुए कविता का आश्रय लिया और इसी जीवन को अभिव्यक्त करने के लिए कविता प्रादुर्भूत हुई"। इसलिए लगता है कि कलाकार और साहित्यकार जिस सौन्दर्य की बात करते हैं वह केवल भौतिक ही न होकर सुक्ष्म भी होता है। जिसे केवल चर्म चक्षुओं से देख कर ही आनंदित नहीं हुआ जा सकता, बल्कि मन की आँखें भी अलौकिक सौंदर्य में डूब कर आनंद का कारण बनती हैं। सौंदर्य से एक खास किस्म की अनुभूति होती है और सौंदर्य की उपासना करने वाले कवि या मनुष्य की आत्मा विस्तृत होती है तथा उसका समग्र व्यक्तित्व सहस्त्रदल कमल की तरह खिल उठता है। यही कारण है कि यदि मनुष्य के भीतर एक और मनुष्य न होता तो वह भला अभाव में भी संतुष्ट और सम्वृद्धि में भी आकुल-व्याकुल क्यों रहता। इसलिए कविता भी जीवन की तरह रहस्य पूर्ण है, शायद इसलिए सुंदर है, सौन्दर्यमयी है। एक कवि विलफ्रेड ओवेन (1893-1918) ने लिखा है-

"My subject is war and the pity of war.
The poetry is in the pity."
(मेरा विषय युद्ध है और युद्ध की करूणा।
कविता का वास करूणा में है।)

प्रथम विश्व युद्ध के बाद से ये पंक्तियां कवियों के लिए प्रेरणा स्रोत बनी हुई हैं।

क्या कविता को प्रेम और करूणा भाव से मुक्त होकर तटस्थ एवं प्रयोजनहीन होना चाहिए? मुझे तो लगता है कि जो कविता मनुष्य को केंद्र में रखकर उसमें मनुष्यता के विकास की पहल जाने या अनजाने नहीं करती तो इसका मतलब हुआ कि वह मनुष्य की अनदेखी करती है। जबकि कलाएँ व्यष्टि से निकलकर समष्टि से खुद को जोड़ने में ही सुख पाती हैं। दिनकर जी "कविता और शुद्ध कविता" में लगता है, बदलते समय की पुकार में अपनी बात जोड़ते हुए कहते हैं कि "अब तक के साहित्य में महिमा उनकी रही थी जो ज्ञान को उचित मात्रा में आनंद से मिलाकर अपने काव्य की रचना करते थे, किंतु अब कविता चाहती है कि प्रभविष्णु होने के लिए वह ज्ञान से मैत्री नहीं करेगी। जैसे प्रत्येक विद्या केवल अपनी शक्ति से जीती है, उसी प्रकार कविता भी केवल अपनी ही शक्ति से जिएगी। इसलिए वह संपूर्ण शुद्धता की तलाश में है, और शुद्धता से तात्पर्य इस बात से है कि कविता की पूजा इसलिए नहीं होनी चाहिए कि वह समाज के लिए किसी स्थूल उपयोग की वस्तु है, बल्कि

इसलिए कि वह मनुष्य की एक शक्ति है, चीजों को देखने की एक दृष्टि है, वह एक ऐसा यंत्र है जिससे मनुष्य का वह रूप पकड़ा जाता है, जिस रूप को ग्रहण करने अथवा समझने में अन्य सुविधाएँ असमर्थ हैं। इस प्रकार कवि की प्रभविष्णुता का उत्स उसके ज्ञान और अनुभव में नहीं, बल्कि उसकी कलाकारिता में होता है। अर्थात् श्रेष्ठ साहित्य वह नहीं है जिसका जीवन में कोई प्रत्यक्ष उपयोग है। श्रेष्ठ साहित्य हम उसे कहेंगे जो सभी उपयोगों की सीमा के पार जन्म लेता है। जिसकी आवाज हम शिखर की उस ऊंचाई से सुनते हैं जो कर्म की तलहटी से दूर है, जो उपयोग की सभी सीमाओं से परे है और जहाँ पहुँचने के लिए तर्कों के सोपान नहीं बनाए जा सकते"।

यह सच है कि जब हर विद्या स्थूल से सिमटकर सूक्ष्म की ओर बढ़ने के लिए विवश है, तब ऐसी स्थिति में कविता 'स्थूल उपयोग की वस्तु' भला कैसे रह पाती। 'श्रेष्ठ कविता उपयोग की सभी सीमाओं से परे होती है जहाँ तर्कों के सोपान नहीं बनाए जाते' का निहितार्थ बिल्कुल स्पष्ट एवं पारदर्शी है जिसमें काल में रहते हुए काल का अतिक्रमण है। और कविता का इस तरह अति क्रांत होना मनुष्य को नई आँख देने जैसा हैं ताकि वह अपनी भौतिकता से ऊपर उठकर दिव्यता को प्राप्त कर सके। संभवत: इसलिए चाहे वह कबीर, विलियम ब्लेक की कविताएँ रही हों या रविंद्र नाथ टैगोर की, इस रूप में रहस्यवादी कविताएँ शुद्ध कविता की कोटि में आती हैं। इसलिए कला के क्षेत्र में विशुद्ध कविता को स्थूल के प्रति विद्रोह के रूप में देखा जाना चाहिए। जबकि परोक्ष या प्रत्यक्ष रूप से कविता समय और मनुष्य के ही इर्द-गिर्द घूमती है। लेकिन कविता को कला होने देने या उसे विशुद्ध कविता बनाए जाने में मार्क्सवादी कवियों-लेखकों का तो माथा ठनकेगा ही और ठनक भी रहा है, क्योंकि वे कविता को भौतिकता और उपयोग की सीमाओं से परे मानते ही नहीं हैं।

ऐसा नहीं है कि मैं मार्क्सवादी विचारों को, उसकी प्रगतिशीलता को स्वीकार नहीं करता। ऐसा नहीं है कि मुझमें दक्षिणपंथी उन्माद में अच्छाई ही अच्छाई दिखती है। मैं तो वामपंथी और दक्षिणपंथी अतियों से विचलित हूँ। वह कट्टरता और सनकीपन चाहे दलित साहित्य में हो, नारीवादी लेखन में हो, वामपंथी लेखन में हो या परंपरावादी लेखन में हो, निश्चित रूप से यह कट्टरता और केवल अपनी श्रेष्ठता का दावा और उसके प्रति व्यामोह समावेशी संस्कृति के लिए एवं वैश्विक सौहार्द के लिए खतरनाक है। इससे बचकर सार्वजनिक चेतना विकसित करने में ही मनुष्य जाति की भलाई है, लेकिन ऐसा होता दिख नहीं रहा है। समाज और जीवन में आशा तभी फलीभूत होती है, तभी शुभ

परिणाम निकलता है, जब उसके लिए किया गया संघर्ष रचनात्मक और विवेक सम्मत हो। अति चाहे गुलामी की हो अथवा स्वतंत्रता की, दोनों प्रकार की अतियां आत्मघाती और विनाशकारी होती हैं। घूंघट उतना ही निकालना चाहिए कि पीठ उघार न हो जाय। इसलिए सामंजस्य जीवन के हर क्षेत्र में जरूरी है।

आजकल साहित्य की धाराएँ वैश्विक स्तर पर परिस्थितियों के दबाव में बदलकर आगे बढ़ रही हैं। भारत में विशेषकर हिंदी साहित्य में इस बदलाव को सतह पर आसानी से महसूस किया जा सकता है। पहले भी साहित्य की धाराएँ बदलती थी लेकिन उस बदलाव में सामंजस्य झलकता था, लेकिन अब विचारधाराओं में कुत्सित टकराहट है। साहित्य के निहितार्थ एवं उसकी कलात्मकता को साहित्यिक राजनीति ने गड्ड-मड्ड कर दिया है। अब चारों तरफ केवल शब्दों और विचारों का शोर है। शोर के भीतर का सार्थक मौन दूर-दूर तक दिखाई नहीं दे रहा है। अब साहित्य नारों और आंदोलनों में तब्दील होने को आमादा है। कहीं वामपंथी और दक्षिणपंथी नारे हैं तो कहीं दलित चेतना और नारीवादी उत्थान क़ो लेकर शब्दों की दुनिया सक्रिय है। ये सारे खेल भौतिक धरातल और उसकी उपलब्धियों को घेरने और काबीज करने के लिए जारी हैं। साहित्यिक परंपरा और उसके बोध को अब चुनौती मिल रही है। वर्तमान परिपेक्ष्य में इस बदलाव के संदर्भ में रूसी साहित्य की याद आ रही है। वहाँ के भी कुछ अति उत्साही साहित्यकार और उसके समर्थक भी प्राचीन साहित्य की अवहेलना करने पर उतारू थे। वे साहित्य में सामाजिकता और वर्ग तत्व की अहमियत पर जोर देते थे। यह तथ्य किसी से छुपा हुआ नहीं है कि लेनिन की मृत्यु के बाद स्टालिन और ट्रॉट्स्की की प्रतिद्वंदिता से रूस में एक विचित्र सी अव्यवस्था उमड़ पड़ी थी। उसी अव्यवस्था में साहित्य के क्षेत्र में प्लेखनाव के अनुयायियों को मनमर्जी करने का अवसर मिल गया और 1929 में आवरबाख की अध्यक्षता में आर.ए.पी.पी. नामक एक संस्था का गठन किया गया जिसमें प्राचीन साहित्य का महत्व मिटाकर नए सामयिक साहित्य को प्रोत्साहित किया गया।

रूसी कवि मायकावस्की के स्वर प्राचीन साहित्य के विरोध में सबसे ज्यादा मुखर थे। वह 1918 में अपनी कविता 'पाजामा पोश बादल' में लिखा है कि, "जो कुछ बीत गया है, मैं उन सबको शून्य मानता हूँ। मैं कभी भी, कहीं भी, कोई भी पुरानी चीज नहीं पढ़ता हूँ।" वह साहित्य में भविष्यवादी विचारधारा का समर्थक रहा, किंतु शायद वह भूल गया कि अतीत के साहित्य की पूर्णतः अनदेखी कर भविष्य के साहित्य का सार्थक सृजन नहीं किया जा सकता। जबकि लेनिन नए प्रोलेतेरियत साहित्यकारों से संतुष्ट नहीं था। उसे तो पुश्किन

सर्वश्रेष्ठ लगता था। उसे बाबूजे का 'लाफ्रू', गेटे की 'फाउस्ट' और कवि हायने के गीत बेहद पसंद थे। एक बार लेनिन क्लारा जेटकिन से चर्चा के दौरान कहा था– "नवीन चूँकि केवल नवीन है इसलिए उसकी पूजा करनी चाहिए, यह बिल्कुल बेमानी बात है।" मार्क्सवादी विचारधारा के अनुसार "भौतिक परिस्थितियां और वर्ग-संघर्ष मनुष्य की चेतना का निर्माण करते हैं।" यह सच है कि वर्ग संघर्ष में कोई अपने वर्ग से और अपने समय से ऊपर नहीं उठ सकता। किंतु लेनिन ने इस सिद्धांत का अधिक गंभीर अर्थ ढूंढ लेने के कारण उसकी दृष्टि व्यापक हो गई थी। इसलिए वैभवशाली वर्ग में जन्म लेने वाले टॉलस्टॉय की भी उसने खूब सराहना की। जबकि प्लेखनाव का दृष्टिकोण इससे भिन्न था। वहीं लिफशित्ज वर्ग की बजाय लेखक की प्रतिभा और उसके व्यक्तित्व की महानता को स्वीकार किया है। जो कि उचित ही प्रतीत होता है। वैसे भी साहित्य का लेखन और उसका मूल्यांकन क्या वर्ग संघर्ष की कसौटी पर किया जाना चाहिए? वर्ग दृष्टि ही एकांगी है। इसलिए मूल्यांकन या लेखन में समग्रता भला कैसे आ सकती है। इसलिए साहित्य की साहित्यकता के लिए वर्ग और संगठनात्मक खेमे-खूंटे से ऊपर उठकर साहित्य सर्जना को गति देनी चाहिए। वर्ग और संगठन के पिंजरे में बंद रहकर पिंजरे की विचारधारा का गुणगान करके लेखक या आलोचक पिंजरे से जुड़े लोगों का विश्वास तो जीत सकता है लेकिन उसकी यह जीत खोखली, सतही अर्थहीन एवं एकांगी होगी। जबकि महान लेखक इन संकीर्णताओं से दूर रहकर अपने युग की जीवन्त अनुभूतियों को समन्वित कर उन्हें सर्जना में ढाल कर महान बनता है।

आज समय और समाज बौद्धिकता और वैज्ञानिकता के प्रभाव में जिस दिशा में बढ़ रहा है। वह व्यक्ति और सामाजिक अस्मिता के लिए संघर्ष का समय है। वैज्ञानिक दृष्टिकोण ने भौतिक चमक को कुछ अधिक ही चमकीला बना दिया है। इसलिए प्रगतिशील विचार और लेखन में भौतिकता और जनपक्षधरता के स्वर आजकल अधिक मुखर हैं। साहित्यिक वैचारिकी के आयाम जनपक्षधरता के कारण अधिक व्यापक और विकसित हुए हैं, यकीनन यह शुभ संकेत है। चूँकि यह समय की पुकार है। इस लिए इसे साधा जा रहा है। वह मनुष्य हो या कि समाज, उसे धारा के साथ बहने में सुविधा होती है। यह सुविधा का समय है। धारा के विपरीत बहकर, केवल तटस्थ और निर्लिप्त होकर लिखना या पढ़ना अपने को अकेले करने जैसा है। जयकारे का शोर केवल राजनीतिज्ञों को ही आकर्षित और प्रभावित नहीं करता बल्कि साहित्यकारों को भी अपनी ओर खींचता है। जब स्थिति शोषण और अन्याय के विरुद्ध संघर्ष चेतना की हो,

तब कोई लेखक भला जनपक्षधरता से मुंह कैसे मोड़ सकता है?

यही कारण रहा है कि समय के बदलाव के साथ लेखन में भी बदलाव आया और लेखन जनपक्षधरता का हिमायती बन गया। इसके पीछे मार्क्सवादी विचारधारा, बौद्धिक खुलापन एवं वैज्ञानिकता का पुरजोर हाथ रहा है। इसलिए बीसवीं सदी के उत्तरार्ध का प्रगतिशील लेखन अपनी वैज्ञानिकता के साथ जन पक्षधर और मार्क्सवादी है, किंतु अपनी समग्रता में यह लेखन भौतिक, सतही और एकांगी है। इसमें मस्तिष्क का शोर तो है किंतु आत्मा की सुगंध नहीं है। जबकि लेखन में भाव और विचार का समुचित मिश्रण होना चाहिए। यदि साहित्य में और विशेषकर कविता में केवल जनपक्षधरता और अन्याय एवं शोषण के विरुद्ध संघर्ष चेतना के स्वर को ही मुखरित किया जाएगा तो यह काम तो पत्रकारिता भी आसानी से कर लेती है, फिर पत्रकारिता और कविता, या पत्रकारिता और साहित्य में अंतर ही क्या रह जाएगा। शायद इसलिए मार्क्सवादी चेतना के साथ अब लेखन में मनोवैज्ञानिकता अर्थात् आंतरिकता की खोज का भी सिलसिला तेज हो गया है। यकीनन कविता आज जिस मोड़ से आगे बढ़ रही है उसे जनपक्षधरता के साथ जीवन की आंतरिकता एवं मनुष्य जाति के प्रति मूल्यवान निहितार्थ को भी ध्यान में रखकर आगे बढ़ने की जरूरत है। इस लिए लगता है कि चाहे वे आत्मापोशी लेखक या कवि रहे हों या जनपक्षधरता के पोषक मार्क्सवादी कवि या आलोचक रहे हों, दोनों गुटों ने अपनी-अपनी वैचारिकी को आगे बढ़ाने के व्यामोह में साहित्य का नुकसान भी किया है। इसलिए मेरे मन में उन कवियों और आलोचकों के प्रति सम्मान भाव रहता है जो साहित्य की साहित्यिकी एवं कविता के कवितापन की रक्षा निर्लिप्त भाव से करते हैं।

अध्याय-2

कबीर : झीनी-झीनी बीनी चदरिया

भारतीय चिंतन परंपरा में कबीर का आविर्भाव एक क्रांतिकारी घटना है। कबीर से संत कबीर, कबीर साहब, महात्मा कबीर और भगवान कबीर बनने की कहानी सहज नहीं है। आज समय के जिस मोड़ पर हम खड़े हैं, वहाँ उनके अनुयायियों-प्रशंसकों के बीच उनकी उपस्थिति भगवान जैसी ही है-परम पूजनीय और बंदनीय। उनके नाम से आज कबीर पंथ चतुर्दिक फल फूल रहा है और उनके अनुयायी कबीरपंथी कहे जाते हैं। समाज में प्रचलित रूढ़ियों, कर्मकांडों, अंधविश्वासों और धार्मिक आडंबरों की कलई खोलने वाले कबीर सही अर्थों में भारतीय मनीषा के ध्वजवाहक रहे हैं। तत्कालीन समाज की सामाजिक एवं धार्मिक विसंगतियों पर उन्होंने आक्रोश ही व्यक्त नहीं किया बल्कि करारी चोटें भी की थीं। इस रूप में वे प्रगतिशील धर्मनिरपेक्ष समाज के पक्षधर और प्रणेता रहे हैं।

भारत भूमि पर संस्कृतियों में टकराहट आम बात है। इसके पीछे वर्चस्व की भावना रही है। मुस्लिम शासनकाल में यह साम्प्रदायिक द्वेष भाव कुछ अधिक ही उफान पर था और यह पारस्परिक मनमुटाव, एक दूसरे को परास्त करने और नीचा दिखाने की भावना समाज में आज भी लोगों का डरावनी साया सा पीछा कर रही है। अपने जीवन काल में कबीर को भी अपने समय से खूब टकराना जूझना पड़ा था किंतु जान की परवाह किए बगैर वे हिंदुओं-मुसलमानों की कुत्सित सांप्रदायिक भावनाओं-विचारों को सच का आईना दिखाते रहे। ऐसा करते समय वे परेशान एवं लहूलुहान भी हुए और उन्हें सांप्रदायिक ताकतों के जानलेवा खतरों का सामना भी करना पड़ा किंतु वे हार नहीं माने। वे बार-बार हार कर भी बार-बार जीतते रहे, प्रेम और सत्य के बलबूते। आत्मबल के सहारे।

आज के सत्ता लोलुप समय ने समाज को अंधेरी सुरंग से गुजरने के लिए विवश कर दिया है। ऐसी स्थिति में कबीर साहब की याद सहज ही आती है।

उनका लोकहित के लिए किया गया संघर्ष, जीवन दर्शन, जनवादी स्वर और रहस्यवादी आध्यात्मिक दृष्टि में व्याप्त जीवन मूल्य मन-विचार को बरबस ही आकृष्ट करते हैं। अपनी प्रासंगिकता के कारण कबीर बार-बार पुनर्नवा हो रहे हैं। उनका पुनर्पाठ हो रहा है ताकि लोक मंगलकारी मूल्यों के सहारे हम इस जीवन में मूल्यवान जीवन जीते हुए जीवन पथ पर आगे बढ़ सकें।

भारतीय जीवन साहित्य की कबीर एक विशिष्ट विभूति हैं। उनके जन्म और मृत्यु की तिथियों के बारे में तरह-तरह की धारणाएँ हैं। कहा जाता है कि स्वामी रामानंद जी का एक भक्त ब्राह्मण अपनी विधवा बेटी के साथ उनसे मिलने आया। रामानंद जी उस विधवा बेटी को बेटा पैदा होने का आशीर्वाद दिया। यह सुनकर वह ब्राह्मण घबराया किंतु रामानंद जी ने कहा कि मेरा वचन खाली नहीं जाएगा। विश्वास है कि उस विधवा ब्राह्मणी के पेट से कबीर पैदा हुए। बदनामी के डर से बच्चे को जनमते ही एक तालाब (लहरतारा) के किनारे फेंक दिया गया और संयोगवश एक मुसलमान जुलाहा दंपत्ति, नीरू-नीमा ने उसे घर लाकर अपने बेटे की तरह उसका पालन पोषण किया। और काजी ने उसका नाम कबीर रखा।, कबीर के ही एक शिष्य धर्मदास के अनुसार कबीर की जन्म तिथि संवत 1455 के अंत में ज्येष्ठ पूर्णिमा को सोमवार के दिन हुआ है। कबीर चरित्र बोध में कबीर का जन्म संवत 1455 ही माना गया है-"चौदह सौ पचपन साल गए, चंद्रवार एक ठाट ठए। जेठ सुदी बरसायत को, पूरनरमासी प्रगट भए।" इसके आधार पर 1398 ई. को कबीर का जन्म माना गया है। जबकि टैगोर की कबीर पर केंद्रित पदों के अंग्रेजी अनुवाद पुस्तक में कबीर के जन्म को 1440 ई. में माना गया है।कबीर पंथ में प्रचलित एक साखी के अनुसार कबीर की मृत्यु को मगहर में संवत 1505 में मानी गयी है-"पंद्रह सौ और पांच में मगहर कीन्हों गौन। अगहन सुदी एकादशी, मिल्यो पौन में पौन।" इसके अनुसार कबीर की मृत्यु 1448 ई. ठहरती है, किंतु इसका मेल उनके जीवन में घटित अन्य घटनाओं से नहीं बैठता। हाँ, एक उल्लेख और मिलता है कि "संवत पंद्रह सौ पचहत्तरा, कियो मगहर को गमन। माघ सुदी एकादशी रलो पवन में पवन।" विक्रम संवत 1575 के अनुसार इनका निधन 1518 में हुआ। इस तिथि को अधिकांश विद्वान उचित ठहराते हैं क्योंकि इसका तालमेल उनके जीवन की अन्य घटनाओं के साथ ठीक से बैठ जाता है।

इस रूप में तो कबीर का जन्म काशी में हुआ और मृत्यु मगहर में होना सिद्ध होता है। अपने जीवन का अधिकांश भाग उन्होंने काशी में ही बिताया लेकिन कुछ विचारक काशी के अलावा मगहर और आजमगढ़ जनपद के बिलहरा गांव

को कबीर की जन्म स्थली मानते हैं। कबीर के जन्म को बेलहरा अथवा बेलहर गांव में होने की पुष्टि बनारस गजट में भी मिलती है। कहते हैं-बेलहरा में एक पोखर भी है और चंद्रबली पांडे के मतानुसार वहाँ जुलाहों की बस्ती के भी अवशेष पाए गए हैं। जबकि संत कबीर ने लिखा है कि "तू ब्राह्मण मैं काशी का जुलाहा।" कबीर यह भी कहते हैं-"काशी में हम प्रकट भये हैं रामानंद चेताये।" इतना ही नहीं, अनंत दास भी "परचई" में लिखते हैं-"काशी बसै कबीरा एक हरि भकतनि की पकड़ी टेक।" जबकि "आदि ग्रंथ" में लिखा गया है कि "पहले दर्शन मगहर पायो, पुनि काशी बसे आई।" ऐसा लगता है कि कबीर का जन्म मगहर में ही हुआ होगा और वहाँ से वे आकर रोजी-रोजगार के चक्कर में काशी में बस गए होंगे। चूँकि काशी में ही जुलाहा वृत्ति परवान चढ़ी होगी, इसलिए वे अपने को काशी का जुलाहा कहते हैं, किंतु मरते समय वे पुनः मगहर जाकर प्राण त्यागना उचित समझे होंगे। जैसा कि आज भी अपनी जन्मभूमि में मरना लोग श्रेयस्कर मानते हैं।

काशी वास मोक्षदायिनी है। काशी में मरना श्रेयस्कर है। ऐसी विश्वास धारणा भारत के निवासियों में तो कम से कम है ही, लेकिन कबीर तो परमात्मा राम को कण-कण में देखते और मानते हैं, इसलिए चुनौती भी देते हैं कि "जो काशी तन तजै कबीरा, तो राम हि कौन निहोरा।" वे तो यहाँ तक कहते हैं-"चरन-विरद कासी कौ न दैहूँ, कहै कबीर भले नरकहिं जैहूँ।" यहाँ यह विचारणीय है कि कबीर का यदि मगहर से विशेष प्रेम न होता तो वह मगहर में ही मरने की क्यों जिद ठानते? काशी से ही सटे किसी गांव बस्ती में देह त्याग लेते। काशी में जन्म से आशय गुरु रामानंद जी के सानिध्य में आने के बाद दीक्षा के उपरांत मिले नये जन्म से भी तो हो सकता है। भक्त साधक के लिए गुरू दीक्षा के बाद मिला नया जीवन ही असली जन्म होता है। यह धारणा आज भी बलवती है।

कबीर के काशी त्याग और मगहर वास के बारे में कबीर के ऊपर शोध करने वालों ने यह पाया है कि कबीर के विरुद्ध तत्कालीन शासक सिकंदर लोदी के आदेशानुसार एक काजी ने कबीर के हाथ-पैर बंधवाकर उन्हें हाथी के पैर के नीचे डलवा दिया था। परंतु मान्यता है कि हाथी कबीर को रौदने की बजाय उन्हें प्रणाम किया, और काजी के प्रयत्न निष्फल हुए। ऐसा इसलिए भी हुआ होगा क्योंकि कबीर अपनी साहसिक वाणी से मुस्लिमों के जीवन और धर्म में व्याप्त अंधविश्वासों पर करारी चोट कर रहे थे। इसलिए भी उन्हें रास्ते से हमेशा के लिए हटाने का प्रयत्न किया गया होगा। और उन्हें विवश होकर मगहर वास

जीवन के अंत में करना पड़ा होगा। इस मत की पुष्टि के लिए कबीर का ही एक पद उद्धृत किया जाता है–"कहा अपराध संत हौ कीन्हा, बांधि पोट कुंजरकुं दीन्हा। कुंजर पोट बहु बंदन करे, अजहूँ न सूझै काजी अंधरे।" जन समुदाय में यह भी किंवदन्ती प्रचलित है कि सिकंदर लोदी द्वारा कबीर का हाथ पैर बंधवा कर गंगा नदी में फेकवा दिया गया था किंतु कबीर परमात्मा की कृपा से बच गए थे। किंतु यह प्रश्न उठता है कि जिस कबीर को सिकंदर लोदी मरवाना चाह कर भी यदि नहीं मरवा सका, तो ऐसे कबीर को काशी छोड़ने की क्या जरूरत थी? इसलिए ऐसा लगता है कि कबीर मगहर के ही निवासी रहे होंगे और अपने जीवन यापन के लिए वे काशी में बस गए थे और अंत काल में वे अपने गांव मगहर लौट गए।

कबीर की जाति को लेकर भी दो तरह के विचार चर्चाओं के घेरे में आज भी बने हुए हैं। लोग उनके ही मत का सहारा लेकर ऐसा कहने के लिए विवश लगते हैं। कबीर ने अपनी जाति के बारे में लिखा है–"तू ब्राह्मण मैं कासी का जुलाहा चीन्हिन मोर गियाना" और "जात जुलाहा मति को धीर हरिषि हरिषि गुण रमै कबीर।" अपने नाम और जाति के बारे में वे कहे हैं–"जाति जुलाहा नाम कबीरा बनि बनि फिरौं उदासी।" अपनी साखियों में खुद को जुलाहा कहने वाला कबीर कहीं-कहीं अपने को कोरी भी कहा है। "हरि कौ नाम अभै पद दाता कहे कबीरा कोरी" और "कोरी को काहू मरम न जाना, सब जग आन तनायो ताना।" जुलाहा और कोरी दोनों ही कपड़ा बुनने का काम करते हैं इसलिए संभव है कबीर कभी अपने को जुलाहा तो कभी कोरी कहते हैं। लेकिन मुसलमान उन्हें जुलाहा के नाते अपनी जाति का बताते हैं तो वहीं अपने को कोरी कहने के कारण हिन्दू अपनी जाति का मानते हैं। जब कि कबीर के ही समकालीन संत रविदास जी ने कहा है–"जाकै ईद बकरीद नित गउरे बध करें मानिये सेष सहीद पीरों।" इससे स्पष्ट होता है कि कबीर अपने रहन-सहन और रीति-रिवाजों के कारण मुसलमान ही थे। लेकिन हिंदू धर्म के प्रति भी उनके मन में उदारता थी। नाथ संप्रदाय और हठयोग का उनके जीवन पर गहरा प्रभाव रहा है जिसे हजारी प्रसाद द्विवेदी ने भी पूरी शिद्दत से सिद्ध किया है।

यह सच है कि कबीर कभी अपने को जुलाहा कहते हैं तो कभी कोरी के रूप में स्वीकारते हैं। कभी सूफियों के प्रभाव को आत्मसात करते हैं तो कभी नाथपंथियों और हठ योगियों के प्रभाव में बहने लगते हैं। वे मुसलमान है उनमें जुलाहा वृत्ति भी है। फिर भी गर्व से स्वीकारते हैं–"काशी में हम प्रगट भए हैं रामानंद चेताये।" संभव है कि स्वामी रामकृष्ण परमहंस के ही तरह कबीर भी

रहे। जैसा कि कहा जाता है कि परमहंस भी कभी मुस्लिम तो कभी ईसाई धर्म एवं रीति-रिवाज को जीते थे। कहीं ऐसा तो नहीं कि कबीर भी मुसलमान और हिंदू दोनों जीवन पद्धतियों से परिचित होकर जीवन का सार खोज रहे थे और लोग उन्हें हिंदू-मुस्लिम के चश्मे से देखकर गर्व करने में आमादा रहे। हाँ, यह जरूर है कि कबीर का यह समावेशी व्यक्तित्व उनकी मां को दुखदाई लगा हो और वह कह पड़ी हों-"तनना बुनना सब तजिओ कबीर, हरि का नाम लिख लियो सरीर।" वे आगे कहती हैं-"ताना-बाना कछु ना सूझै हरि हरि रस लपटिओ। हमारे कुल कउने राम कहियो। जबकि माला लई निपूते तब से सुखू न भइयो।"

उनकी मां को जिस लौकिक सुख की चिंता थी वह चिंता कबीर को भला कहाँ थी। जीवन की कुछ जरूरी आवश्यकताएँ पूरी हो जाय बस। कबीर को अत्यधिक सुख वैभव चाहिए भी नहीं था। परमात्मा और सत्य के खोजी सांसारिक सुख के पीछे भागते ही कहाँ हैं? कबीर का धन तो परमात्मा का धन था। अनादि काल से जीवन के घट-घट में समाये हुए उस "परम राम" का गुणगान करने के लिए कबीर धरती पर आये थे। और उस दिव्य राह में आने वाली बाधाओं, रूढ़ियों अंधविश्वासों से जूझते टकराते रहे ताकि वे परम सत्य को जान सकें। अपने पुत्र कमाल में परमात्मा से विमुखता और संपत्ति संग्रह की वृत्ति देखकर कबीर के मुख से शायद तभी ऐसे शब्द फूटे होंगे-"बूड़ा बंस कबीर का उपजिओ पूत कमाल। हरि का सुमिरन छाड़िकै घर ले आया माल।"

कबीर साहब इन्हीं परिग्रह वाली "माल" वृत्ति, आडंबर, पाखंड, अंधविश्वास के ऊपर टिप्पणी करने और उस "पूरन परमात्मा" तक पहुँचने का मार्ग बताने के लिए ही अवतरित हुए थे। इसलिए उनके जीवन में कहीं समझौता नहीं दिखता। कहीं कुछ पाने की शर्त नहीं दिखती है। ये जागतिक शर्तें दिखती भी कैसे? वे तो "भीतर-बाहर सबद निरंतर" की साधना में लीन थे। इसी दिव्य समर्पण के कारण ही तो वह कह पाए-"कहे कबीर मैं पूरन पाया"। जीवन के अनमोल मर्म को खोजने वाला अद्‌भुत खोजी जो छल-प्रपंच से लड़ कर "पूर्ण अर्थ" को जान पाया। उस कबीर को समय बीतने के बाद उन्हीं छल-प्रपंचों और अपने-पराये ने घेर लिया। कबीर को अपने खेमे-खांचे के अनुरूप लोग ढालने-मानने में लग गये। ऐसा करके लोगों ने कबीर का बहुत बड़ा नुकसान किया है। हम कबीर के कबीरपन को जानने की बजाय कबीर के इर्द-गिर्द रचे गए शब्दों-विचारों के शोर में फंसकर रह गए। शायद तभी मुक्तिबोध को कबीर आधुनिक चित्त के निकट लगे होंगे। कबीर की आधुनिकता छल-प्रपंच,

अंधविश्वास, रीति-रिवाज के आडंबर के विरुद्ध संघर्ष की आधुनिकता जरूर है। लेकिन इस टकराहट और संघर्ष के पीछे के निहितार्थ को मुक्तिबोध नहीं देख पाए। मार्क्सवादी आँख से वे कबीर के निहितार्थ को भला समझ भी कैसे सकते थे? इस रूप में मुक्तिबोध का आधुनिक चित्त सतही ही है। जबकि कबीर आधुनिकता के पार और परे के भक्त कवि हैं। इसी तरह एच. एच. विल्सन ने "ए स्केच ऑफ रिलिजियस सेक्ट्स ऑफ हिंदूस" (1828) में लिखा है कि कबीर कोई वास्तविक व्यक्ति न होकर एक पदवी है, जेनेरिक संज्ञा है। कबीर के पदों और विचारों की प्रस्तुति में अंतर के साथ रचनाओं के स्रोतों में विविधता के कारण ही संभवतः विल्सन को यह कहना पड़ा। उसके पीछे पूरा सच भले न हो लेकिन कुछ न कुछ सच जरूर लगता है। कबीर के व्यक्तित्व को अपने-अपने स्कूल के अनुकूल गढ़ने के लिए की गई प्रायोजित चतुराइयों को नकारा नहीं जा सकता है।

कबीर आधुनिक समय में अधिकाधिक प्रासंगिक होने के कारण लेखकों के बीच चर्चित तो हैं ही, लोगों के बीच में भी आदरणीय-विश्वसनीय हैं। उनकी चर्चा नई बात नहीं है। वे अबुल फजल की 'आईने अकबरी', मोहसीन फनी की 'दबिस्तां' तथा मौलवी गुलाम सरवर की 'खजानेतुल आसकिया' के साथ ही बिल, फर्कहर, हंटर मेकालिक, स्मिथ, डा वेस्काट, विल्सन, ओशो, भंडारकर, ईश्वरी प्रसाद, चंद्रबली पांडे, आचार्य क्षितिमोहन सेन, टैगोर, हजारी प्रसाद द्विवेदी, पुरुषोत्तम अग्रवाल, प्रणय, स्वामी अडगडानंद, स्वामी कृष्णानंद और हजारों हजार देसी-विदेशी विचारकों-लेखकों-प्रवचन कर्ताओं के चिंतन केंद्र बने हुए हैं। कबीर के व्यक्तित्व का ही चमत्कार है कि वे आधुनिक समय में वामपंथी एवं दक्षिणपंथी धारा के विश्वासियों के बीच समान रूप से चर्चित एवं ग्राह्य हैं। कबीर की वैश्विक व्याप्ति में यथार्थवादी संघर्षशीलता और आदर्शवादी मूल्यों का समान रूप से योगदान है जिनसे उनका समावेशी व्यक्तित्व निर्मित हुआ है। एकांगी व्यक्तित्व वाला व्यक्ति किसी खास विचारधारा के लोगों में लोकप्रिय और चर्चित हो सकता है, किंतु संपूर्ण मानव जाति में चर्चित, विश्वसनीय और बंदनीय होने के लिए समावेशी व्यक्तित्व का होना जरूरी है। समावेशी व्यक्तित्व वही होता है जिनमें संघर्ष और शांति, यथार्थ और आदर्श की कीमियां समभाव और समन्वय से पाई जाती हैं।

कबीर का समावेशी व्यक्तित्व कबीर के गुरु-पीताम्बर पीर, शेख तकी और स्वामी रामानंद के सानिध्य सत्संग में तो निखरा ही होगा किंतु उनके जीवनानुभवों को सम्पन्न करने में देशाटन से मिले अनुभवों का विशेष योग भी जान पड़ता

है। कबीर की प्रकृति घुमक्कड़ी थी। आइने अकबरी और कबीर मंशूर से इसकी पुष्टि होती है। वे भारत के कोने-कोने यथा-जगन्नाथपुरी, पंढरपुर झूसी, मानिकपुर, जौनपुर, बान्धव गढ़ और राजस्थान के क्षेत्रों के अलावा बगदाद, समरकंद और बलख बुखारे की भी यात्राएँ की। इसी घुमक्कड़ी ने कबीर की भाषा को सघुक्कडी बनाने में मदद की होगी। इसी देशाटन ने कबीर को स्वतंत्र तबियत और सभी सम्प्रदायों-धर्मों-संस्कृतियों से प्रेम करने वाला और उनकी खामियों को उजागर करने वाला इंसान बनाया होगा, इसमें दो राय नहीं है।

इस संसार की विडंबना हमेशा से यह रही है कि यहाँ रहने वाला रहते हुए भी अपनी रहनी नहीं जान पाता है या कि जानना ही नहीं चाहता है। सब कुछ देखते-सुनते हुए भी वह देखने-सुनने की कला नहीं सीख पाता। ऐसे भटके हुए लोगों को ही जीवन दृष्टि देने और जीवन का मर्म बताने के लिए कबीर जैसे लोगों को धरती पर आना पड़ता है। मनुष्यता और परमात्मा की राह में आडंबर, अंधविश्वास, संकीर्णता, छल-प्रपंच और झूठ-फरेब के जो कटीले झाड़-झंखार बार-बार उग आते हैं, उन्हें काट कर, साफ कर परमात्मा और जीवन की राह को सुगम बनाने में ऐसे दुर्लभ लोग ही अपने प्राणों की बाजी लगाते हैं, तब कहीं जाकर जीने लायक रोशनी समाज को मिल पाती है। इस तरह अंधेरे और उजाले का कभी न मिटने वाला द्वंद सतत चलता रहता है। और बार-बार यह धरती प्रकाश पुरुषों का राह ताकती रहती है। कबीर का अवतरण भी जीवन और परमात्मा की राह को सुगम बनाने के लिए ही हुआ। जिन प्रकाश दानों को वे धरती के खेत में छीट-बोकर चले गए संततियों के हित में, उनकी फसल आज भी लहलहा रही है। अंधेरे से लड़ने की ताकत दे रही है।

कबीर अपने जीवन काल में भले ही खरी-खरी कहने के कारण उपेक्षित, प्रताड़ित और सताए गए हों, किंतु कबीर के मरने के बाद उनकी मान्यताओं-विचारों को व्यापक जन स्वीकृति मिली। उनके समकालीन गुरु भाई संत पीपा ने कबीर के संबंध में तो यहाँ तक लिखा कि-"जो कलिकाल कबीर न होते तौ लोक बेद अरू कलिजुग मिलि भगति रसातल देते।" अर्थात् कबीर साहब न होते तो लोक, वेद और कलयुग ने भक्तों को रसातल में पहुँचा दिया होता। वहीं अनंत दास ने कबीर दास पर लिखी "परचई" में कहा है कि "निरगुन भगति कबीर बीचारा, तातै उतरयो भोजल पारा।" आशय यह कि कबीर ने निर्गुण भक्ति पर गंभीरता से सोच विचार किया जिससे वे संसार सागर पार कर गए, या भवसागर पार करने का रास्ता सुझा गए।

अगर भक्ति की भाषा में कहें तो कबीर लोक और परलोक (श्रेष्ठ लोक)

के संत हैं, कवि हैं, सुधारक है। समय के बदलाव के साथ कबीर का कबीरपन भी खूब बदला और खूब बदल भी रहा है। कबीर स्टैटिक नहीं हैं। वे डायनामिक हैं। उनको डायनामिक बनाने में उनके समर्पित भक्तों-अनुयायियों का बहुत बड़ा योगदान है। कबीर में रोज कुछ न कुछ जुड़ रहा है। यह जुड़ाव ही उनकी ताकत है, जिसमें मनुष्य और मनुष्यता के बचे रहने की पुरजोर संभावना निहित है। कबीर की वाणी की बहुवचनता, लोक व्याप्ति और लोक संपृक्ति के कारण ही उनमें सतत गतिशीलता है। जहाँ एक ओर इसके लाभ भी हैं तो दूसरी ओर मूल निहितार्थ के डगमगा जाने का खतरा भी है। किंतु कबीर की धरोहर को संभालने वाले धरती और आकाश के हित में, लोक और आत्मा के पक्ष में कबीर को बचाए रहेंगे, ऐसा विश्वास करना ही चाहिए। कबीर के डायनामिक व्यक्तित्व के बारे में हजारी प्रसाद द्विवेदी ने ठीक ही लिखा है कि "हिंदी साहित्य के हजारों वर्षों के इतिहास में कबीर जैसा व्यक्तित्व लेकर कोई लेखक उत्पन्न नहीं हुआ।"

कबीर की लोक व्याप्ति और प्रसिद्धि के पीछे बदलते समय के साथ हुई दलित संघर्ष चेतना की भी अहम भूमिका है। धार्मिक पाखंड और अंधविश्वास की बेड़ियां जैसे-जैसे टूटेंगीं, शोषित पीड़ित दलित समाज में जैसे-जैसे चेतना और जागृति त्वरा में आएगी वैसे-वैसे कबीर का व्यक्तित्व अधिकाधिक विराट होता चला जाएगा। किंतु हमें यह समझने में भूल नहीं करनी चाहिए कि केवल समाज वैज्ञानिक चेतना के कारण ही उनकी लोकप्रियता में वृद्धि नहीं हुई है, बल्कि कबीर की पारस्परिक और समावेशी दृष्टि इसके पीछे अधिक प्रभावी और कारगर है। कबीर किसी वर्ग जाति या धर्म विशेष के पैरोकार कभी नहीं रहे। उनका जीवन-संघर्ष लोकहित के लिए रहा है। बुद्ध के बाद भारतीय परंपरा में, पूरी तत्परता से प्राणों की चिंता किए बगैर, अंधेरे से टकराने वाले वे अकेले प्रकाश पुरुष दिखते हैं।

समय की गति जैसे-जैसे आगे बढ़ रही है, वैसे-वैसे बाबा तुलसी वर्ग विशेष में अधिक लोकप्रिय हो रहे हैं या कि किए जा रहे हैं। वहीं सदियों से शोषित-पीड़ित-दमित समाज बाबा तुलसी से दूरी बनाने में भी लगा हुआ है। पेरियार के समर्थकों ने रामचरित मानस से मानो दूरी बनाने का बीड़ा ही उठा लिया है। वहीं दूसरी तरफ कबीर का जीवन दर्शन जीवन के यथार्थ से टकराकर मनुष्यता की राह दिखाने वाला अनुपम प्रदेय साबित हो रहा है। इसलिए भी कबीर का कबीरपन हम सबको लुभाता है, क्योंकि कबीर किसी पक्ष की ओर खड़े नहीं हैं। वे सबसे समान दूरी पर हैं और समान निकटता के साथ भी खड़े हैं। ऐसा लगता है कि कबीर किसी के सगे नहीं हैं, किंतु सही अर्थों में वे पूरी

मनुष्य जाति के सच्चे हितैषी हैं।

ऐसे व्यक्ति को समझना और भी कठिन हो जाता है जो किसी का सगा नहीं है और सब का हितैषी भी है। ऐसे व्यक्ति को समझने के लिए खुले मन और विचार की जरूरत होती है। आवश्यकता होती है धरती से आकाश तक फैले उन तथ्यों, कारकों और तत्व विद्या को जानने समझने की। बिना पूर्णता को आत्मसात कर भला कोई पूर्ण को कैसे जाना जा सकता है? इस लिहाज से कबीर को समझना सरल भी हैं और बेहद कठिन भी। क्योंकि अधिकांश तथाकथित विद्वान-चिंतक या तो यथार्थ की कीमिया जानते हैं या कि केवल तत्व विद्या के विश्लेषण में ही विशेष पारंगत होते हैं। विरूद्धों को साधने में तवहिनी समझते हैं। जब कि जिन्हें दोनों छोरों को साधने आता है, वे ही कबीर का मर्म ठीक से जान सकते हैं और दूसरे को भी जना सकते हैं। शायद यही कारण रहा है कि कबीर को समझने में कहीं-कहीं गंभीर भूले हुई हैं। शब्द के सहारे कभी-कभी सत्य और निहितार्थ को पकड़ने में धोखा हाथ लगता है। इसलिए कबीर के मर्म को जानने के लिए भारतीय मनीषा के विभिन्न ज्ञान स्रोतों से निःसृत उन अमृत तत्वों को जानना होगा जिससे मनुष्यता का निर्माण होता है साथ ही सूफियों के निर्लिप्त फक्कड़पन को भी समझना बूझना होगा, जहाँ सबको प्रेम में बांधने की ताकत है। इनके या उनके विचारों से काम नहीं चलेगा। हम समग्र और समावेशी समझ के सहारे ही कबीर तक पहुँच सकते हैं।

कुंडलिनी, योग और तत्व विद्या के ज्ञान के बिना कबीर को समझने का दावा अधूरा ही रहेगा, जिन्हें इनका समुचित ज्ञान नहीं है, वे ही कबीर को समझने में भयंकर भूल करते हैं। हम जानते हैं कि कबीर के निर्माण में नाथ पंथ और हठयोग की साधना का विशेष योग है। हठयोग की मान्यता के अनुसार महा कुंडलिनी शक्ति अर्थात् महा सर्पिणी शक्ति संपूर्ण सृष्टि में व्याप्त है। और यही शक्ति जब मनुष्य के माध्यम से व्यक्त होती है तो वह कुंडलिनी या सर्पिणी के रूप में जानी जाती है। यह सर्पाकार कुंडलिनी मनुष्य के मेरुदंड पायु और उपस्थ के बीच में स्थित अग्नि चक्र से जुड़ी है। यह सर्पिणी मूलाधार में ही अधोमुखी होकर स्थित रहती है, किंतु साधक, संत और ऋषि तुल्य कवि इस कुंडली शक्ति को क्रमशः मूलाधार, मणिपुर, अनाहत, विशुद्धाख्य, आज्ञा चक्र से गुजारते हुए अंत में मस्तिष्क के सहस्रार में इसका प्रवेश कराते हैं। यहीं सहस्त्र सार में सहस्त्रदल का कमल खिलता है, और यही शून्य चक्र भी है। कुल मिलाकर यह कुंडलिनी शक्ति इडा पिंगला के मध्य स्थित सुषुम्ना नाड़ी के सहारे उर्ध्वमुखी होकर सहस्रार में प्रवेश करती है। साधक-योगी इसी कुंडलिनी (सर्पिणी) को

जागृत करता है। यही कुंडलिनी मूलाधार से ऊपर उठती हुई जब सहस्रार में प्रवेश करती है, तब साधक को अनहद नाद सुनाई पड़ता है।

साधना पद्धति में इड़ा, पिंगला और सुषुम्ना नाड़ियों का विशेष महत्व है। इन नाड़ियों के शिखर भाग को भगवान शिव के त्रिशूल से भी जोड़कर देखा जाता है। यह भी कहा जाता है कि इस त्रिशूल के ऊपर ही काशी अवस्थित है। आज्ञाचक्र के क्षेत्र को काशी भी कहा जाता है। यह भी धारणा है कि काशी में रहने और मरने पर मोक्ष मिलता है। काशी मोक्षदायिनी है। यकीनन संतों साधकों द्वारा मूलाधार से उत्तरोत्तर ऊपर बढ़ते हुए आज्ञा चक्र और सहस्रार क्षेत्र की स्थिति ही सचमुच में काशी क्षेत्र है, लेकिन दुर्भाग्यवश हमने इस साधना पद्धति वाले काशी के समानांतर धरती पर ही काशी नगर बसा लिया और यह कहा जाने लगा कि यहाँ मरने से मुक्ति मिलती है। जब कि आज की हकीकत यह है कि गंगा तट पर बसी इस काशी शहर में अच्छे लोगों के साथ-साथ गुंडों, अपराधियों और हत्यारों का निवास भी है। अब तक इतना गंगा स्नान हो गया। इतना काशी और संगम क्षेत्र में वास हो गया कि ऐसी स्थिति में तो सबको मोक्ष मिल जाना चाहिये। पर क्या मोक्ष इतना सरल है? किसी स्थान विशेष में रह कर मोक्ष पाने की मान्यता निहायत बेवकूफी से भरी लगती है।मोक्ष तो उस स्थिति का नाम है जहाँ अपने-पराए का भाव खत्म होकर अखिल पृथ्वी और उस पर रहने वाले संपूर्ण प्राणियों की उपस्थिति अखिल ब्रह्म में रूपांतरित हो जाती है। इस रूप में मोक्ष एक निर्लिप्त एवं दिव्य भाव दशा है।

कबीर भी किसी स्थान की महत्ता और मोक्ष पाने की स्थान विशेष की मान्यता को चुनौती देते हैं। वे कहते हैं-"जो कबीरा कासी मरे तो रामै कौन निहोरा"। कबीर इन्हीं अंधमान्यताओं, रूढ़ियों और अंधविश्वासों को ललकारने के कारण भी अद्‌भुत कबीर बने। वे कुप्रथाओं-आडंबरों से जकड़े समाज को जगाने और आँख खोलने के लिए आए थे। वे सबमें "अमर लोक" की प्राप्ति की संभावना देखते थे। उनकी निगाह में कोई बड़ा-छोटा नहीं था। कोई ब्राम्हण-शुद्र नहीं था। बल्कि सब उसी "एक नूर" के उपजाए थे। अपनी इसी फिलासफी ऑफ "वननेस" के कारण कबीर विचारशीलों, बौद्धिकों एवं मनुष्यता में विश्वास रखने वाले लोगों के बीच समान रूप से समादृत हैं। इस रुप में कबीर बाबा तुलसी की वर्चस्ववादी सोच वाले कतई नहीं थे। वे तुलसी की तरह आगम निगम पुराण के सहारे ब्राह्मण के वर्चस्व की स्थापना के लिए नहीं अवतरित हुए थे। मनुष्य जाति में प्रेम और मनुष्यता की स्थापना का पवित्र भाव उनके मन में सदैव क्रियाशील था। कबीर में अपनी जाति के प्रति पूज्यता

का भाव नहीं है, जबकि तुलसीदास इस भाव से ग्रसित लगते हैं। ब्राह्मणवादी जातीय वर्चस्व उन्हें प्रिय लगता है। इसलिए तो मानस में राम के मुंह से कहलवाया है-"पूजिय विप्र सील गुन हीना, सूद्र न गुन गन ग्यान प्रवीना।"इतना ही नहीं वर्ण व्यवस्था में कर्म की श्रेष्ठता को सम्मानित करने के वजाय उत्तर काण्ड में 'वरनाधम' जैसे शब्द का प्रयोग कर कहते हैं-"जे बरनाधम तेलि कुम्हारा, स्वपच किरात कोल कलवारा"। बाबा तुलसी वर्ण व्यवस्था को सींचते हैं, कुछ जातियों को बरनाधम कहते हैं। वहीं कबीर वर्ण व्यवस्था को नकार कर मनुष्य को मनुष्यता की रोशनी से परिचित कराते हैं। उनका मानना रहा है कि "एक नूर से सब जग कीआ कौन भले कौन मंदे।" यहाँ कोई ऊंच नीच नहीं है। सब समान हैं। जब ब्राह्मण अपनी जाति और अपनी श्रेष्ठता की डींगें हांकते हैं। तब कबीर उन्हें ललकारते हुए कहते हैं-

जौं तूं बाह्मन बह्मनी का जाया।
तौ आन बाट ह्वैं क्यों नहिं आया।।
जौं तू तुरूक तुरकनी जाया।
तौं भीतर खतना क्यों न कराया।।

कबीर जाति की नहीं बल्कि ज्ञान की श्रेष्ठता के प्रबल पैरोकार हैं। वे कहते हैं-

जाति न पूछो साधु की पूछ लीजिए ज्ञान।
मोल करो तलवार की पड़ी रहन दो म्यान।।
हस्ती चढ़िए ज्ञान कौ सहज दुलीचा डारि।
स्वान-रूप संसार है, भूंकन दे झक मारि।।

कबीर के इसी ज्ञानात्मक व्यक्तित्व पर रीझ कर अली सरदार जाफरी कहते हैं-"यही कारण है कि परिस्थितियों और घटनाओं का कबीर, सन और तारीख का कबीर जिंदा नहीं है, लेकिन विचार और चेतना का कबीर, भावनाओं और अनुभूतियों का कबीर, कविता और गीत का कबीर जिंदा है। हर दोहा उनका अस्तित्व है, हर पद उनका व्यक्तित्व, हर विचार उसकी जबान। और जब हम उनके बोले हुए शब्दों को दोहराते हैं तो कबीर का साज बजने लगता है। शाही फरमान और डंकों की आवाजें गूँगी हो जाती हैं और कबीर के दिल में निकलने वाले अनाहत नाद से आत्मा मस्त हो जाती है। पंडित का मंत्र और मुला की अजान आसमानों के सन्नाटे में गुम हो जाती है और कबीर की प्रेम वाणी धरती के सीने में धड़कती रहती है।"

कबीर का जीवन और उनका रचनात्मक संघर्ष सती और सूरमा के संघर्ष

से अधिक कठिन और चुनौतीपूर्ण रहा है। सत्य के अन्वेषी का संघर्ष सरल हो भी कैसे सकता है? उनका संघर्ष जीवन के अंत तक चलता रहा। कबीर के जीवन संघर्ष का रचनात्मक पहलू में अंधविश्वासों और आडंबरों की ध्वन्सात्मकता भी शामिल है। अंग्रेजी पुस्तक "भारत की संस्कृति पर इस्लामी प्रभाव" में डॉ. ताराचंद लिखते हैं कि "नए रास्ते बनाने का काम उस झाड़ झंखाड को दूर किए बगैर, जिसने पुरानी पगडंडियों को ढक लिया था, असंभव था। यही वजह है कि कबीर ने बेधड़क क्रोध के साथ और जोरदार शब्दों में, धर्म के उस सारे बाहरी आडंबर पर, जिसने सत्य को छुपा लिया था, या हिंदुस्तान के संप्रदायों को एक-दूसरे से अलग कर दिया था, हमला किया। उनके हमले से न मुसलमान बचे, न हिंदू।"

एक सच्चा कवि क्रांति धर्मी होता है। वह अपनी रचना और विचारों के माध्यम से समाज में व्याप्त झूठ, प्रपंच आडंबर और तानाशाही प्रवृत्तियों पर कुठाराघात करता है। वह अपने वर्तमान को और अधिक सुंदर बनाने के लिए वर्तमान से संतुष्ट नहीं रहता। वह समाज को मिलजुल कर प्रेम और शांति पूर्ण तरीके से रहने लायक बनाने की भरसक कोशिश करता रहता है। अपनी इसी सुंदर जिद के कारण वह अन्य से अलग और विशिष्ट दिखता है, कुछ हद तक क्रांतिकारी भी। क्रांतिकारी होना सबके बूते की बात नहीं है, जो स्वतंत्रता का पक्षधर है, जिसे मृत्यु से डर नहीं लगता, और न ही जीने में आकर्षण दिखता है। वही सत्यान्वेषी होता है। सत्य का साधक सृष्टि के वृहत्तर अस्तित्व से जुड़ जाता है, और वह विराट अस्तित्व परमात्मा बनकर उसका पथ संचालन करने लगता है। तभी वह आत्मीय संवाद का कबीर जैसा संवदिया बन पाता है। यथा-

"मोको कहाँ ढूंढे बंदे, मैं तो तेरे पास में।
ना मैं देवल, ना मैं मसजिद, ना काबे कैलास में।
ना तो कोनो क्रिया कर्म में, नहीं योग बैराग में।
खोजी होय तो तुरतै मिलिहौं, पल भर की तालास में।
कहैं कबीर सुनो भाई साधो, सब स्वांसों की स्वांस में।"

परमात्मा ही कबीर के कंठ से बोल पड़ते हैं कि हे बंदे, तुम मुझे कहाँ खोज रहा है। मैं तो तेरे पास हूँ, तेरे भीतर। न मैं किसी देवालय में हूँ, न मस्जिद में। न ही काबे कैलाश में रहता हूँ। मैं किसी क्रिया कर्म में भी नहीं हूँ। न ही योग बैराग से कोई मुझे पाता है। अगर सच्चा समर्पित खोजी है तो मैं तो पल भर में ही मिल जाता हूँ। और मैं कहीं दूर थोड़ी ही हूँ। मैं तो हर स्वांसों के साथ में रचा-बसा हूँ। वह घट-घट का वासी अपनी लालिमा के साथ चारों तरफ व्याप्त

है। इसलिए कबीर कहते है-

"लाली मेरे लाल की जित देखों तित लाल।
लाली देखन मैं गई, मैं भी हो गई लाल।"

यकीनन, परम सत्य को जानने वाला अंततः उसी के जैसा हो जाता है: "जानत तुमहिं तुमहिं होई जाइ"। इस तरह परमात्मा रूपी समुद्र में जीवात्मा रूपी बूंद समा कर एकाकार हो जाती है। द्वैत अद्वैत में ढल जाता है। कबीरदास जी कहते हैं-

"हेरत-हेरत हे सखी, रह्या कबीर हिराइ।
बूंद समानी समुद में, सो कत हेरी जाइ"॥

जिस परमात्मा रुपी लाल की लालिमा में ऐसा अनुपम सौंदर्य है। भला उस सौंदर्य में कौन हमेशा के लिए नहीं सराबोर होना चाहेगा। कौन नहीं बसा लेना चाहेगा सौंदर्य माधुर्य को अपने मन-आँखों में हमेशा-हमेशा के लिए। इसलिए तो कबीर भाव विह्वल होकर कहते हैं-

"नैना अंतरि आव तूं, ज्यों हौं नैन झंपेऊं
ना हौं देखौं और कूँ, ना तुझ देखन देऊं।"
"कबीर रेख सिंदूर की, काजल दिया न जाइ
नैनूं रमइया रमि रह्या, दूजा कहाँ समाइ।"

यही प्रेम की पराकाष्ठा है, उसका पागलपन है। वह परमात्मा को अपनी आँख में बंद कर लेना चाहता है। वह चाहता है कि न मैं उसके सिवाय किसी को देखूं, और न ही किसी और को उसे देखने दूँ। ऐसी सिंदूरी रेख जब आँखों में रच गई है तो वहाँ भला काजल कैसे लग पाएगा? वहाँ दूसरे के समाने की जगह ही कहाँ है? प्रेम का यह न्योछावरपन मंसूर, मीरा, चैतन्य प्रभु और टैगोर में भी देखने को मिलता है। अपनी इस तरह की कविताई के चलते कबीर भाव विह्वल कवि हैं। वे काव्य-मूल्यों के पार के कवि हैं।

कबीर बाहर भटकने और भटकाने वाली कवि नहीं है। वे इस देह कलश में ही परम ब्रह्म का वास देखते हैं। वे महमही कस्तूरी की प्राप्ति के लिए हिरना सा जंगल-जंगल नहीं दौड़ते बल्कि अपने मानसरोवर में खिले सहस्त्र दल के ऊपर अवस्थित होकर परमात्मा की दिव्य सुगंधी का बोध करते हैं। इसलिए कहते हैं-

"बागों ना जा रे ना जा, तेरी काया में गुलजार।
सहस कवंल पर बैठ के तू देखे रूप अपार॥"

उनका अटूट विश्वास है कि "चंदा झलकै यहि घट माहीं, अंधी आँखन

सूझै नाहीं। यहि घट चंदा यहि घट सूर, यहि घट बाजै अनहद तूर।..... मृगा पास कस्तूरी बास, आप न खोजै, खोजै घास।"

कबीर घट साधक हैं। उनका कहना है-

"इस घट अन्तर बाग बगीचे इसी में सिरजनहारा।
इस घट अन्तर सात समुंदर इसी में नौ लख तारा।
इस घट अन्तर पारस मोती इसी में परखनहारा।
इस घट अन्तर अनहद गरजै इसी में उठत फुहारा।
कहत कबीर सुनो भाई साधो, इसी में साईं हमारा।"

अर्थात, इस देह घट में ही बाग-बगीचे हैं और उनका सिरजनहार भी इसी में रहता है। इसी देह में सात समुद्र भी हैं और इसी में नव लाख तारे भी जगमगाते हैं। इसी में पारस और मोती हैं और इसी में उनके परखने वाले जौहरी भी हैं। और इसी घट में अनाहत नाद गूँज रहा है और इसी घट में प्रेम की फुहारें फूट रही हैं। कबीरदास जी कहते हैं-हे साधो सुनिए, इसी घट में ही हमारा स्वामी रहता है।

साधना पथ का सच्चा पथिक अन्तर्मुखी होता है। वह भीतर-भीतर गाता है। इस लिए कस्तूरी मृग सा बाहर दौड़ने वाले और पुकार लगाने वाले हिन्दुओं और मुसलमानों को कबीर लताड़ते, चेताते और विचलित करते हैं। जैसे-

"पाहन पूजै हरि मिलैं, तौ मैं पूजूं पहार।
ताते तौ चक्की भली पिसी खाये संसार।।
"कांकर पाथर जोरि कै मसजीद लइ बनाय।
ऊपर चढि मुल्ला बांग दें, क्या बहिरा हुआ खुदाय।।
माला फेरत जुग भया, गया न मन का फेर।
कर का मनका डार के मन का मनका फेर।।"

(अर्थात, पत्थर पूजने से यदि ईश्वर मिलते होते तो मैं पहाड़ पूजने के लिए तैयार हूँ। लेकिन उससे तो वह चक्की भली है जिसका पीसा संसार खाता है। कंकर पत्थर जोड़ करके मस्जिद बना ली और उस पर चढ़कर जोर-जोर से खुदा को पुकार रहा है। क्या खुदा बहरा है? इतना ही नहीं, कबीर चेताते हैं कि माला फेरते फेरते युग बीत गया लेकिन मन का फेर नहीं गया। इसलिए हाथ की कंठी माला किनारे रखकर मन के मनके को फेर। अर्थात् वाह्य प्रदर्शन से दूर होकर अंतर्मुखी साधना कर।)

ऐसा नहीं है कि कबीर के पहले इस संसार को किसी ने नहीं चेताया-समझाया। बहुत से आत्मपूतों ने कबीर के पहले प्राण की बाजी लगाकर दुनिया

वालों को सार्थक और मूल्यवान जीवन की राह बताई। लेकिन विडंबना अद्यतन यही रही है कि कुछ को ही छोड़कर अधिकांश सांसारिकों की कुंडलिनी (ऊर्जा) मूलाधार के जंगल में ही उलझ कर रह गयी। सहस्रार के मान सरोवर में खिलने वाले हजार दल के कंवल पंखुरियों का अमृत रस कबीर जैसा कोई अलौकिक चेतस पुरुष ही चख सका। परम दिव्यता का मूल्य और स्वाद चखने वाला जब देखता है कि समाज अमृत रस का स्वाद ही नहीं चखना चाहता, तब उसे यह देख कर दुःख होता है। समाज के पागलपन और बौराहट पर उसे तरस आता है। कबीर का दुःख भी अपने लिए कम समाज के लिए ज्यादा है। वे खरी-खरी कहते हैं-

"साधो, देखो जग बौराना।
सांची कहौ तौ मारन धावै, झूठे जग पतियाना।
हिंदू कहत हैं राम हमारा, मुसलमान रहमाना।
आपस में दोऊ लड़े मरतु हैं, मरम कोई नहिं जाना।
बहुत मिले मोहिं नेमी धर्मी, प्रात करैं असनाना।
आतम छोड़ि पषानै पूजै, तिनका थोथा ज्ञाना।
आसन मारि डिंभ धरि बैठे, मन में बहुत गुमाना।
माला पहिरे टोपी पहने, छाप तिलक अनुमाना।
साखी सब्दै गावत भूले, आतम खबर न जाना।"

कबीर आत्मज्ञान के कवि हैं। इसी आत्मज्ञान के बल पर वे द्वैत की दुनिया से ऊपर उठकर अद्वैत का अमरलोक बसाना चाहते हैं। इसलिए वाह्य धार्मिक आडंबर से लोगों को अवगत करा कर उन्हें आत्मा ज्ञानी बनाना चाहते हैं। मनुष्य माया के प्रभाव में भोग वृत्ति की ओर अधिक आकर्षित है जबकि अमृत तत्व उसके घर में (घट में) व्याप्त है। कबीर दास जी को यह देख कर हंसी आती है। वे कहते हैं-

"पानी बिच मीन पियासी, मोहिं सुन-सुन आवै हांसी
घर में वस्तु नजर नहिं आवत, बन-बन फिरत उदासी
आतम ज्ञान बिना जग झूंठा, क्या मथुरा क्या काशी।"

जीवात्मा रूपी मीन परमात्मा रूपी जल में रहकर भी प्यासी है। उसे अमृत जल का बोध नहीं है, फलतः तड़प रही है। उसे आत्म ज्ञान नहीं है, इसलिए उदास होकर बन-बन भटक रही है। कबीरदास जी कहते हैं कि आत्मा ज्ञान के बिना यह संसार झूठा है फिर चाहे मथुरा जाओ या काशी। कबीर तो यहाँ तक कहते हैं-

"जल में कुंभ, कुंभ में जल है, बाहर भीतर पानी।
फूटा कुंभ, जल जलहिं समाना, यह तत कहत गियानी।"

परमात्मा का अमृत तत्व, जीवन संजीवनी जल इस देह रूपी कुंभ में है। बाहर-भीतर सर्वत्र वही जल हिलोरे ले रहा है। इस कुंभ के फूटने पर अर्थात् मृत्यु उपरांत यह ऊर्जा जल उसी जल में विलीन हो जाता है। इस तत्व को ज्ञानी लोग कहते हैं। न जाने किन-किन रूपों में, कितनी-कितनी बार कवियों, दार्शनिकों, विचारकों, ऋषि, मुनियों और संतों ने समाज हित में इस बात को कहीं हैं। लेकिन माया ठगनी के प्रभाव से हर बार का कहा अनकहा सा रह गया है। कबीर भी माया ठगनी के प्रति सचेत करते हैं-

"माया महा ठगिनी हम जानी।
तिरगुन फांसि लिए कर डोलै, बोलै मधुरी बानी।
केशव के कमला होई बैठी, सिव के भवन भवानी।
पंडा के मूरत होय बैठी, तीरथ हूँ में पानी।
जोगी के जोगिन होइ बैठी, राजा के घर रानी।
काहू के हीरा होय बैठी, काहू के कौड़ी कानी।
भक्तन के भक्तिन होइ बैठी, ब्रह्मा के ब्रह्मानी।
कहे कबीर सुनो भाई साधो, यह सब अकथ कहानी।"

कबीर को जानने-मानने वाले इस बात से सहमत नजर आते हैं कि कबीर पर नाथ संप्रदाय, गोरख पंथ, घट साधकों, तांत्रिकों और योगियों का गहरा असर है। माया महा ठगनी, महा प्रकृति और महा नारी रूपा भी है। इस लिहाज से कबीर ने प्रकृति को ही नारी भी कहा है, लेकिन जिन्हें नारी शब्द में केवल फेमिनिज्म दिखता है वह भला कबीर को कैसे समझ सकते हैं? कबीर द्वारा रचित एक दोहे के लिए नारी वादियों द्वारा उनकी खूब निंदा की जाती है। वह चर्चित दोहा है-

"नारी की झांई परत अंधा होत भुजंग।
कबीरा उनकी क्या गति जो नित नारी संग।"

इस दोहे के मर्म और निहितार्थ तक पहुँचने के लिए कुंडलिनी तत्व और योग ज्ञान की सम्यक जानकारी जरूरी है। लेकिन अज्ञानता वश नारीवादी या केवल अभिधा में अर्थ ग्रहण करने वाले इस दोहे का इस तरह अर्थ निकालते हैं, जो कि गलत है। वे अर्थ निकालते हैं कि नारी की एक झलक देखते ही सर्प अंधा हो जाता है। कबीरदास जी कहते हैं कि उनकी क्या गति होगी जो हमेशा नारी के साथ रहते हैं। जबकि मेरा मानना है कि नारी रूपी ठगिनी प्रकृति

की छाया पड़ते ही सर्प रूपी कुंडलिनी अंधी हो जाती है। उसकी ऊर्जा जिसे उर्ध्वमुखी होना चाहिए, दिशाहीन होकर अधोमुखी हो जाती है। यही कुंडलिनी (भुजंग) का अंधत्व है।उनके अनुसार, कबीर जी आगे कहते हैं कि उन लोगों की क्या गति होगी जो हमेशा नारी रूपी महा ठगनी के साथ निरंतर रहते हैं। इसलिए भी कबीर को पढ़ने समझने के लिए कुछ हद तक कबीर की स्थिति को आत्मसात कर उनके निहितार्थ को समझना बहुत जरूरी है। तब जाकर इस तरह की भूलों से और गलत टिप्पणियों से हम बच सकते हैं। जरा सोचिए कि "हरि मोर पिय मैं राम की बेहुरिया" कहने वाला कबीर क्या कभी नारी जाति की निंदा करेगा? नारी धरती पर मानव जाति की जाया है इसके लिए कबीर जैसे साधक को दोषी ठहराना अल्पज्ञता का सूचक है।

कबीर के समय-संसार में सब कुछ प्रेम और करुणामय रहता। सब अमृत तत्व का पान करते रहते तब कबीर को तीखी टिप्पणियां करनी ही न पड़ती। लेकिन उनका समय और समाज धार्मिक अंधविश्वासों आडंबरों से जकड़ा होने के कारण मनुष्यता के लिए जरूरी प्रेम, त्याग, समर्पण, सेवा आदि गुणों से वंचित था। धार्मिक अंधविश्वास और शोषण के चलते लोग सत्य से दूर और विमुख थे। शोषण और उदर पोषण की संस्कृति के चलते आत्मा के रथ का पहिया अनीति, अत्याचार और शोषण के दलदल में धंसा हुआ था। यह दुख विवेक वान व्यक्ति के लिए क्या कम था? एक समझदार इंसान दुर्लभ शरीर को पाकर क्या इस व्यवस्था से व्यथित और विचलित नहीं होगा? इस रूप में कबीर का दुख और उनकी ललकार तत्कालीन विसंगतियों की देन रही है। वे कहते हैं-

"सुखिया यह संसार है, खावै अरू सोवै।
दुखिया दास कबीर है, जागै अरू रोवै।"

कबीर के ही समय में नहीं आज उत्तर आधुनिकता के समय में भी लूट शोषण अत्याचार और धर्म का 'अर्थशास्त्रीकरण' जारी है। सतह की चमक और उसका प्रदर्शन बढ़ा है, किंतु आत्मा कबीर के समय भी रो रही थी और आज कुछ अधिक ही विलाप कर रही है। इस आत्ममुग्ध, लोभी और लौह समय में, जहाँ सब दूसरे को ठगना लूटना चाहते हैं कोई खुद ठगाना नहीं चाहता है, वहाँ कबीर की यह सलाह बहुत काम की लगती है-

कबीरा आप ठगाइये और न ठगिये कोय।
आप ठगे सुख होत है और ठगे दुःख होय॥

मनुष्य के मन में दूसरे को ठगने और कष्ट देने की प्रवृत्ति इसलिए जीवित रहती है क्योंकि वह अपने आत्म स्वरूप से अपरिचित है। वह इस संसार में

भौतिक प्राप्तियों, सुख-सुविधाओं, महल अटारियों को ही लक्ष्य मानकर जीवन भर क्रियाशील रहता है। जबकि परम उपलब्धि आत्म स्वरूप में अवस्थित होना है। चूँकि कबीर माया ठगनी के सारहीन मोह को जान चुके हैं। इसलिए कहते हैं-

रहना नहिं देस बिराना है।
यह संसार कागज की पुड़िया बूंद पड़े घुल जाना है।
यह संसार कांट की बाड़ी, उलझ-पुलझ मर जाना है।
यह संसार झाड़ औ झांखर, आग लगे बरि जाना है।
कहत कबीर सुनो भाई साधो, सतगुरु नाम ठिकाना है।

यह संसार बेगाना और वीराना इसलिए भी है क्योंकि सारहीन व्यवहारों से भरा हुआ है। जहाँ लोगों को बाँटने वाली एवं कष्ट देने वाली बाड़ खड़ी कर दी गई है, जिसमें उलझ कर लोग मर जाते हैं। इसलिए कबीर चेताते हैं कि सतगुरु नाम ही एक श्रेष्ठ ठिकाना है। उसकी शरण में ही हम सबको रहना चाहिए। यह सद्‌गुरु शरण ही आत्म स्वरूप की शरण है। कबीर जी सद्‌गुरु की भूरि-भूरि प्रशंसा करते हुए कहते हैं-

अब गुरु दिल में देखिया, गावन को कछु नाहिं।
कबिरा जब हम गावते, तब जाना गुरु नाहिं।।
गुरु कुम्हार शिष कुंभ है, गढ़ि गढ़ि काढैं खोट।
अंतर हाथ सहार दै, बाहर वाहै चोट।।
कबीर ते नर अंध हैं, गुरु को कहते और।
हरि के रूठे ठौर है, गुरु रूठे नहीं ठौर।।
गुरु गोविंद दोनों खड़े, काके लागूँ पांय।
बलिहारी गुरु आपने, गोविंद दियो बताय।।
गुरु सो ज्ञान जु लीजिए, सीष दीजिए दान।
बहु तक भोंदू बहि गए, राखि जीव अभिमान।।
गुरु बिनु ज्ञान न उपजै, गुरु बिनु मिले न मोष।
गुरु बिनु लखै न सत्य को, गुरु बिन मिटै न दोष।।

सद्‌गुरु की महिमा में कबीर ने मूल्यवान दोहे कहे हैं। सच्चा गुरु ही जीवन की सार्थकता से परिचित कराते हैं। माया की लपटें बिना गुरु के मनुष्य को अधिक ही सताती और जलाती हैं। उनके निर्देशन में ही साधक की कुंडलिनी मूलाधार से उर्ध्वमुखी होकर सहस्रार की ओर जाने का रास्ता जान पाती है। गुरु के ज्ञान-सूर्य को कबीर बार-बार अर्घ्य देते हैं, उन्हें पूजते हैं, और यहाँ तक कह

बैठते हैं

सब धरती कागद करूं, लेखनी सब बनराय।
सात समुंदर मसि करुं, गुरु गुन लिखा न जाय।।

कबीर जैसा अद्वितीय आभा मंडल वाला व्यक्ति ही गुरु की महिमा का बखान करते-करते स्वयं अलौकिक गुरु बन जाता है और सुन्न मंडल का रहस्य भाखने लगता है-

सुन्न मंडल में घर किया बाजै सब्द रसाल।
रोम-रोम दीपक भया, प्रगटे दीन दयाल।।

कबीर मुझे लौकिकता के नहीं बल्कि अलौकिकता के कवि लगते हैं। लौकिक धरातल पर उनका संघर्ष अलौकिकता अर्थात् विराट अस्तित्व के साथ एकाकार होने का संघर्ष है। सामाजिक-धार्मिक पाखंड, आडंबर, अंधविश्वास, शोषण, लूट और अपने-पराये की भावनाएँ विराट अस्तित्व से जुड़ाव में बाधक हैं। कबीर इन्हीं बाधाओं को रेखांकित-चिन्हित करते हैं। वे स्वयं इन बाधाओं के विरुद्ध संघर्ष का बिगुल फूंकते हैं, ताकि लोग जागरूक होकर विराट अस्तित्व के बोध अर्थात् परमात्मा बोध से गुजर सकें। कबीर का लोक संघर्ष आज की स्थिति में आधुनिकता वादियों विशेषकर मार्क्स वादियों के लिए भले सुकून दायी लगे। उनकी इस संघर्षशीलता को प्रगतिशील विचारों का पक्षधर-समर्थक मानकर उन्हें अपना आदमी कहना उनके लिए स्वाभाविक है। इस लिहाज से कबीर लोक का कवि लगता है, किंतु यही कबीर जब अमर देश या गगन मंडल पर प्राण लुटाता है, और इस देश को बेगाना कहता है, तब इन मार्क्सवादी प्रशंसकों के माथे पर सीकन आने लगती है। वे अपने कबीर को विस्मित और चकित होकर देखते हैं। मेरे विचार में कबीर भ्रम विनाशक कवि हैं।

ऐसे कवि विचारक चिंतक जो कबीर को "आधुनिक चित् के करीब" मानते हैं। उनका भ्रम कबीर कुछ इस तरह तोड़ते हैं-

गगन घटा घहरानी साधो, गगन घटा घहरानी।
पूरब दिस से उठी है बदरिया, रिमझिम बरसत पानी।
आपन आपन मेंड सम्हारो, बह्यो जात है पानी।
सूरत निरत का बैल नहायन, करैं खेत निर्वानी।
धान काट मार घर आवे, सोई कुसल किसानी
दोनों थार बराबर परसै जेवैं मुनि और ज्ञानी।

आशय यह है कि बादल आकाश में गरज रहे है। यह घटा पूरब की ओर से उठी है, (पूरब आध्यात्मिक चेतना की दिशा मानी जाती है,) और रिमझिम

पानी बरस रहा है। किसानों को अपने-अपने खेत की मेंड संभालने के लिए कहते हैं, ताकि यह पानी बहने ना पाए। वे आगे कहते हैं कि सूरत और निरत के बैल बांधकर जो निर्वाण की खेती करता है, और धान काट कर घर ले जाता है वही कुशल किसान होता है। दोनों थालियों-सूरत और निरत-में बराबर खाना परोसता है जिसे मुनि और ज्ञानी खाते हैं।

कबीर उस गुरु की तलाश में कभी नहीं थे जो उन्हें रोटी दाल की कमाई का पाठ पढ़ाएँ, बल्कि वह तो उस सतगुरु की खोज में रहे जो उन्हें सत्य और प्रेम के प्याले खुद भर-भर पीता हो और अपने शिष्यों को ही पिलाता हो। वे कहते हैं-

साधो, सो सतगुरु मोहिं भावै।
सत्य प्रेम का भर भर प्याला, आप पिवै मोंहि प्यावै।
परदा दूर करै आंखिन का, ब्रह्म दरस दिखलावै।
जिस दरसन में सब लोक दरसै, अनहद सब्द सुनावै।
एकहि सब सुख दुख दिखलावै, सब्द में सुरत लगावै।
कहै कबीर ताको भय नाहीं, निर्भय पद परसावै।

सच्चे गुरु दुर्लभ होते हैं जो सत्य प्रेम का प्याला भर-भर पीते भी हैं अपने शिष्यों को भी पिलाते हैं। जो आँखों पर पड़े अंधविश्वास और मोह के पर्दे को हटाकर, जो ब्रह्मा के दर्शन में लोक का दर्शन कराकर, अनहद नाद सुनवाते हैं। जो शब्द में सुरत लगाने का पाठ पढ़ाते हैं। यकीनन ऐसे गुरु के मिलने से जीवन का गम दूर हो जाता है।गुरु ही उस शाश्वत वृक्ष को दर्शाते हैं जिन पर दो सुन्दर पक्षियों का वास है।

तरूवर एक मूल बिन ठाढा, बिन फूले फल लागै।
साखा पत्र कछू नहिं थाणे सकल कमल दल गाजै।
चढ़ तरवर दो पंछी बोले, एक गुरु एक चेला।
चेला रहा सो रस चुन खाया, गुरु निरंतर खेला।
पंछी के खोज अगम परगट कहै कबीर बड़ी भारी।
सब ही मूरत बीज अमूरत मूर्त की बलिहारी।

मुंडकोपनिषद में भी "द्वा सुपर्णा सयुजा सखाया समानं वृक्षं परिषस्वजाते... ." के रुप में इसी वृक्ष का वर्णन है। लेकिन उस अलौकिक ज्ञान की प्राप्ति, उस अगम पंथ की जानकारी के लिए कबीर कहते हैं-

साधो, यह तन ठाठ तंबूरे का
ऐंचत तार मरोरत खूंटी निकसत राग हजूरे का।

टूटे तार बिखर गई खूंटी हो गया धूरम-धूरे का।
कहैं कबीर सुनो भाई साधो, अगम पंथ कोई सूरे का।

इस लिहाज से कबीर रमता जोगी हैं। बहते पानी के समान वे घाट-घाट से टकराते हैं, किन्तु कहीं रूकते ठहरते नहीं। निरन्तर अनन्तर बहते रहते हैं। पार करते हैं उबड़-खाबड़ डगर समुद्र मिलन की अभिलाषा में। अज्ञेय की "असाध्य वीणा" का रुपक अपनी व्याप्ति में कबीर के "यह तन ठाठ तंबूरे" के रूपक जैसा ही है।

कबीर को देखने समझने का सबका अपना-अपना नजरिया है। और कबीर ही एक ऐसे सरल किंतु संश्लिष्ट कवि हैं जो हर तरह के भावकों की भावनाओं को संतुष्ट करने की क्षमता से परिपूर्ण हैं। बाम हो या कि दक्षिण, सबके लिए कबीर के घर में जगह है, पीढ़ा पानी है। यही कारण है कि कबीर युवाओं के मन को ही भाते हैं और बूढ़ों के लिए भी दिव्य शरणगाह हैं। इस निर्लिप्त कवि की काव्य लहरियां सबको अपनी ओर आकर्षित करने एवं भिगोने की सामर्थ्य से भरपूर हैं। कोई कवि यह भले कहे कि वह स्वांतः सुखाय लिखता है, किंतु लिखना गंभीर दायित्व बोध से जुड़ने जैसा है। कवि अपने समय और समाज के खुरदुरे और सतही यथार्थ को तो लिखता ही है, साथ ही वह उस स्थिति-परिस्थिति का निर्माण भी करता है जिससे मानव जीवन अधिक विश्वसनीय, प्रेमिल और समावेशी बन सके। कबीर भी दोहरे दायित्व से गुजरते हैं। वे जागतिक यथार्थ से पुरजोर टकराते हैं और जीवनानुभवों में सत्य-उजास जोड़ते हैं। इस तरह वे अपने सर्जनात्मक रचाव से मूल्यवान जीवन की कीमिया गढ़ते हैं। बदलते समय के साथ आज की कविता कुछ अपवादों को छोड़कर आत्ममुग्धता और सतही रेखांकन की कविता है। अब लेखक अच्छे-बुरे का निर्णय पाठकों पर छोड़ देना चाहते हैं। जबकि कबीर जीवन के जंजाल में फंसे मनुष्य को उस रोशनी से परिचित कराते हैं जिसे जान-समझ कर मानव महामानव बनने के विचार को आकार देने की सोचने लगता है। कबीर के बीजक में, उनके साखी-सबद-रमैनी में भटके और गुमराह मनुष्यों के लिए अमृत रसायन है। कवि का मानना है कि अमृत तत्व कहीं बाहर नहीं है मनुष्य के भीतर ही है, जिसे वह भूलकर विष बटोरने में लगा हुआ है। फलतः वह दुखी, पीड़ित और अशांत है। कबीर उसी जीवन जल की ओर संकेत करते हैं -

काहे री नलिनी तू कुम्हलानी, तेरे ही नालि सरोवर पानी।
जल में उतपत जल में वास, जल में नलिनी तोर निवास।
नातल तपति न उपरि आग, तोर हेत कहु कासनि लाग।
कहै कबीर जे उदकि समान, वे नहिं मुए हमारे जान।

जीव की यह उदासी आत्म-ज्ञान के अभाव के कारण ही है। कबीर मनुष्यों के "आत्म-ज्ञान" पर विशेष बल देते हैं। उनका पथ ऋषि तुल्य कवियों का पथ है, सिद्धों-योगियों की आत्म साधना का मार्ग है। वे अपने पदों में कभी साधो तो कभी अवधू के रूप में संबोधित करते हैं। उनका संबोधन लोक मन को समझाने-बुझाने के लिए ही है, किंतु उनकी यह उदात्त वैयक्तिकता निजता को अतिक्रांत कर अवयैक्तिक और सार्वजनीन सिखावन बन जाती है। यही उनकी काव्य सिद्धी है, और यही उनकी प्रसिद्धि का हेतु भी है। इस संबोधन और समझा इस में कबीर कभी खुद को तो कभी लोगों को समझाते हुए नहीं थकते हैं।

कबीरदास जी कहते हैं-

रस गगन गुफा में अजर झरै।
बिन बाजा झंकार उठै जहं समूझि परै ध्यान धरै।
बिन ताल जहं कंवल फुलाने, तेहि चढ़ि हंसा केलि करै।
बिन चंदा उजियारै दरसे, जहं तहं हंसा नजर परै।
जुगन जुगन की तृषा बुझानी कर्म भ्रम अथ व्याधि टरै।
कहे कबीर सुनो भई साधो अमर होय कबहु न मरै।

कबीर मनुष्य जीवन के जिस अमृत रहस्य की ओर इशारा कर रहे हैं वह स्थिति दिव्या और अलौकिक है बिना तलाक के जहाँ सहस्रदल का कमल खिलता हो, और जहाँ हंस खेल करते हो। वह परम स्थिति उस साधक को ही उपलब्ध होती है जो अपना शीश गुरु को समर्पित करने के लिए पूर्णतः तैयार रहता है। सहस्रार में प्रवेश परम समाधि है। एक ऐसी भाव दशा जहाँ केवल विराट जीवन हिलोरे लेता है। उस अमृत जीवन से जुड़ कर भला कोई कैसे मर सकता है? कबीर को अपनी निर्गुण साधना पर दृढ़ विश्वास है। वे घोषणा करते हैं-

हम न मरब मरिहैं संसारा।
हम कूँ मिला जियावन हारा।
हरि मरिहैं तौ हमहूँ मरिहैं, हरि न मरै हम काहे कूँ मरिहैं।
कहै कबीर मन मनहि मिलावा, अमर भये सुखसागर पावा।

कबीर का कबीरत्व निर्गुण ब्रह्म तत्व के बोध करने और कराने में समाहित है। देह का मरना तो तय है किंतु ब्रह्म तत्व की अमरता भारतीय दर्शन में सर्वविदित है। इसी तात्विक स्थिति को कबीर पाना चाहते हैं। लेकिन जिस सहजता और मस्ती से वे कहते हैं, ऐसा व्यावहारिक जीवन में आसानी से नहीं घटता है। लाखों में कोई एक चौरासी के चक्कर से मुक्त होकर अमर पद में

विश्राम पाता है। इस अगम पथ पर चलने के लिए शीश काटकर गुरु के चरणों में रखना पड़ता है। फूंकना पड़ता है मोह, लोभ, काम, क्रोध, ईर्ष्या, घृणा से युक्त सांसारिकता का घर। तब कहीं जाकर हम उस पथ के पथिक हो पाते हैं। वैसे भी इस प्रेम पथ पर भेड़ों के झुंड के साथ नहीं जाया जा सकता है। यह बिल्कुल निजी और एकांत साधना है। हाँ, हम यह कह सकते हैं कि कबीर एक प्रेरणा पुरुष की तरह जनसाधारण को अकथ कहानी प्रेम की समझाते हैं एवं उस अलौकिक प्रेम के लिए लोगों को जागरूक और तैयार करते हैं। वे कहते हैं-

पोथी पढ़ पढ़ जग मुआ पंडित भया न कोय।
ढाई आखर प्रेम का पढ़ै सो पंडित होय।

हाँ, तोते की तरह पोथी पढ़ना तो आसान है। ज्ञान की पोथियों को सब पढ़ और ढो ही रहे हैं, लेकिन ढाई अक्षर प्रेम का पढ़ना सबके बूते की बात नहीं है। इसके लिए तो अपना घर फूंकना पड़ता है। सतही सांसारिकता के माया मोह से ऊपर उठना पड़ता है तभी प्रेम की पाठशाला में प्रवेश मिलता है। इसलिए तो कबीरदास जी कहते हैं-

कबीरा खड़ा बाजार में लिये लुआठा हाथ।
जो फूंका घर आपनो चलैं हमारे साथ।

कबीर ने अगम पथ की कठिनाई और हरि-दीदार की दुर्लभता को स्वयं स्वीकार किया है-

लंबा मारग, दूरि घर, विकट पंथ, बहु मार।
कहौ संतो, क्यूँ पाइये, दुर्लभ हरि-दीदार।

परमात्मा की प्राप्ति का पथ लंबा है। वह घर बहुत दूर है। रास्ता विकट है, और रास्ते में काम, क्रोध, मद, लोभ जैसे लुटेरे भी हैं। वे पथिक को लूट लेते हैं। हरि तक पहुँचने ही नहीं देते हैं। इसलिए हरि का दीदार दुर्लभ हो जाता है। लेकिन अनुशासन, संयम, संकल्प और इंद्रिय निग्रह के सहारे साधक दुर्लभ दीदार को भी सुलभ बना लेते हैं। कबीर राजा-रंक-फकीर-बादशाह सबसे पुकार-पुकार कर कहते हैं-

अवधू बेगम देस हमारा।
राजा रंक फकीर बादसा सबसे कहौं पुकारा।
जो तुम चाहो परम पद को, बसिहो देस हमारा।
कहैं कबीर सुनो हो प्यारे, सत्त-धर्म है सारा।

संत कबीर का देश सबसे न्यारा है, वहाँ किसी तरह का गम नहीं है। वे कहते हैं कि जिन्हें परम पद चाहिए तो उन्हें आकर इसी देश में बास करना

चाहिए। जीवन में सत्य धर्म ही सार है। यह कबीर का आनुभूतिक देश है। इसी देश में वे रमते हैं। जहाँ परम शांति है। परम मोक्ष है। परम मौन है। ऐसी रहनी वाले के लिए यह माया तृष्णा से भरा संसार भला कैसे प्रीतिकर लगेगा? इसलिए कबीर जन साधारण के हित में वैचारिक द्वंद्व से गुजरते हैं। मन ही मन कूढते और चिढ़ते हैं। इस विचलन की स्थिति में उनका स्वर मुखर हो जाता है-

मेरा तेरा मनुवा कैसे एक होई रे।
मैं कहता हौं आंखिन देखी, तू कहता कागज की लेखी।
मैं कहता सुलझावन हारी, तू राख्यौ उरझाई रे।
मैं कहता तू जागत रहियो तू रहता है सोई रे।
तू तो रंडी फिरै बिहंडी, सब धन डारे खोई रे।
सतगुरु धारा निर्मल बाहै, वामै काया धोई रे।
कहत कबीर सुनो भाई साधो, तब ही वैसा होई रे।

आज के समय की तरह कबीर के काल में भी पाखंडियों और अंधविश्वासियों का बोलबाला था। सत्य के पक्षधर जैसे आज अकेले और असहाय हैं। उसी तरह कबीर के काल में भी थे। झूठ की धारा में बहने वाले तब भी अधिक थे और अब भी संख्या में अधिक ही हैं। अब तो अंधेरी ताकतों का काकस अधिक संगठित, अधिक मजबूत होकर लौह रूप धारण कर लिया है उत्तरोत्तर इन ताकतों से लड़ना कठिन होता जा रहा है। ऐसे लोगों से कबीर कहते हैं कि मैं तो आँखों की देखी कह रहा हूँ, और आप लोग कागज की लिखी बातों पर विश्वास कर रहे हैं। मैं तो सतगुरु की धारा में बहने की बात करता हूँ। वहीं आप पाखंडी गुरुओं के मोह पाश में फंसे हुए हैं। ऐसे में मेरे और आपके विचार भला कैसे मिले? वे समझाते हैं कि विषय विकार में फंस कर अनमोल प्रेम धन को नष्ट नहीं करना चाहिए। दूसरे तो दूसरे हैं। वे कबीर की सिखावन को मानने या ना मानने के लिए स्वतंत्र हैं। लेकिन क्या कबीर के तथाकथित अनुयायी-समर्थक-पक्षधर भी उनके बताए गए प्रेम पथ पर बढ़ रहे हैं या केवल उस पर बढ़ने का दिखावा कर रहे हैं? कबीर के बीजक को, उनकी साखी-सबद-रमैनी को केवल जगह-जगह कहने और सुनने से काम नहीं चलेगा बल्कि सद्‌गुरु के विचारों के प्रति सच्ची श्रद्धा का मतलब है कि उन्हें दिन-प्रतिदिन के आचरण में जिया और भोगा जाय।

यह सच है कि व्यवहार और सिद्धांत के बीच गहरी खाई होती है। कथनी करनी का अंतर जग जाहिर है। लेकिन कबीर के व्यावहारिक आचरण से सिद्ध होता है कि कबीर तपस्या साधना करने के लिए घर छोड़कर कहीं अत्यंत अन्यत्र

नहीं गए। अपने संकल्प के बल पर वह परमात्मा को अपने भीतर से प्रगट किये। वैसे भी एक निर्मल साधक या श्रेष्ठ व्यक्ति के लिए छोड़ना पाने की शर्त नहीं हो सकती। वह किसी शर्त से जुड़ कर ईश्वर को और ईश्वरी सौंदर्य को पाना नहीं चाहते थे। उन्होंने यह साबित कर दिया कि एक सामान्य व्यक्ति भी अपनी रोजी-रोटी का निर्वाह करते हुए भी परम ज्ञान को उपलब्ध हो सकता है। कबीर का जीवन अंधेरे से जूझते टकराते हुए पूर्णत्व पाने का जीवन संदेश है।

कबीर निर्गुण ब्रह्म के उपासक हैं। वे निर्गुण राम को भजते हैं। वे कर्म में विश्वास करते हैं। इस नाते वे अवतारवाद की अवधारणा का समर्थन नहीं करते। कण-कण में परमात्मा का नूर देखने वाले को अवतारवाद में विश्वास नहीं करना चाहिए, क्योंकि अवतारवाद ईश्वर और उसके ईश्वरत्व को किसी खास व्यक्तित्व में देखने का हिमायती है। ऐसी दृष्टि मनुष्यों में ईश्वर प्रकटाने की संभावना को ही खत्म कर देती है। इस तरह अवतारवादी विचारधारा मनुष्य जाति को किसी का पिछलग्गू बना देती है, और मनुष्य में ईश्वर होने की संभावना को हमेशा के लिए खत्म कर देती है। शायद इसलिए कबीर की दूरदर्शिता अवतारवाद को नकार कर निर्गुण ब्रह्म में विश्वास करती है।

कबीर का जीवन इंद्रधनुषी अनुभवों का योग है। उसमें वर्ण व्यवस्था, धार्मिक आडंबर पर पुरजोर कुठाराघात, सामाजिक समरसता पर बल और मनुष्य जीवन को मूल्यवान बनाने के अनमोल जीवन सूत्र हैं। उनमें फटकार है सहकार है और सदाचार है। उनमें योग और घट साधना है। उनमें जीवन की सात्विकता-तात्विकता है। कबीर का व्यक्तित्व प्रिज्म की तरह है, अलग-अलग कोण से देखने पर अलग-अलग रंग दिखते हैं। एक अद्‌भुत और चौंकाने वाला रंग उनके पदों में उलट बांसी का भी है, जो चौंकाता भी है और सम्मोहित भी करता है। लेकिन इस उलट बांसी के रंग को समझने जानने के लिए उसका सही निहितार्थ और अर्थ ग्रहण करने के लिए भारतीय दर्शन की ताती कथा योग परंपरा तो समझना जरूरी ही है साथ ही साथ कबीर की सूक्ष्म व्यंग दृष्टि को जाने बिना भी हम उनके उलट बांसी को आसानी से नहीं समझ सकते।

ऐसा नहीं है कि केवल कबीर ने ही उलट बांसी या उल्टी वाणी का प्रयोग अपने पदों में किया है। भारतीय साहित्य परंपरा में ऋग्वेद से उद्‌गमित होकर संस्कृत, पालि, प्राकृत, अपभ्रंश आदि भाषाओं की साहित्य धारा से गुजरते हुए सिद्धों-नाथों की वाणियों में उल्टी वाणी की यत्र तत्र चर्चाएं हैं। कबीर ने भी निर्गुण साहित्य में इस उलटबांसी को प्रतिष्ठित किया है। कबीर वाणी में उलटवेद या उलटी वेद का प्रयोग मिलता है। किंतु उलट बांसी शब्द का प्रयोग

कबीर के परिपेक्ष में आधुनिक काल की देन है। उलटबांसी शब्द की वर्तनी में 'वा' और 'बा' दोनों अक्षरों का प्रयोग देखने को मिलता है-कहीं उलटवासी तो कहीं उलटबांसी। गोरखनाथ का मानना है कि जो साधक पवन को उलट कर वाणी को पलट देते हैं। वह ब्रह्म ज्ञानी होकर अमृत का पान करते हैं और दूसरे को भी अमृत पान का संदेश देते हैं। "उलटंत पवनं वाणी, अपीव जे ब्रह्म ज्ञानी।" यही उल्टी चर्चा है। कबीरदास जी कहते हैं-

"है कोई जगत गुर ज्ञानी, उलटिवद बूझे।
पाणी में अगनि जरै, अंधेरे कौं सूझे।"

उलट बांसी के बारे में प्रचलित कथन है कि यह उलट बांसी शैली दो तीखे सींग वाली गाय है। जिसकी नोक विपरित दिशा में रहती है। देखने में तो यह गाय भयानक और डरावनी लगती है, पर मारती नहीं है। उलटबांसी कथन का विरोधी तत्व क्रिया के द्वारा स्थापित होता है। उलटबांसी का कथन लगने में अटपटा लगता है किंतु पदों में रहस्यमयता या अद्‌भुत तत्वों की प्रवृत्ति होने के कारण पदों की निहित प्रतीकात्मकता निहितार्थ एवं जीवन बोध को गंभीर करने में सहायक होते हैं। कबीर की उलट बांसी ने जीवात्मा-परमात्मा, पुरुष-प्रकृति, योग यात्रा और उसमें उत्पन्न होने वाले द्वन्दों के साथ-साथ सामाजिक विसंगतियों को भी प्रतीकों, रूपकों के माध्यम से अभिव्यक्त किया गया है। कबीर का संस्पर्श पाकर उलटबांसी शैली अधिक सक्षम, प्रभावी और कुछ हद तक संश्लिष्ट भी हुई है। संत साहित्य में इस रूप में इसका प्रचलन अधिक है। कबीर की उलट बांसी में डूबने का मजा ही कुछ और है, किंतु जिनमें गंभीर जीवन बोध नहीं है, योग दर्शन में गति नहीं है।उन्हें इन उलटबांसी में आनंद शायद ही मिले।कबीर में उलटबांसी बहुतायत में है। कुछ उदाहरण प्रस्तुत हैं-

कैसे नगरि करौं कुटवारी, चंचल पुरुष विचषन नारी।
बैल बियाइ गाय भई बांझ बछरा दूहै तीनों सांझ।
मकड़ी घर माषी छछिहारी, मांस पसारि चील्ह रखवारी।
मूसा खेवट नाव बिलइया, मींडक सोवै सांप पहरइया।
नित उठि स्याल स्यंघ सूँ झूझै, कहे कबीर कोई बिरला बूझै।
मूस बिलाई एक संग, कहु कैसे रहि जाय।
अचरज एक देखो हो संतो, हस्ती सिंहहि खाय।
एक अचंभा देखा रे भाई, ठाढै सिंह चरावै गाई।
आगे पूत पाछे भा माई, चेला के गुरू लागे पाई।
बूझो-बूझो पंडित, अमरित बानी।

बरसे कंवल भीजे पानी।

उपरोक्त पहले पद में एक नगर के रक्षा के बारे में कहा गया है, जिसमें रहने वाला पुरुष चंचल वृत्ति का है और नारी का स्वभाव विलक्षण है। मन ही चंचल है। और चंचल मन वाला ही पुरुष का प्रतीक है। श्रीमद्‌भागवत गीता में कहा गया है-"चंचलं ही मनः कृष्ण प्रमाथि बलवद् दृढम्।" इस तरह चंचल मन वाला पुरुष और विलक्षण स्वभाव वाली नारी जो की कामना की प्रतीक है, शरीर रूपी नगर का कार्य व्यापार को संभालते हुए से लगते हैं। मन ही इस नगर रूपी शरीर में संकल्प विकल्प के माध्यम से नित्य नूतन सृष्टि करता रहता है, किंतु मन के बहिर्मुखी होने से गाय रुपी सात्विक बुद्धि को निश्चित रूप से बन्ध्या बना रहना पड़ता है। क्योंकि मन की चंचलता के कारण सात्विक बुद्धि का निर्णय क्रियाशील नहीं हो पाता। इसे ही बैल का बायाना और गाय का बांझ होना कहते हैं। मन अर्थात् पुरुष के अधीन होने के कारण इंद्रियां बछड़े का रूप धारण किए रहती है अर्थात् इंद्रियां मनुष्य की सीमित चेतना को अनेक प्रकार की कामनाओं से तृप्ति का आभास कराती रहती हैं। इस तरह तीनों पहर बछड़ा रूपी इंद्रियों का दुहना जारी रहता है। यह सब चेतना शक्ति के कमजोरी के कारण होता है। जबकि माया रूपी मकड़ी के घर मक्खी रूपी वासना या प्रवृत्ति ठिठोलिया करती हैं। मक्खी का स्वभाव विषयों से चिपकने का है। वह माया रुपी संसार में इंद्री सुख भोग से जुड़कर ठिठोली करती रहती हैं। मनके कार्य व्यापार में घास लगाने वाली कुमति रूपी बिल्ली आधार के रूप में नोखा का कार्य संचालित करती है और तब वह केवट बनी हुई मूषक रूपी मन के लिए संतरण का आधार बन जाती है। वहीं भ्रम रूपी मेढक मन यह भूल जाता है कि संशय रूप सर्प उसे निगल जायेगा। बावजूद इसके वह वह सुख की नींद सोने का दंभ भरता रहता है। इस तरह विलक्षण कामना रूपी नारी (प्रकृति) के प्रभाव एवं चंचल पुरुष के कारण शरीर रूपी नगर की रखवाली अव्यवस्थित ढंग से चलते रहती है। शरीर रूपी नगर की अव्यवस्थित सुरक्षा को देखकर शृंगाल रूपी मननशील जीवात्मा (आत्म शक्ति) की प्रेरणा से सिंह रूपी प्रबल मन से सतत संघर्ष करता है। साधक को जागरूक रह कर मन और माया के खेल से निर्लिप्त होकर योग पथ पर बढ़ना होता है।

दूसरे पद में चूहा और बिल्ली एक साथ रह रहे हैं। चूहा को बिल्ली से डर नहीं लग रहा है, जबकि उसे डरना चाहिए। यहाँ माया मूस है और आत्मा बिल्ली है। एक बार बिल्ली जोर से गुर्राए तो काटने-कुतरने वाला चूहा भाग जाता है। किंतु चूहा बिल्ली को ही डरा रहा है। उसी के अगल-बगल घूम रहा है। मनुष्य

अपनी आत्मा को, उसके स्वभाव और ताकत को भूल गया है। जब मनुष्य को भान हो जाता है कि वह आत्मा है, तब माया पर वह नियंत्रण कर लेता है। वह उसे डरा देता है। किंतु ऐसा न करने से वह माया के वशीभूत होकर अपने स्वभाव को भूल कर दुखी रहता है। यहाँ सिंह भी आत्मा का प्रतीक है और हाथी माया का। हाथी का शिकार सिंह करता है, किंतु हाथी ही सिंह को शिकार बना रही है। अर्थात् माया रूपी हाथी, सिंह रूपी आत्मा को खा रही है। जबकि होना उल्टा चाहिए था। इसलिए कबीर को यह देख कर आश्चर्य होता है।

कबीर हठयोगी हैं, किंतु उनका हठयोग सहज है। इस तीसरे पद में वे कहते हैं कि मैंने एक अचंभा देखा है कि ताकतवर सिंह, जो कि जीवात्मा का प्रतीक है, गायों (इन्द्रियों) को चरा रहा है। अर्थात् विषय-वासना से विमुख होकर इंद्रियां आत्मा के अधीन काम कर रही हैं। यह शुभ संकेत है। पहले पूत के आने का अर्थ है कि पहले मनुष्य का जन्म होता है। बाद में माता आती है यहाँ माता का अर्थ माया से है। जब मनुष्य जन्म लेता है तो माया मोह उसके साथ नहीं जुड़ा होता है, किंतु माया रूपी माता का जन्म पूत के जन्मने के बाद में ही होता है। इस पद का अभिधा में अर्थ लगाने पर अटपटा लगता है किंतु इसका संकेत और निहितार्थ भिन्न है। वहीं चेला का पैर गुरु छू रहा है। यह लगने के लिए हास्यास्पद लगता है, क्योंकि गुरु को शिष्य से श्रेष्ठ माना गया है। श्रेष्ठता अहंकार का सूचक है। जबकि शिष्य समर्पण का बोध कराता है। जब गुरु को बोध हो जाता है कि शिष्य में भी परमात्मा का ही वास है तब वह शिष्य का पैर छू लेता है। इस पद में लौकिक जगत के गुरु शिष्य का संबंध नहीं है, बल्कि आत्मिक धरातल पर परमात्मा के प्रति शरणागति को रेखांकित किया गया है। आत्मा और इंद्रियों के संबंध के साथ-साथ प्रकृति और पुरुष के द्वन्द्वात्मक संबंधों की गूढ़ चर्चा इस पद में वर्णित है।

चौथा पद कबीर की बेहद चर्चित उलट बांसी में शुमार है। इतने लंबे अंतराल के बाद भी बहुतों को इस उलट बांसी का ठीक ठीक निहितार्थ नहीं मालूम है। “बरसे कंवल” का अर्थ बहुत से विद्वान और संत ओढ़ने वाले कम्बल से लगाते हैं। यह गलती वे इसलिए कर बैठते हैं क्योंकि योग पथ में उनकी गति न्यूनतम है। जबकि चेतना संपन्न साधक या योगी जब मूलाधार से अपनी योग यात्रा करता हुआ सहस्रार में प्रवेश करता है, जहाँ हजार दल के (कंवल) कमल खिले होते हैं। इन्हीं कंवल से अमृत की वर्षा होती है। इसी अमृत वर्षा से पानी भीगता है अर्थात् जीव भीगता है। यह योग की चरम और परम अवस्था है। कबीर के ऊपर सिद्ध संप्रदाय, नाथ संप्रदाय, घट साधकों एवं योगियों का विशेष प्रभाव

रहा है, इसलिए "कंवल" को ओढ़ने वाला "कम्बल" समझने की भूल करने का मतलब है कबीर के साथ अन्याय करना।

किसी रचना धर्मी के साथ अन्याय दो तरह का होता है, वह यह कि उसके चाहने वाले उसकी रचना में अपनी ओर से कुछ जोड़कर उसे महान बनाने की कोशिश करते हैं या उसकी रचना में से काट-छाट कर, उससे कुछ घटाकर लिखने-दर्शाने की कोशिश करते हैं। यह जोड़ और घटाना आने वाल समय में चतुर लोग और संगठन अपनी सुविधा के अनुसार करते पाए जाते हैं। कबीर की रचनाओं में भी बहुत कुछ जोड़ा गया सा लगता है, जिन्हें हम उप रचना के नाम से जानते हैं।लेकिन सामान्य पाठक या भावक के लिए कबीर की मूल रचना और उप रचना में फर्क करना बेहद मुश्किल है। शोधार्थी भी समय काल के अंतर्गत हुए भाषाई बदलाव के तहत कुछ सत्य का उद्घाटन कर पाते हैं। ऐसा जोड़ तोड़ करने से भले ही किसी का वैचारिक हित सधता हो किंतु रचनाकार के मूल रचनात्मक प्रदेय को जानना मुश्किल हो जाता है।

आज वैचारिक क्रांति के दौर में कई साहित्यिक और धार्मिक संगठन इस जोड़-तोड़ में सक्रिय हैं।भारतीय हिंदी साहित्य में प्रगतिशील लेखकों और आलोचकों ने कबीर को मार्क्सवादी चश्मे से देखने में कुछ अधिक ही रुचि दिखाई है। उन्हें कबीर का धार्मिक पाखंड, अंधविश्वास, जात-पात, छुआछूत एवं वर्ण संप्रदाय के विरुद्ध ललकारने और लड़ने वाला क्रांतिधर्मा रूप अधिक प्रिय लगता है। तो किसी दूसरी विचारधारा के मानने वाले उनके हठयोग और रहस्यवादी दर्शन पर रीझते और मोहित होते हैं। कबीर का समावेशी व्यक्तित्व विराट है। उनके रचनात्मक व्यक्तित्व में सबके लिए कुछ न कुछ गौरव करने लायक है। भक्तों के लिए भक्ति, रहस्य वादियों के लिए रहस्य, प्रगतिशील सोच वालों के लिए सामाजिक दर्शन और दलित चेतना के समर्थकों के लिए कबीर में वर्णाश्रम व्यवस्था और छुआ-छूत से लड़ने के लिए धारदार हथियार हैं। धर्मनिरपेक्षता के विश्वासियों के लिए सर्वधर्म समभाव का गीत है कबीर में और दार्शनिकों के लिए तत्व मीमांसा है। कबीर को जो कवि के रूप में देखते हैं, उनके लिए उनमें कविता है, गीत है, व्यंग है। कबीर सबकी उपस्थिति और मांग में शामिल हैं, इसलिए वे जीवंत हैं, शाश्वत हैं, प्रासंगिक हैं। इसलिए भी मुझे "कबीर साहब थे" कहना अच्छा नहीं लगता है। मेरे मन को "कबीर साहब हैं" कहने में अधिक प्रसन्नता होती है।

प्रोफ़ेसर पुरुषोत्तम अग्रवाल कबीर को कवि के रूप में स्वीकार कर खुश होते हैं। इसके लिए वे तर्क भी गढ़ लेते हैं। जहाँ रहस्यवादी विचारक उलट

वांसियों में जीवात्मा, परमात्मा, प्रकृति, पुरुष, इंद्रियों के साथ-साथ योग ज्ञान के दर्शन करते हैं, वहीं पुरुषोत्तम अग्रवाल के लिए इनमें सामाजिक विसंगतियों के भरपूर दर्शन होते हैं। पुरुषोत्तम अग्रवाल का कहना है कि "उलटबांसियों की "रहस्यपरक" व्याख्याएँ करने का मोह छोड़, सहजयान, तंत्र की समय संकेत सूचियों, डिक्शनरियों की सहायता से इनका अर्थ बूझने की बजाय, यदि इन्हें सहज रूप से, कविता की तरह पढ़ें, तो निश्चय ही आपकी पहली प्रतिक्रिया बेतुकेपन पर हंसने की होगी। वे कहते हैं कि उलटबांसी कबीर के हाथों के अर्थ-व्यर्थ के सतत संवाद का खुला आकाश रचने वाली लाजवाब काव्य प्रविधि बदल जाती है। इस खुलेपल में कवि तो अपने समय के बेतुकेपन पर हंसता /रोता ही है। श्रोता /पाठक भी सोच सकता है कि बेतुकापन कबीर के समय तक ही सीमित था या मेरे समय में भी है।... क्या हमारे आसपास सिंह गायों की रखवाली के दावे नहीं कर रहे? कौवे ताल नहीं दे रहे? भैसे नृत्य नहीं कर रहे? गधे चोलना पहने नाच नहीं रहे? और, ऐसी स्थिति में भी चुहिया बेचारी क्या मंगल गीत गाने को विवश नहीं है? क्या स्वयं को शेर-बब्बर समझने वाले लोग चूहों के लिए खुशी-खुशी पान लगाते नजर नहीं आते?"

वर्तमान सामाजिक और राजनीतिक विसंगतियों और विषमताओं के बीच कबीर को सामाजिक संदर्भ के रूप में पढ़ना अधिक हितकर और प्रीतकर है। कबीर की उलटबांसी आज की समाज व्यवस्था पर चोट करती हुई फिट बैठती है। इसलिए मार्क्सवादी कवियों-विचारकों की कबीर पहली पसंद हैं। इस तरह मार्क्सवादी और दलित विचारक कबीर को अपने पक्ष में खड़ा पाते हैं एक क्रांति धर्मी चेतना पुरुष के रूप में। प्रोफ़ेसर नामवर सिंह कहते हैं कि "कबीर की विद्रोही भावना स्वयं उनकी सामाजिक स्थिति की स्वाभाविक उपज थी।" चूँकि नामवर सिंह की वैचारिक बुनावट के केंद्र में प्रगतिशील मार्क्सवादी दृष्टि हैं। इसलिए उन्हें भी कबीर के विद्रोही भावना में सामाजिक स्थिति का योगदान दिखता है। वे कबीर के रहस्य और दार्शनिक पक्ष पर भी अपने गुरु हजारी प्रसाद द्विवेदी की तरह बात करते हैं किंतु दार्शनिकता को भी मार्क्सवादी क्षेत्र में लाकर खड़ा कर देते हैं। इस रूप में हजारी प्रसाद द्विवेदी, राम विलास शर्मा, नामवर सिंह, पुरुषोत्तम अग्रवाल, डॉ. धर्मवीर आदि चिंतकों-विचारकों ने कबीर को सामाजिक-राजनीतिक स्थिति-परिस्थिति से जोड़कर परखने की कोशिश की है, जो स्वाभाविक भी है और कुछ मायने में आज की जरूरतों के हिसाब से सही भी है। वैसे भी इस उत्तर आधुनिक समय और वैज्ञानिक युग में कोई प्रगतिशील विचारक आलोचक कबीर में रहस्यवाद, आत्मा, जीवात्मा, मूलाधार, सहस्रार,

एकत्व और इन्द्रियों की चर्चा करके भला क्या पुरातनपंथी कहलवाना चाहेगा?

यह अलग बात है कि प्रगतिशील और दलित बोध में डूबे कवियों-आलोचकों के लिए कबीर भले क्रांतिकारी संघर्षधर्मा लगें, किंतु सच्चाई तो यह है कि कबीर में यथार्थ और आदर्श, स्थूल और सूक्ष्म, प्रकृति और पुरुष दोनों है, और इन दोनों के मूल में मनुष्यता है। मनुष्य की पशु वृत्ति, उसका मोह, झूठ, आडंबर हटाकर ही तो देवत्व अर्थात् श्रेष्ठ मनुष्यत्व की प्राप्ति संभव है। यही कबीर का कर्म हीन कर्म है। यही उनका निर्वाण और मोक्ष भी है। यही मनुष्यता की चरम स्थिति है। यही समत्व और एकत्व है। इस दृष्टि से कबीर विश्वात्मा और अनंतता के कवि हैं। उनका धर्म सुधार-सामाजिक सुधार विराट आत्मा में शामिल होने का जरिया है। इसलिए वे कहीं बंधते नहीं, कहीं ठहरते नहीं। वे हर सीमाओं का उल्लंघन करते हुए सतत गतिशील दिखते हैं। यहाँ तक की जाप, अजपा जप और अनहद भी उस परम सत्य को पाने में उनके लिए बाधक है। और वे कहते हैं-

जाप मरे, अजपा मरे अरू अनहद मरि जाय।
सूरति समानी सबद में काल ताहिं ना खाय।।

कबीर पारे की तरह चंचल हैं। उन्हें पकड़ना कठिन है। किसी खास वैचारिक दृष्टि या संगठन से जुड़े-बंधे चिंतक-आलोचक के लिए कबीर की समग्रता और उनकी अखंडता को समझना मुश्किल काम है। आप उनमें अगर धर्म सुधार या सामाजिक सुधार के सूत्र खोजेंगे तो उनका रहस्य और आध्यात्मिक पक्ष छूट जाएगा। हाँ, जिसकी गति धरती से आकाश तक है और आकाश के परे भी है। वही कबीर को बुझ सकता है। इस लिहाज से कबीर बड़े फ्रेम के अद्‌भुत मानव हैं जिनमें गृहस्थ, संत, भक्त, सुधारक, उपदेशक, संघर्षक, आध्यात्मिक, रहस्यवादी और कवि एक साथ मौजूद है। इसलिए कबीर विद्वानों और चिंतकों को अलग-अलग रूप में दिखे तो इसमें आश्चर्य क्या? आचार्य रामचंद्र शुक्ल का विश्वास है कि "कबीर की वाणी उपदेश देती है भावोन्मेष नहीं करती।" जबकि माता प्रसाद गुप्त स्वीकार करते हैं कि' विचारों-भावनाओं की सरस अभिव्यक्ति की दृष्टि में कबीर में कविता की कमी नहीं है।' वहीं हजारी प्रसाद द्विवेदी कबीर को धर्मगुरु, संत और कवि भी मानते हुए कहते हैं कि "कबीर धर्म गुरु थे, इसलिए उनकी वाणी का आध्यात्मिक रस ही आस्वाद्य होना चाहिए।" लेकिन वे यह भी मानते हैं कि "वाणी के ऐसे डिक्टेटर को साहित्य रसिक काव्यानंद का आस्वादन कराने वाला भी समझें तो उन्हें दोष नहीं दिया जा सकता।"

और कबीर के पदों में काव्यानंद और कविताई पाने वाले भी भला कहाँ कम हैं। उन्हें निर्गुण ब्रह्म के उपासक कबीर में प्रेम और रूपासक्ति दिख ही जाती है। उन्हें "तन रति करि, मन रति करिहौं" में देह के एकमेक होने की आतुरता दिखती है, किन्तु उन्हें प्रेम का अंतिम निहितार्थ और मेटाफिजिकल प्रेम नहीं दिखता। क्या "मेटाफिजिकल लव" में प्रेम और विरह संभव नहीं है? वे निर्गुण ब्रम्हवादी कबीर के प्रेम और विरह में हाड़मांस की देह खोज लेते हैं। आखिर कबीर वैष्णव संत रामानंद के शिष्य जो ठहरे। जबकि कबीर निर्गुण राम के उपासक हैं, उनका राम तो कण-कण में विद्यमान हैं। बावजूद इसके "प्रेम" और "रूपासक्ति" के आधार पर कबीर को कवि मानने वालों में पुरुषोत्तम अग्रवाल प्रमुख हैं।

यही तो साहित्य विचार का लोकतंत्र है। यही वैचारिक स्वतंत्रता है। "जाकी रही भावना जैसी प्रभु मूरत देखी तिन तैसी।" अब देखिए न। "जाति के प्रश्न पर कबीर" पुस्तक का मुख्य सरोकार कबीर को दलित बनाए जाने की परंपरा और उसके विकास को तलाशना है। साथ ही कबीर को पिछड़ी जाति के गौरव पुरुष के रूप में प्रस्तुत करना है क्योंकि जुलाहे के रूप में पिछड़ी जाति का होकर भी कबीर ने वर्ण व्यवस्था से लोहा लिया। आजकल कबीर को अपनी मनोनुकूल खांचे में बैठाने की कोशिशें तेज हैं। वैसे तो आलोचना का कार्य समय और समाज के सापेक्ष साहित्य की मीमांसा करना होता है लेकिन प्रायोजित आलोचना वर्गीय चेतना को बढ़ावा देती है। इस दौर में कबीर का अखंडित रचनात्मक व्यक्तित्व खंडित चेतना का शिकार होने के लिये अभिशप्त सा लगता है। बावजूद इसके कबीर की वैश्विक स्तर पर व्याप्ति और स्वीकृति तेजी से बढ़ी है। यह कबीर के विराट एवं समावेशी व्यक्तित्व के कारण संभव हो सका है।

कबीर पर विचार करते हुए एच.एच.विल्सन ने अपनी पुस्तक "स्केच ऑफ रिलीजस सेक्टर्स ऑफ हिंदू" में कबीर और कबीर पंथ पर विचार करते हुए कबीर के ऐतिहासिक व्यक्तित्व पर संदेश तो व्यक्त किया है किंतु कबीर वाणी में व्यक्त ईश्वर की एकता तथा समाज दर्शन की सराहना की है। वहीं जी.एच. वेस्टकॉक ने "कबीर एंड द कबीर पंथ" में कबीर को हिंदी साहित्य का पिता घोषित किया है। जबकि टैगोर की "वन हंड्रेड पोयम्स ऑफ़ कबीर" की भूमिका में एवलिंन अंडरहिल ने लिखा है- "kabir belongs to that small group of supreme mystics-amongst whom St.Augustine, Ruysbroeck, and the Sufi poet Jalalu'ddin Rumi are perhaps the chief-who have achieved that which we might call the synthetic vision of God." इस तरह पाश्चात्य

विचारकों ने भी कबीर में कई तरह की छवियों के दर्शन किए हैं। लिंडा हैस ने कबीर को प्राथमिक रूप में कवि माना है।

सच में हमारा कबीर क्रांतिधर्मा, उपदेशक, कवि एवं आध्यात्मिक संत और रहस्यवादी के रूप में बेहद बेजोड़ और पारदर्शी है। वह जीवन मुक्ति की दशा को उपलब्ध निर्लिप्त साधक कवि है। उसकी कथनी-करनी में एकत्व ही उसकी निर्भीकता, निडरता और साहस का कारक है। उसमें न जीवन के प्रति मोह है और न ही मृत्यु से डर। उसे तो मृत्यु में भी पूरण परमानंद के मिलन का सुख दिखता है। वे कहते हैं-

जिन मरनै थै जग डरै, सो मेरे आनंद।
कब मरिहूँ कब देखिहूँ, पूरन परमानंद।

जीवन की अभिलाषा तो सब करते हैं किन्तु मृत्यु का स्वागत और उसे गले लगाने की इच्छा कबीर ही कर सकता है। जिसने होश पूर्ण जीवन जिया हो, जिसने जीवन के निहितार्थ को गंभीरता से समझा-जाना हो। उसके लिए जीवन क्या, मृत्यु क्या। उसे तो नूर ही नूर दिखता है हर जगह-इस पार भी उस पार भी। कबीर डरें भी क्यों? वे तो कहते हैं-

झीनी झीनी बीनी चदरिया।
काहे कै ताना काहे कै भरनी, कौन तार से बीनी चदरिया।
इड़ा पिंगला ताना भरनी, सुखमन तार से बीनी चदरिया।
आठ कंवल दल चरखा डोलै, पांच तत्व गुन तीनी चदरिया।
सां को सियत मांस दस लागे, ठोंक ठोंक कै बीनी चदरिया।
सो चादर सुर नर मुनि ओढ़ी, ओढि के मैली कीनी चदरिया।
दास कबीर जतन करि ओढ़ी, ज्यों की त्यों धर दीनी चदरिया।

यकीनन यह कबीर की व्यक्तिगत ईमानदारी रही है कि उन्होंने जीवन की चदरिया को बड़े जतन से ओढ़ा और अंतिम विदाई के वक्त, बिना इसमें कोई दाग लगाए, जस का तस इसे रख कर चले गए। इस लौह और बेहद डरावने समय में कबीर के ओजस्वी, साहसी और विराट व्यक्तित्व की जरूरत यह धरती पुनः महसूस कर रही है। कबीर!!! क्या तुम नहीं आओगे एक बार फिर लहरतारा में?

अध्याय-3

श्री अरविंद और 'सावित्री' की दिव्यता

जीवन में संतुलन और समन्वय की भूमिका अनिवार्य है। जब भी धरती का संतुलन बिगड़ता है, तब जगत जननी मां इसे व्यवस्थित करने के लिए अपने जीवंत गणों को यहाँ भेजती रहती हैं। यह क्रम युगों से जारी है। श्री अरविंद की भागवत उपस्थिति और उनका अवतरण विश्व मानवता के रचनात्मक एवं सकारात्मक जीवन के विस्तार के लिए हुआ है। श्री अरविंद का क्रांतिकारी और अप्रतिम यौगिक जीवन इहलौकिक और पारलौकिक दोनों का मंजुल संयोग है। श्री अरविंद स्वयं स्वीकारते हैं-"मैं समझता हूँ, सभी मानव अभिरुचियां इहलौकिक हैं, और इनमें से अधिकतर का मेरे मानसिक क्षेत्र में आगमन हुआ है और कुछ, जैसे राजनीति, मेरे जीवन में आई है, किंतु इसके साथ ही, जैसे ही मैंने मुंबई के अपोलो बंदरगाह की भारतीय भूमि पर पांव रखे, मुझे आध्यात्मिक अनुभूतियां होने लगी थीं, किंतु वे इस संसार से कटी हुई नहीं थीं, बल्कि उनकी इस पर एक आंतरिक छाप एवं असीमता की छाप थी, जैसे देश काल में परिव्याप्त असीमता का अनुभव और सब वस्तुओं और शरीरों में वास करने वाले अंतर्यामी का अनुभव। इसके साथ अति भौतिक लोकों और स्तरों में भी मेरी पहुँच रही है और उसके प्रभाव एवं परिणाम मुझे भौतिक स्तर पर देखने को मिले हैं। अत: इन दोनों के बीच जिन्हें मैंने सत्ता के दो छोर कहा है और जो कुछ उनके अंतर्गत है उनमें कोई तीव्र विच्छेद या असमाधेय विरोध है ऐसा मुझे नहीं लगा। मेरे लिए सब ब्रह्म है और मैं भगवान को सर्वत्र देखता हूँ।"

वैसे तो इस लेख का मुख्य सरोकार श्री अरविंद के काव्य पक्ष विशेषकर "सावित्री" को केंद्र में रखकर कुछ विचार विश्लेषण करने का है, किंतु "सावित्री" जैसे विश्व के महानतम महाकाव्य की यौगिक भूमि की चर्चा करने के पूर्व श्री अरविंद के सूर्यदीप्त व्यक्तित्व की मनोभूमि और उस साधनात्मक विकास गति को समझना भी बेहद जरूरी है जिसकी परम उपलब्धि के रूप

में पीड़ित मानवता के लिए "सावित्री" और "द लाइफ डीवाइन" का अमृत प्रसाद मिल सका।

सन 1910 में पांडिचेरी पहुँचने के पूर्व के श्री अरविंद के जीवन में संघर्ष, द्वन्द्व, विलक्षणता एवं क्रांतिधर्मिता के साथ-साथ भारतीयता एवं भारत माता के प्रति समर्पण एवं न्योछावर का भाव है। ब्रिटिश संस्कृति, विचारों, आदतों, आदर्शों के रंग में रंगे पिता श्री कृष्णधन घोष और माता स्वर्णलता देवी की संतान श्रीअरविंद का जन्म मनमोहन घोष के घर कलकत्ते में 15 अगस्त 1872 को कृष्ण जन्माष्टमी के दिन, लगभग पांच बजे सुबह, हुआ था। भारत में उनकी शिक्षा दार्जिलिंग के आइरिश सन्यासियों के स्कूल "लोरेंटो कान्वेंट स्कूल" में शुरू जरूर हुई, किंतु 1879 में श्री कृष्णधन घोष ने अपने तीनों लड़कों को इंग्लैंड ले जाकर श्रीमान और श्रीमती ड्रेवेट (Drewett) के संरक्षण में पढ़ने-लिखने के लिए छोड़ आये। 'मैनचेस्टर ग्रामर स्कूल' में श्री अरविंद के दोनों भाई अध्ययन जरूर किए परंतु वे उस स्कूल में कभी नहीं गए। हाँ, लैटिन के प्रकांड विद्वान ड्रेवेट ने श्री अरविंदो को लैटिन की शिक्षा घर पर ही दी। वहीं लंदन के 'सेंट पॉल स्कूल के प्रधानाचार्य ने उन्हें ग्रीक पढ़ाने का कार्य किया। सेंट पॉल स्कूल में अपने अध्ययन के अतिरिक्त श्रीअरविंद ने अंग्रेजी काव्य साहित्य एवं गल्प तथा फ्रेंच साहित्य के अलावा प्राचीन, मध्य एवं अर्वाचीन यूरोप के इतिहास के अनुशीलन में गहरी रुचि दिखाई। इटैलियन, जर्मन और स्पेनिश सीखने के लिए भी उन्होंने अपना कुछ समय निकाला। कविता लिखने में उनकी विशेष रूचि थी। 'किंग्स कॉलेज' में ग्रीक और लैटिन कविता आदि विषयों के वर्ष भर के पुरस्कार प्राप्त करने में वे सफल रहे। किंग्स कॉलेज से क्लासिकल ट्राईपोस की परीक्षा प्रथम श्रेणी में उत्तीर्ण होकर पदवी प्राप्त की। लंदन में पढ़ाई के दौरान श्री अरविंद का स्कूली जीवन कष्ट में बीता। उल्लेख मिलता है कि पूरे "एक वर्ष तक प्रातः काल सैंडविच के एक दो स्लाइस, रोटी और मक्खन तथा एक प्याला चाय और शाम को एक पेनी का कबाब यही उनका भोजन रहा।"

श्री अरविंद के लिए पिता के मन में इच्छा थी कि वे आई.सी.एस. बने, किंतु उनकी प्रवृत्ति सिविल सर्विस में जाने की नहीं थी। वे आई.सी.एस. की परीक्षा उत्तीर्ण जरूर किए परन्तु घुड़सवारी के लिए अयोग्य सिद्ध करने का उपाय निकाल लिए। उन्होंने शायद ऐसा इसलिए किया ताकि अंग्रेज के अधीन होकर उन्हें कार्य न करना पड़े। इस तरह श्री अरविंद अपने को संवेदनशील ज्ञान पिपासु के रूप में विकसित करते रहे। "वे 20 वर्ष की आयु से पूर्व ग्रीक और लैटिन तथा अंग्रेजी और फ्रेंच भाषाओं पर पूर्ण अधिकार प्राप्त कर चुके थे और जर्मन

तथा इटैलियन जैसी रूसी भाषाओं का भी कुछ परिचय प्राप्त कर चुके थे।"

चूँकि श्री अरविंद के पिता पेशे से डॉक्टर, बौद्धिक और सजग इंसान थे। इसलिए वे "बंगाली" नामक अंग्रेजी समाचार पत्र बेटों के पढ़ने के लिए इंग्लैंड भेजते थे, जिसे पढ़कर श्री अरविंद अंग्रेजों के दुर्व्यवहार के कारण ब्रिटिश सरकार को हृदयहीन सरकार कह कर उसकी निंदा करते थे। मात्र 11 वर्ष की अवस्था में ही श्री अरविंद को इस बात का तीव्र अनुभव हो गया था कि जगत में एक सार्वभौम उथल-पुथल और महान क्रांतिकारी परिवर्तनों का समय आ रहा है और स्वयं उनका भी उस में भाग लेना देव निर्दिष्ट है। भारत के प्रति उनकी संवेदना गहरी होती जा रही थी। लंदन में रहने वाले भारतीय विद्यार्थियों द्वारा "Lotus and Dagger"-"कमल और कटार" नामक संस्था, जो भारत को स्वाधीन कराने की दिशा में कुछ न कुछ कार्य करने के लिए बनाई गई थी, श्री अरविंद भी उसके सदस्य थे। ऐसा प्रतीत होता है कि इंग्लैंड में रहते हुए उनकी मैत्री बहुत कम लोगों से थी, अत्यंत घनिष्ठता शायद किसी से न थी। हाँ, इंग्लैंड में रहते हुए अंग्रेजी भाषा और यूरोपीय विचार एवं साहित्य से उनकी आसक्ति थी किन्तु देश के रूप में इंग्लैंड से नहीं थी।

श्री अरविंद 1893 से 1906 तक बड़ौदा रियासत के लिए कार्य करते रहे। महाराज गायकवाड़ के निजी सचिव के पद पर वे कभी नियुक्त नहीं हुए, न ही भूमि व्यवस्था विभाग में अधिकारी के रूप में ही कार्य किए, बल्कि उन्हें काम सीखने के लिए उसमें रखा गया था। रियासत के कॉलेज में कुछ समय तक फ्रेंच पढ़ाने के लिए उन्हें रखा गया और फिर बाद में अंग्रेजी के नियमित प्राध्यापक के रूप में उन्होंने सेवाएँ दीं, और अंत में वाइस प्रिंसिपल के पद पर नियुक्त हुए। इस दौरान महाराज को जब चिट्ठियां लिखने, भाषण तैयार करने या सरकारी मसविदा तैयार करने की आवश्यकता होती, तब वे श्री अरविंद की सहायता लेते थे। किन्तु उनकी नियुक्ति महाराज के निजी सचिव के पद पर नहीं हुई थी केवल एक बार महाराज अपनी कश्मीर यात्रा के समय श्री अरविंद को सचिव के रूप में साथ ले गए थे। यह सच है कि श्री अरविंद योग्यता और प्रतिभा के धनी थे। वे बहुमुखी प्रतिभाशाली तथा कार्य में क्षिप्र और कुशल थे।

श्री अरविंद की गहन अध्ययनशीलता और ज्ञान पिपासा ने उन्हें गंभीर व्यक्तित्व का स्वामी युवावस्था में ही बना दिया था। वे "बड़ौदा कॉलेज संघ" के सभापति के रूप में भाषण दिया करते थे, और बड़ौदा छोड़ने के पहले तक वे संघ की कुछ वाद-विवाद सभा का सभापतित्व भी समय-समय पर करते रहे। उनका लैटिन, फ्रेंच और अंग्रेजी भाषा पर विशेष अधिकार था, लेकिन उन्हें

अपनी मातृभाषा बंगाली का ज्ञान बड़ौदा आने के पूर्व तक नहीं रहा, किंतु बड़ौदा प्रवास के दौरान बंगला सीखने का अभ्यास उन्होंने स्वयं किया। इस कार्य में दिनेंद्र कुमार राय ने उन्हें सहायता पहुँचाई।

'बड़ौदा निवास के समय श्री अरविंद ने प्रभावशाली लोगों तथा महत्वपूर्ण नेताओं से संपर्क स्थापित किये। वे यह देखने के लिए बंगाल गए कि वहाँ पुनरूज्जीवन की कितनी आशा है, जनता की राजनीतिक स्थिति क्या है और वास्तविक आंदोलन की कोई संभावना है या नहीं। वे कतिपय अग्रगण्य नेताओं के साथ मिलकर राजनीतिक आंदोलन के लिए कुछ ऐसी संस्थाएँ संगठित करने का कार्य कर रहे थे जो आंदोलन का समय आने पर कार्यक्षेत्र में उतर पड़ें'। इस यात्रा के पीछे देश की सामान्य मनोवृत्ति एवं क्रांतिकारी आंदोलन की संभावनाओं को टटोलना रहा होगा।

कुछ विचारकों का मानना है कि श्री अरविंद सशस्त्र क्रांति में विश्वास नहीं करते थे, किंतु श्री अरविंद का यदि उग्र क्रांति में विश्वास न होता तो वे गुप्त संस्था में कदापि सम्मिलित न होते जिसका उद्देश्य ही था राष्ट्रीय विप्लव की तैयारी करना। 'वे अंग्रेजों के विरुद्ध मध्ययुगीन फ्रांस के संघर्ष और अमेरिका तथा इटली को स्वतंत्रता दिलाने वाले विद्रोहियों का बड़े चाव से अध्ययन किए थे। उन्हें अपनी अधिकांश प्रेरणा इन आंदोलनों तथा इनके नेताओं से विशेषकर जान डार्क और मेजिनी से प्राप्त हुई थी। यह जरूर है कि सार्वजनिक कार्यों में उन्होंने असहयोग एवं निष्क्रिय प्रतिरोध को स्वतंत्रता संग्राम के एक साधन के रूप में अपनाया परंतु वह केवल इसी को एकमात्र साधन नहीं मानते थे। वे खुले विद्रोह की तैयारी के रूप में गुप्त क्रांतिकारी कार्य बराबर करते रहे ताकि निष्क्रिय प्रतिरोध यदि स्वतंत्रता संग्राम के लिए अपर्याप्त सिद्ध हो तो खुली क्रांति शुरू की जा सके।

बड़ौदा में सेवा के दौरान ही गुप्त रूप से स्वतंत्रता आंदोलन में वे सक्रिय थे। आंदोलन में नरम दल का नेतृत्व गोपाल कृष्ण गोखले, दादा भाई नौरोजी और रानाडे कर रहे थे। इनका उद्देश्य देश को वैधानिक रियायतें दिलाना था। गरम दल का नेतृत्व बाल गंगाधर तिलक, लाला लाजपत राय और विपिनचंद्र पाल के हाथों था। इसके साथ ही क्रांतिकारी शक्ति अर्थात् स्वतंत्रता की देवी की पूजा करते थे जिनका नेतृत्व भूपेंद्रनाथ दत्त और सिस्टर निवेदिता गुप्त रूप से कर रहे थे। श्री अरविंद को नरम दलवालों की "भिक्षांदेहि प्रवृत्ति" अच्छी नहीं लगती थी। फलतः के.जी. देशपांडे के संपादकत्व में प्रकाशित "इंदु प्रकाश" में 'न्यू लैंप फार द ओल्ड' शीर्षक से उत्तेजना पूर्ण लेख लिखकर नरम दल के कैंप में

हलचल मचा दी। उनका मानना था कि मुट्ठी भर अंग्रेजों को देश से भगाया जा सकता है। इसके लिए वे हिंसा, अहिंसा, नैतिक और अनैतिक किसी भी साधन को अपनाने के पक्ष में थे।

बंग भंग आंदोलन 1905 में शुरू हुआ। श्री अरविंद बड़ौदा की अपनी 700 रूपये माहवारी की नौकरी छोड़कर कोलकाता के राष्ट्रीय कालेज में प्राचार्य के रूप में सेवाएँ देने लगे। जबकि यहाँ उन्हें मात्र 150 रुपया प्रतिमाह वेतन मिलता था। श्री अरविंद देशवासियों को जगाने के लिए वंदे मातरम, युगांतर, नवशक्ति, धर्म और कर्मयोगी जैसी पत्र-पत्रिकाओं में ओजस्वी लेख लिख कर भारत माता के प्रति सबके दिलों में बलिदान और त्याग का भाव जगाने में सफल रहे। देश के युवाओं में समर्पण और बलिदान का जज्बा देखकर ब्रिटिश सरकार की नींव हिलने लगी। और देखते-देखते "वंदे मातरम" आजादी का मंत्र बन गया। इस दौरान श्री अरविंद अंग्रेजों से आर-पार की लड़ाई लड़ने के मूड में दिखते हैं। सशस्त्र विद्रोह की तैयारी करना, संपूर्ण राष्ट्र को स्वाधीनता के आदर्श की दीक्षा देना तथा स्वदेशी आंदोलन, राष्ट्रीय शिक्षा, असहयोग और निष्क्रिय प्रतिरोध के द्वारा विदेशी शासन का सार्वजनिक और संयुक्त रूप से विरोध कर उन्हें कमजोर करने वाली नीतियां श्री अरविंद के राजनीतिक हथियार के रूप में इस्तेमाल किये। आगे चलकर गांधी जी ने भी स्वदेशी आंदोलन असहयोग और निष्क्रिय प्रतिरोध को अपने राजनीतिक जीवन में अपनाया। इस तरह देश हित में आजादी के आंदोलन के लिए बहुत सारे विचारों और सिद्धांतों की नींव श्रीअरविंद ने ही रखी। जवाहरलाल नेहरू ने ठीक ही लिखा है-"बंग-भंग के विरुद्ध उत्पन्न आंदोलन ने अपने सभी सिद्धांत और उद्देश्य श्री अरविंद से प्राप्त किए और इसने महात्मा गांधी के नेतृत्व में होने वाले महान आंदोलनों के लिए आधार तैयार किया।"

1906 के भारतीय राष्ट्रीय कांग्रेस के कोलकाता अधिवेशन में श्री अरविंद और उनके साथियों ने पूर्ण स्वराज प्राप्ति के लक्ष्य का प्रस्ताव पारित करवाया। इससे अंग्रेजी हुकूमत तिलमिला गई। उसके कान खड़े हो गए और वह ऐन-केन-प्रकारेण श्री अरविंद को दंडित करने की सोचने लगी। उसे बहाना भी मिल गया दंडित करने का। एक घटना घटी-मुजफ्फरपुर के जिला जज किंग्स फोर्ड ने "संध्या" पत्र के संपादक ब्रह्म माधव को मरवा दिया जिसका बदला लेने के लिए क्रांतिकारियों ने उनकी गाड़ी में बम फेंका, किंतु धोखे से यह बम उनकी गाड़ी पर न गिर कर कुमारी कैनेडी और श्रीमती कैनेडी पर गिरे। चूँकि क्रांतिकारियों के अगुआ वारीन्द्र घोष के भाई होने के नाते श्री अरविंद को बिना

किसी अपराध के अन्य कुल 36 युवकों के साथ 04 मई सन् 1908 को अलीपुर जेल में कैद कर दिया गया। पूरे एक वर्ष तक उन पर और अन्य क्रांतिकारियों के ऊपर हत्या व देशद्रोह का मुकदमा चलाया गया। उनमें से कुछ को फांसी की सजा मिली तो कुछ को काला पानी की सजा।

अलीपुर जेल श्री अरविंद के जीवन में दिव्य एवं रचनात्मक अनुभूतियों की प्रयोगशाला सिद्ध हुई। भगवान वासुदेव के दिशा निर्देश एवं दर्शन और कण-कण में वासुदेव की उपस्थिति का बोध श्री अरविंद को इसी कारावास के दौरान हुए। वैसे तो बड़ौदा-काल में श्रीअरविंद स्वामी हंसस्वरूप, सद्गुरु ब्रह्मानंद जी और माधव दास जी के संपर्क में आए, किंतु 1904 तक वे योगाभ्यासी नहीं थे। श्री अरविंद को बड़ौदा जीवन काल के दौरान योग की पहली दीक्षा उन्हें एक महाराष्ट्रियन योगी श्री भास्कर ले ने दी थी। कवे अपने विचारों को स्पष्ट रूप देने के लिए योग आरंभ नहीं किए थे, बल्कि ऐसी आध्यात्मिक शक्ति प्राप्त करने के लिए समुत्सुक थे जो उन्हें सहारा दे और उनके पथ को आलोकित करे। धीरे-धीरे उनका विश्वास दृढ़ हो गया कि "योग ही उनके अपने "गहरे दुःख" और मनुष्य जाति की नाना व्याधियों की एकमात्र औषधि है।"

जब श्री अरविंद मानिक लता बम केस में गिरफ्तार होकर अलीपुर जेल में कैद किए गए। वे 04 मई 1908 से 05 मई 1909 तक अन्वीक्षाधीन (Under Trial) कैदी थे।मजिस्ट्रेट थार्नहिल के आदेशानुसार काल कोठरी में भेजे जाने का हुक्म हुआ और 9 बाई 6 फीट की कोठरी में काटने पड़े दिन। इसी कारावास में डायरी लिखी जो "काराकाहिनी" के नाम से विख्यात है, जिसमें श्री अरविंद ने जेल की हालत का कुछ इस तरह वर्णन किया है-"वह ग्रीष्म ऋतु का समय था, मेरे छोटे से कमरे में वायु के प्रवेश की बिल्कुल ही मनाही थी, किंतु मई के महीने की उग्र और प्रचंड धूप बिना किसी रोक-टोक के मेरे कमरे में आ सकती थी। वह मेरा छोटा सा कमरा थोड़ी ही देर में एक जलती हुई भट्टी के समान हो जाता था। उस भट्टी में सिद्ध होते-होते जल की उत्कट प्यास को कम करने का एकमात्र उपाय उस टिन की बाल्टी का गर्म जल था। मैं बार-बार उसी को पीता था। प्यास तो कहाँ बुझ सकती थी, वरन् पसीना निकलने लगता था और फिर प्यास भड़कती थी परंतु किसी-किसी के आंगन में एक मिट्टी का घड़ा रखा हुआ था। वे लोग उसको पूर्व जन्म की तपस्या का फल समझकर अपने को धन्य समझते थे। उस अवस्था में घोर पुरुषार्थवादी को भी अनिष्ट पर विश्वास करना ही पड़ता था।"

प्रतिकूल स्थिति-परिस्थिति के बावजूद श्रीअरविंद के लिए जेल दिव्य

अनुभूतियों का आश्रम साबित हुआ। जेल के भीतर अनुभूति में श्री कृष्ण प्रकट होकर बोलते थे–'मैं तुम्हें जेल में इसलिए ले आया हूँ कि जिससे तुम राजनीति छोड़ कर अपने सही काम में जुट सको, उस काम में जिसके लिए धरती में तुम्हारा जन्म हुआ है। राजनीति तुम्हारा धर्म नहीं है। तुम्हारा धर्म तुम्हारे भीतर है। उसे ही तुम्हें अभिव्यक्त करना है। राजनीतिक आंदोलन को आगे बढ़ाने के लिए दूसरा व्यक्ति आ रहा है जो यथा समय प्रकट हो जाएगा।' जेल के दौरान श्री अरविंद वेद, उपनिषद, गीता आदि आध्यात्मिक ग्रंथों का अध्ययन जारी रखे। उनका मानना है कि उन्हें जेल के भीतर रात को स्वामी विवेकानंद का लगातार 15 दिनों तक गीता का उपदेश सुनाई दिया। "जेल में ही उन्हें भगवान कृष्ण की विश्वानुभूति हुई। उन्हें सर्वत्र कृष्ण ही कृष्ण के दर्शन होने लगे। कालकोठरी में, जेल की दीवारों में और हत्यारे, चोर डाकू, कैदियों में, पेड़–पौधों तक में, सब जगह उन्हें वासुदेव के ही दर्शन होने लगे। न्यायालय ले जाने पर उन्हें मजिस्ट्रेट तथा सरकारी वकील में भी नारायण ही दिखे। अनुभूति में मानो भगवान उनसे कह रहे थे कि उन्हें उनका पूरा संरक्षण प्राप्त है। श्री अरविंद निश्चिंत होकर अदालत के कटघरे में लगभग समाधिस्थ रहते थे।" इस मुकदमे में विलक्षण कैदी श्री अरविंद की ओर से वकील सी.आर.दास थे। मुकदमे की पैरवी करते हुए श्री दास ने जज को संबोधित करते हुए कहा था कि 'जो युवक आपके सामने मुजरिम के रूप में खड़ा है। वह मानवता के इतिहास में अमर रहेगा। जबकि आप और हम विस्मृति के गर्भ में विलीन हो जाएँगे। इसलिए मैं कहना चाहता हूँ कि मुद्दत बाद जब यह विवाद निरवता की गोद में खो जाएगा। यह आंदोलन खत्म हो जाएगा। मुद्दत बाद जब यह आदमी मर जाएगा और यहाँ नहीं होगा। यह देश भक्ति के कवि के रूप में, राष्ट्रीयता के मसीहा के रूप में, मानवता के प्रेमी के रूप में याद किया जाएगा। उसके न होने के मुद्दत बाद उसके शब्द ध्वनित–प्रतिध्वनित होते रहेंगे न केवल भारत में बल्कि समुद्र और देश की सीमाओं के पार उसकी अनुगूँज उठती रहेगी। इस लिए मैं कहता हूँ कि इस प्रतिष्ठा का आदमी (श्री अरविंद) इस अदालत के सामने नहीं, इतिहास के सर्वोच्च न्यायालय के सामने खड़ा हैं।' श्री सी.आर.दास की यह भविष्यवाणी सत्य साबित हुई।श्री अरविंद रिहा कर दिए गए और मानवता के इतिहास ने सचमुच ही उन्हें सम्मान के शिखर पर हमेशा–हमेशा के लिए प्रतिष्ठित कर दिया।

श्री अरविंद को समय–समय पर भगवान वासुदेव से आदेश निर्देश मिलते रहे। जेल के बाहर आने पर जब ब्रिटिश सरकार उनके विरुद्ध चारों ओर जाल

फैलाकर पुनः फसाने की सोच रही थी, तभी उन्हें भारत की सीमा से बाहर चले जाने का परमात्मा की ओर से आदेश मिला और वे तुरंत रातों रात गंगा को नाव से पार कर चंद्रनगर, फ्रेंच कालोनी पहुँच गए। वहाँ श्री मोतीलाल राय के घर थोड़े दिन बिताने के बाद पुनः पांडिचेरी के लिए "डूप्ले" जहाज पर सवार होकर रवाना हो गए, और 04 अप्रैल 1910 को पांडिचेरी पहुँचकर गहन आध्यात्मिक साधना में डूब कर विश्व मानवता के हितार्थ अपने जीवन को समर्पित कर दिया।

अलीपुर जेल से छूटने के बाद श्री अरविंद का पहला महत्वपूर्ण भाषण उत्तरपाड़ा में हुआ। यह कोलकाता का एक प्रसिद्ध क्षेत्र है। इस उत्तरपाड़ा के भाषण में उन्होंने अपने जेल जीवन का आध्यात्मिक अनुभव सुनाया और साथ ही देश को सच्ची राष्ट्रीयता, विशेषकर आध्यात्मिक राष्ट्रवाद का संदेश दिया। यह उत्तरपाड़ा अभिभाषण उनके जीवन में नये मोड़ का परिचायक है। जेल में हुए ईश्वरीय बोध को उन्होंने लोगों को बताया। उन्होंने कहा कि वासुदेव जी ने उनसे जेल में निर्देश दिए है–"जिन बंधनों को तोड़ने की शक्ति तुममें नहीं थी उन्हें तुम्हारे लिए मैंने तोड़ दिया है क्योंकि मेरी यह इच्छा नहीं है और न थी ही कि ये कार्य जारी रहे। तुम्हारे करने के लिए मैंने दूसरा काम चुना है और उसी के लिए मैं तुम्हें यहाँ लाया हूँ ताकि मैं तुम्हें यह बता सिखा दूँ जिसे तुम स्वयं नहीं सीख सके और तुम्हें अपने काम के लिए तैयार कर लूँ।" ऐसा कहकर भगवान ने मेरे हाथ में गीता रख दी। श्री अरविंद ने अपने ओजस्वी भाषण में कहा कि 'सनातन धर्म तो स्वयं जीवन है। यह इतनी विश्वास करने की चीज नहीं है जितनी जीवन में उतारने की चीज है। यही वह धर्म है जिसका लालन–पालन मानव जाति के कल्याण के लिए प्राचीन काल से इस प्रायद्वीप में एकांतवास में होता रहा है। भारत का जीवन सदा ही मानव जाति के लिए रहा है। उसे अपने लिए नहीं बल्कि मानव जाति के लिए महान होना है। जिसे हम हिंदू धर्म कहते हैं वह वास्तव में सनातन धर्म है, क्योंकि यही वह विश्वव्यापी धर्म है जो दूसरे सभी धर्मों का आलिंगन करता है। यदि कोई धर्म विश्वव्यापी न हो तो वह सनातन ही नहीं हो सकता। सनातन धर्म ही हमारे लिए राष्ट्रीयता है। धर्म के लिए और धर्म के द्वारा ही भारत का अस्तित्व है। धर्म की महिमा बढ़ाने का अर्थ है देश की महिमा बढ़ाना।'

धर्म की महिमा को देश की महिमा के साथ जोड़कर देखने का श्री अरविंद का आशय बेहद गंभीर, समावेशी और व्यापक है। उनका धर्म पाखंड, आडंबर और धर्म के नाम पर शोषण नहीं है, बल्कि उनका धर्म जीवन जीने की श्रेष्ठ आचरण पद्धति है, जहाँ ऊंच–नीच, भेद–भाव की दीवार नहीं है। जहाँ सबके

लिए असीम प्रेम और करुणा का भाव है। कुछ तथाकथित प्रगतिशील और मार्क्सवादी "धर्म" का नाम सुनकर ही चीढ़ जाते हैं, मुंह गिरा लेते हैं, उसकी निंदा करते हैं। जबकि श्री अरविंद के धर्म और राष्ट्र के अर्थ और निहितार्थ को तथा धर्म की धार्मिकता को गंभीरता से समझने की जरूरत है। क्या धर्म के बिना भी मनुष्य जीवन अर्थवान हो सकता है? धर्म कोई जड़, स्थिर और पाखंड की चीज नहीं है, बल्कि यह उदात्त, प्रेमपूर्ण जागरूक एवं गतिशील जीवन यात्रा है। मानव को महामानव में रूपांतरित करने के पवित्र स्वप्न लेकर और आध्यात्मिक राष्ट्रवाद के उन्नयन को चरितार्थ करने के लिए श्री अरविंद दक्षिण की ओर प्रस्थान कर गए।

इस तरह दक्षिण के प्रसिद्ध योगी नगाई जप्ता की भविष्यवाणी पूरी हुई, क्योंकि के.वी.आर.आयंगर ने पूछा था-"स्वामी जी आपके न होने पर मेरी साधना का निदेशक कौन होगा?" श्री आयंगर के प्रश्न पर योगी नगाई जप्ता जी एक क्षण चुप रहे, फिर उन्होंने कहा-"कुछ वर्षों बाद एक उत्तर योगी इधर आएँगे। तुम अपनी साधना में उनसे सहायता लेना।" यह उत्तर योगी कोई और नहीं, बल्कि श्री अरविंद ही थे, जिन्होंने अगस्त्य ऋषि की तरह उत्तर से दक्षिण की ओर यात्रा की।

जीवन की गति बड़ी न्यारी है। यह इतनी संश्लिष्ट और अबूझ है कि इसे आसानी से समझा नहीं जा सकता है। सभी वैज्ञानिक प्रगतिशीलता के बावजूद भी यह आज भी पहेली बनी हुई है। इस तरह इसका पहेली बने रहना, परत-दर-परत खुलने के बाद भी परत-दर-परत का शेष रह जाना ही जीवन का सौंदर्य है। जीवन सौंदर्यमयी है। क्या पता था कि भारत की सभ्यता और संस्कृति को नकार कर जिस पिता ने श्रीअरविंद को भारत और उसकी भारतीयता से दूर रखने की कोशिश की थी, वही अरविंद उस भारतीय संस्कृति का अप्रतिम गायक और उन्नायक बनेगा, बनेगा एक अद्‌भुत योगी-महर्षि। श्री अरविंद के जीवन का उद्देश्य बहुत गंभीर और आध्यात्मिक चेतना के लिए समर्पित था। राष्ट्रीय आंदोलन को अप्रत्याशित गति देने के बाद उन्हें विश्वास हो गया था कि एक अदृश्य शक्ति भारत को अंग्रेजों के चंगुल से मुक्त ही करा देगी। इसलिए मुझे जो निर्दिष्ट कार्य करने हैं, उसे करने के लिए राजनीति से दूर होना पड़ेगा। श्री अरविंद ने कहा है "मैंने राजनीति इसलिए नहीं छोड़ी कि मैं आगे कुछ नहीं कर सकता था। यह विचार तो मेरे पास तक कभी फटका ही नहीं। मैं इसलिए चला आया कि कोई भी चीज मेरे योग में हस्तक्षेप न करें और फिर इसलिए कि इसके लिए मुझे सुस्पष्ट आदेश प्राप्त हुआ था।"

श्री अरविंद के व्यक्तित्व से यह साफ जाहिर है कि उनकी प्रतिभा बहुमुखी थी। वे विश्व साहित्य, दर्शन, संस्कृति के गंभीर अध्येता, महान साहित्यकार, दार्शनिक, योगी, आध्यात्मिक चेतनात्मक मेघा के शिखरपुरुष रहे। वे जहाँ, जब तक, जिस रूप में कार्य निष्पादन किये, वे वहाँ पूरे समर्पण और उत्सर्ग के साथ डटे रहे। आजादी के राष्ट्रीय आंदोलन के दौरान भारत के क्षितिज में उज्जवल नक्षत्र की तरह चमके। अपने प्रकाश की समुज्जवल ज्योति से उन्होंने कन्याकुमारी से लेकर हिमालय तक की भूमि को आप्लावित कर दिया। यही कारण रहा कि बिपिन चंद्र पाल ने उन्हें "प्रमुख" की संज्ञा देते थे और राष्ट्रीय आंदोलन में उनकी भूमिका के लिए उन्हें भगवान द्वारा निर्दिष्ट व्यक्ति मानते थे। बाल गंगाधर तिलक का भी कहना था कि आत्मत्याग, ज्ञान और सच्चाई में श्री अरविंद के समान कोई नहीं है। यह तो ईश्वर की कृपा है कि श्री अरविंद जैसे लोग राष्ट्रीय कार्य की ओर आकर्षित हुए।

कभी-कभी न चाहते हुए भी उस परम ब्रह्म, सर्वशक्तिमान नियंता पर विश्वास करना ही पड़ता है। वही मनुष्य की बुद्धि में उपस्थित होकर उसकी दिशा फेर देता है। कहने के लिए भले इस संसार का कोई व्यक्ति उसका दिशा निर्देशक बने या माना जाये। किंतु सच्चाई तो यही है कि वही संसार में हर रूपों में विद्यमान है। जेल में रहने के दौरान ही श्री अरविंद को "सर्व खलविदं ब्रह्म" की अनुभूति होती रही। श्री अरविंद कहते हैं-"ईश्वर प्रत्येक धातु में, पृथ्वी में और कीचड़ में विद्यमान है। मैंने इसे बहुत सफलतापूर्वक अनुभूत किया और उसी में खो गया। मेरे लिए उसी दिन से कैदखाना कैदखाना नहीं रह गया। अनुभूति में लगा कि मनुष्य, गाय, चींटी, चिड़िया सब चलते, उड़ते, गाते तथा बातें करते हैं, किंतु वह सब प्रकृति का केवल एक खेल है। इन सबों के भीतर एक महान निर्मल निर्लिप्त आत्मा शांतिमय आनंद में निमग्न है। कभी-कभी ऐसा बोध होता था कि मानो भगवान उन वृक्षों के नीचे आनंद की बांसुरी बजाते हैं और उनकी मधुरता में मेरे हृदय को अपनी ओर खींच रहे हैं। मुझे सर्वदा यही प्रतीत होता था कि मानो कोई मुझे आलिंगन किए हुए है। कोई मुझे अपनी गोद में लिए हुए है।"

इस तरह पांडिचेरी पहुँचने के पूर्व ही उन्हें श्री कृष्ण का साक्षात्कार हो गया था, और पांडिचेरी में योग साधना के दौरान वे वासुदेव बोध में डूबे रहे। सन 1939 में "कृष्ण" शीर्षक से उन्होंने एक कविता भी लिखी-

"मैंने अमर वे सुहाने नेत्र देखे हैं प्रिय के
उन्मादकारी बांसुरी का राग भी सुना है सदा

विस्मय का महानंद कभी नहीं मरता है
कसक एक उठती है, मौन रह जाती है।
कभी नहीं, कभी नहीं राग बंद होता है
आश्चर्य भरी खुशियों से जिंदगी सिहरती है
प्रकृति समूची एक विस्तृत प्रतीक्षा है नाथ की
आयें वे, छूवें इसे लेकर आलिंगन में
इसको कृतार्थ करें"।

श्री अरविंद के लिए आडंबरहीन सनातन धर्म का बोध और शिखर-दर-शिखर चेतना की अनुभूति का होना श्रीकृष्ण बोध नहीं तो और क्या है? उन्होंने पांडिचेरी को योग, साधना, चिंतन-मनन, परम मौन, आत्मोपलब्धि और संसिद्धि की तपोभूमि बनाया। अपनी सार्थक उपस्थिति से सुवासित किया। इसमें योग दिया फ्रांस से आई मीरा अल्फांसा ने, जो श्री अरविंद के योग साधना से जुड़ कर जन-जन में "मां" के रूप में प्रसिद्ध हुई। यह वह ऋषि भूमि है, यह आध्यात्मिक कर्म भूमि है, जहाँ श्री अरविंद ने विश्व मानवता को स्वर्ग के भूमि करण का मंत्र सिखाया। भविष्यत पीड़ित मानवता के लिए "सावित्री" और "द लाइफ डिवाइन" जैसा अमूल्य अमृत उपहार दिया।

योग साधना के माध्यम से वैयक्तिक मुक्ति आसानी से प्राप्त की जा सकती है। अकेले की मुक्ति सरल है, किंतु सार्वजनिक मुक्ति की साधना असाध्य है, कठिन है। इसी असाध्य को साधने का श्री अरविंद ने बीड़ा उठाया, और इस कार्य के लिए पांडिचेरी उनकी योगास्थली बनी। वे भारत माता की स्वतंत्रता के लिए आध्यात्मिक शक्ति जुटाने एवं मानवता के कल्याण के लिए आजीवन साधना रत रहे। श्री अरविंद का संपूर्ण योग पलायन एवं जीवन से विमुखता का योग नहीं है, बल्कि वह जीवन के प्रति सार्थक जुड़ाव पैदा करने वाला गंभीर कर्म योग है। वे नवीन चेतना का सूत्रपात करने वाले आत्मदर्शी योगी हैं। जीवन के प्रति संवेदनशील भागवत दृष्टि ने उनमें विश्वात्मा के द्वार खोले। इसी समावेशी संचेतना के कारण वे उद्भावी विचार और मांत्रिक कविता के स्वामी बने। उनकी अंतर्दृष्टि ने यह देख लिया कि बिना विप्लव के बिना ही भारत स्वतंत्र हो जाएगा। उन्होंने कहा था कि इसका निर्णय चेतना के उर्ध्व लोक में हो चुका है, इसे नीचे उतरने में थोड़ा समय लग सकता है। इस रूप में, इस विश्वास के साथ वे पांडिचेरी की योग यात्रा की। राष्ट्र की आध्यात्मिक पूर्णता के लिए वे सतत क्रियाशील रहे और इसमें सहयोगी बनीं करूणामयी श्रीमां। श्री अरविंद के योग में मां के साधना की व्याप्ति पूर्ण योग का सूचक है।

भारत योग, दर्शन और अध्यात्म की भूमि है। आत्मसाक्षात्कार की भूमि है। युगों-युगों से विश्व मन को इसकी उर्वरा अपनी ओर आकर्षित करती रही है। यहाँ के योगी, विचारक, चिंतक बहुतों के लिए आदर्श एवं मार्गदर्शक बने हैं। इस रूप में भारत भूमि मार्गदर्शिका है, दिशा निर्देशिका है। 29 मार्च, 1914 को फ्रांस से श्रीमाता योग साधना में संसिद्धि के लिए अपने पति पाल रिचार्ड के साथ श्री अरविंद से मिलने भारत आयीं। श्रीअरविंद को देखकर उन्हें ऐसा लगा मानो उन्होंने अपने श्रीकृष्ण को पा लिया है। अब इन्हीं के साथ जीवन की शेष आध्यात्मिक यात्रा पूरी करनी है। उन्होंने प्रथम भेंट में ही श्री अरविंद के प्रति आत्मसमर्पित कर दिया, किन्तु 1914 में प्रथम विश्वयुद्ध छिड़ जाने के कारण उन्हें अपने देश फ्रांस वापस लौटना पड़ा। जापान प्रवास के दौरान योगिनी श्रीमां की भेंट रविंद्र नाथ टैगोर से हुई। उन्होंने मां को भारत आकर शांतिनिकेतन का दायित्व लेने के लिए आमंत्रित किया, किंतु मां ने बड़ी विनम्रता पूर्वक उनके अनुग्रह को अस्वीकार कर दिया। जापान से मां पांडिचेरी 14 अप्रैल 1920 को पहुँची, और भारत को हमेशा-हमेशा के लिए अपनी आत्मभूमि मानकर फिर कभी बाहर नहीं गई। उनकी इतिहास प्रसिद्ध उद्घोषणा से हम सब परिचित हैं-"जन्म और प्रारंभिक शिक्षा से मैं फ्रेंच हूँ। अपनी इच्छा और रूचि से मैं भारतीय हूँ। सन 1914 से ही जब मैं पहली बार भारत आई, मैंने अनुभव किया कि भारत ही मेरा असली देश है। यह मेरी आत्मा और अंत:करण की भूमि है। भारत की सच्ची नियति है जगत का गुरु बनना।"

श्री अरविंद के सानिध्य में 1920 से लेकर 24 नवंबर 1926 तक पूरे 6 वर्ष तक श्रीमां ने कठिन साधना की। 24 नवंबर 1926 श्रीअरविंद के योग जीवन की महत्वपूर्ण घटना है। इसी दिन उनके भीतर श्री कृष्ण चेतना का अवतरण हुआ। इस अधिमानसी चेतना के ऊपर मां भगवती का धाम है। इसे ही अतिमानस चेतना के नाम से जाना जाता है। योग की भाषा में इसी अतिमानसी चेतना से सृष्टि और ब्रह्मांडों की रचना और उसका संचालन जगत जननी मां करती हैं। जगत के रूपांतरण के लिए, उसके दिव्यीकरण के लिए इसी अति मानसी चेतना का धरती पर अवतरण कराना श्री अरविंद के योग जीवन का परम ध्येय रहा। 24 नवंबर 1926 को श्री अरविंद को यह दिव्य बोध हुआ कि अतिमानस चेतना यदि धरती पर पदार्थ में उतर सकती है तो अति मानस चेतना का अवतरण भी धरती पर संभव है। इसे ही वे स्वर्ग का भूमि करण कहते हैं। जीवन में दिव्य रूपांतरण इसी चेतना से फलीभूत होगा। 24 नवंबर को परम बोध की, परम सिद्धि की उपलब्धि के बाद श्री अरविंद अतिमानस चेतना की साधना में पूरी

तरह डूब गए। आश्रम का दायित्व श्रीमां को सौंपकर वे गुप्त वासी हो गए। केवल 15 अगस्त को अपने जन्मदिन पर, 21 फरवरी को श्रीमां के जन्मदिन पर और 24 नवंबर अर्थात् सिद्धि दिवस पर अपने साधना कक्ष से बाहर निकलकर सार्वजनिक रूप से भक्तों और जिज्ञासुओं को दर्शन देते थे। इस तरह योग साधना के साथ ही शब्द-ब्रह्म की साधना भी अनवरत रूप से इस अलौकिक साधक के जीवन में चलती रही।

इस दिव्य कर्माचरण में श्रीमां श्री अरविंद के दिव्य संकल्पों के साथ सदैव क्रियाशील रहीं। श्री मां कहती हैं कि "आचरण की एक बूंद सिद्धांतों, सलाहों और दृढ़ संकल्पों के समुद्र से अच्छी है। जानना अच्छा है, करना और भी अच्छा है तथा वही हो जाना परिपूर्णता है।" परिपूर्ण व्यक्ति खंड-खंड में जीवन नहीं जीता है। उसके जीवन में एक निरंतरता, एक सात्विक अविरल प्रवाह होता है। फलत: श्री अरविंद ने संपूर्ण जीवन को ही योग कहा है। श्री मां ने कहा है-"योग का अर्थ है भगवान से एकता, और यह एकता आत्मोत्सर्ग द्वारा आती है। तुम्हें हमेशा यह अनुभूति होनी चाहिए कि तुम जो कुछ सोचते या करते हो, उसमें हमेशा भागवत चेतना ही तुम्हारे द्वारा कार्य करती है। इस अनुभूति को प्राप्त कर लेने पर अत्यंत सामान्य से सामान्य वस्तु अर्थपूर्ण हो जाती है और तुम्हारी दृष्टि के सामने एक विशाल छितिज खोल देती है। हमेशा भगवान की उपस्थिति में ही निवास करो। इस अनुभूति में रहो कि यह उपस्थिति ही तुम्हारी प्रत्येक क्रिया को गति देती है और जो कुछ तुम करते हो उसे वही कर रही है। अपनी समस्त गतियों का इसी के प्रति उत्सर्ग करो। यही सच्चा कर्म योग है।"

जीवन को अर्थपूर्ण बनाने के लिए, इसके पोर-पोर में दिव्यता भरने के लिए श्री अरविंद ने आधुनिक युग में महायोग की साधना की। दुनिया के ज्ञान-विज्ञान का गहन अध्ययन कर उनके सत्य को अपनी साधना से जांचा परखा। साथ ही भारतीय संस्कृति बोध को आत्मसात कर उसे नई गरिमा प्रदान की। बुद्ध के संन्यास-निर्वाण व शंकर के मायावाद को नकार कर "ईशावास्यमिदं सर्वम्" की सद्भावना जागृत कर धरती के अमृत संतानों को सार्थक पहचान दिलाने के लिए अपना आत्म उत्सर्ग कर दिया। मानव जाति के लिए एक नया देवोपम मार्ग प्रशस्त करने में अपनी अहम भूमिका निभाई, जिस पर चलकर मनुष्य जाति दिव्य जीवन को प्राप्त कर सके।

श्री अरविंद अपने जीवन के परम ध्येय के प्रति पहले से ही सतर्क थे। उनके लिए योग, साधना और तपस्या जीवन के उत्तरार्ध का कर्म नहीं था, बल्कि उनके लिए पूरा जीवन ही योग और साधना का पर्याय रहा। उनकी मन:स्थिति

का आभास 30 अगस्त 1905 को पत्नी, मृणालिनी देवी को लिखे पत्र के पत्रांश से स्पष्ट होती है-

प्रियतमा मृणालिनी,

जिसके भाग्य के साथ तुम्हारा भाग्य जुड़ा हुआ है वह बड़े विचित्र ढंग का मनुष्य है। मेरे तीन पागलपन है। पहला पागलपन-मेरा दृढ़ विश्वास है कि भगवान ने हमें जो गुण, जो प्रतिभा, जो उच्च शिक्षा, विद्या और जो धन दिया है वह सब भगवान का है, जो परिवार के भरण-पोषण में लगता है और जो नितांत आवश्यक है उतना ही अपने लिए खर्च करने का मुझे अधिकार है, बाकी शेष भगवान को लौटा देना उचित है। यदि मैं सब अपने लिए, अपने सुख और विकास के लिए खर्च करूं तो मैं चोर कहलाऊंगा।

मैं अब तक पशु वृत्ति और चौर्य वृत्ति करता आ रहा था, इसे अब जान गया हूँ। यह जानकर बड़ा अनुताप और अपने ऊपर घृणा हो रही है, अब और नहीं, वह पाप मैंने जन्म भर के लिए छोड़ दिया है। इस दुनिया में समस्त देश मेरे द्वार पर आश्रित हैं, इस देश में मेरे तीस कोटि भाई-बहिन हैं, उनमें से बहुत अनाहार से मर रहे हैं, अधिकांश कष्ट और दुख से जर्जरित होकर किसी तरह बचे हुए हैं, उनका हित करना होगा।

दूसरा पागलपन हाल ही में सिर पर सवार हुआ है : चाहे जैसे भी हो भगवान का साक्षात दर्शन प्राप्त करना। आजकल का धर्म है बात-बात में भगवान का नाम लेना, सबके सामने प्रदर्शन करना, लोगों को यह दिखाना कि मैं कितना धार्मिक हूँ। वह मैं नहीं चाहता। ईश्वर यदि है तो उसके अस्तित्व को अनुभव करने का, उसका साक्षात दर्शन प्राप्त करने का कोई ना कोई पथ होगा, वह पथ कितना भी दुर्गम क्यों न हो, उस पथ पर चलने का मैंने दृढ़ संकल्प कर लिया है।

तीसरा पागलपन है : अन्य लोग स्वदेश को एक जड़ पदार्थ, कुछ मैदान, खेत, वन, पर्वत, नदी भर मानते हैं। मैं स्वदेश को मां मानता हूँ, उसकी भक्ति करता हूँ, पूजा करता हूँ। मां की छाती पर बैठकर यदि कोई राक्षस रक्तपान करने के लिए उद्धत हो तो भला बेटा क्या करता है? निश्चिंत हो भोजन करने स्त्री पुत्र के साथ आमोद-प्रमोद करने के लिए बैठ जाता है या मां का उद्धार करने के लिए दौड़ पड़ता है? मैं जानता हूँ कि इस पतित जाति का उद्धार करने का बल मेरे अंदर है। इस भाव के साथ ही मैं जन्मा था, यह भाव मेरी नस-नस में भरा है, और भगवान ने इसी महाव्रत को पूरा करने के लिए मुझे पृथ्वी पर भेजा है।"

ऐसे लोगों की संख्या बहुत कम होती है जो धरती पर अपने अवतरण को

मूल्यवान ढंग से लोक हितकारी बना पाते हैं। जो शरीर या प्राण के तल पर ही केवल रहते, सोचते या जीते हैं। उनके लिए यह करना बेहद मुश्किल हो जाता है, या यूँ कहें कि उनका "पागलपन" कल्याणकारी नहीं हो पाता। हाँ, जो इस तल से ऊपर उठकर आत्मा के तल पर स्वार्थ रहित जीवन जीते हैं, वे दूसरे की जीवन चेतना में भी रूपांतरण कर पाते हैं। श्री अरविंद के जीवन और उनके योग का लक्ष्य मनुष्य की चेतना में परिवर्तन करना रहा है, उसे उर्ध्वमुखी बनाने के लिए वे योग की कुंजी मनुष्य जाति को प्रदान की। चेतनात्मक विकास की गति चूँकि धीमी होती है, इसलिए श्री अरविंद की चेतना संबंधी देन का पता विश्व मानवता को, मनुष्य जाति को धीरे-धीरे लगेगा, और इसमें कोई संदेह नहीं है कि समावेशी और प्रेमपूर्ण जीवन के लिए उनके द्वारा प्रदान की गई रूपांतरण की विधियों को अपनाकर ही हम अमृत संतान का गौरव बचा पाएँगे। मनुष्य की चेतना के विकास की गति अभी तक उत्तरोत्तर विकसित होती रही है। इसलिए मानव की यात्रा को महामानव बनने की यात्रा के रूप में देखने का जो सुंदर सपना श्री अरविंद ने देखा है, वह अवश्य ही पूर्ण होगा, इसमें संदेह नहीं करना चाहिए। सत्य के पर्याय सत्यवान की आत्मा को मरने से हमेशा-हमेशा के लिए बचाया जा सकता है, बशर्ते प्रेम, समर्पण एवं त्याग की मूर्तिरूपा का कवच "सावित्री" के रूप में सदैव हमारे पास हो। सत्य को पाने की अभिप्सा यदि हम सबके मन में गहरी हो तो मृत्यु के देवता को भी लोभ रहित प्रेम और त्याग के आगे झुकना ही पड़ता है। सावित्री की कहानी सत्य के लिए प्रेम के संपूर्ण न्योछावर और जीत की कहानी है।

विश्व के चर्चित लेखक और विचारक कार्लाइल ने भविष्यवाणी की थी कि 'आधुनिक युग में कवि और विद्वान की सच्चे हीरो के रूप में पूजा होगी।' उनका यह कथन श्रीअरविंद पर सही मायने में सटीक बैठता है। श्री अरविंद अपनी बौद्धिक निष्ठा, सत्य के प्रति प्रेम और जीवन और मृत्यु की समस्याओं के प्रति अपने अखंड दृष्टिकोण के कारण हमारे सच्चे नायक हैं। उन्होंने "सत्यम-शिवम-सुंदरम्" के दर्शन का अपनी भागवत कविता में प्रयोग कर उसे प्रेरणा, आनंद और शिक्षा का माध्यम बनाया। इस रूप में वे ऋषि और दिव्य पुरुष ही नहीं, बल्कि योगी कवि और कवि योगी हैं। वे मानव जाति को ईश्वर द्वारा दिए गए अमूल्य उपहार हैं, जिन्होंने मनुष्य के लिए ज्ञान और विचार के नए प्रकाश द्वार खोले। जिसने अपनी अखंड विचार दृष्टि और समावेशी कल्पना से यथार्थवाद को आदर्शिकृत किया और आदर्श को जागतिक यथार्थ से जोड़ा। श्री अरविंद न तो कवि बनने के लिए कविताएँ लिखीं, न दार्शनिक बनने के लिए

दर्शन की बातें कीं और न ही भारतीय संस्कृति का उन्नायक और प्रणेता बनने के लिए विश्व संस्कृतियों के आधारों को जांच परखकर उन पर विचार व्यक्त किये। उनके मन-प्राण में परम सत्य को, अति मानसिक चेतना को धरती पर उतारने की दृढ़ अभीप्सा शुरू से ही बलवती रही है। जिसकी पूर्ण और सफल परिणति हम "द लाइफ डिवाइन" और "सावित्री" में शिद्दत से महसूस करते हैं।

वैसे तो श्री अरविंद का जीवन 18 वर्ष की अवस्था से ही गंभीर जीवन दृष्टि एवं विशेष आध्यात्मिक चिंतन से संपन्न रहा है। फलतः उनके लिए देश भौगोलिक भूमि का टुकड़ा न होकर आध्यात्मिक भूमि रही है, जिसका संकेत उनकी शुरुआती कविताओं, लेखों एवं भाषणों में स्पष्ट रूप से मिलता है, किंतु पांडिचेरी में बिताया गया उनका ऋषिवत जीवन योग और परम चेतना के विकास के लिए के लिए पूर्णतः समर्पित रहा है। इस रूप में "सावित्री" का प्रणयन उनकी आध्यात्मिक और यौगिक पराकाष्ठा का मांत्रिक विस्तार है। पूरी धरती को स्वर्ग बनाने की दिव्य इच्छा से भरपूर है। लेकिन यह कार्य आसान नहीं है। स्वर्ग का भूमि करण धरती पर रहने वाले प्राणियों, विशेषकर मनुष्य के चेतनात्मक विकास से ही संभव है। स्वर्ग को धरती पर उतारने के लिए मनुष्य को चेतना के स्तर पर अनिवार्य रूप से ऊपर उठना ही होगा। तभी होगा स्वर्ग का भूमि करण, तभी प्राप्त होगा दिव्य जीवन।

श्री अरविंद 15 अगस्त 1924 को अपने जन्मदिन के अवसर पर कहे हैं-"हम एक ऐसे योग का अभ्यास कर रहे हैं जो दूसरी पद्धतियों से बिल्कुल भिन्न है। पुरानी पद्धतियों के हिसाब से आपको ज्ञान, संवेग या इच्छाशक्ति में से किसी एक को चुनना होता था या फिर पुरुष (ब्रह्म) और प्रकृति (माया) को अलग-अलग करने का प्रयत्न करना होता था। इसके माध्यम से हम असीम चैतन्य को या सर्वप्रिय सर्वशक्तिमान को, ईश्वर को या असीम निरवैयक्तिक इच्छाशक्ति को या शान्त शून्य ब्रह्म को अपने सीमित ज्ञान, संवेग, भावनात्मक सत्ता या इच्छाशक्ति अथवा व्यक्तिगत पुरुष को अतिक्रांत करके उपलब्ध कर सकते थे। हमारा योग निरवैयक्तिक असीम चैतन्य को, इच्छाशक्ति को या आनंद को अपना लक्ष्य नहीं मानता, बल्कि हम एक ऐसी सर्वोच्च सत्ता को उपलब्ध करना चाहते हैं, जिसका ज्ञान हमारे सीमित असीम मानवीय ज्ञान से परे है, जिसकी असीम शक्ति हमारी समूची इच्छा शक्तियों का स्रोत है, और वह आनंद जो कभी भी हमारे संवेगों के समूह के क्रियाशील रहते उपलब्ध नहीं हो सकता।. .. हमारा प्राणिक शरीर बहुत धैर्यहीन और चतुर होता है। यह चीजों को जल्दी

से जल्दी निपटा लेना चाहता है। इससे बड़ी खतरनाक प्रक्रिया होती है। अतः सफलता पाने के लिए जरूरी है कि हम अपनी मानसिक और प्राणिक सत्ता को उच्चतर ज्योति और उस शक्ति के सामने पूर्णतः समर्पित कर दें।"

यह सच है कि जब भी कोई अपनी मानसिक और प्राणिक सत्ता को उच्चतर ज्योति को समर्पित करने के लिए आगे बढ़ता है, तब आसुरी शक्तियां अड़चन डालती है, विघ्न बाधाएँ खड़ी करती हैं। सांसारिक सुख के प्रलोभनों से लुभाती हैं, किंतु श्री अरविंद अपने दिव्य लक्ष्य की ओर अडिग भाव से बढ़ते रहे। अपनी कविता "द गॉड्स लेबर" (देवता का श्रम) में वे चुनौतियों और अपनी इच्छाओं को रेखांकित किये हैं-

"I have been digging deep and long
Mid a horror of filth and mire
A bed for the golden river' s song
A house for deathless fire".
("त्रास भरे इस कीच बीच में खोज रहा मैं
पतली लंबी एक डगर
उतरे जिससे स्वर्ण नदी का गीत मनोहर
मृत्युहीन ज्वाला का घर"।)

श्री अरविंद का व्यक्तित्व लालच लोभ से सदैव परे रहा है। वह व्यक्ति जो भी लालच लोभ की सीमाओं के पार चला जाता है, उसे राक्षसी वृत्तियाँ अपने जाल में नहीं फंसा पाती हैं, लेकिन ऐसा करने के लिए मनुष्य को प्राण और मन की चेतना के ऊपर उठना होता है, तभी रूपांतरण संभव होता है। और इसी रचनात्मक रूपांतरण के बलबूते आत्मा अमर ज्योति का महासूर्य बन पाती है। ऋषि कवि अपनी एक कविता "ट्रांसफारमेशन" अर्थात् "रूपांतरण" में कहते हैं-

I am caught no more in the senses' narrow mesh
My soul unhorizoned widens to measureless sight
My body is God's happy living tool,
My spirit a vast sun of deathless light.
("अब मैं इन्द्रियों के संकीर्ण जाल में नहीं फंसा हूँ
न ही मेरी आत्मा के लिए क्षितिज रेखा है कोई
मेरा तन जागृत-प्रसन्न है यंत्र देव का
मेरी आत्मा अमर ज्योति का महासूर्य है।")

आजकल धर्म के ठेकेदार, पंडा-मौलवी आत्मा की बात तो करते हैं लेकिन बटवारे की राजनीति कर संकीर्ण भेदभाव की दीवार भी खड़ा करते हैं। इसलिए

न उनकी आत्मा और न उनके पीछे चलने वालों की आत्मा महासूर्य नहीं बन पातीं। वाकई जिनकी आत्माएँ महासूर्य की तरह हैं, उनके लिए फिर भेद-भाव का प्रश्न कहाँ रह जाता है। दिव्य रूपांतरण के लिए खुले मन-विचार का होना जरूरी है, और जरूरी है आत्मा की दिव्यता भी। ऐसा नहीं है कि श्रीअरविंद वैज्ञानिक खोजों-अनुसंधानों के पैरोकार नहीं है, किंतु विज्ञान के एकांगी दृष्टि से कुछ चिंतित जरूर लगते हैं। फलत: वे आत्मा की अमरता में विश्वास करते हैं। वे "डिसकवरीज ऑफ साइंस" अर्थात् "विज्ञान के अनुसंधान" कविता में कहते हैं-

"हमारा विज्ञान अमूर्त है
नीरस है संक्षिप्त है
जीवित समग्र को काटकर
वह सूत्रों में विभक्त करता है
इसके पास मानस है मस्तक है
लेकिन आत्मा नहीं है
हर वस्तु का जो शिल्पित
बाहरी आकार है
विज्ञान उसे ही देखता है
लेकिन गहराइयों को जाने बिना
संसार जाना कैसे जा सकता है?
दृश्य का मूल अदृश्य में है
और अदृश्य का जो अर्थ है
उसे हर अदृश्य किसी गंभीरतर दृष्टि में
छुपाए हुए है ...
इस अथाह को थाहो,
वहाँ तुम्हें एक अस्तित्व मिलेगा,
जो अनंत है, अनाम है, नीरव है, अज्ञेय है।"

श्री अरविंद का जीवन अदृश्य और अथाह को जानने और थहाने का जीवन है। उनकी सतत योगिक तपस्या अज्ञेय अस्तित्व को साकार करने की तपस्या है। उस परम अस्तित्व का बोध कराने के लिए वे "इन्विटेशन" (आमंत्रण) कविता में जनरव का आवाहन करते हैं-

"With wind and weather beating round me
Up to the hill and the moorland I go.
Who will come with me? Who will climb with me?

Wade through the brook and tramp through the snow?......
Who would like largely? Who would live freely?
Here to the windswept Uplands ascend".

("झंझा का भीषण झकोर
मौसम की है मार चतुर्दिक
चला जा रहा मैं मरुस्थल के पार
पहाड़ों के ऊपर
कौन चलेगा मेरे संग? कौन चढ़ेगा मेरे संग?
उसे पार करना होगा जल का तीव्र प्रवाह
बर्फ के कठिन व्यूह....
विराट और स्वतंत्र जिंदगी
जीने की हो चाह अगर
झंझाओं से धुली तुंग चोटी पर तुम्हें बुलाता हूँ।")

श्री अरविंद असंभव को संभव बनाने वाले महाकवि हैं। वे अकेले की मुक्ति में विश्वास नहीं करते थे। सामूहिक मुक्ति के अनवरत प्रयास से ही धरती पर दिव्यता का वास होगा, ऐसी दृढ़ भावना उनमें थी। उनका पूरा जीवन परम दिव्य चेतना को प्रतिष्ठापित करने में ही बीता। चेतना के सर्वोच्च शिखर पर स्वर्णिम पताका फहराने वाले वे भारत के ही नहीं, विश्व के इकलौते चेतस पुरुष हैं।उनकी साधना मृत्यु के विरुद्ध जीवन का पाठ है। यही कारण है कि मृत्यु का देवता यमराज अंततः जीवन की प्रेम वेदी के सम्मुख घुटने टेक देता है। भगवती सावित्री का जीवन संघर्ष इसका जीता जागता प्रमाण है। "ए गॉड्स लेबर" कविता में भी उत्तरोत्तर गहरे उतरने के संकेत दिए हैं। वे चाहते हैं कि मानव पीढ़ी परम अस्तित्व केबोध के लिए उस विराट अस्तित्व की महिमा को समझे बुझे जो सारे अस्तित्वों क अस्तित्व है, सारे प्राणों का प्राण है, सबकी धूरी है। जैसे जे. कृष्णमूर्ति ने कहा है कि 'Truth is pathless land.' इसी तरह श्री अरविंद ने भी पहले ही कह दिया था कि-

"A voice cried, "Go where none have gone!
Dig deeper, deeper yet
Till thou reach the grim foundation stone
And knock at the keyless gate."

("जाओ वहाँ, जहाँ पर कोई अब तक नहीं गया था।
खोदो, खोदो, ध्वनि कहती है, आगे सत्य कहीं है।
पहुँचो नीचे उस पत्थर पर, जिस पर नींव टिकी है।
दस्तक दो उस दर पर, जिसकी कुंजी कहीं नहीं है।")

युग पुरुष श्री अरविंद की दृष्टि केन्द्रीय आधार पर केंद्रित रही है। जागतिक माया के चलते संसारियों की दृष्टि जहाँ मुश्किल से जा पाती है।उस अलौकिक चेतना के शिखर पर वे अपनी दिव्य दृष्टि जीवन पर्यंत गड़ाए रहे। वे ईश्वरीय आभा के गहन बोध से गुजरे और उस प्रकाश को शब्द बीज के रूप में जीवन की बगिया में बो गये। भविष्यत पीढ़ी उस प्रकाश जल से अपने को अभिसिंचित कर महामानव बनने के सोपानों को तय कर लेगी, इसमें संदेह नहीं है। किंतु इसके लिए मानव जाति में दिव्य अभीप्सा जागृत करनी होगी।श्री अरविंद ने तो सम्पूर्ण मानव जाति के लिए वह सत्याग्नि कठोर तपस्या से प्राप्त की है। वे "ए गाड्स लेबर" में कहते हैं-

"Bringing the fires of the splendour of God
Into the human abyss."
"Heaven's fire is lit in the breast of the earth
And the undying suns here burn."
("ले आया आखिर पावक मैं ईश्वरीय आभा का।
और उसे बो दिया मनुष्य के अगम, अगाध, अतल में।"
"दीप्त हो उठा अनल स्वर्ग का पृथ्वी की छाती में।
अमर सूर्य अब तो जलता है इसी मृत्ति वेदी पर।")
"A little more and the new life's doors
Shall we carved in silver light
With its aureate roof and mosaic floors
In a great world bare and bright. "
("तनिक और है देर, द्वार-पट इस नवीन जीवन के
रचित-खचित होंगे प्रकाश से चंद्रभूति आभा से।
छत होगी स्वर्णाभ और गच होगा मणिकुट्टीम का
सारा जगत प्रकाशमान होगा अपरूप विभा से।")

श्री अरविंद की रचनात्मक जीवन यात्रा अद्‌भुत है। उनके लेखन और विचारों से हम उनके जीवन दृष्टि का स्पष्ट संकेत पाते हैं। यह सच है कि श्री अरविंद ने गहरी योग साधना से अपने पार्थिव तत्व को भी आध्यात्मिक तत्व में बदल दिया। यह किसी चमत्कार से कम नहीं रहा है। यह जरूर है कि 1872 से पांडिचेरी जाने के पूर्व का समय अर्थात् 1910 तक और पांडिचेरी पहुँचकर महा प्रयाण तक के उनके कुल समय को दो भागों में बांटा जा सकता है- सामाजिक-राजनीतिक समय और आध्यात्मिक-योगिक समय। श्री अरविंद का सामाजिक और राजनीतिक व्यक्तित्व सबके सामने प्रकाशित रहा है, किंतु 1910 के बाद, विशेषकर उनके अंत के 25 वर्ष के काल को रहस्य और गोपन का

काल कहा जा सकता है। कुल मिलाकर, पांडिचेरी के एकांतवास में बिताए गए 40 वर्षों की मूल्यवान अवधि को और उस अवधि में हुए उनके व्यक्तित्व में आध्यात्मिक योगिक बदलावों, उपलब्धियों और परिवर्तनों का ठीक-ठीक अनुमान लगा पाना बेहद कठिन है। ए.बी. पुराणी ने लिखा है-"उनकी रचनाएँ उनके मानसिक व्यक्तित्व का प्रतिनिधित्व करती हैं। उनकी प्रतिभा की सर्वोन्मुखीनता, बुद्धि की अतल स्पर्शिनी शक्ति, अभिव्यक्ति की असाधारण क्षमता, उनकी गहरी ईमानदारी, उद्देश्य की एकनिष्ठता आदि उनकी रचनाओं के पाठकों के अनुभव में आ सकती हैं। वह मानसिक स्तर पर यह भी देख सकता है कि वे कैसे ससीम में असीम को उतार लेते हैं। उनके व्यक्तित्व का एक-दूसरा गत्यात्मक पक्ष आश्रम को संस्था के रूप में लाने में देखा जा सकता है। किंतु उनका बाह्य या यूँ कहें मानवीय व्यक्तित्व प्रायः ही बाहरी लोगों के लिए अनजाना रह गया है।"

क्या वाकई पांडिचेरी में बिताए गए श्री अरविंद के समय का आकलन बेहद कठिन है? वैसे भी मनुष्य की आंतरिक चेतना के विकास को और उन उपलब्धियों को दूसरों के द्वारा देखा जाना कठिन है। वे दिख भी नहीं सकती हैं, किंतु इस दौरान उनके द्वारा किए गए लेखन और उन लेखन में उतरने वाली उनकी अनुभूतियों, मानसिक चेतनात्मक यात्राओं और संघर्षों को जाना तो जा ही सकता है। यह सच है कि श्री अरविंद का लेखन बहुत ही कठिन और दुरूह इसलिए भी है क्योंकि जिस मानसिक भाव भूमि और मनोदशा से गुजर कर ऐसा दिव्य लेखन संभव हुआ है, उसे जानने के लिए कम से कम भावक या पाठक को उस तल की संश्लिष्टता और गांभीर्य को समझना जरूरी है। उसके लिए विशिष्ट तैयारी चाहिए। ऐसा इसलिए भी क्योंकि बहुमुखी प्रतिभा में, अभिव्यक्ति की उच्चता में, श्रेष्ठ काव्यात्मक गुणों में, व्यक्ति और समाज के गहन चिंतन बोध में, जीवन की सूक्ष्मता और संश्लिष्टता में, समावेशी संस्कृति की तात्विकता में, दार्शनिकता और आध्यात्मिकता में वे बेजोड़ और अतुलनीय हैं। उन्होंने प्राच्य और पाश्चात्य दोनों के मूल्यवान जीवनदायी आदर्शों एवं प्रवृत्तियों को विवेकपूर्ण ढंग से आत्मसात कर, उन्हें आधुनिक मनोवैज्ञानिक शब्दावली में ढालकर "अति मानस" के रूप में लोकहित के लिए उपस्थित किया है। उनके जीवन का सारा प्रयोजन पार्थिवता को स्वर्गीय रूप देने में रहा है। यहाँ स्वर्गीय रूप देने का आशय इंद्र के दरबार, वहाँ की अप्सराओं एवं भौतिक सुख भोग जैसे जीवन से नहीं है, बल्कि यह प्रेम, करुणा, समता, ममता, पारस्परिकता, भाईचारा, त्याग एवं समर्पण युक्त जीवन से है। उनका विश्वास था कि अधि मानसिक एवं अति

मानसिक चेतना के विकास के साथ इन मूल्यों का विकास स्वाभाविक रूप से संभव है।

इस आधुनिक समय में 'जहाँ सारा संसार ही जल रहा है', वहाँ विश्व की मानवीय, बौद्धिक, आध्यात्मिक, दार्शनिक, काव्यात्मक एवं रचनात्मक संपदा को आत्मसात कर उसे मानव जाति के लिए "रीक्रिएट" करने वालों में श्री अरविंद का नाम अग्रगण्य हैं। विश्व के कोने-कोने में आँख गड़ाकर देखने और खोजने पर भी इन जैसा महान योगी और शब्द-ब्रह्म का अप्रतिम साधक मिलना मुश्किल है। श्री अरविंद की उपस्थिति और उनका लेखकीय प्रदेय अद्‌भुत, अद्वितीय और अगम्य है। द सीक्रेट ऑफ वेदा, द हिम्स ऑफ मिस्टिक फायर, द फाउंडेशन ऑफ इंडियन कल्चर, द सिंथेसिस ऑफ योग, द लाइफ डिवाइन, द फ्यूचर पोयट्री और सावित्री उनकी विश्व के लिए विशिष्ट देन है।

श्री अरविंद की "सावित्री" ओवरहेड पोयट्री है। यह मान्त्रिक कविता है। यह श्री अरविंद जैसे महामानव की तपस्या से निकली मानव कल्याण कारिणी, जीवन प्रदायिनी शब्द गंगा है। श्री मां ने लिखा है-"सावित्री पढ़ने का अर्थ है योगाभ्यास। इसके लिए आध्यात्मिक एकाग्रता चाहिए। किसी को भी यहाँ वह सब कुछ मिलेगा जो ईश्वर को पाने के लिए जरूरी होता है। योग का प्रत्येक चरण यहाँ अंकित है। यही नहीं इसमें अन्य योगों का रहस्य भी समाहित है। वस्तुतः यदि कोई एक-एक छंद में व्यक्त सत्य का अनुसरण करे, तो वह निश्चय ही अंत में पूर्ण रूपांतर के द्वारा अति मानसिक सिद्धि को प्राप्त कर सकता है। यह एक ऐसा सच्चा निर्देशक है जो कभी भी साधक का साथ नहीं छोड़ता, उसकी सहायता हमेशा प्राप्त होती है जो इस पथ पर चलना चाहता है। 'सावित्री' का प्रत्येक छंद मंत्र दर्शन है जो उस सब कुछ को अतिक्रांत कर जाता है जिसे अब तक मनुष्य ने ज्ञान के रूप में प्राप्त किया है। और मैं जोर देकर कहना चाहती हूँ, इसके शब्द इस ढंग से नियोजित किए गए हैं कि उनसे उत्पन्न पवित्र लयात्मकता तुम्हें वहाँ ले जाती है जो वाक्य का उद्‌गम है अर्थात् ओम्।"

"सावित्री", महाकाव्य, मृत्यु पर विजय का शुभ संदेश देने वाली विश्व की अनुपम और अनूठी कृति है। सावित्री श्री अरविंद और श्री मां के पूर्ण योग का दिव्य फल है। इसमें वेदांत, सांख्य और तंत्र है। इसमें ज्ञान, भक्ति और कर्म योग है। इसमें वेद, उपनिषद और गीता है। इसमें द्वैत, अद्वैत और विशिष्टाद्वैत है लेकिन निराले प्रतीक संयोजन और प्रस्तुति के साथ। अभी तक योग और योगियों का लक्ष्य जीवन विमुख होकर एकांत समाधि में लीन होना रहा है। किंतु "सावित्री" में पूरा का पूरा जीवन योग रूप में प्रस्तुत किया गया है। योग संसार और जीवन

से भागकर छिपने के लिए नहीं बल्कि स्वर्ग को पृथ्वी पर उतार लाने और उस दिव्यलोक को पृथ्वी पर बसा लेने का नाम है। इसलिए श्री अरविंद कहते हैं-

"All earth shall be the spirit's manifest home."

(सम्पूर्ण धरा आलय होगी चेतना के विस्तार का।)

फलतः कही जाने की आवश्यकता नहीं, बल्कि रूपांतरित होने की जरूरत है।

सावित्री में 23813 पंक्तियां हैं। इसमें तीन भाग हैं। प्रथम भाग में 3 पर्व में कुल 24 सर्ग हैं और दूसरे भाग में 5 पर्व हैं और उनमें कुल 17 सर्ग हैं। इसी तरह भाग 3 में कुल 4 पर्व और उनमें 7 सर्ग हैं। इस तरह "सावित्री" की रचना योजना में आदि पर्व, लोकों के यात्री का पर्व, भगवती माता का पर्व, जन्म और खोज का पर्व, प्रेम पर्व, नियति पर्व योग पर्व, मृत्यु पर्व, शाश्वत निशा का पर्व, द्विविध द्राभा का पर्व, शास्वत दिवस का पर्व और उपसंहार शामिल है। इस रूप में सावित्री को श्रीअरविंद ने एक आख्यान और एक प्रतीक कहा है। अपनी विशालता और विराटता में यह महानतम महाकाव्य है। सिराक्यूज विश्वविद्यालय के प्रोफेसर रेमा एफ पाइपर ने लिखा है कि 'मुक्त वृत्त में लिखा हुआ यह काव्य संभवत विश्व की सभी भाषाओं में लिखे हुए काव्यों में सर्वश्रेष्ठ है।'

लोंजाइनस ने "पेरिइप्सुस" (On the Sublime) में कहा है - 'Sublimity is the echo of a great soul.' अर्थात् उदात्तता महान आत्मा की प्रतिध्वनि है। इसलिए उन्होंने आत्मा की भव्यता पर विशेष बल दिया। उनकी दृष्टि में विचारों की भव्यता के बिना महान एवं अमर रचना संभव नहीं है। श्री अरविंद को संस्कृत, बांग्ला, फ्रांसीसी ग्रीक, लैटिन, और अंग्रेजी भाषा पर पूर्ण अधिकार होने के कारण वे इन भाषाओं में लिखे हुए श्रेष्ठतम, महत्तम और समृद्ध साहित्य के ज्ञान को गंभीरतापूर्वक आत्मसात कर अपनी विचार संपदा को अधिकाधिक संपन्न किए। यकीनन, यह बहुल संपन्नता नीर-क्षीर विवेचन करने और उनकी दिव्यता की वृद्धि में उनकी सहायता की होंगी, ऐसा मानने में भला किसे आपत्ति होगी। चीली की विश्व कवयित्री मदाम ग्रेविल मिस्त्राल ने सही ही लिखा है-"विश्व की छह भाषाओं के ज्ञान ने पांडिचेरी के गुरुदेव को समन्वय की अद्‌भुत क्षमता, सब प्रकार के अवरोधों से मुक्त स्पष्टता तथा एक ऐसा सौंदर्य प्रदान किया है, जो जादुई लोक की सीमाएँ छू लेता है।"

सावित्री में चेतना का सौंदर्य है। निश्चेतना की महारात्रि में चेतना के विकास को और सृष्टि के जन्म एवं यात्रा को प्रतीक और आख्यान के माध्यम से पिरोया गया है। मानव की चेतना को अति मानसिक चेतना के रूप में प्रतिष्ठित करने

की संभावना के चलते उषा का धरती पर अवतरण तो हुआ लेकिन आदिमानव की ग्रहण शीलता के अभाव में दिव्य चेतना शक्तिको बार-बार वापस लौटना पड़ा है। सावित्री का मानव के रूप में जन्म दिव्य चेतना को धरती के सत्य के प्रतीक सत्यवान के साथ जुड़ने के लिए ही हुआ। रात्रि की निश्चेतना कभी नहीं चाहती है कि धरती पर दिव्य चेतना का विकास और विस्तार हो। इसलिए वह बार-बार सत्य के प्रतीक सत्यवान की हत्या करती है, जिससे प्रेम, समर्पण और भागवत चेतना की प्रतीक सावित्री के साथ उसका संबंध स्थिर और मधुर न हो सके। प्रकाश मार्ग को अज्ञान रात्रि बार-बार बाधित करती है।

"It was the hour before the Gods awake.
Across the path of the divine Event
The huge foreboding mind of Night, alone
In her unlit temple of eternity,
Lay stretched immobile upon Silence' marge."

(Savitri, page-1)

("देव जागरण के पूर्व की घड़ी थी
इस दैवी विधि के पथ पर रजनी का
विशाल पूर्वाभासी चित्त, अकेला
शाश्वतता के प्रदीप्त मंदिर में
अविचल पसरा था नीरवता तट पर।")

जीवन के विकास क्रम में एक बार फिर सावित्री उसी महारात्रि, निश्चेतना और मृत्यु को चुनौती देने का संकल्प लेती है और उसे विचार-तर्क से मात देने की तैयारी करती है। यह जानते हुए भी कि सत्य और भगवत्ता का प्रकाश अधिक समय तक नहीं टिक पाता है धरती पर।

" Only a little the god light can stay:"

(Savitri, page-5)

(भगवत्ता का दिव्य प्रकाश धरा पर केवल क्षण भर को ही टिक पाता है।)

बावजूद इस सत्य को जानते हुए सावित्री परम आनंद की कुंजी धरती को सौपने के लिए अवतरित हुई है।

"The proud and conscious wideness and the bliss
She had brought with her into the human form
The calm delight that weds one soul to all,
The key to the flaming doors of ecstasy."

(Savitri, page-6)

("गौरवमय चित्-विशालता औ' आनंद
लाई इस मनुज रूप में वह जिनको

औ' प्रशांत हर्ष को, जो किसी आत्मा को
संयुक्त बना देता सब कुछ से
व स्वर्ग आनंद के जाज्वल्य कपाटों की स्वर्णिम कुंजी को।")

सावित्री हर काल में प्रेम और समर्पण के माध्यम से अपने सत्यवान से मिलना चाहती है। यह सावित्री के अवतरण और सत्यवान के आरोहण से सफलीभूत होता है। पृथ्वी पर दोनों के मिलन से धरती का दिव्यीकरण संभव है, लेकिन मृत्यु इस दिव्यता के रास्ते में बाधक है। मृत्यु निश्चेतना का प्रतीक और प्रतिनिधि है। मृत्यु पृथ्वी पर अपना वर्चस्व कायम रखने के लिए दिव्यानंद में खलल डालने का विधान गढ़ता है। आदिकाल से पृथ्वी पर प्रेम (चेतना) व मृत्य (निश्चेतना) के बीच यह संघर्ष जारी है। सत्यवान और सावित्री मिलकर इस समस्या को हमेशा के लिए खत्म करना चाहते हैं। युग दृष्टा श्री अरविंद के लिए वर्तमान ही वह दैव मुहूर्त है, जब यह दिव्य उद्देश्य पूर्ण हो सकता है। सावित्री अपनी प्रेमाशक्ति को बढ़ा करके मृत्यु (निश्चेतना) को चेतना में रूपांतरित कर सकती है। इसी संसिद्धि को सावित्री में पूर्णता मिली है। श्री अरविंद कहते है-

"A prayer, a master act, a king idea
Can link man's strength to a transcendent force-
Then miracle is made the common rule,
One mighty deed can change the course of things,
A lonely thought becomes omnipotent."

(Savitri, page-20)

("एक अंतर उद्भूत प्रार्थना, सिद्ध कर्म है, सर्वोपरि विचार है,
जो मानव की शक्ति का परात्पर की शक्ति से करा सकता लगनचार है।
तब फिर बस यह चमत्कार साधारण दैनिक एक नियम बन जाता है,
एक महान कर्म केवल परिवर्तित सकल वस्तुओं की गति कर सकता है,
ऐसा एक अकेला विचार भी बस सर्वशक्त बलमंडित बन सकता है।"))

पृथ्वी पर सृष्टि की समस्याओं में निश्चेतना सबसे बड़ी समस्या है। इसे दूर करने के लिए अश्वपति कठिन साधना करते हुए चेतना के आरोहण और अवरोहण की प्रक्रिया को समझते हैं। त्रिगुणात्मक जगत के बंधन से आत्मा को मुक्ति दिलाने के लिए वे दिव्य लोकों तथा निश्चेतना के अधीन अधो लोकों की यात्रा कर उनके रहस्यों से अवगत होते हैं। उनकी साधना इसलिए भी है कि पृथ्वी दिव्यलोक से अवतरित होने वाली शक्तिओं के प्रति ग्रहणशील बने,

क्योंकि बिना ग्रहणशीलता के सकारात्मक बदलाव संभव नहीं है। अति मानस शक्ति त्रिगुणात्मक जीवन के रूपांतर की कुंजी है। सत्य चेतना का पृथ्वी चेतना में अवतरण से ही सृष्टि का उद्धार संभव है। इसके लिए मानव जाति को अभीप्सा करनी चाहिए। परन्तु क्या मनुष्य दिव्य चेतना की अभीप्सा के लिए तैयार है?

महाभारत में विशेष तौर पर राजा अश्वपति के 'त्याग' को रेखांकित किया गया है किंतु "सावित्री" में बहुत बड़ा भाग अश्वपति के योग और उनके द्वारा चेतना के विविध लोकों की खोजी यात्राओं को समर्पित है। चेतना के विविध सोपानों से गुजरने के कारण यह भाग कठिन है। कठिन इसलिए भी कि अधिकांश भावक या पाठक का परिचय उन लोकों से नहीं है। अपरिचय की स्थिति कठिनाई प्रकट करती है। अश्वपति के निरूपण में श्री अरविंद की अंतर्दृष्टि का विशेष योग है। "सावित्री" के अश्वपति को अतीत के दिनों के राजा अश्वपति के रूप में ही नहीं बल्कि वर्तमान समय के साधक, तपस्वी, योगी के रूप में देखने की जरूरत है ताकि भविष्यत संसार को हम सब उस दिव्यता से गुजर कर सुंदर बना सकें। सावित्री और अश्वपति में मनुष्य के भविष्य का सुंदर सपना समाहित है। कभी-कभी तो मन कहता है की अश्वपति बीते दिनों के राजा नहीं हैं बल्कि पांडिचेरी के हमारे वह यशस्वी योगी श्री अरविंद ही हैं जो अपनी योगसाधना को अश्वपति में उड़ेल दिए हैं।

"A flaming warrior from the eternal peaks

Empowered to force the door denied and closed Smote from Death' s visage its dumb absolute

And burst the bounds of consciousness and Time."

(Savitri, page-21)

("शाश्वत के अति उन्नत शिखरों से इस जाज्वल्यमान योद्धा ने आकर,

एक प्रवेश निषेधित बंद द्वार को पुनः खोल देने का निज बल लेकर आज मृत्यु मुख की एक निरंकुशता पर प्रहार कर उसको नोच लिया था। और चेतना तथा काल की सीमा तोड़-फोड़ उस पार प्रवेश किया था।")

सावित्री में नए युग और नव जीवन का आवाहन है। इसमें आत्मा का संगीत है। इसमें प्रेम और सत्य की प्रीत है। इसमें असुरों के भीतर देवत्व प्रकटाने की कुंजी है। इसमें नई सृष्टि का बीज है। इसमें अपने अहम को मिटा कर परमात्मा का यंत्र बन जाने का राज है। इसमें समत्व की पवित्र आवाज है।

"So deep was her embrace of inmost help

The whole world could take refuge in her single heart."

(उसके आंतरिक सहायता का आलिंगन इतना है गहरा,

पूरी दुनिया उसके अकेले ह्रदय में शरण पा सकती है।)

अश्वपति की तपस्या से मानव जाति को दुःख और पीड़ा से उबारने के लिए सावित्री का महावतरण पृथ्वी पर होता है। सावित्री संजीवनी है किंतु धरती पर जन्म लेने के कारण इसका जीवन भी दुख एवं पीड़ा से गुजरता है। श्री अरविंद कहते हैं कि यह वर्तमान समय ही महामुहूर्त है और भगवती सावित्री का मानव के रूप में जन्म संसार की इच्छा के कारण हुआ है।

"A WORLD 'S desire compelled her mortal birth."

(Savitri, page-22)

श्री अरविंद का मानना है कि सावित्री का जन्म धरती पर दिव्य योजना के अनुसार हुआ है।वे कहते हैं "सत्यवान अपने भीतर सत्ता के भागवत् सत्य को वहन करती हुई वह आत्मा है जो मृत्यु एवं अज्ञान की पकड़ के भीतर उतरी है। सावित्री है भागवत् वाणी, सूर्य की पुत्री, परम सत्य की देवी जो नीचे अवतरित होती है तथा उद्धार करने के लिए जन्मी है। अश्वपति अश्वों का अधिपति, उसका मानवीय पिता स्वामी है तपस्या का, आध्यात्मिक प्रयास की केंद्रित ऊर्जा जो हमें मृत्युलोक से अमरत्व की ओर उठाती है। द्युमत्सेन प्रकाशमान शक्तियों का स्वामी, सत्यवान का पिता दिव्य मन है जो यहाँ अपनी अंतर्दृष्टि के दिव्य राज्य को खोकर अंधा होकर गिर पड़ा है और इस हनन के साथ ही अपने प्रभुत्व के साम्राज्य को भी खो दिया है। फिर भी यह मात्र प्रतीक नहीं है। इसके पात्र केवल गुणों के मानवीय रूप नहीं है बल्कि उस जीवन्त सचेतन शक्तियों के अवतार या अंश हैं जिसके साथ हम स्पष्ट संपर्क में आ सकते हैं तथा जो मानव देह धारण करती हैं ताकि मनुष्य की सहायता कर सकें तथा मर्त्य अवस्था में दिव्य चेतना एवं अमर जीवन का मार्ग दिखा सके।"

संसार की प्रकृति निराली है। यह धरती संघर्ष भूमि है। यहाँ चेतना और निश्चेतना के बीच सतत रूप से संघर्ष जारी रहता है। आसुरी शक्तियां या सतही मनोवृत्तियां धरती पर भोगमय जीवन और भौतिकता का आग्रह शिद्दत से करती रहती हैं ताकि पशुता का साम्राज्य फलता-फूलता रहे। वहीं दूसरी ओर चेतना की शक्तियां आध्यात्मिक और उच्च जीवनादर्शों को धरती पर उतारने के लिए जोर लगाती हैं। इस जोर आजमाइश में बार-बार पार्थिव दृष्टि व्यवहारिक पटल पर जीत जाती है। इसलिए चेतना संपन्न पुरुष हर काल और युग में दिव्य चेतना एवं अमर जीवन का मार्ग बताते दिखते हैं, किंतु यह दिव्यता स्थायी रूप से धरती

के मन प्राण में नहीं टिक पाती है। उसे बार-बार अंधेरी ताकते परेशान कर उसकी योजना में खलल डाल देती हैं। श्री अरविंद की "सावित्री" धरती पर दिव्य जीवन को प्रतिष्ठित कराने का चेतना ग्रंथ है।

इस मांत्रिक महाकाव्य में अश्वपति की साधना यात्रा जीवन के विविध सोपानों को बारीकी से समझने, बूझने और आंकने की गहन तपस्या का सूचक है। उनकी तपस्या की सार्थकता और ध्येय धरती पर दिव्य चेतना शक्ति के रूप में आदिशक्ति रूपा सावित्री का अवतरण कराना रहा है, ताकि मनुष्य का जीवन अज्ञानता, पशु दृष्टि या आसुरी वृत्तियों से मुक्त होकर देवत्व अर्थात् दिव्यता के तल पर प्रतिष्ठित हो सके। अश्वपति की सृष्टि को समझने की उत्कट जिज्ञासा, अधोमुखी जीवन दृष्टि से मुक्त होकर उर्ध्वमुखी लोक की प्राप्ति अकेले उनकी होकर भी उनकी नहीं है, पूरे मानव जाति की है। संपूर्ण मानव जाति को अश्वपति की साधना-तपस्या में भागीदार बनना होगा, उसका सहचर अनुचर होकर सबको सतत रूप से सत्य और दिव्यता के लिए क्रियाशील रहना होगा, तब जाकर संपूर्ण पृथ्वी दिव्यता के गमक से गमगमा उठेगी।

अश्वपति में अपनी योग यात्रा में पाया कि शाश्वत और काल अर्थात् सत्य और असत्य जिसे हम Spirit और Matter कहते हैं इन दोनों विपरीत समझे जाने वाले ध्रुवों के बीच चेतना के विभिन्न लोकों में अवरोहण और आरोहण की प्रक्रिया चलती रहती है। लोक के क्रम में जड़ द्रव्य का लोक, प्राण लोक, मानस लोक, आध्यात्मिक लोक, अति मानस लोक और सबसे ऊपर सच्चिदानंद की सर्वोच्च चेतना का लोक है। इस सर्वोच्च चेतना लोक में पहुँच कर अन्य लोक की सीमाएँ विलीन होकर परम शाश्वतता का अंग बन जाती है। आत्मा मुक्ति का अनुभव करती है। निश्चेतना अति मानसिक चेतना के समुद्र में गोता लगाकर कर धन्य हो जाती है। इस मानसिक चेतना के स्तर पर किसी तरह का द्वंद नहीं है। अंतहीन विरोधों का सिलसिला यहाँ आकर हमेशा के लिए खत्म हो जाता है। सत्य के विभिन्न पक्ष अति मानसिक चेतना के एक केंद्र में आकर समाहित हो जाते हैं। जीवन में खोज की अनेकानेक भ्रांतियों और संदेहों को यहाँ समाधान मिल जाता है। लेकिन ध्यातव्य है कि अश्वपति चेतना के ऐसे अनजान पथ पर अपनी खोज में निमग्न रहा, जहाँ इसके पहले कोई जाने का साहस नहीं किया था। इसलिए यह पथ खतरों से भी खाली नहीं था।

"A voyager upon uncharted routes
Fronting the viewless danger of the Unknown
Adventuring across enormous realms
He broke into another Space and Time."

(*Savitri, page-91)*

("अरेखायित मार्गों का यात्री अज्ञात की भयानक और अगोचर खतरों का करता हुआ सामना विशाल क्षेत्रों में साहस से बढ़ता जा निकला था इक अपर देश और काल की चिर नवीन सीमा पर।")

सावित्री में वर्णित लोक यात्रा का पर्व अश्वपति की योग साधना के सूक्ष्म से सूक्ष्मतर अनुभव पक्षों को प्रस्तुत करता है। अश्वपति आत्मा की मुक्ति के लिए चेतना के सोपान-मन, प्राण और जड़ता-की यात्रा करता है। उसका गहन अवलोकन करता है जिनके चंगुल में आत्मा फंसी रहती है। उसे यात्रा में अनुभव हुआ कि पृथ्वी से परे एक परिपूर्ण अस्तित्व में अनंत शांति हिलोरें ले रही है।और उसकी गहराई में जो एकत्व है वहीं से अज्ञानता की सृष्टि भी उदित होती है जिसका कोई अंत नहीं है। यह स्वतंत्र रूप से गतिशील है। यह सृष्टि अनंत की महत्ता का दिग्दर्शन कराने की क्षमता के बावजूद भी विश्व लीला के खतरों के बीच धकेल दी जाती है।यहाँ की सारी सुखद और दुखद कही जाने वाली अनुभूतियां एक ही सत्य से निकलने वाली कई तरह की अभिव्यक्तियाँ होती हैं। स्वर्ग-नर्क, जीवन-मृत्यु की अनुभूतियां एक ही परमानंद के दो पक्ष हैं जिसे आत्मा अपने विकास में निश्चेतना और अति चेतना के बीच अनुभव करती है। अनुभूति उस परम ब्रह्म का अंग होते हुए भी अपने आप में अलग और विशिष्ट होती है। इसलिए परमात्मा की हर अनुभूति प्रत्येक व्यक्ति के लिए अलग-अलग होती है।

The Idea self luminous key to all ideas
The integer of the Spirit's perfect sum
That equates the unequal All to the equal One.
The single sign enterpreting every sign
The absolute index to the Absolute.

(*Savitri, pages-97)*

("वह स्वप्रकाशित विचार सारे ही भावों की कुंजी है, औ' पूर्ण अंक 'विश्वात्मा' का ठीक योगफल है-जो इस सकल असम् 'सर्व' को लेकर उस सम एकम के समान करता है और वह अकेला इंगित है जो उन सकल इंगितों की व्याख्या करता है, तथा पूर्णतम वह अभिसूचन है जो उस 'केवल' को अभिसूचित करता है।")

इस तरह संपूर्ण सृष्टि एक ही कड़ी में गुथी हैं। यह केवल एक से बहु में अभिव्यक्त हैं। "एकोअहम् बहुस्याम" की ही स्थिति है। विकास के द्वारा यह 'बहु' पुनः केवल 'एक' में जाकर जुड़ जाता है। इस रूप में पृथ्वी और उस

पर रहने वाले जीव जंतु पूरे ब्रह्मांड का अनुषांगिक भाग हैं। सभी जगतों का एक दूसरे से संबंध है। वे परस्पर एक दूसरे पर निर्भर हैं। इस सत्य को जानने के बाद अश्वपति की खोज महत्तर प्रकाश के लिए आगे बढ़ जाती है। उन्हें सूक्ष्म भौतिक जगत की रचना परम प्रकाशक की विराट रचना की तुलना में बेहद छोटी लगती है। इसे छोड़कर वह आगे इसलिए बढ़ जाते हैं ताकि विराट पुरुष की विराटता को कुछ हद तक समझ सकें।

His soul's peak-climb abandoning in its rear
This brilliant country yard of the House of Days
He left that fine material Paradise.
His destiny lay beyond in larger Space.

(Savitri, page-115)

('उसकी आत्मा के आवरण में दिवसों के निकेत के उस प्रांगण को सुंदर जड़तत्व के महान स्वर्ग को छोड़कर वह बढ़ चला आगे, उसकी नियति तो उसके पार कहीं विशाल व्योम का बाट जोह रही थी।')

सूक्ष्म भौतिक लोक की सीमित सीमाओं के बाहर प्राण का जगत अनंत है। मृग मरीचिका की तरह इसकी सीमा आगे खिसकती जाती है। इतना ही नहीं, इस जगत का कोई ओर-छोर नहीं है। भौतिक जगत में प्राणशक्ति उस शरीर के अनुसार कार्य करती है जिसमें वह प्रविष्ट होती है। लेकिन प्राण जगत में ऐसा नहीं है। इस जगत में अथक भटकाव है। पूरा प्राण जगत जादुई संसार जैसे हैं उसका भौतिक संसारी जीवन के सुख-दुख से कोई लेना देना नहीं है। वह भौतिक जगत के संघर्ष और व्यथा से अप्रभावित रहता है।

"A journey of countess paths without a close-
Nothing he found to satisfy his heart,
A tireless wandering sought and could not cease."

(Savitri, page-116)

('वह अनगिन पंथों की यात्रा जिनका कोई अंत नहीं था, उसके अंतर को संतोष दिलाने वाला उस क्षेत्र में रहा न कोई, एक अथक भटकन कुछ ढूंढ रही थी जो कभी भी तनिक नहीं रुकती थी।')

योग जीवन और जगत (स्थूल एवं अति मानसिक) को जानकर परम दिव्यता के सानिध्य में करणीय कर्म करने का नाम है। यह जीवन से पलायन नहीं है बल्कि जीवन में होश पूर्ण निर्लिप्तता है। योग को जीवन में पार्ट टाइम कर्म मानने वाले खुद को धोखा देते हैं और योग की महत्ता से हमेशा के लिए बंचित रह जाते हैं। इस लिए श्रीअरविंद के लिए पूरे जीवन ही योग है। योग दिव्य

भागवत उपस्थिति में की गयी एक सतत और अखंड साधना है। सावित्री में अश्वपति चेतना के शिखर दर शिखर से परिचित होते हैं। इन पथ की समस्याओं से अवगत होकर दिव्य शक्ति की मदद से समाधान ढूंढते हैं ताकि दिव्यता का पथ सुगम हो सके। किन्तु अश्वपति को योग यात्रा के दौरान अनुभूति हुई कि प्राण की जादुई शक्ति धरती की जड़ता में उतरते ही निम्न प्राण के विकारों से ग्रसित हो जाती है। ईर्ष्या, द्वेष काम, क्रोध, आवेग, संवेग और भौतिक जगत की इच्छाएँ बलवती हो जाती हैं। यह सब इसलिए होता है कि वे निश्चेतनता के शिकार हो जाते हैं। पृथ्वी पर मृत्यु और निश्चेतन का ही डंका बजता है। इस तरह ऊपर से उतरने वाली दिव्य चेतना धरती पर आते ही मृत्यु और अंधेरी शक्तियों के अधीन कार्य करने के लिए विवश हो जाती हैं।

यद्यपि यह प्राणशक्ति प्रकृति से जुड़ने और काल द्वारा नियंत्रित होने के कारण भले ही पतित एवं अशुद्ध दिखती हो, लेकिन उसमें शाश्वत परमानंद की शक्ति का वास होता है और वह उसी प्रकाश को अभिव्यक्त करना चाहती है। यह प्राण शक्ति अपने मूल स्वरूप शाश्वत चित शक्ति को पाना चाहती है किन्तु निश्चेतना अथवा मृत्यु के प्रभाव से वह अपने मूल लक्ष्य से अनभिज्ञ रह कर भटकने को विवश होती है।

"A little light in a great darkness born ,
Life knew not where it went nor whence it came-
Around all floated still the nescient haze. "

(Savitri, page-150)

('एक नन्हीं सी ज्योति जन्मी जिसे जीवन जान नहीं पाया कि वह कहाँ तक फैलती चली गई और कहाँ से वह आती रही। इन सबके चारों ओर अब भी एक निश्चेतन कुहेलिका तैरती रही।')

यह सच है कि निम्न प्राण को दिव्य प्राण अपनी ओर आकृष्ट करता है। जबकि निश्चेतना उसे बार-बार नीचे खींचती है। इसलिए प्राण के क्षेत्र मे द्वंद होता रहता है। प्राण जगत की स्थिति निश्चेतना के करीब होती है। इसलिए जीव-जंतुओं में हिंसा और आक्रामकता पाई जाती है। किंतु प्राण के स्रोत के पास ही कुंडलिनी शक्ति अर्थात् भागवत चेतना का वास भी है, इसलिए वह प्राण को दिव्यलोक में ले जाना चाहती है।अश्वपति खोज के क्रम में उन तत्वों के रहस्य का पता लगाने में सफल हुए जो मानव जीवन को दुःखमय बनाते हैं। साथ ही उन्हें ब्रह्मांड की उत्पत्ति और सृष्टि के चेतनात्मक विकास का भी बोध हुआ। जब कि वृहत्तर प्राण के लोक में उन्हें पता चला कि महत्तर और श्रेष्ठ जीवन

जीने, जागतिक आनंद चाहने, कौशल, कला, शिल्प और सौंदर्य बोध को पैदा करने और उसका उपयोग करने की इच्छाएँ प्रबल होती हैं। उच्चतर प्राण शक्ति दिव्य जीवन को पाना चाहती है, किंतु उसे अधिक सफलता नहीं मिलती है। प्राण का शिखर चूँकि दिव्यता का स्पर्श करने के बाद भी वह पूर्ण रुप से दिव्यता को धारण नहीं कर सका। महा रात्रि के कुत्सित प्रभाव में अश्वपति ने देखा कि सत्य असत्य में, अच्छाई बुराई में और जीवन मृत्यु में बदल जाता है। उन्होंने अपनी चेतनात्मक खोज के दौरान नारकीय स्थिति, अंधकार की विभीषिका एवं उसके असत्य को भोगना और जानना इसलिए आवश्यक समझा कि बिना असत का भोग किए सत की उपलब्धि संभव नहीं है।

"A vague and lurking Presence every where,
A contrary Doom that threatens all things made,
A Death figuring as the dark seed of life,
Seemed to engender and to slay the world."

(Savitri, page-202)

('एक और स्पष्ट छिपी सर्व व्याप्त सन्निधि एक और एक विरोधी अपविधि जो सब सृष्ट वस्तुओं को भयभीत बनाती, साक्षात मृत्यु ही थी जो जीवन के असित बीज के सम गोचर होती थी, जो जगती के जन्म मरण दोनों का मूलभूत कारण प्रतीत होती थी'।)

"Where the red wolf waits by the fordless stream
And death's black eagles scream to the precipice."

(Savitri, page-230)

('एक सरिता के औघट घाट पर जहाँ रक्तवर्णी भेड़िया इंतजार करता है और मृत्यु के काले बाज चिचियाकर ढालू गिर पर आवाहित करते हैं।')

घोर महारात्रि के गर्भ में प्रवेश करने पर अश्वपति को वहाँ अचेतन ब्रह्म की दिव्य अनुभूति हुई और यहाँ नारकीय सृष्टि में परिवर्तन दिखाई दिया। असत, अंधकार एवं निश्चेतना भागवत तत्व में तब्दील दिखे। यहाँ मृत्यु के नीचे अमरत्व की सक्रियता देखकर उन्हें सुखद आश्चर्य हुआ।

"And sorrow could have no more in Nature's breast:
Division ceased to be, for God was there-
The soul lit the conscious body with its ray,
Matter and spirit mingled and were one."

(Savitri, page-232)

('और प्रकृति हृदय में शोक के दिल सदा के लिए समाप्त हो गए,

विभाजन का मिटा अस्तित्व सकल, क्योंकि वहाँ पर प्रभु स्वयं ही उपस्थित थे। सचेत काया को आत्मा ने अपनी मयुख से सुप्रकाशित कर डाला, जड़ और आत्मा मिलकर एक हो गए।')

प्राण जगत का ज्ञान प्राप्त करने के बाद अश्वपति मन लोक में प्रवेश करते हैं। प्राण जगत के ऊपर त्रिगुणात्मक मन का लोक है। मन के विभिन्न तलों के-पार्थिव या भौतिक मन, इच्छा मन और बौद्धिक मन-अनुभवों से उन्हें गुजरना पड़ा। चूँकि पार्थिव मन स्थूल जगत के करीब होने के कारण यांत्रिक होता है। नियमों, आदतों और परंपराओं के वशीभूत होने तथा सीमाओं में जकड़े रहने के कारण वह उन्हें ही सत्य और शाश्वत मानता है। वहीं इच्छा मन विभिन्न आवेगों के अधीन कार्य करता है, इसलिए इच्छाओं के पीछे दौड़ लगाने में ही अपनी सफलता समझता है। जबकि बौद्धिक मन में तर्क का समावेश होता है, इसलिए हर चीज को संदेह और अविश्वास की दृष्टि से देखता है और बुद्धि को ही सर्वोपरि और सच मानता है। इंद्रिय ज्ञान ही उसके लिए सब कुछ होता है फलतः सांसारिक उपलब्धियों और सफलताओं में उसे सुख मिलता है। वह पद और प्रतिष्ठा के पीछे भागता है। वह जीवन के उपक्रम को यंत्र मानकर यांत्रिक ढंग से व्यवहार करता है। अपनी खंडित दृष्टि के कारण बौद्धिक मन अखंडता में विश्वास नहीं करता है। ये तीनों क्षुद्र मन के तल हैं। अधिकांश संसारिकों की जीवन यात्रा इसी क्षुद्र मन के तल पर समाप्त हो जाती है। बहुतों के लिए वृहत्तर तल अर्थात् आध्यात्मिक लोक की यात्रा तो होती जरूर है किंतु वे आध्यात्मिकता के पाखंड में ही फंस कर आध्यात्म के निहितार्थ से सदा के लिए वंचित रह जाते हैं।

"A greater Gnosis shall regard the world
Crossing out of some far omniscience
On lustrous seas from the still raptAlone
To illumine the deep heart of self and things."

(Savitri, page-258)

('एक महत्तर विज्ञान ज्योति जगती पर दृष्टि अपनी फेंकेगी, आत्मा और वस्तुओं के गहरे अंतर प्रदेश को ज्योतित करने को सुदूर सर्वज्ञता को पार करती, शांत नीमज्जित दीप सिंधु पर तिरती आएगी और अपने संग मनःशक्ति की खातिर एक कालातीत ज्ञान लाएगी।')

मन के त्रिगुणात्मक तल से अश्वपति को एक और अलौकिक प्रकाशमान लोक दिखाई दिया जिसे हम महत्तर मन के लोक के नाम से जानते हैं। वे कहते

हैं-

"It saw a far the unreached Immortal's home
And heard a far the voices of the Gods."

(Savitri, page-259)

('उसने देखा उस अपहुँच अविनश्वर का गृह बहुत दूर, और दूर से ही देवों का स्वर गूँज रहा था उसके कानों में।')

वृहत्तर मन आध्यात्मिक मन है, जिसमें उच्च मन, ज्योतिर्मय मन, और प्रबुद्ध मन शामिल है। त्रिगुणात्मक जीवन के ऊपर के इस लोक को देवलोक भी कहा जाता है। यह लोक पुल का काम करता है। अति मानस लोक में बनी सृष्टि की योजना को धरती पर साकार करवाने में इस लोक की भूमिका अहम है। इस लोक के देवता नीचे से ऊपर जाने वाली आत्माओं के आरोहण में भी मदद करते हैं। इस लोक के विचार देवता अदृश्यमान को दृश्यमान करने का काम करते हैं। अति मानसिक जगत के दिव्य ज्ञान और सत्य को पृथ्वी पर प्रकट करने के लिए योग्यता अनुसार अलग-अलग आत्माओं को ये कार्य सौपते हैं। ये निरपेक्ष सत्य को अनुदित कर त्रिगुणात्मक शक्ति से युक्त वैश्व मन को प्रदान करते है। इस तरह ये असीम को ससीम बनाते हैं। ऊपर के तल को नीचे के तल से जोड़ते मूल्यवान भूमिका निभाते हैं। अश्वपति इस तल के अनुभव के बारे में कहते हैं-

"In the still mind as in the living glass
The timeless Ray descends into our hearts
And we are rapt into eternity.
For Truth is wider, Greater than her forms."

(Savitri, page-276)

('दर्पण के समान निश्चल मन में वह जब अपना आकार करता है प्रतिबिंबित, तब हमारे अंतर में शाश्वत किरण उतर पाती है और शाश्वतता हमे लपेट लेती है। क्योंकि सत्य तो अनेक रूपाकारों में विशालतर है, वृहत्तर है')

श्री अरविंद कहते हैं कि सारी सृष्टि चेतना का ही खेल है। निश्चेतन से लेकर अति चेतन तक दिखने वाली सारी चीजें उसी परम चेतना की ही अभिव्यक्ति हैं। सारे संसार में एक ही चेतना फैली हुई है, ठीक उसी तरह जैसे एक ही तत्व के बर्फ, पानी और भाप रूप है। इसी तरह एक ही चेतना विभिन्न परिस्थितियों से तदाकार होकर अलग-अलग ढंग से अपने को अभिव्यक्त करती है। वे मानते हैं कि शरीर, प्राण और मन इस सृष्टि के अंतिम सोपान नहीं हैं। मन और बुद्धि का विकास अपनी चरम स्थिति में है। इसके पश्चात इस पृथ्वी पर अधिमानसिक और अति मानसिक चेतना का विकास होना सुनिश्चित है।

अति मानसिक चेतना सच्चिदानंद की भागवत चेतना है। इसके अवतरण से मनुष्य जाति के दुखों का अंत होगा और यह धरती दिव्य और सुंदर हो जायेगी। उनका विश्वास रहा है कि चेतना के दोनों छोर-निश्चेतन और अति चेतन, सत और असत आपस में मिल जाएँगे। श्री अरविंद कहते हैं कि प्रकृति इसके लिए स्वयं योग कर रही है और अपनी इस महा यात्रा में वह अपने मूल स्वरूप तक पहुँचने के प्रयास में संलग्न है।

चेतना के ऊर्ध्वारोहण में अश्वपति आध्यात्मिक लोक के बाद ओवर माइंड अर्थात् आइडियल लोक से गुजरते हैं। यह अधिमानस का लोक आध्यात्मिक और अति मानस के बीच का लोक है, और यहाँ से अनुभूतियों के दो रास्ते फूटते हैं। एक को अश्वपति ने चैत्र पुरुष की आनंददायी स्थितियों से परिपूर्ण होने के कारण "रेड रोज" (गुलाबी पुष्प) और दूसरे को अभीप्सा की जलती मशाल के रूप में देखा।

("At last there came a bare indifferent sky
Where Silence listened to the cosmic Voice,
But answered nothing to a million calls,
The soul's endless question met with no response.")

(Savitri, page-283)

(अंत में एक रिक्त उदासीन आकाश हुआ समुपस्थित जहाँ की शांति विश्व वाणी को सुनती तो थी परंतु उसके सहस्त्र आवाहन का नहीं देती थी उत्तर, आत्मा के अंतहीन प्रश्नों को नहीं मिलता था कोई जबाब।)

अश्वपति की जिज्ञासा और उत्सुकता का मानो कोई अंत नहीं है। वह चेतना के विभिन्न लोक में एक के बाद एक प्रवेश करते हैं। मनोमय विश्वात्मा में प्रवेश करने के बाद उन्हें अनुभूति हुई कि इस लोक में ब्रह्मांड की सारी आवाजें तो सुनाई देती हैं किंतु इसकी कोई प्रतिक्रिया यहाँ से नहीं होती है। यह मानसिक निर्माण का लोक है। आत्म तत्व सत और चित शक्ति के सहयोग से निर्मित है, जिसे प्योर इंक्जिस्टेंस और ईटरनल कॉन्शसनेस कहते हैं। इन दोनों के सहयोग से आनंद अर्थात् ब्लीसफुल का जन्म होता है, और इन तीनों (सत+ चित+ आनंद) के मिलन को 'सच्चिदानंद' कहते हैं जो अपने मूल रूप में इंपर्सनल अर्थात् अवैयक्तिक है किंतु सृष्टि की रचना करने की स्थिति में वही सच्चिदानंद परसनल अथवा वैयक्तिक सा लगता है।

"A sense of universal harmonies,
A measureless secure eternity,
Of truth and beauty and good and joy made one Here was the

welling core of finite life

A formless spirit became the soul of form."

(Savitri, page-291)

('एक सार्वभौम सामंजस्य का अंतर्बोध, एक सत्य और सौंदर्य की तथा नेकी और आनंद की एक अमापनीय सुरक्षित शाश्वतता, सब मिलकर हो गये थे एक। वहाँ शांत जीवन के हृदय केंद्र में अरूप आत्मा थी रूप आत्मा में संवरी।')

सच्चिदानंद की इस स्थिति का नाम ही अतिमानस है, और इसी से सारी सृष्टि उद्भुत है। इस अद्भुत चेतना लोक में अश्वपति को अनहद नाद सुनाई दियां और वे विश्व के साथ एकाकार होकर सर्वत्र परमात्मा का, परमानंद का, विश्वात्मा का दर्शन करने लगे। अतिमानसिक लोक में ज्ञान और ज्ञाता, प्रेमी और प्रेम एक हो जाते हैं। 'जानत तुमहिं, तुमहिं होई जाई' की तरह।

"A glorious multiple of one radiant Self,
Answering to joy with joy, to love with love,
All there were moving mansions of God-bliss,
Eternal and unique they lived the One----
All sentience is a sea of happiness
And all creation is an act of light."

(Savitri, page-298)

('एक ही ज्योतित आत्मा का भव्य और अनंत रूप विद्यमान था, जो हर्ष को हर्ष से और प्रेम से शुद्ध प्रेम को देता था उत्तर, और हर वस्तुएं प्रभु के ही आनंद के चलते फिरते भव्य भवन लगते थे, शाश्वत और अद्वितीय वे अपने चरम परम 'एक' को जीते थे... सारी चेतनाएँ सुख का सागर ही हैं, सृष्टि की सारी रचना प्रकाश का एक कर्म है।')

आनंद और प्रकाश चेतना के इसी मानसरोवर में हजार दल के कमल खिलते हैं। यह अनंतता का दिव्य राज्य है। यहीं से कंवल बरसता है और पानी (जीव) भींगता है। इसी परम आनंददायी स्थिति को कबीर दास ने "बरसै कंवल भिगै पानी" कहा है।

भारतीय दर्शन में 'यथा ब्रह्मांडे, सो पिंडे' कहाँ गया है। अर्थात् जो ब्रह्मांड में है, बाहर है, वही इस शरीर में है, इस पिंड में है। मनुष्य की जैसी रचना-संरचना है, वैसी ही रचना और ढांचा जगत का है। मनुष्य शरीर के भीतर ही जीवन को संभालने वाले 6 चक्र और अगणित सूक्ष्म नाडियां हैं। जिन्हें आँख से देखा तो नहीं जा सकता है, किंतु अनुभव किया जा सकता है। मूलाधार,

स्वाधिष्ठान, मणिपुर, अनाहत, विशुद्ध, आज्ञा और सहस्रार चक्र सूक्ष्म नाड़ी सुषुम्ना के भीतर नीचे से ऊपर के क्रम में स्थित हैं। ऐसी मान्यता है कि नाड़ी के निचले भाग अर्थात् मूलाधार में हमारी प्राणशक्ति कुंडलिनी सुप्त अवस्था में रहती है, जिसे अश्वपति जैसे योगी साधक और यूँ कहें, श्री अरविंद जैसा चैत्य पुरुष चेतना के विभिन्न सोपानों के रहस्यों को जानकर विश्वात्मा से एकाकार हो पाते हैं।

मनुष्य के शरीर को योग की दृष्टि से इस ढंग से बांटा गया है। मूलाधार से स्वाधिष्ठान का भाग नर्क या पाताल लोक है। स्वाधिष्ठान से ऊपर हृदय तक का भाग प्राण लोक अथवा कामनाओं का लोक है। हृदय से लेकर आज्ञा चक्र तक मन लोक है, और आज्ञा चक्र से लेकर सहस्त्रार और उसके ऊपर का लोक आध्यात्मिक लोक, दिव्यलोक अथवा स्वर्ग लोक है। सामान्य तौर पर अधिकांश लोग पाताल लोक से लेकर निम्न मन के लोक तक निश्चेतन और अवचेतन से युक्त जीवन बीताते हैं। कुछ विरले लोग ही अधि मानस और अति मानस लोक में चैतन्य और दिव्य जीवन जीते हैं। अश्वपति की चेतनात्मक योग यात्रा सृष्टि और जीवन की वास्तविकताओं की थाह लगाने के लिए की गई।

श्री अरविंद हमें सचेत करते हैं कि 'यह परिवर्तन का एक असाधारण काल है। यह अति मानस के आगमन की घड़ी है। हम एक ऐसे युग में प्रवेश कर रहे हैं जो भावी सृष्टि की प्रसव वेदना से व्याकुल है। यही कारण है कि आज देश और दुनिया में सर्वत्र उथल-पुथल मची हुई है और जीवन के पुराने तरीके अपना मूल्य खो रहे हैं। एक नवयुग का अभ्युदय समीप है जिसमें न्याय, सौंदर्य, सुसामंजस्य, सौहार्द एवं बंधुत्व का राज होगा। धरती का भविष्य चेतना के परिवर्तन पर निर्भर करता है। भविष्य के लिए एकमात्र आशा यही है कि मनुष्य की चेतना में परिवर्तन हो और यह परिवर्तन अवश्यंभावी है।'

अश्वपति की तपस्या श्री अरविंद की ही तपस्या है। वे चेतना लोकों की यात्रा कर उसके रहस्यों से अवगत होकर संतुष्ट नहीं हो जाते, बल्कि उन्हें तो एक ऐसी दिव्य कुंजी की तलाश थी, जिससे धरती पर रहने वाले लोगों का समस्या पूर्ण जीवन समाधान और शांति पा सके। इसलिए वे सबकी आधारभूता महाशक्ति का सतत आवाहन करते रहे जो इस निश्चेतन और चेतन जगत की नियंता हैं। जगन्माता भगवती ने प्रकट होकर अश्वपति को समझाया कि अभी सृष्टि के रूपांतरण का समय नहीं है, क्योंकि मानव जाति अभी भागवत शक्ति को ग्रहण करने के योग्य अपने को नहीं बना पाई है। फिर भी अश्वपति द्वारा मां भगवती से सृष्टि के रूपांतरण के लिए के बार-बार अनुनय-विनय करने पर

उन्हें वरदान मिला कि वह पृथ्वी पर अवतरित होंगी। मां सावित्री उसी दिव्य अवतरण का नाम है। महायोगी की कठिन तपस्या से सावित्री का प्रकट होना यह सिद्ध करता है कि निष्काम और लोकहित में की गई तपस्या कभी निष्फल नहीं होती है।

संपूर्ण ब्रह्मांडों की एकमात्र आधारभूत आदिशक्ति के वरदान स्वरूप उसी ज्योतिपुंज का जन्म सावित्री के रूप में अश्वपति की पुत्री के रूप में मद्रा नगरी में हुआ। सांसारिक नाम भले अलग-अलग रहे हों किंतु सृष्टि के उषाकाल से ही धरती पर सत्य और प्रेम की विजय के लिए सावित्री और सत्यवान का जन्म होता रहा है। परन्तु मृत्यु के भयावह जबड़े, प्रेम और सत्य को बार-बार शिकस्त देकर उन्हें अपना ग्रास बनाते रहे। प्रेम की मृत्यु पर विजय न हो पाने के कारण सावित्री को नए सिरे से नई तैयारी के साथ मृत्यु के साथ संघर्ष करने और उस पर विजय पाने के लिए फिर से धरती पर अवतरित होना पड़ा।

("A lovelier light assumed her spirit brow
And sweet and solemn grew her musing gaze,
Celestial-human deep warm slumbrous fires
Woke in the long fringed glory of her eyes
Like altar-burnings in a mysteried shrine.")

(Savitri, page-357)

('एक मधुरतर प्रकाश की आभा उभरी उसके आत्म भाल पर जिससे उसकी चिंतनरत चितवन में गहनता और मृदुता आयी, स्वर्गीय पार्थिव, गंभीर, उनींदी ज्वालाएँ उसकी आँखों में लंबी पलकों की महिमा के भीतर दमकी जैसे किसी रहस्यमयी मंदिर में पावन एक यज्ञ वेदी हो जलती।')

सावित्री का शरीर दिव्य चेतना के पारदर्शी प्रकाश से निर्मित अग्निशिखा की प्रतिमा जैसा था। बहुत सारे देवता (दिव्य शक्तियाँ) उसके भीतर निवास करते थे, फिर भी उसकी प्रकृति अपनी संपूर्णता में परिपूर्ण व सामंजस्य पूर्ण रही। उसकी प्रकृति अनेकता में एकता की परिचायक थी। सावित्री की महनीय उपस्थिति ने लोगों की आत्मा में अज्ञेय और अज्ञात के रहस्यमय चेतना समुद्रों को पार करने की अभीप्सा जागृत कर दी। उसने अपने हृदयस्थ परम शांति और शाश्वत एकाकीपन को परमात्मा की वेदी पर अर्पित कर दिया। उसकी दिनचर्या समय के मंदिर में अनुष्ठान बन गई और उसके सारे कार्य यज्ञवत होते रहे-त्याग और निश्छल प्रेम से परिपूर्ण। श्री अरविंद का विश्वास है-

"Whoever is too great must lonely live,
Adored he walks in mighty solitude,

Vain is his labour to create his kind,
His only comrade is the Strength within."

(Savitri, page-368)

('जो अति महान हैं उसे अकेले जीवन जीना होगा, पूजित बन कर भी सशक्त एकान्त में विचरना होगा, व्यर्थ ही है उसका सारा श्रम (अन्यों को) अपने जैसा निर्मित करने का, उसके अभ्यंतर का महाबल ही है केवल साथी उसका।')

सावित्री में प्रेम, त्याग, साहस, निर्भीकता और चैतन्य और जीवन का प्रकाश अधिक होने के कारण कोई उसके सम्मुख टिक नहीं पाता था। वह लोगों के प्रेम, सम्मान और प्रशंसा की केंद्र बिंदु थी सब लोग उसकी पूजा करते थे, लेकिन किसी में उसका हाथ मांगने का साहस नहीं था।

"All worshipped marvellingly, none dared to claim
Her mind sat high pouring it's golden beams
Her heart was a crowded temple of delight---
A bright pure image in a priestless shrine."

(Savitri, page-368)

('पूजा सबने की अद्‌भुत ढंग से, पर कोई कर न सका उसको अधिकृत, उसका मन आसीन था उच्चता के शिखर पर उडेलता हुआ स्वर्णिम किरणों को, उसका अंतस आनंद का उमड़ता मंदिर था। पुजारी से रहित देवालय में वह पावन दीप्त मूर्ति'।)

अश्वपति भी सावित्री के तेजस्वी व्यक्तित्व से प्रभावित होकर उसे अपना जीवनसाथी स्वयं चुनने के लिए कहा। तुम अपने प्रेम और प्रारब्ध की पुकार सुनकर अपने जीवनसाथी को पाने के लिए जगत की विशाल गहराई तक खतरा उठाओ। अपने जीवन साथी को पा लेने के बाद तुम दोनों एक साथ पुरुष और शक्ति के रूप में मिलकर जागतिक आपदाओं और विरोधी शक्तियों को चुनौती दे सकोगे जो छद्म वेश में तुम्हारी अग्नि परीक्षा लेने को आतुर होंगे। प्रकृति की चेतना से ऊपर उठकर दिव्यता की ऊंचाई पर पहुँचकर आनंद के देवताओं (दिव्य शक्तिओं) से मिलो और उनके भी ऊपर की महत्तर भगवत्ता में डुबकी लगाओ, जो श्रेष्ठ जीवन से परे है।

"A seer, a strong Creator, is within,
The immaculate Grandeur broods upon your days
Almighty powers are shut in Nature's cells
A greater destiny waits you in your front."

(Savitri, page-370)

('एक द्रष्टा और समर्थ सृष्टा तुम्हारे भीतर छिपा हुआ है, विशुद्ध शोभा तुम्हारे दिवसों पर किये है ध्यान स्थित। तुम्हारे प्रकृति के ही कोशों के भीतर सर्व शक्तिशाली शक्तियां बंद हैं, तुम्हारे सम्मुख ही वह महत्तर नियति इंतजार कर रही है तुम्हारा।')

सावित्री अपने जीवन साथी की खोज में सुदूर स्थानों और जंगलों में भटकती रही। इस खोज के दौरान उसे साधु, संतों और योगियों से भी मिलने का सौभाग्य प्राप्त हुआ। सावित्री की खोज पूरी हुई और साल्वां के एकांत उपवन में उसे सत्यवान का चिर प्रतीक्षित दीदार हुआ।

" Here in this solitude far from the world
Her part she began in the world's joy and strife. "

(Savitri, page-391)

('परम एकाकी इस निर्जन में जग से दूर, जगत के सुख-दुख के बीच वह आरंभ की अपना अभिनय।')

एक दूसरे को देख कर वे ऐसे आकर्षित हुए मानो पूर्व परिचित हों। सत्यवान ने सावित्री को वह सब बताया कि कैसे उसके पिता‌ुमत्सेन का राजपाट छीन कर, उसे अंधा बना कर जंगल में रहने के लिए विवश किया गया है। प्रथम भेंट में ही दोनों को यह लगा कि उनका यह मिलन किसी उच्चतर उद्देश्य को फलीभूत करने के लिए हुआ है। शादी के पूर्व हुई प्रथम भेंट में सत्यवान ने सावित्री के प्रति अपने भाव कुछ इस तरह व्यक्त किए-

"Brighter than summer, brighter than my flowers
Into the lonely borders of my life,
O sunlight moulded like a golden maid
I know that mighty gods are friends of earth. "

(Savitri, page-400)

('मेरे प्रखर गृष्म से भी प्रदीप्ततर, मेरे अरण्य सुमनों से भी भाश्वर, मेरे जीवन के इन सुनसान तटों पर, कौन लोक से स्वर्ण परी सीआई हो? मुझे मालूम है शक्तिशाली देवता धरती के मित्र होते हैं।')

सत्यवान सावित्री से अपनी स्थिति-परिस्थिति, अपने जीवन में हुए बदलाव और पिता के बारे में बताते रहे और वह सुनती रही होकर ध्यान मग्न। सत्यवान की सत्य पूरित वचनों को सुनकर सावित्री प्रत्युत्तर में बोल उठी-

"Speak more to me, speak more, O Satyavan,
Speak of thyself and all thou art within,

I would know thee as if we had ever lived
Together in the chamber of our souls."

(Savitri, page-406)

('बोले जाओ मुझसे, और अधिक कुछ यूँ ही बोले जाओ, ओ सत्यवान, बोले जाओ अपने और भीतर के बारे में, ताकि चीन्ह लूँ तुमको मानो सचमुच हम दोनों आत्माओं के मंदिर में साथ-साथ रहते आए हैं।')

सत्यवान की कथा व्यथा सुनने के बाद सावित्री ने अपनी मन की बात थोड़े ही शब्दों में सत्यवान के आगे रख दी।

" O Satyavan, I have heard thee and I know
I know that thou and only thou art he."

(Savitri, page-409)

(ओ सत्यवान, मैंने तुम्हारे बोल सुने और अंतर ने जान लिया है, तुम ही वह हो और केवल तुम ही वह हो।)

"My heart will stay here on this forest verge
And close to this thatched roof while I am far:
Now of more wandering it has no need.")

(Savitri, page-411-412)

(जब तक बिछुड़ रही हूँ तब तक मेरा अंतर, इस वन के सीमांत दृश्य में, इसी पर्ण कुटिया के पास रमेगा, आगे अधिक भटकने की अब आवश्यकता ना शेष बची।')

सावित्री ने जीवनसाथी के रूप में ऐसे सत्यवान को चुना जिसकी मृत्यु 12 माह के भीतर हो जाने वाली थी। इसकी भविष्यवाणी नारद ने की थी। कोई भी मां-बाप अपनी इकलौती बिटिया की शादी भला ऐसे व्यक्ति से करने के लिए कैसे तैयार होता है। महारानी भी सावित्री से दूसरा वर ढूंढने को कहती हैं किंतु सावित्री स्पष्ट शब्दों में दृढ़ता पूर्वक कहती है कि यह मेरा प्रथम और अंतिम चुनाव है।

"Once my heart chose and chooses not again-
The word I have spoken can never be erased
It is written in the record book of God----
Death's grip can break our bodies, not our souls,
I am stronger than death and greater than my fate,
My love shall outlast the world, doom falls from me
Helpless against my immortality-
Fate's law may change, but not my spirit's will."

(Savitri, page-432)

('एक बार चुन लिया हृदय ने मेरे और दुबारा यह न कदापि चुनेगा, निकल चुके जो शब्द एकदा मुख से उन्हें न कोई मेट सकेगा, वह लिख गया बहीखाते में प्रभु के।... नष्ट देह को करें मृत्यु का पंजा पर आत्माओं को न नष्ट कर पाता है। मैं उस मृत्यु से अधिक बलशाली हूँ और अपने भाग्य से अधिक महत्तर, चाहे लय हो जाये यह जग पर मेरा प्रेम रहेगा अविचल, मेरे अमरत्व के आगे सब असहाय रहेंगे। विधि का नियम भले बदल जाये, पर मेरी आत्मा का संकल्प न बदलेगा'।)

सावित्री का चरित्र विश्व वांग्मय के नारी चरित्रों में सर्वश्रेष्ठ और अद्‌भुत है। वह देह की क्षण भंगुरता के लिए मोहित और आशक्त होने वाली नारी नहीं है। वह आत्मा की अमरता की सदैव विश्वासी रही है। वह सांसारिक सुख, दैहिक मिलन और उसकी निरंतरता के परे आत्मिक मिलन और उसकी शाश्वतता में विश्वास करती है। इसलिए मात्र एक वर्ष के लिए मिला सत्यवान का शारीरिक साथ भी उसे स्थाई रूप से विचलित नहीं कर सका। यही कारण रहा कि अपने पवित्र एवं निश्छल प्रेम के चलते वह मृत्यु (निश्चेतना) के मुंह से सत्यवान (सत्य चेतना रूपी जीवन) को वापस पाने में सफल हुई। वह धरती पर देह की क्षण भंगुरता के लिए जीने और मरने के लिए नहीं अवतरित हुई थी बल्कि धरती पर आत्मा और दिव्य चेतना का उद्‌घोष करने और दिव्य राज्य का विस्तार करने के लिए देह धारण की थी, जिसकी शुरुआत उसने अपने जीवन से ही देकर त्याग और बलिदान का अप्रतिम पाठ मानव जाति के सम्मुख प्रस्तुत किया। सावित्री की दिव्यता और उसके प्रयोजन से परिचित नारद ने महारानी को समझा-बुझाकर उनके दुख को हल्का किया और उन्हें बताया कि चेतना को धारण करने वाली भगवती माता का ही सावित्री के रूप में जगत का उद्धार करने के लिए जन्म हुआ है। सत्यवान की मृत्यु उस दिव्य प्रयोजन का एक अवश्यंभावी हिस्सा है, जिसका घटना तय है।

संसार में मृत्यु और दुख के नियम अटल हैं, जिसका पालन सृष्टि निर्माता भी करता है। हमें यह नहीं भूलना चाहिए कि मरण शील प्राणी के हृदय में ही देवत्व का बीज रहता है और यह देवत्व का पुष्प संसारी जीवन के वृक्ष पर ही खिलता है। ईश्वर का कोई न कोई संदेश वाहक संसारियों की सहायता के लिए समय-समय पर संसार में आता है ताकि पृथ्वी की आत्मा को ऊपर उठा सके, उनमें दिव्यता भर सके। इसके लिए उसे भी उसी जुए को ढोना पड़ता है जिसको उतारने के लिए वह संसार में आया करता है। उसे भी दुख और वेदनाएँ सहनी

पड़ती है। इस रूप में दुख और असहनीय कठिनाइयों की जीवन के विकास में महत्वपूर्ण भूमिका है। दुख ही जीवन को मांजता है, सुंदर बनाता है। मृत्यु से ही जीवन का द्वार खुलता है। इसके लिए महान आत्माओं को अपने जीवन का बलिदान देना पड़ता है। ईशु की तरह उसे अपना क्रास खुद ढोना पड़ता है जिस पर रखकर उसकी आत्मा में कीलें ठोकी जाती हैं। बावजूद इसके वह अपने प्रेम, करूणा और बलिदान से मरणशील मानव के लिए स्वर्ग का मार्ग प्रशस्त करता है। इसलिए करता है ताकि मानव जाति के कष्ट का भार कुछ हल्का हो सके और आत्मिक विकास का मार्ग सहज सुलभ हो सके। माना जाता है कि श्री अरविंद भी संसार के हवन कुंड में अपने जीवन प्राण के एक-एक कतरे की आहुति देकर संपूर्ण मानव जाति के लिए स्वर्ग के भूमिकरण का मार्ग प्रशस्त किया। सावित्री का त्याग और बलिदान भी धरती पर सत्य और प्रेम की विजय के निमित्त ही घटित हुआ है। दिव्य आत्मा के सिवाय भला कोई जानबूझकर मृत्यु का वरण करता है क्या?

"सावित्री" के पर्व सात में भाग्य के विधान का गंभीर विश्लेषण है। यह भाग अरविंद का टेस्टामेंट है। श्री अरविंद देह त्यागने के तीन-चार सप्ताह पूर्व तक इस भाग पर कार्य करते रहे। उन्होंने दुख और पीड़ा को जीवन को समझने और उसके विकास के लिए जरूरी माना है।

"Pain is the hammer of the gods to break
A dead resistance in the mortal's heart,
His slow inertia as of living stone."

(Savitri, page-443)

('दुख तो देवताओं का वह घन है जिससे वह मर्त्य हृदय के जड़ प्रतिकार को, पाषाणवत् जीवित उस तम-तंद्रा को तोड़ता है।')

श्री अरविंद का मानना है कि यदि जीवन में दुख और कष्ट नहीं है तो मनुष्य का समुचित विकास नहीं हो सकता। यह दुख ही है जिससे मनुष्य पूछता है कि ऐसा क्यों? यह प्रश्न उसे परिस्थितियों में सुधार करने और आगे बढ़ने की प्रेरणा देता है।

"Pain is the hand of Nature sculpturing men
To greatness: an inspired labour chisels
With heavenly cruelty an unwilling mould."

(Savitri, page-444)

('दुःख तो हाथ है प्रकृति माता का, गढ़ कर वह हमें महान बनाता, वह तो एक प्रेरणा प्रेरित श्रम है जो अनचाहे रूप को दैवीय निष्ठुरता से गढ़ कर मूर्ति

बनाता।')

युग दृष्टा योगी कवि श्री अरविंद कहते हैं कि परमात्मा की ओर से हुए अवतार यहाँ धरती पर मानवता को दुख से बचाने-उबारने के लिए आते हैं और उन्हें खुद उन्हीं दुखों को सहना पड़ता है। लेकिन विडंबना यह होती है कि जिस मनुष्य जाति के दुखों को दूर करने वे आते हैं, वही मनुष्य जाति उनकी सबसे बड़ी शत्रु और दुश्मन हो जाती है।

"He who would save the race must share its pain, ------
Must pass beneath the yoke of grief and pain,
They are caught by the Wheel that they have hoped to break
On their shoulders they must bear man's load of fate."

"Hard is the world-redeemer's heavy task,
The world itself becomes his adversary,
His enemies are the beings he came to save---
It gives the cross in payment for the crown."

(Savitri, page445 and448)

('जो उद्धार (मानव) जाति का करना चाहेगा, उसे उसका दुख सहना होगा, उसे दुख-दर्द के जुए के नीचे यहाँ लगाने होंगे अपने कंधे। वे खुद पकड़े जाते हैं उसी चक्र में जिसे तोड़ने की आशा करते हैं, मानव के भाग्य के बोझ को निज कंधों पर ढोने के लिए विवश होते हैं।'

जगती के इस महान त्राणदाता का भारी कार्य बहुत दुष्कर है, जग ही उसका प्रतिद्वंदी बन जाता है, प्राणी ही उसके बैरी बन जाते हैं जिन्हें बचाने वह आया होता है। उसे मुकुट के बदले में जग, सूली का उपहार दिया करता है'।)

संसार में कठिन अग्नि परीक्षा महान आत्माओं को ही अक्सर देना पड़ता है। भाग्य ही मनुष्य के कर्म और विधान को आकार देता है किंतु दिव्य आत्माएँ भाग्य और आत्मा के संतुलन को लोकहित में ढाल लेती हैं। वे भाग्य को आत्मा पर भारी होने नहीं देते बल्कि आत्मा ही भाग्य की दिशा को तय करने में सहायक होता है। सावित्री भी दैवीय इच्छा को संसार की समस्याओं के समाधान के लिए जानबूझकर चुनती है ताकि मूल्यवान जीवन के लिए मृत्यु को परास्त करने की विधियां गढ़ी जा सकें।

सावित्री की इच्छानुसार उसे सादर उस स्थान पर पहुँचाया गया है जहाँ सत्यवान निवासरत थे। चूँकि सावित्री को मालूम था कि सत्यवान की मृत्यु बारह माह बाद होनी है, इसलिए धरती पर मनुष्य रूप में जन्म लेने के नाते वह अंतर व्यथा से गुजरती रही। उसके मन में सत्यवान से मिलने की एक ओर खुशी तो

रही, वहीं दूसरी ओर उनकी मृत्यु को लेकर उसके मन में भारी दुख भी था। मिलन की खुशी और मृत्यु के भय के बीच इस सुने जंगल में सावित्री का समय बीतता रहा। घुल-घुल कर मरना अचानक हुई मृत्यु से अधिक दुखकर होता है। प्रकृति और पुरुष के इस महामिलन को श्री अरविंद ने इस रूप में वाणी दी है-

"A rushing of two spirits to be one
A burning of two bodies in one flame." 7-1

(Savitri, page-468)

('एक बन जाने के लिए दो प्रेमी आत्माएँ ललक उठी थी, दो शरीर की उद्दीप्त अग्नियां एक ज्वाल बन हो गई थी प्रज्ज्वलित।')

इस स्वर्णिम जुड़ाव और हंसी-खुशी के बावजूद भी सावित्री के मन में सत्यवान के भावी मृत्यु की छाया बार-बार उभरती रही। वह सत्यवान के प्रेम में डूबने का जितना प्रयास करती, उसे उतनी ही दुश्चिंता घेर लेती। क्योंकि सावित्री की आत्मा सामान्य कोटि की नहीं थी महान आत्मा होने के नाते उसके भीतर एक प्रशांत सत्ता का वास था इसलिए वह जीवन के इस नाटक को बिना विचलित हुए देखती रही फलतः उसने अपनी मन और हृदय को पूरी तरह नियंत्रित रखा। अपनी नियति को जानने के बावजूद भी वह सत्यवान रूपी परम सत्य और परम प्रेम में डूबने के लिए आतुर थी। वह अपने मन की इस बात को चिल्ला कर कहना चाहती थी, परन्तु नहीं कह सकी।

"O tender Satyavan,
O lover of my soul, give more, give more
Of love while yet thou canst, to her thoulov'st.
Imprint thyself for every nerve to keep---
For soon we partand who shall know how long
Before the great wheel in its monstrous round
Restore us to each other and our love."

(Savitri, page-471, 472)

('ओ प्रिय सत्यवान, ओ मेरी आत्मा के प्रेमी, मुझे प्रेम की घूंट पिलाओ और पिलाते जाओ, ढालो प्रेम के, घूंट अपनी प्राण। प्रिया के प्याले में, जब तक ढाल सको, एक-एक नस-नाड़ी जो मेरे ऊर का संदेश तुम्हें भेजा करती है उस पर अपने को अंकित कर दो क्योंकि शीघ्र ही हम वियुक्त होंगे। कौन जाने फिर कहाँ मिलेंगे और कितने दिन तक फिर बीच में हमारे भीषण कालचक्र का कराल निष्ठुर घूमेगा और न जाने कब हमको और हमारे प्रेम को फ़िर एक दूसरे से मिला सकेगा?')

माना जाता है कि सामान्य मनुष्य अपने दुखों को जल्दी प्रकट कर देता है वह उस छिपा नहीं पाता है जब कि महान आत्माएँ दुख में भी धैर्य धारण किये रहती हैं। उसे लोगों के सामने प्रकट नहीं करती हैं। इस रूप में सावित्री की आत्मा दृढ़ और महान है।

"So her grief's heavy sky shut in her heart. "

(Savitri, page-473)

('इसलिए वह अपने दुःख के भारी आकाश को अपने हृदय में ही बंद रखी।')

जीवन और मृत्यु के बारे में गंभीरता से सोचते हुए सावित्री ऊपर से भले ही शांति और धैर्य की प्रकाशक लग रही थी किंतु उसके हृदय भय एवं अशांति के भयंकर तूफान से घिरा था। कभी-कभी तो वह सोचती कि सत्यवान की मृत्यु के साथ ही वह अपना बलिदान करके मृत्यु के दरवाजे से होकर सत्यवान की आत्मा के साथ स्वर्ग में मिलकर अपने एकत्व को प्राप्त कर लेगी, उसकी चिता में समा जाएगी। किंतु फिर उसे लगता कि सत्यवान के बूढ़े मां-बाप को छोड़कर, जिन्हें सहायता की आवश्यकता है, ऐसा करना कदापि उचित नहीं है। सावित्री को धीरे-धीरे प्रेम और आत्मा की पवित्रता और विराटता का बोध हुआ। उसकी आत्मा अक्सर सत्यवान के साथ ही रहती। आत्मिक प्रेम का पारावार इतना बढ़ा कि उसके व्यथा और भय महान आत्मिक प्रेम के खुराक बन गए। दिव्य प्रेम के आगे भय और व्यथा का अस्तित्व ही समाप्त हो गया। वह प्रेम और दिव्य आत्मा की शक्ति से संपन्न देवी बन गई। उन्हें आत्मा के पथ पर चलने के लिए जगत नियंता मां की पुकार सुनाई देने लगी।

"Why camest thou to this dumb deathbound earth ,
O spirit , O immortal energy!
Arise , O soul and vanquish Time and Death. "

(Savitri, page-474)

('भला तू क्यों इस गूँगी और मृत्यु बद्ध धरती पर आयी है, ओ आत्मा, ओ अमर शक्ति! ओ आत्मा जाग तू और कर दे पराभूत काल और मृत्यु को।')

ऋषि कवि श्री अरविंद ने आत्मा के लिए खोज की अंतर दर्शी रूपक कथा का निरूपण कर मनुष्य देहधारी सावित्री के मन और व्यक्तित्व को समझने और समझाने की कोशिश की है। यह सच है कि मनुष्य भाग्य के अधीन होकर जीवन जीता है, किंतु अपनी इस नियति को वह अपनी आत्मा में रूपांतरण करके बदल सकता है। सावित्री का संघर्षपूर्ण जीवन आत्मा और व्यक्तित्व के रूपांतरण की

प्रेरणादायी कहानी है। सावित्री का जीवन एक अमर रूपक है। इसमें मानव जाति के लिए संजीवनी है। इसमें जीवन बोध के मूल्यवान सूत्र हैं।

सावित्री ने सत्य को धारण करने वाले सत्यवान को पा तो लिया है, किंतु वह असंख्य प्रश्नों से मन ही मन जूझ रही है। वह दिव्य वाणी के प्रत्युत्तर में कहती है कि मेरी शक्ति को मुझसे छीन लिया गया है और उसे मृत्यु को दे दिया गया है। इसलिए मैं क्यों उस स्वर्ग की ओर अपना हाथ पसारूं जिनके दरवाजे मेरे लिए बंद है? अथवा खामोश दुर्भाग्य से ही क्यों लड़ूं जिसे आना ही है?

" Or hope in vain to uplift an ignorant race
Who hug their lot and mock the saviour light. "

(Savitri, page-475)

(या उस अज्ञानी जाति को ऊपर उठाने की व्यर्थ में आशा क्यों करूं जो अपने भाग्य से चिपकी हुई है और अपने उद्धारक प्रकाश की ही खिल्ली उड़ाती है?)

मैं पृथ्वी के अकाट्य नियमों के विरुद्ध संघर्ष क्यों करूं? या मृत्यु की सुनिश्चित घड़ी को टालने का प्रयास क्यों करूं? आदि। वैसे तो सावित्री आदि शक्ति स्वरूपा जगत नियंता मां भगवती का कृपा वरदान है। वह सामान्य मानव नहीं है, किंतु धरती पर मनुष्य के रूप में जन्मने के कारण वह अपने मूल स्वरूप को भूल गई है। इसलिए सामान्य मानव की तरह दुविधा ग्रस्त है।उसके अवतरण के पवित्र उद्देश्य को बताने के लिए दिव्य वाणी की पुकार उसके मन में फिर उठी।

'ओ आत्मन! तेरी आत्मा जब अपनी विस्मृति से जागेगी और यह जानेगी कि तेरा अवतरण जिस कार्य के लिए धरती पर हुआ है वह अधूरा रह गया तो वह क्या कहेगी? शाश्वत के मिशन का दायित्व संभाले हुए युगों से देवताओं (सत्य) के पद चिन्हों पर चलने वाली क्या तू इस जीवन के पुराने धूल खाते विधाओं को परिवर्तित किए बिना ही यहाँ से चली जाओगी? क्या कोई नए विधान नहीं रचोगी? क्या कोई नई सृष्टि का स्पंदन नहीं आएगा? जिस सत्य की आग को तुम्हारे भीतर उस जगत नियंता मां ने जलाकर अपने मिशन को पूरा करने के लिए धरती पर भेजा है क्या वह विफल हो गया है और उसका यंत्र बिना कार्य को पूरा किए ही पृथ्वी से वापस लौट आया है।' क्या यह सब मुझे उस जगत जननी के सम्मुख कहना होगा?

सावित्री का हृदय यह सुनकर जागृत हो गया और वह उस अमर वाणी से

हृदय की गहराई में उतर कर आदेशित करने के लिए निवेदन किया। उस नीरव दिव्य वाणी ने कहा:

"Find out thy soul, recover thy hid self
In silence seek God's meaning in thy depths
Then mortal nature change to the divine.
Open God's door, inter into his trance."

(Savitri, page-476)

('सावित्री! तू अपनी आत्मा को खोज और अपने 'स्व' को पुनर्जागृत कर, अपने एकांत में परमात्मा के उस उद्देश्य को ढूंढ जो तेरी गहराइयों में निहित है। फिर अपनी मानवीय प्रकृति को दिव्यता में परिणित करने का प्रयास कर। भगवान के बंद दरवाजे को अपने भीतर खोल और उसकी समाधि में प्रवेश कर जा।') अपने आक्रोश पूर्ण विचारों से दूर होते ही परमात्मा का प्रचंड मौन तुम्हारे मस्तिष्क को शांत कर देगा और उसका सर्वव्यापी परम सत्य तुम्हारे भीतर जागकर तुम्हारी आँखों से देखने लगेगा। तब तेरी आवाज उस परमात्मा के नाद ब्रह्म से जुड़कर एक महान शक्ति का वाहक बन जाएगी और तू मृत्यु पर विजय प्राप्त कर सकेगी।'

"सावित्री" में हम पाते हैं कि अश्वपति की यात्रा विभिन्न चेतना लोकों की यात्रा रही है, जो योगमय जीवन के लिए अर्थात् दिव्य जीवन के लिए आवश्यक है। तो वहीं सावित्री की खोज आत्मा की खोज है, आंतरिक खोज है, इनर एक्सप्लोरेशन है। आत्मा की खोज का अर्थ उस दिव्य कुंजी की खोज है जिसे पाकर परमात्मा का द्वार खुल जाता है और मनुष्य राग-विराग से मुक्त हो जाता है। इसके साथ ही यह नहीं भूलना चाहिए कि आत्मा का प्रतिनिधि यह मन बहुत ही चंचल है। वह कभी शांत नहीं रहता है। उसके भीतर निरंतर विचारों की दौड़ जारी रहती है। कभी यह आंतरिक मन की अनंतता में यात्रा करता है तो कभी सूक्ष्म जगत में आकर सूक्ष्म चेतनाओं का चक्कर लगाता है। कभी स्वर्ग के द्वार खटखटाता है तो कभी नरक में भी डुबकी लगाने के लिए दौड़ पड़ता है। मन की शक्ति अनंत है। उसे नियंत्रित रखने पर वह दिव्यता का द्वार खोलने में सहायक होती है। वही अनियंत्रित होने पर प्रेम और सत्य की कुंजी को नर्क के गर्त में फेंक देती है।

सावित्री को आत्मा की खोज के दौरान लगा कि मानव के दिखने वाले बाह्य जीवन का दायरा कम है। जब कि आंतरिक जीवन बेहद व्यापक और रहस्य पूर्ण है। उसे यह भी अनुभूति हुई कि मनुष्य के भीतर एक राजा का वास है जिसका

उसे ठीक से ज्ञान नहीं है। रहस्यमयी चेतना के पर्दे के पीछे यह राजा आत्मिक आनंद में निरत रह कर अपनी एकांतिकता में अमृत का पान करता है। आयरिश कवि डब्लू बी इट्स, जो कि भारतीय दर्शन और उपनिषद से भी बहुत प्रभावित था, की कुछ रचनाओं में भी कर्मेंद्रियों, ज्ञानेंद्रियों, दो सुंदर पंख वाले पक्षियों और राजा की बात का उल्लेख प्रतीक रूप में मिलता है। भारतीय आध्यात्मिक ग्रंथों में, उपनिषदों में आत्मा और परम शक्ति की महत्ता एवं उसके उद्देश्य को निरूपित किया गया है। श्री अरविंद ने भी "सावित्री" में यही सिद्ध किया है कि आत्मा और परमात्मा के रहस्य को जानकर ही जड़ता से मुक्त हुआ जा सकता है। पृथ्वी पर दिव्य रूपांतरण करना ही परम शक्ति का उद्देश्य है।

"Earth must transform herself and equal heaven
Or Heaven descend into earth 's mortal state-
But for such vast spiritual change to be
Out of the mystic cavern in men 's heart
The heavenly Psyche must put off her veil
And step into common nature 's crowded rooms."

(Savitri, page486, 487)

('पृथ्वी को परिवर्तित होना ही है और समकक्ष स्वर्ग या परमात्मा को इस पृथ्वी की मर्त्य दशा में आकर यहाँ उतरना ही है। किंतु महत आध्यात्मिक परिवर्तन को ले आने की खातिर रहस्यमयी गुफा के बाहर आकर मानव के अभ्यंतर में चैत्य पुरुष को एकदम निरावरण होना होगा और सामान्य प्रकृति की भीड़-भाड़ से भरे कक्षाओं में प्रविशाना होगा।')

आत्मा का पथ आसान नहीं है। आत्मा के पथिक को निश्चेतना की शक्तियों से टकराना पड़ता है। धोखा, छल आकर्षण और सम्मोहन के शिकार होने का खतरा अक्सर इस पथ पर बना रहता है, और वे दिव्य पथ पर बढ़ने से रोकती हैं -

"Back, creature of earth, lest tortured and torn thou die."

(Savitri, page-489)

('लौट जा, हे धरती की प्राणी, अन्यथा प्रताड़ित और विदरित होकर तेरा प्राणांत होगा।')

भौतिक मन की शक्तियों ने सावित्री से कहा कि जड़ता ही वास्तविक सत्य का राज्य है। उन्होंने आत्मा को ग्रंथियों का केवल रस कहकर उसे अर्थहीन बताया, किंतु वह इन प्रलोभनों को पार कर चैतन्य पथ पर बढ़ती गयी। आत्मा के अटल खोजी को आत्मा का साक्षात्कार पाने से कोई नहीं रोक सकता है।

खोज के अगले क्रम में सावित्री को करुणा की देवी, शक्ति की देवी और बौद्धिक ज्ञान की देवी से भेंट हुई। तीनों ही अलग-अलग ढंग से अपने को श्रेष्ठ मानकर सावित्री को प्रलोभन देती रहीं, लेकिन सावित्री को अनुभूति हुई कि करुणा बिना शक्ति के, शक्ति बिना विवेक के और विवेक बिना दिव्यता के अधूरे हैं। तीनों के मिलने से ही पूर्णता और सक्षमता आती है। अलगाव की ताकत से नहीं, बल्कि जुड़ाव की शक्ति से ही रूपांतरण संभव है। इसलिए सावित्री इन विभेद कारी शक्तियों से ऊपर उठते हुए अज्ञेय के महा शून्य में पहुँचती है और वहीं वह अपनी चैत्यात्मा को उपलब्ध कर लेती है।

सावित्री जागतिक अंधेरे से भिन्न परमात्मा के राज्य के नीरवता में प्रवेश करती है। वहाँ न विचार है, प्रकाश है, न हृदय है, न ज्ञान है। वहाँ एक पवित्र अंधेरा है, आकार हीन, स्वर विहीन। वहाँ पवित्र खालीपन है।

"A sacred darkness brooded now within."

(Savitri, page-522)

('एक पवित्र अंधेरा अब उसके भीतर छा गया था।')

आत्मा के इस पवित्र राज्य में सावित्री को तादात्म्य बोध हुआ कि

"She knew herself Beloved of the Supreme :
The Mother was she of Beauty and Delight
The Word in Brahma's vast creating clasp."

(Savitri, page-525)

('वह (सावित्री) निज को' परम पुरुष' की' प्राणवल्लभा' जानाः वह सौंदर्य और आनंद की जननी थी और ब्रह्मा के विराट सृजनात्मक परिरंभण में फूटा आदि नाद थी।')

सावित्री अंतिम कक्ष में पहुँची, जहाँ उसे अनुभव हुआ कि केवल 'एक सत' है।

"A Sun of which all knowledge is a beam
A Greatness without whom no life could be."

(Savitri, page-525)

('सारा ज्ञान परम सूर्य की ही एक रश्मि है, एक ऐसी महत्ता जिसके बिना संभव नहीं था जीवन।')

उसे वहाँ बोध हुआ कि एक सुरंग से गुजर कर जब वह बाहर आई, तब वह परमात्मा का ऐसा अद्‌भुत नजारा देखकर अभिभूत हो गई।

"She came out where there shone a deathless Sun,

"A house was there all made of flame and light."

(*Savitri, page–525*)

(वह सुरंग से बाहर एक अमर्त्य सूर्य ज्योति में आ निकली, एक ऐसा घर था वहाँ जो ज्वाला और प्रकाश से निर्मित था।')

विशुद्ध आत्मा के स्थल पर पहुँचते ही सावित्री में एक महान देवी परिवर्तन घटित हुआ दिव्यता की लो चारों तरफ फैल गई।

"In the country of lotus of the head
In the castle of the lotus twiñt the brows
In passage of the lotus of the throat
A glad uplift and a new working came."

(*Savitri, page–529*)

('शीश के सहस्त्रार के भीतर जो विचारक मन का व्यस्त क्षेत्र है, आज्ञा चक्र कमल के उसी दुर्ग में जहाँ से यह मन विचार और संकल्प तीरों को फेंका करता है और विशुद्ध कंठ चक्र के मार्ग में जहाँ से वाणी फूटती है... वहीं से एक प्रसन्न उदात्त और नई कार्य की क्रिया प्रारंभ हो गयी।')

आत्मा के दिव्य बोध से सावित्री के भी रूपांतरण शुरू हो गया और उसका प्रत्येक कार्य भगवान का कार्य हो गया। इस तरह सावित्री की पूरी शरीर में दिव्यता और समरसता आ गयी। प्रकृति का घुंघट पट हट गया। फिर क्या, प्रकाश पुंज निश्चेनाऔर अज्ञानता को प्रकाशित करने में जुट गया। अन्दर से विजय की पुकार मुखर हो गयी।

"O Soul, my soul, we have created Heaven
Within we have found the kingdom here of God."

(*Savitri, page–531*)

(ओ आत्मा, ओ मेरी आत्मा! हमने स्वर्ग को अपने भीतर ही रचा लिया है, प्रभु के साम्राज्य को यहीं भीतर ही पा लिया है।')

इस तरह सावित्री आंतरिक पूर्णता को प्राप्त हुई।

"A first perfection stage is reached at last
Out of the wood and stone of our nature's stuff–
A temple is shaped where the high gods could live."

(*Savitri, page–531*)

('अंततः प्राप्त कर लिया गया पूर्णता का प्रथम चरण और हमारे प्राकृतिक तत्व के इसी काठ और पत्थर से रच कर निर्मित हो गया एक मंदिर, जहाँ वास कर सके उन्नत देवगण।')

आत्मा पूर्ण है इसलिए बहुत साफ होता है अजर अमर है मृत्यु का असर उस पर नहीं होता है। यह पूर्णता ही मानव जाति की सुरक्षा के लिए प्रतिज्ञा है यह पूर्णता ही मानवता जाति को अज्ञानता और मृत्यु से बचा सकती है

"One man 's perfection still can save the world."

(Savitri, page-531)

('एक मनुष्य की परिपूर्णता समूचे विश्व का कर सकती है परित्राण।')

सावित्री के योग में परिपूर्णता है, और यहीं पूर्णता जगत के उद्धार में सहायक बनती है। "सावित्री" के पूर्ण योग में भौतिक जगत और आध्यात्मिक जगत में किसी तरह की टकराहट का भाव न होकर आनंददायी सामिप्य की स्थिति है। पहले संसारी जीवन और भागवत जीवन को दो विरोधी ध्रुव मानकर किसी एक को चुनने पर बल दिया जाता था। दोनों को एक दूसरे का विरोधी माना जाता था। परंतु सावित्री के इस योग के माध्यम से एक नवीन, रूपांतरकारी एवं सामंजस्य पूर्ण अनुसंधान की सुनहरी कुंजी मानव जाति को श्री अरविंद ने दिया है।

श्री अरविंद की योग साधना अश्वपति और सावित्री के माध्यम से फलवती हुई। लोगों तक पहुँची। अपने अस्तित्व के सत्य को प्राप्त कर लेने के बाद सावित्री का जीवन परिपूर्ण हो गया। आनंद से भर गया। सत्यवान के सिर पर मृत्यु का प्राणघातक घेरा जिसे भाग्य ने निर्मित किया था उसे अब दिखना बंद हो गया बल्कि उस काली छाया की जगह उसे सुनहला प्रभामंडल दिखाई दिया। चैत्यात्मा की प्राप्ति के बाद सावित्री को निर्वाण और कैवल्य की अनुभूति हुई। लेकिन ऐसा लगता है कि निर्माण और कैवल्य की अनुभूति भी स्थाई नहीं है। शायद तभी उसे चेतना की पातालवत् खाई की अनुभूति भी इसी के समानांतर हुई। एक अंधेरी रात, एक ऐसा छाया जो सबको निगलने के लिए आतुर लगी। मानो उससे कोई कह रहा हो कि मैं मृत्यु हूँ, मैं माया हूँ, मैं काली हूँ। मैं सबका विनाश कर देती हूँ। इस अंधकार के बिहड़ उजाड़ में सावित्री को संसार मिथ्या लगने लगा। उसे निर्माण की अनुभूति हुई। इस अनुभूति में वह अधिक समय तक नहीं रह सकी। उसे नाद ब्रह्म के स्पंदन ने सतर्क किया कि हे सावित्री! तुम्हें जो शक्ति दी गई है उसका उपयोग संसार के उद्धार के लिए करना है। संसार के सारे कष्टों को, उसके दुख-दर्द को अपना बनाकर पृथ्वी और स्वर्ग के बीच सेतु शक्ति बनना है। दिव्य शक्ति की पुकार को सुनकर सावित्री अनुभूति के ऐसे लोक में चली गई जहाँ सब कुछ अचल था, काल से परे, जहाँ मौन और महाशून्य था, जहाँ न विचार था और न ही स्वरूप।

सावित्री का दैनिक जीवन लोगों की दृष्टि में सहज और सामान्य रूप से चलता रहा किंतु वह दिव्य मां के परम चेतना बोध से गुजर रही थी। उसकी आंतरिक दशा का भान किसी को नहीं था। अब उसके लिए सब कुछ परम सत्य था। सब कुछ कॉन्शियस था। और वह यथार्थ समय विहीन भी था और समय भी था। उसमें रूपविहिनता भी थी और रूप भी था। उसका अस्तित्व संपूर्ण सृष्टि से एकाकार था। सावित्री को घनीभूत अनुभूति हुई-

"Her spirit saw the world as living God,
It saw the One and knew that all was He,
All Nature's happenings were events in her:
She was no more herself but all the world."

(Savitri, page-556)

('सावित्री की आत्मा ने इस जग को जीवित जागृत परमात्मा के रूप में देखा, उसने देखा उस एक को ही और वह एक ही सब कुछ है। सारी प्रकृति का सकल व्यापार अब उसके भीतर की ही घटनाएँ थी, अब केवल अकेली वह नहीं थी अपितु सार्वभौमिक जगत थी'।)

वह अज्ञानता से परे ही नहीं चली गई और अपनी आत्मा को उपलब्ध ही नहीं कर ली बल्कि उसकी आत्मा कॉस्मिक, संपूर्ण ब्रह्मांड हो गई। वह सुपर कॉन्शियस (भावातीत) अवस्था में रहने लगी। वह 'सर्वखलुमिदं ब्रह्म' की चैतन्य अनुभूति से आप्लावित हो गयी। ऐसी आत्मा विश्व आत्मा बन जाती है। सारा जगत उसे परमात्मा का रूप लगने लगता है। सारी विश्व की धड़कन उसका स्पंदन बन जाती है। कुल मिलाकर व्यक्ति के भीतर एक ऐसी भाव स्थिति निर्मित हो जाती है जिससे वह अंधेरी शक्तियों मृत्यु की शक्तियों का डटकर मुकाबला करने के योग्य हो जाता है। यह सच है कि बिना समस्या के मनुष्य समाधान का रास्ता नहीं खोजता है। सावित्री को भी सत्यवान की मृत्यु की जानकारी यदि पहले से न होती तो शायद वह भी मृत्यु के ऊपर विजय प्राप्त करने का उपाय न ढूंढ पाती। मृत्यु बोध से ही उसे मूल्यवान जीवन बोध की स्वर्णिम कुंजी मिली। एक ऐसी मूल्यवान कुंजी जिससे पूरी मानव जाति मृत्यु और मृत्यु सदृश विपत्तियों का सामना कर उस पर विजय प्राप्त कर सके।

मनुष्य संसार में यदि किसी से सबसे अधिक डरता-धबराता है तो वह है मृत्यु। वह मृत्यु से बचने के लिए भौतिक उपाय खोजता है, किंतु मृत्यु अंततः उसे काल के गाल में ढकेल ही देती है। श्री अरविंद सावित्री के माध्यम से मृत्यु के ऊपर विजय पाने की कला मानव जाति को सिखाते हैं ताकि मृत्यु से गुजर कर भी उसे मृत्यु का एहसास न हो। ओशो की भी एक पुस्तक है-"मैं मृत्यु

सिखाता हूँ"। जॉन डन अपनी एक कविता "डेथ वी नॉट प्राऊड" में मृत्यु की भयावहता और उसकी शक्ति को नकारते झूठलाते हुए कहता है कि हे मृत्यु, तुम ही मरती हो और हम तो शाश्वत रूप से जी उठते हैं। इन सारी सिखावन के बाद भी क्या हम मृत्यु पर विजय प्राप्त कर सके? आज भी मृत्यु एक बहुत बड़ी गुत्थी बनी हुई है। मृत्यु पर विजय पाने के लिए मनुष्य की आत्मा को विश्वात्मा बनना पड़ता है। चेतना के उस दिव्य तल पर स्थित होना पड़ता है, जहाँ सब कुछ होते हुए भी कुछ नहीं है। जिस मूल्यवान उपाय को सावित्री जन-जन में उतारना चाहती है, क्या उसके लिए आज भी यह धरती तैयार है? ऐसा लगता तो है कि पाश्चात्य देह संस्कृति की भयावह आंधियों के बीच, भौतिक जीवन के अर्थहीन चकाचौंध और उसकी मृत्यु सदृश्य स्थितियों से अकबका-घबरा कर एक दिन यह मानव जाति जीवन और आत्मा की प्रकाश नदी में नहाने के लिए उद्धत हो उठेगी। यह दिन जरूर आएगा क्योंकि अंधेरा तेजी से बढ़ रहा है।

सावित्री को पूर्व से ही ज्ञात था कि बारह माह पूर्ण होने पर सत्यवान से उसे पार्थिव रूप में बिछड़ना पड़ेगा। इस तथ्य को जानने के बावजूद सत्यवान के मृत्यु के दिन भी वह सारा गृह कार्य सहज रूप से पूर्ण करती रही। इतना ही नहीं बड़ी गंभीरता और सावधानी से वह उस दिन सत्यवान के साथ जंगल में जाने की अनुमति भी रानी मां से प्राप्त करती हैं।

"She answered : Do as thy wise mind desires ,
O calm child sovereign with the eyes that rule---
All that thou doest , all our mind conceive ,
Like the strong sun that serves earth from above. "

(Savitri, page-562)

('तू वही कर जो तेरा सुविज्ञ मन चाहे, ओ मेरी शांत शिशु सामग्री! मैं तो तुमको एक शक्तिशालिनी देवी सा जानती हूँ और तुम जो कुछ करती हो उसे हमारा मस्तिष्क मानता है। वह उसी भांति उन्नत है जैसे शक्तिशाली सविता सुदूर ऊपर रहकर धरती की करता है सेवा')

सत्यवान के हाथ में हाथ मिलाकर सावित्री वन के विशाल शांति और सौंदर्यममी क्षेत्र में प्रवेश करती है। सत्यवान सावित्री के साथ हर्षित है। वह सावित्री को वन के वैभव से परिचित कराता है किंतु सावित्री उत्साह पूर्ण जीवन में रस लेने के बदले मृत्यु के बारे में सोचती रही। उसे लगा कि मृत्यु का क्रूर देवता यहीं कहीं छुपा होगा और कुछ घंटे में प्रकट होकर सत्यवान को उससे छीन लेगा। वह सत्यवान को चुपचाप अपलक देखती रही। जंगल में लकड़ी

काटते समय सत्यवान अचानक शरीर में भयंकर दर्द से कराह उठा और सावित्री को पुकार कर कहा-

"Awhile let me lay my head upon thy lap
And guard me with thy hands from evil fate :
Perhaps because thou touchest, death may pass."

(Savitri, page-564)

('एक घड़ी भर के लिए मुझे अपना सिर अब अपनी गोद में रखने दो और अपने हाथों से रक्षा करके एक अशुभ भावी से मुझे बचा लो। तुम्हारे अमृत स्पर्श से शायद मेरी मृत्यु आज टल जाए')

और जब पीड़ा असह्य हो गई, तब सत्यवान जोर से चिल्ला कर कहा-

"Savitri, Savitri, O Savitri,
Lean down, my soul, and kiss me while I die."

(Savitri, page-565)

('सावित्री, ओ सावित्री! जब मैं विदा हो रहा हूँ तब मेरा चुंबन कर मेरी आत्मा पर छा जाओ')

जैसे ही सावित्री ने सत्यवान की इच्छा चुंबन देकर पूरी की, वैसे ही सत्यवान ने देह त्याग दी। फिर भी सावित्री को जंगल के बीहड़ एकांत में लगा कि वह अकेले नहीं है। कोई एक सचेतन विशाल सत्ता वहाँ उपस्थित है। भयंकर निस्तब्धता में साक्षात मृत्यु के देवता यमराज उसके सामने खड़े हैं।

"And Satyavan had passed from her embrace."

Savitri, page-566)

('और सत्यवान उसके आलिंगन से छूट चुका था')

सत्यवान की मृत्यु पर सावित्री उस जंगल में अकेले रोती बिलखती नहीं है बल्कि मृत्यु के देवता यमराज से उसकी आत्मा लौटाने के लिए वैचारिक संवाद करती है और अंत में उसके प्रेम और विश्वास की जीत होती है। "सावित्री" महाकाव्य में सावित्री और यमराज के बीच हुआ संवाद विश्व आंगन की एक महत्वपूर्ण रचनात्मक घटना है। उस विशाल अरण्य में सावित्री को कुछ समय के लिए लगा कि उसका मन भी सत्यवान की मृत्यु के साथ मर गया है। वह पति के मृत शरीर को अपनी छाती से लगाए रखी, मानो वह एकत्व के जीवन को संभाल रही हो। फिर यकायक उसमें विचित्र परिवर्तन हुआ। एक शक्ति उसमें उतरी। उसका विचारक लुप्त हो गया और आत्मा देखने लगी। वह यमराज का सामना करने के लिए दृढ़ता से उठी। सावित्री और विश्व देवता यमराज एक दूसरे के विरुद्ध खड़े थे। एक आवाज आई-

'हे प्रकृति की दासी, अपने प्रेम के प्रभाव को ढीला कर और सत्यवान को छोड़ दे। उसकी जीवित समाधि में अपने प्रेम को दफना दे। अपरिवर्तनीय नियम को तोड़ने का प्रयास करने वाली तू व्यर्थ ही मेरे जुए को तोड़ने के लिए अपनी आदिम समझ द्वारा विद्रोह कर रही है।' सावित्री उस आवाज को अनसुनी करते हुए अटल खड़ी रही, फिर आवाज आई-'तुम भी सत्यवान के समान अभिशप्त प्राणी हो। एक दिन तुम भी विनाश के गाल में समा जाओगी। फिर क्यों सत्यवान की आत्मा को मृत्यु की शांति में जाकर शांतिपूर्वक विश्राम करने से वंचित कर रही हो? उसकी आत्मा पर महत्तर शक्ति का अधिकार है। तुम्हारी इस पकड़ के कारण तुम्हारे पति को बहुत कष्ट हो रहा है। अपने आलिंगन को ढीला कर उसे छोड़ दो।' सावित्री को अनुभव हुआ कि उसके पृथ्वी लोक और यम के यमलोक के बीच सत्यवान की ज्योतिर्मयी आत्मा खड़ी है। सावित्री यम देवता के पीछे-पीछे सत्यवान की आत्मा को पुनः पाने के लिए चलती रही। उसे अपने पार्थिव शरीर का भान जाता रहा। वह आत्मा के पंखों पर सवार होकर जगत की सीमाओं को पार की। सूक्ष्म शरीर में प्रवेश करते ही वह समाधि में चली गई। सत्यवान से पूर्ण एकाकार की स्थिति में वह सावित्री की आत्मा में धड़कने लगा। यह अद्‌भुत प्रेम था जिसे बचाने के लिए ही सावित्री का अवतरण हुआ था। लेकिन सत्यवान की आत्मा पर विजय पाना सावित्री के लिए आसान काम नहीं था। सत्यवान की ज्योतिर्मयी आत्मा के पीछे सावित्री को आता देख मृत्यु ने चीख कर कहा-

'हे मरणशील मानव, अपने नश्वर मानव जगत की ओर वापस लौट जा। मृत्यु के घर तक सत्यवान की आत्मा का पीछा करने की इच्छा तू बिल्कुल मत कर। वहाँ तो तू जा ही नहीं सकेगी। वहाँ तो काल भी मर जाता है।' इसे दैवी योजना समझकर अपनी माननीय सीमाओं को पार करने का प्रयत्न मत करो।

"O sleeper, dreaming of divinity,
Impermanent creatures, sorrowful foam of Time,
Your transient loves bind not the eternal gods."

(Savitri, page-581)

('ओ सोने वाले, तुम दिव्यता के स्वप्न देखते हो। तुम नश्वर प्राणी हो। काल के सागर में उफनते दुखपूर्ण बुलबुलों! तुम फेन के समान हो। तुम्हारा नश्वर प्रेम सनातन देवताओं को अपनी सीमाओं में कभी नहीं बांध सकता।')

मृत्यु के द्वारा बार-बार समझाने-फटकारने के बाद भी सावित्री उस शास्वत रात्रि में भयंकर त्रासदी को झेलते हुए आत्मिक शक्ति के सहारे मृत्यु की महा

शून्यता के भीतर जीवन की संभावना को तलाशते हुए बढ़ती रही। इस संदर्भ में श्री मां का यह मार्मिक कथन रोमांचित करता है-

"O my lord, my sweet master, for the accomplishment of my work, I have sunk down into the unfathomable depths of Matter, I have touched with my finger the horror of the falsehood and Inconscience, I have reached the seat of oblivion and supreme obscurity."

और यहाँ सावित्री भी महाशून्य के अंधकार में, जो मृत्यु का गढ़ है, आत्मा के पंख पर सवार होकर मृत्यु का विरोध करती रही। आत्मा जीवन है, वह प्रकाश का प्रतीक है। इस रूप में वह मृत्यु का प्रबल विरोधी है। इसलिए अंधेरा प्रकाश अर्थात् आत्मा से डरता है। उसे अपने क्षेत्र में घुसने से रोकता है। मृत्यु की निश्चेतना आत्मा की शाश्वतता के प्रवेश को अपने क्षेत्र में हमला मानती हैं। इसलिए किसी भी कीमत पर उसके अस्तित्व को विफल करती हैं। फलतः मृत्यु की एक विनाशक चीख सावित्री रूपी आत्मा के विरुद्ध उभरी-'यह शाश्वत रात्रि का घर है। जीवन की सारी इच्छाएँ यहाँ दफना दी जाती हैं। क्या इस शून्यता में तुम जीवित रहने और प्रेम करने की इच्छा रखती हो? तुमने शून्यता को पार कर लिया है। इसलिए तुमने विजय पा ली है। अब सत्यवान के बिना भी तुम रह सकती हो। तुम्हें समझना चाहिए कि मनुष्य एक विचार करता हुआ मिट्टी का चमत्कार ही तो है। वह भ्रमों के बीच चलता हुआ काल का शीशु ही तो है। ईश्वर और स्वर्ग सब उसकी कल्पना है। मनुष्य का मन ही इस सबकी कल्पना करता है। वह अज्ञान से अभिभूत होकर भी वह साहसी है। किंतु उसके साहस को मृत्यु दबा देती है। तुम सत्यवान को पाने की आशा छोड़कर पृथ्वी पर लौट जाओ और इसके बदले में तुम्हारे दुखों को कम करने के लिए मैं तुम्हें बहुत से वरदान दे सकता हूँ, यद्यपि ये वरदान भी धोखा देने वाली चीजें हैं।'

मृत्यु की आवाज थमते ही सावित्री बोल पड़ी-'हे मृत्यु के विशाल मुखौटे! मैं तुम्हारे सम्मुख सिर नहीं झुका सकती। मैं अमर हूँ। मैं एक विजेता की तरह तुम्हारे द्वार पर आई हूँ, भिखारी के रूप में नहीं। कमजोर लोगों के समान मैं छोटे-मोटे वरदान नहीं चाहती हूँ। मैं तो देवताओं के समान तुमसे युद्ध करूंगी। मैं अपनी अमरता के प्रति सचेत होकर आगे बढ़ रही हूँ। मैंने अपने शरीर की भुरभुरी मिट्टी को मूर्तिवंत आत्मा के रूप में रूपांतरित कर लिया है। मेरी आत्मा अब संसार के सारे नकार के विरुद्ध शक्तिशाली सिद्ध होंगी। मैं उस गुलाम भीड़ की तरह नहीं हूँ जो उत्सुकता और संतुष्टि के साथ खेतों में बिखरी बालियों को बीनने के लिए यहां-वहाँ दौड़ते हैं और पैरों द्वारा कुचले जाने के बावजूद भी उन्हें उठाकर खुश होते हैं। छोटे-मोटे लाभ के प्रलोभन कमजोर लोगों के लिए

होते हैं। मैं वही चाहती हूँ जो जीवन भर सत्यवान चाहता रहा।'

वर्तमान समय में मनुष्य छोटे-छोटे प्रलोभनों के कारण सत्यात्मा के रास्ते से विमुख हो गया है। उसे भ्रम बस लगने लगा है कि भौतिक सुख सुविधाएँ ही जीवन में सब कुछ हैं। जबकि जो चीजें क्षणभंगुर हैं वे भला अमरत्व कैसे दिला पाएँगी। इस सच्चाई को जानते हुए सावित्री यम देवता द्वारा सत्यवान के अंधे पिता की इच्छा को पूरी करने के लिए राज, शक्ति मित्र, प्रभुता और यहाँ तक की उनकी आँख की दृष्टि जो खो चुकी थी उसे देने का आश्वासन देते हैं। सावित्री इन सारे प्रलोभनों से ऊपर उठकर सत्यवान की आत्मा वापस चाहती है। सावित्री आज के इस दहकते लौह समय में उच्च आदर्श प्रस्तुत करती है, और मृत्यु से कहती है कि 'मुझे अपनी इच्छा की पूर्ति के लिए सत्यवान की आत्मा चाहिए। मैं उसके साथ सनातन माता का भार वहन करूंगी। मैं उसके साथ उस पार्थिव पथ पर चलूँगी जो ईश्वर तक जाता है। जब तक तुम उनकी आत्मा नहीं लौटाओगे तब तक मैं तुम्हारा पीछा करती रहूँगी। वह जोर देकर कहती है कि मेरा ईश्वर तो मेरी इच्छा शक्ति है। मेरा ईश्वर तो मेरा प्रेम है जो आनंद से कष्ट भी सहन करता है। प्रेम के स्वर्ण पंखों में वह शक्ति है जो शून्य को भी शिथिल कर सकता है। मेरा ईश्वर पीड़ा के प्रांगण में भी शाश्वत आनंद सृजित करने के लिए आता है। उसके नेत्र मृत्यु की रात के बीच तारों की तरह चमकते हैं। वह पाताल में भी सक्रिय है और स्वर्ग में आनंद से प्रफुल्लित है। मेरा ईश्वर एक दिन अवश्य तेरे दुखद विश्व का पुनर्निर्माण करेगा।' मृत्यु ने वह सारे वैचारिक दांव अपनाये जिससे सावित्री सत्यवान की आत्मा मांगने की जिद छोड़ दे। यमराज ने मानवी आत्मा से कहा-'आखिर तुम हो क्या? एक क्षणिक भावनाओं का स्वप्न, एक उद्दीप्त विचार, जीवन की मृग मरीचिका में चमकते हुए कुछ कण, बस इतना ही न। क्या तुम सनातन साक्षियों के सामने अपनी अमरता को पा सकोगी? केवल मृत्यु ही सनातन है। केवल मैं ही शास्वत और अमर हूँ। मैं ही काल से परे का शून्य हूँ जो समस्त ब्रह्मांड को धारण करता हूँ। मैं ही अनंत हूँ। मैं ही ईश्वर हूँ। मेरे सिवाय कोई दूसरा ईश्वर नहीं है। सब कुछ मुझसे ही उत्पन्न होता है। प्राणी मुझमें ही जीता है और मुझमें ही में लौट आता है। मैं ही तुम्हारी आत्मा का आश्रम हूँ। देवता मेरी केवल कल्पना एवं भावना मात्र है। तुम्हारे विचार ही ने शून्य में मेरा आकार बनाया है। मेरी सत्ता ही अकेली अस्तित्व पूर्ण है। वहाँ कोई परिवर्तनशील सत्यवान नहीं है, न कोई सावित्री है। उस प्रेम में न तो कोई प्रेम है, न काल है, न दिशा है। उसका न कोई नाम है, न रूप है। यदि तुम सचमुच अमरता चाहती हो तो अकेले अपनी आत्मा पर निर्भर होकर

रहो। अकेले जीवन यापन करो और अपने प्रेमी सत्यवान को भूल जाओ।'

यमराज की बात सुनकर सावित्री ने उन्हें संक्षिप्त उत्तर दिया-'हे यम देव तुम तर्क वितर्क करते हो लेकिन मैं कोई तर्क वितर्क नहीं करती। गर्ग केवल खंडन करता है कुछ निर्माण नहीं कर सकता मैं स्वाभाविक रूप से अस्तित्व पूर्ण हूँ और स्वाभाविक ढंग से जीवन यापन करती हूँ। मेरी भीतर का प्रेम उसको भली भांति जानता है कि बाहर के सारे परिवर्तन उस सत्य के ऊपर मरे हुए मुखौटे हैं असली सत्य तो भीतर ही है।मैं इस बात को भी ठीक से जानती हूँ कि वही एक परम सत्य अनेक रूपों में प्रत्येक के हृदय में गोपित है और वही परात्पर सतही सारी सृष्टि को धारण किए हुए हैं। मैं उसके रहस्यमय कार्य और उसके भीतर की आग को महसूस करती हूँ मैं यह भी मानती हूँ कि पृथ्वी पर मेरा जीवन भी उसी परमात्मा की एक लहर है। मुझे यह भी भीतर से अनुभव होता है-

"I know my coming was a wave from God-
For all his suns were conscient in my birth ,
And one who loves in us came veiled by death.
Then was man born among the monstrous stars
Dowered with a mind and heart to conquer thee. "

(Savitri, page-594, 595)

('मुझे पता है मेरा जीवन ईश-सिंधु की एक लहर है। मेरे जन्म में उसके सारे सूर्य चैतन्य थे। और वह जो सबके भीतर गोपित रहकर करता है प्रेम, वही आया है मृत्यु बनकर भी। इन भीषण तारों के बीच प्रकट हुआ यह जीवन मष्तिष्क और हृदय के साथ तुम (मृत्यु) पर विजय पाने के खातिर।')

इस रूप में हम पाते हैं कि सावित्री होना हंसी खेल नहीं है। वैसा होने के लिए दिव्य आत्मा का सच्चा प्रेमी बनना पड़ता है। सच्चे प्रेमी के मार्ग में मुश्किलें, दुख और पीड़ाएँ खूब आती हैं। प्रेम का पथ आसान नहीं है। बड़ी कठिन है डगर पनघट की। अंधेरे के महाशून्य में परिवर्तन की आशा न के बराबर थी। सृष्टि में जन्म लेने की इच्छा में भारी पाप समाया हुआ था जिससे मुक्त होने के लिए अंतहीन पीड़ा से गुजरना मानो उसकी पहली शर्त थी। सावित्री को इस मृतवत अंधेरे में ऐसा महसूस हो रहा था कि उसका अंतिम और सबसे बड़ा पाप मानो उसकी आत्मिक महत्वाकांक्षा ही थी जो एक मिट्टी की पुतली होने के बावजूद भी स्वर्ग से बराबरी करती थी, और अपने को ईश्वर की एक जीवित ज्वाला मानती रही। उस घोर अंधकार के राज्य में नकार ही वास्तविक सत्य का स्वरूप था। इस अंधेरे राज्य में भागवत चेतना का स्रोत होना, अस्तित्वपूर्ण होना

इस अंधेरी दुनिया में पापी होने की तरह माना जाता रहा है।

बीसवीं सदी में अस्तित्ववाद के प्रश्न से पाश्चात्य विचारक काफ्का, कामू भी खूब जूझे। विधिवत इनर एक्सप्लोरेशन का सिलसिला शुरू हुआ। इस लिहाज से भी सावित्री के अस्तित्वपूर्ण व्यक्तित्व को समझा-परखा जा सकता है। यह मृत्यु, यह अंधेरा और निश्चेतना तो अतिचेतना की सुषुप्त अवस्था ही है। सब कुछ इस दुनिया में विपरीतताओं का रहस्य है। अंधकार आत्म प्रकाश का जादू है, चमत्कार है। पीड़ा किसी आत्म विभोर करने वाली गुप्त आनंद के चेहरे पर लगा हुआ कष्टकारी मुखौटा है और मृत्यु शाश्वत जीवन का एक अंग है। एक प्रवेश द्वार है, एक सोपान है। यह रात्रि न तो हमारा आदि है और न ही अंत है। सही अर्थों में, हम इस संसार में एक प्रकाश में से ही आते हैं, प्रकाश में ही जीते हैं और प्रकाश की ओर ही प्रयाण करते हैं। यह महारात्रि हमारी काली माता है जिसके गर्भ में हम छुपते हैं। हम अज्ञान के अंधकार में इसलिए रहना या छिपना चाहते हैं क्योंकि अज्ञान के बाहर निकलते ही प्रकाश यात्रा शुरू हो जाती है। प्रकाश के शुरू होते ही संघर्ष प्रारंभ हो जाता है। संघर्ष को मानव जाति दु:खद मानती है। इसलिए यथास्थिति के अंधकार में निश्चेत पड़ी रहने को ही सुख समझती है। जबकि सावित्री मृत्यु को नकारते हुए प्रकाश और आत्मा के लोक में तैरती रही।

जीवन के स्वर्णिम प्रकाश को झूठलाने और सावित्री की आत्मा को भंग करती हुई एक आवाज सुनाई दी, "इस नश्वर संसार में जो तुमने देखा है, यहीं से तुम्हारी सब नश्वर इच्छाएँ उत्पन्न होती हैं। यह सब सपनों का संसार है और यही से मनुष्य अपने आदर्श बनाता है।। मनुष्य के विचार अपनी कल्पनाओं को ही चारों ओर से अपने भ्रम के रंगों में रहता है। यहाँ आशा केवल आशा के लिए अमरता का सुंदर गीत गाया करती है। इन्हें बनाने वाला केवल मनुष्य का कल्पित विचार ही है। प्रेम और कुछ नहीं, वह केवल तुम्हारी गंभीर इच्छाओं का कोष ही है। यह देवलोक की द्वाभा जिसे तुम धरती पर उतारने की सोचती हो, वह न तो स्वर्ग में है, न ही पृथ्वी में है। यह तो सुहावने चित्त का भ्रम है। तुम जिसे प्रेम कहती हो, यह तुम्हारी पाशविक इच्छा ही है। तुम नश्वर वस्तुओं में अमरता का आरोप करती हो। यह आदर्श जीवन में कभी सफल नहीं हो सकता है।

"The ideal dwells not in heaven , nor on the earth
A bright delirium of man 's ardour of hope
Drunk with the wine of its own fantasy-
It is a brilliant shadow 's dreamy trail. "

(Savitri, page-607)

('यह आदर्श न तो स्वर्ग में बसता है नहीं धरती पर, मानव की उत्कट आशा एक प्रदीप्त उन्माद अवस्था है। जो अपने कल्पना मद को छक कर मदमस्त रहती है। यह प्रदीप्त छाया की स्वप्न लीक है')

यहाँ तो सारी चीजें शून्य से पैदा होकर बाहर आती है और शून्य से घिरी होने पर ही कुछ समय के लिए अस्तित्व में रहती हैं जिसके बाद अपने स्रोत शून्य में नष्ट भ्रष्ट होकर लौट जाती है। यहाँ तो केवल अकेला शून्य ही हमेशा से अस्तित्व पूर्ण रहा है।

इस धरती पर कितने ही अवतार आए और चले गए, उनके ज्योतिर्मय पथ पर यहाँ के लोग नहीं चल सके। इस पृथ्वी पर कोई परिवर्तन नहीं हुआ। यह अपने पतन को ही प्यार करती है।

"The Avatars have lived and died in vain,
Vain was the sage's thought, the prophet's voice,
In vain is seen the shining upward way-
Earth lies unchanged beneath the circling sun,
She loves her fall and no omnipotence
Her mortal imperfections can erase, "

(Savitri, page-609, 610)

('अवतार व्यर्थ में जनमे और विदा हो गए। ऋषियों के विचार और देवदूतों की व्यर्थ हो गई वाणी। ज्योतित उन्नत देव मार्ग के दर्शन सब बेकार हो गए। सूर्य के नीचे चक्कर काटती पृथ्वी अपरिवर्तित ही पड़ी रह गई। उसको स्वपतन से ही मोह है, कोई भी सर्व शक्ति उसकी पार्थीव कमियों को मिटा नहीं सकती' ।)

हे सूर्यरथी यात्री! प्रेम मंदिर की पुजारिन। तुम जिस पवित्र प्रेम को अनुभव करती हो, जिस प्रेम की पूजा करती हो। वह पवित्र कहानी और अमर दंत कथा मात्र है। प्रेम की इच्छा में जो एक उत्तेजना है उसी के कारण उसके दैवीय होने का भान होता है। तुमको ऐसा महसूस होता है कि तुम अनंतता की डोर से बंधी हुई हो, जबकि प्रेम बहुत थोड़े समय टिकता है। वह चंचल है। यह सच है कि प्रेम मनुष्य को दैवीय उच्चता तक बढ़ा देता है किंतु पवित्र प्रेम में भी वासना का सर्प तो मौजूद ही रहता है। सत्यवान यदि जीवित रहता तो तुम्हारे अंदर का वास्तविक प्रेम मर गया होता। लेकिन सत्यवान मर चुका है इसलिए तुम्हारा प्रेम कुछ समय तक अस्तित्व में रहेगा। वह भी तब तक, जब तक तुम्हारी स्मृति की दीवाल से उसका चेहरा और शरीर धीरे-धीरे मिट नहीं जाते और दूसरे के रूप

व शरीर उन्हें स्थानापन्न नहीं कर देते। इसलिये इस पृथ्वी पर सत्यवान को वापस बुलाने में क्या लाभ? इस शून्य के वक्षस्थल पर अपने प्रेमी स्वभाव का त्याग कर अथाह शून्य के साथ एकाकार होकर सारी मानवीय भावनाओं को भूल जाओ।'

किंतु यह सच है कि चैत्य पुरुष मानव जीवन में ही विकसित होता है, पनपता है। पृथ्वी को ही आत्मा का विशेषाधिकार प्राप्त है। यही कारण है कि वह प्रेम की पूर्ण अनुभूति करते हुए प्रेम को अभिव्यक्त भी करता है। इसलिए प्रेम का दिव्यावतरण अभिप्सित लोगों के हृदय में होता है। इसी दिव्य सोच के कारण सावित्री मृत्यु के कुटिल तर्कों को बार-बार नकारते हुए सत्यवान की आत्मा लौटाने के लिए यम देवता से आग्रह करती है। वह तामसी शक्ति को जवाब देती है-

"ओ मृत्यु! तुम्हारा गीत बहुत भयंकर है। तुम्हारा असत्य भी सत्य के स्वरों में घुला मिला है। तुम्हारी छद्म आवाज मेरी आत्मा का हनन नहीं कर सकती है। मेरा प्रेम शारीरिक वासना नहीं है। वह मुझे ईश्वर से प्राप्त हुआ है। ईश्वर तक ही जाएगा।

" My love is not a hunger of the heart,
My love is not a craving of the flesh,
It came to me from God, to God returns. "

(Savitri, page-612)

('मेरा प्रेम हृदय की क्षुधा नहीं है, मेरा प्रेम शारीरिक लालसा नहीं है। यह तो मुझ तक प्रभु से ही आया है और यह प्रभु में ही लौटेगा।'

परमात्मा द्वारा प्रदत्त मानवीय प्रेम मनुष्य के लिए एक अनुपम देन है। यह दिव्य प्रेम आत्माओं के तेजोमय स्वर्ग में लौट जाने के बाद भी आत्मा के केंद्र में संजीवित रहता है। यह प्रेम की लौ हमेशा बनी रहती है। प्रेम की आवाज जो धरती पर उतरती है उसमें परमानंद का शाश्वत गीत समाहित रहता है। मैं ईश्वर को पाना चाहती हूँ जो अग्निशिखा के समान है, न कि स्वप्न के समान।"

यमराज ने सावित्री के हृदय पर चोट करते हुए कहा-"तुम्हारे विचार चमकीले इंद्रजाल हैं। तू अपनी ही वासनात्मक इच्छा की दासी है। पृथ्वी पर स्वर्ग उतारने का तुम्हारा प्रयास व्यर्थ है। मन ही मनुष्य को उच्च स्तर पर चढ़ने की प्रेरणा देता है किंतु पृथ्वी पर यह मन लड़खड़ाते हुए चलता है। मन ही हमारी आत्मा के विचार बनाता है।"

(जान मिल्टन ने भी मन (माइंड) की महत्ता को अपने महाकाव्य,

"पैराडाइज लास्ट" में बड़ी शिद्दत से इस रूप में रेखांकित किया है-

"The mind is its own place and in itself
Can make a heaven of hell, a hell of heaven."

(वह मन मस्तिष्क ही है जो स्वर्ग को नर्क और नर्क को स्वर्ग में तब्दील कर सकता है)

इतना ही नहीं भारतीय दर्शन में भी स्वीकार किया गया है कि "मनएव मनुष्याणाम् कारणं बंधमोक्षयोः।")

"हे सावित्री! तेरा दिव्यलोक तेरे मन का एक रोग है। यह एक सुखद मूर्छा है। तेरा यह दिव्य स्वप्न पृथ्वी में कभी भी अपने दिव्य रूप को नहीं प्राप्त कर सकेगा और न ही कभी धरती में वह पूर्ण रूप से फलीभूत हो सकेगा। प्रेम और ज्ञान ऊपर से अच्छे दिखते हैं किंतु पार्थिव हैं। मनुष्य जो कुछ है वह केवल एक स्वप्न है और उसके हर कार्य पार्थिवता पर ही आधारित हैं। इस यांत्रिकता में ईश्वर और आत्मा के लिए स्थान कहाँ है? आदर्श के अस्थायी रंग पृथ्वी के लाल रंग पर चढ़ाए नहीं जा सकते। यह आदर्श तुम्हारे मन की ही उपज है। इसलिए यह जीवन तुम्हें जैसे मिला है, उसे स्वीकार करो। इस संसारी जीवन में अपने हिस्से के सुख-दुख, कष्ट और पीड़ा को तुम्हें सहना ही चाहिए। अंत में मेरी प्रशांत निशा तुम्हारे विचलित हृदय को शांत करने के लिए तेरे पास एक दिन अवश्य आएगी।

प्रेम और दिव्यात्मा की प्रतिमूर्ति सावित्री ने यमराज को मिथ्या वादी कहते हुए उसके विचारों का प्रतिकार इस रूप में किया-"हे मृत्यु देव! तुमने वास्तविक सत्य को अपने असत्य विचारों के पर्दों से ढक दिया है। तुम सत्य बोलते हो किंतु तुम्हारा सत्य मारने वाला है और मेरा सत्य बचाने वाला है, तारक है।

"O Death, thou speakest truth but truth that slays,
I answer to thee with the Truth that saves."

(Savitri, page-621)

(हे मृत्यु देवता, तुम सत्य बोलते हो किंतु वह सत्य मारक-हत्यारा है, जिस सत्य से मैं उत्तर देती हूँ वह तारक है बचाने वाला है)

सच्चाई तो यह है कि ईश्वर भी एक यात्री के समान है और यह पार्थिव संसार उसका प्रारंभिक पग है। उस अकाल पुरुष ने अपने चरण इस शुन्यता में इसलिए रखें ताकि आत्मा अपना कार्य निर्विघ्नकर सके। प्रकृति उस अशरीरी का शरीर बन गई और इस प्रकार से जीवन प्रकट हुआ। जीवन से जागृत मन ने विचारक को जन्म दिया। उसी विचारशील मनुष्य ने भाग्य का विरोध करते हुए

उसके जड़ नियमों पर विजय पायी और वह अपनी परिस्थितियों का स्वामी बन गया। अब उसने ईश्वरीय शक्ति को भी पहचान लिया है। हे मृत्यु! तुम्हें संसार की पूर्णता का ज्ञान नहीं है। तुम अधूरे संसार को ही देखते हो। और संसार को अपना सही रास्ता ठीक से नहीं मालूम है, इसलिए वह ईश्वर के होने को झुठलाता है।

"O Death , though lookst on an unfinished world
Assailed by thee and of its road unsure ,
Peopled by imperfect minds and ignorant lives
And sayest God is not and all is vain. "

(Savitri, page-623)

('ओ मृत्यु देवता, तुम इस अधूरे संसार को ही बस देखते हो जो तुमसे आक्रांता बनी हुई नहीं कर पाई है अपने मार्ग का निश्चय, अपूर्ण मन और अज्ञानी जीवन से ही अब तक बसती आई है तभी तो तू कहता है परमात्मा नहीं है और यह सब कुछ व्यर्थ का तमाशा है')

यह मनुष्य की शिशु सोच है। मनुष्य अज्ञानी है तो क्या वह कभी ज्ञान को प्राप्त नहीं होगा? मनुष्य में ईश्वर छुपा हुआ है ठीक वैसे ही जैसे एक बीज में वटवृक्ष छिपा रहता है। एक अदने से जीव के भीतर एक विचारक बंद रहता है। आत्मा और ईश्वर के कारण ही इस संसार का अस्तित्व है और यह मनुष्य उस ईश्वर की ओर ही बढ़ रहा है। वह अपूर्णता से पूर्णता की ओर बढ़ रहा है।मानव उथले पानी में गोता लगाकर छोटी-छोटी मछलियों को ही अभी तक पकड़ता आया है, महान सत्य उसकी पकड़ में अभी तक नहीं आया है क्योंकि वह बहुत गहराई में ठीक से उतरा ही नहीं है। हे मृत्यु! तुम्हारे चेहरे ने मनुष्य में निहित सत्य मुख को ढक रखा है। इसलिए वह अपने आप को अभी भी भूला हुआ है। शायद इसलिए मृत्यु और अज्ञान का शासन संसार पर जारी है। जगत का जनक आनंद ही दुःख रूप में परिणित हो गया है। मनुष्य अपने दुखों और कष्टों को ही सुख मानने लगा है। हमारी नश्वर दृष्टि अपनी अज्ञानी आँखों से चीजों के भीतर झांकती हैं उसकी दृष्टि चीजों की गहराई तक नहीं पहुँच पातीं। इस तरह हमारा ज्ञान अज्ञानता की लाठी के सहारे झुक-झुक कर चलता है। इसलिए सृष्टि जीवन के मार्ग में अज्ञानता का अंधेरा फैला हुआ है। वह अपने दानवी उपस्थिति से दिव्य प्रकाश के रास्ते में बाधा उत्पन्न करता है और उसे झूठलाता है। वह अपने क्षणिक सुख के लिए शाश्वत आनंद का बलिदान करते आया है, किंतु यह भी सच है कि मनुष्य अज्ञानता के घेरे में बहुत दिन तक अब नहीं रहेगा। वह सत्य और आत्मा की उपस्थिति में मृत्यु को परास्त करने में सफल

होकर रहेगा। इसलिए मैं तुम्हारे प्रलोभनों में फंसने वाली नहीं हूँ।

दिव्य आनंद ही सभी प्राणियों का आधार है। वही सबके मूल में है। अज्ञान और मृत्यु की स्थिति में भी अस्थायी आनंद कभी नष्ट नहीं होता। यह अमर आनंद चेतना के दिव्य शिखरों पर चढ़ता है। इस महान आनंद के लिए इस संसार की रचना हुई है। जब आनंद की स्थिति में ही रचनात्मक परिवर्तन आता है, विकास होता है, तब रात्रि और मृत्यु का अस्तित्व मिट जाता है। वैश्विक एकता स्थापित हो जाती है, संघर्ष खत्म हो जाते हैं। प्रेम के द्वारा ही सब कुछ जान लिया जाता है और सब कुछ प्राप्त हो जाता है। हे मृत्यु देवता! मेरी आत्मा प्रेम से भरी हुई है। मेरा शाश्वत प्रेम ईश्वरीय शांति के सिंहासन पर आरूढ़ है। प्रेम ही मानवीय वस्तुओं को ईश्वरीय बना देता है। इसलिए पार्थिव प्रेम को दिव्य प्रेम में रूपांतरित होना ही पड़ेगा।

ओ मृत्यु! मैं अपने हृदय की मधुर शांति के लिए नहीं, न ही अपने सुखी शरीर के परमानंद के लिए तुझसे जीवित सत्यवान की मांग करती हूँ बल्कि इसलिए कि हमारा कार्य संयुक्त रूप से पवित्र उद्देश्य की पूर्ति के लिए है ताकि हम अज्ञानी मानव जाति के हितार्थ दिव्य प्रकाश को पृथ्वी पर उतारने के लिए मानव जाति को तैयार कर सकें। मैं नारी रूप में परमात्मा की शक्ति हूँ और सत्यवान मनुष्यों में शाश्वत मनुष्य का प्रतिनिधि है। मेरी इच्छा शक्ति तुम्हारे जड़ नियमों से अधिक श्रेष्ठ है और हमारा प्रेम परमात्मा के द्वारा लगाई गई स्वर्गीय मुहर है।

"Our love is the heavenly seal of the Supreme
Love is the far Transcendent's angel here,
Love is man's lien on the Absolute."

(Savitri, page-633)

('हम दोनों का प्रेम उस सर्वश्रेष्ठ की स्वर्गीय मुहर है। प्रेम ही दूत है सुदूर परात्पर का इस धरती पर। प्रेम ही स्वत्वाधिकार है मानव का उस परम पूर्ण पर")

प्रेम ही पृथ्वी और स्वर्ग को जोड़ने वाली ज्योतिर्मय शृंखला है। प्रेम ही सुदूर सत्य का देवदूत है और प्रेम ही निरपेक्ष सत्य पर मनुष्य की शाश्वत प्रत्याभूति है। इस लिए यह प्रार्थना भी की गयी ताकि नये प्रकाश से पृथ्वी नहा उठे।

"The Lord hast willed and thou dost eñecute
A new light shall break upon the earth
A new world shall be born.
The things that were promised shall be fulfilled."

सावित्री और यम देवता के विचारों में संघर्ष जारी रहा। सावित्री को हतोत्साहित करते हुए मृत्यु देवता ने कहा-"ओ मानवी मुखड़े! मन के द्वारा रंगे अपने मुखौटे को उतार फेक। भला दो पैर का यह मनुष्य रूपी कीड़ा क्या ईश्वर तक पहुँच सकता है? अपने अर्थहीन जन्म और सीमित जीवन को स्वीकार कर। जीवन के सत्य को छुपाया नहीं जा सकता है। वह पत्थर की तरह खुला और मृत्यु की तरह कठोर है।"

सावित्री मनुष्य के जीवन में एक अमूल्य ज्योतिपुंज के रूप में उतरी थी, इसलिए उसके ऊपर यमराज की नकारात्मकता का प्रभाव नहीं पड़ा और वह बोली-"हाँ मैं अवश्य ही मनुष्य हूँ किंतु मनुष्य मेरे माध्यम से पीड़ा दुर्भाग्य और मृत्यु को अति क्रांत कर अमर उंचाई तक चढ़ने के लिए तुझे पद दलित करेगा। मेरी मनुष्यता ईश्वर ही का तो चेहरा है और यह मानवता ही ईश्वर को अपने भीतर प्रवेश करने की प्रतीक्षा में है। मैं ईश्वर की ज्ञानवक्ता को पृथ्वी पर अवतरित करने का यंत्र हूँ। मैं उसकी अमर इच्छाशक्ति हूँ।"

" Yes , my humanity is a mask of God :
He dwells in me , the mover of my acts ,
Turning the great wheel of his cosmic work.
I am his conquering and unslayable will. "

(Savitri, page-634)

('हाँ, मेरी मानवता तो प्रभु का ही एक मुखौटा है : मेरे कर्मों का संचालक वह मेरे अंतर में बसता है, अपने विश्वकर्म के महाचक्र को भीतर से चालित करता है। मैं ही उसकी विजयिनी और अबध्या इच्छा शक्ति हूँ।')

सावित्री की बात सुनते ही यम चिल्ला उठा-"ओ कल्पना के मंदिर की पुजारिन! तुम दोनों शाश्वत शत्रुओं को आपस में कैसे मिला सकती हो? आत्मा ही सच है तो क्या प्रकृति झूठी है? असत और सत कभी मिल ही नहीं सकते। Matter और Spirit का भला मेल कैसा? जिसे ईश्वर की ओर, सत्य की ओर जाना है उसे असत को पृथ्वी पर ही छोड़ना पड़ता है। ऋषियों ने भी शून्यता (मृत्यु) को ही सुरक्षित किनारा माना है। मृत्यु में ही सभी आकर शरण पाते हैं।"

भारतीय दर्शन की भाषा में कहें तो श्री अरविंद अद्वैतवादी लगते हैं। इसलिए जड़ और चेतन के भेद को वे सावित्री के माध्यम से अस्वीकारते हैं। क्योंकि ब्रह्मांड के सारे जड़ चेतन की यात्राएँ उस परम परमात्मा की ओर ही हैं। सब उसी से निकलकर, उसी में मिलते हैं। रूप भले ही सबके अलग-अलग हों। "कामायनी" महाकाव्य में जयशंकर प्रसाद जी ने भी उस "एक तत्व" की ही प्रधानता पर बल दिया है।

"हिमगिरि के उत्तुंग शिखर पर बैठ शिला की शीतल छांव
एक पुरुष भीगे नयनों से देख रहा था प्रलय प्रवाह।
नीचे हिम था ऊपर जल था, एक सघन था एक तरल
एक तत्व की ही प्रधानता कहो उसे जड़ या चेतन।"

इसलिए जो जड़ या निश्चेतन लगने वाली स्थितियां हैं। उनका रूपांतरण चेतन आत्मा के रूप में संभव है, क्योंकि वे उसी परम चेतना से छिटक कर अलग हुई हैं। इसलिए सावित्री पूरी शिद्दत और विश्वास से कहती है कि यह पार्थिव सत्ता मृत्यु की काली छाया को पार कर दिव्य आत्मा को प्राप्त कर लेगी। जहाँ अंधेरे का नामोनिशान नहीं है। जहाँ जीवन ही जीवन है, जहाँ प्रकाश ही प्रकाश है, जहाँ प्रेम ही प्रेम है। वह कहती है कि "मेरे हृदय में सारे संसार को धारण करने की शक्ति है। वह अपनी कार्य से कभी पीछे नहीं हटेगी। ईश्वर के आनंद सागर में ही उसका विश्राम है।"

सावित्री मृत्यु से कहती है-"तू अपने उपहारों को अपने पास रख। अगर मैं सत्यवान के बिना अकेले पृथ्वी पर लौटूंगी तो यह धरती पुष्पित नहीं होगी। तेरे सारे विचार मेरी उस आत्मा के लिए खोखले हैं जो नश्वर चीजों की गहराई में शाश्वत सत्य की अनुभूति करती है। तुम मुझे अब धोखा नहीं दे सकते हो। जीवन और मृत्यु मेरी सनातन अग्नि के लिए इंधन के समान हैं। मैं अपने उद्देश्य को और सत्यवान को पाकर ही रहूँगी।"

सावित्री धरती पर ईश्वर को उतारने का संकल्प दोहराती रही। वहीं मृत्यु देवता भी उसे प्रकृति के अटल नियमों का हवाला देते हुए उसके अनुसरण पर जोर देता रहा। सावित्री को एक आवाज सुनाई दी-"मनुष्य की आशा एक असाध्य रोग है। जब प्रकृति ही नहीं बदलती, तब मनुष्य कैसे बदल सकता है। मानव को चाहिए कि वह प्रकृति का अनुसरण करें, क्योंकि इस धरती पर पुरानी कहानी ही नए कथन के रूप में दोहराई जाती है। यहाँ मनुष्य बंधे बंधाए नियमों का पालन करता है। पृथ्वी ईश्वर को उतारने की उपयुक्त जगह नहीं है। अगर ईश्वर कहीं है भी, तो वह मनुष्य के प्रति उदासीन है। उसे मनुष्य प्रेम की कोई आवश्यकता नहीं है।

यह मन ही सारी इच्छाओं का निर्माता है। वही देखने वाला, वही इसका पात्र और वही मंच भी है। संसार में मन का ही केवल अकेले अस्तित्व है, और वह जो भी विचार करता है, वही दिखाई पड़ता है। मन कभी भी सत्य के स्वरूप का स्पर्श नहीं कर सकता, न ही वह ईश्वर की आत्मा को कभी देख सकता है। मन तो केवल उसकी छाया को ही समझता है। ओ सावित्री! ईश्वर रूपी सत्य

के पौधे को धरती पर रोपने लगाने का विचार त्याग दे, क्योंकि यहाँ सत्य कभी नहीं उतरता। इस धरती पर यदि कुछ उतरता है तो वह मात्र सत्य का विचार उतरता है। अगर इस धरती पर कोई विश्वात्मा है भी तो वह शरीर बिहीन अजन्मा है। इसका न कोई व्यक्तित्व है, न ही वह किसी के द्वारा अधिकृत ही है। इस संसार को बदलनें का स्वप्न मत देख। अमर आनंद धरती के इस मानवीय परिवेश में नहीं टिकता। परम शक्ति माई माता अपने प्रशांत आनंद को मनुष्य जैसे पात्र के भीतर भला कैसे रख सकेगी? हाँ, यदि तुम आत्म प्रतिष्ठ हो और प्रकृति तुम्हारा परिधान है, तब तुम प्रेम और सत्यवान सबको भूलकर केवल ईश्वर की ओर ही बढ़ो।"

यमराज के विचार सावित्री के संकल्प को विचलित नहीं कर सके। फलत: सावित्री कहती है-"ईश्वर और सत्य मनुष्य और उसकी धरती से अलग नहीं हैं। मनुष्य अपनी अज्ञानता के कारण उन्हें नहीं जानता तो उसमें उस ईश्वर और सत्य का क्या दोष है? क्या अज्ञानियों की तरह ज्ञानी जन भी क्या उस प्रकाश के अनुभव और आत्मा की अनुभूति को नकार दें? मैं अनंत के वैभव में निवास करती हूँ। शाश्वत प्रकाश के किनारे पर खड़े होकर मैंने पाया है कि विश्व और विश्वपति एक ही हैं। मैं इस जिज्ञासु संसार की प्रतिनिधि हूँ।

"A lonely freedom cannot satisfy
A heart that has grown one with every heart:
I am a deputy of the aspiring world,
My spirit's liberty I ask for all."

(Savitri, page-649)

('एकाकी स्वतंत्रता भला उस एक हृदय को कैसे संतुष्ट कर सकती है जो विकसित होकर प्रत्येक आत्मा संग एकाकार कर लिया है। मैं एक अभीप्सक जग की प्रतिनिधि हूँ। सब आत्माओं की मुक्ति के लिए ही मैं आत्ममुक्ति की आकांक्षी हूँ।')

इसलिए मैं सबके खातिर अपनी आत्मा की स्वतंत्रता चाहती हूँ। यदि प्रकृति के नियम ही सब कुछ हैं तो फिर आत्मा का क्या अर्थ? यदि संसार के सब बाधाओं को पार नहीं किया गया तो फिर महान पुरुषार्थ का क्या अर्थ? जड़ नियम पशुओं के लिए तो ठीक हैं परंतु मनुष्यों के लिए यह उचित नहीं हैं। संसार के सारे विरोधाभास ईश्वर के ही अनंत पहलू हैं। यह जरूर है कि मनुष्य काल के समुद्र में एक बुलबुलों के समान दिखता है, किंतु वही मनुष्य अनंत की झांकी भी देखता है। अनंत का स्पर्श करता है, और सारे विश्व को अपनी विशाल आत्मा के समान समझता है। इतना ही नहीं, वह अपने ही हृदय-गुफा के एकांत

में वह ईश्वर से वार्तालाप भी करता है। यह जरूर है कि बहुत कम लोग अंत: प्रेरणा की इस विशालता तक पहुँच पाते हैं। मनुष्य की चेतना उस अनंत ऊंचाई तक पहुँच सकती है। जहाँ सब कुछ दिव्य और प्रकाशमय है। जहाँ सत्य के दर्शन होते हैं। अन्य प्राणियों से भिन्न होने के कारण मनुष्य सूर्य प्रकाश तक पहुँचकर दिव्य प्रेरक शब्दों को सुन सकता है। वह अतिमानस के साम्राज्य में प्रवेश पा सकता है। उस अतिमानस के राज्य में मनुष्य की आत्मा के लिए शाश्वत अमृत का पान संभव है।

"If our souls could see and love and clasp God 's Truth,
Its infinite radiance would seize our hearts,
Our being in God 's image be remade
And earthly life become the Life divine."

(Savitri, page-663)

('यदि हमारी आत्माएँ ईश्वरीय सत्य को देख सकें, उसे प्रेम कर सकें और प्रभु के सत्य का आलिंगन कर सकें तो अनंत दिव्यता का प्रकाश मानव के हृदय पर छा जाएगा। मनुष्य का व्यक्तित्व परमात्मा की दिव्यता में ढल जाएगा और मनुष्य का पार्थिव जीवन दिव्य जीवन बन जाएगा।')

सावित्री ने मृत्यु से सत्यवान रूपी विश्व की आत्माओं को मुक्त करने के लिए कहा किंतु मृत्यु सावित्री की आज्ञा को मानने के लिए तैयार नहीं था। अचानक एक अजेय शक्ति के जाज्वल्यमान प्रकाश की जिह्वा ने यमराज को निगल लिया। प्रतीक जग की स्वप्निल द्वारा में मृत्यु की छाया शून्य में लुप्त हो गई।

सावित्री की संकल्प शक्ति ने मृत्यु को परास्त कर दिया। यम की काली छाया के विलुप्त होते ही परमात्मा के चिंतन दिवस में वह अविनाशी आनंद से अपने को घिरी हुई पाई। वहाँ धुंधलके और कुहासे का अस्तित्व नदारद था। सच्चिदानंद के रहस्यमय चेतना लोक में सब कुछ ज्योतिर्मयी दिव्यता से परिपूर्ण था। अमरता का सामंजस्य पूर्ण वातावरण सावित्री के कानों में गूँजता रहा। मृत्यु और महारात्रि के स्थान पर जीवन और प्रकाश का उसने अनुभव किया। सब कुछ महा आनंद और परम शांति में तब्दील। मृत्यु के रूपांतरित व्यक्तित्व के भीतर शाश्वत आत्मा आनंद रूप में अवस्थित दिखी। इतना ही नहीं, उसे विराट और हिरण्यगर्भ इन दोनों के पीछे एक प्रज्ञा पुरुष दिखाई दिया। यहाँ सारी शक्तियां सामंजस्य पूर्ण ढंग से एक दूसरे के साथ जुड़ी हुई थी। जीवन और मृत्यु की विपरीत सी लगने वाली शक्तियां यहाँ एक ही मूल परमानंद से जन्मी हुई जान

पड़ी। सावित्री को अनुभव हुआ की स्वर्ग आनंद विभोर होकर एक परिपूर्ण पृथ्वी होने का सपना देखता है और पृथ्वी अपने कष्टों को भोगते हुए एक परिपूर्ण स्वर्ग होने का स्वप्न देखती है।

"Heaven in its rapture dreams of perfect earth,
Earth in its sorrow dreams of perfect heaven."

(Savitri, page-684)

('स्वर्ग अपनी आनंद विभोरता में परिपूर्ण पृथ्वी का देखता है सपना और पृथ्वी अपनी पीड़ा में बुनती है सपना पूर्ण स्वर्ग का')

शाश्वत दिवस के राजा से सावित्री बोली-"ओ राजा! यह पृथ्वी कर्मठ आत्माओं के लिए एक चुनी हुई जगह है। यह योद्धा आत्माओं का युद्ध स्थल है। यह संसार वह भट्टी है जहाँ महानतम शिल्पकार अपने कार्यों को ढालता है। इसलिए यह पृथ्वी तेरी अधीनता में कार्य करने के लिए स्वर्ग की सबसे महान स्वतंत्रता से भी श्रेष्ठ जगह है।

"Earth is the chosen place of the mightiest souls
Earth is the heroic spirit's battlefield,
Thy servitudes on earth are greater, King,
Than all the glorious liberties of heaven."

(Savitri, page-686)

('बलिष्ठ आत्माओं के लिए यह पृथ्वी चुनी हुई जगह है, यह योद्धा आत्माओं की है युद्ध भूमि। हे राजन, आप का दास बन धरती पर कार्य करना स्वर्ग की तेजस्वी स्वतंत्रता से महान है')

इसलिए स्वर्ग के शाश्वत आनंद के जादू से मैं दूर हूँ। अब धरती पर मेरा चलना अधिक महत्तर उद्देश्यों और कार्यों के लिए है। वह आनंद जिसमें सब का हिस्सा न हो, अपूर्ण है। मैं अधिक से अधिक आत्माओं को अपने हृदय की परिधि में लेने के लिए तब तक अभिप्सा करती रहूँगी जब तक हमारे हृदयों का प्रेम तुम्हारे संसार को पूर्णतया परिपूर्ण नहीं कर देता। हे शिल्पकार राजा! अपनी सुंदर रत्न जड़ित नक्काशी वाली मूठ को सावित्री का नाम दे। अपने धार की प्रमुदित मुस्कुराहट को सत्यवान का नाम दे दो। हम दोनों को जोड़कर अनूठी कटार के सौंदर्य में ढालकर संसार में सीधे उतार दे ताकि हम तुम्हारा दिव्य कार्य कर सकें। हे चिरंतन संगीतकार! क्या अभी भी अनगिनत लय बुनने को शेष नहीं है? इसलिए जब तक संगीत का सही स्वर ठीक से मिल न जाए तब तक इस वीणा को मत तोड़। मैं जानती हूँ कि मैं मनुष्य की आत्मा को ईश्वर तक उठा सकती हूँ। मैं जानती हूँ कि वह अविनाशी को भी नीचे उतार सकता है।

"I know that I can lift man's soul to God,

I know that he can bring the Immortal down."

(Savitri, page-687)

('मैं जानती हूँ कि मैं मानव की आत्मा को ईश्वर तक उठा सकती हूँ, मैं जानती हूँ कि वह अविनाशी को उतार सकता है पृथ्वी पर')

लेकिन वह तेरी इच्छा की अनुमति से ही कार्य करती है। इसलिए कुछ ऐसा कीजिए ताकि निश्चेतना का अंधेरा मानव जाति को निगलने न पाए। वह मनुष्य जाति जो पृथ्वी के अज्ञान से उठकर परम प्रकाश की ओर बढ़ने के लिए संघर्ष कर रही है।"

दिव्य अनुभूति के दौरान सावित्री को एक आवाज सुनाई दी-'मनुष्य के पास चेतना का द्वार खोलने की कुंजी अवश्य है किंतु उसका मन सीमित है। वह स्वयं अपनी चेतना की गहराई तक नहीं पहुँच सकता। तुम इस मनुष्य जाति को अपने परम प्रकाश में काल की धीमी गति से ही पहुँचने दो। तुम तो शाश्वतता के अनंत राज्य में प्रवेश कर अनंत शक्ति के राज्य में निवास करो। इस लोक में पूर्ण सत्य और काल से परे का परमानंद है लेकिन यह सब पृथ्वी के लिए नहीं है। पृथ्वी के भाग्य में देवताओं की केवल आवाजाही है। देवताओं का दिया हुआ चेतना प्रकाश जल्दी ही बुझ जाता है। उनके द्वारा दी गई चीज पृथ्वी में अधिक देर तक नहीं ठहरती है। स्वर्ग की आवाज धरती पर रहने वाला कोई विरला ही सुन पाता है। प्रकाश के दरवाजे सामान्य मन के लिए बंद होते हैं। पृथ्वी की नश्वर आवश्यकताएँ लोगों के मन को अपनी कील से धरती में ठोक देती हैं। मनुष्य शब्दों और प्रतिमाओं के माध्यम से सत्य खोजता है। उसका मन बाहरी धरातल अर्थात् पशुवत चेतना में ही अधिक रमता है। वह जीवन के उथले समुद्र में अपना पैर डूबाता है। परन्तु वह अनंत की गहराइयों में जाने से डरता है। इसलिए वह सर्वज्ञ और सर्वशक्ति के स्पर्श से वंचित रहता है। मानव जाति में जिस चेतनात्मक परिवर्तन के लिए तुम समुत्सुक हो, वह सब काल के लंबे कार्य द्वारा अपने आप धीरे-धीरे पूर्ण हो जाएगा। हे विश्वमाता, हे परमात्मा की दुल्हन! तुम मेरी शाश्वतता की अनंतता में समाहित हो जा।'

सावित्री ज्योतिर्मय देवता को जवाब देते हुए कहती है-"आप व्यर्थ में ही एकांतिक आनंद के लिए लालच दे रहे हैं। मेरी और सत्यवान की आत्माएँ महत्तर उद्देश्य और कार्य के लिए पैदा हुई हैं। इस संसार को ईश्वर अर्थात् मृत्युहीन प्रकाश तक ले जाने और ईश्वर को संसार में उतारने तथा पार्थिव जीवन को दिव्य जीवन में रूपांतरित करने के लिए हम वचनबद्ध हैं। मैं तुम्हारे सुखद स्वर्ग के

लिए पृथ्वी का बलिदान कभी नहीं करूंगी। ईश्वर ने पृथ्वी को बनाया है इसलिए सृष्टि को भी अपने ईश्वर का निर्माण करना चाहिए। यदि मनुष्य अपनी कष्टप्रद सीमाओं को पार नहीं कर सकता तो सृष्टि का निर्माण और यह महान संसार व्यर्थ है। मनुष्य के भीतर अमर सत्ता का प्रकाश यदि नहीं चमक पाता तो व्यर्थ है यह मनुष्य जीवन।

अंत में ईश्वर ने कहा-"यदि तुम काल के लिए नहीं रुकना चाहती तो अपना कार्य करती रहो, और अपनी दृढ़ इच्छाशक्ति से मनुष्य की नियति को बदलो। किन्तु इस संसार की नियति अनिश्चित है। यदि मनुष्य और पृथ्वी का आध्यात्मिक शिखर में उद्धार चाहती हो तो इसके लिए तुम्हें ईश्वर, मनुष्य और संसार के सत्य को खोजना होगा। ओ आत्मन! पहले काल से परे उस विश्वात्मा में आरोहण करो। काल के ऊपर अपनी इच्छा शक्ति की मुहर लगा।"

देववाणी के समाप्त होते ही सावित्री को महाशक्ति के उद्‌भव की गहन अनुभूति हुई और वह ऊर्जा की अनंत त्रयी-सत+ चित+ आनंद-बन गयी। एक ज्योतिर्मय प्रेयसी। उसका मानवीय प्रेम विश्वात्मा के प्रेम में ढल गया। अमृत कलश का मुख उसके लिये खुल गया। अमृत पुरुष से मानो कहने लगी-

" हे स्वामी! मैं तेरी उस शांति को वरदान में चाहती हूँ जिसे मनुष्य की सुंदर आत्मा के लिए अपने भीतर सहेज कर रख सकूँ। उस अनंत स्थिरता को चाहती हूँ जो तेरे दिव्य आनंद के वरद हस्त को धारण करती है। हे स्वामी! उस एकत्व को अनन्य अभिप्सित हृदयों के लिए चाहती हूँ। वह मधुर अनंतता दे जिसमें अनगिनत आत्माओं का भी हिस्सा हो। हे स्वामी! मुझे वह प्रेमपूर्ण शक्ति प्रदान कर जिससे कष्ट से पीड़ित मानव जाति और सारी चीजों को एक मां की तरह भुजाओं में समेट सकूँ। हे स्वामी! मुझे मानव जाति के लिए आनंद युक्त आलिंगन और प्रेम का जादुई प्रवाह दे जिसमें सब सराबोर हो सकें।"

सावित्री का संकल्प पूर्ण हुआ। उसकी पार्थिव सत्ता में अनंत शक्ति, परमानन्द का अवतरण हुआ। वह विजयिनी हुई। उसका अस्तित्व आनंदपूर्ण आवाज का केन्द्र बन गया। उसके भीतर परमात्मा की वाणी सुनाई दी-"मेरी काल से परे की इच्छा का तुमने पालन किया है। स्वर्गीय शांति और आनंद से दूर रहकर तुमने पृथ्वी के संघर्ष और भाग्य में सहयोगी बनने का चुनाव किया है। इसलिए मैं तेरे हृदय के प्रेम को अपने हृदय से जोड़ता हूँ। मैं अपने चकित करने वाले कार्यों को तुम्हारे माध्यम से पूरा करूंगा। तेरी प्रकृति को अपनी शक्ति की डोर से बांधे रखूंगा। तुम्हारे भीतर ही स्फटिक जैसे उज्जवल भवन का निर्माण करूंगा। अब तेरी दिन मेरी शक्ति और प्रकाश को फैलाने वाले धूरी

बनेंगे। अब तू ही पृथ्वी की आत्मा को दिव्य प्रकाश तक उठाने तथा परमात्मा को धरती पर उतारोगी।

"Bringing down God to the insentient globe,
Lifting earth-beings to Immortality."

(Savitri, page-702)

('परमात्मा को अस्थायी दुनिया में उतारने के लिए और धरती के लोगों को अमरता के शिखर पर उठाने के लिए' (तुम कार्य करोगी)

यह पृथ्वी तब दिव्यजीवन के बीज को उगाने के लिए मेरा उद्यान बन जाएगी धरती का जीवन दिव्य प्रकाश से युक्त हो जाएगा। उसका जीवन ऐसा कल्पवृक्ष बनेगा जो हमेशा स्वर्ग की ओर बढ़ेगा। तब अपनी मरणशीलता के अज्ञान से जागकर मानव जाति शाश्वत के प्रकाश से प्रकाशित हो उठेगी। इस प्रकार तुम मेरे रहस्यमय जगत को अपनी अकेली आत्मा के भीतर समेटने में सफल होगी और तब सारा विश्व यह जानेगा कि मैं तुम्हारे भीतर हूँ-यह मेरा वादा है।"

श्री अरविंद को सावित्री और सत्यवान की अवतारी शक्ति में विश्वास था। योग के जिस तल पर प्रेम की प्रतिमूर्ति सावित्री अपने सत्य के प्रतीक सत्यवान के साथ धरती के दिव्य रूपांतरण के लिए कार्य करने के लिए संकल्पित थी उससे तो यह ध्वनित होता था कि दोनों मिलकर धरती पर भगवत्ता का द्वार खोल देंगे और शाश्वत अतिमानस की चेतना मरण धर्मा मानव के भीतर जाग उठेगी और उनके भीतर के छिपे देवता को प्रगट करेगी जो अद्यतन मनुष्य के हृदय गुफा में बंद रहा है। जब अति मानस मनुष्य की प्रकृति का स्रोत बनकर उसके विचारों और कार्यों में ढलेगा तब सब कुछ सत्, चित और आनंद से परिपूर्ण होकर प्रकाशित हो उठेगा और इस तरह पृथ्वी स्वर्ग बन जाएगी।

सत्यवान की पार्थिव मृत्यु के बाद आत्मा के शाश्वत उजास को चाहने वाली प्रेमरूपा सावित्री गहरी समाधि के शाश्वत आनंद में डूब गई। मौन समुद्र में उसे जीवन के गंभीर रहस्यों का समुचित ज्ञान हुआ तथा मृत्यु और निश्चेतना से परे होकर आनंद पूर्ण जीवन जीने की स्वर्णिम कुंजी उसके हाथ लगी। जिसमें पीड़ित मानव जाति के दु:खों को दूर करने की सामर्थ्य थी। समाधि से जागने के बाद सावित्री पहले वाली सावित्री नहीं रही। उसने असीम परिवर्तन का अनुभव किया। उसकी आत्मा में अब ऐसी सहन शक्ति आ गई जो धरती की सहनशक्ति से अधिक थी। उसमें ऐसा आनंद उमड़ रहा था जो दैवीय आनंद से अधिक आनंददायी था।

सत्यवान ने आँखें खोली और सावित्री के हाथों का स्पर्श करते हुए कहा-ओ स्वर्ण शिखे! मधुरताओं की मंजूषा, तुम कहाँ से अपने प्रेम की जंजीरों में बांधकर मुझ बंदी को ले आयी हो। मैं विचित्र लोकों की यात्रा कर तुम्हारे साथ वापस आ गया हूँ। वह भयानक आकार कहाँ खो गया जो हमारे विरोध में खड़ा था? क्या यह सब स्वप्न मात्र था? हे सावित्री, तुममें यह कैसा परिवर्तन हो गया है? तुम सदा से पवित्र और ज्योतित थी पर अब तू मानवी पूजा से बहुत ऊंची लग रही हो। काल तुम्हारे पैरों के नीचे पड़ा हुआ है। और सारा जगत अब तेरा केवल एक अंग रूप हो गया है। तेरी उपस्थिति तो एक ऐसे प्रशांत स्वर्ग की तरह है जिसमें मैं निवास करता हूँ। मेरे दिन और रात तेरे सौंदर्य के अंग है।"

सावित्री धीरे से बोली-"अब सब कुछ बदल चुका है फिर भी ऊपर से सब कुछ ज्यों का त्यों है।"

"All now is changed, yet all is still the same."

(Savitri, page-719)

('अब सब कुछ बदल गया है फिर भी सब कुछ है वैसा ही')

"अब हमने ईश्वर के मुखड़े के दर्शन कर लिए हैं। उनकी दिव्यता में हम सर्वोपरि के समान बनकर खिल उठे हैं। हमने मानवी जीवन में परमात्मा के तादात्म्य का अनुभव किया है और जीवन के गुह्य अर्थ को समझा है। मैं अब भली-भांति समझ गई हूँ कि स्वर्गीय स्पर्श पृथ्वी को मिटाता नहीं है किंतु उसे परिपूर्ण बनाता है। परिपूर्णता के लिए हमें एक दूसरे की आवश्यकता है। जो आनंद हमें मिला है, चलो, उसे दूसरों में बांटें। आनंद ही हमारा सत्य है। हमारी आत्माएँ अपने लिए ही फिर से जीवन में नहीं आई हैं। मनुष्य की आत्मा को सत्य और ईश्वर की ओर ले जाने के लिए हम दोनों का जन्म हुआ है।

"Let us give joy to all, for joy is ours,
For not for ourselves alone our spirits came
To lead man's soul towards Truth and God we are born."

(Savitri, page-720)

('चलो हम बांटें सबमें आनंद, आनंद के हम अधिकारी हैं हमारी आत्माएँ इस जग में अपने लिए ही नहीं जन्मी हैं, हम मानव की आत्मा को सत्य और प्रभु के प्रति जगाने आये हैं')

सावित्री ने लोगों से कहा-"मैं अपने हृदय के सत्य के प्रति जागृत हूँ। प्रेम-आनंद का अनुभव और सब के साथ एकत्व की अनुभूति करना ही जीवन है। यही स्वर्णिम परिवर्तन का जादू है। यही सच्चे जीवन की कुंजी है। यही वह संपूर्ण सत्य है जिसे मैं जानती या खोजती हूँ।"

"That to feel love and oneness is to live
And this the magic of our golden change,
Is all the truth I know or seek, O sage."

(Savitri, page-724)

('प्रेम और सबसे एकत्व का अनुभव ही जीना है और यही हमारे स्वर्णिम परिवर्तन का जादू है। हे ऋषि, यही पूर्ण सत्य है इसे जाना है और इसी चाह में रत हूँ')

सावित्री की जीवन गाथा एक आध्यात्मिक योद्धा की कहानी है जो मृत्यु और निश्चेतन की शक्तियों को परास्त कर जीवंत जीवन और दिव्य प्रकाश का संदेश देती है। अंधेरी ताकतों के आगे हार न मानने वाली वह विजयी वीरांगना है।

श्री अरविंद की सावित्री पूर्ण समन्वय और आत्मानुसंधान को समर्पित चेतना है। इसमें ऋषि कवि ने अश्वपति और सावित्री के माध्यम से अस्तित्व बोध के प्रति मानव जाति को जागृत करने का महत्वपूर्ण कार्य किया है। हमारे ऋषि-मुनियों के जीवन में परम शांति और एकत्व भाव को, विकसित करने पर बल है। फलतः मन की निर्विचार स्थिति उनका चरम ध्येय रहा है। योग इसी सत्य और दिव्यता को साधने और उपलब्ध होने की कला है। हम जिस जगह खड़े होकर किसी चीज को देखते हैं, उसे देखने की दृष्टा और दृश्य की अपनी एक सीमा होती है। लेकिन ऐसा नहीं होता की जो चीजें दिखाई नहीं देती हैं, वे चीजें नहीं होती हैं। उनका भी अस्तित्व है, भले ही वे आँखों की परिधि में नहीं आ रही हैं। विज्ञान तथ्य और भौतिक उपस्थिति को मानता है, यह एक दृष्टि है। लेकिन जिस अदृश्य और अभौतिक के सहारे यह भौतिकता टिकी है उसको नकारना एक कुंठित अनभिज्ञता है।

सावित्री के माध्यम से श्री अरविंद उस परम चेतना, उस अद्वितीय नीरवता, उस मूल्यवान मौन, उस पवित्र प्रेम और परम सत्य का उद्‌घाटन करते हैं जो पृथ्वी पर मनुष्य को मनुष्य बनाए रखने के लिए जरूरी है। उनका योग एकांतिक आनंद और मुक्ति का योग नहीं है। उनके योग में विश्व मानवता को अपनी बाहों में प्रेम से भर लेने की क्षमता है। उनके समन्वय कारी योग में ऐसे चेतना पुरुष की आराधना-साधना है जो सब पर प्रेम और करुणा बरसाता है, जो सबके उद्धार का शाश्वत गीत गाता है।

मनुष्य जीवन में रचनात्मक लेखन और विचार जोड़ने का काम करते हैं। वे मुक्तिकामी होते हैं। वे संकीर्णता और स्वार्थ से ऊपर उठाकर मनुष्य में देवत्व भरते हैं। मनुष्य में मनुष्यता एवं उदात्तता के लिए जो पंखुड़ियां बंद रहती हैं, उसे

वे विकसित करते हैं, खोलते हैं। सावित्री ने अश्वपति की योग यात्रा और सावित्री का यम देवता से संवाद एवं परम समाधि में प्राप्त जीवन बोध पीड़ित मानवता के लिए स्वर्णिम कुंजी हैं।

श्री अरविंद का पूरा जीवन मानव जाति के समग्र विकास के लिए सूर्यसा तपता रहा है। पांडिचेरी में की गई उनकी गुह्य योग साधना उस सत्य बोध को अर्जित करने के लिए जीवन पर्यंत जारी रही, जिससे पीड़ित मानवता को जीने के लिए अमृत बूंदें मिल सकें। उनकी व्यापक और समावेशी दृष्टि में भौतिक और अध्यात्म, पूरब और पश्चिम अलग-अलग ध्रुव नहीं थे। अलग माने जाने वाले ध्रुवों को समन्वय और पारस्परिकता में ढालने का काम श्री अरविंद ने समर्पित भाव से किया। फ्रांस के नोबेल पुरस्कार विजेता, रोमा रोला ने कहा है, "श्री अरविंद भारत के विचारकों में सबसे अग्रगण्य हैं उन्होंने पूर्व और पश्चिम के बीच जो पूर्ण समन्वय की कड़ी स्थापित की है वह आज तक के प्रयत्नों में सर्वोपरि है।"

समन्वय और प्रेम की भावना योग दृष्टि के बिना संभव नहीं है। श्री अरविंदो ने सावित्री और अश्वपति के माध्यम से अपनी उस दिव्य चेतना का प्रकृटीकरण किया है जिसमें सार्थक जीवन जीने का रसायन है। इस प्रेम शहद को पाने के लिए श्री अरविंद उन हर महत्वपूर्ण विचार पुष्पों से चेतनात्मक रस ग्रहण किये हैं, वे चाहे समुद्र केइस पार मिले हों या उस पार। उनकी सर्जनात्मक काव्यात्मक चेतना किसी सीमा या वाद की पक्षधर न होने के कारण वैश्विक है, इस नाते श्री अरविंद मेरी दृष्टि में महानतम विश्वकवि हैं जिनके लेखन में, विशेष रूप से 'सावित्री' में मानव को सहस्त्रदल के सिंहासन पर आरूढ़ कराने की अद्‌भुत क्षमता है। इसमें मानव को महामानव बनाने की कीमिया है, किंतु इसके लिए विश्वास के साथ उसका रसपान तो मानव जाति को करना ही पड़ेगा। 'सावित्री' महाकाव्य की प्रशंसा करते हुए नोबल पुरस्कार विजेता मैडम गैवरीला और मैडम पर्ल्स एस बक ने कहा है, "श्री अरविंद के हाथों में 'सावित्री' स्वर्गीय संगीत और अनंत की चिन्मयता का निर्झर यंत्र बन गई है और उनकी संपूर्ण विचारधारा एक उत्कृष्ट या आंतरिक और बाह्य जगत की विधानों का संगम बन गई है।"

अध्याय-4

अज्ञेय और 'असाध्य वीणा'

हिंदी साहित्य में अज्ञेय (7 मार्च 1911-4 अप्रैल 1987)का नाम आते ही मन में एक गंभीर सर्जक की छवि उभरने लगती है। यह गंभीर सर्जना उन्होंने अपने वैयक्तिकता की बलि देकर पाई है। गंभीर अध्ययनशीलता और जीवन के प्रति व्यापक दृष्टिकोण ने उनके साहित्य को जीवंतता और शाश्वतता प्रदान की। इस विचार की त्वरा के बीच कि स्थायी और शाश्वत कुछ नहीं होता। हिंदी साहित्य में बहुत कम सुलझी हुई आँखें हैं जिन पर विश्वास किया जा सकता है, उनमें मैं व्यक्तिगत रूप से अज्ञेय, निर्मल वर्मा, नरेश मेहता, कुंवर नारायण और केदारनाथ सिंह को मानता हूँ।

बीसवीं सदी वाद, विवाद और संवाद की सदी रही है। परिस्थितियों के घात-प्रतिघात भी इस सदी ने खूब झेले। दो-दो विश्व युद्ध की विभीषिकाओं से गुजरने के कारण भी सृजनात्मक प्रवृत्तियों में परिवर्तन हुए। युद्ध के बाद शांति की जो उम्मीद की गयी थी, वह अद्यतन पूरी नहीं हुई। विचारधाराओं की आंधी ने विश्व को तो बांटा ही, देश में भी विचारों-वादों के आधार पर विभाजन की रेखाएँ साफ-साफ दिखने लगीं। विचारधारा का प्रभाव कवियों और लेखकों पर भी पड़ना स्वाभाविक था। फलतः जिस साहित्य को केवल साहित्य होना था, वह विचारधारा के साहित्य में बट कर वामपंथी और दक्षिणपंथी तो हुआ ही, वह दलित और नारीवादी भी हुआ। ऐसी बढ़ती पनपती प्रवृत्तियों के बीच अधिकांश लेखक विचारधारा का दामन थाम कर लिखने लगे और खास किस्म की विचारधारा से जुड़कर लिखने के कारण वे कैद होते चले गये। पिंजरे के लेखक बन कर रह गए। किंतु अज्ञेय किसी खास विचारधारा से बंध कर लिखने वालों में से नहीं रहे। इसलिए भीतर और बाहर वे अकेलेपन का दंश झेलते रहे। उनके एकाकीपन को लोगों ने उनके अहम के साथ जोड़कर देखा। कुछ लोगों द्वारा उनकी सर्जना दृष्टि को पश्चिमाभिमुख मान कर उनकी भर्त्सना की गई। परन्तु

सच्चाई इनसे भिन्न थी। वे वैश्विक स्तर पर युद्ध के बाद हो रहे सामाजिक, वैज्ञानिक, मानसिक बदलावों के बीच जीवन का रचनात्मक अर्थ खोज रहे थे।अज्ञेय की पूरी सर्जनात्मक यात्रा मनुष्य के अन्वेषण-विश्लेषण की ही यात्रा है। मूल्यवान सृजन यात्रा किसी विचारधारा से बंध कर खास किस्म की भीड़ का हिस्सा होने से फलीभूत नहीं होती है। इसलिए वे सबके बीच रह कर भी एकाकी पथ के निर्लिप्त पथिक बने रहे।

"तार सप्तक" का अज्ञेय द्वारा किये गये संपादन ने यह सिद्ध कर दिया कि वे सिर्फ गंभीर जीवन और रचना दृष्टि के ही अन्वेषक और शोधक नहीं रहे हैं बल्कि प्रतिभाओं के भी अन्वेषक रहे हैं। तार सप्तक में प्रकाशित कुछ नामों को छोड़ दिया जाय तो बाकी सभी रचनाकारों ने हिंदी साहित्य में अपनी विशिष्ट जगह बनाई और परवर्ती रचनाकारों के लिए प्रेरणा स्रोत बने। इस बात से इंकार नहीं किया जा सकता कि इन कवियों ने बदलते समय के साथ कविता के कथ्य, शिल्प और बिम्ब योजना में नये प्रयोग कर समकालीन कविता परिदृश्य को चमत्कृत कर दिया। नये प्रयोग करने और उसे संरक्षण देने के कारण अज्ञेय प्रयोगवादी कहलाये।और इस तरह एक दौर प्रयोगवाद के नाम से हिन्दी कविता में चर्चित रहा, जिसने कविता को दूर तक प्रभावित किया। भाषा और अनुभव के नवीन प्रयोग ने जहाँ एक ओर कविताओं को तृप्तिकर और विचारोत्तेजक बनाया, तो वहीं दूसरी ओर इन्हें विवादास्पद भी खूब बनाया। आचार्य नंददुलारे वाजपेयी ने तो यहाँ तक लिखा कि "ये रचनाएँ पश्चिम से आ रही हैं। ऐसी कविताएँ हिंदी में नैसर्गिक प्रक्रिया का परिणाम नहीं कही जा सकती" (नई कविता और अज्ञेय-पृ.248)। यदि भाषा, अनुभव, बिम्ब और कविता की संरचना में नयापन है और नए प्रयोग के साथ है तो क्या उसे पश्चिम का मान लेना चाहिए? क्या हिंदी के कवियों को नया रचने-गढ़ने का अधिकार नहीं है? ऐसी स्थिति में वाजपेयी जी की दृष्टि पूर्वाग्रही लगती हैं। क्या सार्थक कविताओं को पूरब और पश्चिम के चश्मे से देखना उचित है? खैर।

अज्ञेय के द्वारा सम्पादित सप्तकों में "तार सप्तक" 1943 में प्रकाशित हुआ जिसमें गजानन माधव मुक्तिबोध, नेमीचंद जैन भारत भूषण अग्रवाल, प्रभाकर माचवे, गिरिजा कुमार माथुर, रामविलास शर्मा एवं स्वयं अज्ञेय शामिल रहे। दूसरा सप्तक के कवियों में भवानी प्रसाद मिश्र, शकुन्त माथुर, हरिनारायण व्यास, शमशेर बहादुर सिंह, नरेश मेहता, रघुवीर सहाय एवं धर्मवीर भारती थे, जिसका प्रकाशन 1951 में हुआ। 1959 में तीसरा सप्तक प्रकाशित हुआ जिनमें कुंवर नारायण, कीर्ति चौधरी, सर्वेश्वर दयाल सक्सेना, मदन वात्सायन प्रयाग नारायण

त्रिपाठी, केदारनाथ सिंह एवं विजय देव नारायण साही सम्मिलित रहे। इसी तरह चौथा सप्तक के कवियों में अवधेश कुमार, राजकुमार कुंभज, स्वदेश भारती, नंदकिशोर आचार्य, सुमन राजे, श्रीराम वर्मा एवं राजेंद्र किशोर को जगह मिली, जिसका प्रकाशन 1979 में हुआ।

हाँ, यह सच लगता है कि 'ज्यार्जियन पोयट्री-के जैसे क्रमश: तीन संकलन निकले, उसी तरह तार सप्तक का प्रकाशन भी हिंदी साहित्य में एक महत्वपूर्ण रचनात्मक घटना रही है। किंतु यह कहना ठीक नहीं है कि 'तार सप्तक की रचनाएँ पश्चिम से आ रही हैं।' अच्छे साहित्यकार को किसी "वाद" से नहीं बंधना चाहिए। इस रूप में अज्ञेय अपने ऊपर लगाए गए प्रयोगवादी तमगे को अस्वीकार किया है। अज्ञेय "दूसरा सप्तक" की भूमिका में लिखते हैं-"प्रयोग का कोई वाद नहीं है। हम वादी नहीं रहे, नहीं हैं। न प्रयोग अपने आप में इष्ट या साध्य है। ठीक इसी तरह कविता का भी कोई वाद नहीं है। कविता भी अपने आप में इष्ट या साध्य नहीं है। अत: हमें प्रयोगवादी कहना उचित ही सार्थक या निरर्थक है जितना हमें कवितावादी कहना। वे आगे लिखते हैं कि प्रयोग अपने आप में इष्ट नहीं है, वह साधन है और दोहरा साधन है। क्योंकि एक तो वह उस सत्य को जानने का साधन है जिसे कवि प्रेषित करता है, दूसरे वह उस प्रेषण की क्रिया को और उसके साधनों को जानने का भी साधन है। अर्थात् प्रयोग द्वारा कवि अपने सत्य को अधिक अच्छी तरह जान सकता है और अधिक अच्छी तरह अभिव्यक्त कर सकता है.... इस प्रकार 'प्रयोग' का 'वाद' और भी बेमानी हो जाता है। अज्ञेय विश्व फलक पर हो रहे सामाजिक और साहित्यिक बदलाव को अपनी चौकन्नी दृष्टि से गंभीरता से देख रहे थे। बिम्बवादी और प्रतीकवादी आन्दोलनों के साथ कविता तकनीकी में हो रहे परिवर्तनों के प्रभाव से वे अछूते नहीं रहे। व्यक्ति और समाजगत चेतना वैज्ञानिक-मनोवैज्ञानिक दृष्टि का सहारा पाकर आधुनिकता की प्रक्रिया को सक्रिय करने में सहायक रही है। अज्ञेय ने कहा है कि "संस्कारवान होने की क्रिया को ही मैं आधुनिकता मानता हूँ" (आत्मनेपद- पृ.27)। इस रूप में उनके लिए आधुनिकता कला का स्वातंत्र्य ही नहीं, कला की आवश्यकता है। परंपरा बोध के सानिध्य में बैठकर आधुनिक बोध को संपन्न करना, वह भी समकालीन सामाजिक और साहित्यिक स्थितियों-परिस्थितियों को ध्यान में रखकर, आसान कार्य बिल्कुल नहीं है। इसलिए अज्ञेय के लेखन में गहरा आत्म संघर्ष है। इस संघर्ष प्रक्रिया में उन्होंने अपनी भाववादी रूमानी दृष्टि को बौद्धिकता से सम्पन्न किया।

साहित्य, पत्रकारिता और संस्कृति को अज्ञेय ने समग्रता और गहराई से

समझकर उनमें जो योग किया है वह विरल और अनुठा है। उनकेजीवन में जो भी रंग रहे हैं वे सब चटक और गाढ़े रहे हैं। लेखक क्रांतिकारी सैनिक और प्रेमी के रूप में उनकी भूमिका चौकाने वाली रही है। चाहे साहित्य रहा हो या प्रेम, हम नवोन्मेषी अज्ञेय को अर्थहीन परम्परा के भंजक के रूप में पाते हैं। यह भी बेहद दिलचस्प बात है कि उन्हें गुलामी और आज़ादी का मिश्रित अनुभव मिला। गुलामी के दिनों के दुख-संत्रास और आजादी के लिए रक्तरंजित बटवारे तथा आजादी के बाद की प्रगति के लिए जारी होड़, इन सबमें वे शारीरिक एवं मानसिक रूप से शामिल रहे। यह अद्यतन अधिकांश भारतीय लेखकों की खूबी रही है की अपनी दृष्टि को संपन्न बनाने एवं माननीय के लिए वे पाश्चात्य उद्धरणों एवं प्रमाण पत्रों की जरूरत महसूस करते आए हैं और दृष्टि को व्यापक एवं वैश्विक बनाने के लिए पश्चिम से भी जुड़ना जरूरी लगता है। इस लिहाज से अपनी दृष्टि को वैश्विक बनाने के लिए अज्ञेय भी पाश्चात्य साहित्य का गंभीर अध्ययन किए। यह जरूर है कि सृजन के शुरुआती काल ने उनकी रचनाओं में रूमानियत और छायावादी प्रभाव दिखता है, लेकिन इसके अतिरिक्त उन पर विक्टोरियन कवि अल्फ्रेड टेनिसन और रॉबर्ट ब्राऊनिंग का भी प्रभाव पड़ा। रविंद्र नाथ टैगोर के प्रभाव को भी वे स्वीकारते हैं।

अज्ञेय का कविता से संपर्क इस तरह संस्कृत, फारसी और अंग्रेजी से शुरू होकर हिंदी में समाविष्ट होकर फलवति हुआ। वे मानते हैं कि संस्कृत और फारसी के बाद अंग्रेजी कविता की बारी आई। लॉन्गफेलो और टेनिसन से शुरू किया पर प्रभाव टेनिसन का ही स्थायी हुआ। टेनिसन को ऐसे कई बार पढ़ा और उसके प्रभाव में लिखना भी प्रारंभ किया। वे यह भी स्वीकार करते हैं कि मैं अंग्रेजी में 'गीतांजलि' के प्रभाव में आकर रहस्यवादी गीत भी लिखने लगा था जो देव कृपा से कहीं छपे नहीं और मेरे जेल प्रवास के दिनों में न जाने कहाँ खो गए। पहली कविता अब 'चिंता' में ही संग्रहित है।

अज्ञेय स्पष्ट रूप से स्वीकारते हैं-"ब्राउनिंग के ओज भरे आशावाद और रवीन्द्र नाथ ठाकुर के रहस्यवाद के सम्मिश्रण ने मेरे लिए नए विकसते मन पर क्या प्रभाव डाला यह सोचा जा सकता है" (ऋण स्वीकारी हूँ-पृ.16)। यह मानव जीवन की सच्चाई है कि हर व्यक्ति के ऊपर अपने समय और समाज का प्रभाव पड़ता है। उसे कोई सहज रूप से खुले मन से स्वीकार लेता है और कोई स्वयं को सेल्फमेड मान लेता है। अज्ञेय को तो उन लेखकों-विचारकों ने रचा ही जिन से भी प्रभावित रहे, उन्हें तो उनके विरोधियों ने भी चमकाने मांजने में मदद ही की।

वैसे तो बीसवीं सदी के उत्तरार्ध का भारतीय हिंदी लेखन मार्क्सवाद की छाया से अधिक ग्रसित लगता है, किंतु अज्ञेय के ऊपर इसका भूत अधिक सवार नहीं हुआ। वे मार्क्स के द्वंदात्मक भौतिकवाद से कम प्रभावित हुए बल्कि उन पर फ्राएड के मनोविश्लेषण, विशेषकर स्वप्न विश्लेषण और कार्ल यास्पर्स व बूकर के अस्तित्ववादी दर्शन का अधिक प्रभाव पड़ा है। भारतीय अद्वैत और उपनिषदिक विचारों झलक उनमें मिलती है। लघु मानवतावाद और क्षण का आग्रह इनकी कविताओं में इन्हीं प्रभावों की देन सी लगती है। अज्ञेय का सर्जक व्यक्तित्व एजरापाउण्ड, टी.एस. इलियट, बादलेयर, डी.एच. लॉरेंस से प्रभावित रहा है। इलियट के 'ट्रेडीशन एंड इंडिविजुअल टैलेंट' का प्रभाव अज्ञेय के 'रूढ़ि और मौलिकता' नामक निबंध में साफ दिखता है। इतना ही नहीं, टी.एस. इलियट के इस निबंध का प्रभाव बहुतों पर भी साफ झलकता है, वे चाहे डॉ. रामविलास शर्मा रहे हो या नामवर सिंह। मार्क्सवाद डॉ. रामविलास शर्मा और नामवर सिंह जैसे आलोचकों को कुछ अधिक ही प्रभावित किया और ये दोनों मार्क्सवादी विचारधारा के लेखन और आलोचना के विस्तारक बने। इन लोगों ने हवा का रुख देखकर लिखा और आलोचनाएँ की। मार्क्सवादी लेखकों, विचारकोंऔर आलोचकों ने लेखन को जनता की जरूरत और न्याय से जोड़कर देखा है। इसलिए मुझे मार्क्सवादी लेखन समय की मांग का लेखन लगता है। जबकि क्रांतिधर्मी अज्ञेय इस मार्क्सवाद की धारा में अधिक डूबकर नहीं लिखे, उनका लेखन गंभीर जीवन चिंतन का लेखन है जो जीवन और समय को अपनी समग्रता में समझने की कोशिश और आग्रह करता है।

कविता जीवन अस्तित्व की खोज है वह नि:संग होकर अपनी पूर्णता का अनंतर स्वप्न देखती है इसलिए वह स्वभाव से विद्रोही होती है। वह बने बनाए पाटों-परंपराओं को तोड़ती है विस्तार के लिए और अधिक विस्तार के लिए। अज्ञेय जीवन और समय के विशद और नि:संग व्याख्याकार हैं एवं उनका लेखन व्याख्याएँ हैं। उन्होंने स्वीकार किया है कि "जीवन होने की क्रिया अथवा नैसर्गिक व्यापारों का अनुक्रम नहीं है। जीवन होने के बोध का नाम है। यानी कुछ है नहीं, 'मैं हूँ', यही वास्तव में जीवन है। वे कहते हैं कि हम यह पूरी तरह से यह भी अनुभव कर लें कि जीवन कभी भी समाप्त हो सकता है और उतनी ही तत्परता से यह भी अनुभव करें कि वह चल रहा है यानी विस्मय में डूब जाएँ। मेरे निकट जीवनानंद का यही नुस्खा है" (आत्मने पद-पृ.43-44)। जीवन की क्षणभंगुरता में अनन्तता का विस्मयकारी बोध अज्ञेय की कविताओं में समाहित हैं। यही उनकी व्याप्ति है। इस व्याक्ति में भारतीय जीवन और विभिन्न

देशों की संस्कृतियों की गहरी छाप है। रबिन्द्र नाथ टैगोर की तरह वे भी विभिन्न देशों की संस्कृतियों की पारस्परिकता और उसके महत्व को मानते हैं। फलतः वे साहित्य में संस्कृति की उपस्थिति पर बल देते हैं। जापान यात्रा से झेन बौद्धवाद और फ्रांस की यात्रा से ईसाई चिंतन की सौगातें उनके काव्य लेखन में सहायक रही हैं। इनका प्रभाव 'चक्रांत शिला' की रचनाओं और 'असाध्य वीणा' एवं अन्य रचनाओं पर साफ दिखाई देता है। यह सही है कि अज्ञेय अस्तित्ववादी दर्शन और विभिन्न देशों के साहित्य एवं संस्कृतियों से प्रभावित थे किंतु वे इन विचारों की संगति भारतीय परिस्थितियों में खोजते-परखते रहे हैं।

अज्ञेय की कविताओं का मूल स्वर और सरोकार प्रेम प्रकृति और मुक्ति है। और प्रेम कवि की दृष्टि में शाश्वत मूल्य है। उनके लिये प्रेम प्रेमी और प्रिय के बीच बंधन न होकर मुक्त (स्वतंत्र) है। यह भारतीय दृष्टि भी है और व्यक्ति स्वातंत्र्य की अस्तित्ववादी विचार भी। अस्तित्व की स्वतंत्रता से प्रेम करने के कारण अस्तित्ववादी सार्त्र ने तो शादी के बंधन में बधने से ही अस्वीकार कर दिया। और अज्ञेय भी निजी जिंदगी में प्रेम बंधन को तोड़ते रहे।अज्ञेय का प्रेम प्रकृति से जुड़कर विराट साहचर्य की गरिमा में अनुभूति प्राप्त कर सका है। रामस्वरूप चतुर्वेदी अज्ञेय की उत्तर कविताओं में प्रेम और प्रकृति का परस्पर साहचर्य अनुभव करते हुए लिखते हैं-"सागर-मुद्रा में प्रकृति और प्रेम का जो उच्छलितरूप है वह मानवीय जिजीविषा का ही प्रतिरूप है, जिसे कभी निराला ने कहा था-'अभी न होगा मेरा अंत, अभी-अभी ही तो आया है। मेरे मन में मृदुल बसंत।' बसंत और बादल निराला के यहाँ जीवन प्रक्रिया की सबसे बड़े प्रतीक हैं सागर अज्ञेय के यहां। सागर अपनी विराटता के बावजूद मनुष्य के प्रेम व्यापार में शेष प्रकृति के साथ साझीदार होता है" (अज्ञेय और आधुनिक रचना की समस्या- पृ.150)। सागर बड़े प्रतीक के रूप में हेमिंग्वे के 'द ओल्ड मैन एंड द सी' और कॉलरिज के 'द राइम ऑफ द एन्सियेन्ट मैरीनर' में पूरे व्याप्ति के साथ वर्णित है।

वहीं काल और क्षण की अवधारणा का प्रश्न और उसके महत्व को अज्ञेय ने अपने लेखन के माध्यम से उठाया है। भारतीय चिंतन में काल की गति को चक्रीय माना गया है। जैसे-जन्म के बाद बचपन, युवा अवस्था, जरा, मृत्यु और मृत्यु के बाद भी पुनर्जन्म। इस तरह काल की गति चक्रीय रुप में घूमते रहती है। वही पाश्चात्य चिंतन में काल के आवर्तन को स्वीकार किया गया है जिसमें काल रेखीय गति से आगे बढ़ता है। काल के रेखीय गति के सिद्धांत का मूल ईसाई परंपरा में है जो मुक्ति की अवधारणा से जुड़ा हुआ है। इस रेखीय गति

का उल्लेख सैंट आगस्टाइन की आत्मकथा 'कन्फेशन' में स्पष्ट रूप से मिलता है। वहाँ पुनर्जन्म की अवधारणा में विश्वास नहीं दिखता है। आगे लिखते हैं मैं उस वक्त का हूँ जो क्षण में अमृत की प्रतिज्ञा से आरंभ करके काल जीतने की संभावनाव्यक्त करता हूँ। क्षणिक अमृतत्वकेये क्षण चाहे जितने ही लघु और दुर्लभ क्यों न हों। क्षण के इसी स्वरूप का चित्रण वे 'कितनी नावों में कितनी बार' में करते हैं।

क्षण अमोघ है
इतना मैंने पहले ही पहचाना है
इस लिए सांझ की नश्वरता से नहीं बांधता
पर दान भी अमोघ, अनिवार्य।'

यहाँ अज्ञेय द्वारा किया गया क्षण का आग्रह जीवन जीने का आग्रह है। सच भी है इस कुंठित और विद्रूप सभ्यता में सुमुखी जीवन को ठीक से जी पाना मुश्किल है इसलिए क्षण को ही जी लेना अधिक सार्थक और मूल्यवान है। इसी क्षण की महत्ता को रॉबर्ट ब्राउनिंग ने भी अपनी कविता 'द लास्ट राइड टुगेदर' में शिद्दत से रेखांकित किया है। कुल मिलाकर 'क्षण' को जीना ही वर्तमान को जीना है। यही है 'पावर ऑफ नाउ'। अज्ञेय का मानना रहा है कि 'कला साहित्य तभी सार्थक होते हैं जब वह ऐतिहासिक काल की सीमा से आगे निकल आते हैं और काल के कालातीत आयाम को छू लेते हैं।'

अज्ञेय की कविताएँ क्षण की महत्ता और मौन प्रार्थना में विश्राम पाती हैं। क्षण और मौन की तात्विकता में देश-विदेश के दर्शन एवं संस्कृतियां स्वतः समाविष्ट रहती हैं। वे भारतीय दर्शन में की गई मौन की महिमा को स्वीकारते हैं। मौन को ब्रह्म कहा गया है-'मौनं ब्रह्म'। कभी-कभी उस अदृश्य अगोचर की अनुभूति के लिए भी मौन का आश्रय लेते हैं। 'आवश्यक' शीर्षक कविता में वे लिखते हैं-

'जितना कह देना आवश्यक था
कह दिया गया: कुछ और बताना
और बोलना अब आवश्यक नहीं रहा
आवश्यक अब होगा चुप रह जाना अपने को लेना संभाल
संप्रेषण के अर्पित, निभ्रन्त क्षणों में।'

अज्ञेय की रचनाओं में क्षण और मौन की महत्ता मनुष्य को मनुष्य बनाये रखने के लिये मूल्यवान घटक के रूप में संजोये गये हैं। मनुष्य और समाज के बीच संबंधों की पारस्परिक अनिवार्यता को मानते हुए मनुष्य के व्यक्तित्व की

निर्वयैक्तिकता की राह में आने वाली समस्याओं से ही वे नहीं जूझते टकराते बल्कि कविता की नवीनता के लिये कविता की प्रक्रिया से भी जूझते हैं और उन पर विचार करते हैं। अज्ञेय मनुष्य की अस्मिता और साहित्य एवं संस्कृति से जुड़े गंभीर प्रश्न भी अपने लेखन में उठाते हैं। इस टकराहट की गूँज कभी आत्म संघर्ष के रूप में तो कभी समकालीनों के बीच साहित्यिक संघर्ष के रूप में सुनी जाती रही है। उनका यह संघर्ष व्यक्ति की अस्मिता से गुजरकर भारतीयता की अस्मिता का संघर्ष बन जाता है। इस रूप में, कला और साहित्य के संदर्भ में कलाकार एवं लेखक की स्वतंत्रता का प्रश्न उनके चिंतन के घेरे में सदैव रहा है।

हम पाते हैं कि अज्ञेय में अनोखी प्रतिबद्धता है। उनकी प्रतिबद्धता किसी दल, संप्रदाय, संस्था के प्रति नहीं है, बल्कि व्यक्ति और समाज से है। इस रूप में वे यथास्थिति के विरोधी रहे हैं। और अंततः उनकी व्यक्तिवादी प्रतिबद्धता सामाजिक प्रतिबद्धता में ढलती सी लगती है। वे व्यक्ति को अनंत सम्भावनाओं से युक्त मानते थे इसलिए वे उसकी स्वतंत्रता के पक्षधर थे। उनकी व्यक्ति चेतना सामाजिक चेतना से गुम्फित है। वे कहते हैं कि 'मैं व्यक्ति का अपने प्रति भी उत्तरदायित्व मानता हूँ और समाज के प्रति भी, पर मैं अपने उत्तरदायित्व को प्राथमिक मानता हूँ और समाज के प्रति दायित्व को उसी से उत्पन्न।' वे मानते हैं कि 'समय-समय पर रचनाकार को महत्वपूर्ण सामाजिक समस्याओं पर अपना अभिमत प्रकट करना चाहिए किंतु साहित्यिक व्यक्तित्व का ऐसा सामाजिक उपयोग करने में या होने देने में उसे दलबंदी से बचना चाहिए।'

हमें नहीं भूलना चाहिए कि अज्ञेय व्यक्ति अस्मिता और उसकी स्वतंत्रता को व्यापक सत्य के साथ जोड़ कर देखने के हिमायती रहे हैं। वैसे भी अपनी निजता में कवि भी व्यापक सत्य को निजी कर के देखता है और निजी दृष्टि को फिर साधारण बनाता है। उनका मानना रहा है कि" साधारण का साधारण वर्णन कविता नहीं है, कविता तभी होती है जब साधारण पहले निजी होता है और फिर व्यक्ति में से छनकर साधारण होता है। जो इसको भूलते हैं उनके पद्य परम सदुद्देश्यपूर्ण होकर भी कविता नहीं बन सकते और चाहे जो कुछ हो जावे।. .. कविता ज्यों-ज्यों वर्णनात्मकता से भावनात्मकता की ओर बढ़ती है त्यों-त्यों उसमें शब्दों के कलन की सतर्कता बढ़ती जाती है" (आत्मनेपद-पृ.32) उन्होंने माना है कि "कवि आधुनिक जीवन की एक बहुत बड़ी समस्या का सामना कर रहा है-भाषा की क्रमशः संकुचित होती हुई सार्थकता की केंचुल फाड़ कर उसमें नया अधिक व्यापक, अधिक सारगर्भित अर्थ भरना चाहता है-और अहंकार

के कारण नहीं, इसलिए कि उसके भीतर इसकी गहरी मांग स्पंदित है इसलिए कि वह 'व्यक्ति सत्य' को 'व्यापक सत्य' बनाने का सनातन उत्तरदायित्व अब भी निबाहना चाहता है।... जीवन की जटिलता को अभिव्यक्त करने वाली कवि की भाषा का किसी हद तक गूढ़, 'अलौकिक' अथवा दीक्षा द्वारा गम्य (एसोटेरिक) हो जाना अनिवार्य है, किंतु वह उसकी शक्ति नहीं विवशता है, धर्म नहीं आपद्धर्म है" (आत्मने पद-पृ.28-29)।

साहित्य कलात्मक सृजन है। उसे चलताऊ लेखन या सतही निरूपण से दूर रहना चाहिए। कला स्वतंत्रता की वाहक है किन्तु यह स्वच्छंदता न होकर जीवन के प्रति गंभीर जुड़ाव है। इस नाते यह दायित्व से भाग नहीं सकती। इस लिए रचना में सौन्दर्य और आनंद के साथ उसमें जो विरेचन की क्षमता होती है। वह प्रकारांतर में व्यक्तिगत और समाजगत दायित्व बोध को ही विकसित करती है।और जिस कवि में समाजगत प्रतिबद्धता है वह समाज के हित को कई कोणों से सोचने के कारण भला किसी एक विचारधारा में कैसे बध सकता है? इसलिए अज्ञेय किसी एक राह के राही नहीं रहे, किसी खास विचारधारा के आग्रही न होकर वे तो 'राहों के अन्वेषी' रहे हैं। और राहों का अन्वेषी प्रयोग धर्मी होता ही है। प्रयोगधर्मिता में नयापन होता है इसलिए वह आधुनिकता की सूचक है। इस मायने में वे साहित्य के आधुनिक है।

हिंदी साहित्य के टी.एस. इलियट माने जाने वाले अज्ञेय, इलियट की ही तरह, परंपरा बोध और इतिहास बोध ग्रहण करने के लिए परंपराओं से टकराते भी हैं और उनमें नया संस्कार भी भरते हैं। वह चाहे कथ्य और शिल्प के स्तर पर हो या भाषा के स्तर पर। परंपरा बोध की गतिशीलता को ठीक से न समझने वाले जड़ परंपरावादियों के लिए अज्ञेय चुनौती बनते हैं। वहीं बदली हुई परिस्थितियों में परंपरा को नए साहित्यिक संस्कार देने के लिए साहित्य का एक वर्ग उनका खुल कर समर्थन भी करता है। इस तरह उनका साहित्यिक लेखन संघर्षपूर्ण रहा है। जहाँ तक उनके काव्य विकास की बात है, डॉ. विद्यानिवास मिश्र ने उनकी काव्य यात्रा को चार सोपानों में रख कर परखा है-"पहला है विद्रोह और हताशा का, दूसरा है अपने भीतर शक्ति संचय का, तीसरा है बिना किसी आशा के आत्म दान में सार्थकता पाने का, और चौथा है मानवीय दायित्व बोध के साथ-साथ भारतीय अस्मिता की पहचान का। पहले चरण की रचनाएँ हैं-चिंता, इत्यलम् और दूसरे चरण में आती हैं-हरी घास पर क्षण भर, बावरा अहेरी और इंद्रधनु रौंदे हुए ये, तीसरे में-अरी ओ करूणा प्रभामय में, आंगन के पार द्वार, और चौथे में-क्योंकि मैं उसे जानता हूँ और महावृक्ष के नीचे की

कविताएँ" (आज के लोकप्रिय कवि अज्ञेय-पृ.15)। चिंता (1941) की भूमिका में अज्ञेय जी लिखते हैं-"'चिंता' अगर एक प्रयोग है तो तकनीक का प्रयोग नहीं है। मानव के प्रेम के आंतरिक इतिहास की इस अनगढ़ कहानी की रचना में टेकनीक की दिशा में कोई और साधारण कृतित्व कभी भी मेरा लक्ष्य नहीं रहा है। मेरा उद्दिष्ट यही रहा है कि क्षेत्र विशेष में मानव के अंतर भावों का यथासंभव स्वाभाविक और निराडम्बर प्रति चित्रण कर दिया।" इस बात से इनकार नहीं किया जा सकता कि इनकी शुरूआती कविताएँ रूमानी एवं भावुक हैं। इन पर छायावादी प्रभाव है लेकिन वैसा गहरा नहीं जिस रंग में छायावादी रचनाकार रंगे हुए थे।

अज्ञेय का कवि व्यक्तित्व उत्तरोत्तर गंभीर, विशद और मौन होता गया है। 'हरी घास पर क्षण भर', 'बावरा अहेरी', 'इंद्रधनु रौदे हुए ये', और 'अरी ओ करुणा प्रभामय' में आत्मान्वेषण और प्रकृति से गहरे तादात्म्य की कविताएँ हैं।' अरी ओ करूणा प्रभामय' में जापान प्रभाव स्पष्ट है। मनुष्य और समाज की समय के दबाव के कारण जटिल होती मनः स्थितियां भी उनके कविता के केंद्र में रही हैं। 'आंगन के पार द्वार' , 'कितनी नावों में कितनी बार', और 'मरूथल', में तो बौद्ध दर्शन और आध्यात्मिक दृष्टि फलवती हुई है। आध्यात्मिकता उनके लिए ईश्वर प्राप्ति या छिछली धार्मिकता कभी नहीं रही। बल्कि वह आत्मा के सत्य का ऐसा उजास थी जिसमें मनुष्य समाज और प्रकृति के साथ संवेदनशील जुड़ाव एवं जीवन्त तादात्म्य अनुभव कर समानुभूति की भावनाएँ उद्‌बुध करता है। अंग्रेजी कवि कालरिज ने भी कविता में आध्यात्मिकता के महत्व को खुले मन से सराहा है। रहस्य और आध्यात्मिकता अपनी अनन्तता के कारण ही सुन्दर है और जिसका अन्त हो जाय वह सुन्दर होने का भ्रम उत्पन्न कर सकती है, किन्तु सुन्दर नहीं हो सकती। सुन्दर होना रहस्यमय होना है जिसमें नये होने की सम्भावना छिपी होती है। अज्ञेय अपनी 'उन्मत्त' कविता में कहते हैं-

"मैं एक प्रवाह में हूँ-
लेकिन मेरा रहस्यवाद ईश्वर की ओर उन्मुख नहीं है
मैं उस असीम शक्ति से संबंध जोड़ना चाहता हूँ
जो मेरे भीतर है।"

आत्मान्वेषण के क्रम में अज्ञेय विराट सत्ता में एकीकृत हो जाते हैं। उसी से जुड़ कर वे समय की आवाज को सुनते हैं।

"मैं भी नहीं रहा मैं
कवि हूँ

कहना सब सुनना है,
स्वर केवल सन्नाटा।"

जीवन के जंगल में गुजरते हुए हम पाते हैं कि इसकी मदान्ध करने वाली क्रियाएँ अनन्तर जारी रहने के बावजूद हर एक को अंत में एक-एक कर के शान्त कर देती हैं। और यही महा शून्यता जिसे परम शांति भी कह सकते हैं अंततः जीवन का मूल्यवान प्रदेय बन जाती है। 'आंगन के पार द्वार में' कवि कहता है-

"तेरा पथ मुड़-मुड़ कर सीधा उस तक ही जाएगा
तू अपनी भी उतनी ही होगी जितना वह अपनाएगा
ओ आत्मा री,
तू गयी वरी
महाशून्य के साथ भांवरें तेरी रची गयी।"

क्या हम यह नहीं मानेंगे कि कविता, हाँ, मूल्यवान कविता, भौतिकता को अतिक्रांत कर महाशून्य में विलीन हो जाती है? कविता केवल भौतिक मन का मनोरंजन नहीं है बल्कि वह आध्यात्मिक मन का ठिकाना भी है। वह भौतिक सफलता, सामाजिक समानता और न्याय के लिए संघर्ष ही नहीं करती बल्कि उन संघर्षों को शांत करने का उपक्रम भी रचती है। जिस कविता में दोनों को साधने का हुनर नहीं है, जिसे विरुद्धों में सामंजस्य करने नहीं आता, वह कुछ और हो सकती है लेकिन कविता नहीं हो सकती। अज्ञेय बेहद चौकन्ने और सजग रचनाकार हैं। उनमें व्यापकता भी है और मूलगामिता भी है। उनमें निर्लिप्तता भी है और गहरा तादात्म्य भी है। वे सजग कवि हैं, किन्तु कविता में शब्दों के प्रति विशेष रूप से सजग लगते हैं। शब्दों की सजगता को लेकर चित्रकार देगा और कवि मलार्मे का संवाद बेहद महत्वपूर्ण है। एक बार चित्रकार देगा ने कवि मलार्मे से कहा-'अजीब है तुम लेखकों का धंधा! मेरे पास इतने ढेर से विचार हैं लेकिन मैं लिख नहीं सकता।' कवि मलार्मे ने उत्तर दिया-'प्यारे देगा, कविता विचारों से नहीं, शब्दों से बनती है।' चर्चित आलोचक नामवर सिंह अज्ञेय के शब्द चयन के विवेक को रेखांकित करते हुए कहते हैं-"शब्द चयन के बारे में अज्ञेय इतने सतर्क थे कि एक भी अनावश्यक शब्द और व्यर्थ शब्द उनकी कविताओं में नहीं होता था। सब जगह नपे-तुले सधे हुए शब्द। शब्दों के बारे में वे बड़े मितव्ययी हैं" (नामवर सिंह साहित्य की पहचान-पृ.140)। अज्ञेय की यह सजगता सिर्फ कविता में शब्द चयन को लेकर ही नहीं है बल्कि समाज और संस्कृति की प्रकृति को भी लेकर रही है। कुल मिलाकर अखण्ड प्रकृति की

विराटता में उनका अटूट विश्वास था। पूरी प्रकृति के प्रति उनकी अखंड और समावेशी दृष्टि ने उन्हें गंभीर या यूँ कहें कि आध्यात्मिक और दार्शनिक भाव बोध से सम्पन्न किया।

प्रकृति के विराट अस्तित्व में मनुष्य की अस्मिता और उसका आंतरिक और बाह्य प्रकृति से तादात्म्य अपनी पूर्णता में अज्ञेय की कविताओं में व्याप्त है। गहन जीवनानुभव, आत्मान्वेषण एवं दायित्वबोध कभी परिचित तो कभी अपरिचित प्रतीकों-बिम्बों के रंगों में रंगकर सम्प्रेषण को संश्लिष्ट बनाते हैं। इसलिए अज्ञेय की कविताओं को समझने के लिए विकसित दृष्टि की दरकार होती है। इस अर्थ में वे कठिन कवि हैं। उनमें हर बार नए ढंग से खुलने की संभावना बनी रहती है। फलतः अज्ञेय की कविता आकर्षित भी करती है और समान रूप से भयभीत भी करती है। इस लिहाज से अज्ञेय की कविताएँ विशेष सजगता की मांग करती हैं। इनकी रचनाओं में भौतिक जीवन और आध्यात्मिक जीवन के बीच परस्पर क्रियाशील आवाजाही होने के कारण उनका सामान्य पाठकों के लिए कठिन होना स्वाभाविक है। जो बौद्ध दर्शन, उपनिषद और चेतना के विभिन्न सोपानों को जानने के साथ समाज-संस्कृति की परिपक्व जानकारी रखते हैं उन्हें अज्ञेय आकर्षित करते हैं।

इक्कीसवीं सदी के तीसरे दशक में गुजरते हुए यह सिद्दत से महसूस कर रहा हूँ कि अज्ञेय साहित्य के भविष्य हैं, उनकी आवाज को भविष्यत साहित्य की आवाज भी बनाने की जरूरत है। यकीनन बढ़ते राजनीतिक हस्तक्षेप के बीच साहित्य और संस्कृति की समावेशीता के लिए एक अपूर्वाग्रही आवाज की दरकार है जो किसी खास वैचारिकी की गुलाम न हो।

वैसे तो हर लेखक का सपना होता है कि वह अपने युग-समय की आवाज बने, परंतु सबके सपने साकार नहीं होते। वैसे भी इच्छा और उपलब्धि के बीच बहुत बड़ी फांक होती है जो भरने का नाम नहीं लेती। लेकिन जो समय की जीवंत आवाज को पहचान कर उसने अपनी आवाज मिलाता है, वह समय की आवाज बन जाता है। अज्ञेय की पुकार अपनी जीवंतता में समय की आवाज लगती है। वे समय की उस आवाज को अपने कविता-विचार में मुखरित करते रहे जो जीवन और सर्वकालिकता को गति देती है। उनकी आवाज किसी खास किस्म की वैचारिकी के अधीन कभी नहीं रही। वे मनुष्य के अस्तित्व और अस्मिता के संदर्भ में समाज, साहित्य, संस्कृति, मूल्य और नैतिकता जैसे प्रश्नों पर चिंतन-मनन करते रहे, उनसे जूझते रहे। इस वैचारिक संघर्ष में उनकी क्रांतिधर्मिता मार्क्सवादी कभी नहीं रही। वे रेडिकल रहे। बंगाली रेनेसां के

विचारकों की तरह। एक निश्चित कालखंड में रहते-लिखते हुए भी वे उस समय विशेष की धारा के साथ गतिशील नहीं रहे। उनकी रचनाएँ काल का अतिक्रमण करती हैं। इसलिए उनकी अधिकांश रचनाओं में 'समय का अभाव' है। समय में समय का अभाव ही शाश्वतता है, सर्वकालिकता है।

अज्ञेय दृष्टि संपन्न रचनाकार हैं। उनकी अंतर और वाह्य दृष्टि में संपन्नता और गुरुता जीवन और प्रकृति के प्रति गहरे दायित्व बोध और उनसे संबद्धता के कारण विकसित हुई है। उनका जीवन शिद्दत से जिया गया और देखा गया जीवन है। उसमें कोई प्रदर्शन और मुग्धता नहीं रही है। निर्मल वर्मा 'कला का जोखिम' पुस्तक में लिखते हैं कि "वह (अज्ञेय) उन बहुत कम हिंदी लेखकों में है जो एक साथ अपनी परंपरा के प्रति संवेदनशील और पश्चिमी साहित्य के प्रति सजग रहे हैं" (कला का जोखिम-पृ. 106)। यह सजगता ही उन्हें विरल और श्रेष्ठ बनाती है। सारी सजगता के बावजूद अज्ञेय रचनात्मक बदलाव के लिए भीतर-भीतर अकुलाते हैं, आंतरिक संघर्ष से गुजरते हैं। यह सबके समझ के परे की बात है। यह संघर्ष इतना घनीभूत है कि कभी-कभी उनका लेखन ठहरा हुआ सा लगता है। जब कि ऐसा कतई नहीं है। हम सबको मालूम है कि जब कोई चीज तेजी से घूमती है, तब वह ठहरी हुई सी लगती है। इसी तरह अज्ञेय का दायित्व पूर्ण रचनात्मक कर्म बेहद सक्रिय सर्वकालिक और जीवंत है, शाश्वत समय की धूरी पर तेजी से घूमता हुआ।

'असाध्य वीणा' नामक लंबी कविता के कथ्य, शिल्प, बिंब, प्रकृति और उसके दर्शन और निहितार्थ की चर्चा करने के पहले अज्ञेय के बारे में एक-दो बातें और मन में उभर रही हैं, वे हैं-उनकी फोटोग्राफी का शौक और उनका 'अहम' और 'मैं' का भाव। यह समझना दिलचस्प होगा कि क्या फोटोग्राफी, विशेषकर प्रकृति के विविध रूपों की फोटोग्राफी, का क्या उनके रचना कर्म के साथ कोई रिश्ता रहा है, जिसे वे बार-बार कैमरे में बड़ी शिद्दत और जिम्मेदारी के साथ कैद करते रहे या यह उनका शौकिया प्रेम रहा है। ऐसा लगता है कि प्रकृति उनकी सहचरी रही है। प्रकृति और प्राकृतिक जीवों के प्रति गहन संवेदना, उनसे गहरा तादात्म्य उनके जीवन बोध को गाढ़ा करने और संवेदनशील बनाने में सहायक रहा है। घंटों प्रकृति की गोद में बैठ कर अतीत के एकांत को निहारना उसके मौन को पढ़ना उसके बहाव को देखना कहने के लिए कितना आसान लगता है, उतना है नहीं। देखना भी एक कला है। किसी चीज को समुत्सुक देखना उसे जानने की एक क्रिया है। इस लिहाज से अज्ञेय प्रकृति के विविध रंगों को कैमरे में ही कैद नहीं करते, वे उन्हें अपने विचारों में भी सहेजते हैं।

इस तरह प्रकृति उन्हें संपन्न करती है, और यह चिंतन की संपन्नता उनकी रचनाओं को शक्ति देती है, समग्रता प्रदान करती है। अज्ञेय का यह प्रकृति प्रेम कालिदास, भवभूति, तुलसीदास और यहाँ तक कि निराला और पंथ की याद दिलाता है। लेकिन इनका प्रकृति प्रेम वाह्य आकर्षण से गुजर कर मौन और सन्नाटा का सौन्दर्य बन जाता है।

अज्ञेय के फोटोग्राफी के बारे में उनके साथ लगभग दो साल तक रहने वाले प्रो. नामवर सिंह कहते हैं-"अज्ञेय जी कहीं भी जाते थे तो कैमरा उनके कंधे पर रहता ही था। कई फोटोग्राफ आपको कैमरे के साथ ही मिलेंगे। जब वह कैमरा लेकर निकलते थे तो बड़े लोगों का फोटो लेने के लिए नहीं। जब वह निकलते थे तो वहाँ प्रकृति के चित्र लेते थे। उनकी एक किताब आप लोगों में से किसी ने देखी होगी संभवत राज पाल से छपी है 'मरूथल' नाम की। लगभग 15 या 16 कविताएँ हैं उनमें। और मरुस्थल के जो फोटोग्राफ लिए हैं उन्होंने, आप देखें शायद ही ऐसे फोटोग्राफ आपको कहीं और देखने को मिलेंगे। प्रकृति के हर रूप के प्रति वे इतने रमे हुए थे" (नामवर सिंह साहित्य की पहचान-पृ. 138)। कहीं ऐसा तो नहीं कि जीवन और प्रकृति से गहरे तादात्म्य ने उनकी जीवन दृष्टि बदल दी और उन्हें अकेला पन प्रीतिकर लगने लगा। साधक के लिए अकेला होना तो किसी वरदान से कम नहीं होता है। संभवतः अकेलेपन के कारण ही उनमें आध्यात्मिक चेतना और अस्तित्व बोध जागृत हुआ। गहरे अर्थों में आध्यात्मिक होना धार्मिक कर्मकांडी होना नहीं है, बल्कि जीवन को उसकी समग्रता में बोध करना है। क्या खंडित बोध के सहारे कोई सत्य को उपलब्ध कर सकता है? निर्मल वर्मा 'कला का जोखिम' में लिखते हैं-"लेखक की वाणी तब तक सत्य की खनक नहीं प्राप्त करती, जब तक लेखक स्वयं एक ऐसी स्पेस, एक ऐसी जगह नहीं चुनता जहाँ से उसके शब्द, उसकी दृष्टि, उसके आग्रह, शाश्वत की सांसारिकता और संसार का अकेलापन एक साथ ही अपने युग के चेहरे पर अंकित नहीं कर पाते। अकेलापन! संभव है अज्ञेय अपने 'मैं' के इस अकेलेपन में ही अपनी 'स्पेस' को खोजना चाहा है। यह अकेलापन ओढ़ा हुआ नहीं है, दिखावटी नहीं है। इसका एक छोर यदि अज्ञेय की आत्म सुरक्षा से जुड़ा है, तो दूसरा छोर हिंदी साहित्य के उस भयावह वातावरण से बंधा है-जिसमें अज्ञेय ने अपने सर्वश्रेष्ठ वर्ष गुजारे हैं" (कला का जोखिम-पृ.108)। जिस अकेलेपन को अज्ञेय के साथ जोड़कर बात की जाती है क्या उस मूल्यवान अकेलेपन का पवित्र निर्वाह सचमुच उनसे हो सका। वैसे तो अज्ञेय ने माना है कि"मैं अकेलापन चुनता नहीं, स्वीकार करता हूँ।" क्या उनका स्वीकार भाव

वर्जीनिया वुल्फ के अकेलेपन के समतुल्य है? उसने सरकारी सम्मान को अस्वीकार करते हुए लिखा है-"मैं सिर्फ अकेले में रहना चाहती हूँ... जिस दिन सम्मानों की तरफ भागूँगी, लिखना बंद कर दूँगी।" क्या अज्ञेय ने भी वुल्फ सा अस्वीकार भाव दिखाया? खैर। मनुष्य या रचनाकार का यह प्रयास होना चाहिए कि जिस भाव भूमि पर वह खड़ा होता है, वहाँ उसे दृढ़ता से होना चाहिए। विचारों की रस्सी ढीली होने पर वहाँ से गिरने का खतरा बढ़ जाता है। ऐसा प्रतीत होता है कि मार्क्सवादी विचारधारा में रंगे प्रगतिशीलों का हमला उनकी कुछ इसी तरह की अस्थिरताओं के कारण रहा है। इसलिए निर्मल वर्मा मानते हैं कि "जिस यातना और अकेलेपन की चर्चा अज्ञेय इतनी करते हैं, वह आगे बढ़कर हमें साझा करने में उत्प्रेरित नहीं करती, आत्मा की टीस बनकर टिपटिपाती नहीं, झकझोरती नहीं सिर्फ अज्ञेय की अर्जित, मूल्यवान, प्रेशस अनुभूति बनकर रह जाती है" (कला का जोखिम-पृ.115)।

यह बात भी किसी से छिपी नहीं है कि यदि मूल्यांकन करने वाला अथवा आलोचक की नियत साफ न हो तो वह अच्छाई में भी बुराई की तलाश कर लेता है और बुरे को भी कुछ समय के लिए अच्छा साबित कर देता है। हमें यह नहीं भूलना चाहिए कि अज्ञेय का मूल स्वर आंतरिकता, मनोवैज्ञानिकता और सर्वकालिकता का रहा है। ऐसा नहीं कि वे समय और जीवन के खुरदुरे यथार्थ से अनभिज्ञ रहे और उनसे नहीं टकराए। वे जिस 'मैं' और 'अकेलेपन' को स्वयं जीते रहे हैं और जिनका बोध उनकी रचनाओं में भी मुखरित है, क्या जीवन के व्यापक अर्थों में सच नहीं है? क्या, 'मैं' और 'अकेलेपन' से मुक्त होना आसान है? अज्ञेय का 'मैं' अक्सर उनका ही 'मैं' नहीं रहता, बल्कि उनके भीतर के "दाता" के 'मैं' के रूप में मुखरित होता है। 'आंगन के पार द्वार' में उनका दाता बोलता है-'लो यह सागर मैंने तुम्हें दिया, लो यह हरी-भरी धरती-यह सवत्सा कामधेनु-मैंने तुम्हें दी, यह अनुभव अद्वितीय, जो केवल मैंने जिया, सब तुम्हें दिया।' यह अज्ञेय का ' अहम' भाव नहीं है। यह परम दाता का 'मैं' है, जो होशपूर्ण जीवन न जीने के कारण निष्क्रिय रहता है। उसी दाता को क्रियाशील करना ही कविता की संवेदनशीलता है। इस रूप में कवि के 'मैं' को भी सावधानी पूर्वक समझने की जरूरत है। अज्ञेय के कविता जगत में हड़बड़ी में प्रवेश करने पर कुछ मूल्यवान हाथ नहीं लगेगा। वहाँ जो तैयारी से जाएगा, वह कभी निराश नहीं होगा। दर्शन का निचोड़ यह भी है कि किसी चीज को ठीक से जान कर, उससे गुजर कर, हम उससे मुक्त हो सकते हैं। इस विचार की जिद्दू कृष्णमूर्ति ने भी पुष्टि की है। हो न हो, 'मैं' और 'अकेलेपन' का भाव अज्ञेय

का प्रयोग रहा हो। इसलिए किसी पर हड़बड़ी में टिप्पणी देने से बचना चाहिए।

अज्ञेय की कविता यात्रा से स्पष्ट है कि वे मौन, सन्नाटा, चित्र और नाद (ध्वनि) के कवि हैं। वे प्रयोगशील कवि हैं। उनके रचनात्मक सन्नाटे में यह ध्वनि कुछ अधिक ही साफ सुनाई पड़ती है। जैसे, सन्नाटे में घड़ी की टिक्-टिक्। व्यक्ति स्वातंत्र्य के पक्षधर इस कवि ने कविता में कथ्य, शिल्प, बिंब, भाषा और उसकी संप्रेषणीयता के स्तर पर प्रयोग कर उसमें नव्यता का संचार किया। उन्हें लगा-"ये उपमान मैले हो गये हैं /देवता इन प्रतीकों के कर गए हैं कूच। / कभी वासन अधिक घिसने से मुलम्मा छूट जाता है।" अज्ञेय की कविताएँ स्वाधीन चेतना का आख्यान रचती हैं। इसलिए कविताओं में व्यक्ति की सत्ता को, उसकी स्वायत्तता और अस्मिता को पूरी गरिमा के साथ प्रस्तुत किया गया है। इस गरिमा को अर्जित करने के लिए भाषा को भी सृजनात्मक गौरव देते हैं। इस नाते वे शब्दों का भी सजगता से प्रयोग करते हैं। भाषा और शब्द उनके लिए सिर्फ विचारों के ही वाहक नहीं है, बल्कि संस्कृति के प्रकटीकरण का साधन भी है। इसलिए वे शब्द चयन को गंभीर मामला मानते हैं। अज्ञेय लिखते हैं-"सही शब्द वे ही हैं जो उनके बीच के अंतराल का सबसे अधिक उपयोग करें-अंतराल के उस मौन द्वारा भी अर्थवक्ता का पूरा ऐश्वर्य संप्रेषित कर सकें-इतना ही क्यों पूर्व की एक परंपरा के उत्तराधिकारी के नाते मैं यहाँ तक कह सकता हूँ कि कविता भाषा में नहीं होती, वह शब्दों में भी नहीं होती, कविता शब्दों के बीच की नीरवता में होती है" (अज्ञेय, सर्जना और संदर्भ-पृ. 190)। कविता का मर्म 'बिटवीन द लाइंस' छुपा होता है। ऐसी बात नोबेल प्राइज विजेता आयरलैंड के यशस्वी कवि डब्ल्यू. बी. इट्स ने भी स्वीकार किया है। इतना ही नहीं, हिंदी के कवि राजेश जोशी की तो 'दो पंक्तियों के बीच' नामक कविता संग्रह प्रकाशित है, जिसे साहित्य अकादमी पुरस्कार भी मिला। दो शब्दों के बीच या दो पंक्तियों के बीच की नीरवता की तो अद्‌भुत महिमा रही है, जिसका उल्लेख भाव बदलकर बहुतों ने किया है। वैसे भी जीवन की असीमता को शब्दों की सीमा में भला कैसे बांधा जा सकता है? इसलिए दो शब्दों या दो पंक्तियों के बीच जिसे हम खाली जगह मानते हैं, वह अक्सर शब्दों के दबाव के कारण भरी होती है।

अज्ञेय की कविताएँ भारतीय संस्कृति के वैशिष्ट्य को उसके कालातीतता में समझने का उपक्रम रचती हैं। कविताओं के माध्यम से वे जगत और चेतना, व्यष्टि और समष्टि के अनेकायामी और बहुल संरचना वाली भारतीय मनीषा के प्रवाह में निहित महत उपलब्धियों को नये ढंग से स्वायत्त करने का न्यौता देते

हैं। श्री अरविंद की तरह वे राजनीतिक स्वतंत्रता मात्र से संतुष्ट नहीं लगते। इसलिए वे व्यक्ति स्वातंत्र्य पर बल देते हैं। के.सी. भट्टाचार्य के शब्दों को उधार लेकर कहें तो अज्ञेय का लेखन मनुष्य मन के स्वराज को चिन्हित करने का प्रयास करता है। ऐसे समावेशी दृष्टि संपन्न रचनाकार को भी विरोध और चुनौतियों का सामना करना पड़ा। उनकी दृष्टि को मूल गामी और प्रगतिशीलता में बाधक निरूपित किया गया। मार्क्सवादी विचारों के ज्वर से ग्रसित लेखकों की एकांगी आलोचना का अज्ञेय को शिकार बनना था, सो बने। मार्क्सवादी आलोचक नामवर सिंह को अज्ञेय चिड़ियाघर के किसी चिंपाजी जैसा गंभीर और मनहूस दिखाई देते हैं। वही यशपाल ने तो अज्ञेय को "अपनी दुम का पीछा करता हुआ कुत्ता" तक कह दिया। जबकि अज्ञेय "जय जानकी जीवन यात्रा" में अपने लक्ष्य को इस तरह प्रतिपादित किया है-"जिस नर की आँखों में नारायण की व्यथा छिपी हो, उस व्यक्ति तक अपने साहित्य के माध्यम से पहुँचने में यदि सफल हो पाता हूँ, तो समझता हूँ कि साहित्य की सार्थकता सिद्ध होती है।" यह सच है कि मार्क्सवादी चश्मे से देखने पर अज्ञेय के रचना संसार में व्यक्ति और समाज के भौतिक उत्कर्ष, समानता, न्याय और हक-हकूक के लिए के लिए संघर्ष की प्रखर अनुगूँज नहीं के बराबर है। उनका रुचि परिधि में कम, केन्द्र में अधिक रही है। लेकिन ऐसा नहीं है कि अज्ञेय समाज के प्रति अपने दायित्व से मुंह मोड़ते हैं। वे 'इत्यलम्' में लिखते हैं,

'यह जो मिट्टी गोड़ता है
कोदई ही खाता है और गेहूँ खिलाता है
उसकी मैं साधना हूँ,
यह जो मिट्टी फोड़ता है
मड़िया में रहता है और महलों को बनाता है
उसकी मैं आस्था हूँ।,

सच्चिदानंद हीरानन्द वात्स्यायन 'अज्ञेय' का लेखन गंभीर, भरपूर और विविध है। 17 कविता संग्रह, 7 कहानी संग्रह, 3 उपन्यास, 1 नाटक, 2 यात्रा वृत्त, 3 डायरियां तथा अनेक निबंध और पत्र संकलन प्रकाशित हैं। 'आंगन के पार द्वार' (1961) तीन भागों-अंतः सलिला, चक्रान्त शिला और असाध्य वीणा-में विभक्त है।'। 'आंगन के पार द्वार' भीतर की ओर जितना खुलता है उतना ही बाहर की ओर। इस संग्रह की अंतिम कविता 'असाध्य वीणा' इस अंतस् और वाह्य जगत् की एकाकारता का सबसे सजीव चित्र है।' अज्ञेय की 'असाध्य वीणा' कविता जगत की अद्वितीय उपलब्धि है, जिसमें रहस्यमयता,

दार्शनिकता, मनुष्य की अकिंचनता, परम् पुरुष की समर्थता, मौन, आस्था, आशा एवं उम्मीद का जीवंत गुंफन है। तीन सौ इक्कीस पक्तियों वाली यह अज्ञेय के कवि व्यक्तित्व की प्रतिनिधि कविता जीवन की इयत्ता और अखंड ब्रह्म के मौन को अपने में समेटे हुए आज भी सुखद आश्चर्य और सम्मोहन का केन्द्र है।

'असाध्य वीणा' के गांभीर्य, अर्थ, निहितार्थ, रहस्य और उसकी दार्शनिकता को समुचित ढंग से समझने के लिए अज्ञेय की पाश्चात्य दर्शन और भारतीय संस्कृति के अंतर्संबंधों वाली दृष्टि एवं जापानी जैन संप्रदाय के दर्शन की समझ अनिवार्य है। आधुनिक नवीन संदर्भ और सर्वकालिकता के परिप्रेक्ष्य में विज्ञानवाद, शून्यवाद एवं रहस्यवाद और उनकी शब्दावलियों को जीवन की क्रियाशीलता से जोड़े बिना इसके निहितार्थ को पकड़ पाना कठिन होगा। लोक जीवन, प्रकृति (आंतरिक एवं वाह्य) और आध्यात्मिक मूल्यों की गहराई से परिचित होकर ही हम असाध्य वीणा के मर्म को जानने का कुछ हद तक दावा कर सकते हैं। कभी-कभी स्थानीय परिवेश से जुड़े दिखने वाले दृश्य और रूपाकारी प्रतीक स्थानीयता को पार कर व्यापक बोध को धारण करते हैं, उनके प्रति भी सजगता जरूरी है। प्रश्न उठता है कि जीवन रुपी असाध्य वीणा मानव के विकास यात्रा के इस पड़ाव पर भी क्या साध्य हो सकी है? हाँ, कुछ-कुछ सधी है। पूरी अब भी कहाँ सध पायी है। जीवन की वीणा का असाध्य होना सुन्दर आश्चर्य है और इसी आश्चर्य के कारण वीणा हमें आकर्षित करती है, और इन रहस्यमयता और आकर्षण के चलते ही मनुष्य क्रियाशील है। वाकई यह शीर्षक व्यापक अर्थबोध की महत्ता से परिपूर्ण है।

'असाध्य वीणा' संश्लिष्ट बिम्ब और प्रतीक योजना के कारण गंभीर अध्ययनशीलता की मांग करती है, तो वहीं इस कविता की नाटकीयता इसे जीवंत चित्रात्मकता देती है। मानो सबकुछ आँख के आगे घट रहा है। कविता शुरू होती है-

आ गये प्रियम्बद! केशकम्बली! गुफा-गेह!
राजा ने आसन दिया। कहा:
"कृत कृत्य हुआ मैं तात! पधारे आप।
भरोसा है अब मुझ को
साध आज मेरे जीवन की पूरी होगी!"

प्रियम्बद के आगमन से राजा को भरोसा होता है कि अब असाध्य वीणा साध्य होगी। उसको झंकृत होता देख जीवन की साध पूरी होगी। वज्रकीर्ति की जीवन भर की साधना इस वीणा से जुड़ी हुई थी कि कोई न कोई इसे साधेगा

जरूर। वज्रकीर्ति की साध और आस्था अब राजा की इच्छा से जुड़ गयी है। इस कविता को समझते समय यह भी विचार मन में रहना चाहिए कि इस रचना के दौरान साहित्य चिंतन में अस्तित्ववादी और मार्क्सवादी प्रभाव भी क्रियाशील थे। सब अपने-अपने प्रभाव से साहित्य की चिंतन धारा को प्रभावित करने में लगे हुए थे। ऐसी स्थिति में इन विचारों को आत्मसात कर इन्हें भारतीय मनीषा के अनुरूप ढालने का काम चुनौतीपूर्ण रहा होगा और अब भी है। जैसा कि हम जानते हैं कि अस्तित्ववादियों में अनास्था का स्वर कुछ अधिक ही मुखर रहा है, वहीं मार्क्सवादी चिंतन रहस्य और आध्यात्मिकता से खुलकर परहेज करता रहा है। इसलिए भी 'असाध्य वीणा' अपने समय की एक चुनौतीपूर्ण रचना है।

'असाध्य वीणा' में वज्र कीर्ति और प्रियम्बद केश कम्बली दो पात्र के अलावा राजा-रानी एवं दर्शकगण हैं। विद्वानों के अनुसार वज्र कीर्ति एक प्रसिद्ध महायानी दार्शनिक रहे। संभवत उन्हीं का शिष्य प्रियम्बद केशकम्बली है। भारतीय दर्शन शास्त्र के ग्रंथों में विशेषकर महात्मा बुद्ध के समकालीन अन्य दार्शनिकों का भी उल्लेख मिलता है, जिसमें आजीवक सम्प्रदाय का एक दार्शनिक अजीत केशकम्बली भी था। इस भौतिकवादी दार्शनिक की मान्यता थी कि पूजा-पाठ, त्याग से फल की प्राप्ति नहीं होती। वह परलोक में विश्वास नहीं करता था। उसकी यह कट्टर मान्यता थी कि कोई भी साधक इस लोक और परलोक का समग्र अनुभव प्राप्त नहीं कर सकता। वह मनुष्य को चार तत्वों से बना हुआ मानता था, तथा उसका विश्वास था कि मनुष्य के मरने के बाद क्षिति, जल, पावक और वायु अपने-अपने तत्व में लौट जाते हैं। इनके अनुसार मृत व्यक्ति के लिए दान-दक्षिणा देना मूर्खतापूर्ण कार्य है। कहा जाता है कि मनुष्य के बालों से बना हुआ कंबल पहनने के कारण इन्हें केशकम्बली कहा गया है। लेकिन इस अजीत केशकम्बली का 'असाध्य वीणा' के प्रियम्बद केशकम्बली से मेल नहीं खाता। जापान प्रवास के दौरान अज्ञेय जेन संप्रदाय के प्रभाव में आए जो बौद्ध धर्म की एक महायानी शाखा है। बौद्ध दर्शन की महायान शाखा भौतिकवादी दर्शन के विपरीत उपनिषदों के भाववादी दर्शन से प्रभावित लगता है, किंतु महायान शाखा के समर्थक अपने ऊपर उपनिषद के प्रभाव को नकारते है। इस शाखा में प्रसिद्ध दार्शनिक नागार्जुन हुए, जिनका सिद्धांत 'शून्यवाद' के नाम से विख्यात है। 'असाध्य वीणा' का प्रियम्बद भौतिकवादी नहीं, बल्कि भाववादी है। हम पाते हैं कि इस कविता पर जापानी जेन संप्रदाय का प्रभाव है। अज्ञेय की 'अरी ओ करूणा प्रभामय' में जापानी रंग तो है ही, इनमें कुछ कविताएँ जापानी कविताओं के अनुवाद हैं।

अज्ञेय जापानी जेन संप्रदाय और वहाँ की लोक कथाओं से परिचित और प्रभावित रहे हैं। ओकाकुरा की पुस्तक 'द बुक ऑफ ट्री' में संग्रहित जापानी लोक कथा 'टेमिंग ऑफ द हार्प' की छाप असाध्य वीणा पर झलकती हैं, किंतु जापानी लोककथा को वे भारतीयता का जामा पहनाते हैं। लोककथा के राजकुमार पीवो की जगह प्रियम्बद को इस कथात्मक कविता का आधार पुरुष बनाकर भारतीय चिंतन परंपरा को इसके माध्यम से व्याप्ति देते हैं। 'असाध्य वीणा' में वज्र कीर्ति की सम्पूर्ण जीवन साधना द्वारा निर्मित एक ऐसी असाध्य वीणा का उल्लेख है जो राजा के पास सुरक्षित है। इस बीणा को कोई साधनहीं सका था। राजा के ही निमंत्रण पर प्रियम्बद केशकम्बली उसकी सभा में उपस्थित होकर स्वयं को वीणा को समर्पित कर उस असाध्य वीणा को साधता है, झंकृत करता है। वीणा से स्वर फूटते हैं। कोई महत् स्वर निकला होगा किन्तु उस सभा में राजा-रानी और श्रोताओं के लिए वह स्वर अलग-अलग भाव-अर्थ का सूचक रहा। यही तो इस जीवन वीणा की महत्ता है। सब इससे अपने रूचि भाव के अनुसार अर्थ एवं संकेत ग्रहण करते हैं। कवि वीणा के बारे में राजा के मुख से कहलवाया है-

"यह वीणा उत्तराखंड की गिरि-प्रांतर से
-घने वनों में जहाँ तपस्या करते हैं व्रतचारी-
बहुत समय पहले आई थी
पूरा तो इतिहास न जान सके हम :
किंतु सुना है
वज्र कीर्ति ने मंत्रपूत जिस
अति प्राचीन किरीटी-तरू से इसे गढ़ा था-
उसके कानों में हिमशिखर रहस्य कहा करते थे अपने
कंधों पर बादल सोते थे,
उसकी करि शुण्डों सी डालें
हिमवर्षा से पूरे वन यूथों का कर लेती थी परित्राण
कोटर में भालू बसते थे
केहरि उसके वल्कल से कंधे खुजलाने आते थे।
और-सुना है-जड़ उसकी जा पहुँची थी पाताल-लोक
उसकी गंध-प्रवण शीतलता से फण टिका नाग वासुकी सोता था
उसी किरीटी-तरु से वज्रकीर्ति ने
सारा जीवन इसे गढ़ा :

हठ-साधना यही थी उस साधक की-
वीणा पूरी हुई, साथ साधना, साथ ही जीवन लीला।"

इन पंक्तियों से स्पष्ट है कि वज्र कीर्ति के सम्पूर्ण जीवन की साधना से 'असाध्य वीणा' को आकार मिला। उनके जीवन की पूर्णता मानो वीणा की पूर्णता के लिए ही थी। उत्तराखंड के वन प्रांतर में प्राचीन किरीटी-तरु श्रेष्ठता और अनुभव का बोधक है, जो भालू और केहरि के क्रिया कलापों से परिचित है। भालू को वासना, शक्ति, परिवार, जीवन और दूसरे के इसारे पर नाचने वाला प्राणी है, वहीं केहरि सर्वोच्च शक्ति और गर्व का सूचक है। किरीटी-तरु में इस तरह दोनों तरह का अनुभव-राग समाया हुआ है। जिसकी जड़े पाताल लोक तक फैली हुई हैं। जिसके मूल से फण टिका कर वासुकी नाग सोता था। वज्र कीर्ति की हठ साधना को यहाँ विशेष अर्थ में समझने की जरूरत है। असाध्य वीणा को कोई कलावंत साधक ही बजा सकता है, उसे ठीक से समझ सकता है। इस संदर्भ में वह जीवन रूपी असाध्य वीणा ही है। पाताल लोक अर्थात् मूलाधार और नाग वासुकी से तात्पर्य यहाँ (पावर ऑफ सरपेंट) कुंडलिनी शक्ति से है। वाकई इस मनुष्य देह रूपी वीणा को कोई विरला ही साध पाता है। उत्तराखंड का प्रयोग भी स्थान विशेष का वाचक होते हुए भी उर्ध्वमुखता का प्रतीक है। यहाँ राजा-रानी और श्रोता गणों की स्थिति भी डब्ल्यू बी इट्स की कविता "सैलिंग टू बैजन्टियम" के लॉर्ड-लेडीस अर्थात् परम पुरुष और इंद्रियों की तरह व्याख्या करने से 'असाध्य वीणा' को अधिक व्यापकता मिलती है। अज्ञेय भारतीय दर्शन और उपनिषद के गंभीर अध्येता रहे हैं। आयरलैंड के कवि डब्ल्यू बी इट्स को भी भारतीय दर्शन और विशेषकर उपनिषद का गहरा ज्ञान था। उसने अपने साथी की मदद से कुछ उपनिषदों का अनुवाद भी किया था। फलतः दार्शनिक कवि, अज्ञेय की इस कविता के शीर्षक के अनुरूप ही अर्थ ग्रहण करना चाहिए, क्योंकि यह कविता जितना बाहर खुलती है, उससे कहीं अधिक यह अंदर की ओर विस्तारित होती है।

वीणा का निर्माण किसी सामान्य या बिल्कुल नये वृक्ष की लकड़ी से नहीं हुआ है। इसका निर्माण अति प्राचीन, तरूओं में सिरमौर और श्रेष्ठ किरीटी-तरु से हुआ है। जो वर्षों से प्रकृति के महामौन व महाशून्य के रहस्यमय स्वर अपने मे समाहित करता रहा है। इस तरू में प्रकृति का स्पंदन, उसका जीवन, उसकी वाणी समाहित है। कुल मिलाकर वह सृष्टि की वाणी का पर्याय है और यह वीणा उसी से निर्मित होने के कारण असाधारण है। इसलिए वह किसी साधारण कलावंत से भला कैसे बजेगी? इसे साधने के लिए तो संपूर्ण प्रकृति की वाणी

को जानने वाला कोई वरद पुत्र ही साध सकेगा। इसलिए प्रियम्बद को देखकर भी राजा और सभासदों के मन में एक ओर शंका है तो दूसरी ओर विश्वास और उम्मीद भी है। राजा रुके, सांस लंबी लेकर फिर बोले:

मेरे हार गए सब जाने-माने कलावंत,
सबकी विद्या हो गई अकारथ, दर्प चूर
कोई ज्ञानी गुणी आज तक इसे न साध सका।
अब यह असाध्य वीणा ही ख्यात हो गयी।
पर मेरा अब भी है विश्वास
कृच्छ-तप वज्र कीर्ति का व्यर्थ नहीं था।
वीणा बोलेगी अवश्य, पर तभी
इसे जब सच्चा स्वर सिद्ध गोद में लेगा।
तात! प्रियम्बद!
लो, यह सम्मुख रही तुम्हारे
वज्र कीर्ति की वीणा,
यह मैं, यह रानी, भरी सभा यह :
सब उदग्र, परयुत्सुक,
जन-मात्र प्रतीक्षमाण।"

यहाँ वीणा तो एक बहाना है। एक प्रतीक है। वीणा को साधने का तात्पर्य है, किरीटी-तरू की प्राचीनता को साधना। और इसके बहाने साधना है प्रकृति को, महाशून्य को। एक सच्चा साधक जो खुद को महाशून्य और प्रकृति को समर्पित करने के लिए तैयार रहता है। वही उसके रहस्यमय स्वर का उद्घाटन कर सकता है। "सोई जानत जेहि देहुँ जनाई। जानत तुमहिं, तुमहिं होई जाई।" वीणा में स्वर फूकने के लिए कलावंत को खुद के स्वरों को प्रकृति और महाशून्य में विसर्जन करना पड़ता है। प्रियम्बद स्वयं को वीणा के प्रति पूरी तरह समर्पित कर ही उसमें स्वर फूंक सका। उसे साध सका। जबकि पूर्व के कलावंतों में वीणा के प्रति समर्पण के भाव का अभाव था, इसलिए वे उसे नहीं साध सके थे। राजा का विश्वास है कि 'वीणा बोलेगी अवश्य, पर तभी इसे जब सच्चा स्वरसिद्ध गोद में लेगा।' चर्चित जाने-माने कलावंत और 'सच्चा स्वर सिद्ध' में भेद है। सच्चा स्वर सिद्ध सर्जना की सिद्धि के लिए अपने कर्ता पन के भाव को, अपने अहम् को विसर्जित कर देता है। कर्तापन के भाव का विसर्जन ही सच्चे स्वर सिद्ध की पहचान है। प्रियंबद की विनम्रता और उसके अकर्तापन का भाव इस बात का साक्षी है कि वह सच्चा साधक है–

"केश कम्बली गुफा-गेह ने खोला कंबल
धरती पर चुपचाप बिछाया।
वीणा उस पर रख पलक मूँद कर, प्राण खींच,
करके प्रणाम,
अस्पर्श छुवन से छुए तार।
धीरे बोला : "राजन! पर मैं तो
कलावंत हूँ नहीं शिष्य साधक हूँ-
जीवन के अनकहे सत्य का साक्षी।
वज्र कीर्ति!
प्राचीन किरीटी तरु!
अभिमंत्रित वीणा!
ध्यान मात्र इनका तो गद्‌गद विह्वल कर देने वाला है"।

आजकल कुछ न होकर भी, सब कुछ होने का भाव तेजी से फैल और बढ़ रहा है। अहंकार ने मनुष्यता और मानवता को तार-तार कर दिया है। कला एवं साहित्य भी अहमन्यता का शिकार है। फलतः प्रेम, करूणा, धन्यवाद और आदर भाव की बढ़ती अनुपस्थिति से जीवन राग अर्थहीन हो चला है। जब कि प्रियम्बद के माध्यम से अज्ञेय सर्जना और स्वर साधना के लिए अकर्तापन और समर्पण को सारवान बताते हैं।' चुपचाप' शब्द में विनम्रता और अकर्ता पन का संकेत है। 'अस्पर्श छुवन से छुवे तार' में कलात्मक कवित्त तो है ही, इसमें मन और प्राण का वीणा के लिए न्यौछावर भाव समाहित है।

प्रियंबद वज्रकीर्ति, किरीटी-तरु और अभिमंत्रित वीणा का 'ध्यान' कर विह्वल हो जाता है। वीणा को गोद में रखकर वह उससे पार्थिव रूप से तो जुड़ता ही है, किंतु सही अर्थों में किसी से जुड़ने की रचनात्मक क्रिया मानसिक तादात्मीकरण की होती है। वह प्राण खींचकर अपने संपूर्ण भावों के साथ स्वर साधना के लिए समर्पित होता है। आत्मदान का स्वर प्रबल होते ही वीणा (जीवन-वीणा) बज उठती है। यही सर्जना की सिद्धि का मन्त्र है। आत्मदान ही लक्ष्य सिद्धि का उपाय है। किरीटी महावृक्ष है। वह जीवन रूपी वृक्ष का प्रतीक है। यह विशाल वृक्ष पूरे वन प्रांतर का अग्रज है। वह अपनी छाया से बहुतों को प्राण देने वाला है। आश्रय स्थल है। प्रियंबद वीणा का ही स्मरण नहीं करता अपनी गोद में रखकर बल्कि वह महावृक्ष का ध्यान करता है। यह वृक्ष जीवन-सत्य है। यह जीवन का ही विस्तार है। वीणा का गायन महावृक्ष का ही गायन है। यह कार्य आसान नहीं है। इसके लिए वह अपने जीवन को वीणा के

माध्यम से महा जीवन में विलीन करता है। जीवन के महासत्य को पाने के लिए खुद को मिटाना पड़ता है। जब तक आपका 'मैं' है, तब तक 'वह' प्रगट नहीं होता। उसे प्रकटाने के लिए 'मैं' का विसर्जन अनिवार्य है। प्रियंबद अपने को महाजीवन के लिए समर्पित करता है।

चुप हो गया प्रियंवद।
सभा भी मौन हो रही।
पर उस स्पंदित सन्नाटे में
मौन प्रियंवद साध रहा था वीणा-
नहीं, स्वयं अपने को सोध रहा था।...
कंबल पर अभिमंत्रित एक अकेलेपन में डूब गया था
संबोधित कर उस तरू को, करता था
नीरव एकालाप प्रियंवद।
"विशाल तरु!...
तेरी काया को छेद, बांधकर रची गई वीणा को
किस स्पर्धा से
हाथ करें आघात
छीनने को तारों से
एक चोट में वह संचित संगीत जिसे रचने में
स्वयं न जाने कितने के स्पंदित प्राण रच गये!
"नहीं-नहीं!
वीणा यह मेरी गोद रही है, रहे
किंतु मैं ही तो
तेरी गोदी बैठा मोद भरा बालक हूँ,
ओ तरु तात! संभाल मुझे,
तेरे अनुभव का एक-एक अंतः स्वर
तेरी दोलन की लोरी पर झूमूँ मैं तन्मय
गा तू :
तेरी लय पर मेरी सांसें
भरें, पूरें, रीतें, विश्रांति पायें।
गा तू!...
मेरे अंधियारे अंतस् में आलोक जगा
स्मृति का

श्रुति का-

अज्ञेय हमारे समय से गुजरने वाले एक ऐसे बेहद मूल्यवान, गंभीर और आवश्यक कवि रहे हैं, जिन्होंने सफल सर्जना के लिए 'अहम' के विलयन को महत्ता दी है। सार्थक कवि अपनी रचनाओं के माध्यम से खुद की उपस्थिति को अपने समय में खोजता है और यह खोज प्रकारांतर में स्वयं का शोधन ही है। इसी के बहाने औरों का शोधन हो जाए तो अच्छी बात है। प्रियंबद के माध्यम से वह कहता है-"ओ तरु तात! संभाल मुझे।" इसमें अज्ञेय ने स्मृति और श्रुति जैसे वैदिक शब्दों का सोद्देश्य उल्लेख किया है। महावृक्ष और वन से जुड़े अनुभवों का स्मरण वर्तमान में निहित उस अतीत अनुभवों का स्मरण है जिनमें सौन्दर्य और विभीषिका अपनी सम्पूर्णता में उपस्थित है। वन्य जीवन का चित्र अपनी असाधारणता और जीवन्तता में विशेष है। यह वन्य जीवन मानव जीवन है। 'स्मरण' अतीत में लौटना नहीं है, बल्कि अतीत और परम्परा बोध की धारा में वर्तमान और अतीत दोनों का शोधन है। "मुझे स्मरण है" की पुनरावृति अपने विशेष प्रयोजन के साथ इस कविता में छः बार हुई है। इस स्मरण में सौंदर्य भी है और विभीषिका भी, कोमलता भी है और कठोरता भी, निर्भीकता भी और डर भी। इस तरह छोटे-छोटे चित्रों के योग से एक बड़ा चित्र ध्वनियों के साथ निर्मित किया गया है। प्रतीकार्थ में यह प्रकृति जीवन प्रकृति ही है। उनका स्मरण जीवन प्रकृति को थहाना और जानना है। यहाँ प्रियंबद अज्ञेय का माउथ पीस है। अज्ञेय जीवन वीणा में स्वर फूंकने के लिए समर्पण और स्मरण की कीमिया सुझाते हैं। यह कविता, असाध्य वीणा, जीवन को उसकी पूर्णता (कोमलता-क्रूरता) में समझने और समझाने की कोशिश करती है, साथ ही इसमें कवि और कविता प्रक्रिया को भी आँख दी गयी है। प्रियंबद कहता है-

> ***"ओ रे तरु! ओ वन!...***
> ***ओ शरण्य!***
> ***मेरे गूँगेपन को तेरे सोये स्वर-सागर का ज्वार डुबा ले!***
> ***आ, मुझे भुला,***
> ***तू उतर वीन के तारों में***
> ***अपने से गा***
> ***अपने को गा-***
> ***अपने खग कुल को मुखरित कर***
> ***अपनी छाया में पले मृगों की चौकड़ियों को ताल बांध,***
> ***अपने छायातप, वृष्टि-पवन, पल्लव-कुसुमों की लय पर***

अपने जीवन-संचय को कर छंदयुक्त,
अपनी प्रज्ञा को वाणी दें!...
तू गा! तू गा!"...

सहसा वीणा झनझना उठी-

....

अवतरित हुआ संगीत
स्वयम्भू जिसमें सोता है अखंड
ब्रह्म का मौन
अशेष प्रभामय।

प्रियंबद वीणा को गोद में लेकर उस जीवन रूपी महावृक्ष के बारे में ही ध्यान मग्न रहा जिससे वह निर्मित थी, जिसमें सारे वन का अनुभव समाहित था। इसलिए वह वृक्ष को 'शरण्य' कहता है। वह कह चुका है कि 'मैं तो कलावंत हूँ नहीं शिष्य साधक हूँ-जीवन के अनकहे सत्य का साक्षी।' वाकई यह अनकहा सत्य ब्रह्म स्वरूप है। वहीं सृजन को भी ब्रह्म स्वरूप कहा गया है। इस रूप में, जहाँ एक ओर ब्रह्म को स्वयंभू माना गया है तो संगीत को भी उसी कोटि में रखा गया है। इसलिए अनकहे सत्य का साक्षी वही हो सकता है, जिसमें समर्पण और न्योछावर का भाव हो। आज के अहमन्य और आत्ममुग्ध समय में कवियों और कला साधकों के लिए प्रियंवद की स्वर साधना अनुपम और अनुकरणीय सीख की तरह है। इसलिए भी यह कविता मुझे बार-बार अपनी ओर खींचती है। सुकून देती है। यहाँ विशेष बात यह है कि संगीत अवतरित हुआ और उस संगीत में अखंड ब्रह्म का मौन अशेष प्रभामय था। भारतीय मनीषा में ध्यान और मौन के प्रति विशेष आदर भाव है। मौन को ब्रह्म कहा गया है। 'मौनम् ब्रह्म'। इस तरह ब्रह्म ही मुखरित हो गया वीणा से।

सभा में उपस्थित सभी श्रोतागण संगीत लहरी में एक साथ डूब गए। लेकिन आश्चर्य यह रहा कि "सब अलग-अलग एकाकी पार तिरे।"

"राजा ने अलग सुना :
जय देवी यशःकाय
वर माल लिए
गाती थी मंगल गीत,
दुन्दुभी दूर कहीं बजती थी,
राज-मुकुट सहसा हल्का हो आया था,

मानो हो फूल सिरिस का।...

रानी ने अलग सुना :
छंटती बदली में एक कौंध कह गयी-
तुम्हारे ये मणि-माणिक, कंठहार, पट-वस्त्र,
मेखला-किंकिणि-
सब अंधकार के कण है ये! आलोक एक है
प्यार अनन्य!.....
रानी
उस एक प्यार को साधेगी।
सब ने भी अलग-अलग संगीत सुना।
इस को
वह कृपा-वाक्य था प्रभुओं का -
उस को
आतंक मुक्ति का आश्वासनः
इस को
वह भरी तिजोरी में सोने की खनक-
उसे
बटुली में बहुत दिनों के बाद अन्न की सोंधी खुदबखुद।
किसी एक को नई वधू की सहमी-सी पायल-ध्वनि
किसी दूसरे को शिशु की किलकारी
एक किसी को जाल-फंसी मछली की तड़पन-
एक अपर को चहक मुक्त नभ में उड़ती चिड़िया की
एक तीसरे को मंडी की ठेलमठेल,
ग्राहकों की आस्पर्धा भरी-बोलियां
चौथे को मंदिर की ताल-युक्त घंटा-ध्वनि
और पांचवें को लोहे पर सधे हथौड़े की समझ चोटें...
इसे गमक नट्टिन की एड़ी के घुंघरू की-
उसे युद्ध का ढोलः
इसे झंझा-गोधूलि की लघु टुन-टुन-
उसे प्रलय का डमरू-नाद
इसको जीवन की पहली अंगड़ाई

पर उस को महाजृम्भ विकराल काल।
सब डूबे, तिरे, झिपे, जागे-.....
इयत्ता सब की अलग-अलग जागी। .....
वीणा फिर मूक हो गयी।"

हम कवि तुलसी दास के 'रामचरितमानस' से शब्द उधार लेकर कहें तो यह कि-"जाकी रही भावना जैसी, प्रभु मूरत देखी तिन तैसी।" अर्थात् प्रियंबद के वीणा वादन के दौरान जिनके मन में जिस तरह की भावना थी, जिनकी सोच का जैसा स्तर और दिशा थी, उसी तरह का अर्थ ग्रहण अलग-अलग लोगों द्वारा अलग-अलग ढंग से किया गया। जबकि सच्चाई तो यह थी कि उस वीणा से कोई एक ही स्वर फूटा होगा। इसी तरह इस जीवन रूपी वीणा के अर्थ को भी, उसके सार तत्व को भी लोग अलग-अलग ढंग से स्वीकारते हैं। कोई लौकिक अर्थ ग्रहण करता है तो कोई पारलौकिक। आज तक कोई इस वीणा (जीवन-वीणा) का पूर्ण सही अर्थ नहीं जान सका। इसलिए यह वीणा अद्यतन असाध्य बनी हुई है और आकर्षण का केन्द्र भी।

असाध्य वीणा के संदर्भ में यह कहना जरूरी है कि इसकी अंतर्वस्तु रहस्यवादी है। इस कविता में एकांतिक साधना पर बल दिया गया है। जबकि जिस दौर में इसका प्रकाशन हुआ, उस दौर में भारतीय हिंदी की जमीन मार्क्सवादी विचारधारा से रंगने लगी थी, विशेषकर अपनी बौद्धिकता में। वैज्ञानिक दृष्टि के बढ़ते आग्रह ने भी रहस्य को स्वीकारने की जहमत नहीं उठाई। दृष्टि वैभिन्यता के चलते तेजी से बढ़ते-फैलते मार्क्सवादी खेमे ने अज्ञेय से किनारा करना शुरू कर दिया। जिनमें आलोचक रामविलास शर्मा और नामवर सिंह एवं उनके स्कूल ने अहम भूमिका निभाई। लेकिन वे भूल गये कि भारत की तासीर उपनिषदिक है। यही यहाँ की संस्कृति की पहचान है। फलतः मार्क्सवादी अपने नये कवि देवताओं को रचना-गढ़ना शुरू किया। मुक्तिबोध, नागार्जुन, धूमिल आदि को मार्क्सवादी भाव भूमि के कवि के रूप में देखा जा सकता है। सम्भवतः भौतिक वादी सोद्देश्य लेखन की यह जरूरत भी रही है। इसे नकारा नहीं जा सकता। किन्तु कोई भी विचारधारा अपने आप में पूर्ण नहीं होती। सब में अच्छाई के दावों के साथ कुछ न कुछ बुराइयां भी रहती हैं। जिस तरह लेखन के लिए रहस्यवादी दृष्टि जीवन के भौतिकवादी सच्चाई से जुड़कर ठीक से आगे नहीं बढ़ रही थी, ठीक उसी तरह मार्क्सवादी दृष्टि भी साहित्य में जागतिक समस्याओं और संघर्षों से उलझने-टकराने के कारण साहित्य के साहित्यपन को ठीक से नहीं संभाल पा रही थी। फलतः मार्क्सवादी लेखन

केवल जागतिक संघर्ष का लेखन बनने के लिये अभिशप्त हो गया। जबकि जरूरत थी कि लौकिक और पारलौकिक के बीच समन्वय बनाकर आगे बढ़ा जाए किंतु दुर्भाग्य से ऐसा नहीं हुआ, न ही ऐसा होने की उम्मीद दिख रही है। सब अपने-अपने पिंजरे में मस्त है, पिंजरे के मोह से ग्रस्त। इस मोहग्रस्तता के चलते समाज-साहित्यिक उथल-पुथल और अशांति बनी हुई है। साहित्य इस रूप में महामौन-महाशून्य की एकान्तिक साधना न होकर महज संघर्ष साधना बनकर रह गया है।

अज्ञेय के सर्जना की महत्ता एवं प्रासंगिकता मार्क्स के अनुयायियों को ठीक से रास इस लिए नहीं आती क्योंकि वे जीवन और प्रकृति को भौतिकता की आँख से ही देखते हैं। जब कि अज्ञेय की रचनात्मक दृष्टि जीवन और प्रकृति की गहन मनोवैज्ञानिक पड़ताल कर उनके मूल सरोकारों से हमें जोड़ती है। समय और समाज के लिए जीवंत आध्यात्मिक एवं सांस्कृतिक मूल्यों को रेखांकित करती है। चूँकि अज्ञेय का साहित्य पुरुष अपनी सजगता में मनुष्य और प्रकृति के रिश्ते को गंभीर और व्यापक अर्थों में देखने का हिमायती रहने के साथ ही प्रत्येक मूल्यवान जीवन चिंतन को समझने, परखने और सहेजने का भी समर्थक रहा है, इस लिए उसमें रहस्यमयता है। उनकी रहस्यमय सर्जना जीवन को पाखंड में नहीं ढालती, अपितु जीवन और प्रकृति को समझने की गहरी दृष्टि विकसित करती है। मानवता का विस्तार करती है।

वैसे भी रहस्यवाद व्यक्ति के अहंकार को विसर्जित करने की प्रेरणा देता है। विराट सत्ता में 'अहम्' का विलियन रहस्यवाद का मूल सरोकार रहा है। ऐसे समय में जहाँ मैं और कर्तापन के बोध से मनुष्य ग्रसित है, वहाँ वैज्ञानिक रहस्यवाद के होने को शुभकर मानना चाहिए। श्रीअरविंद, इमरसन, विलियम ब्लेक, रबिन्द्र नाथ टैगोर और नरेस मेहता जैसे समावेशी और आत्मापोशी चिंतक -कवियों को भुला कर साहित्य पथ पर आगे बढ़ना क्या मनुष्य एवं मानवता के लिए हितकर होगा? देह और देहवादी जीवन-साहित्य को संतुलित करने के लिए आध्यात्मिक सर्जना का समावेश होना जरूरी है। थिसिस और एन्टीथिसिस से काम नहीं चलता है। सिन्थेसिस की जरूरत पड़ती है। अज्ञेय में श्रेय भी है, प्रेय भी है। लौकिक भी है, पारलौकिक भी है। देह का सौन्दर्य भी है, आत्मा का प्रकाश भी है। कुल मिलाकर अज्ञेय पूर्णता के कवि हैं।

अज्ञेय हड़बड़ी में पढ़े जाने वाले कवि नहीं हैं। उन्हें समझने के लिए भौतिक जगत और आध्यात्मिक लोक का ज्ञान आवश्यक है। बिना ईमानदार तैयारी के हम अज्ञेय के कवि मानस को ठीक से नहीं समझ सकते। असाध्य

वीणा अपनी प्रतीकात्मकता में जीवन के व्यापक एवं गंभीर अर्थवत्ता को समेटे हुए है। ऊपर से सहज-सरल दिखने वाली इस कविता की संरचना वेहद संश्लिष्ट है। यह मैं की मोनोपोली को तोड़ती है और पारस्परिकता का आख्यान रचती है। भवानी प्रसाद मिश्र की कविता-सतपुड़ा के घने जंगल-की कुछ-कुछ याद भी दिलाती है।

"संगीतकार
वीणा को धीरे से नीचे रख, ढंक-मानो
गोदी में सोये शिशु को पालना डाल कर मुग्धा मां
हट जाय, दीठ से दुलराती-
उठ खड़ा हुआ।
बढ़ते राजा का हाथ उठा करता आवर्जन,
बोला :
"श्रेय नहीं कुछ मेरा :
मैं तो डूब गया था स्वयं शून्य में-
वीणा के माध्यम से अपने को मैंने
सब-कुछ को सौंप दिया था-
सुना आपने जो वह मेरा नहीं,
न वीणा का था:
वह तो सब-कुछ की तथता थी
महाशून्य
वह महामौन
अविभाज्य, अनाप्त, अद्रवित, अप्रमेय
जो शब्दहीन सबमें गाता है।"....
उठ गयी सभा। सब अपने-अपने काम लगे
युग पलट गया।"

असाध्य वीणा को साधने के पश्चात संगीतकार प्रियंवद वीणा को धीरे से नीचे रख कर उसे ढंकता है। अपनत्व तो ऐसा उस वीणा से जैसे मां अपने सोये शिशु को पालने पर डालकर मुग्ध भाव से दुलारती हुई हटती है। प्रियंबद और वीणा के बीच मां-बेटे का जैविक बिम्ब गहन प्रेम और तादात्मीकरण का सूचक है। प्रियंवद का मां बन जाना और वीणा का शिशु के रूप में तब्दील होना प्रीतिकर है।अपनत्व-पारस्परिकता का सूचक है। इसी प्रेम-त्याग के भाव से साधन साध्य में तब्दील हो जाता है। 'टेमिंग ऑफ़ द हार्प' के नायक राजकुमार

पीवों की तरह प्रियंबद संगीत के स्वरों की सर्जना का श्रेय नहीं लेता, और कहता है कि 'श्रेय नहीं कुछ मेरा'। अज्ञेय भारतीय दर्शन के अकर्तापन के भाव को प्रियंबद के माध्यम से रेखांकित करते हैं। प्रियंबद कहता है कि मैं तो स्वयं शून्य में डूब गया था और वीणा के माध्यम से मैंने अपने आप को सब कुछ को सौंप दिया था। यह 'सब कुछ' ही वह विराट सत्ता है, जिसके हम अंश है। आपने जो कुछ भी सुना, वह न तो मेरा स्वर था और न ही वीणा का स्वर था। वह तो "सब कुछ की तथता थी।" मैंने तो अपने आप को वीणा और तरु-तात के जरिये प्रकृति को समर्पित कर दिया था।उस प्रकृति के महाशून्य-महामौन में विद्यमान स्वरों को जिससे वीणा के अंतर तत्व निर्मित थे। जब तक हम प्रकृति और उसके नियमों का पालन ठीक से नहीं करते, तब तक साधना अधूरी रहती है, प्रकृति की चरम-परम सत्ता उपलब्ध नहीं होती है।

अज्ञेय की कविताओं में महाशून्य और महामौन लौट-लौट कर आता है। उनकी एक कविता है-'यह महाशून्य का शिविर', जिसमें वे लिखते हैं-

'यह महाशून्य का शिविर
असीम छा रहा ऊपर,
नीचे यह महामौन की सरिता
दिग्विहीन बहती है।'

वहीं इस असाध्य वीणा से संगीत की जो स्वर लहरी झंकृत हुई। वह तात-तरू के बहाने पूरे प्रकृति का स्वर है। वह महाशून्य के पर्याय परम ब्रह्म का विस्तार ही तो है। इस नाते शब्दहीन वही एक महामौन सबमें गाता है। स्वर की पराकाष्ठा में अन्ततः मौन ही शेष बचता है। महाशून्य के महामौन में उतर कर जीवन के सत्य से साक्षात्कार होता है। इस रूप में असाध्य वीणा महामौन के हृदय में व्याप्त उस जीवन्त सत्य के साक्षात्कार की कीमिया रचती है। अपनी सिद्धि के लिए यह कविता रहस्यात्मक यात्रा करती है। एक वर्तुल यात्रा। मौन से स्वर और स्वर से पुनः मौन तक की रहस्यमयी यात्रा। कुल मिलाकर यह अकर्तापन की यात्रा है। यह अज्ञात से ज्ञात और फिर ज्ञात से अज्ञात में विसर्जन है।

यही विसर्जन, यही समर्पण और यही अकर्तापन का भाव मनुष्य की चेतना को उदात्त बनाता है। यह स्वीकारना कि अपना प्रदेय कुछ नहीं है। 'वह तो सब कुछ की तथता थी।' यही इंसानी भाव बोध है। इसी से मनुष्य की पशु वृत्तियों का नाश होता है। और इन्हीं भाव को आत्मसात कर मनुष्य प्रेम और करूणा की प्रतिमूर्ति बन जाता है। नंद किशोर नवल ने लिखा है, "कवि के अनुसार उसमें

जो संगीत अवतरित होता है, वह स्वयंभू है जिसमें ब्रह्म का अखंड और अशेष आलोकमय मौन सोया रहता है। संगीत और मौन का विरोध यहाँ ध्यान देने लायक है। संगीत स्पष्टतः स्वर है, लेकिन वस्तुतः वह अंधियारे अंतस को आलोकित करने वाला महामौन है। इस कविता की खास बात यह लगती है कि महामौन को साधने के लिए आत्मविस्मृति की आवश्यकता पड़ती है, और इस असाध्य वीणा में आत्मविस्मृति आत्म निवेदन की हद है। तरु तात के बहाने प्रकृति के महाशून्य में विद्यमान स्वर के साथ वीणा वादक, प्रियंवद का तादात्मीकरण अपने चरम पर पहुँचकर वीणा को झंकृत करता है। वीणा की स्वर लहरी में अपनी निजता को भूल कर डूबने के लिए 'सब डूब गये एक साथ।' लेकिन सबकी ग्रहणशीलता में भेद होने के कारण सबका तिरना अलग-अलग हुआ। इस लिए 'सब अलग-अलग एकाकी पार तिरे।' यहाँ कवि रहस्यवादी और जीवन समुद्र का गहन गोताखोर लगता है, लेकिन इसकी रहस्यमयता मध्यकालीन रहस्यवादियों की तरह नहीं है। वह 'इत्यलम' में घोषित करता है-

'मेरा रहस्यवाद
ईश्वर की ओर उन्मुख नहीं।
मैं असीम शक्ति से
जुड़ना चाहता हूँ
अभिभूत होना चाहता हूँ
जो मेरे भीतर है।'

और यह सर्जनात्मक रहस्यवाद अज्ञेय का रचनात्मक स्वभाव था, जिससे वे मुक्त नहीं हो सके। तत्कालीन मार्क्सवादी दबाव के चलते यदि वे इससे मुक्त हो जाते तो शायद ही उनका कविता पुरुष काव्य के शिखर पर अपनी पूर्णता में पहुँच पाता। एक कवि के रूप में अज्ञेय की अद्वितीय विलक्षणता उनकी समावेशी दृष्टि में निहित रही है जो धरती से आकाश तक फैली हुई है, पूरी जीवन्तता और व्यापकता के साथ।

अज्ञेय की 'असाध्य वीणा' व्यष्टि में समष्टि और समष्टि में व्यष्टि का अंतर गुंफन है। यह अंतर्मुखी भी है और वाह्यमुखी भी। इसमें स्वर और नाद भी है तो इसमें मौन का महासमुद भी है।यकीन मानिये-इसमें पूर्ण जीवन है। सर्जना की प्रक्रिया है जो मौन से स्वर के रूप में मुखरित होकर पुनः मौन में लय पाती है। यह कविता मनुष्य को जीवन के गहरे अर्थ से जोड़कर उसकी अंतर्दृष्टि को विस्तारित करती है। कुल मिलाकर संवेदनशील जीवन-दृष्टि देती है। कृष्ण दत्त पालीवाल मानते हैं कि 'अज्ञेय होने का अर्थ है अपने समय समाज की

सर्जनात्मकता को पहचान कर उसे डी-कंस्ट्रक्ट करना। तभी तो उनके चिंतन के केंद्र में रही है आधुनिक मानव की स्वतंत्रता और सर्जनात्मकता।' यकीनन सही अर्थों में स्वतंत्रता और सर्जनात्मकता विराट जीवन के प्रति समर्पण एवं आत्म बलिदान से अर्जित होती है, अपने अहम की बलि देनी होती है। इसका उदात्त उदाहरण हमें असाध्य वीणा में देखने को मिलता है।

कहने के लिए अज्ञेय जी कि यह लंबी कविता 1957-58 के जापान प्रवास के बाद 18 से 20 जून, 1961 को अल्मोड़ा में रची गयी। लेकिन इस कविता में कवि की साहित्य दृष्टि एवं गहन सर्जनात्मक तैयारी स्वमेव परिलक्षित होती है। निराशा में भी आशा का संचार करती हुई यह कविता स्पष्ट संदेश देती है कि यह सर्वसहा पृथ्वी सच्चे सर्जकों और कलावन्तों से खाली नहीं है और खाली भी नहीं हो सकती। यह असाध्य वीणा इसलिए बनी ही है कि कोई न कोई इसे साधेगा ही-

'उत्पत्स्यतेऽस्ति मम् कोपि समानधर्मा / कालोह्यं निरवधिःर्विपुला पुलाः नमस्ते च पृथ्वी।' नैराश्य में भी आशा का संचार प्रकृति का अकाट्य नियम है-'If winter comes, can spring be far behind.' असाध्य वीणा का रेशा-रेशा इसी भावबोध से भरा हुआ है। मौन साधना, आत्म-परिशोध, आत्म-दान एवं आन्तरिक जीवन से तादात्मीकरण इस कविता के मूल स्वर हैं जिनके होने से समष्टि का संगीत मुखरित होता है।

'असाध्य वीणा' हिंदी साहित्य की अद्वितीय कविता है जो गंभीर आलोचकों के साथ ही साहित्य प्रेमियों का ध्यान आकर्षित करने में समर्थ रही है। रामस्वरूप चतुर्वेदी, विद्यानिवास मिश्र, नामवर सिंह, बच्चन सिंह, नरेश मेहता, रमेश चंद्र शाह, कुंवर नारायण, विजय मोहन सिंह आदि साहित्य समीक्षकों ने अपनी-अपनी बेबाक राय इस कविता पर रखी है, किन्तु इसकी श्रेष्ठता को दबे मन से ही सही, नकार नहीं पाये हैं। आलोचक रामस्वरूप चतुर्वेदी ने असाध्य वीणा में आत्मदान को चिन्हित किया है। वे मानते हैं कि 'आत्मदान के ही माध्यम से असाध्य वीणा का कलावंत वीणा को साधता है। यही शक्ति और सृजन के रहस्य का साक्षात्कार है। इसमें गहरे स्तर पर आत्मदान का भाव है, जहाँ बोलना मानो आक्रमण है, मौन ही अपने को दे देना है।' जब कि विद्यानिवास मिश्र मानते हैं कि 'कविता की अंतिम पंक्तियां इसलिए आवश्यक थीं कि वाणी की सार्थकता मौन में है। यह मौन एक तरह से उस विराट् सत्य के नाना मुखरित रूपांतरों के ध्यान का संस्कार पाकर मौन बना है, यह अनबजी वीणा की तरह वीणा के स्रोत के आवाहन के माध्यम से बजकर मौन हुआ है।'

प्रियंवद का अकर्तापन और उसके अहमहीनता के भाव के कारण ही वह मम से ममेतर, अद्वैत से द्वैत, द्वैत से अद्वैत, मौन से मुखर और मुखर से मौन की अद्भुत यात्रा कर पाता है।वह वीणा को बजाने का श्रेय नहीं लेता है। विराट पुरुष के हाथ की कठपुतली भला श्रेय कैसे ले? महाप्राण निराला ने भी तो लिखा है-'तुम्हीं गाती हो अपना गान, व्यर्थ मैं पाता हूँ सम्मान।' यही भाव सही अर्थों में साहित्य भाव है, मनुष्य भाव है। जो कविता इस रस-भाव से विमुख है, क्या वह भी कविता है? कर्तापन से दूर होकर विराट मौन में उतर जाना ही सही अर्थों में काव्य संवेदना है। फिर भी आलोचक बच्चन सिंह मानते हैं कि असाध्य वीणा में संवेदना की कमी है। वे कहते हैं कि "असाध्य वीणा में मौन भी है, समर्पण भी है, रचना-प्रक्रिया भी है, रहस्य भी है, यदि नहीं है तो संवेदना।" प्रश्न उठता है कि क्या संवेदना के अभाव में समर्पण, मौन और रहस्य संभव है? यह जीवन और विराट के प्रति गहरी संवेदना ही तो है जो मौन से जोड़ती है, मौन में उतरती है मौन बन जाने के लिए।

रमेशचन्द्र शाह मानते हैं कि 'यह कविता (असाध्य वीणा) स्वयं सृजन-प्रक्रिया और सृजन रहस्य के बारे में है।' जब कि नरेश मेहता का मानना है कि 'इस काव्य-उक्ति को पूर्ण काव्य बनने की स्थिति तक पहुँचने में बाधा स्वयं कवि की वह उपस्थिति है जो काव्य चेष्टा के रूप में शेष पंक्तियों में होती है। वह केशकम्बली के अहं के विलयन की महत्ता को अनुभव भी करते हैं और वासना के शमन हेतु भरी राजसभा में अनासक्त एकाग्रता वाली प्रक्रिया को भी जानते हैं परंतु वह अज्ञेय से केशकम्बली नहीं बन पाते हैं इसलिए असाध्य वीणा कविता तो जरूर बन जाती है परंतु कवि-व्यक्तित्व का काव्य-सत्य नहीं बन पाती।' वहीं विश्वनाथ तिवारी असाध्य वीणा के बारे में लिखते हैं कि 'असाध्य वीणा अपनी सारी आंतरिक समृद्धि के बावजूद हमें आश्वस्त नहीं करती। उसका 'सत्य' जैसे हमारा अपना सत्य होकर भी हमारे गले नहीं उतरता, क्योंकि वह नितांत एकाकी और एकांगी सत्य है।' इस कविता के बारे में कुंवर नारायण की राय है कि इस लंबाई की कविता के लिए वर्णिक छंद अधिक उपयुक्त रहता, अधिक उन्मुक्त लय में, हो सकता है, इस ढंग का वर्णनात्मक चिंतन बेहतर निभता। कविता के गहरे आध्यात्मिक रंग में कहानी या वस्तुएं, या लोग, ठीक से घुलमिल नहीं पाते, अलग तैरते हुए लगते हैं।' असाध्य वीणा के प्रति कुछ उदासीनता का भाव विजय मोहन सिंह का भी है। वे मानते हैं कि 'अतिरिक्त सजगता या आत्मा सजकता कविता में सायासता उत्पन्न करती है जो एक सीमा के बाद काव्य के स्वाभाविक और प्रांजल रूप को क्षति पहुँचती है। जब तक

बौद्धिकता पिघल कर भावनाओं के साथ संयुक्त नहीं हो जाती, कविता 'कठगुलाब' ही बनी रहती है।' कुछ आलोचकों की टिप्पणियों से स्पष्ट है कि 'असाध्य वीणा' में अज्ञेय ने अतिरिक्त सजगता बरती है, फलतः कविता में सहज स्वाभाविकता का अभाव है, इस लिए वह एकांगी सत्य का पर्याय बन के रह गयी है। हमें यह नहीं भूलना चाहिए कि जीवन के जिस पूर्ण सत्य को अज्ञेय इस कविता में सहेजना चाहते हैं, वह पूरी तन्मयता और सजगता की मांग करता है। अमूमन हम भौतिक जगत के सत्य से आदतन सहजता से और जल्दी जुड़ जाते हैं। वह तो जैसा नाम है असाध्य वीणा, उससे जुड़ने के लिए भी खास किस्म की तैयारी अपेक्षित है। इस लिए यह कठिनाई महसूस होती है। यह कठिनाई अज्ञेय की ओर से नहीं है, बल्कि पाठक वर्ग की अपनी कठिनाई है। मुझे तो 'असाध्य वीणा' अज्ञेय की पराबुद्धि से प्रभूत चरम पुरुषार्थ की रचना लगती है। जिसमें महामौन की साधना को स्वर मिला है। यही कारण है कि यह आत्मान्वेषी कविता आज भी काव्य की वेदी पर सादर प्रतिष्ठित है।

अध्याय-5

मुक्तिबोध और 'अंधेरे में'

मुक्तिबोध हिंदी साहित्य की एक बेचैन प्रतिभा का नाम है, जिसमें आत्म संघर्ष भी है और सामाजिक संघर्ष भी। उनकी संघर्ष चेतना व्यक्तिगत और सार्वजनिक दोनों स्तरों पर क्रियाशील रही है। वे बेहद सजग साहित्यिक रहे हैं। उनकी सजगता या यूँ कहें कि उनका दायित्व बोध, उनकी एक व्यक्ति के रुप में उपस्थिति उन्हें आजीवन बेचैन किये रही। उनका सोचना, मनुष्य के हित में निरंतर सोचते रहना उन्हें आत्म संघर्ष और आत्म मंथन को विवश किया होगा। और देखते-देखते संघर्ष और मंथन उनके व्यक्तित्व का अंग बन गया। इस रूप में वे आत्म संघर्ष और आत्म मंथन के चिंतित और सुचिंतित कवि हैं।

इस कवि पर नामवर सिंह ने बड़ी शिद्दत और प्रायोजित ढंग से लिखा है। मुक्तिबोध के आत्म संघर्ष को उन्होंने साहित्य के सौन्दर्य-प्रतिमान के रूप में देखा है। नामवर सिंह का कहना है कि "इस व्यापक जीवन दृष्टि के कारण ही मुक्तिबोध की 'पीड़ा' आत्मनिष्ठ कवियों के दर्द से कहीं अधिक घनी भूत प्रतीत होती है।" आत्मनिष्ठता, आत्मीयता और निजता का प्रवाह रोमान्टिक एवं छायावादी कवियों की दृष्टि से कविता का प्राण तत्व भले रहा हो किंतु आधुनिक नयी कविता इनको अतिक्रांत कर ही प्रगतिशील कविता बन सकी। हमारे ध्यान में यह बात होनी चाहिए कि नामवर सिंह की राजनीतिक और साहित्यिक रूझान मार्क्सवादी रही है। जैसे उनके गुरु आचार्य हजारी प्रसाद द्विवेदी तुलसी की तुलना में कबीर को अधिक महत्व देते हैं। यहाँ तक कि कबीर पर केंद्रित 'कबीर' पुस्तक का प्रणयन करते हैं। उन्हें संघर्षशील प्रगतिशील घोषित करते हैं। कुछ उसी तरह नामवर सिंह जी ने भी समीक्षा और साहित्य विचार तो बहुतों को ध्यान में रखकर किया है किंतु उनके साहित्यिक आराध्य आचार्य हजारी प्रसाद द्विवेदी एवं मुक्तिबोध ही रहे हैं। मुक्तिबोध और उनकी 'अंधेरे में' कविता पर उन्होंने पर्याप्त लिखा है। 'दूसरी परम्परा की खोज'

में नामवर सिंह जितना आचार्य हजारी प्रसाद द्विवेदी जी और मुक्तिबोध को खोजने और स्थापित करने में लगे हुए हैं, कहीं उनसे अधिक अपनी खोज और अपने को मार्क्सवादी विचारक-समीक्षक के रुप में स्थापित करने के लिए कटिबद्ध दिखाई देते हैं। यह साहित्यिक उठा-पटक का ही दौर नहीं रहा है बल्कि रचना व्यक्तित्व के उठा-पटक का भी दौर रहा है। नामवर सिंह की प्रगतिशील दृष्टि ने समय की नब्ज को पहचान कर रचनात्मक संघर्ष किया। फलतः मार्क्सवादी खेमे में सफल रहे।किन्तु ऐसा प्रतीत होता है कि वे इस एकांगी विचार धारा की कुछ सीमाओं से भी बखूबी परिचित थे, इसलिए मुक्तिबोध को भी 'मार्क्सवादी-जार्गन' से बचने की सलाह देते थे। नामवर सिंह के पत्र के जवाब में मुक्तिबोध राजनांदगांव से लिखे अपने 6.8.61 के पत्र में लिखते हैं कि "आपने 'मार्क्सवादी-जार्गन' की बात कही। साधारणतः मैं अपने लेख आदि में इस प्रकार की शब्दावली का प्रयोग नहीं करता। आपका यह कहना बहुत ही सही है कि आज की स्थिति में इस प्रकार की शब्दावली में बात करना अनुचित है। मैं आपसे पूर्णता सहमत हूँ।" कहीं ऐसा तो नहीं कि नामवर सिंह जैसे गंभीर साहित्यिक अध्येता-विचारक को मार्क्सवादी जार्गन साहित्य के कलात्मक सौंदर्य बोध के लिए बाधक (अनुचित) लगते रहे हो? खैर.....

वैसे तो चिंतन और विचार की दुनिया में दो तरह के दृष्टिकोण समय के साथ-साथ परस्पर संघर्ष करते हुए, एक-दूसरे को रचते-गढ़ते हुए भी गतिशील रहे हैं। ऐसा नहीं है कि जिस दृष्टि का मार्क्सवाद समर्थन करता है वह दृष्टि कार्ल मार्क्स के पहली नहीं थी। देह और आत्मा का संघर्ष और समय की जरूरत के अनुसार उन्हें संयोजित करने के कार्य साहित्य की दुनिया में होते रहे हैं। हाँ, यह जरूर रहा है कि पहले किसी खास विचारधारा के लिए पूर्वाग्रही सोच नहीं थी। हर तरह के विचार एक-दूसरे के घर हुक्का-पानी ग्रहण करते थे, लेकिन बीसवीं शदी के आते-आते वैचारिक जड़ताएँ प्रबल होकर कुत्सित रूप से एक-दूसरे की दुश्मन बन गईं। जबकि जीवन का सच यह है कि जीवन में हर तरह के विचारों के साथ समन्वय की जरूरत है। कोई एक विचार या कारक अपने आप में न तो पूर्ण है और न तो पूर्ण हो सकता है। कला और साहित्य में प्रयास यह किया जाना चाहिए कि जहाँ भी, जिस तरफ भी कुछ अच्छा है, मानव जाति के लिए हितकर है, उसे बढ़ावा दिया जाए, लेकिन आजकल संघर्ष वर्चस्व का है, अपने होने का है। इस वर्चस्व को अलग-अलग कला और साहित्य समूह साधने और बांधने में लगे हैं। अब तो साहित्य में बात यहाँ तक आ गई है कि जो गरीबों के हित की बात, उनके रोजी-रोटी की बात, उनके पसीने के महत्व

की बात और उनके हक-हकूक की बात लेखन के माध्यम से करेगा, वही मार्क्सवादी कहलाएगा। मार्क्सवाद के घेरे में मंदिर, मस्जिद, गुरुद्वारा एवं चर्च की चर्चा और पूजा-पाठ वर्जित और त्याज्य है। वह धरती पर समता, बराबरी और समान न्याय व्यवस्था एवं जीवन जीने के अधिकार का पैरोकार है। क्या ऐसी बहस और चर्चाएं पहले मनुष्य के हित में नहीं होती रही हैं? क्या जान मिल्टन स्वतंत्रता, हक, अधिकार और न्याय के लिए अपने जीवन और लेखन के माध्यम से संघर्ष नहीं किया? यह सोलह आने सच है कि मनुष्य और मनुष्यता को, समाज और मानवता को, सत्य और संवेदनशीलता को एवं 'रियल रियलिटी' को अनदेखा कर कला और साहित्य का विकास और विस्तार संभव नहीं है। कला और साहित्य के माध्यम से यह संघर्ष भी जरूरी है कि धर्म के इर्द-गिर्द पनप रहे धर्म के पाखंड का उन्मूलन किया ही जाना चाहिए। मंदिर-मस्जिद लूट, पाखंड और शोषण के अड्डे न बनने पायें। ये प्रेम, करुणा, मनुष्यता और भाईचारा विकसित करने के साधन बनें। इस पर सबकी नजर होनी चाहिए। लेकिन आत्मा, अध्यात्म, रहस्य एवं धर्म की धार्मिकता की चर्चा ही न हो, जैसा कि मार्क्सवाद का विश्वास है, उसका यह दृष्टिकोण एकांगी लगता है। आत्मा और अध्यात्म से जुड़े मूल्य मनुष्य जाति में संवेदना और मनुष्यता को पुष्ट करने के लिए ही होते हैं। अहंकार का विसर्जन और जीवन के सार्थक सरोकार के लिए समर्पण आध्यात्मिक दृष्टि का केंद्र बिंदु रहा है। ऐसी स्थिति में इसके गहरे निहितार्थ को समझकर मनुष्य एक-दूसरे से प्रेम और सहयोग करने के लिए हाथ बढ़ाता है। यह भी सच है कि आत्मा, आध्यात्मिकता, रहस्य और धर्म के सतही उलझन और प्रयोजन में फंसकर मनुष्य समाज के लिए कभी भी उपयोगी नहीं हो सकता। इस रूप में चाहे वह मार्क्स वादी दृष्टि रही हो या मानववादी (आत्मावादी) दृष्टि रही हो, दोनों का मूल सरोकार "जियो और जीने दो" की अवधारणा को फलवती करने की रही है। इसलिए किसी भी लेखक को हमें उसकी समग्रता में समझने की कोशिश करनी चाहिए न कि कभी-कभार भावावेश में आकर की गई टिप्पणी से जोड़कर देखना चाहिए। विक्टोरियन कवि अलफ्रेड टेनिसन का मूल्यांकन हमें उसकी कविता 'लोटस ईटर्स' को केंद्र में रख कर नहीं करनी चाहिए। ऐसी स्थिति में तो वह इस कविता में मनुष्य को संघर्ष से विमुख कर आलसी और सुस्त हो जाने की शिक्षा देता हुआ लगता है। जबकि अलफ्रेड टेनिसन अपनी समग्रता में ऐसा है नहीं। वह तो 'युलिसिस' कविता के माध्यम से मनुष्य जाति को सतत संघर्ष के लिए आवाहन करता है।

ऐसी स्थिति में गजानन माधव मुक्तिबोध की वैचारिकी को, उनकी

कविताओं की व्याप्ति और संघर्ष को बहुतायत में मार्क्सवादी चश्मे से देखना और दिखाना क्या न्याय पूर्ण है? जैसा कि देखा गया है। आत्म-संघर्ष से जूझने वाले एवं सामाजिक सरोकारों के लिए जीने-मरने वाले बेहद संवेदनशील और करूणावान कवि के साथ ऐसा करके क्या हम उन्हें सही ढंग से प्रस्तुत कर रहे हैं? यह भी विचारणीय प्रश्न है। चूँकि भारत में 1936 के बाद से मार्क्सवादी अवधारणा का फलना-फूलना तेजी से शुरू हो गया था और हमारे समय के चर्चित आलोचक प्रोफेसर नामवर सिंह मार्क्सवादी प्रभाव से इतने प्रभावित थे कि वे मार्क्सवादी झंडे के तले चुनाव तक भी लड़ लिये। यह अलग बात है कि उन्हें जीत हासिल नहीं हुई। वे आजीवन मार्क्सवादी मूल्य के पक्ष में मुहिम चलाकर वातावरण निर्मित करते रहे। मुक्तिबोध को मार्क्सवादी नजरिया से जांचने-परखने और उन्हें मार्क्सवादी खेमे में स्थापित करने के पीछे भी उनकी यही दृष्टि काम कर रही थी। परंतु मनुष्यता के पक्ष में रचनात्मक लड़ाई लड़ने वाला कवि, विचारक या चिंतक क्या केवल मार्क्सवादी होता है? इस विचार दृष्टि की भी पड़ताल यकीनन आने वाले समय में गंभीरता से होगी। अगर मार्क्सवादी मूल्य और दृष्टि ही केवल श्रेष्ठता का मानक है तो कबीर, श्री अरविंद, अज्ञेय और नरेश मेहता आदि को या विलियम ब्लैक, इमरसन, टी यस इलियट और डब्ल्यू बी ईट्स जैसे कवियों को हम किस कैटेगरी में रखेंगे, क्या उनकी श्रेष्ठता सृजनात्मक श्रेष्ठता नहीं है? क्या इन साहित्यकारों का लेखन व्यक्ति और समाज को संवेदनशील नहीं बनाता है?

मैं व्यक्तिगत रूप से मानता हूँ कि साहित्य में राजनीति की तरह संगठन होने से प्रायोजित प्रशंसा और निंदा का दौर बढ़ता है। जो भविष्यत समावेशी जीवन और लेखन के लिए उचित और हितकर नहीं होता है। वैसे भी जीवन और साहित्य की सुंदरता घटकों और तत्वों के समन्वय में निहित होती है। अलग-अलग संगठन और घटक भी यदि मनुष्यता और लोकहित को ध्यान में रखकर क्रियाशील रहते हैं तो इससे फायदा होता है, लेकिन इसके लिए परस्पर प्रेम-सौहार्द और दूसरे के विचारों के लिए सम्मान की भावना होनी चाहिए। जबकि अब सद्भावना घट रही है, कटुता और वर्चस्व की लड़ाई घिनौना रूप धारण कर चुकी है। अब साहित्यिक संगठनों से डर लगता है क्यों कि बहुत कुछ आत्ममुग्ध, प्रायोजित और एकांगी हो चला है। इसलिए भी मुक्तिबोध को उनकी समग्रता में समझने की जरूरत है। मुक्तिबोध एक संवेदनशील मनुष्य और कवि के नाते धरती के यथार्थ, यहाँ की उठा-पटक, यहाँ की विडम्बनाओं और विद्रूपताओं के साथ-साथ यहाँ होने वाले व्यक्तिगत और सार्वजनिक संघर्षों से

बखूबी परिचित हैं। इन सबसे जूझ-टकराकर वे मूल्यवान जीवन की खोज करते हैं। लेकिन धरती के नग्न यथार्थ के अलावा, जीवन-जगत का गंभीर, दार्शनिक और आध्यात्मिक यथार्थ भी है, जिसे हम 'रियल रियलिटी' कहते हैं। जिसे हम परम अनुभूति भी कहते हैं। इसकी खोज भी मुक्तिबोध में समान रूप से दिखती है। आशय यह कि इनके रचनात्मक लेखन में धरती भी है तो आकाश भी है, पूर्व भी है तो पश्चिम भी है। मुक्तिबोध के लेखन को एक तरफा या एकांगी लेखन कहना और समझना कहीं से भी न्याय पूर्ण नहीं जान पड़ता है। जबकि यथार्थवादी वैचारिक प्रतिबद्धता के लिए चर्चित मार्क्सवादी संगठन उन पर अपना दावा ठोकता रहता है। संभव है मेरी सोच गलत हो, किन्तु मैं गहराई से अनुभव करता हूँ कि जीवन की विद्रूपताओं, विडंबनाओं, अभावों, संघर्षों एवं जीवन से जुड़े अन्य सरोकारों को ठीक से जानने और जूझने की संवेदनात्मक समझ चेतना के गहरे तल पर उतरकर ही आकार पाती है। इस ऊर्ध्व चेतना को आत्मा, प्रेम, आध्यात्मिकता, परम सत्य कुछ भी कहा जा सकता है। उनकी प्रसिद्ध कविता "अंधेरे में" में प्रयुक्त 'अरूण कमल', 'परम अनुभूति' जैसे मूल्यवान शब्दों को हम केवल जीवन के खुरदरे यथार्थ की उपज नहीं कह सकते हैं।

मुक्तिबोध के प्रशंसकों को भले यह बात अच्छी न लगे लेकिन मैं यह बात शिद्दत से कहता हूँ कि हमारा मुक्तिबोध गहरे अर्थों में मानवीय कवि हैं। उनका आत्म संघर्ष और सामाजिक सरोकार मुझे उन्हें कुछ लक्षणों के साथ अंग्रेजी के कवि सेमुअल टेलर कॉलरिज से जोड़ने को विवश करता है। जैसे हम अज्ञेय में टी यस इलियट के लक्षण देखते हैं, इसी तरह मुक्तिबोध की काव्य चेतना भी कॉलरिज की मानसिक बुनावट से मेल खाती है। कहा जाता है कि मुक्तिबोध की छोटी कविताएँ अधूरी हैं। इसी तरह कॉलरिज की कुछ कविताओं को अधूरी मानने कहने का चलन है। जैसे कॉलरिज की रचनाओं में फैंसी, फैंटेसी, कल्पनाशीलता (इमेजिनेशन), रहस्य, जिज्ञासा, भयावहता, डरावनापन, सजेस्टीवनेस और हॉरर सहज ही मिलते हैं। इसी तरह मुक्तिबोध की कविताओं में भी इन लक्षणों-विशेषताओं को हम बखूबी अनुभव करते हैं। युग-परिवेश की भिन्नताओं के बावजूद, इस लिए मैं मुक्तिबोध को भारत का कॉलरिज मानता हूँ।कॉलरिज, जैसे कविता और कविता की रचना प्रक्रिया की चर्चा में फैंसी और इमेजिनेशन (प्राथमिक और द्वितीयक अर्थात् प्रायमरी और सेकन्डरी इमेजिनेशन) से गुजरने की पुष्टि करते हैं। मुक्तिबोध भी रचना प्रक्रिया में तीसरे क्षण की महत्ता को स्वीकार करते हैं। इस तरह दोनों रचनाकार विचार-सपनों में खोये रहने वाले कवि हैं।दोनों में कविता की बुनावट, सामाजिक सरोकार से लबरेज होने के बावजूद,

कल्पना और स्वप्नों की उपस्थिति के कारण, कुछ अपवाद को छोड़कर, उबड़-खाबड़ है, चुस्त दुरूस्त नहीं है।मुक्तिबोध की कविताओं की यही सतर्कहीन सहज स्वाभाविकता हमें अपनी ओर बरबस खींचती है, कभी ज्ञानात्मक संवेदना बनकर तो कभी संवेदनात्मक ज्ञान बनकर। "विलिंग ससपेन्शन ऑफ डिसविलीव" का जादू मुक्तिबोध में कम नहीं है। प्रसिद्ध समाजवादी चिंतक सी यम जोड मानते हैं कि 'यदि युवा अवस्था में आप मार्क्सवादी नहीं हैं तो आदमी नहीं हैं किंतु सयाने होने पर साम्यवादी /समाजवादी नहीं हैं तो आदमी नहीं हैं।' इस रूप में मुक्तिबोध तथाकथित शब्दावली में मार्क्सवादी हैं किन्तु वे मार्क्सवादी सीमाओं को तोड़ते-लांघते भी हैं। संवेदना और विचारधारा के स्तर पर मार्क्सवादी वैचारिक प्रतिबद्धता के बावजूद मुक्तिबोध इसकी सीमाओं को अतिक्रांत करते हुए व्यक्तित्व की महत्ता और उसकी प्रतिष्ठा को स्वीकार करते हैं। ऐसी स्थिति में मुक्तिबोध का आत्म संघर्ष काव्य नायक का आत्म संघर्ष बन जाता है जो उनके लेखन को नाटकीयता प्रदान करता है, उसे प्रभावी, जीवन्त और सम्वादी बनाता है। किंतु विलक्षण बात तो यह है कि यह संवाद बाहर की तुलना में मन के धरातल पर अधिक घटता है।

अस्मिता की खोज कवि को बेचैन बनाये रहती है सामाजिक सरोकारों की रचनात्मक चिंता में घुल कर यह विराट अस्मिता का रूप ग्रहण कर लेती है। मुक्तिबोध अस्मिता की खोज में अर्ध विक्षिप्त सा छटपटाते हैं। उसकी बैचेनी अस्तित्ववादी काफ्का से बहुत हद तक मेल खाती है। समकालीन समय और यथार्थ की समझ और उन्हें चिन्हित-रेखांकित करने के तरीके एक जैसे लगते हैं। वर्तमान को लेकर व्यग्रता, अर्ध विक्षिप्तता सी मनोदशा, मिथकीय बनावट, बेतरतीब, लम्बे-लम्बे उलझे वाक्य विन्यास, और अन्तहीन दुःस्वप्न सा गुजरता जीवन, भयावह, दहशत भरी जिंदगी के कंपा देने वाले स्वर हमें चौकाने एवं सोचने को विवश करते हैं। यह उनके एक कवि के रूप में होने के दायित्व पूर्ण एहसास के कारण है। उनका लेखन वैयक्तिक और सामाजिक प्रतिबद्धता का सूचक है। उनकी प्रतिबद्धता और दुश्चिंताओं का स्वर-संदर्भ सामाजिक है। यह अलग बात है कि वह काफ्का और डेकार्ट से परिचित प्रभावित है या नहीं। किन्तु डेकार्ट के चर्चित उक्ति को अपनी कविता, 'इस चौड़े ऊंचे टीले पर' में स्वर देते से लगते हैं। यथा-

'मैं जिन्दा हूँ
मैं हूँ
'आई एग्जिस्ट'

साबित सही सलामत।'

मुक्तिबोध का यह कथन उनके अस्तित्व बोध एवं दायित्व बोध को रेखांकित करता है। जीवन के बीहड़ और डरावने जंगल से गुजरते हुए वह दुश्चिंताओं और नाना प्रकार के भयों से मुक्ति चाहता है किन्तु इस स्वार्थ से ऊफनते जंगल में शान्ति और मुक्ति आसान नहीं है। अन्तहीन दु:स्वप्नों का मकड़जाल कवि को बैचन किये रहता है। वह मनुष्य जीवन को सुखमय बनाने की प्रत्याशा में बड़बड़ाता है, खीझता-जूझता है।वह उत्तरोत्तर जटिल होते समाज और मनुष्य जीवन को परत दर परत जानना चाहता है। उसके संपूर्ण लेखन के केंद्र में मनुष्य की चिंता है। मुक्तिबोध मनुष्य की अस्मिता को खोजने वाले कवि हैं। वे इस खोज में ईमानदार अभिव्यक्ति के कवि रहे। लेकिन जिस अस्मिता और अभिव्यक्ति की खोज उनकी रचनाओं का प्राण तत्व रहा है, क्या वे उसे पा सके या फेडरिक नीत्शे सा अर्ध विक्षिप्त पागल के माफिक जूझते-खोजते हुए अपनी जीवन लीला समाप्त कर ली? हिंदी साहित्य के क्षेत्र में मुक्तिबोध मनुष्य जीवन का, उसकी अस्मिता एवं अभिव्यक्ति का विलक्षण अन्वेषी कवि चिंतक रहा है इसलिए ऐसा लगता है उसके जीवन काल में उसे ना समझ पाने की भूल साहित्य बिरादरी की ओर से की गई और बाद में उसकी रचनात्मकता से जो साहित्यिक सूत्र निकल भी गए उसे मार्क्सवादी खेमे में खिच तानकर खड़ा कर दिया गया। मुक्तिबोध की रचनात्मक जिजीविषा मनुष्य और मनुष्यता के लिए सतही संघर्ष तक ही सीमित नहीं थी। बल्कि वे मनुष्य की अस्मिता एवं उसकी उपस्थिति को गहरे अर्थों में देखने के आग्रही रहे हैं।

यह सर्व विदित है कि बीसवीं शताब्दी अपनी गतिशील वैज्ञानिकता के बावजूद अस्तित्ववादी, फ्रायडवादी और मार्क्सवादी प्रभावों से प्रभावित रही हैं। और भारत में 1936 के बाद से मार्क्सवादी वैचारिकी अपनी असफलताओं के बीच भी विचार रूप में कायम रही है। भारत की अमूर्त और भाववादी ताशिर मार्क्सवादी राह की सबसे बड़ी चुनौती रही है, और यह द्वंद अपनी भयावहता में जारी है। खास बात यह कि दोनों का दावा मनुष्य और मनुष्यता के पक्ष में ही रहा है। जब कि जमीनी हकीकत यही रही है कि दोनों गरीब और गरीबी का अपने विचार के पोषण और संवर्धन के लिए इस्तेमाल करते हैं। जब बात अपने ऊपर आती है, तब सादगी, त्याग और पर हित की भावना झूठी शाबित होती है। एक ओर धरी रह जाती है 'सर्वे भवन्तु सुखीन:' की भावना। इसी स्वार्थपूर्ण अवसरवादिता ने मनुष्य जीवन को ही नहीं, कला और साहित्य के जीवन को भी मूल्यहीन बना दिया है। प्रेम-करुणा-त्याग-समर्पण जैसे मूल्यवान

विचार व्यवहारिक जीवन में अर्थहीन हो रहे हैं। जबकि कलाकार या साहित्यकार की ताकत सिर्फ उसकी कलाओं में ही न होकर उसके निजी जीवन में भी होती है, और आवश्यक रूप से होनी ही चाहिए, तब जाकर कोई मिल्टन बन पाता है महान कवि मिल्टन, तब जाकर कोई कबीर या मुक्तिबोध अपनी उपस्थिति और जीवन्तता को सार्थक बनाकर मानवता की आँख का तारा बन पाता है। प्रश्न उठता है कि क्या कोई कलाकार या साहित्यकार एकांगी या किसी खास वैचारिकी से बंधकर कालजयी हो सकता है? हाँ, वह किसी खास विचारधारा के लिए सम्मानित और अनुकरणीय हो सकता है, लेकिन कालपुरुष ऐसे लोगों को अधिक समय तक याद नहीं करता। उसे तो समावेशी जीवन दृष्टि वाला रचनाकर चाहिए जो पूरब और पश्चिम को, धरती और आकाश को उनकी पूर्णता और समग्रता में प्रेम करे, प्रकट करे।

मनुष्य का धरती की गोद में जन्म लेने के कारण उससे जुड़ाव स्वाभाविक है। मनुष्य यहाँ के सुख-दुख एवं अमीरी-गरीबी के बीच होने वाले द्वंदों, संघर्षों और जीवन की समस्याओं से जूझ टकराकर आगे बढ़ता है। इस स्थिति में वह अपने परिवेश से परिचित होता है और उसकी छाप उसके जीवन में दिखाई देती है। किंतु जिन्हें मनुष्य अपने आसपास या परिवेश में नहीं पाता उन्हें भी जानने की जिज्ञासा ही उसे मनुष्य बनाये रहती है। इस रूप में मनुष्य सतत अन्वेषी है, और यही उसके होने की पहचान भी है। वह केवल शरीर की जरूरत के लिए धरती पर पशुओं की तरह नहीं घूमता-भटकता है। उसे रोटी कपड़ा मकान के अतिरिक्त भी बहुत कुछ चाहिए जो उसके मन और विचार की भूख को भी मिटा सके। इन्हीं मूर्त और अमूर्त मिश्रित खोज के कारण ही मनुष्य अन्य प्राणियों से दुर्लभ और विशिष्ट है। मुक्तिबोध का रचनात्मक संघर्ष भी क्या केवल अन्याय और शोषण के विरुद्ध रोटी कपड़ा और मकान के लिए है।ऐसा संघर्ष भी क्या अपने आप में पूर्ण संघर्ष है। मुक्तिबोध का जीवन संघर्ष मनुष्य की अस्मिता की खोज करता है। उनका आत्म संघर्ष परम अभिव्यक्ति की खोज में खुद को न्यौछावर करने के लिए प्रेरित करता है। क्या परम अभिव्यक्ति की खोज वाह्य संघर्षों से सम्भव है? हाँ, वाह्य छद्म प्रदर्शन और मिथ्यात्व को ठीक से चिन्ह समझकर ही हम परम अनुभूति की खोज कर सकते हैं। मुक्तिबोध का संघर्ष वाह्य मिथ्यात्व और परम अस्मिता के बीच का संघर्ष है। इसी संघर्ष में वे लहुलुहान होते हैं। अर्ध विक्षिप्त होने की हद तक परेशान रहते हुए अपने जीवन का होम कर देते हैं।

मुक्तिबोध जैसे अस्मिता के सच्चे खोजी को समाज की विद्रूपताएँ, शोषण,

अन्याय और अवसरवादी जीवन शैली रास नहीं आयीं। वे उनसे कलागत सजगता की परवाह किए वगैर पूरी शिद्दत से जूझते और टकराते रहे। मुक्तिबोध अपने रचना कर्म से यह साबित कर दिये कि साहित्य में मनुष्य के अस्मिता की चिंता कलात्मक चिंता से अधिक जरूरी और हितकर है। जीवन और मनुष्य के प्रति मुक्तिबोध की यही चिंता और तड़प उन्हें मौलिक और महान बनाती है। इसलिये मानवतावादी मुक्ताकाश में समग्र मानवजाति के समुन्नत जीवन के लिये जीने-मरने वाले मुक्तिबोध को मार्क्सवादी पिंजरे में रखने पर उनका साहित्यिक व्यक्तित्व बौना बन जाता है। मुक्तिबोध के रचनात्मक संघर्ष में अस्तित्ववाद में निहित अस्मिता की खोज का सिलसिला भी है, तो वहीं फ्रायडवाद का स्वप्न कथा चित्र भी है, साथ ही जड़ परम्पराओं से टकराकर शोषित-पीड़ित जनता के पक्ष में स्वर मुखर करने का वैज्ञानिक मार्क्सवाद का सपना भी है। इस तरह मुक्तिबोध चेतन से अवचेतन तक को और खुरदरे यथार्थ से आकाश की नीलिमा तक को मुक्त रूप से रेखांकित करने वाले बड़े कवि हैं। तभी वे मठ और गढ़ का छल जीवन में धंस कर देख सके और जान पाये कि चांद का मुंह टेढ़ा है।

बहुत कम कवि, कलाकार या विचारक होते हैं जो जीवन को उसकी निरंतरता में देखते हैं। मुक्तिबोध जीवन को उसकी निरंतरता में देखने वाले बड़े फलक के कवि हैं। यह निरंतरता वाली दृष्टि उनकी मानसिकता और रचना प्रक्रिया का हिस्सा है। इसलिए वे कहते हैं, "मैं छोटी कविताएँ लिख नहीं पाता और जो छोटी होती हैं, वह वस्तुतः छोटी न होकर अधूरी होती हैं। इस प्रकार की न मालूम कितनी कविताएँ मैंने अधूरी लिखकर छोड़ दी है। उन्हें खत्म करने की कला मुझे नहीं आती।" वहीं अपनी लंबी कविताओं के बारे में वे मानते हैं, "अगर वह कविता भावावेशपूर्ण होती तो एक बार उसकी आवेशात्मक अभिव्यक्ति हो जाने पर मेरी छुट्टी हो जाती। लेकिन वैसा हो सकना असंभव है। क्योंकि भावावेश किसी बात को लेकर होता है, वह बात किसी दूसरे बात से जुड़ी होती है, दूसरी बात किसी तीसरी बात से। इस तथ्य को मैं यूँ कहूँगा : यथार्थ के तत्व परस्पर गुंफित होते हैं, साथ ही पूरा यथार्थ गतिशील होता है।" यही कारण है कि जब यथार्थ गुंफित और गतिशील है, तब वह छोटी कविताओं का सृजन कर भला क्यों संतुष्ट हो लेते। अगर कुछ छोटी कविताएँ लिख भी गई तो वे भला पूर्ण कैसे मान ली जायें। वह भी उस कवि के लिए जो जीवन को व्यापक फलक और उसकी निरंतरता में देखता हो। वैसे भी कलात्मक नक्काशी और पच्चीकारी छोटे फलक पर अधिक सम्भव बन पड़ती है। और जो जान बूझ कर बड़ा फलक चुनता है तो यकीनन उसकी रचनात्मक कलात्मकता

बाधित होगी ही। यह कारण रहा है कि रचनात्मक कलात्मकता और शब्द चयन को लेकर जितना अज्ञेय सजग और चौकन्ने रहे हैं उतना मुक्ति बोध कभी नहीं रहे। इसलिए मुक्तिबोध की कविताएँ कुल मिलाकर जिंदगी का बड़ा आख्यान रचती हैं और यह मांग करती हैं कि उन्हें एक दूसरे के साथ जोड़कर व्यापक अर्थ और निहितार्थ के लिए पढ़ा जाए।

यह जरूर है कि मुक्तिबोध की कविताएँ फार्म विहीन हैं, उनका कोई निश्चित फार्म नहीं है। उनकी बनावट जटिल और उलझाऊ है, उनमें सहज बोधगम्यता का अभाव है। कहीं ऐसा तो नहीं कि मुक्तिबोध जानबूझ कर फार्म के विरुद्ध फार्म हीनता और सुघढता के विरुद्ध अनगढ़ता का प्रयोग एक विद्रोह के रूप में कर रहे थे? बने बनाये रास्ते को चुनौती देना भी कहीं उनकी अस्मिता की खोज का हिस्सा तो नहीं था? निराला ने भी कविता के फार्म को चुनौती दी थी और मुक्तिबोध भी अभिव्यक्ति के खतरे जानबूझ कर उठा रहे थे। खैर. ..।

मुक्तिबोध की रचनाओं से गुजर कर सहज एहसास होता है कि वे मानवीय आस्था के कवि हैं। उनकी आस्था उन्हें सामाजिक और राजनीतिक रूप से सजग बनाती है। उनकी कविताओं में डर, पीड़ा, संत्रास, भयावता और दुःचिताओं का दृश्य सिर्फ बाहरी ही नहीं है, वह उनके अंतर्जगत में भी घटता है। उन्हें आतंकित और परेशान करता है। इस लिहाज से उनकी निजता में सार्वजनिकता और सार्वजनिकता में निजता की दिल दहलाने वाली पड़ताल है। आधुनिक जीवन व्यवस्था के वशीभूत होकर मनुष्य का उत्तरोत्तर खोखला और अर्थहीन होते जाना उन्हें भयभीत करता है। शायद इसलिए वे मनुष्य के अस्तित्व की खोज के प्रति आकर्षित होते हैं, ताकि कुछ मूल्यवान जीवन सूत्र मिल जाए जिनसे जीवन से भय और निराशा को दूर किया जा सके।

हम पाते हैं कि मुक्तिबोध की निजी जीवन में ही नहीं उनके कविता के जीवन में भी गहरा अंतर्विरोध और संघर्ष है। यह संघर्ष परंपरा और आधुनिकता के बीच का ही संघर्ष नहीं है बल्कि अस्तित्व वाद, फ्राइड वाद और मार्क्सवाद के बीच सामंजस्य बैठाने का भी संघर्ष है। इस लिहाज से देखे तो लगता है कवि एवं कविता के जीवन में जो प्रतिबद्धता, बिलॉन्गिंगनेस और इंवॉल्वमेंट है वह सामंजस्य, साहचार्य और पारस्परिकता की चिंता के कारण ही है। मुक्तिबोध को लगता रहा है कि मनुष्य की अपनी मुक्ति और सिद्धि दूसरे के साथ और उसके सहयोग से ही संभव है। वह अकेले की मुक्ति को चाहे खास किस्म की पहचान की ही मुक्ति क्यों न हो, उसे वे मूल्यहीन एवं मानवता रहित मानते हैं। अपनी

लंबी कविता 'चंबल की घाटी में' लिखते हैं :

'याद रखो,
कभी अकेले में मुक्ति नहीं मिलती,
यदि वह है तो सबके ही साथ है।'

ऐसे उदार और समावेशी दृष्टि संपन्न कवि को मार्क्सवादी या अस्तित्ववादी या फ्राइडवादी या किसी अन्य खास विचारधारा में बांध कर प्रस्तुत करना क्या न्याय संगत है? मुक्तिबोध संश्लिष्ट चिंताओं के विलक्षण वैश्विक कवि है। मुक्तिबोध के चिंतन में रचनात्मक व्यापकता प्रदान करने में प्रभाकर माचवे और नेमीचंद जैन का शुरुआती दिनों में बड़ा योगदान रहा है। राजनांदगांव के दिग्विजय कॉलेज में 1958 में प्राध्यापक के रूप में नियुक्त होने के बाद से लेकर जीवन के अंतिम 06 वर्षों तक इस भूमि ने उनके जीवन संघर्ष और वैश्विक दृष्टि को अधिक मूल्यवान और गंभीर बनाया, या यूँ कहें कि यहीं उनकी दृष्टि में व्यापकता आई और विश्व दृष्टि का रूप उन्होंने यही समुचित ढंग से आत्मसात किया। जीवंत यथार्थ का गहन भावबोध यहीं परवान चढ़ा। उन्हें यहीं 'अधिक वैज्ञानिक, अधिक मूर्त और अधिक तेजस्वी दृष्टिकोण' का साक्षात्कार हुआ। यकीनन इस यथार्थ में 'संघर्षशील मनुष्य की अनगिनत परिस्थितियाँ, मनः स्थितियां और वस्तु स्थितियां' शामिल थीं। मनुष्य और जीवन के प्रति गहरे जुड़ाव के कारण इस तरह उनकी कविताओं में सार्वजनिक और राजनीतिक विचारों स्थितियों का पुनर्वास मिलता है। उनकी प्रसिद्ध लंबी कविता "अंधेरे में" जो' चांद का मुंह टेढ़ा है' नामक कविता संग्रह में प्रकाशित अंतिम रचना है। संभवतः उनके जीवन के अंतिम दिनों में अपनी पूरी त्वरा, बेचैनी और दायित्व बोध के साथ लिखी गयी रचना है। जिसमें जीवन की झटपटाहट-चिंता एवं उम्मीद-आस्था के स्वप्न चित्र बखूबी देखने को मिलते हैं। जैसे टी एस इलियट की लम्बी और जटिल कविता, 'द वेस्ट लैंड' अर्थात् मरूभूमि का शीर्षक भयावहता एवं जीवन के बंजरपन का सूचक है, ठीक उसी तरह मुक्तिबोध की अद्‌भुत और संश्लिष्ट कविता 'अंधेरे में' का शीर्षक भी समय और जीवन के झंझाओं और संकटों का संकेतक है। इन बंजरपन और अंधेरे में से गुजर कर ही जीवन और उसके अस्तित्व की खोज का सतत सिलसिला भी इन कविताओं का प्रदेय है।

यह प्रायः माना जाता है कि दायित्व बोध एवं कर्तव्य बोध मनुष्य को अधिक संवेदनशील और परिवेश के प्रति होशपूर्ण बना देता है। एक अतिरिक्त सजगता विशेष कर कवि के लेखन को कुछ अधिक ही चौकन्ना और चुनौतीपूर्ण

बनाती है जो कविता और आलोचना की रचना प्रक्रिया और बारीकियों को समझने के कारण अपने लेखन में अतिरिक्त सजगता बरतते हैं। ऐसे रचनाकारों की रचनाएँ सरल सहज न होकर सहज कठिन हो जाती हैं। अज्ञेय और मुक्तिबोध की कविताओं में सहज बोधगम्यता की जो प्रथम दृष्ट्या कमी खलती है, उसके पीछे इन कवियों की अतिरिक्त सजगता है। कवि के रूप में इसलिए अधिक सजग हैं क्योंकि इनकी दृष्टि भी अधिक मूल्यवान, गंभीर और सचेत है। गंभीर लेखकीय दायित्व के कारण अतिरिक्त सजगता अंग्रेजी कवि टी यस इलियट में भी है, वे भी कवि के साथ-साथ एक गंभीर आलोचक भी हैं, इसलिए उनकी कविताएँ अधिक गंभीर और सजग हैं, फलतः तुलनात्मक रूप से कुछ कठिन एवं संश्लिष्ट हैं।

मुक्तिबोध मानते हैं कि 'मार्मिक आलोचना-दृष्टि के बिना कवि कर्म अधूरा है।' लेकिन जैसा की उपरोक्त विश्लेषण से स्पष्ट है कि कवि का समीक्षक होना भी जोखिम भरा है, जोकि अधिक सजगता के कारण जटिलताओं को जन्म देता है। उन्हें इस बात का हमेशा एहसास रहा : 'मैं कवि होने के साथ ही साथ आलोचक भी हूँ और जो कवि आलोचक भी होता है उसकी ऐसी-की-तैसी हो जाती है।' संभवत इसी कारण वे अपने जीवन काल में वैसी शोहरत नहीं पाये जिसके वे हकदार थे। और मृत्यु के बाद ऐसे जीवित हो उठे कि मृत्यु भी उन्हें अचंभित होकर देख रही है। अब तो मानो उनके यशःकाय से स्वर फूट रहा है कि 'हम ना मरब, मरिहै संसारा'। यह सच है कि मरता वही है जिसकी दृष्टि संकुचित और एकांगी होती है वैश्विक दृष्टि संपन्न कवि या विचारक वाकई कभी नहीं मरता है। दीवारों का गिरना, ढहना एवं मरना तय है, लेकिन आकाश कभी नहीं मरता है। आकाश धर्मा व्यक्तित्व कभी नहीं मरता है। मुक्तिबोध का कवि-समीक्षक व्यक्तित्व आकाश धर्म रहा है। इसकी पुष्टि उनकी 'वैश्विक दृष्टि' से सिद्ध होती है।

कवि मुक्तिबोध का विश्वास रहा है कि 'काव्य-रचना केवल एक व्यक्तिगत मनोवैज्ञानिक प्रकिया नहीं है, वह एक सांस्कृतिक प्रक्रिया है। वह सांस्कृतिक प्रक्रिया इसलिए है कि लेखक अपने भाव वेगों के साथ जीवन-मूल्य भी प्रकट करता है। वह सांस्कृतिक प्रक्रिया इसलिए भी है कि रचनाकार अपने अंतःकरण में स्थित भाव समुदाय को निज-विशिष्ट भूमि से ऊपर उठाकर सर्व सामान्य भूमि पर प्रतिष्ठित करता है। वह निज-विशिष्ट को सर्व विशिष्ट बनाकर प्रकट करता है।' निजी अनुभवों को सार्वजनिक अनुभवों में रूपांतरित करने के लिये रचनाकार को संघर्ष से गुजरना पड़ता है। परम्परा, अभिव्यक्ति और दृष्टि

के स्तर पर संघर्ष करता है। वैयक्तिक बोध को सार्वकालिक बोध से सम्पन्न करना पड़ता है। इस लिए सार्थक लेखन 'तलवार की धार पर धावनो' है। इससे लिए खास किस्म की तैयारी और सजगता की सतत जरूरत बनी रहती है। सच्चा लेखक काल को साधकर ही कालातीत सर्जक बनता है।काल के साथ बहने वाले सर्जक अपने स्थूल ताप के सहारे प्रायोजित कीर्ति कुछ समय के लिए रच लेते हैं। किंतु उनकी सर्जना काल की भट्टी में गल जाती है। सर्जना पुरुष बनने वाले सर्जक को समय की धारा में न बहने के कारण अपने स्थूल समय में उपेक्षा का शिकार होना पड़ता है परन्तु उनका जी उठना निश्चित रहता है बिल्कुल मुक्तिबोध की तरह।

गजानन माधव मुक्तिबोध बनने के लिए समय की संकीर्णता से ऊपर उठकर वैश्विक बनना पड़ता है। व्यापक वैश्विक दृष्टि विकसित करनी पड़ती है। संकीर्णता की साधना करके कोई विराट नहीं बन सकता है। मुक्तिबोध की रचना प्रक्रिया और उनकी विवेचना दृष्टि से स्पष्ट है कि उनके चिंतन के केंद्र में वैश्विक दृष्टि बलवती रही है। इसलिए हम पाते हैं कि विश्व दृष्टि मुक्तिबोध की रचनात्मक-आलोचना शब्दावली का बीज शब्द रहा है। वैश्विकता का भाव मानवता के प्रति आस्था से ही जनमता है। जिनकी दृष्टि संपूर्ण मानव जाति के भविष्य निर्माण के प्रति सचेत नहीं रहती, उस रचनाकार की दृष्टि वैश्विक नहीं हो सकती। और यही वैश्विक भाव संपदा कला और सर्जना को अनुशासित भी करती है और उसे संघर्षशील भी बनाती है। यही कारण रहा है कि मुक्तिबोध सामाजिक संघर्ष के लिए मार्क्सवाद में आस्था तो रखते हैं किन्तु उससे चिपके नहीं रहते हैं। वे समय-समय पर मार्क्सवादी सीमाओं और संकीर्णताओं से टकराते भी हैं। उसके परिमार्जन पर जोर देते हैं। वैसे भी एक सजग और वैश्विक दृष्टि सम्पन्न सर्जक किसी खास वैचारिकी का गुलाम भला कैसे हो सकता है?

जीवन में आस्था के रंग हजार हैं। केवल एक रंग में रंगा व्यक्ति नीरस और बोझिल लगता है। एक रंग से किया गया प्रेम वैचारिक गुलामी का सूचक भी है। मुक्तिबोध इसलिए ड्रायडन, वड्र्सवर्थ, कॉलरिज, काफ़्का, कामू, फ्रायड, मार्क्स, और अन्यान्य देशी-विदेशी लेखकों के रचनात्मक रंगों से अपनी सर्जना के लिए रसायन तैयार करते हैं। रचना प्रक्रिया में मुक्तिबोध का तीन क्षणों का उल्लेख वड्र्सवर्थ, कॉलरिज और ड्रायडन के कविता चिन्तन की सहज ही याद दिलाता है। कभी-कभी लगता है कि संस्कृत साहित्य का काव्य चिंतन तो बेहद मूल्यवान है, किन्तु हिन्दी साहित्य की आलोचना दृष्टि संस्कृत साहित्य और पाश्चात्य आलोचना दृष्टि की अनुगामी लगती है। हिन्दी आलोचना दृष्टि अरस्तू,

लान्जायनस, वड्र्सवर्थ, कॉलरिज, टी यस इलियट, आई ए रिचर्डस, लुकास आदि के प्रभाव से सहज रूप से प्रभावित लगती है। इस रूप में मुक्तिबोध की आलोचना दृष्टि पर भी पाश्चात्य प्रभाव को सहज ही अनुभव किया जा सकता है। हाँ, साहित्य में मधु संचय की यह प्रवृत्ति स्वाभाविक है। परंपरा बोध के स्वाभाविक स्वीकार के बावजूद प्रतिभाशाली रचनाकार उसमें कुछ जोड़कर या उससे कुछ घटाकर उसे अस्वाभाविक बनाता है अर्थात् उस पर प्रश्नचिन्ह खड़ा करता है। यह प्रश्नांकन ही जीवन्तता और गति का बोधक है।

मुक्तिबोध आत्म संघर्ष और उसके विस्तार के कवि हैं। उनका यह संघर्ष-चिंतन कविता, साहित्य, आलोचना के अतिरिक्त समय, समाज एवं संस्कृति के दायरे में फैला हुआ है। यह चिंता कई रूपों और स्तरों में दिखाई देती है। लेकिन वे मध्यमवर्गीय संस्कारों, सीमाओं, सपनों, स्वार्थों और उनके अंतर्विरोधों से कुछ अधिक ही जूझते हैं। उनका मानना रहा है कि मध्यमवर्ग स्वार्थ और सुविधा के चक्कर में संघर्ष विमुख हो गया है। वे मध्यवर्गीय बुद्धिजीवियों की भूमिका को संदेह से देखते हैं, जो पूँजीपतियों के शोषणकारी चंगुल में फंस कर अपना स्वाभिमान गिरवी कर देता है-

दुनिया का उदरम्भरि मध्यवर्ग थर्राकर
(रोटी की तलाश में)
बेचता है आत्मा को
वेश्या के देह-सा व्यभिचार के लिए।"

(भविष्य धारा)

ऐसा सहज ही लगता है कि मध्यवर्गीय बुद्धिजीवी का तनाव और द्वंद्व 'ब्रह्म राक्षस' कविता में मुक्तिबोध ने बड़ी शिद्दत से रेखांकित किया है। ब्रह्म राक्षस का तनाव, द्वंद्व, जिजीविषा और जिज्ञासा मुक्तिबोध की ही तो है।

पिस गया वह भीतरी
औ' बाहरी दो कठिन पाटों के बीच
ऐसी ट्रैजिडी है नीच!!

(ब्रह्म राक्षस)

यहाँ ब्रह्म राक्षस का आत्म संघर्ष मुक्तिबोध का ही आत्म संघर्ष है। वे मध्यवर्गीय दुर्बलताओं की बेड़ियो को तोड़कर मुक्त होना चाहते हैं। इसलिए वे कहते हैं-

"मैं ब्रह्मराक्षस का सजल उर शिष्य
होना चाहता

जिससे कि उसका वह अधूरा कार्य
उसकी वेदना का स्रोत
संगत, पूर्ण निष्कर्ष तलक
पहुँचा सकूँ।"

(*ब्रह्म राक्षस*)

मुक्तिबोध का आत्म संघर्ष जितना भीतरी है, उतना ही बाहरी है। वे अंतरराष्ट्रीय स्तर पर फासीवादी, संप्रदायवादी एवं पूँजीवादी प्रभाव के दुष्परिणामों को भांपकर उनके खूनी पंजों की आहट अपने देश में भी महसूस कर रहे थे और इनसे लड़ने के लिए लोगों को तैयार भी कर रहे थे। लेकिन वे सामान्य जनता के हित में, समावेशी मूल्यों के पक्ष में जो करना चाह रहे थे क्या सचमुच कर पाए या इन्हीं चिताओं में घुल-घुल कर समय के पहले ही अपनी जीवन लीला समाप्त कर ली। संसार में कुछ लोग उपेक्षा तिरस्कार और विरोध से मजबूत होते हैं तो कुछ लोग उस आघात को नहीं सह पाते हैं और बिखर जाते हैं। 1910 में जब प्रेमचंद की "सोजे-वतन" (राष्ट्र का विलाप) नामक पुस्तक को तत्कालीन हमीरपुर के कलेक्टर द्वारा पुस्तक को नष्ट करने के लिए आदेश दिये गये। निश्चित रूप से प्रेमचंद को इसका गहरा आघात लगा होगा लेकिन वे संभल गये। वहीं दूसरी ओर मुक्तिबोध द्वारा लिखित "भारत : इतिहास और संस्कृति" नामक पुस्तक को मध्य प्रदेश शासन द्वारा 1962 में प्रतिबंधित कर दिया गया और उच्च न्यायालय ने भी राज्य सरकार के फैसले को उचित ठहराया। इस आघात को मुक्तिबोध सहन नहीं कर सके और भयानक दुःस्वप्न की पीड़ा से गुजरते हुए पक्षाघात के शिकार हुए और अंततः इसी ने संभवतः उनकी जान भी 11 सितम्बर, 1964 को ले ली। ठीक इसी तरह प्रतिभाशाली रोमान्टिक कवि जान कीट्स भी अपनी आलोचना और उपेक्षा से आहत होकर अल्पायु में ही जान गवा बैठे। खैर...।

अज्ञेय ने 'तार सप्तक' में मुक्तिबोध को जगह देकर उनकी साहित्यिक प्रतिभा को स्वीकारा। लेकिन यह स्वीकार भाव उनके जीवन काल तक ठीक से घनीभूत नहीं हुआ। प्रतिभाएँ बहुत समय तक दबाई नहीं जा सकती हैं किन्तु विलक्षण प्रतिभा को पहचानने में अक्सर संसार को धोखा होता है। बाद में आँख खुलती है। मुक्तिबोध के साथ भी यही हुआ। उनकी रचनात्मक आग का अंदाज शुरू-शुरू में लोगों को नहीं हुआ। लेकिन सच्चाई तो यह थी कि वे व्यापक सरोकारों और अर्थवत्ता के कवि हैं। मनुष्य की नियति को विश्व के संदर्भ में जोड़कर समझने की चिंता उन्हें जीवन भर बेचैन किये रही। मनुष्य को मनुष्य

बनाने के लिए वे आत्म संघर्ष की हद तक गुजरे। संसार में मनुष्य की स्थिति को समझने खोजने की चिंता एवं संघर्ष उनके रचना चिंतन के केंद्र में है। यही खोज उन्हें मानवीय बनाती है। और यही उनकी जीवन्तता और आकर्षण का कारण भी है।

चूँकि मुक्तिबोध कविता के माध्यम से विविधता एवं समावेशिता को साध रहे थे। वे कविता और उसकी रचना-प्रक्रिया को लेकर तो चिंतित थे ही, साथ ही समय, समाज और संस्कृति की चिताओं से भी जूझ रहे थे। कुल मिलाकर एक साथ चौतरफा लड़ाई। यह सच है कि कविता की दुनिया समय और समाज का हिस्सा होती है। वह जीवन से अलग-थलग नहीं हो सकती। लेकिन जैसा मनुष्य और उसका जीवन है। जिस समाज और संस्कृति के हम पैरोकार होते हैं, कविता बिल्कुल वैसी नहीं होती। कविता को अपने समय और समाज के बीच रहकर भी उस समय और समाज से खुद को स्वायत्त करना पड़ता है। संलिप्त होकर भी निर्लिप्त होना पड़ता है। सामाजिक स्थितियों-परिस्थितियों में सुधार और परिवर्तन की उत्कट चाह और उससे जुड़ी बेचैनी ने मुक्तिबोध की कविताओं को धारदार, संघर्षशील एवं तेवर युक्त तो जरूर बनाया जिसका सीधा प्रभाव पाठकों और परिवर्तन के पक्षधरों को लुभाता है, किन्तु इस रचनात्मक बेचैनी के दबाव में उनकी अधिकाधिक रचनाएँ स्वायत्त नहीं हो सकी हैं। जो कवि अपनी पूरी त्वरा और बेचैनी के साथ समय और समाज में धंसता है मनुष्यता की खोज में, गुजरता है आत्म संघर्ष से, किन्तु जिसे समय की धारा में डूब कर सहजता से बाहर निकलना नहीं आता, ऐसे रचनाकारों की कविता स्वायत्त संसार नहीं रच पाती हैं। कविता की सार्थकता लिप्त होकर निर्लिप्त होने में है। यह कमी मुक्तिबोध की कविताओं में खटकती है। मुक्तिबोध की कविताओं में जो खुरदरा पन है, जो उबड़-खाबड़ और सपाटपन है, यह गहरी संलिप्तता में निर्लिप्तता के अभाव के कारण ही है। जब कि आश्चर्य यह है कि कविता की रचना-प्रक्रिया के सिद्धांतों के वे ज्ञाता हैं। "एक साहित्यिक की डायरी" उनके रचना दृष्टि का अनमोल दस्तावेज है। फिर भी अपनी रचना की सैद्धांतिकी को वे अपनी कविताओं में सफलतापूर्वक नहीं उतार पाये। कुछ इसी तरह का विरोधाभास वड्र्सवर्थ की कविताओं में मिलता है। वे भी जिन सिद्धांतों की वकालत किये, उन्हें अपनी रचनाओं में ठीक से क्रियान्वित नहीं कर सके।

यह समस्या समन्वय से जुड़ी हुई है। मुक्तिबोध 'टाइमलेसनेस' और 'टेम्पोरल' के समुचित समन्वय को ठीक से साध नहीं पाये, लेकिन जिन मूल्यों की लड़ाई वे जीवन को दाव पर लगाकर लड़ रहे थे, उसमें वे सफल रहे।

उनका स्वप्न था कि ग्राम से लेकर शहर तक धरती के जन सुखी हो। यही स्वप्न उनके संघर्ष का प्रतीक बन गया। जो कई स्तरों-समय, समाज एवं संस्कृति-पर जारी रहा। और ये ऐसी लड़ाई थी जिसे अकेले लड़नी थी और जिसे वे पूरी शिद्दत से लड़े भी। इस लिए हम पाते हैं कि उनकी कविताओं में अकेले पन का भाव है। वैसे तो संदेह, अविश्वास और अकेलेपन (Doubt, Disbe lief and Alienation) का भाव बीसवीं सदी की हवाओं में कुछ अधिक ही रहा है। कहने के लिए लोग, पर भीड़ में सब अकेले हैं। 'मुक्तिबोध की कविता का एक बड़ा हिस्सा अकेलेपन की थीम और एक व्यक्ति को अपने वातावरण और परिस्थितियों से लड़ने की अकेली लड़ाई से भरा पड़ा है। सांसारिक और पारिवारिक मामले में वे निराशा से इतने आक्रांत थे कि अच्छे अवसरों को खो देना उनकी नियति बन चुका था।' अकेले पन से उपजे त्रासद डर और चिंता से वे कभी मुक्त नहीं हो पाये। इसलिए मुक्तिबोध की रचनाएँ शोषण, अत्याचार, षड्यंत्रों की कलई खोलने के लिए संघर्षरत होते हुए भी पेथेटिक (Pathetic)हैं। उनके इस अकेलेपन को "भारत : इतिहास और संस्कृति" पर लगे प्रतिबंध ने अंत में और त्रासद कर दिया। क.प. सारथि मानते हैं कि "भाग्य उनके साथ बहुत अकरूण रहा है। यह आघात इतना कठोर था कि वह खुद को जोड़ नहीं पाए और ऐसे मौन में जा डूबे कि जहाँ से फिर कभी उबर नहीं पाए।"

मुक्तिबोध स्वप्नों और दुःस्वप्नों के बेचैन कवि हैं। यह छटपटाहट उनके मन और आत्मा के तल पर अधिक रही है। ए पी जे कलाम की भाषा में कहें तो 'सपने उन्हें सोने नहीं दिये'। सकारात्मक बदलाव और परिवर्तन का स्वप्न और उसे न सुधार पाने की हताशा मुक्तिबोध को आजीवन मथती रही और वे टूटते-बिखरते रहे। जिसकी छाया साफ तौर पर उनकी रचनाओं में दिखती है। उनके व्यक्तिगत स्वप्न और दुःस्वप्न उनकी रचनाओं में समाज के स्वप्न और दुःस्वप्न के रूप में प्रकट हुये हैं। जिन सपनों उम्मीदों को मनुष्य और मानवता के हित में वे देखते रहे जिनके लिए अपना पूरा जीवन होम कर दिये। आज उन सपनों को सर्वग्रासी राजनीति ने कुछ अधिक ही लहू-लुहान कर दिया है। कहीं ऐसा तो नहीं कि आज हमारे संघर्ष छद्मपूर्ण, नकली और प्रदर्शनकारी बन कर रह गये हैं। लगता है, इस बिकाऊ समय में संघर्ष चेतना भी समझौतावादी हो गयी है। शायद तभी परिस्थितियां दिनों-दिन बेकाबू हो रही हैं।

यहाँ मुक्तिबोध के सपने उन्हें समझने में सहायता करेंगे। इस लिहाज से उनका उल्लेख जरूरी लगता है। उनके स्वप्न उनकी इच्छा, जिजीविषा और संघर्ष के प्रतीक हैं। (इन सपनों का उल्लेख मुक्तिबोध रचनावली भाग-चार में

है) एक स्वप्न है–"मकान की दूसरी मंजिल पर मैं भागता आ रहा हूँ। कोई मेरा पीछा कर रहा है। कोई कौन? मैं नहीं जानता, क्यों? यह भी नहीं जानता। वह मुझे पकड़ने की कोशिश कर रहा है। मैं उसके दस कदम आगे हूँ। वह मेरे पीछे है। मैं भाग रहा हूँ। वह मेरा पीछा कर रहा है। लेकिन मैं अपने पैरों के भार का अनुभव कर रहा हूँ। लगता है जैसे पीछे किसी खिंचाव की ताकत है, कोई चुंबक है जो पैरों को पीछे खींच रहा है, लगातार पीछे खींचे जा रहा है, फिर भी मैं भागने की कोशिश में आगे बढ़ता रहा हूँ। लेकिन हर कदम पर पैर आगे बढ़ने से इनकार कर रहे हैं, कोई शक्ति उन्हें पीछे खींच रही है। यदि मैं रुका या पीछे हटा तो वह आदमी मुझे खा जाएगा। इसलिए मैं जान बचाकर भाग रहा हूँ, इसलिए कि मुझे प्राणों का डर है, लेकिन मैं बढ़ नहीं पा रहा हूँ... पैरों में भार है, किसी दानवी-आकर्षण शक्ति की जंजीर मुझे पीछे खींच रही है।"

दूसरा स्वप्न है–"भागते-भागते मुझे कोई चीज-कोई चमकीला पत्थर, कोई हीरा या कोई अशरफी रास्ते में मिल गयी। सपना टूटा नहीं, आगे बढ़ता रहा। हाथ में वह अत्यंत अमूल्य वस्तु है और मैं आगे रास्ते पर बढ़ गया हूँ या भाग रहा हूँ। मैं कतई भूल जाता हूँ कि मेरे हाथ में महान अमूल्य वस्तु है, यद्यपि वह मेरे हाथ में है। सपने में एक प्रदीर्घ काल के बाद यह ख्याल आता है कि मेरे पास भी तो वह चीज है, लेकिन जब मैं अपनी बंधी मुठ्ठी खोलता हूँ तो पाता हूँ उसमें कुछ नहीं है। वह चीज़ अपनी भुलक्कड़ लापरवाही से मैंनेगिरा दी। अब मैं बुरी तरह बेचैन हूँ। अपनी बेवकूफी तथा भयानक लापरवाही के प्रति आत्मग्लानि, खुद को कचोट कर खा जाने वाला राक्षसी दर्द, अपने आप के प्रति भयंकर सियाह निराशा मेरे मन में भर जाती है।"

इन सपनों से कवि की चिंता और बेचैनी को सहज ही समझा जा सकता है। इनमें कवि जीवन की प्रतिबद्धता तो है ही, साथ ही डर और हताशा भी मौजूद है।

मुक्तिबोध सपनों के बेचैन व्यक्ति ही नहीं है, वे सपनों के बेचैन कवि और चिंतक भी है। वे इन सपनों में जीवन की जटिलता को खोजते हैं। उनके सपनों में चिंता व्याकुलता है जो उन्हें पगलवाये रहती है और उसमें समाधान एवं मूल्यों के सूत्र भी मिलते हैं। अपनी रचनाओं में स्वप्न कथा का सृजन कर वे पूँजीवादी षड्यंत्रों का खुलासा भी करते हैं। इन सपनों और फेन्टेसियों का प्रयोग मुक्तिबोध कविताओं में तकनीक के भी रूप में करते हैं। स्वप्न चित्र या स्वप्न कथा के माध्यम से वे उन घटनाओं को भी सही ढंग से उभार कर अधिक प्रभावी बना पाते हैं। शेक्सपियर और कॉलरिज ने सपनों का संयोजन कर रचनाओं को

अधिकाधिक ढंग से प्रभावी बनाने में सफलता पायी है। शेक्सपियर के 'मैकवेथ' में लेडी मैकवेथ के 'स्लीप वाकिंग सीन' को और कॉलरिज के 'एन्सीयेन्ट मेरिनर' को इस रूप में हम देखते हैं।

और ये स्वप्न एवं दिवास्वप्न मुक्तिबोध की रचनाओं को आकार देते हैं। सिगमंड फ्रायड मानते थे कि 'असंतुष्ट व्यक्ति ही फैंटेसी की रचना कर सकता है। क्योंकि फैंटेसी (कल्पना) दिवा स्वप्न है।' यकीनन मुक्तिबोध भी अपने समय और समाज में बढ़ रहे शोषण, गरीबी, बुद्धजीवियों की अवसरवादिता एवं पूँजीपतियों के षड्यंत्रों के साथ-साथ अपनी विपन्नता और अभावपूर्ण जीवन से असंतुष्ट थे। इनसे मुक्ति पाने के उपायों को सोचते खोजते हुए सपनों में भी बड़बड़ाते थे। ऐसा सहज ही जान पड़ता है कि इन्हीं मुश्किलों और अभावों ने उन्हें संघर्षशील एवं प्रतिबद्ध बनाया, और इन्हीं विशेषताओं, विसंगतियों और विद्रूपताओं ने उन्हें आत्म-संघर्ष के लिए प्रेरित किया। मुक्तिबोध ने एक साहित्यिक की डायरी में स्पष्ट रूप से लिखा है कि 'फेंटेसी में संवेदनात्मक ज्ञान और ज्ञानात्मक संवेदना रहती है।' इसमें कोई शक नहीं कि मुक्तिबोध ने फेन्टेसी का प्रयोग विशेष उद्देश्य, प्रतिकार्थ एवं निहितार्थ के लिए करते हैं। इसके पीछे एक गंभीर सामाजिक एवं सांस्कृतिक संदर्भ है।

मुक्तिबोध के कविता पुरुष में एक ईमानदार कमिटमेंट है। मनुष्य और खास तौर पर शोषित मनुष्य के प्रति उनकी पक्षधरता है। उनका सारा लेखकीय प्रयत्न मानव को मानवीय बनाने के लिए रहा है। मुक्तिबोध रचनावली भाग पांच में संकलित मुक्तिबोध के विचारों से जाहिर है। जैसा कि वे मानते हैं कि "पक्षधरता का प्रश्न हमारी आत्मा का, हमारी अंतरात्मा का प्रश्न है। मैं उस अंतरात्मा का पक्षधर हूँ और चूँकि मेरी अंतरात्मा की हलचल और बेचैनी आपकी अंतरात्मा की हलचल और बेचैनी से मिलती-जुलती है, इसलिए जहाँ तक अंतरात्मा का प्रश्न है, मैं आपका भी पक्षधर हूँ और चूँकि हम आप जैसे अंतरात्मा वाले बहुत से लोग इस संसार में हैं इसलिए हम सब उनके और वे सब हमारे पक्षधर हैं। हम सब एक प्रवृत्ति हैं, एक धारा है। भाव धारा, विचार धारा, जीवन धारा और हम सब उसी धारा के अंग हैं, और हम सब उसी विचारधारा के पक्षधर हैं और हम बिना पक्षधरता के अपने आप को अपूर्ण और मूल्यहीन पाते हैं।" मनुष्यता के पक्ष में वे मनुष्य की अवसरवादिता और उसके लिजलिजेपन की कलई खोलने में भी पीछे नहीं रहते हैं। 'भूल-गलती' कविता में वे लिखते हैं-

"भूल-गलती
आज बैठी है जिरहबख्तर पहनकर

तख्त पर दिल के
चमकते हैं खड़े हथियार उसके दूर तक
आँखें चिलकती हैं नुकीले तेज पत्थर-सी,
खड़ी है सिर झुकाए
सब कतारे
बेजुबा बेबस सलाम में
अनगिनत खम्भों व मेहराबों-थमे
दरबारे-आम में।....
सब खामोश
मनसबदार,
शाइर और सूफी,
अल गजाली, इब्ने सिन्ना, अलबरूनी
आलिमो फाजिल सिपहसालार, सब सरदार
हैं खामोश!!"
(भूल-गलती)

बीसवीं सदी के उत्तरार्द्ध में चूँकि मार्क्सवादी हवा भारत में कुछ अधिक ही तेज थी। जिसे गति देने में तत्कालीन चर्चित आलोचकों, डॉ. रामविलास शर्मा और प्रो नामवर सिंह की अहम भूमिका रही है, और इनके प्रभाव के कारण हिन्दी साहित्य के प्रेमियों और पाठकों ने मुक्तिबोध को मार्क्सवादी जामा पहना कर उन्हें अपने खेमे का मार्क्सवादी कवि घोषित कर दिया। भारत ही नहीं, वैश्विक साहित्य में कौन ऐसा लेखक है जो मनुष्य और उसके हित को केंद्र में रखकर न लिखा हो? यह सच है कि समय की बदलती मांग और सामाजिक जरूरतों के मुताबिक पहले की तुलना में अब संघर्ष चेतना हर स्तर पर मुखर है। सामाजिक, आर्थिक, राजनैतिक, धार्मिक, साहित्यिक स्तर पर ही संघर्ष मुखर नहीं है बल्कि जातिय, भाषायी एवं क्षेत्रीयता की लड़ाई अपनी-अपनी स्मिता के लिए जारी है। इसका मतलब यह शायद कतई नहीं है कि यह मार्क्सवादी प्रसार है। अगर ऐसा ही है तब तो मार्क्सवादी दृष्टिकोण बेहद स्वार्थी और अलगाववादी है। जब कि मार्क्सवादी विचार न्याय, बराबरी और गरीबों के अधिकार का समर्थक रहा है। और वैसे भी मुक्तिबोध की कविताओं में कल्पनाशीलता, स्वप्न चित्र, स्वप्न कथात्मकता, और अवचेतन का अन्तहीन संघर्ष अधिक सघनऔर गाढ़ा है। चूँकि राम विलास शर्मा और नामवर सिंह जैसे विद्वानों ने उन्हें मार्क्सवादी कहा है जो काशी हिन्दू विश्वविद्यालय, जे एन यू, लखनऊ, आगरा

विश्वविद्यालय जैसे बड़े विश्वविद्यालयों को सुशोभित करने वाले विद्वान रहे हैं, तब ऐसी स्थिति में उनके समर्थक-प्रशंसक मुक्तिबोध को मार्क्सवादी प्रतिबद्धता के कवि भला कैसे न घोषित करते? हाँ इस बात में सच्चाई है कि मुक्तिबोध समय और समाज की विषमता को दूर करने के लिए मार्क्सवादी विचारधारा के पक्षधर रहे, लेकिन वे मार्क्सवादी सीमाओं को भी भली भांति जानते थे उससे परिचित थे। इसलिए मार्क्सवादी धारणाओं को लेकर भी उनके मन में गहरा संघर्ष था। कभी-कभी मन की सही बात जुबान पर आ ही जाती है। डॉ. रामविलास शर्मा ने 'नयी कविता और अस्तित्ववाद' में सही ही लिखा है-"मुक्तिबोध के मानसिक संघर्ष का एक कारण मार्क्सवाद के प्रति उनका गहरा आकर्षण तथा उसे पूरी तरह स्वीकार न कर पाने की विवशता थी।"

आखिर वह विवशता क्या थी? क्या मुक्तिबोध को यह एहसास था कि कोई भी विचारधारा अपने आप में पूर्णतः पूर्ण और सही नहीं होती है। किसी भी विचारधारा की अपनी जिद्द में उसकी कमियां भी शामिल रहती हैं। और उन मार्क्सवादी विचारधारा की कमियों का भान इस मानवीय कवि मुक्तिबोध को सोचने एवं उनमें सुधार-संशोधन के लिए अवश्य विवश करता रहा होगा। इस विचारधारा को लेकर प्रो.नामवर सिंह के मन में भी कुछ विवशता जरूर रही होगी, तभी तो उन्होंने मुक्तिबोध को 'मार्क्सवादी जार्गन' से परहेज करने की सलाह दी थी। मैं जब बेहद मानवीय और जरूरत से ज्यादा संवेदनशील कवि मुक्तिबोध के बारे में उनकी समग्रता में सोचता हूँ, तो अक्सर पाता हूँ कि उनका रचनात्मक व्यक्तित्व मधुमक्खी की तरह रहा है। वे हर विचार धारा से (खासकर मार्क्सवादी, फ्रायडवादी या अस्तित्ववादी) मनुष्य और मानवता के हित में जो हितकर रहा है, उन तत्वों-मूल्यों-रसों को आत्मसात कर उनसे अपने लेखन को रचने-गढ़ने में कोई कोताही नहीं की। इस रूप में मुक्तिबोध का संघर्ष रचना, मनुष्य, समय, समाज और संस्कृति के स्तर पर चौतरफा रहा है।

मुक्तिबोध की विचारधारा, उनके सामाजिक-सांस्कृतिक-साहित्यिक दृष्टिकोण, उनके आंतरिक और बाह्य संघर्ष एवं इन सबके बीच उनके कवि जीवन को समझने की थोड़ी-मोड़ी कोशिश की गई। वैसे यह कार्य बेहद कठिन है। कठिन और चुनौती पूर्ण इसलिए भी कि उनका निजी और साहित्यिक जीवन किसी रहस्य पूर्ण बावड़ी की तरह ही रहा है। इसके इर्द-गिर्द कई तरह के पौधे और झाड़ियां हैं, जहाँ कोहरे और अंधेरे कम नहीं हैं। उनकी घुमावदार, भयावह, डरावनी, रहस्यपूर्ण और कभी-कभी थोड़ी सी उम्मीद बढ़ाने वाली कविताएँ उनके इन्हीं गुम्फित व्यक्तित्व की उपज हैं। चर्चित और लम्बी कविता 'अंधेरे

में' मुक्तिबोध की ही नहीं, बल्कि आधुनिक हिन्दी साहित्य, समय और समाज की प्रतिनिधि कविता है। यह कविता मुक्तिबोध की प्रतिनिधि रचना इसलिए भी है कि इसमें उनके जीवन की सम्पूर्ण अनुभव सम्पदा, जिसमें चेतन-अवचेतन की छटपटाहट भी शामिल है, जो परिमार्जित-संशोधित होकर अन्तिम दिनों में अंतिम रूप पा सकी थी। इस चर्चित एवं विवादास्पद किन्तु प्रासंगिक कविता में स्वप्न और यथार्थ से जुड़ी घटनाओं और स्थितियों-परिस्थितियों का सहज वर्णन मात्र नहीं है, इनके बीच का द्वंद्व भी पूरी त्वरा के साथ रेखांकित किया गया है। इस कविता की ताकत ऐसी है कि इसे ठीक से पहचान कर हम अपने समय को, उसकी भयानक चुनौतियों को जानने-समझने की आँख पा सकते हैं। यह 'अंधेरे में' नामक कविता अपने भीतर ऐसी आग और लपट समेटे हुए है जिसमें सबका चेहरा विद्रूपताओं के साथ दिख ही जाता है। यह केवल कविता ही नहीं है, यह अपने समय का जटिल भाष्य हैं जिसमें कई तरह की कड़ियाँ बेतरतीब ढंग से गुम्फित हैं। इस लिए इस कविता को समझने और इसका पार पाने के लिए विशेष तैयारी की जरुरत है, और यह तैयारी सामाजिक, सांस्कृतिक और साहित्यिक स्तर पर एक साथ अपेक्षित है। बिना इन तैयारियों के इस कविता बावड़ी के अमृत जल को चख पाना असम्भव है। आइए, इस कविता को कुछ प्रमुख आलोचकों के दृष्टियों से गुजर कर समझने की कोशिश करते हैं।

एक अंग्रेजी विषय के शिक्षक के नाते जब मैं टी.यस. इलियट के 'द वेस्टलैंड' को पढ़ता हूँ, तब मुक्तिबोध की कविता 'अंधेरे में' भी दिमाग में घूमती है। दोनों कविताओं को जोड़कर देखने-समझने का विचार कब और कैसे मन में आया, यह कहना आज कठिन है, किंतु 'द वेस्टलैंड' को भारतीय परिपेक्ष्य में पढ़ते समय 'अंधेरे में' कविता सहज ही अपनी ओर ध्यान खींचती है। मुक्तिबोध की यह कविता इलियट की 'द वेस्टलैंड' और हिंदी के कवि केदारनाथ सिंह की कविता 'बाघ' की तरह लंबी, कठिन, रहस्यपूर्ण और सर्वाधिक पढ़ी जाने वाली कविता है।

'अंधेरे में' कविता जिस रूप और संरचना में हमारे सामने है, वह गंभीर रचना प्रक्रिया और चिंतन का परिणाम है। कहने के लिए इसका संभावित रचना काल 1957 से 1962 तक माना जाता है। यह भी विश्वास किया जाता है कि इसमें संशोधन नागपुर और राजनंदगांव में रहकर 1962 के उत्तरार्ध में किया गया। शुरू में यह कविता 1964 में 'कल्पना' पत्रिका में 'आशंका के द्वीप अंधेरे में' से प्रकाशित हुई, जिसे आज हम 'अंधेरे में' शीर्षक से जानते हैं। इस कविता में 08 खंड, 71 बंद और 1291 पंक्तियां हैं। यह 'चांद का मुंह टेढ़ा है' (1964)

में प्रकाशित होने वाली अंतिम किंतु सर्वाधिक महत्वपूर्ण रचना है। उनका यह पहला कविता संग्रह, चांद का मुंह टेढ़ा है, जब छपकर 1964 में आया, तब मुक्तिबोध अचेतावस्था में थे। इस संग्रह की भूमिका में श्रीकांत वर्मा ने लिखा है-"मुक्तिबोध, जो कविताओं को अपनी जिंदगी से भी अधिक सहजते थे, इस समय अपना संग्रह देख सकने में असमर्थ हैं: बेहोश हैं, ... यह विश्वास करते हैं कि वे पूरी तरह निरोगी होंगे और अपनी कविताओं का पहला संकलन देख सकने में समर्थ होंगे।" 'बीमारी के दौरान मुक्तिबोध ने इच्छा जाहिर की कि इस संकलन में उनकी दो कविताएँ-'चंबल की घाटियां' और 'आशंका के द्वीप : अंधेरे में' जरूर शामिल की जाएँ।' उनकी इच्छा पूरी हुई, लेकिन वे अपनी कविताओं का संकलन नहीं देख पाये। श्रीकांत वर्मा ने लिखा है, "किसी और कवि की कविताएँ उसका इतिहास न हों, मुक्तिबोध की कविताएँ अवश्य उनका इतिहास हैं। जो इन कविताओं को समझेंगे उन्हें मुक्तिबोध को किसी और रूप में समझने की जरूरत नहीं पड़ेगी। जिंदगी के एक-एक स्नायु के तनाव को एक बार जीवन में और दूसरी बार अपनी कविताओं में जीकर मुक्तिबोध ने अपनी स्मृति के लिए सैकड़ो कविताएँ छोड़ी हैं और ये कविताएँ ही उनका जीवन वृतांत हैं।"

यह बात बिल्कुल सच है कि ईमानदार कवि की रचनाएँ अपने समय का वृतांत होने के साथ ही कवि का भी लेखा-जोखा प्रस्तुत करती है। कवि को समझने में मदद करती है, उसके चरित्र-स्वभाव का उद्‌घाटन करती है। लेकिन सार्थक कवि की निजता उसके लेखन में इस रूप में व्यक्त होती है कि वह सार्वजनीन लगने लगती है। किंतु उसकी वैयक्तिक गंध-सुगंध भी उसकी रचनाओं में जीवित रहती है। 'अंधेरे में' मुक्तिबोध की प्रतिनिधि रचना है क्योंकि जिन संश्लिष्ट विचारधाराओं, मूल्यों, समस्याओं, संघर्षों, चुनौतियाँ, आशाओं, सपनों, उम्मीदों को या यूँ कहें जीवन के आंतरिक और वाह्य उठा-पटक को वे अपनी अन्य कविताओं में रेखांकित करते हुए दिखते हैं। वे सारे रंग और रेखांकन अपनी समग्रता, सघनता, बेचैनी और त्वरा के साथ इस कविता में उपस्थित हैं।

'अंधेरे में' चूँकि विविध रंग मौजूद हैं। इसलिए यह कविता कई स्तर पर खुलती है। मनुष्य एवं मानवीयता को केन्द्र में रखकर इस कविता को समाज और संस्कृति के बीच के संबंधों की पड़ताल के रूप में पढ़ सकते हैं। इसे वैयक्तिक और सामाजिक संघर्ष की दृष्टि से भी जांचा-परखा जा सकता है, और खास तौर पर इस कविता को मनोवैज्ञानिक और चेतनात्मक विश्लेषण को आधार मानकर इससे अर्थ ग्रहण किया जा सकता है। श्रीकांत वर्मा अन्यों की तरह यह मानते

हैं कि "इस कविता का एक काव्य-नायक है किंतु वे मानते हैं की काव्य नायक मुक्तिबोध नहीं हैं। यह काव्य-नायक बेचैन, खंडित, जर्जर, व्यग्र हिंदुस्तान है। यह स्वाधीनता के बाद का भारतवर्ष है जिसका शरीर और मन क्षत-विक्षत है। उसके चेहरे पर इतिहास की झुर्रियाँ, सीने पर गोली के घाव और अंतरात्मा में बेचैनी है।" अगर किसी कविता, कहानी या उपन्यास में, या व्यवहारिक जीवन के यथार्थ में ही यदि नायक है तो उसका प्रति नायक भी होता है। अगर 'अंधेरे में' काव्य नायक व्यग्र हिंदुस्तान ही है तो इसका प्रति नायक कौन? आखिरकार यह काव्य-नायक किससे संघर्ष कर रहा है? अगर यह कविता केवल मोनोलॉग या सालिलाकी (एकालाप) है, तब तो उसका जबाबदार भी केवल वही है, तब फिर हाय-तौबा या विलाप क्यों? यहाँ यह कहना अधिक संगतपूर्ण लगता है कि राजनीतिक रूप से एक भारत में दो भारत बन गया है-एक शोषक और दूसरा शोषित। काव्य-नायक का संघर्ष, उसका आत्म-संघर्ष शोषण एवं प्रलोभनकारी तत्वों से जूझने टकराने के बावजूद कुछ न कर पाने का संघर्ष है। संघर्ष के लिए दो पक्षों की उपस्थिति होती है, वह चाहे चेतन और अवचेतन के बीच संघर्ष हो या यथार्थ और आध्यात्मिकता के बीच संघर्ष हो या फ़िर शोषक और शोषित के बीच संघर्ष हो। इसलिए काव्य नायक को हिंदुस्तान कहना खटकता है। यह जरूर है कि यह संघर्ष हिंदुस्तान में आजादी के बाद होने वाला दमनकारी और दमित के बीच का मानसिक संघर्ष है। यह नेहरू के काल में ही शस्त्र आजादी से हुए मोह भंग का संघर्ष है। यह भारत का संघर्ष होकर भी वैश्विक संघर्ष है जो अद्यतन जारी है। शायद इसलिए यह कविता आज भी प्रासंगिक और जरूरी है।

समाज में अपने होने के दायित्व को शिद्दत से महसूस करने के कारण मुक्तिबोध की बेचैनी उनके लेखन में कुछ अधिक ही दिखाई देती है। घर, परिवार, समाज, संस्कृति एवं साहित्य के चौतरफा दबाव को झेलने के कारण यह तनाव उनकी कविताओं में फलीभूत हुआ है। 'अंधेरे में' कविता का कैनवास अपनी समग्रता में बहुत विशाल है। सब कुछ को समेट कर समय रहते कह देने की छटपटाहट के कारण इसकी संरचना उबड़-खाबड़, बेतरतीब, रहस्यपूर्ण और अन्तहीन है।चेतन-अवचेतन, भीतर-बाहर, यथार्थ-अति यथार्थ, निजता-सार्वजनिकता, समाज-संस्कृति और इन सब को मथने एवं प्रभावित करने वाली आर्थिक-राजनीति ने मुक्तिबोध को बिखेर कर रख दिया। यह बिखराव इस 'अंधेरे में' भी साफ दिखाई देता है। बेचैनियों के जालों में छटपटाते कवि मनुष्य का यह कविता विचार अपने कवितापन के चिन्ताओं और उसकी कलात्मकता से बेपरवाह होकर हमें उन चिन्ताओं, षड्यंत्रों और त्रासद भयावहताओं से साक्षात्कार कराता है जो

विचलित करते हैं, झकझोरते हैं और प्रकारांतर से हमें संघर्ष धर्मा एवं मानवीय बनाते हैं।यह बात हास्यास्पद लगती है। जब इस संघर्षशीलता और मानवीय चिंता को मार्क्सवादी केवल अपना पेटेंट मान लेते हैं। इन्हें कौन समझाये कि मार्क्स और मार्क्सवाद की चर्चा के पहले भी सृष्टि के उषाकाल से ही मनुष्य के पक्ष में और शोषण-लूट-षड्यंत्र के विरुद्ध इस तरह की मानवतावादी आवाज उठती रही है।

मुक्तिबोध की 'अंधेरे में' कविता जीवन की जटिल वास्तविकताओं से साक्षात्कार कराती है। एक ईमानदार और सच्चे कवि को अपना समकाल हमेशा अंधेरे से परिपूर्ण इसलिए लगता है क्योंकि उसके मन में सुंदर को सुंदरतम बनाने, मानव को महामानव बनाने और अंधेरे को प्रकाश में तब्दील करने की भावना सतत रूप से क्रियाशील रहती है। गहन अंधेरे की पृष्ठभूमि में प्रकाश का सपना साकार होता है। यह भारतीय मनीषा का गंभीर जीवन दर्शन भी है। ऋत और अंधेरे की गोद में ही प्रकाश और आशा पला करती हैं। यही जीवन दर्शन श्री अरविंदो की रचनाओं का भी केंद्र बिंदु रहा है। 'तमसो मा ज्योतिर्गमय' की प्रार्थना में मनुष्य जीवन का सार समाहित है। अंधेरे की भयावहता इस बात का प्रमाण है कि हमें बार-बार दीपक जलाना पड़ता है। अंधेरे की स्थिति स्थायी रूप से विद्यमान है। दीपक की लौ कमजोर पड़ने पर अथवा बुझने पर वह पुनः अपनी क्रूरता के साथ उपस्थित हो जाता है। बुद्ध ने इन अंधेरे, विद्रूपताओं, बासनाओं और नकारात्मकताओं को 'आग' कहा है। बुद्ध की भाषा में 'यह संसार आग से जल रहा है'। यह अग्नि नचिकेताग्नि नहीं है। यह आग जीवन को तबाह और बर्बाद करने वाली आग है अर्थात् अंधेरा है, जो सबको निगल जाना चाहता है। यही अंधेरा मुक्तिबोध की चिंता के केंद्र में है। इसी अंधेरे से जूझने-टकराने और इससे बाहर निकालने की छटपटाहट इस कविता का मूल स्वर है। इसी अंधेरे के विरुद्ध लड़ने के लिए तथा इसी से होकर प्रकाश पाने की अभिलाषा मुक्तिबोध को अभिव्यक्ति की खोज के लिए प्रेरित करती है और इसी अभिव्यक्ति की खोज के सिलसिले में वह अपने अस्तित्व से परिचित होते हैं, किंतु अभिव्यक्ति और अस्तित्व की खोज उनकी अपनी होकर भी सामाजिक बन जाती है। मुक्तिबोध का यह व्यक्ति-संघर्ष सामाजिक-संघर्ष का बिगुल बन जाता है।

मुक्तिबोध की रचनात्मक छटपटाहट से उपजी यह 'अंधेरे में' कविता अपने में स्थूल और सूक्ष्म, वाह्य और आंतरिक एवं निजता और सार्वजनिकता के संश्लिष्ट अनुभवों को समेटे हुए है। इसलिए इसे एक सांस में जल्दी-जल्दी नहीं

पढ़ा जा सकता है। इसे ठीक से समझने के लिए, इसके निहितार्थ को पकड़ने के लिए ठहर-ठहर कर, रुक-रुक कर, पीछे मुड़-मुड़ कर, और आगे के प्रति सचेत होकर ही इसे पढ़ने की जरूरत है। स्वप्न और यथार्थ के घालमेल ने इसे कठिन बना दिया है। इस कविता को हम वैसे नहीं छू सकते हैं, जैसे पानी को छूते हैं। हमें इसे सम्हल कर छूना पड़ेगा, जैसे हम आग को छूते हैं। यह कविता 'जिंदगी' से शुरू होकर 'आत्म-संभवा' में विराम पाती है। जिंदगी अपने आप में रहस्य पूर्ण है। आदिकाल से अद्यतन जिंदगी का मुंह ठीक से देखने और समझने का दावा कोई नहीं कर सका है। और यह रहस्यमयता ही जिन्दगी की सुन्दरता है। सुन्दरता किसी भी चीज की नित नवीनता में होती है।सुन्दरता उसकी अनन्तता में होती है। इस लिए वह बार बार आकर्षित करती है। जिन्दगी इस लिए सुन्दर है क्योंकि यह रहस्यमयहै।

कविता के प्रारंभ में ही 'जिंदगी' लिखने के बाद डॉट डॉट डॉट का होना जिंदगी की अंननता का सूचक है। यह जिंदगी एक कमरे की नहीं है जिसमें उसका चेहरा आसानी से देखा-पढा जा सके। जिंदगी में कई कमरे हैं। ये कमरे कई तरह के विचारों और दीवारों के प्रतीक हैं। और इन कमरों में अंधेरे या अंधेरे कमरों में कोई एक लगातार चक्कर लगाता है। कवि कहता है-

"जिंदगी...
कमरों में अंधेरे
कोई एक लगातार,
लगाता है चक्कर
आवाज पैरों की देती है सुनायी
बार-बार... बार-बार,
वह नहीं दीखता... नहीं ही दीखता,
किंतु, वह रहा घूम
तिलस्मी खोह में गिरफ्तार कोई एक, ...
अस्तित्व जनाता
अनिवार कोई एक,"

यह 'कोई एक' आखिर कौन है? क्या वह काव्य पुरुष है? वह काव्य नायक तो नहीं हो सकता है। वह अस्तित्व पुरुष, आत्म पुरुष या प्रकाश पुरुष जरूर लगता है जो दिखाई नहीं देता है, किंतु उसकी आहट महसूस होते रहती है। इस अस्तित्व पुरुष की खोज को ही अस्मिता की खोज के रूप में देखा जाना चाहिए। किंतु यह खोज आसान नहीं है। इस खोज में जीवन के अंधेरे और उनमें

से उठने वाली अन्तहीन विद्रूपताओं-विसंगतियों की लहरें बाधक हैं। फलतः मुक्तिबोध इन कुत्सित लहरों का उल्लेख करते हैं। वे इन अंधेरों को अतिक्रांत कर पार जाना चाहते हैं। ये चित्र उस यात्रा के दौरान के भयावह घटना चित्र हैं। इनकी पड़ताल और छानबीन करके, इन्हें जीत कर ही कवि अपने अस्मिता को पा सकता है जो इन्हीं अंधेरों में खोयी हुई है। साहित्य परम्परा के अवगाहन से सहज ही जान पड़ता है कि बड़ा कवि और लेखक समावेशी एवं व्यापक उद्देश्य को अपने लेखन का आधार बनाता है। वह संसार के केवल खुरदरे यथार्थ में उलझ कर लेखन की इति श्री नहीं करता है। वह संसार में रहकर एक प्रति संसार रचता है जिसमें सुंदर सपने और आशाएँ होती हैं। मुक्तिबोध का रचनात्मक ध्येय भी खुरदुरे यथार्थ के बीच मानवीय यथार्थ की खोज करना है। प्रारंभ से लेकर अंत तक उनकी छटपटाहट और उनका आत्म संघर्ष आत्मनिर्वासित मनुष्य को अस्तित्व बोध कराना ही रहा है। जिसे हिंदी साहित्य के आलोचक प्रेमियों द्वारा अपनी रुचि और दृष्टि के हिसाब से कुछ का कुछ समझा गया है।

आखिर वह 'रक्तालोक-स्नात पुरुष एक, रहस्य साक्षात!' है कौन? मुक्तिबोध कहते हैं-

"वह रहस्यमय व्यक्ति
अब तक न पायी गयी मेरी अभिव्यक्ति है,
पूर्ण अवस्था वह
निज संभावनाओं, निहित प्रभावों, प्रतिमाओं की,
मेरे परिपूर्ण का आविर्भाव,
हृदय में रिस रहे ज्ञान का तनाव वह,
आत्मा की प्रतिमा।"

इस कविता में मुक्तिबोध जिस अस्तित्व को पाना और प्रकटाना चाहते हैं ताकि सामाजिक जीवन अधिक मानवीय हो सके, यकीनन वह अस्तित्व क्या गांधी के जीवनादर्श से मेल खाता है? क्या कवि के आत्मा की प्रतिमा उस अभिव्यक्ति को पाकर परिपूर्ण हो सकेगी? इस तरह की उलझन अस्तित्व को लेकर उनके मन को मथती रही है। यह जरूर है कि ऐसे मूल्यवान अस्तित्व को समाज पाना तो चाहता है किन्तु उस तेज को अधिक समय तक धारण नहीं कर पाता है। ऐसे अस्तित्व की समाज गोली से हत्या कर देता है। उसे कारावास का दुःख देता है। सुकरात, जीसस, गांधी और लिंकन के साथ समाज का सुलूक आखिर कहाँ अच्छा रहा है। इतना ही नहीं, मुक्तिबोध के साथ भी साहित्यिक बिरादरी का व्यवहार उनके जीते जी भला कहाँ ठीक रहा है। यह अलग बात

है कि ये लोग मरने के बाद सिद्धांत रूप में उसी समाज के लिए आदर्श बन जाते हैं जो दुत्कारता, नकारता और मारता है। हाँ, ये केवल सिद्धांत रूप में ही पूजनीय बन जाते हैं। काश! व्यवहारिक जीवन में भी हम उनके प्रोज्ज्वल अस्तित्व को प्रकट कर पाते। मुक्तिबोध की बेचैनी, मूल्यवान अस्तित्व को प्रकट करने की आतुर अभिलाषा और उसे साकार न करपाने की असमर्थता की झटपटाहट है जो पूरी कविता में फैली हुई है। डॉ. नामवर सिंह मानते हैं, "उनकी कविताओं का केंद्रीय विषय है आज के व्यक्ति का अंतर्द्वंद। सामाजिक अंतर्द्वंद की जो छाया व्यक्ति के जागरूक मन में प्रतिबिंबित होती है, उसी के मार्मिक चित्रों का प्रयास मुक्तिबोध ने बार-बार किया है। इस तरह मुक्तिबोध आत्म-विश्लेषण के माध्यम से इस युग के सामाजिक संघर्ष को समझना चाहते हैं। उनकी कविताओं में इसी आत्म संघर्ष से छिटकी हुई चित्र शृंखला मिलती है।"

मुक्तिबोध का आत्म संघर्ष अस्तित्व और अभिव्यक्ति को पाने का संघर्ष है। वे अभिव्यक्ति और अस्तित्व की खोज के लिए आकुल व्याकुल है।यह व्याकुलता उनके लिए एक बीमारी सी बन गई है लेकिन प्रश्न उठता है कि क्या केवल मुक्तिबोधइन्हें खोज रहे हैं या एक समर्पित खोजी और अन्वेषक को पकड़ अस्तित्व भी ऐसे व्यक्ति के दरवाजे पर दस्तक देने चला आता है।यह वही अस्तित्व है जो कहता है-

"पार करो, पर्वत-संधि के गह्वर,
रस्सी के पुल पर चलकर
दूर उस शिखर-कगार पर स्वयं ही पहुँचो!"

(अंधेरे में)

कविता का नायक डरते-कांपते हुए अंधरे के ओर छोर टटोल-टटोल कर आगे बढ़ता है। चलता है संभल-संभल कर। वह द्वार टटोलता है और दरवाजे की स्थिति विचित्र है। कहता है-

"जंग-खायी, जमी हुई, जबरन
सिटकनी हिलाकर
जोर लगा, दरवाजा खोलता
झांकता हूँ बाहर।"

(अंधेरे में)

यह जो जंगखायी, जमी हुई सिटकनी है जिन्दगी के कमरे की, वह इस कविता के नायक की ही निष्क्रियता नहीं दर्शा रही है, वह सामाजिक

अकर्मण्यता और उदासीनता को भी रेखांकित करती है। यह बंद दरवाजा खुले, जंग घिसे और भय-उदासीनता मिटे। इसलिए ही तो एक अदृश्य उपस्थिति बार-बार बंद दरवाजा खटखटाती है। बंद दरवाजा खटखटाने की महत्ता का उल्लेख बायबिल में किया गया है। यह अदृश्य उपस्थिति ही प्रकारांतर में अस्तित्व और अभिव्यक्ति है जो खोज के लिए नायक को जागृत करने आती है। बंद दरवाजे के भीतर रह कर ही सात्विक-आध्यात्मिक अंतर्मुखी खोज तो संभव है किन्तु जीवन और जगत से सार्थक तादात्म्य के अभाव में यह अर्थहीन हो जाती है। इसलिए अस्तित्व का प्रकटीकरण और अभिव्यक्ति की स्वतंत्रता सामाजिक समरसता एवं भय मुक्त समाज के लिए जरूरी है। आत्म संघर्ष से गुजरने वाले उस भ्रम ग्रसितव्यक्ति से रात का पक्षी कहता है...

"वह चला गया है
वह नहीं आएगा, आएगा ही नहीं
अब तेरे द्वार पर।
वह निकल गया है गांव में शहर में।
उसको तू खोज अब
उसका तू शोध कर!
वह तेरी पूर्णतम परम अभिव्यक्ति,
उसका तो शिष्य है (यद्यपि पतालक...)
वह तेरी गुरु है,
गुरु है..।"

(अंधेरे में)

यह रात का पक्षी कौन है जो अभी भी जगा हुआ है कुछ बताने के लिए? कहीं यह पक्षी मन पंछी तो नहीं है, कहीं यह उस आत्मा का पर्याय तो नहीं जिसके उड़ जाने से यह शरीर मृतप्राय हो जाता है। कहीं वह मूल्य तो नहीं जिसके न होने से जीवन अर्थहीन हो जाता है। कुल मिलाकर, वह पंछी खुलेपन का, सपनों और उम्मीदों का प्रतीक लगता है। वह कहता है-'उसको तू खोज अब, उसका तू शोध कर।' उस परम अभिव्यक्ति को सिर्फ खोजना ही नहीं है, उसका शोधन भी करना है।

यह सच है कि मुक्तिबोध परम अभिव्यक्ति को खोजना और पाना चाहते हैं। किंतु उनकी सबसे बड़ी दिक्कत उनके कई तरह के संश्लिष्ट विचार और स्वप्न हैं। जिनमें आपसी खींचातानी है। फलतः वे किसी लक्ष्य तक नहीं पहुँच पाते हैं। सिर्फ छटपटाते और बड़बड़ाते हैं। कभी यथार्थ उन्हें अपनी ओर खींच

लेता है तो कभी सपने में वे 'टॉलस्टॉय को सितारों के बीच-बीच घूमते व रूकते पृथ्वी को देखते' पाते हैं। फिर उन्हें लगता है कि शायद टालस्टाय नुमा कोई वह आदमी और है। इस तरह एक भयानक संदेह एवं असमंजस उनके अंधेरे को और अधिक गाढ़ा कर देता है। ऐसा लगता है कि मुक्तिबोध जिस अंधेरे में डूब कर रोशनी की तलाश करना चाहते हैं, वे रोशनी तो नहीं पाते किंतु अंधेरे के दलदल में और डूबते चले जाते हैं। इस रूप में यह कविता अंधेरे की स्वप्न पुराण बनकर रह जाती है। केवल अंधेरा-अंधेरा चिल्लाना एवं सामाजिक विद्रूपताओं को चिन्हित करना कवि का काम नहीं होता उसे तो अंधेरे के विरुद्ध मशाल भी बनना पड़ता है। उसे अंधेरे में जीत और उम्मीद की रेखा भी खिचनी पड़ती है। इसमें अंधेरे का हाहाकार तो है, किन्तु प्रकाश का प्रवाह शिथिल है। प्रकाश की शिथिलता भयानक संदेह, विश्वास हीनता, असमंजस, भय और डर के कारण है। साहित्य में सपने की सार्थकता सत्य के उद्घाटन एवं नैतिकता के पक्ष पोषण से पुष्ट होती है। जैसा कि हम शेक्सपियर के 'मैकबेथ' में और कॉलरिज के 'एन्सिएंट मेरीनर' में देखते हैं।

'अंधेरे में' कविता के नायक का मस्तिष्क विविध विचारों से ठसाठस भरा हुआ है या यूँ कहें कि मुक्तिबोध के दिमाग में कई तरह के विचार एक साथ अनुशासनहीन तरीके से आवाजाही कर रहे हैं। ठेलमठेल मची हुई है। इसलिए इस कविता में भी विचार प्रवाह में निरंतरता नहीं है, बल्कि सब गड्ड-मड्ड है। कभी यह चित्र तो कभी वह चित्र, कभी स्वप्न चित्र तो कभी यथार्थ चित्र, कभी आदर्श की झलकी तो कभी संघर्ष का पारवार। यह आधुनिक समय जिसे हम वैज्ञानिक और सभ्य समय भी कहने को कह रहे हैं। क्या वाकई यह समाज सभ्य और सुसांस्कृतिक है? इस तथाकथित आधुनिक सभ्यता और सांस्कृतिकता के गर्भ में उन्माद, स्वार्थ, अवसरवादिता, षड्यंत्रों और विद्रूपताओं की लहरों का ही बोलबाला है। सभ्यता की ओट में असभ्यता का अश्लील नर्तन है। कहाँ है लोकतांत्रिक उम्मीदों-सपनों का प्रकाश? लोकतंत्र की दुहाई देकर मुट्ठी भर खाये-अघाये लोग समाज को जातीय जहर और विभाजन के दलदल में उत्तरोत्तर धकेल रहे हैं। यही दुख कभी सपना बनकर, कभी संश्लिष्ट विचार बनकर मुक्तिबोध को बेचैन करता है, और इतना बेचैन करता है कि जैसे वह मनोविज्ञान की भाषा में मानसिक रोगी हो।

इस कविता का नायक अंत तक अकेलेपन का दंश झेलता है। इस नायक की मनोरचना मुक्तिबोध की मानसिकता से मेल खाती है। जिस मानसिक पीड़ा से मुक्तिबोध गुजरते से लगते हैं। इस स्थिति को सिजोफेनिया कहते हैं। इस रोग

का रोगी भय और मृत्यु की आशंका में डरा-डरा जीता है।उसे खंडित व्यक्तित्व और मृत्यु-प्रकिया का अनुभव सताता है। काव्य नायक का दु:स्वप्न भी इसी तरह का है। जीवन के घुप्प अंधेरे में तिलक की प्रतिमा से चिपक कर किया गया आत्मलोचन बेहद संवेदनशील और झकझोरने वाला है। जब वह सोचता है कि सिर में है धड़ धड़। कट रही हड्डी। इतना ही नहीं, जब वह महसूस करता है कि 'आत्मा में बहता सा लगता खून का तालाब' या कि 'हृदय के थाले में रक्त का तालाब', तब स्थिति अधिक भयावह हो जाती है। इस रूप में हम पाते हैं कि कविता का नायक असल में कवि मुक्तिबोध का माउथ पीस है। मुक्तिबोध की छटपटाहट बेचैनी काव्य में नायक के माध्यम से प्रकट हुई है। वह कहता है-

"सब, सोए हुए हैं।
लेकिन, मैं जाग रहा, देख रहा
रोमांचकारी वह जादुई करामात!!"

(अंधेरे में)

यहाँ मुक्तिबोध की चिंता बिल्कुल कबीर की चिंता सी लगती है। सब सोए हुए हैं और मुक्तिबोध का कविता नायक जागकर सब देख रहा है। कबीर भी तो यही कहते रहे-

"सुखिया यह संसार है खावे अरू सोवै
दुखिया दास कबीर है जागे अरु रोवै।"

इस संसार में जिनने भी विद्रूपता, पाखंड और दोहरेपन को अपनी आँखों से ठीक से देखा है, वे बुद्ध, यीशु, कबीर और कवि मुक्तिबोध की तरह रोये हैं। जिसे संसार को ठीक से देखने आ गया वह बिन रोए इस संसार से नहीं गया। वह इसलिए रोया कि जैसा क्रियाकलाप मनुष्य का होना चाहिए, वैसा है नहीं। मनुष्य का जीवन षड्यंत्रों और चतुराइयों से भरा हुआ है जबकि मनुष्य के कई विवेकपूर्ण परोपकारी दृष्टि होनी चाहिए। जब ऐसी सकारात्मकता नहीं दिखती, तब मुक्तिबोध की पीड़ा 'अंधेरे में 'कविता बनकर साहित्य के कैनवस पर छलक जाती है। मुक्तिबोध का संघर्ष शोषण मुक्त समाज के हितार्थ तो रहा ही, लेकिन कहीं गहरे अर्थों में यह संघर्ष अस्तित्ववाद और मार्क्सवाद के समन्वय के लिए किया गया संघर्ष जान पड़ता है। 'अंधेरे में' की पीड़ा और झटपटाहट इसी असम्भव को सम्भव बनाने की बेचैनी है। इसमें कवि की पीड़ा के भी विविध प्रकार हैं। वह अपने समय को अंधेरी शक्तियों के मायावी गिरफ्त में देखकर अशांत और विचलित हो उठता है। 'क्या करूं? किससे कहूँ? कहाँ

जाऊँ?' जैसे प्रश्नों का समुचित समाधान न पाकर उसकी पीड़ा बढ़ जाती है।

"मस्तक कुंड में जलती
सत-चित वेदना-सच्चाई व गलती-
मस्तक शिराओं में तनाव दिन-रात।" (अंधेरे में)

कवि रात के अंधेरे में जुलूस देखता है। वह 'विचित्र प्रोसेशन' में सैनिकों के पथराए चेहरे ही नहीं देखता है। वह इस जुलूस में 'कई प्रतिष्ठित पत्रकार, कई प्रकांड आलोचक, विचारक, जगमगाते कवि-गण, मंत्री भी, उद्योगपति और विद्वान यहाँ तक कि शहर का हत्यारा कुख्यात डोमा जी उस्ताद' सब एक साथ दिखते हैं। दिन के उजाले में देश हित और सामाजिक समरसता की अच्छी-अच्छी बात करने वाले रात के अंधेरे में स्वार्थ के वशीभूत होकर हत्यारा डोम जी के साथ चलने में परहेज नहीं करते हैं। सामान्य जनता की आँख में धूल झोंक कर स्वार्थ के लिए इन बड़े लोगों का परस्पर मिलना-जुलना कवि के लिए गंभीर चिंता का विषय है। वह देखता है कि "भीतर का राक्षसी स्वार्थ अब साफ उभर आया है।" यही पाखंड, स्वार्थ और दोगलापन कवि के मस्तक शिराओं में तनाव का कारण है। मुक्तिबोध मानते हैं कि ये मृतात्माएँ हर रात जुलूस में चलती हैं परन्तु-

"दिन में
बैठती है मिलकर करती हुई षड्यंत्र
विभिन्न दफ्तरों-कार्यालयों, केन्द्रों में, घरों में।
हाय-हाय! मैंने उन्हें देख लिया नंगा,
इसकी मुझे और सजा मिलेगी।" (अंधेरे में)

मुक्तिबोध जिस राक्षसी स्वार्थ की बात आज से 60 वर्ष पहले कर रहे थे, आज वह स्वार्थ अधिक खूंखार और भयावह हो गया है। तब भी स्वार्थ की कलई खोलने पर सजा मिलने का खतरा मंडराता था और आजकल तो जान पर आफत ही आ गई है। इन षडयंत्रकारियों का भेद खोलने पर लोगों को मौत के घाट उतार दिया जाता है। इस समय कई पत्रकार साथियों और कवियों की निर्मम हत्याएँ इस बात का प्रमाण हैं। अंधेरे के खिलाफ नहीं, बल्कि सत्य को कुचलने के लिए 'मार्शल लॉ' का प्रयोग जारी है।ऐसी स्थिति में 'जमाने की जीभ निकल पड़ी है।'

सब कुछ अंधेरे में डूबा है। भय और षड्यंत्र की स्थिति चारों तरफ व्याप्त है, इससे इनकार नहीं किया जा सकता है। लेकिन क्या इसके लिए दूसरे को ही दोष दिया जाए या आत्म मूल्यांकन भी जरूरी है।

आत्मोद्बोधन के बहाने कवि प्रश्न पूछता है-

"ओ मेरे आदर्शवादी मन,
ओ मेरे सिद्धांत वादी मन,
अब तक क्या किया?
जीवन क्या जिया!!
लोकहित-पिता को घर से निकाल दिया
जन-मन-करुणा-सी मां को हंकाल दिया
स्वार्थ के टेरियर कुत्तों को पाल लिया
विवेक बघार डाला स्वार्थ के तेल में
आदर्श खा गये।
अब तक क्या किया
जीवन क्या जिया
ज्यादा लिया और दिया बहुत कम
मर गया देश, अरे जीवित रह गए तुम!!" (अंधेरे में)

वाकई अब आदर्श और सिद्धांत कागजों में बचे हैं। उत्तरोत्तर अंधेरी ताकतें और अधिक ताकतवर होती जा रही है। इसके पीछे समाज की निष्क्रियता और उसकी अवसरवादी चुप्पी है। बावजूद इस घने अंधेरे में उम्मीद की सुगंध तसल्ली देती है।

"कोई गुरु गंभीर महान् अस्तित्व
महकता है लगातार
मानो खंडहर-प्रसारों में उद्यान
गुलाब-चमेली के, रात्रि-तिमिर में
महकते हों, महकते ही रहते हों हर पल।
अंधेरे में पता नहीं चलता।
मात्र सुगंध है सब ओर
पर, उस महक-लहर में
कोई छिपी वेदना, कोई गुप्त चिंता
छटपटा रही है।" (अंधेरे में)

यकीनन ये पंक्तियां-'अंधरे में पता नहीं चलता। मात्र सुगंध है सब ओर' -अंग्रेजी के रोमांटिक कवि जान कीट्स की कविता 'ओड टू नाइटिंगल' की याद दिलाती हैं। कवि मुक्तिबोध को आत्म निर्वासन की स्थिति में भी किरण दीख जाती है। वह देख पाता है-'लहरों के तल में से फूटती हैं किरनें' ।हाँ,

लेकिन इन किरणों के लिए 'जूझना ही तै है'।

मुक्तिबोध के सुदीर्घ अनुभवों से उपजी यह 'अंधेरे में', कविता आधुनिक समय और समाज की अन्तहीन महाभारत है। जहाँ वाह्य और आन्तरिक संघर्षों से मुक्ति आसान नहीं है। इस संघर्ष भूमि में एक विराट रहस्यमय पुरुष बार-बार अपनी उपस्थिति का एहसास कराकर अदृश्य हो जाता है तिलस्मी खोह में। लुकाछिपी का खेल मैं और वह के बीच अन्त तक चलता रहता है। जिस परम अस्तित्व और अभिव्यक्ति की खोज का सिलसिला शुरू होता है, वह आखिर कहाँ पूर्णता को उपलब्ध होता है। अन्त में वह अभिव्यक्ति जनरव में खो जाती है। वैसे भी इस व्यवहारिक जीवन में इच्छाओं और उपलब्धियों का काफिला भला एक साथ दूर तक कहाँ चलता है। संसार में संघर्ष की अनिवार्यता सदैव बनी रहती है। मुक्तिबोध का नायक भी कई रूपों में प्रकट होता है। वह आत्म-संघर्ष में इतना लतफथ है कि उसे लगता है-

"रक्त टपकता है हृदय में मेरे
आत्मा में बहता-सा लगता
खून का तालाब।
इतने में छाती में भीतर ठक-ठक
सिर में है धड़-धड़!! कट रही हड्डी!!
फिर जबरदस्त!!
विवेक चलाता तीखा-सा रन्दा
चल रहा वसूला
छीले जा रहा मेरा यह निजत्व ही कोई।" (अंधेरे में)

जीवन दर्शन भी यही उद्घोष करता है कि निजत्व को परिमार्जित और शुद्ध करने पर जो शेष बचता है वह सर्वत्व ही है। संघर्ष में निजता का विलयन व्याप्ति का सूचक है। संघर्ष की सफलता उसकी सामुहिकता में ही निहित रहती है। मुक्तिबोध की चिंता इस बात को लेकर सदैव रही है कि गरीबों और सर्वहारा के पक्ष में त्याग और ईमानदारी से भरा संघर्ष फलीभूत होते नहीं दिखाई देता है। संघर्ष के नायक संघर्ष में भी अपना लाभ-हानि देखने लगते हैं, फलतः कोई मूल्यवान निष्कर्ष हाथ नहीं लगता है।जिस परिवर्तन के लिए आजादी की लड़ाई लड़ी गई, वह उन सपनों और उम्मीदों को कहाँ पूरा कर सकी। आजाद देश में भी शोषक और शोषित पहले की तरह ही दिखाई देते हैं। यूँ कहें कि यह स्थिति अधिक भयावह हुई है। केवल मुक्तिबोध का ही आजादी से मोह भंग नहीं हुआ बल्कि हर उन परिवर्तनकामियों का सपना चूर-चूर हुआ जिनने शोषण विहीन

समाज की कल्पना की थी। अगर सब ठीक-ठाक होता, तो हमारे इस बेहद संवेदनशील कवि को विक्षिप्त होने की हद तक आत्म संघर्ष क्यों करना पड़ता है?

अस्मिता की खोज में मुक्तिबोध आत्म-संघर्ष और दुःस्वप्न से गुजरते हैं, किंतु जिस अंधेरे को अतिक्रांत कर वे अस्मिता को खोजने और पाने का सपना देख रहे थे। उस परिपूर्णता का प्रकाश उन्हें अपने जीवन काल में नसीब नहीं हुआ। कविता का शीर्षक 'अंधेरे में' इसकी पुष्टि स्वयं करता है। मुक्तिबोध अपने जीवन में गुलामी और परतंत्रता का अंधेरा ही नहीं देखे थे, वे आजादी के बाद के अंधेरे को भी अपनी नंगी आँखों से देखते रहे। गुलामी के विरुद्ध किए गए संघर्ष से जिस बेहतर और मानवीय समाज की कल्पना की गयी थी, वह आजादी के बाद भी मूर्त रूप नहीं ले सकी। चेहरे बदल गए लेकिन लूट और शोषण का सिलसिला भला कहाँ रुका। यह दुःख एक संवेदनशील कवि के लिए त्रासद और भयावह था।अंधेरे से मुक्ति कहाँ मिली? 'गुलामी' शब्द की जगह हम 'आजादी' नामक सुंदर शब्द पाये, लेकिन गुलामी का हाथ छोड़कर अंधेरा आजादी का हाथ थाम लिया और आजादी भी उससे हाथ मिला ली। तब भी अंधेरा कायम था और आज भी वह अपनी सघनता में बरकरार है। इसी अंधेरे के विरुद्ध सामाजिक संघर्ष का स्वप्न और उनसे जुड़ी हुई उम्मीदें कवि की चिंता में शामिल होकर उसका आत्म संघर्ष बनगयी। तिलक और गांधी का उल्लेख इस कविता में अनायास नहीं है। इनके माध्यम से कवि अंधेरी ताकतों के षड्यंत्रों की जहाँ एक ओर कलई खोलने में सफलता पायी है, तो दूसरी ओर अंधेरे के विरुद्ध संघर्ष चेतना का प्रकाश फैलाने की भी पुरजोर कोशिश की है।

'रक्तालोक-स्नात पुरुष' मनु, जो संस्कृति पुरुष के प्रतीक हैं, का चित्रण भी सकर्मक जीवन दृष्टि में उन्नायक के रूप में किया गया है। तिलक और गांधी के आदर्श और संघर्ष को मुक्तिबोध ने शिद्दत से याद किया है। यह अलग बात है कि तिलक का अंगरखा खून में डूबा हुआ है और गांधी सर्द मौसम में बोरा ओढ़ने के लिए विवश हैं। मुक्तिबोध कहते हैं-

एकाएक उठ पड़ा आत्मा का पिंजर
मूर्ति की ठठरी।
नाक पर चश्मा, हाथ में डंडा,
कंधे पर बोरा, बांह में बच्चा।
आश्चर्य! अद्‌भुत। यह शिशु कैसे!!
मुस्कुरा उस द्युति पुरुष ने कहा तब-
"मेरे पास चुपचाप सोया हुआ यह था।

संभलना इसको, सुरक्षित रखना।" (अंधेरे में)

वह शीशु केवल शिशु नहीं है। वह उम्मीद है, सपना है और देश का भविष्य है। इस कविता में जिस शिशु को कंधे पर बैठा हुआ दिखाया गया है, वह क्या नहीं लगता कि आजादी का ही शिशु है, जिसे संभालना है, सुरक्षित रखना है। क्या वह हमारी आशाओं-उम्मीदों का जीवन्त प्रतीक नहीं है? आजादी में जीवन का भविष्य छुपा हुआ है, इसलिए भी इसे संभालना और सुरक्षित रखना है। यह कार्य बेहद चुनौतीपूर्ण रहा है क्योंकि 'हृदय के थाले में रक्त का तालाब है और उस रक्त में द्युतिमान् मणियां डूबी हुई हैं।' इस कविता को ठहर कर पढ़ने से यह साफ तौर पर जाहिर होता है कि इसमें भारत की आजादी का संघर्ष, उसकी प्राप्ति, उससे जुड़ी कठिन चुनौतियां और प्राप्ति के दरमियान उसका त्रासद एवं खूनी विभाजन इस कविता के केन्द्रीय स्वर हैं। इस खूनी, डरावने, हिंसक और अंधेरे परिवेश में सामाजिक और सांस्कृतिक संकट की भयावहता सहज ही समझी जा सकती है। इन बड़ी और संश्लिष्ट चिन्ताओं में मार्क्सवादी चिंता बहुत ही अल्प रही है। ऐसा सहज ही लगता है। बावजूद इसके मुक्तिबोध के इस बहुल स्तरीय संघर्ष को मार्क्सवादी आलोचकों-विचारकों ने अपना बना कर पेश करने में कोई कोर-कसर नहीं छोड़ी है। जबकि मुक्तिबोध की चिंता एक जागरूक एवं दायित्व बोध से जुड़े कवि मनुष्य की चिंता है, वे वादों से घिरे रहने के बावजूद भी वाद से मुक्त थे।

मुक्तिबोध के स्वप्न द्रष्टा काव्य नायक को अजीब तरह के स्वप्न आते हैं। सपनों में भी कोई सहज निरंतरता नहीं दिखाई देती है। कभी कंधे पर शिशु दिखाई देता है, तो कभी वह शीशु गायब हो जाता है और उसकी जगह सूरजमुखी के फूल गुच्छे दिखाई देने लगते हैं और फिर कंधे से फूलों के गुच्छे गायब हो जाते हैं और उसकी जगह बंदूक आ जाती है। इस तरह कभी सपना की आँख खुलती है तो यथार्थ प्रकट हो जाता है और कभी यथार्थ को झपकी लगती है तो सपना दिखने लगता है। मुक्तिबोध सपना और यथार्थ की अजब भूल भुलैया रचते हैं। कभी-कभी यथार्थ और सपने के बीच की लकीर इतनी महीन होती है कि यह अंतर कर पाना कठिन जान पड़ता है कि सपना कब खत्म हुआ और यथार्थ कब शुरू हो गया। 'अंधेरे में' का नायक कभी नींद में सपना देखता है तो कभी जागते हुए सपना बुनता है। रात के अंधेरे में टॉर्च की रोशनी में वह देखता है-

"खून भरे बाल में उलझा है चेहरा,
भौहों के बीच में गोली का सूराग,

खून का परदा गालों पर फैला,
होंठों पर सूखी है कत्थई धारा,
फूटा है चश्मा, नाक है सीधी,
ओफ्फो! एकांत-प्रिय यह मेरा
परिचित व्यक्ति है।" (अंधेरे में)

वह परिचित व्यक्ति "संदेहास्पद समझा गया और मारा गया वह बधिकों के हाथों।"

"उनका यूँ वध हुआ,
मर गया एक युग,
मर गया एक जीवनादर्श!!" (अंधेरे में)

कवि और लेखक जिस समय और समाज में रहकर अपनी रचनाओं का सृजन करते हैं, उस समय और समाज का प्रभाव उनकी रचनाओं पर प्रत्यक्ष या परोक्ष रूप में अवश्य पड़ता है। मुक्तिबोध भी ऐसे प्रभाव से प्रभावित दिखते हैं। इस चर्चित कविता में जब वे कहते हैं कि 'मर गया एक युग, मर गया एक जीवनादर्श', तब उस महात्मा की याद आती है जिसने अपनी लाठी के बल पर अंग्रेजों की तोप का मुंह मोड़ दिया था। यह संकेत उस लंगोटी धारी जीवनादर्श की हत्या की ओर इशारा है। यह हत्या एक व्यक्ति की हत्या तो है ही, किन्तु यह हत्या सत्य, अहिंसा, त्याग, सादगी और अंधेरे के विरुद्ध लड़ने वाले जीवन संघर्ष की हत्या है। यह मानवीय मूल्यों की हत्या है। इस घटना का दुष्प्रभाव मुक्तिबोध के स्नायु तंत्र पर ऐसा पड़ा कि वे उस त्रासद अंधेरे से बाहर जीवन के अन्त तक नहीं निकल पाए। कवि को दूर-दूर तक आशा की रोशनी नहीं दिख रही थी। वे तो अपनी आँख से देख रहे थे कि "धंस रहे, गिर रहे बड़े-बड़े टॉवर, घुंघराला धुंआ, गेरुआ ज्वाला।" यहाँ 'गेरूआ ज्वाला' विनाश का संकेतक है। टी.यस. इलियट को भी धुंध, धुंआ, कोहरा, और टावर का गिरना दिखा था, जिनका उल्लेख उनकी कविताओं में मिलता है।

मुक्तिबोध अंधेरी ताकतों से काफी विचलित और परेशान हैं। वे मानते हैं कि 'यह विचित्र क्षण है, सिर्फ है जादू, यद्यपि खोह में खूंटे बंधा हूँ, दैत्य हैं आसपास।' उन्हें लगता है कि इन प्रतिकूलताओं में 'आत्मा की पोशाक दीन व मैली' हो गई है। वह अंधेरे में बिजली के फूल बनाने की कोशिश करता है किंतु वह संतुष्ट नहीं है। उसके भीतर एक गहरा असंतोष है। यह असंतोष शब्दाभिव्यक्ति के अभाव का संकेत भी है। इसी चिंता के कारण उसके 'मस्तक-शिराओं में रात-दिन तनाव' रहता है। इस अंधेरे समय में, जहाँ उसे अपने पास दैत्य नजर

आ रहे हैं, उनसे लड़ने के लिए वह कहता है-

"अब अभिव्यक्ति के सारे खतरे
उठाने ही होंगे
तोड़ने ही होंगे मठ और गढ़ सब।
पहुँचना होगा दुर्गम पहाड़ों के उस पार
तब कहीं देखने मिलेंगी बांहें
जिसमें कि प्रतिपल कांपता रहता
अरुण कमल एक
ले जाने उसको धंसना ही होगा
झील के हिम-शीत सुनील जल में।" (अंधेरे में)

'अंधेरे में' की ये बहुचर्चित और बहुउद्धृत पंक्तियां हैं, जिनकी व्याख्या आलोचक और पाठक अपनी सुविधानुसार करते हैं। विशेष कर "तोड़ने ही होंगे मठ और गढ़ सब", इसे लेकर अधिक चर्चाएं होती हैं। मार्क्सवादी विचारक यहाँ मठ को मंदिर-मठों और गढ़ को सामंतवादी गढ़ों के रूप में मान-सोचकर उन्हें तोड़ने-ढहाने की बात पर गदगद हो लेते हैं। जबकि मैं मानता हूँ कि यह मठ और गढ़ अंधेरी रात में ताकतों की वैचारिक मठाधीशता का मठ और गढ़ है, जहाँ ऐसे विध्वंसक मठाधीशों का कब्जा है। इस रूप में अंधेरी ताकतों ने अपना अपने एक ताकतवर गढ़ बना लिए हैं जिसे भेदना कठिन है। हाँ, इन अंधेरी शक्तियों में सामंतवादी और शोषणकारी लोग शामिल हैं। यहाँ मठ और गढ़ उन नकारात्मक अंधेरी ताकतों का प्रतीक है जिसे ध्वस्त कर ही मानवीय समाज का सपना साकार हो सकता है।

एक बात मैं यहाँ जरूर कह दूँ कि जिन लोगों को मुक्तिबोध में कबीर की और कुछ हद तक निराला की क्रांतिधर्मी छवि दिखती है, और दिखना भी चाहिए। उन्हें मुक्तिबोध में आत्मा की दीनता को लेकर उसे समुन्नत करने की चिंता का भी आकलन करना चाहिए। इस कविता में जो अंधेरी ताकतें हैं, जो मठ और गढ़ हैं, उन्हें मिटा और हटाकर ही हम जीवन के सरोवर में अरुण कमल खिला देख सकते हैं। इन दुर्गम पहाड़ों और प्रतिकूलताओं के पार ही मिलेंगी वह बांहें जिसमें कांपता रहता है वह 'अरुण कमल एक' ।ये बाहें विराट पुरुष की बांहें हैं। इस लिए यहाँ यह 'अरुण कमल एक' विशिष्ट अर्थवाची है। यह सामान्य अरुण कमल नहीं है। यह वह सहस्त्र दल का कमल है जो कुटिल विचारों की गांठ खुलने और जीवन की अंधेरी संकीर्णताओं के नष्ट होने के बाद आत्मा की झील में खिलता है, मन के सरोवर में भी खिलता है। मन का सरोवर

ही मानसरोवर है। पुष्प रूप में यही मनुष्य का खिलना है। यही अरुण कमल है। यह एक विशिष्ट मानसिक दशा या स्थिति है। इस स्थिति को उपलब्ध होकर मनुष्य मानवीय, संवेदनशील और उदात्त बन जाता है। दुर्दांत राक्षसी चित्त वृतियों का मठ और गढ़ मनुष्य के भीतर ही नहीं है, समाज के मन के भीतर भी है। यही विस्तारित होकर संसार के व्यावहारिक जीवन में भी दिखता है। इन्हीं अंधेरी ताकतों के विरूद्ध संघर्ष इस कविता में गहराई से व्याप्त है। और इन्हीं अंधेरों को पार कर, इन्हीं दुर्गम पहाड़ों को पार कर अरुण कमल को पाने की बात कही गई है। साहित्य में इसी को कहते हैं विरुद्धों को साधना। कबीर भी जीवन के पाखंड से टकराते-जूझते हैं, लेकिन वे इस जूझ में ही अटके-भटके नहीं रह जाते। वे इन जटिलताओं को पार कर खुद को और मनुष्य जाति को उस स्थान पर पहुँचाना चाहते हैं जहाँ केवल प्रकाश है। इसलिए तो कबीर दास जी कहते हैं-

'जाप मरे, अजपा मरे, अरु अनहद मरि जाय।
सूरत समानी सबद में, काल ताहि ना खाय'।

इसी तरह निराला भी एक तरफ तो वह 'वह तोड़ती पत्थर' और 'जूही की कली' लिखते हैं तो दूसरी तरफ 'राम की शक्ति पूजा' में विश्राम पाते हैं। जब मुक्तिबोध अपने इन्हीं पूर्वजों की संघर्ष विरासत को आगे बढ़ा रहे हैं तो क्या उनमें केवल खुरदुरे यथार्थ का ही संघर्ष देखा जाना चाहिए? खैर...

इस कविता की एक खूबी यह भी है कि इसमें कवि अंधेरे के लिए दूसरों को ही जवाबदार नहीं मानता है। वह स्वयं की निष्क्रियता को भी बहुत हद तक जिम्मेदार मानता है। वह कहता है-

"मानो मेरे कारण ही लग गया
मार्शल लॉ वह
मानो मेरी निष्क्रिय संज्ञा ने संकट बुलाया
मानो मेरे कारण ही दुर्घट
हुई यह घटना।" (अंधेरे में)

इतना ही नहीं, वह स्वीकार करता है कि 'कमजोरियां सब मेरे संग हैं।' यह कमजोरी उसकी चाहे साहित्यिक जमात में पीछे रह जाने की हो या सामाजिक संघर्ष में सफल न होने की रही हो। परंतु सच्चाई यही रही है कि मुक्तिबोध इन्हीं कमजोरियों के ऊपर विजय हासिल करने के लिए आत्म संघर्ष से गुजरते हैं। वह कहते हैं-

"विचित्र अनुभव!!

जितना मैं लोगों की पांतों को पार कर
बढ़ता हूँ आगे,
उतना ही पीछे मैं रहता हूँ अकेला,
पश्चात-पद हूँ।" (अंधेरे में)

सामाजिक विषमताओं, विद्रूपताओं, षड्यंत्रों, चालाकियों एवं अंधेरों के बीच खुद को पिछड़ता हुआ देखकर भी वे आशान्वित लगते हैं। उन्हें अपने सपनों पर अटूट विश्वास है।

"सपनों की कोमल किरनें कि मानो
घनीभूत संघनित द्युतिमान्
शिलाओं में परिणत
ये सब दृढ़ीभूत कर्म शिलाएँ हैं
जिनसे कि सपनों की मूर्ति बनेगी
सस्मित सुखकर
जिसकी किरनें
ब्रह्मांड-भर में नापेंगी सब कुछ।.....
पूँजी से जुड़ा हुआ हृदय बदल नहीं सकता
स्वतंत्र व्यक्ति का वादी
छल नहीं सकता मुक्ति के मन को
जन को।" (अंधेरे में)

मुक्तिबोध की अस्मिता की खोज एवं उनके अभिव्यक्ति की तलाश में मुक्ति की कामना है। वे सामाजिक मुक्ति भी चाहते हैं और इसके साथ ही वैयक्तिक मुक्ति के लिए भी बेचैन है। इस लिए यह संघर्ष दोहरा है। लेकिन मुक्ति का सपना देखना और दिखाना जितना आसान है, क्या मुक्ति को पाना भी उतना ही आसान है? पूँजी से जुड़े हुए व्यक्ति शोषण और विषमता का शिकार हो रहे उन व्यक्ति समूहों को क्या मुक्ति देने के लिए तैयार हैं? क्या मुक्ति के लिए संघर्ष करने वाली ताकतें भी निष्काम भाव से मुक्ति चाहती हैं या पूँजी के दबाव-प्रलोभन में फंसकर दम तोड़ देती हैं? यह मुक्त भी अद्‌भुत चीज है, जो हमारे सपनों में तो आती है किंतु हमारे व्यवहारिक जीवन में नहीं आती है। वह केवल रीझाती है। समाज में शोषकों द्वारा शोषण एवं अन्याय का सिलसिला विविध रूपों में चलता रहता है।

इस कविता का आठवां और अंतिम भाग बहुत ही डरावना त्रासद और भयावह है। मुक्तिबोध कहते हैं-

"नगर से भयानक धुआं उठ रहा है
कहीं आग लग गयी, कहीं गोली चल गयी।
सड़कों पर मरा हुआ फैला है सुनसान, ...
पथरीले चेहरों के खाकी ये कसे ड्रेस
घूमते हैं यंत्रवत्, ...
कहीं आग लग गयी, कहीं गोली चल गयी!!" (अंधेरे में)

शमशेर बहादुर सिंह" चांद का मुंह टेढ़ा है" की भूमिका में लिखते हैं कि नागपुर में इंम्प्रेस मिल के मजदूरों पर जब गोली चली थी, तब मुक्तिबोध बतौर रिपोर्टर मौका-ए-वारदात पर मौजूद थे। घटनाओं के दौरान जो घायल हुए थे, जिन्हें चोटें लगी थीं, उनके शरीर से बहते हुए खून को उन्होंने अपनी आँखों से देखा था। यह एक स्थान विशेष की घटना होकर भी प्रतीकात्मक है, जो देश में यत्र-तत्र घट रही थीं और पुलिस यंत्रवत संचालित थी। नागपुर के इंम्प्रेस मिल में घटी इस अमानवीय बर्बर घटना ने मुक्तिबोध को भीतर तक हिला कर रख दिया था, जिसका प्रभाव हम इस कविता में देखते हैं। फेंटेसी और स्वप्न के माध्यम से इस कविता को बूनने वाले कवि को अंततः यह विवश होकर लिखना पड़ा-

"यह कथा नहीं है, यह सब सच है, हाँ भाई!
कहीं आग लग गयी, कहीं गोली चल गयी!!" (अंधेरे में)

अभी तक आत्म-संघर्ष, दर्द, दुःख, अभाव, गरीबी, मानसिक पीड़ा, अव्यवस्था, विषमता, असमानता, गैर-बराबरी और कुल मिलाकर एक घुप्प और संश्लिष्ट अंधेरे को मुक्तिबोध फैंटसी और स्वप्न के सहारे व्यक्त कर रहे थे किंतु उन्हें लगा कि यह माध्यम उन्हें बहुत समय तक गति नहीं दे सकते हैं। फलतः इनसे निकल कर वे यथार्थ की धरातल पर आते हैं और कहते हैं कि "यह कथा नहीं है, यह सब सच है।" जॉन कीट्स ने भी तो स्वीकार किया है-

"Adieu! the fancy can not cheat so well, As she is fam'd to do, deceiving elfs." मुक्तिबोध की रचना में फैंटेसी और स्वप्न नियोजन तकनीकी साधन की तरह रहे हैं, किंतु जब उन्हें लगा कि रक्त रंजित यथार्थ को इनके माध्यम से कहना उचित एवं कारगर नहीं है, कहीं लोग इन घटनाओं को महज स्वप्न कथा न मान लें, इसलिए वे यह कहने से भी नहीं चूके कि "यह कथा नहीं है, यह सब सच है।" इस रूप में मुक्तिबोध अपने ही सृजन साधनों को जरूरत पड़ने पर अतिक्रांत करने में भी संकोच नहीं करते थे। यही उनकी ताकत भी थी और यही उनकी कमजोरी भी रही है।

हम लम्बी कविताओं में पाते हैं कि इम्फेसिस देने के लिए कवि कुछ पंक्तियों को कई बार दुहराते हैं। जैसे टी.एस. इलियट अपनी कविता 'द वेस्टलैंड' में इस पंक्ति-'HURRY UP, PLEASE ITS TIME' को पांच बार दुहराता है। इसलिए कि यहाँ समय से होटल बंद करने की मजबूरी है, देर हो रही है। लेकिन मुक्तिबोध अपनी कविता 'अंधेरे में' में "कहीं आग लग गयी, कहीं गोली चल गयी" को एक-दो बार नहीं, बल्कि आठ बार दुहराते हैं। इस अराजक पुलिसिया समय में जहाँ शोषणकर्ताओं का दमन चक्र शासन की मिलीभगत से जारी है, वहाँ सामाजिक मुक्ति अगर असंभव नहीं है, तो आसान भी नहीं हैं। ऐसा अंधेरा मुक्तिबोध जैसे बेहद संवेदनशील कवि को बेचैन करने के लिए पर्याप्त है। इसलिए वह दुःस्वप्न देखता है, नींद में भी डर जाता है और बड़बड़ता है।

कवि मुक्तिबोध का एक्स-रे विजन अधिक संवेदनशील होने के कारण समय और समाज के रेशे-रेशे को गहराई से देखता पहचानता हैं। उनकी आँखों की झील में अक्सर अंधेरा तैरते हुए दिख जाता है, जबकि वे चाहते रहे कि प्रकाश का जीवनदायिनी कारवां धरती के गांव में भी दिखे। किन्तु उन सपनों और उम्मीदों को अपने जीते जी मूर्तिमान होते नहीं देख सके। यह क्षोभ अन्त तक उनके मन में बना रहा। जिस जरूरतमंद मनुष्य के लिए वे चिंतित थे, उनके दुःख दूर होने को कौन कहे, उन्हें प्रताड़ित किया जा रहा था। उन पर गोलियां दागी जा रही थीं। धरती और पीड़ित मनुष्य के पक्ष में जिन्हें कुछ करना और बोलना था, वे सब भी चुप थे।

"सब चुप, साहित्यिक चुप और कविजन निर्वाक्
चिंतक, शिल्पकार, नर्तक चुप हैं
उनके खयाल से यह सब गप है
मात्र किंवदन्ती।
रक्तपायी वर्ग से नाभिनाल-बद्ध ये सब लोग
नपुंसक-भोग-शिरा-जालों में उलझे।
प्रश्न की उथली सी पहचान
राह से अनजान
वाक् रुदन्ती।....
भव्याकार भवनों के विवरों में छिप गये
समाचार पत्रों के पतियों के मुख स्थूल।...
बौद्धिक वर्ग है क्रीतदास

किराए के विचारों का उद्भास।
बड़े-बड़े चेहरों पर स्याहियां पुत गयीं।
नपुंसक श्रद्धा
सड़क के नीचे की गटर में छिप गयी।"

(अंधेरे में)

यह जो चित्र और चरित्र सामाजिक दायित्वबोध से जुड़े हुए लोगों का तब था, जिनका बखूबी चित्रण मुक्तिबोध ने निर्भीकता पूर्वक किया है। कमोवेश वैसी ही दुर्दशापूर्ण स्थिति आज भी है, या यूँ कहें कि पहले से अधिक भयावह और चिंताजनक है। इस लिए मुक्तिबोध, एक कवि योद्धा के रूप में आज अधिकाधिक प्रासंगिक हो उठे हैं।

मुक्तिबोध का लेखन शौकिया नहीं रहा है, बल्कि वह अनिवार्य जरूरत की तरह रहा है। ऐसा उनकी बेचैनी से साफ जाहिर होता है। आज बहुत से लेखक जीवन में सारी सुख-सुविधाओं, वैभव का भोग करते हुए लेखन में संलग्न हैं। बड़े-बड़े प्रशासनिक पदों और ओहदों पर हैं।अपने पदीय आभामंडल के कारण वे साहित्याकाश को भी घेरे हुए हैं। जो सामाजिक संघर्ष में भूलकर भी कभी सक्रिय नहीं रहे, गरीबी के ताप को कभी नहीं सहे, फिर भी ऐसे फाइवस्टार-लेखक सर्वहारा वर्ग के हित की बात लिखते हैं। ऐसे चतुर लेखन से पहले भी कभी समाज का हित नहीं हुआ है और न ही भविष्य में ही होने वाला है। अशोक बाजपेयी और उन जैसे लोग भले ही साहित्याकाश को अपने जीते जी घेर लें और भले ही मुक्तिबोध जैसे लोग अपने जीवन काल में उपेक्षित कर दिये जायें। लेकिन काल पुरुष तो उन्हें ही सम्मानित और प्रासंगिक बनाता है जिनमें लेखकीय ईमानदारी होती है, जिनमें सामाजिक मुक्ति की भावना हिलोरें लेती हैं। समय को अधिक समय तक न तो कोई प्रभावित कर सकता है और न ही कोई उसे लम्बे समय तक चकमा दे सकता है। इस संदर्भ में हम पाते हैं कि मुक्तिबोध के रचना संसार में साहित्यिक दायित्व बोध के साथ सामाजिक परिवर्तन के भाव ईमानदारी से समाहित हैं। 'अंधेरे में' मुक्तिबोध की काव्य चेतना का जीवंत और ज्वलंत दस्तावेज है। संभवत: अपनी इसी कविता के बारे में मुक्तिबोध ने 'एक साहित्यिक की डायरी' में संग्रहित लेख 'एक लम्बी कविता का अन्त' में लिखा है-" मैंने एक काव्य कथा लिख दी। नि:संदेह उसमें कथा का केवल आभास है, नाटकीयता की केवल मरीचिका है। वह विशुद्ध आत्मगत काव्य है और उसके काव्य के रंग सांवले हैं, बिल्कुल सांवले! भय, आतंक, अनिश्चय, कुतूहल और समाधान, घबराहट और दुश्चिंता उसमें झलक

उठते हैं। वह असल में एक एलिगरी है, एक रूपक है।... गद्य में यह रूपक एक सिलसिले से सामने आता है, लेकिन कविता में यह सिलसिला टूट जाता है, उसी तरह जैसे स्वप्न के भीतर स्वप्न आते हों-उलट-पुलट होकर। कविता में मैंने उस उलट-उलटपन का निर्वाह करने का प्रयत्न किया है।" यह अलग बात है कि 'अंधेरे में' की एलिगरी माडर्न आर्ट की तरह बेहद संश्लिष्ट, अस्पष्ट और उलझाऊ है। इसकी एलिगरी जॉन ड्रायडेन के काव्य, 'अप्सलम और एचिटोफेल' की तरह नहीं है।

इस दस्तावेजी कविता से यह बात तो स्पष्ट है कि इसमें कवि का आत्म-सत्य समय के सामाजिक सत्य में तब्दील होता है। फैंटसी और स्वप्न के माध्यम से मुक्तिबोध ने अपने त्रासद समय के अकथनीय को भी कथनीय बना दिया है। कवि का आत्म संघर्ष और मनुष्य का सामाजिक संघर्ष दोनों की अभिव्यक्ति कविता की सार्थकता का सूचक है। आलोचक विजय बहादुर सिंह का कहना है कि 'यह सुस्पष्ट करने की जरूरत नहीं है कि कवि-सत्य वस्तुतः उसके अनुभवों की विरलता और सच्चाई का ही दूसरा नाम है। मुक्तिबोध ने इस सच्चाई को गहरे वैचारिक आत्म मंथन और उलझनपूर्ण जटिल कल्पनाओं के बीहड़ और भयावाने काव्य-जगत में बसा कर अपने पाठकों के सामने एक उत्तेजक चुनौती रख दी है।'

वस्तुतः मुक्तिबोध अपने समय की जिन सच्चाईयों को निर्भीकता पूर्वक इस कविता में उल्लेख करते हैं। वह सच और तीखे एवं डरावने रूप में आज भी जन जीवन में उपस्थित है।शायद तभी प्रो. धनंजय वर्मा जी कहते हैं-" ' अंधेरे में' की स्थितियाँ परिस्थितियाँ तो आज भी मौजूद हैं-वही सवाल, वही संत्रास और सत्ता और तंत्र का वही आतंक, वही सेंसर, जन क्रांति के हर मुमकिन उभार का वैसा ही दमन, वही फासिस्ट खतरे और उनकी मौजूदगी में समकालीन बुद्धिजीवियों का वही ठंडा मौन...।"

यकीनन, सकारात्मक परिवर्तन के उम्मीदों के बीच भी स्थितियाँ-परिस्थितियाँ अद्यतन जस की तस बनी हुई हैं। जिन प्रश्नों को साहित्य में पहले कलात्मक ढंग से उठाया जाता था, वे प्रश्न अब अधिक मुखर और सीधे-सीधे उठाए जाने लगे हैं। इसलिए साहित्य में संघर्ष और तनाव की प्रमुखता है। कभी-कभी तो ऐसा लगता है कि साहित्य जीवन के खुरदुरे यथार्थ में गहराई से जुड़ जाने के कारण अपनी साहित्यिक गरिमा ही खो देता है। ऐसा होना खास किस्म की विचारधारा के प्रभाव के कारण घटित होता है। आज का लेखन संघर्ष का लेखन इसलिए भी बन गया है क्योंकि विचारधारा की लड़ाई इसमें अहम् भूमिका निभा

रही है। अब अधिकांश लेखक अपनी-अपनी विचारधारा के पक्ष में लिख रहे हैं। फलतः साहित्य में कलात्मकता के स्थान पर आंदोलन धर्मिता अधिक क्रियाशील है। भविष्य के लेखन में कुछ अपवाद को छोड़कर इसी तरह के खुरदुरे यथार्थ और सामाजिक संघर्ष के नाम पर जाति, भाषा, क्षेत्र, लिंग और धर्म के वर्णन-चित्रण की संभावना प्रबल लगती है। ऐसे लेखन को ही आजकल जन हितैषी और प्रतिबद्ध लेखन माना जाता है। इस कसौटी पर मुक्तिबोध एक खास विचारधारा के लिए खरे उतरते से लगते हैं।

मुक्तिबोध का आत्म-संघर्ष और रचनात्मक द्वंद अज्ञेय, नरेश मेहता और निर्मल वर्मा के द्वंद से भिन्न है। यहाँ मैं किसी विचारधारा के कवि की बात नहीं कर रहा हूँ। अक्सर बड़ा साहित्यकार प्रतिकों और संकेतों के माध्यम से जीवन के यथार्थ को रेखांकित करता है। वह सतही यथार्थ के अंधेरे में ही उलझ भटक नहीं जाता है, वह अति यथार्थ की ओर भी संकेत करता है और इसी से साहित्य की जीवन्तता फलीभूत होती है। मेरा मानना है कि जीवन्त लेखक यथार्थ के गोपन और गोपन के यथार्थ के लिए सदैव संघर्षशील रहता है, जब कि किसी खास विचारधारा से जुड़कर लिखने वाला लेखक एकांगिकता के चलते व्यापक जीवन मूल्यों को न समेट पाने के कारण समय के प्रवाह में कमजोर पड़ जाता है। आचार्य रामचंद्र शुक्ल के बाद हम पाते हैं कि प्रो. रामविलास शर्मा और प्रो. नामवर सिंह की आलोचना दृष्टि पूर्णतः मार्क्सवादी रही है। इसलिए ये और इनके स्कूल से जुड़े आलोचकों ने अपने विचार के अनुकूल मार्क्स की यथार्थवादी संघर्षशीलता को विकसित करने में कोई कोर कसर नहीं छोड़ी। फल स्वरुप सामाजिक संघर्ष चेतना के सूत्र इस स्कूल ने खोजना शुरू किये और इसलिए मुक्तिबोध, धूमिल और पाश जैसे कवि इनकी वैचारिकी के करीब लगे। इतना ही नहीं, इस स्कूल ने राष्ट्रीय चेतना और भक्ति भावना से जुड़े कवियों में भी यथार्थवादी सामाजिक संघर्ष के चिन्ह खोज निकाले। इसी को कहते हैं वैचारिक आलोचना और साहित्य का पुनर्पाठ। इस दृष्टि से भी वैचारिक आलोचना और आलोचना के संदर्भ में मुक्तिबोध को ठीक से समझने की जरूरत है। किसी विचारधारा द्वारा दी गई आँख से नहीं, बल्कि अपनी वैज्ञानिक, मानवीय और संवेदनशील आँख से मुक्तिबोध को पढ़ने-समझने की आवश्यकता है। मुक्तिबोध किसी वैचारिक घेरे के कवि बिल्कुल नहीं हैं, बल्कि वे समावेशी यथार्थ के शिल्पी हैं, जिनमें वाह्य और अभ्यंतर की दोहरी अग्निधर्मी खोज विद्यमान है, वे समग्र यथार्थ के विरल कवि हैं।

'अंधेरे में' मुक्तिबोध की काव्यात्मकता का सार है, इसमें "मैं" और "वह"

के बीच जो द्वंद, संघर्ष और सहकार है, वह खास किस्म का है। 'मैं' का संघर्ष विलीन होकर अंत में 'वह' बन जाना चाहता है, या यूँ कहें कि इस संघर्ष के ताप से तापित कविता में 'मैं' के माध्यम से 'वह' की खोज है। मुक्तिबोध मानते हैं कि जिस वह को वे पाना चाहते हैं वह कोई और नहीं बल्कि-

"अनोखी निज-समृद्धि का वह परम-उत्कर्ष,
परम अभिव्यक्ति... ।
मैं उसका शिष्य हूँ
वह मेरा गुरु है
गुरु है!! (अंधेरे में)

उसी परम अभिव्यक्ति को मुक्तिबोध पाना चाहते हैं, उसका शिष्यत्व ग्रहण करना चाहते हैं। उसी को पाकर ही मुक्ति के द्वार खुलेंगे, जीवन उल्लास और समरसता से भर जाएगा। लेकिन उस परम अभिव्यक्ति को पाना क्या इतना आसान है? उसी को पाने का संघर्ष 'अंधेरे में' का प्राण तत्व है, उसी को पाने के लिए मुक्तिबोध हर गली, हर सड़क, हर एक चेहरा, प्रत्येक गतिविधि, प्रत्येक चरित्र, हर एक आत्मा का इतिहास, हर एक देश व राजनैतिक परिस्थिति भर को ही नहीं देखना चाहते हैं बल्कि प्रत्येक मानवीय स्वानुभूत आदर्श और विवेक-प्रकिया क्रियागत परिणति को भी झांक-झांक कर देखना चाहते हैं। उसका विश्वास है कि उस एक को पा लेने से सब कुछ मिल जाता है-व्यक्तिगत और सामाजिक मुक्ति दोनों ही। इसलिए हमारे समय के बेहद जीवन्त और बेचैन कवि मुक्तिबोध कविता के अन्त में लिखते हैं-

"खोजता हूँ पठार... पहाड़... समुन्दर
जहाँ मिल सके मुझे
मेरी वह खोई हुई
परम अभिव्यक्ति अनिवार
आत्मसंभवा।" (अंधेरे में)

ऐसे चेतना संपन्न जीवन धर्मी कवि को कोई किसी खास विचारधारा के चश्मे से देखता हो तो देखे। आखिर हम लोकतांत्रिक जो ठहरे। मुक्तिबोध के काव्य-सुगंध को अपने-अपने डिबिया में भरने और सहेजने का सबको अधिकार है। यही कवि और काव्य की मुक्ति एवं काव्यात्मक जीवन्तता का सफल सुफल है।

अध्याय-6

कवि केदारनाथ और 'बाघ'

केदारनाथ सिंह हिंदी के मूल्यवान कवि हैं। अपनी मौलिक काव्य दृष्टि के द्वारा वे हिंदी कविता में एक नया और विशिष्ट आयाम जोड़ने में सफल रहे हैं। वे मूलतः कवि हैं, किन्तु सजग और सर्जनात्मक कवि के नाते वे आलोचक भी हैं। वे वैसे आलोचक नहीं हैं, जैसे कि आचार्य रामचंद्र शुक्ल, डॉ. रामविलास शर्मा या कि नामवर सिंह हैं। बल्कि वे कवि-आलोचक हैं, जैसे अज्ञेय, मुक्तिबोध, नरेश मेहता, अशोक बाजपेयी आदि। यह अच्छी बात रही है कि कवि की आलोचक दृष्टि उसकी कविता दृष्टि को स्पष्ट करने का माध्यम रही है, भले ही वह कालांतर में आलोचना संपदा बन गयी हो। विलियम वर्ड्सवर्थ ने भी तो अपनी शुरुआती कविताओं को, उसके उद्देश्य और निहितार्थ को स्पष्ट करने के लिए 'लिरिकल बैलेड' में एक लंबी भूमिका लिखी जो आगे चलकर उन्हें आलोचक की गरिमा भी प्रदान कर दी। इसी तरह हमारे कवि केदारनाथ सिंह की आलोचना भी है।

बलिया जनपद के चकिया गांव में केदारनाथ सिंह का जन्म 07 जुलाई 1934 को एक किसान परिवार में हुआ। गंगा और सरयू (घाघरा) का कछार, इन नदियों का कल-कल बहना, इन बहावों के बीच रेत का असीम विस्तार और इन्हीं के आस-पास उमगता-फैलता समावेशी जीवन भाव कवि केदारनाथ सिंह की साहित्यिक यात्रा में अन्त तक शामिल रहे हैं। केदारनाथ जी श्री भोला सिंह के इकलौते पुत्र श्री डोमा सिंह के इकलौते पुत्र थे। और संयोग कुछ इस तरह का कि केदारनाथ सिंह के इकलौते पुत्र सुनील कुमार सिंह हैं। पहले जल्दी शादी का रिवाज था। केदारनाथ सिंह जब सातवीं कक्षा में थे, तब उनकी शादी तारा से हुई, लेकिन शादी के दो माह के भीतर ही पहली पत्नी तारा की अकाल मृत्यु हो जाने के कारण इनका दूसरा विवाह शिवकली जी के साथ हुआ। वह छपरा जिले के एकमा गांव की थीं। लेकिन केदार जी की दूसरी पत्नी शिवकली जी

की मृत्यु भी पडरौना निवास के दौरान 1976 में कैंसर जैसे घातक रोग से हो गयी। इस तरह, 42-43 की उम्र में केदार जी विधुर हो गए। पांच पुत्रियों और एक पुत्र के पिता केदारनाथ सिंह को यह पहाड़ सा दुःख, उनका यह अकेलापन मांजता-गढ़ता रहा है। इस कवि के जीवन में जो खास किस्म की गहराई और अर्थवत्ता है, इसके पीछे इस दुःख का विशेष योग सहज ही महसूस होता है। 'वियोगी होगा पहला कवि, आह से उपजा होगा गान, निकल कर आँखों से चुपचाप, बही होगी कविता अनजान', क्या ये पंक्तियाँ सचमुच जीवन्त कवि की विशेषता हैं? समय, समाज और जीवन को देखने-समझने का जो विशिष्ट बोध उनके लेखन में है, वह क्या दुःख और वियोग से छन कर परिपुष्ट न हुआ होगा? उनके कविता-जीवन में आस्था, जुड़ाव, प्रेम, करूणा, अपनत्व और साहचर्य की सुगंधि वियोग की ही सर्जनात्मक प्रतिक्रिया का प्रतिफल जान पड़ता है। शायद यही कारण है कि केदारनाथ सिंह के जीवन और रचनाओं में सतह का शोर और जागतिक संघर्ष कम है। गंभीर जीवन बोध और अनुभव की परिपक्वता कवि की कविताओं में लयबद्ध हैं।

जीवन की यह लयबद्धता सुख-दुख के मेल से बनी है, जिसमें वियोग और अकेलेपन का अनुपात अधिक है। केदारनाथ सिंह के जीवन में एक खास किस्म के खालीपन के बावजूद साहित्यिक संपन्नता है। यह संपन्नता बेटी निर्मला और संध्या की शादी से और अधिक संपन्न हुई है। ज्ञात हो कि बेटी निर्मला का विवाह डॉ. नामवर सिंह के पुत्र विजय प्रकाश सिंह के साथ एवं संध्या सिंह का विवाह डॉक्टर बच्चन सिंह के बेटे राजीव सिंह के साथ संपन्न हुआ। संयोग से केदारनाथ सिंह के दोनों समधि नामवर सिंह और बच्चन सिंह की स्वीकृति हिंदी के प्रतिष्ठित साहित्यकार के रूप में हैं। यह सम्बन्ध केदारनाथ सिंह के लिए यकीनी तौर पर शुभकर रहा है।

केदारनाथ सिंह के साहित्यिक जीवन में पारिवारिक संबंधों की भूमिका तो अहम थी ही, साथ ही अध्ययन के दौरान मिले साहित्यिक वातावरण ने उन्हें सकारात्मक और रचनात्मक गति दी। अद्‌भुत प्रतिभा के धनी अध्यापक श्री मार्कण्डेय सिंह, संस्कृत के शिक्षक श्री विजय शंकर मिश्र, अंग्रेजी के अध्यापक चंद्रबली सिंह तथा उदय प्रताप कॉलेज के तत्कालीन प्राचार्य श्री जे. पी.सिंह का बौद्धिक योग केदारनाथ सिंह के साहित्यिक निर्माण में क्रियात्मक रूप में शामिल है। वहीं त्रिलोचन जी को वे अपना काव्य गुरु ही मानते हैं। उदय प्रताप कॉलेज में त्रिलोचन जी से बढ़ी निकटता के बारे में केदार जी लिखते हैं, "यही वह समय था जब मैं गीतों से हटकर मुक्त छंद की अपनी पहली कविता लिखी थी,

जिसे पहली बार त्रिलोचन जी को ही सुनाया। उस कविता पर उनसे पहली बार दाद मिली और साथ ही कुछ सुझाव भी। मेरे लिए उनके वे प्रारंभिक सुझाव उस समय तो उपयोगी थे ही, बाद के जीवन में भी मैं निरंतर आलोक पाता रहा हूँ। यहीं से त्रिलोचन जी लगभग मेरे काव्य गुरु बन गये।" इतना ही नहीं उदय प्रताप कॉलेज और वहाँ के साहित्यिक वातावरण के एहसान को वे इस रूप में व्यक्त करते हैं,

"उदय प्रताप कॉलेज का बहुत बड़ा ऋण मेरे जैसे शिक्षार्थियों के ऊपर हमेशा रहेगा। मुझे यह कहने में कोई संकोच नहीं कि इस विद्यालय द्वारा साहित्यिक बोध की जो बुनियादी जमीन और उसको उर्वर बनाने वाली खाद न मिली होती तो साहित्य में जो थोड़ा-बहुत कर सका हूँ या जो अभी कर रहा हूँ, वह शायद संभव न होता।"

दिल्ली भले ही आज भारत की राजधानी है, किंतु काशी प्राचीन समय से ही भारत भूमि की संस्कारधानी रही है। यह मनुष्य निर्माण का केंद्र है। यहाँ आत्मा और मनुष्य मन को साधने की क्रिया चलती है। इसी के सहारे आत्मा का प्रकाश जीवन के पोर-पोर में पहुँचता है। यह सौभाग्य की बात है कि केदार जी का साहित्यिक जीवन काशी की गोद में पल-बढ़कर विकसित हुआ है। केदारनाथ सिंह 'तीसरा सप्तक' के अपने वक्तव्य में लिखते हैं, "नई कविता से मेरा परिचय 'तार सप्तक' के माध्यम से हुआ था। तब बनारस की कई गोष्ठियों में शंभुनाथ सिंह के गीतों की गूँज थी। त्रिलोचन शास्त्री की रचनाएँ कम समझी जाती थीं। नामवर सिंह लिखते थे पर कम-कम। मेरी आरंभिक कविताओं पर इन सब का असर था।.... 'तार सप्तक' के बाद मैंने अज्ञेय का 'इत्यलम' और गिरजा कुमार माथुर का 'नाश और निर्माण' पढ़ा। मेरे भीतर नई कविता की भूमि धीरे-धीरे उभरने लगी। विश्वविद्यालय-जीवन में प्रवेश करने पर मेरा रुझान बंगला की ओर हुआ और रविंद्र नाथ के गीतों ने मुझे बहुत प्रभावित किया। फिर धीरे-धीरे अंग्रेजी की आधुनिक कविता का संदर्भ भी मेरे निकट खुलने लगा और उसके माध्यम से कुछ अन्य भाषाओं की कविताओं से परिचय हुआ। आज यहाँ आकर मन टिक गया है जहाँ से कालिदास और बॉदलेयर, निराला, आडेन, डायलन थॉमस और जीवनानंद दास समान रूप से प्रिय लगते हैं। जीवनानंद दास की 'वनलता सेन' की इमेजरी एक 'दृश्य गंधमय में निर्झर कांतार' की तरह लगती है, जिसकी विराटता की छाप मेरे मन पर बहुत गहरी है।"

यह भेद किसी से छुपा हुआ नहीं है कि काशी का अस्सी घाट और अस्सी चौराहा बनारस में साहित्यकारों का जमघट स्थल रहा है। इसी अस्सी घाट का

और यहाँ की साहित्यिक और गैर साहित्यिक चर्चाओं का उल्लेख प्रोसेसर काशीनाथ सिंह अपने बेहद चर्चित उपन्यास 'काशी का अस्सी' में करते हैं, और यही अस्सी का क्षेत्र कवि केदारनाथ सिंह को भी रचने-गढ़ने और खुलने में सहायक रहा है। त्रिलोचन शास्त्री, शंभुनाथ सिंह, विष्णु चंद शर्मा, शिव प्रसाद सिंह, नामवर सिंह, राम दरश मिश्र, विद्यासागर नौटियाल, चंद्रबली सिंह, विजय मोहन सिंह, शालिग्राम शुक्ल आदि साहित्यकारों का आना-जाना यहाँ बना रहता था जिनसे केदारनाथ सिंह का भी मिलना जुलना और साहित्यिक चर्चाएं होती थी। हाँ, किसी से कम किसी से अधिक। साहित्यिक चर्चाओं के केंद्र में हिंदी साहित्य तो हुआ ही करता था, साथ ही काफ्का, सार्त्र और कामू जैसे पाश्चात्य के चर्चित विचारक भी चर्चाओं के केंद्र में होते थे।

इतना ही नहीं, आचार्य हजारी प्रसाद द्विवेदी, अज्ञेय, श्रीकान्त वर्मा, विश्वनाथ प्रसाद तिवारी, परमानंद श्रीवास्तव और अशोक बाजपेयी के संग-साथ से भी इनकी सम्वेदनशीलता अधिक मानवीय, व्यापक और लोकोन्मुख हुई होगी, इससे इंकार नहीं किया जा सकता है। इसके साथ ही नेरूदा, रिल्के, बॉदलेयर, एजरा पाउंड, चेखव, इलियट, टेड ह्यूज, सिल्विया प्लाथ, इमिली डिकिंसन, लार्किन, दोस्तोव्स्की, मिलोज, शिंवोस्का आदि रचनाकारों के अध्ययन-प्रभाव से उनकी साहित्यिक दृष्टि समावेशी, गंभीर और जीवंत हुई होगी। कुल मिलाकर केदार जी के साहित्य और जीवनानुभवों को मूल्यवान बनाने में इन लोगों के सम्बध, सम्पर्क और ज्ञान सम्पदा का योगदान रहा है। संस्कृत साहित्य में भी उनकी गहरी रुचि रही है। कालिदास और बाणभट्ट उन्हें विशेष रूप से पसंद रहे हैं। केदारनाथ सिंह का कहना है, "यदि सिर्फ हिंदी की बात करूं तो जिस कवि के पास बार-बार निकट जाना चाहता हूँ वो निराला हैं, प्रसाद हैं। उनमें भावबोध की गहनता है।" वहीं उर्दू के बेहद संजीदा कलमकार ग़ालिब उन्हें आकर्षित करते रहे हैं। वे लिखते हैं, "ग़ालिब के शेर का आकर्षण बहुत खींचता है। मैंने हिंदी के माध्यम से उर्दू पढ़ी। ग़ालिब में अनुभूतियों की गहराई है। ग़ालिब को मैं भारत का पहला आधुनिक कवि मानता हूँ ।"

देश-विदेश के जाने-माने विचारकों और कवियों का प्रभाव प्रत्यक्ष-अप्रत्यक्ष रूप से केदार जी की अर्थवत्ता में सहायक तो रहा ही है। किंतु उनके गांव चकिया, वहाँ का परिवेश और वातावरण उन्हें गहराई तक प्रभावित किया है। चकिया के पास ही लोकनायक जयप्रकाश नारायण का भी गांव है। कहते हैं कि जयप्रकाश जी से आंदोलन के सिलसिले में मिलने उनके पिता जाया करते थे और साथ में केदार जी को भी ले जाते थे। यकीनन केदार जी के व्यक्तित्व पर

जयप्रकाश नारायण के विचारों की छाप अवश्य पड़ी होगी। परमानंद श्रीवास्तव अपने लेख 'केदार के साथ बीते कुछ दिन' में लिखते हैं, "दुनिया भर के महत्वपूर्ण कवियों को पढ़ते हुए वह अपनी पसंद का कवि बदलते रहते। कभी डायलन थॉमस कभी वैलेस स्टीवेंस कभी ब्रेख्त। लेकिन उनके भीतर का किसानी स्वभाव तब भी स्थगित नहीं था।"

दुनिया को शब्दों की रोशनी में देखते हुए भी केदार जी का मन कभी चकिया गांव की सोंधी सुगंध से, उसकी कर्मठता और सादगी से विमुख नहीं हुआ। जैसे 'उड़ जहाज को पंछी फिर जहाज पर आवे', की तरह केदार जी का कवि पंछी रहा है। वे भले दिल्ली की चकाचौंध और साहित्यिक हलचलों के बीच रहे हों, किंतु उनका मन बार-बार गांव की ओर लौटता रहा है, लौटता रहा है जीवन-जड़ों की ओर। इस लिहाज से केदारनाथ सिंह एक खास किस्म की पारस्परिकता और समावेशिता के कवि हैं। उनकी कविताओं में शहर की चकाचौंध, आपाधापी, जुगत-जुगाड़ के बीच भीतर तक रेंगता हुआ एकाकीपन है, तो वहीं दूसरी ओर उनकी कविताओं में गांव अपनी संपूर्णता में भी उपस्थित है। वहाँ के खेत-खलिहान, सीवान, किसान, मजदूर, पशु-पक्षी, वहाँ की मिट्टी, पेड़-पालो, हवा-पानी, सबके सब पूरी शिद्दत के साथ चित्रित किए गए हैं। शहर और गांव के बीच आत्मिक आवाजाही कवि केदार जी की कविताओं की पहचान है, केदारनाथ सिंह का रचनात्मक फलक इस रूप में व्यापक, गहरा और सामंजस्यपूर्ण है।

केदारनाथ सिंह का कवि व्यक्तित्व महानगर और गांव के बीच सेतु की तरह है। यही समन्विता उनकी प्रसिद्धि और जीवंतता का कारक और कारण है। दोनों के प्रति सहृदयता उनके कवि को संपन्न और विराट बनाता है। शायद यही कारण रहा है कि केदारनाथ सिंह किसी खास वैचारिकी के पुरजोर प्रशंसक कभी नहीं रहे जैसा कि नामवर सिंह रहे। केदारनाथ सिंह के कविता की धारा बरसाती जल की पंकिल धारा नहीं है, अपितु वह थिराये जल का सतत प्रवाह है, जिसमें जीवन अनुभव की संजीवनी है जो इस रेतिल समय में मनुष्य जाति के लिए उम्मीद और आस्था का संचार करती है। मनुष्य को बेहतर मनुष्य बनाये रखने में मदद करती है।

यह कुछ हद तक सच है कि वैचारिकता की द्वंद्वात्मकता मनुष्य के विकास में सहायक होती है, बशर्ते इस द्वंद्वात्मकता का उद्देश्य समावेशी मूल्यों का सृजन करना हो। यदि कोई भी वैचारिकी अपनी मुर्गी की एक टांग की ही प्रशंसक हो तथा मनुष्य जाति के विभाजन की भूमिका तैयार करने में सुख मानती हो,

तब वह चाहे दक्षिण पंथ हो या वाम पंथ, उसे विनाशकारी कहने और मानने से मुझे परहेज नहीं है। आज के इस साहित्य समय में द्वंदात्मकता ईर्ष्यालु और पूर्वाग्रही ही हो गई है, इसलिए घातक है। अंधेरे से लड़ने के सारे प्रयास संसद से सड़क तक झूठ और बेमानी हो चले हैं। तभी न, अंधेरे का उन्मादी एवं मूल्यहीन समाज आये दिन विस्तारित है। अवसर और लाभ के लिए लोग पाला बदल रहे हैं। ऐसे समय में सच्चे कवि और कविता की प्रासंगिकता स्वयं बढ़ जाती है।

मेरी दृष्टि में सच्चा एवं मूल्यवान कवि वही है जो मनुष्यता और सामाजिक पारस्परिकता को बचाने के लिए संघर्ष करता है।किसी खास वैचारिकी से बंध कर भी उस खास वैचारिकी को अतिक्रांत और विखंडित करता है।वह निर्मोही केवल और केवल प्रकाश की आराधना करता है। केदारनाथ सिंह की कविताएँ समावेशी जीवन मूल्यों को बचाने और सहेजने की कविताएँ हैं, उनकी कविताओं को पढ़ने का मतलब है जीवन के उस पाठ को पढ़ना, उस प्रगतिशीलता से परिचित होना है, जहाँ जिंदगी अपने विविध रंगों-स्वरों के बावजूद धन्यवाद और प्रेमभाव से भरी हुई है, जिन्हें स्वीकारते हुए सहज भाव से रोशनी के हित में संघर्ष करते हुए आगे बढ़ना है।

केदारनाथ सिंह जी के जीवन में चकिया, बनारस, पडरौना, गोरखपुर और दिल्ली का विशेष महत्व है। प्राथमिक शिक्षा को छोड़कर उनकी पूरी शिक्षा बनारस में ही हुई। बनारस के बौद्धिक और आध्यात्मिक आबोहवा का असर उनकी रचनाओं में दिखता है। उनकी रचनाओं में जो मानवीयता और करुणा है, उन पर गौतम बुद्ध का प्रभाव सहज ही परिलक्षित होता है। बनारस में रहते हुए सारनाथ के प्रभाव से कोई सहृदय प्रभावित न हो, यह भला कैसे हो सकता है। फिर इसके बाद कुशीनगर से कुछ दूर पर स्थित पडरौना के सामाजिक और बौद्धिक वातावरण में बुद्ध के परोक्ष प्रभाव को नकारा नहीं जा सकता है। केदारनाथ सिंह कहते हैं, "मेरे एक चाचा वर्मा में रह चुके थे। मैं उनसे महाभारत की कहानियां सुना करता था। उन्हें सारा महाभारत कंठस्थ था। वे वर्मा की कहानी भी सुनाते थे। मैं उनसे अंग्रेजी भी पढ़ता था। उन्होंने ही बताया था कि हम गौतम क्षत्रिय होने के नाते बुद्ध के वंशज हैं। हमारे परिवार में यह विश्वास है कि हमारा खानदान गौतम बुद्ध से जुड़ा है। यह गलत हो तो भी भीतर बैठा हुआ है।" वे यह भी स्वीकारते हैं, "शुरू में दिल्ली जाने से मुझे डर लगता था। मैं एक छोटे से कस्बे के कॉलेज में पढ़ाता था। गोरखपुर के पास पडरौना नाम का शहर है। बुद्ध के आकर्षण से ही वहाँ रहा होऊँगा। 1967 में भी दिल्ली जाने

का मौका मिला था। तब खालसा कॉलेज केकवि प्रोफेसर हरभजन सिंह हिंदी विभाग में थे। हिंदी विभाग में ही मुझे प्रवक्ता के रूप में निमंत्रण मिला था। पर उस समय मैं नहीं आया।" इन सब के बावजूद 1976 में वे दिल्ली चले गये, जे एन यू में प्रोफेसर होकर।

इतिहास साक्षी है कि मनुष्य परिवेश और परिस्थितियों के अधीन है। चेतना संपन्न होने के बावजूद भी वह इनसे पूर्णतः मुक्त नहीं हो सका है। बनारस और पडरौना के वातावरण में जहाँ उनमें सादगी, प्रेम और करुणा का संचार हुआ होगा तो वहीं दूसरी ओर दिल्ली के महानगरीय परिवेश में हृदयहीनता, चतुराई, एकाकीपन एवं जिंदगी के व्यापारीकरण के अनुभवों से गुजरना पड़ा होगा। कुल मिलाकर, पूर्णता का अनुभव-आत्मा की सुगंधि और जीवन के सतही खुरदरेपन का गहरा एहसास। इन दोनों से गुजर कर वे जीवन के सच को पा सके, जीवन की अर्थवत्ता को समझ सके।

केदारनाथ सिंह के रचना संसार में गांव और शहर के बीच ही सिर्फ आवाजाही नहीं है, उसमें गहरे अर्थों में यथार्थ और आध्यात्मिकता के बीच भी मेल-मिलाप है। उनकी रचनाओं में जो संजीदगी और जीवंतता है, वह यथार्थ की यथार्थता के कारण ही नहीं है बल्कि आत्मा की पवित्रता के कारण भी है। विचार और आत्मा की पवित्रता के कारण ही उनके शब्द संसार में जादुई आकर्षण एवं स्वाभाविकता है। यथार्थ की धरातल पर खड़े होकर भी केदारनाथ सिंह "ऊंचाई" नामक कविता में जीवन के परम सत्य को उद्घाटित करते हैं-

"मैं वहाँ पहुँचा
और डर गया
मेरे शहर के लोगों
यह कितना भयानक है
कि शहर की सारी सीढ़ियां मिलकर
जिस महान ऊंचाई तक जाती हैं
वहाँ कोई नहीं रहता! "

यकीनन संघर्षशील शहरी सच्चाई के बीच जिस जागतिक यथार्थ को कवि सहज रूप में चित्रित करता है उसमें जीवन के एलिनेशन और नथिंगनेस के भाव ही क्रियाशील हैं। यही जीवन की रियल रियलिटी है और यही दार्शनिक भावबोध भी है।

कामेश्वर प्रसाद सिंह भी केदारनाथ सिंह के इसी गहरे भारतीय जीवन बोध के कायल हैं। वे मानते हैं, "उनकी कविता में सुदीर्घ भारतीय जीवन बोध अपनी

समकालीन विडंबनाओं के बहु स्तरीय वेधक आवेग के साथ विश्वसनीय स्वरूप में जीवंत हो उठता है। उनकी कविता मनुष्य के अथक संघर्ष चेतना की अभ्यर्थना की कविता है। उनकी कविता जीवन की समस्त विद्रूपताओं के बीच भी जिंदगी की मुस्कुराने की अदम्य लालसा के स्तवन की कविता है। वह समग्र जीवन के सत्य के उद्घाटन में गहन आस्था रखने वाले अन्यतम कवि हैं। जीवन के प्रति गहरा राग बोध की अक्षय पूँजी उनके काव्य ऐश्वर्य को दुर्निवार आकर्षण से संपन्न बनाती है। यह राग बोध उन्हें अत्यंत सूक्ष्म और सुकुमार संवेदना से उपलब्ध हुआ है।" जैसा कि हम देख और महसूस रहे हैं कि अंधेरी ताकतें पूरे जोर-शोर से जीवन के केंद्र में उत्सव मना रही हैं। लुसिफर और उसके सहयोगी डॉक्टर फास्टस की आत्मा को महज सांसारिक सुखों और प्रशंसाओं के बदले खरीदने में सफल हो रहे हैं। यह कठिन और बेहद चुनौती पूर्ण समय है। जहाँ सतही सुख-सुविधाओं और सफलताओं को ही जीवन का परम ध्येय और लक्ष्य मान लिया गया है, जहाँ मनुष्यता और आत्मा के उजास को बढ़ाने वाली संवेदनाएँ हाशिये पर धकेल दी गई हैं। ऐसी भयावह स्थिति में हमें ऐसे बुद्धिजीवियों और कवियों की जरूरत है जो मनुष्य जाति में विश्वास करें और सामूहिक एवं समावेशी जीवन के बोध को विकसित करने में निश्चल योग दें। हम पाते हैं कि केदारनाथ सिंह का विश्वास सामूहिक जीवन में अटूट रहा है। सामूहिक भावना में आस्था के कारण उनका कवि व्यक्तित्व अप्रतिम और अद्भुत बन सका है।

केदारनाथ सिंह जीवन और सपनों को बचाने वाले कवि हैं। इस सिलसिले में वे मानते हैं कि सार्थक शब्दों को बचाया जाना बेहद जरूरी है। उन्हें संस्कारित किया जाना आवश्यक है। इसलिए वे शब्दों के प्रति एवं उनके चयन को लेकर सजग और चिंतित रहते हैं। वे शब्दों को संवेदनशील और विश्वसनीय बनाने के विनम्र पैरोकार रहे हैं। उनके इसी रचनात्मक समर्पण को देखते हुए नामवर सिंह को कहना पड़ा है, "केदार ने अपने पीढ़ी को शब्द दिए हैं।" इसमें कोई संदेह नहीं है। केदारनाथ सिंह अपनी एक कविता में कहते हैं,

"मैं पूरी ताकत के साथ
शब्दों को फेंकना चाहता हूँ आदमी की तरफ
यह जानते हुए कि
आदमी का कुछ नहीं होगा
मैं भरी सड़क पर सुनना चाहता हूँ
वह धमाका जो शब्द और आदमी की

टक्कर से पैदा होता है।"

इतना ही नहीं, केदार जी शब्दों के साथ विशेष रागात्मक अनुभव के साथ जुड़ते हैं। कभी उन्हें प्रतिरोध की चेतना के रूप में इस्तेमाल करते हैं, तो कभी उन्हें सामाजिक मन की तहों को उसकी अनन्तता को थहाने के लिए प्रयुक्त करते हैं। उन्होंने लिखा है,

"संदेश वाहक मैं तुम्हारी चुप्पियों का हूँ
तुमने जो कहा नहीं
उस पर्वत शब्द को
अनंत तक गुंजा दूँगा।"

केदारनाथ सिंह की शब्दों में अटूट आस्था है। शब्द उनके लिए शुष्क माध्यम नहीं है, बल्कि उनमें भी वे जीवन देखते हैं-बिल्कुल संवेदनशील मनुष्य की तरह का जीवन। इसलिए शब्दों के साथ उनका रिश्ता मानवीय है, सजग और संवेदनशील है। वे अपनी "शब्द" कविता में कहते हैं-

"ठंड से नहीं मरते शब्द
वे मर जाते हैं साहस की कमी से
कई बार मौसम की नमी से
मर जाते हैं शब्द। "

केदारनाथ सिंह के शब्द चयन को लेकर परमानंद श्रीवास्तव मानते हैं कि "केदार के यहाँ 'हां' या 'नहीं', 'क्या' या 'क्यों' जैसे शब्द काम चलाऊ शब्द नहीं हैं। वे पूरे अर्थ में जीवित शब्द हैं, जो कभी-कभी खतरनाक सरलता की हद तक जाकर अपना अलग अस्तित्व या प्रयोजन सिद्ध करते हैं।" कवि की विशिष्टता के बारे में वे लिखते हैं, "केदारनाथ सिंह शायद हिंदी के समकालीन काव्य परिदृश्य में अकेले ऐसे कवि हैं, जो एक ही साथ गांव के भी कवि हैं और शहर के भी। अनुभव के ये दोनों छोर कई बार उनकी कविता में एक ही साथ और एक ही समय दिखाई पड़ते हैं। शायद भारतीय अनुभव की यह अपनी एक विशेष बनावट है, जिसे नकारकर सच्ची भारतीय कविता नहीं लिखी जा सकती। केदार की कविता जो पहली बार रुप या तंत्र के धरातल पर एक आकर्षक विस्मय पैदा करती है, क्रमशः बिम्ब और विचार के संगठन में मूर्त होती है और एक तीखी बेलौस सच्चाई की तरह पूरे सामाजिक दृश्य पर अंकित होती चली जाती है।"

लेखन की रचना-प्रक्रिया जटिल और संश्लिष्ट होती है। साहित्य की अन्य विधाओं में लेखन का कैनवस बड़ा होता है। इसलिए उस प्रक्रिया को सहज रूप

से जाना और समझा जा सकता है, लेकिन महाकाव्य या खंड काव्य के रचाव को छोड़कर छोटी कविताएँ अपनी शूक्ष्मता के कारण कुछ अधिक ही संश्लिष्ट हो जाती हैं। ऐसी स्थिति में विचारों, बिम्बों और शब्दों का चयन एवं इनका प्रभावी अंतर्गुफन सजगता और चौकन्नेपन की विशेष मांग करता है। विचारों को टटके और ताजे बिम्बों से जोड़कर शब्दों का ऐसा जामा पहनाना कि वे चकित भी करें और प्रभावित भी। उसमें नाटकीयता भी हो और आश्चर्य में डालने एवं प्रभावी विरेचन की क्षमता भी हो, ऐसा करना क्या कम चुनौतीपूर्ण है? इस रूप में सार्थक कविता एक साथ एवं एक समय में कई मोर्चे पर लड़ती है या यूँ कहें कि उसे सजग होकर लड़ना पड़ता है। हम देखते हैं कि समकालीन कविता विषय वस्तु एवं भाव-विचार पर बल तो देती है, किन्तु कहीं इससे भी अधिक वह टेक्नीक और प्रस्तुति के तरीकों और साधनों पर न्योछावर रहती है।

आधुनिक वैश्विक कविता पर दृष्टि दौड़ाएँ तो ज्ञात होता है कि आजकल की कविता में बिम्बों और तकनीकियों का प्रभाव अधिक है। बिम्बों की स्थिति कविता रूपी घर में खिड़की और दरवाजे की तरह होती है इनकी माध्यम से हम कविता में प्रवेश पाते हैं और उसके निहितार्थ को समझते हैं। यह सच है कि कवि बिम्ब-प्रसंगों में निहित मूर्त या अमूर्त आशयों को समझकर उन्हें कविता में शब्दों के माध्यम से पिरोता है। इसलिए आलोचक-पाठक से भी अपेक्षा की जाती है कि वे सजग होकर कविता के निहितार्थ और प्रसंग को ग्रहण कर अर्थ निष्पत्ति में भी योग दें। आजकल खेमे-खूटे में तब्दील होती रचना और आलोचना से क्या अधिक उम्मीद की जा सकती है? परन्तु उम्मीद भी तो नहीं छोड़ी जा सकती। साहित्य के प्रदूषित होते वातावरण में केदारनाथ सिंह का रचनाकर्म आश्वासन और उम्मीद के केंद्र की तरह है। साहित्यिक खेमे-खूटों के बीच रहकर भी निर्लिप्त, बिल्कुल पुरइन पात की तरह। मूल्यवान रचनात्मकता के लिए समर्पित।

केदार जी का कवि कर्म जीवनानुभवों को संपन्न कर मनुष्य को अर्थवान और सार्थक बनाने का कवि कर्म रहा है वे एक सजग किसान की तरह कविता की खेती करते हैं। विचारों, बिम्बों और शब्दों को खूब बिन पछोर कर उन्हें सहेजने लायक बनाते हैं। उनकी सजगता कविता में बिम्बों के प्रति जग जाहिर है। उनका शोध अध्ययन ही बिम्बों को लेकर रहा है। "आधुनिक हिंदी कविता में बिम्ब विधान" विषय पर उन्होंने पीएचडी की उपाधि पाई। इससे साफ जाहिर है कि केदार जी का विशेष आकर्षण बिम्बों के लिए रहा है। बिम्बों के लिए उनके आकर्षण को हम उनके जीवनानुभवों और प्रकृति के प्रति आस्था के रूप

में देख सकते हैं। इस आस्था के कारण वे इन्द्रधनुषी बिम्बों के कवि बन पाए। बिम्बों की खोज करते-करते वे बिम्ब पुरुष बन गए। उनकी कविताओं में जीवंत और प्रभावी बिम्बों की प्रधानता इस बात की साक्षी है।

अज्ञेय द्वारा सम्पादित 'तीसरा सप्तक' (1959) में केदारनाथ सिंह के गीतों का प्रकाशन इस रूप में प्रभावी रहा है कि गीतों केप्रस्तुति का ढंग, उसके मुहावरे और बिम्ब जीवन्त और जीवन से विविध पहलुओं से जुड़े हुए हैं। वे जीवन को देखने और समझने की नई आँख देते हैं और विचारों-कल्पनाओं को नई पाँख देते हैं। बावजूद इसके बिम्बों को लेकर अप्रत्याशितपन और नाटकीय चमत्कार जो हम अंग्रेज़ी कवि जॉनडन में देखते हैं, वैसी कन्सीट और इमेज कवि केदार नाथ सिंह के यहाँ कम है। हाँ, समकालीन हिन्दी कविता में केदार जी के कुछ बिम्ब बेहद टटके और ताजे होने के कारण चकित करने के साथ-साथ हमारी अनुभव संपदा को विस्तारित अवश्य करते हैं। इनके बिम्ब का लोक विशाल है। जो धरती से आकाश तक, शहर से गांव तक तथा प्रकृति के विभिन्न घटकों-नदी, पहाड़, पठार, खेत-खलिहान, चिरई-चिरगुन, पशु-पक्षी, यहाँ तक कि शोर और सन्नाटा एवं जीवन और मृत्यु-के इन्द्रधनुषी रूप में प्रकट होते हैं। अपने पूरे संवेदन के साथ, आस्था और विश्वास के रंगों में रंगे हुए।

केदारनाथ सिंह इस रूप में विरल कवि है कि वे वैयक्तिक जीवन और वैश्विक साहित्यिक जीवन में समय-समय पर उठने वाले झंझावातों के बीच से गुजरते हुए भी अपना धैर्य नहीं खोते। वे अप्रतिम धैर्य के कवि हैं। यह धैर्य भाव उनकी रचना प्रक्रिया में ही नहीं, बल्कि उनके जीवन में भी सहज ही दिखाई देता है। वैसे तो रचना प्रक्रिया एक खास किस्म की खोज को लेकर आगे बढ़ती है। यह खोज विचारों की सार्थकता और संप्रेषण के लिए बिम्ब और भाषा के प्रति विशेष सजगता की मांग करती है, और हम पाते हैं कि कवि केदारनाथ सिंह रचना की भाषा और बिम्ब के प्रति धैर्य और सजगता से काम लेते हैं। वे जल्दी आए हुए नहीं लगते। वे सोच-विचार कर, बिन-पछोर कर, नाप-तौल कर, देख-ताक कर और जांच-परख कर भाषा और बिम्ब का इस्तेमाल करते हैं। वे हड़बड़ी में कभी नहीं लिखते और न ही केवल लिखने के लिए लिखते हैं। उनकी रचनाएँ जीवन दृष्टि को व्यापक और संपन्न करने के लिए होती हैं। इनकी रचनाओं में अनावश्यक शोरगुल का अभाव है। केदार जी के यहाँ शब्दों और पंक्तियों के बीच की खाली जगहों में भी ऐसा बहुत कुछ समाया रहता है जो उनके अर्थ और निहितार्थ को व्याप्ति देता है।

रचना प्रक्रिया और भाषा के सवाल पर केदारनाथ सिंह देवेंद्र कुमार चौबे

से बातचीत में यह स्पष्ट करते हैं, "मुझे लगता है रचना प्रक्रिया पर बात करना आधुनिक आलोचना का एक 'फैशन' बन गया है। और हर फैशन की तरह मुझे यह भी कई बार परेशान करता है। पश्चिम के एक बड़े साहित्यकार ने कहा था कि अपनी रचना प्रक्रिया पर बात करना एक अंधे कुएं में झांकने जैसा है। अगर कुछ कहना आवश्यक ही है तो मैं सिर्फ इतना ही कर सकता हूँ कि मैं लिखने के भ्रम में एक रचना से दूसरी रचना तक और कई बार एक शब्द से दूसरे शब्द तक जाने में एक कठिन प्रतिक्षा और धैर्य से काम लेता हूँ। मेरे यहाँ जल्दी में कुछ नहीं होता। कई बार एक अनुभव या विचार को मैं चेतना के किसी कोने में चुपचाप यूँ ही छोड़ देता, ताकि धीरे-धीरे वह खुद आकार पा ले।" वहीं भाषा के सवाल पर वे मानते हैं, "भाषा का सवाल एक बड़ा सवाल है। और यदि मैं कहूँ तो एक कवि के लिए यह जीवन-मरण का सवाल है। मैं भाषा को लोगों की जबान पर से लाने की कोशिश करता हूँ और साथ ही यह भी कोशिश करता हूँ कि हिंदी का जो अपना खास मिजाज है उससे छेड़छाड़ न की जाए। एक चीज की ओर मेरा ध्यान बराबर रहा है कि शब्दों को उनकी जड़ों से ही लाया जाए। जड़ों से मेरा मतलब जीवन के उन स्रोतों से है, जहाँ से शब्द नया अर्थ ग्रहण करते हैं। यहाँ यह कहना जरूरी समझता हूँ कि मेरे निकट शब्द अपने आप में महत्वपूर्ण नहीं होते बल्कि वह अपने पूरे विन्यास में रच-खप कर ही अर्थवान होते हैं।"

यहाँ यह कहने में संकोच नहीं है कि उनकी कविता भाषा में लोक जीवन की सुगंध मिली हुई है। एक देसीपन या यूँ कहें कि जहाँ तक एक ओर केदारनाथ सिंह कविता को संप्रेषणीय बनाने के लिए नए मुहावरे गढ़ते हैं, तो वहीं दूसरी ओर 'ठेठ भारतीय शब्दों' की पहचान को बचाने के लिए भी सजग और तत्पर रहते हैं। अगर मस्तिष्क को कुछ दबाकर और भावना में बह कर कहा जाय तो हम कह सकते हैं कि केदारनाथ सिंह की कविता की भाषा में देशीय या लोक बोली का संयोजन सोने में सुहागा की तरह काम करता है। ऐसा भाषायी प्रयोग हमें जीवन से सहज रूप से जुड़ने में निश्चित तौर पर मदद करता है। आजकल जीवन की चकाचौंध में लोक भाषा, लोक जीवन और लोक संस्कृति गुमती जा रही है। प्रश्न उठता है कि क्या लोक जीवन और लोक संस्कृति को भुलाकर, इसका तिरस्कार कर हम मूल्यवान जीवन को बचा सकते हैं? शायद नहीं, शायद कभी नहीं। किंतु प्रगतिशीलता के नाम पर लोक संस्कृति पर धूल डालने की कोशिश विघ्न संतोषियों द्वारा जारी है। जबकि केदारनाथ सिंह अपने लेखन के माध्यम से जीवन और जीवन में आस्था को उसकी समग्रता में बचाने

के लिए जूझते से लगते हैं। इसलिए भी लगता है कि केदारनाथ सिंह को सिर्फ कविता में नए मुहावरे देने के लिए एवं नए-नए बिम्बों के लिए ही हम याद नहीं करेंगे बल्कि उन्हें लोक और लोक भाषा को बचाने के लिए भी हमेशा याद किया जाएगा। उनका रचनात्मक व्यक्तित्व जीवन राग को समग्रता और पूर्णता देने वाले समावेशी कवि-पुरुष के रूप में हमारे बीच उपस्थित रहेगा, ऐसी धारणा उनके शब्दों की दुनिया में प्रवेश करने पर सहज ही बनती है।

केदारनाथ सिंह की रचनात्मक ऊर्जा, उनकी सृजनशीलता और उनका गहनतम अनुसंधान-अन्वेषण, सब मिलकर जीवन-जगत को सुंदर बनाने और उत्कर्ष की ओर ले जाने के लिए ही रहा है। वे अपनी "हाथ" कविता में लिखते हैं,

> ***"उसका हाथ***
> ***अपने हाथ में लेते हुए मैंने सोचा***
> ***दुनिया को***
> ***हाथ की तरह गर्म और सुंदर होना चाहिए।"***

इस बात से हम इनकार नहीं कर सकते कि दुनिया को सुंदर होने के लिए या बनाने के लिए हमें जिजीविषा, प्रेम, करुणा, उम्मीद, स्वप्न, धैर्य, त्याग, आस्था, विश्वास, रचनात्मक संघर्ष आदि मूल्यों की दरकार होती है। और इन्हीं गुणों के मंजुल योग को मैं ईश्वर मानता हूँ। ईश्वर मेरे लिए कभी पत्थर का विग्रह नहीं रहा है। वह एक जीवंत कारक और कारण है। इस रूप में वह हर सुंदर दिखने, होने या घटने में शामिल है। लेकिन मार्क्सवादी प्रगतिशीलता एवं उसकी वैचारिकी जब सिर चढ़कर बोलती है, तब लोग ईश्वर को नकारने लगते हैं। ऐसे लोग जड़ पत्थर के विग्रह को नकारते हैं, परंतु ये विग्रह तो केवल हमें उस ईश्वरत्व को याद दिलाने के लिए होते हैं, जिनका वास सद्‌गुणों में होता है।हम सब का प्रयास होना चाहिए कि ईश्वर के नाम पर उसके इर्द-गिर्द गढ़े और रचे गए पाखंड और अंधविश्वास को दूर करना है, न कि उस ईश्वरत्व को, उन गुणों को जिससे मनुष्य धारित होता है। मनुष्य और प्रकृति की पूजा ही सही अर्थों में ईश्वर की पूजा है। दायित्व बोध और उसका समुचित क्रियान्वयन ही असली पूजा है-" Who best bear His mild yoke, they serve him best. " क्या ऐसा नहीं है?

मैं व्यक्तिगत रूप से मानता हूँ कि ईश्वर का वास जीवन और प्रकृति की स्वाभाविकता में समाहित है, वह उससे भिन्न और परे कदापि नहीं है। ईश्वर को नकारने का मतलब है कि हम प्रकृति और जीवन को ही नकार रहे हैं।

केदारनाथ सिंह "बिना ईश्वर के भी" नामक कविता में कहते हैं,

"बिना ईश्वर के भी घोड़े
हिनहिनाते ही रहते हैं
नमक बनता ही रहता है समुद्र में
एक चिड़िया दिन भर भटकने के बाद
लौट ही आती है ठीक अपने खोंते में
बिना ईश्वर की भी।"

यहाँ कवि ईश्वर को जिस रूप में प्रस्तुत करना चाहता है, ऐसा लगता है कि उसके ईश्वर का वास और उसकी उपस्थिति कहीं अन्यत्र है। इसलिए उसे ईश्वर में अर्थहीनता के दर्शन होते हैं वह उसे अनावश्यक समझता है। क्या ईश्वर को इसी तरह देखा-परखा जाना चाहिए? जो हमारे अगल-बगल नहीं है, हमारे सुख-दुख में शामिल नहीं है, हमारे जीवन स्पंदन का हिस्सा नहीं है वह भला ईश्वर हो ही कैसे सकता है? शायद इसीलिए श्री अरविंद ने भी अपने दर्शन में स्वर्ग के भूमिकरण का सुंदर सपना देखा है। यह रामराज्य, यह अमरपुर, यह बेगमपुर, और यह स्वर्ग महाकवि सन्त कबीर, जायसी तुलसी और श्री अरविंद की धारणा के अनुसार यह मूल्य पोषित जगह है जहाँ स्वार्थ जनित षड्यंत्र और लाभ-लोभ के कुटिल चक्र नहीं चलते, बल्कि जहाँ गहरा अस्तित्व बोध है, जहाँ मानवीय दिव्यता का उज्जवल प्रकाश है, वह स्थान ही अमरपुर है, बेगमपुर है, और स्वर्ग है। कुल मिलाकर यह 'सबलाइम स्टेट ऑफ माइंड' का नाम है। इसलिए यह आवश्यक है कि ईश्वरत्व (सद्‌गुणों) का प्रकटीकरण जीवन में होना ही चाहिए।क्या बिना आत्मा के (सद्‌गुणों के) जीवन बगिया उजाड़, उदास और विरान नहीं लगेगी? जीवन के बंजरपन को उर्वर बनाना एवं उसमें जिजीविषा का संचार करना क्या कवि कर्म का हिस्सा नहीं होना चाहिए?

केदारनाथ सिंह के विचार-चिंतन से स्पष्ट है कि वह ईश्वर को लेकर द्वंद्व की स्थिति में है। कभी "बिना ईश्वर के भी" नामक शीर्षक से कविता लिखते हैं, तो कभी "शीतलहरी में एक बूढ़े आदमी की प्रार्थना" के माध्यम से कहलवाते हैं-

"मेरे ईश्वर
क्या मेरे लिए इतना भी नहीं कर सकते
कि इस ठंड से अकड़े हुए शहर को बदल दो
एक जलती हुई बोरसी में!"

अगर इसी संदर्भ में हम केदारनाथ सिंह को भारतीयता के संदर्भ में जोड़कर

देखें तो क्या भारतीयता बिना धर्म और ईश्वर के मूर्तमान है? शायद नहीं। भारतीयता तो उत्तर से लेकर दक्षिण तक पूरब से लेकर पश्चिम तक ईश्वर के प्रेम और आस्था में नहायी हुई सी लगती है। शायद इसलिए बांग्ला के वरिष्ठ कथाकार डॉ. रामकुमार मुखोपाध्याय ने अपनी राय कवि केदारनाथ सिंह के लिए कुछ इस तरह प्रकट की है, "कवि केदारनाथ सिंह सही अर्थों में एक भारतीय कवि हैं। भारतीय कविता के मानचित्र से वह गहरे स्तर पर जुड़े हैं। अपनी कविताओं में, भारत के अतीत से लेकर वर्तमान समय तक एक बहुत बड़े समय को उन्होंने धारण किया है। उनकी कविताओं में शाश्वत भारतवर्ष का चिरन्तन रूप दिखाई देता है। 'वैचित्र्यमय' (विचित्र) उनकी कविता किसी झरने की तरह अनायास मन के गहन में प्रवेश कर जाती है। वे बिम्बों के कवि हैं। कविता वह लिखते नहीं बल्कि रवींद्रनाथ की तरह कहते हैं। उनकी यही कहन शैली या सहजिया रीति (बांग्ला में कहा जाए तो) मुझे बहुत आकर्षित करती है। अपनी परंपरा, गांव-घर से गहरा जुड़ाव, अपनी जड़ों को तलाशने का यह श्रम मुझे बेहद प्रभावित करता है।"

केदारनाथ सिंह की कविता यात्रा शहर और गांव की एवं प्रकृति और संस्कृति की शामिलाती यात्रा है। 'अभी बिल्कुल अभी' उनका पहला काव्य संग्रह 1960 में प्रकाशित हुआ और फिर बीस वर्षों के अंतराल के बाद' जमीन पक रही है', यहाँ से देखो', 'अकाल में सारस', 'उत्तर कबीर और अन्य कविताएँ','बाघ', 'टालस्टाय और साइकिल 'सृष्टि पर पहर' और 'मतदान केंद्र पर झपकी' का प्रकाशित होना विश्वसनीय कविता जीवन का हमारे बीच संवाद की तरह होने जैसा है। और कुछ कविताएँ जैसे 'हाथ', 'तुम आई', 'जाना', 'बनारस' या 'फर्क नहीं पड़ता' आज के समय में पोस्टर कविताओं का भी प्रतिनिधित्व बखूबी करती हैं। अपनी गहन जीवन दृष्टि, जिजीविषा और आस्था के कवि होने के नाते उनकी झोली में सम्मान और पुरस्कार भी आए। 1989 में उनकी कृति 'अकाल में सारस' को साहित्य अकादमी पुरस्कार मिला। 2013 में उन्हें भारत का सर्वोच्च ज्ञानपीठ पुरस्कार मिला। इसके अलावा उन्हें ब्यास सम्मान, मध्यप्रदेश का मैथिली शरण गुप्त सम्मान, उत्तर प्रदेश का भारत भारती सम्मान, बिहार का दिनकर सम्मान तथा केरल का कुमार आसान सम्मान आदि मिले।

एक जीवंत कवि अपने समय और उसकी गतिशील वैचारिकी से परिचित रहता है एवं अपने हिस्से का उसमें रचनात्मक हस्तक्षेप भी करता है। चूँकि बिम्बवाद बीसवीं सदी का साहित्य आंदोलन भी रहा है। इस वैश्विक साहित्यिक

आंदोलन को केदार जी सम्यक दृष्टि से देख रहे थे या यूँ कहें कि उसमें शामिल थे। बिम्ब पर केंद्रित उनके शोध को बिम्बवाद की पड़ताल के रूप में भी देखा जाना चाहिए। यह बिम्बवादी आंदोलन लगभग 1909 से 1912 के बीच आरंभ हुआ और इसका प्रवर्तक टी.ई. ह्यूम को माना जाता है। इनके अलावा एजरा पाउण्ड, हिल्डा डूलिटल, एफ.एस. फ्लिंट, रिचर्ड आल्डिंगन, डी.एच. लॉरेंस जैसे कवि-लेखकों की भूमिका भी इसे गति देने के लिए रही है। इसका लक्ष्य' clear imagery with sharp language, रही है। एजरा पाउण्ड ने इमेज को इस रूप में परिभाषित किया है, "An image is an intellectual and emotional complex in an instant of time." इस तरह हम पाते हैं कि "बीसवीं सदी के आरंभ में प्रतीकवाद की अस्पष्टता और रहस्यमयता तथा स्वच्छंदतावाद की भावुकता एवं अनिर्दिष्टता की प्रतिक्रिया में कविता में स्पष्टता और ग्राह्यता लाने के उद्देश्य से यह आंदोलन प्रारंभ हुआ। इस आंदोलन में कुछ अमेरिकी और अंग्रेजी कवि सम्मिलित हुए।" हर आंदोलन की अपनी उम्र होती है, इस आंदोलन के तेवर भी बाद में शिथिल हो गये।

कला और कविता की जटिलता मानव जीवन की जटिलता की ही उपज है। कला के माध्यम से हम इस जीवन को समझने और समझाने की कोशिश करते हैं। इसके लिए कथ्य, भाषा और बिम्ब की स्पष्टता और प्रभावकता की मांग स्वाभाविक है। इस जटिल, अस्पष्ट, संश्लिष्ट, गूढ़ और रहस्यमय जीवन में यह भी सच है कि विचार, बिम्ब और भाषा की स्पष्टता समय के साथ धूमिल पड़ जाती है, किंतु सहजता और पारदर्शिता की मांग सदैव बनी रहती है। इस लिहाज से केदारनाथ सिंह की रचनात्मक दृष्टि जीवन्त और मूल्यवान है। उनकी यह दृष्टि शहरी और ग्रामीण जीवन के संबन्धों और अंतर्द्वंदों से समृद्ध होती है। केदार जी समग्रता के अन्वेषक और खोजी हैं। वे खड़ी बोली और देसी बोली के मिश्रण से अपनी कविता के भाषा का रसायन तैयार करते हैं। उनकी कविताओं में भारत और भारतीयता के दर्शन होते हैं। उनमें लोक के स्वर गूँजते हैं, अर्थात् उनकी कविताओं में सहज यथार्थ, जीवन्तता, पारस्परिकता और प्राकृतिकता आकार पाते हैं। सुप्रसिद्ध मलयालम कवि और चिंतक के. सच्चिदानंदन ने सच ही लिखा है, "केदारनाथ सिंह की कविता अपने आप में इन दो संस्कृतियों, दो दुनियाओं के बीच के तनाव को स्मृति और रूपक के जरिए कहती है। वे उन आलम्बनों को बेहद सावधानी और सजगता के साथ चुनते हैं जो अनेक सम्भव भाष्यों के स्तरों के साथ पॉलीसेमिक प्रतीक बन जाते हैं। भाषा के स्तर पर यह काम स्तरीय हिंदी और उन बोलियों के सहयोग से

सम्भव किया जाता है जो पूर्व की साहित्य चेतना की प्रमाण हैं। केदारनाथ सिंह के यहाँ इस तरह हाशिये पर मौजूद आवाज़ें भाषा के केंद्र में आ जाती हैं। कविता के भीतरी भू दृश्य अनेक परिप्रेक्ष्यों के जाग्रत होने से अनेक मुखी हो उठता है।"

वैसे तो केदारनाथ सिंह मूलतः कवि हैं। उनकी कविताएँ आदर और सम्मान से पढ़ी जाती हैं। लोग उनसे प्रेरित और प्रभावित होते हैं। किंतु उनकी 'बाघ' कविता अपने कथ्य, शिल्प, बिम्ब, भाषा, निहितार्थ और सम्प्रेषणीयता को लेकर अब भी विशेष चर्चा में रहती है। वह कई तरह से सोचने-विचारने के लिए विवश एवं आमन्त्रित करती है।यह बहुल अर्थी कविता है। जैसे महाकवि निराला को 'राम की शक्ति पूजा' के लिए, अज्ञेय को 'असाध्य वीणा' के लिए, नरेश मेहता को 'समय देवता' के लिए, मुक्तिबोध को 'अंधेरे में स्वप्न' और 'ब्रह्मराक्षस' के लिए और कवि नागार्जुन को 'बादल को घिरते देखा है' एवं 'अकाल और उसके बाद' कविता के लिए याद किया जाता है। उसी तरह केदारनाथ सिंह को 'बाघ' कविता के साथ खास तौर पर जोड़ कर पढ़ने का चलन है। यह कविता उनकी कलात्मकता का शिखर है, कई तरह के सेड्स और रंगों से गुम्फित। अनगिन अर्थ ध्वनियों को समेटे हुए यह उनकी अनूठी कविता है। जिसका रचना काल 1984 है।

'बाघ' कविता के बारे में परमानंद श्रीवास्तव लिखते हैं, "'बाघ' एक ऐसी कविता है, जो रूप के भीतर निहित रूप-जैसी जटिल अर्थ संरचना का आभास कराती है। इसका कथ्य अनेक खंडों में अनेक शिल्प स्तरों पर क्रमशः विकसित होता है। पंचतंत्र की आधार-शैली से हल्का-सा लाभ उठाने की कोशिश करती यह कविता आधुनिक जीवन और समय की जटिल वास्तविकता को अत्यंत अर्थ सघन रूप में प्रस्तुत करती है। इस ढलती हुई शताब्दी के सौंदर्य और आतंक को एक ही बिंदु पर जीने और महसूस करने के लंबे प्रयत्न के रूप में घटित यह कविता लंबे समय तक पाठक को आस्वाद और विश्लेषण का आमंत्रण देती रहेगी और एक विलक्षण उत्तेजना भी।" परमानंद श्रीवास्तव द्वारा संपादित 'केदारनाथ सिंह: प्रतिनिधि कविताएँ' में 'बाघ' कविता को सोलह सोपानों में प्रस्तुत किया गया है। जब कि अन्यत्र 'बाघ' को इक्कीस भागों में निरूपित किया गया है। हर भाग का अपना स्वतंत्र अस्तीत्व होते हुए परस्पर अन्तर्गुम्फित हैं, जो 'बाघ' को उसकी समग्रता में समझने के लिए जरूरी है।

साहित्य में पशु-पक्षियों को लेकर पहले भी सृजन किया जा चुका है। विष्णु शर्मा का 'पंचतंत्र' और जॉर्ज ऑरवेल का 'एनिमल फॉर्म' सामाजिक ताने-बाने को समझने और उसकी कलई खोलने वाले ग्रंथ के रूप में विशेष रूप से ख्यात

हैं। 'बाघ' के प्रकाशन के एक वर्ष बाद 1985 में सलीम अली की पुस्तक 'द फाल ऑफ ए स्पैरो' भी इस कड़ी में एक महत्वपूर्ण कृति है। रचनाकार की लेखनी का स्पर्श पाकर यह पशु-पक्षी प्रतीक और एलिगिरी में ढल जाते हैं, जिनसे कई तरह की अर्थ ध्वनियां निकलने लगती हैं। 'बाघ' में बाघ भी केवल बाघ नहीं है। यह बहुल अर्थी है, बिल्कुल विलियम ब्लैक के 'द टाइगर' कविता की तरह।

इस कविता के बारे में कवि केदारनाथ सिंह के विचार को जान लेना जरूरी लगता है। उनके अनुसार, "बाघ का लिखना कब शुरू हुआ- ठीक-ठाक याद नहीं। याद है केवल इतना कि नवें दशक के शुरू में कभी हंगरी भाषा के कवि यानोश पिलिंस्की की एक कविता पढ़ी थी और उस कविता में अभिव्यक्ति की जो एक नई संभावना दिखी थी, उसने मेरे मन में पंचतंत्र को फिर से पढ़ने की इच्छा पैदा कर दी थी। उस कविता में जो एक पशु लोक था-बल्कि एक भोली-भाली पशु गाथा-मुझे लगा कि पंचतंत्र में उसका एक बहुत पुराना और अधिक आत्मीय रूप पहले से मौजूद है। पंचतंत्र की संरचना की अपनी कुछ ऐसी खूबियां हैं, जो सतह पर जितनी सरल दिखती हैं, वस्तुतः वे उतनी सरल हैं नहीं। हर कालजयी कृति की तरह पंचतंत्र का ढांचा भी अपनी आपात सरलता में अननुकरणीय है। पर मुझे लगा कि पंचतंत्र एक ऐसी कृति है जो एक समकालीन रचनाकार के लिए जितनी चाहे बड़ी चुनौती हो, पर जरा-सा रुक कर सोचने पर वह सृजनात्मक संभावना की बहुत-सी नई और लगभग अनुद्घाटित परतें खोलती-सी जान पड़ेगी। मुझे यह भी लगा कि एक बार यदि उस ढांचे की कार्य-कारण बद्ध श्रृंखला को थोड़ा ढीला कर दिया जाय तो इस संभावना को कई गुना और बढ़ाया जा सकता है। वस्तुतः सृजनात्मक सत्य के इसी नए साक्षात्कार से बाघ का जन्म हुआ था-लगभग आड़ी-तिरछी रेखाओं के बीच घिरे एक शिशु की क्रीड़ा की तरह।.... आज का मनुष्य बाघ की प्रत्यक्ष वास्तविकता से इतनी दूर आ गया है कि जाने-अनजाने बाघ उसके लिए एक मिथकीय सत्ता में बदल गया है। पर इस मिथकीय सत्ता से बाहर बाघ हमारे लिए आज भी हवा-पानी की तरह एक प्राकृतिक सत्ता है, जिसके होने के साथ हमारे अपने होने का भवितव्य जुड़ा हुआ है। इस प्राकृतिक बाघ के साथ-उसकी सारी दुर्लभता के बावजूद-मनुष्य का एक ज्यादा गहरा रिश्ता है जो अपने भौतिक रूप में जितना आदिम है, मिथकीय रूप में उतना ही समकालीन है। इस पूरी काव्य-श्रृंखला में मेरी एक कोशिश लगातार यही रही है कि बाघ को किसी एक बिंदु पर इस तरह कीलित न किया जाए कि वह अपनी ऐन्द्रिक मूर्तिमत्ता को छोड़कर

किसी एक विशेष प्रतीक में बदल जाय। इसलिए शृंखला की हर कड़ी में हर बार बाघ एक नए बाघ की तरह आता है-और लगभग हर बार अपने बाघपन के एक नए अनुषंग के साथ।"

जब कविता अपने कवितापन के शिखर पर होती है, तब वह मुक्त भी होती है और मुक्त करती भी है। मुक्त होना तनाव प्रकिया से गुजरना है, नये के लिए जूझना है, इसका यह एक पक्ष है। किंतु इसके समानांतर वह बंधती और जुड़ती भी है, वह फैलती और बढ़ती भी है अपने व्यापक फलक और निहितार्थ में, उस समग्र जीवन में जिसका वह हिस्सा होती है। वह 'स्व' से मुक्त होकर 'पर' से जुड़कर एकमेक हो जाती है, यही निर्वैयक्तिकता है। सही अर्थों में कविता और कविता-पुरुष का संघर्ष एवं अन्वेषण कभी एक रेखीय और कभी चक्रीय गति से- कभी केदारनाथ सिंह के बाघ की मंथर चाल की तरह, तो कभी टेड ह्यूज के 'क्रो' के टेढ़ी-मेढ़ी, ऊपर-नीचे वाली उड़ान की तरह-आकार पाता है।

'बाघ' कविता को पढ़ने का मतलब है यथार्थ और स्वप्न के दोहरे साहचर्य को एक साथ पाना। बाघ अपनी प्राकृतिकता में जितना यथार्थ पूर्ण एवं जीवन्त है, उतना ही अपनी अप्राकृतिकता में पहुँच से परे एवं रहस्य से परिपूर्ण है। कभी बिल्कुल सीधा, सहज और स्वाभाविक, तो कभी डरावना, क्रूर एवं दहशत का पर्याय।वह जितना दृष्टि की पकड़ में है, कहीं उससे अधिक समझ की पकड़ से बाहर भी है। जैसे जीवन लुका-छिपी का खेल है, वैसे ही यह बाघ लुका-छिपी का पर्याय है। बाघ को देखने-समझने के क्रम में केदारनाथ सिंह जीवन रूपी बाघ की गहन टोह लेते हैं। यह जीवन जितना देखने में सरल, सहज और बोधगम्य लगता है, क्या वह ऐसा ही है? शायद कदापि नहीं। यह जटिल, अथाह और रहस्यपूर्ण होने के कारण गूढ़ पहेली की तरह है। इसके कई तहवाले रहस्यमय घूंघट को कवि, कलाकार, दार्शनिक और वैज्ञानिक जिज्ञासा पूर्वक हटाते रहते हैं ताकि जीवन के रूप-सौन्दर्य को उसकी पूर्णता में देख सकें। परन्तु क्या वह चौंधियाने वाला पूर्ण सौन्दर्य वे सचमुच देख पाते हैं? यह निरखने-परखने-देखने-समझने का अन्तहीन सिलसिला चलता रहता है।जब कि जीवन अपने सौंदर्य की एक झलक दिखला कर आगे बढ़ जाता है, और खोजी कुछ नया पाने-जानने के लिए क्रियाशील रहते हैं। केदारनाथ सिंह की खोज भी 'बाघ' कविता में भाषा, बिम्ब और कथ्य के सहारे जीवन की ही खोज है।

बाघ को समझने के लिए यह अभिमत बेहद मूल्यवान लगता है। वह यह कि "बाघ कविता ने अद्‌भुत ढंग से झकझोरा। सोचता रहा 'बाघ' है क्या? क्या यह कोई प्रतीक है या कोई विराट बिम्ब, जिसमें अनेक चित्र और रूपक

समाहित हो जाते हैं। असल में हम बाघ को तीन या चार धरातलों पर पढ़ सकते हैं। बाघ जो था, बाघ जो अब नहीं है, बाघ जिसकी हमें तलाश है और उससे भी अधिक महत्वपूर्ण वह जो बाघ कभी था ही नहीं। तलाश का यह सम्मोहन-भरा रूपक इन चार धरातलों पर कार्य करता हुआ अंततः हमें एक ऐसी अंतरिम स्थिति में बांधे रहता है, जहाँ वे चारों धरातल एक साथ सक्रिय होते हैं। एक विलक्षण बात यह है कि यह अंतरिम स्थिति संदेह की नहीं, बल्कि एक सत्य के साक्षात्कार की होती है जो जन्म लेता है वास्तविक और 'प्रतीयमान' की अंतःक्रिया के तनाव से, जिसे हमारे जीवन के संवेदनशील तंतु निरंतर झेलते हैं। बाघ की पूरी बुनावट को उसकी आधारभूत नाटकीयता यहीं से मिलती है।

इस ढलती हुई शताब्दी के इस अंधे मोड़ पर 'बाघ' दरअसल समय के विध्वंसों के खिलाफ मनुष्य के संघर्ष की लोक गाथा है। कई बार लगता है-और कविता का हर टुकड़ा इस गुंजाइश को कहीं-न-कहीं बचाए रखता है कि वस्तुतः यह मायावी समय ही बाघ है-या हमारी चेतना, हमारा प्रेम, हमारा भोलापन, हमारा नैराश्य यानी वह अपरिवर्त्य तलछट जो हमेशा बची रहती है। मुझे लगता है कि बाघ जो शहर का तिरस्कार करता है, वह दरअसल हमारी विकृति को तिरस्कृत करता हुआ हमारा अपना प्रेम है। बाघ जहाँ मिथक की ओट खोजता है, वहाँ वह जैसे हमारी ही दो फांक चेतना का एक अंश है। हरे खेत के लाल ट्रैक्टर से ईर्ष्या करने वाला बाघ जीवन के प्रति हमारी लालसा का दूसरा नाम है। आदमी की प्यास और उदासी के अर्थग्राम के सम्मुख लाचार खड़ा बाघ हमारी हताशा है और किसी पुरातन संगीत के विस्मय में विमुग्ध बाघ मानो हमारा अपना ही भोलापन। अनुभव की अंधेरी कंदराओं में रहने वाला बाघ ही दरअसल 'सच्चा बाघ' है-ऐन्द्रीक, जादुई और अकेला। जिसकी 'बाघ' के कवि को तलाश है, वह यह सब तो है ही-पर इन सब के सिवा कुछ और भी है और वही कुछ और कविता के सच को अर्थवान बनाता है और अनंत संभावनाओं के द्वार खोलता है...। बाघ कई अर्थों में एक महत्वपूर्ण कविता है। कविता के अंत में जब बाघ की गुर्राहट थमती है तो कविता का जादू एक बार और हमारे सिर चढ़कर बोलता है और यही से शुरू होती है शून्य के महावृत्त में शब्दों की सामूहिक झंकृति की वृहत्तर यात्रा।"

आइए, शब्दों के इन वाह्य उजालों में अपने भीतर की रोशनी मिलाकर देखते-पढ़ते-समझते हैं केदार जी के बाघ को, जो उनका तो है ही, पर सबका है। सबके होने में बाघ-सा यथार्थ और सपना शामिल रहता है। जैसे एक मनुष्य अलग रंग-रूप, कद-काठी का दिखता हुआ भी, वह उतना ही नहीं होता, उसके

होने में उसके माता-पिता, परिवार, बंधु-बांधव, समाज, गुरुओं, किताबों, संगठनों और समयों का योग होता है। इसी तरह बाघ जैसा दिखाई देता है केवल उतना ही नहीं है, उसमें बहुत कुछ शामिल है। वह प्याज की लेयर की तरह है। प्याज की तह का तो अन्त है, किन्तु बाघ का अंत नहीं है। उसे समझना, उसका पार पाना कठिन है। फिर भी केदारनाथ सिंह बाघ के आमुख में कहते हैं,

"मैं ही कहूँगा
क्योंकि मैं ही
सिर्फ मैं ही जानता हूँ
मेरी पीठ पर
मेरे समय के पंजों के
कितने निशान है...
इस समय मेरी जिह्वा पर
जो एक विराट झूठ है
वही है-वही है मेरी सदी का
सबसे बड़ा सच!"

कवि के इस 'मैं' में उसका अनुभूत सत्य शामिल है। उसका मानना है कि 'मेरी पीठ पर मेरे समय के पंजों के जो निशान है' उसे मैं बेहतर तरीके से जानता हूँ। इसलिए उसे मैं ही ठीक से बता सकता हूँ। और वह एक बहुत ही मार्के की बात कहता है कि 'इस समय मेरी जिह्वा पर जो एक विराट झूठ है, वही है मेरी सदी का सबसे बड़ा सच!' वह जिस बाघ को, जिस समय के बाघ को, जिस जीवन रूपी बाघ के यथार्थ और स्वप्न मिश्रित राग-विराग को बताने जा रहा है क्या उसे वह उसकी समग्रता में जानता है? अगर नहीं जानता तो उसका बताना भी एक तरह का झूठ ही है, किंतु उसे इस तरह से बताता है कि वह सच लगे, बिल्कुल जीवन्त बाघ की तरह मंथर चाल में चलता हुआ, ताकि माया लोक में जीने की उम्मीद एवं जिजीविषा बची रहे। इसी झूठ (माया या कल्पना) को रोमांटिक कवि एस.टी.कॉलरिज 'Willing suspension of disbelief' के रूप में ढालने की बात कहता है। जानबूझकर अविश्वास को स्थगित करना ताकि वह विश्वसनीय लगे। इसे इस तरह भी सोच सकते हैं कि आज लाभ-लोभ और अवसर वाद से ग्रसित समय में विराट झूठ ही सदी का सबसे बड़ा सच बन गया है। आज की राजनीति क्या नहीं लगता कि जीवन के सच को हाशिये पर धकेल कर झूठ-फरेब को केंद्र में लाकर उत्सव मना रही है, जिसमें हम लोग विवश होकर शामिल हैं, इनके झूठ को ही सच मान लिए हैं? इस रूप में बाघ

अनुपस्थित होकर भी उपस्थित है और झूठ होकर भी सच की तरह है।

बाघ के माध्यम से केदारनाथ सिंह अपने समय की पड़ताल करते हैं। अखबार की खबर और जमीनी यथार्थ के बीच जो फांक है, जो गहरा अंतराल है, उसकी असलियत को बाघ के बहाने संकेत करते हैं। सूचना तंत्र के द्वारा फैलाए जा रहे झूठ को वे गंभीरता से समझ कर चिंतित होते हैं।

"एक छोटी सी खबर थी
कि पिछली रात शहर में
आया था बाघ!
किसी ने उसे देखा नहीं
अंधेरे में सुनी नहीं किसी ने
उसके चलने की आवाज
गिरी नहीं थी किसी भी सड़क पर
खून की छोटी-सी एक भी बूंद।"

अखबार द्वारा प्रसारित खबर में एक अनिश्चितता की स्थिति 'कहने' और 'होने' के बीच पिछली सदी के उत्तरार्द्ध में चर्चा में थी और आज तो चौथे स्तंभ की स्थिति पहले से अधिक ही भयावह और कमजोर है। जीवन में जैसे ईश्वर के अस्तित्व को लेकर 'हां' और 'नहीं' की स्थिति अद्यतन बनी हुई है। इसी तरह से बाघ के आने और न आने, होने और न होने की चर्चा वैचारिक संघर्ष बोध की ओर इशारा करती है, साथ ही 'सम्भावना' के सिद्धांत पर बल देती है। यह तथ्य किसी से छुपा हुआ नहीं है कि बाघ के इलाके में मनुष्य के द्वारा किये जा रहे बेजा अतिक्रमण, जंगलों की अंधाधुंध कटाई और बढ़ती जनसंख्या के दबाव के कारण जंगल का सिकुड़ते जाना आदि ऐसे अनेक कारण हैं जिनके चलते बाघ के शहर में दिखने की सम्भावना बढ़ गयी है। यकीनन अतिक्रमण और उजाड़ की हवा तेज है। ऐसे में बाघ का शहर में दिखना लाजमी है। यह मनुष्य द्वारा किये जा रहे जंगल के अतिक्रमण की चुनौतीपूर्ण प्रतिक्रिया है, खतरे का सूचक है।कवि कहता है कि-

"यह कितना अजीब है
कि वह आया
उसने पूरे शहर को
एक गहरे तिरस्कार
और घृणा से देखा
और जो चीज जहाँ थी

उसे वहीं छोड़कर
चुप और विरक्त
चला गया बाहर!"

शहर भौतिकता, यान्त्रिक विकास, चकाचौंध, बनावटीपन और अस्वाभाविकता का प्रतीक है। जबकि बाघ समय, प्रकृति यहाँ तक कि ईश्वर का प्रतीक है, जो पूरे शहर को उसके भौतिक आकर्षण को गहरे तिरस्कार और घृणा से देखता है। इस तरह बाघ के शहर में प्रवेश को समय और ईश्वर रूपी बाघ द्वारा दी गयी शहर को चेतावनी और प्रतिक्रिया के रूप में समझना चाहिए। शहर में बाघ का दिखना प्राकृतिक असंतुलन का गंभीर सूचक है। बाघ प्रकृति सत्ता का पर्याय है।

केदारनाथ सिंह के 'बाघ' को हम रूपांतरण यात्रा के रूप में भी समझ सकते हैं। यह यात्रा सामान्य से असामान्य, मनुष्य से देवत्व, संघर्ष से विश्राम में लय पाती है। कभी-कभी लगता है कि इस जीवन रूपी जंगल में मनुष्य और उसकी मनुष्यता ही बाघ बन जाती है। इसके कई रंग हैं। इस धरती पर अन्य जीवधारियों के बीच मनुष्य अपने विवेक और निर्णय लेने वाली क्षमता के कारण ताकतवर है। मानवता और मनुष्यता के रंग में रंगा संवेदनशील मनुष्य असहनीय स्थिति निर्मित होने पर अर्थहीन भौतिकता, उसके नकलीपन, उसके झूठ-प्रपंच का विरोध करता है। जब-जब नकली यथार्थ प्रकृति के मूल सरोकारों को कुचलना चाहता है, तब-तब यह मनुष्य प्रतिक्रिया के रूप में शहरी सभ्यता अर्थात् मशीनी सभ्यता अर्थात् आत्मा विहीन सभ्यता का प्रतिकार करता है। इसलिए उसकी शहर में उपस्थिति चुनौती की तरह होती है। इस तरह अपने स्वाभाविक प्राकृतिक आंगन से निकलकर बाघ का शहर में दिखना संकट और चुनौती का सूचक है। बाघ के कई रंग हैं। वह कभी संकट और चुनौती बनकर हमारे बीच उपस्थित होता है तो कभी सौंदर्य, दिव्यता और रहस्य के पर्याय के रूप में हमारे बीच नजर आता है बिल्कुल समय, मनुष्य या देवता की तरह। क्या हम नकार सकते हैं कि समय, मनुष्य या देवता के रंग एक से नहीं होते। इनमें भी सृजन और संहार के, प्रेम और क्रोध के एवं राग और विराग के रंग होते हैं। केदारनाथ सिंह के बाघ में भी तो कई रंग हैं। वह भी कभी चुप, कभी अपने शिकार की तलाश करता हुआ, कभी अपने शिकार का खून चूस लेने के बाद निश्चिन्त बैठा हुआ, कभी किसी कथा की ओट में अपने होने की जीवन्तता को जीता हुआ दिख जाता है।

केदारनाथ सिंह की रचना का केंद्रीय बिंदु मनुष्य और उसकी मनुष्यता रही है। उनकी प्रगतिशीलता की सीमा उतनी ही रही है जितने में जीवन मूल्य और

उसकी पारस्परिकता छिन्न-भिन्न न हों। प्रगतिशीलता के नाम पर उनका झुकाव केवल सतही यथार्थ और उसकी संघर्ष जनित उपलब्धियों पर ही नहीं टिका दिखता है। वे रोटी-कपड़ा-मकान की समस्याओं में उलझ कर समय जाया नहीं करते, बल्कि उनकी रचनात्मक प्रतिबद्धता जीवन की गरिमा, उसके निहितार्थों और सरोकारों को मजबूत बनाने की रही है। बाघ कविता को पढ़ते हुए कभी-कभी लगता है कि बाघ कोई दूसरा नहीं, बल्कि बाघ के रूपक में केदारनाथ सिंह भी समाये हुए हैं, जिनके मन में गांव-गवई, नदी-कछार, जंगल-पहाड़, खेत-खलिहान के प्रति विशेष प्रेमाकर्षण रहा है। अपनी कविताओं में वे शहर, वहाँ के सतही जीवन और उसकी यान्त्रिकता को हिकारत की निगाह से देखते हैं।वे लिखते हैं,

"मैं भी एक कथा हूँ
एक कथा है बाघ भी
इसलिए कई बार
जब उसे छिपने को नहीं मिलती
कोई ठीक-ठाक जगह
तो वह धीरे से उठता है
और जाकर बैठ जाता है
किसी कथा की ओट में।"

अपना शिकार कर चुकने के बाद बाघ किसी कथा की ओट में जाकर बैठ जाता है। राजा का हांका और उसके द्वारा तानी गई सारी बंदूकें निष्फल हो जाती हैं। इस हांका की आड़ में कवि जंगल के दुश्मनों की कलई खोलता है। और इस कविता में कवि कहता है कि मैं भी एक कथा हूँ। समय की कथा में शामिल होना अमरत्व का सूचक है। इस तरह बाघ की कथा की तरह कवि केदार जी की कथा भी जीवन्त और शाश्वत बन पड़ी है।

केदारनाथ सिंह सुलझे हुए कवि हैं, उनकी जीवन दृष्टि समावेशी होने के कारण पूर्णता की पक्षधर रही है। एक खास तरह के वैचारिक वातावरण में रहने के बावजूद भी उनकी दृष्टि एकांगी नहीं हो पायी, इसे साहित्य एवं कविता के स्वास्थ्य के लिए शुभ समझना चाहिए।आज का बौद्धिक वर्ग और लेखक समाज खास किस्म की वैचारिकी के मोह में एकांगी हो चला है। ऐसे में जीवन मूल्यों में गिरावट चहुँओर परिलक्षित है, जो वैश्विक हित और स्वास्थ्य के लिए नुकसान देय है। प्रतिकूल परिस्थितियों में केदारनाथ सिंह का होना सांत्वना और उम्मीद का संचार करता है। वे जीवन के दोनों ध्रुवों के बीच पुल की भूमिका निभाते

हैं। उनके यहाँ बुद्ध की करूणा भी है और बाघ का आतंक भी। इस तरह वे जीवन के प्रतिलोम को समझते और समझाते हैं।

"इस तरह चलता रहा
महान जीवन उस छोटे-से नगर का
बुद्ध की करुणा
और बाघ के आतंक की
एक-दूसरे को काटती हुई
दोहरी छाया में...
इस तरह दोनों के बीच
एक अजब-सा रिश्ता था
जहाँ एक ओर भूख ही भूख थी
दूसरी ओर करुणा ही करुणा।"

जब 'बाघ' कविता को ठहर-ठहर कर देखता-समझता हूँ तो लगता है कि यह कविता जीवन का जीवन्त पुनर्पाठ है। इसमें प्रेम, घृणा, संघर्ष, तनाव, विश्राम, अनुलोम, प्रतिलोम, प्रकृति, स्मृति, गांव, शहर, करुणा, आतंक, यान्त्रिकता, स्वाभाविकता, एक, अनेक, राग, विराग आदि छवियां गुम्फित हैं। परस्पर विरोधी दिखने वाले भाव भी एक-दूसरे को रचते-गढ़ते हैं, गति देते हैं। किंतु हम पाते हैं कि केदारनाथ सिंह के रचना-संसार में भयावता, सर्द हवाएँ, आतंक और यांत्रिकता चाहे जितनी हों किंतु जीत स्वाभाविकता, करुणा और प्रेम की ही होती है। एक सुंदर और विशाल ट्रैक्टर बाघ को "एक विराट दाने की तरह लगा हराई में पड़ा हुआ।"

"फिर उसने एक दबी हुई ईर्ष्या से
नीचे से ऊपर तक
गौर से देखा समूचे ट्रैक्टर को
और खुद-ब-खुद
एक बुढ़िया की बटुली में
पकने की इच्छा से
हो गया लाल।"

यह कविता धैर्यपूर्वक पढ़ने की मांग करती है। यांत्रिकी पर प्रकृति की जीत का आख्यान रचती है। ताकत और आतंक का पर्याय बाघ बुढ़िया की बटुली में खुद-ब-खुद पकने की इच्छा व्यक्त करता है। बाघ रूपी आतंक का बुढ़िया के जीवनदायी बटुली में पकने की इच्छा आतंक के समर्पण का संकेत है। बुद्ध की

करूणा के सम्मुख अंगुलिमाल जैसे आतंकवादी का समर्पण भारतीयता की जीत का सबूत है। इसी भारतीयता की पहचान गढ़ने में केदारनाथ सिंह का कवि पुरुष सदैव निरत रहा है।

बाघ और लोमड़ी के बीच हुए संवाद के बहाने कवि आदमी के दुःख की थाह लेता है। दुःख के कारण को समझना चाहता है। इतना ही नहीं, वह मनुष्य की असीमित पिपाशा पर, उसकी प्यास पर व्यंग भी करता है, जो मनुष्य में पशुओं की तुलना में बहुत ही अधिक है, चौकाने वाली है। आजकल कांटा कम गड़ रहा है आदमी को, बल्कि आदमी ही कांटे को गड़ रहा है। इतना पतित हो गया है आदमी।

'हो सकता है
पर हो सकता है आदमी ही
गड़ गया हो कांटे को'
लोमड़ी ने धीरे से कहा

'क्या आदमी लोग
पानी पीते हैं?'

'पीते हैं' -लोमड़ी ने कहा-
पर वे हमारी तरह
सिर्फ सुबह-शाम नहीं पीते,
दिन-भर में जितनी बार चाहा
उतनी बार पीते हैं।'

कवि केदारनाथ सिंह छोटे-छोटे कथा प्रसंगों के माध्यम से जीवन की सच्चाई और उसमें व्याप्त अराजकता को बड़ी ही सहज चतुराई से कह लेते हैं। यह उस राजा के बारे में कह रहे हैं, जिसकी रानी जंगल में खो गयी थी। यह कोई छोटे-मोटे राजा नहीं, बल्कि राजा राम लगते हैं और रानी सीता जी ही हैं, जिनका अपहरण मायावी रावण ने किया था। कहने का आशय यह कि जब राजा की रानी ही जंगल में खो सकती है, तब अन्य औरतों के खोने का अंदाजा सहज ही लगाया जा सकता है।

"एक जलती दोपहरी में
बाघ ने देखा एक अद्‌भुत दृश्य...
वह बूढ़ा बटवृक्ष आदमी के कानों के पास झुक कर

धीरे-धीरे गा रहा था
एक बहुत पुराना गीत
जो शायद किसी राजा के बारे में था
जिसकी रानी जंगल में खो गयी थी।"

'बाघ' कविता के आठवें भाग में कवि एक 'स्त्री' और उसके खयाल के बारे में लिखता है-

"मैं एक स्त्री को जानता हूँ
जो एक छोटे-से शहर में रहती थी
उसके पास ढेरों कहानियां थीं
बाघ के बारे में और नदियों के बारे में
और उन बहुत-से शहरों के बारे में
जिनके नाम किताबों में नहीं कहीं मिलते
उसका विश्वास था
कि बाघ एक जादू है।...
यह भी एक बाघ है
और इतना करीब
कि ध्यान से सुनो
तो तुम अपनी छाती में सुन सकते हो
उसके भारी पंजों के चलने की आवाज।"

'एक स्त्री' के माध्यम से यहाँ कुछ कहने का विशेष निहितार्थ है। भारतीय मनीषा की भाषा में 'स्त्री' प्रकृति रूपा है, वह रत्नगर्भा है, वह जन्मदात्री है। वह किस्से-कहानियों की भी जननी है। और जब वह कहती है कि 'बाघ एक जादू है। तुम उसके भारी पंजों के चलने की आवाज अपनी छाती में सुन सकते हो।' तब उसका यह कथन जंगल के क्रूर और डरावने बाघ की ओर संकेत कत्तई नहीं करता, बल्कि यह उस बाघ की ओर इशारा करता है जो इस जीवन रूपी जंगल का शक्तिपुंज है, नियंता है, मारक और तारक है। इस तरह एक बाघ में, एक मनुष्य रूपी बाघ में कवि अनंत संभावनाओं का दर्शन करता है। वह क्रूरता और अंधेरे में प्रेम, करुणा और आत्मा का उजास भरता है। यही तो कवि और कविता की उदात्तता और सार्थकता है।

'बाघ' कविता की खासियत यह है कि कभी बाघ के चलने की आवाज को हम अपनी छाती में सुन सकते हैं, तो कभी उसी बाघ को लोमड़ी 'ईश्वर' लिखना सिखाती है। उसे लिखने के लिए डांटती भी है और समझाती भी है।

यह ताकतवर बाघ रोता भी है। लोमड़ी, खरगोश, भालू, सांप, तितली सब उससे रोने का कारण पूछते रहे, परन्तु बिना कुछ बताए वह रोता रहा-

> ***"और सब पूछते रहे***
> ***रोने का कारण***
> ***पर बाघ हिला न डुला***
> ***बस रोता रहा***
> ***रात-भर।"***

उस दिन बाघ रात-भर रोता रहा। हाँ, ये बाघ कभी-कभी रो भी लेते हैं, लोगों की सहानुभूति पाने के लिए, लोगों का मन जीतने के लिए और अपने मन का दुःख हल्का करने के लिए भी। और यह भी सच है कि बाघ जैसे लोगों पर जब समय की मार पड़ती है, तब उन्हें जीवन में रोना भी पड़ता है, और वे रोते भी है, इतना ही नहीं, बाघ जैसे लोग बहेलिया के तीर का शिकार भी होते हैं। सबके हर दिन एक समान नहीं होते हैं। यहाँ तक की बाघ के भी नहीं। जीवन में शून्य से शिखर और शिखर से शून्य का सिलसिला चलता रहता है। अंततः हाथ में शून्य ही आता है, जिसे लोग नहीं समझ पाते हैं, या यूँ कहें कि समझना ही नहीं चाहते हैं।

और सबसे बड़ा आश्चर्य यह है कि बाघ जंगल का सबसे ताकतवर प्राणी होने के बावजूद भी लिखना सीख रहा है, किंतु उसे लिखने नहीं आ रहा है, वह अनपढ़ है। और आज के समय की विडंबना भी यही है कि जो क्रूर, अराजक, अनपढ़ और अशिक्षित हैं, वे ही हमारे समय और समाज के बाघ बने हुए हैं, वे ही जीवन के जंगल में प्राणियों का खून चूस रहे हैं और हांका की पकड़ से बाहर हैं। इससे केदारनाथ सिंह की मारक क्षमता का अंदाज लगा सकते हैं और यह भी समझा जा सकता है कि वे महीन व्यंगकार हैं।

यह मानने में शायद किसी को संकोच न हो कि कला या लेखन का मूल सरोकार यदि कुछ है तो वह संघर्ष और तनाव के बावजूद सकारात्मक परिवर्तन ही है। प्रकृति इस बात का उद्‌घोष युगों से करती आ रही है कि प्रेम और करुणा ही प्रकृति का मूल स्वभाव है। अंततः जीत इन्हीं मूल्यों की ही होती है। फलतः हम पाते हैं कि बाघ भी अपनी क्रूरता को धीरे-धीरे कम करना चाहता है, और वह मानता है-

> ***"कि जहाँ दिन-रात रहने और गुर्राने के सिवा***
> ***कोई उपाय नहीं है उसके पास***
> ***उसके बाहर जाया जा सकता है***

देखा जा सकता है सूर्यास्त
और सूर्योदय के आर-पार
पहाड़ का मस्तक फाड़ कर
लाया जा सकता है नदी को
समूचा उठाकर।"

इससे स्पष्ट है कि जीवन में रोजमर्रा के क्रियाकलाप और उसकी उलझनों से निकल कर सूर्योदय (जीवन) और सूर्यास्त (मृत्यु) के आर-पार भी देखा जा सकता है और 'पहाड़ का मस्तक फाड़ कर' जीवनदायिनी नदी को भी लाया जा सकता है। यहाँ सूर्यास्त और सूर्योदय के आर-पार देखने के निहितार्थ को समझने की विशेष जरूरत है। यह दृश्य के साथ अदृश्य और मूर्त के साथ अमूर्त लोक की अनुभव संपदा को सहजने-बटोरने का आवाहन है। इस तरह, हम पाते हैं कि कवि केदारनाथ सिंह की आवाजाही सिर्फ शहर से गांव और गांव से शहर के बीच नहीं है, बल्कि उनके कवि कर्म में मूर्त से अमूर्त, दृश्य से अदृश्य, लौकिक से पारलौकिक और यथार्थ से रहस्य के बीच आवाजाही भी है। इस काव्यात्मकता में पूर्णता के संधान की भावना निहित है। इस रूप में केदार जी पूर्णता के खोजी-साधक हैं।

बाघ कविता सतह पर जितनी स्पष्ट और आसान लगती है, उतनी यह है नहीं। इसमें जीवंत अनुभव और रूपांतरण की अद्‌भुत कुंजी है। इस बड़े कलेवर वाली कविता में अंतर गुंफित कविताओं की पारस्परिकता और संबद्धता को ठीक से न परख पाने से कविता के मर्म तक नहीं पहुँचा जा सकता है। जंगल के बाघ के क्रिया-कलाप का अंकन करते-करते केदार जी बच्चे के मिट्टी के बाघ के खिलौने के टूटने का दृश्य उपस्थित करते हैं। एक तरफ जीवित बाघ के मंथर गति से चलने, गुर्राने और खरगोश की मुलायम और सफेद देह को सहलाने का चित्र है, तो दूसरी ओर मिट्टी के बाघ का जमीन पर गिरना और खट् से टूटने की स्थिति में तब्दील होना सामान्य निरूपण नहीं है। यह प्रवहमान समय में ताकत और सत्ता की क्षण भंगूरता का पाठ और प्रमाण है। यह अहंकार के मर्दन का सबूत है। अक्सर महत्वपूर्ण कविताएँ अहंकार के विसर्जन का पाठ रचती हैं, ताकि मनुष्य अपनी परिधि में 'मनुष्य' बना रह सके। यह सजगता ही केदारनाथ सिंह को विशिष्ट कवि बनाती है।

"एक बच्चा रो रहा था
उसके हाथ से गिरकर
अचानक टूट गया था

उसका मिट्टी का बाघ
एक छोटा-सा सुंदर बाघ
जो तारों से लड़ चुका था
जो लड़ चुका था चांद और सूरज
और समुद्री डाकुओं से
ठीक उसकी आँखों के आगे
उसके हाथ से गिरा
और खट् से टूट गया
और अब वह रो रहा था
क्योंकि अब वह हैरान था
कि दुनिया की सबसे ताकतवर चीज
कितनी आसानी से गिरी
और टूट गयी।"

बाघ कविता के इस भाग में 'बच्चा जिद पर अड़ा है कि उसे सिर्फ वही बाघ चहिये जो टूटने के पहले था।' संयोग से कवि को त्रिलोचन जी मिल जाते हैं। वह त्रिलोचन जो कवि केदारनाथ सिंह की स्वीकारोक्ति में उसके भाषा और कविता गुरु हैं। उन्हीं के दिशा-निर्देश में कवि उनके पीछे-पीछे चलना चाहता है। यह कवि का त्रिलोचन जी के प्रति विनम्र भाव है। त्रिलोचन जी आश्वासन देते हैं कि 'कहीं न कहीं किसी कुम्हार की आँखों में होगा जरूर जस का तस।' केदार नाथ सिंह कहते हैं, 'तब से कितना समय बीता/ हम अब भी चल रहे हैं /आगे-आगे कवि त्रिलोचन/ पीछे-पीछे मैं /एक ऐसे बाघ की तलाश में/ जो एक सुबह धरती पर गिरकर/ टूट जाने के पहले/ वह था।' यहाँ 'बाघ का खट् से टूटना', 'कुम्हार की आँखों में' और 'हम अब भी चल रहे हैं' जैसे छोटे से लगने वाले वाक्य अपने अर्थ बोध और प्रतीक-संकेत में बहुत बड़े हैं। बहुत ही महत्तर। 'कुम्हार' शब्द क्या सामान्य अर्थ का वाचक है? यह कुम्हार उस विराट कुम्हार का प्रतीक है, जिसकी आँखों में सारी संरचना समाहित है, क्योंकि सृष्टि के सारे जड़-चेतन उसी से निकलकर जीवन पाते हैं और अंत में टूटने-बिखरने के बाद उसी में समाहित हो जाते हैं। यह भारतीय दर्शन है। इस लिहाज से यह खंड बहुत ही महत्वपूर्ण है।

अब वही बाघ 'स्वाद और नींद से लदी बैलगाड़ियों को' चुपचाप खड़ा होकर देखता है। वह प्यार से देखता है जाती हुई बैलगाड़ियों को।

"इस बार जाती हुई बैलगाड़ियों से

उसे हो गया प्यार
उसे अच्छे लगे गोल-गोल
घूमते हुए पहिये
उसे सांस की तरह लगी
वह धीमी-धीमी गति
जो कि पहियों से झर रही थी
वह खड़ा-खड़ा एकटक देखता रहा
जाती हुई बैलगाड़ियों को।"

इस संसार में, इस धरती पर सबकी अलग-अलग बैलगाड़ी है। अलग-अलग इच्छाओं-सपनों-उम्मीदों के माल असबाब से लदी हुई बढ़ रही है। इस गाड़ी को कोई होश पूर्ण तरीके से अर्थात् समझदारी पूर्वक, तो कोई नींद में अर्थात् बेहोश होकर, अनमने ढंग से हांक रहा है। इन बैलगाड़ियों में नधे हुए बैल आखिर हम ही तो हैं। जिसे "बाघ" एकटक देखता है। यहाँ बाघ द्वारा बैलगाड़ियों को एकटक देखने में हम विराट पुरुष (परमात्मा) के देखने का आभास पाते हैं। इस रूप में कि वह केवल साक्षी भाव से सबको देखता है। इस भाव का उल्लेख मुंडकोपनिषद में है-

"द्वा सुपर्णा सयुजा सखाया समानं वृक्षं परिषस्वजाते
तयोरन्यः पिप्पलं स्वाद्वत्यनश्र्नन्न्यो अभिचाकशीति।"

जीवात्मा मीठे फल के स्वाद को चखती है और परमात्मा साक्षी भाव से उसके क्रिया-कलाप को देखता है। इस लिहाज से जंगल के बाघ की स्थिति परमात्मा की स्थिति से मेल खाती है। जीवात्मा और परमात्मा के बीच जो सम्बन्ध है, वही सम्बन्ध बाघ का जंगल से है। दोनों एक-दूसरे को रचते-गढ़ते हैं। कभी वही बाघ जाती हुई बैलगाड़ियों को एकटक चुपचाप देखता है तो कभी वह धुआँ न उठने से 'हैरान-परेशान' हो जाता है। इस कविता में धुआँ को जीवन होने के सबूत के रूप में माना गया है, धुआँ में आदमी के होने की गंध है।

"उसे पता था
कि जिधर से भी उठता है धुआँ
उधर होती है बस्ती
उधर रंभाती हैं गायें
उधर होते हैं गरम-गरम घर
उधर से आती है आदमी के होने की गन्ध।"

यहाँ बाघ की स्थिति एक अभिभावक या मुखिया की तरह है, जो धुआँ

उठता हुआ न देखकर विचलित हो जाता है। (पहले भी गांव में मुखिया या मददगार व्यक्ति जिसके घर में धुआं का उठना नहीं देखता था तो वह सहज ही अंदाज लगा लेता था कि अमुक के घर में खाने की सामग्री नहीं है। अतः उसके घर भोजन के निमित्त राशन भिजवाता था ताकि घर में चूल्हे से धुआँ उठ सके) धुआँ का उठाना चूल्हा के जलने की निशानी है। धुआँ का उल्लेख विलियम वड्र्सवर्थ की 'Tintern Abbey' नामक कविता में भी है, और वहाँ उठने वाले धुएं को लेकर तरह-तरह की संभावनाएँ समाहित हैं। कवि नागार्जुन में भी हम गांव-गवई के जीवन-परिवेश की जीवन्त झांकी पाते हैं। इस बाघ कविता में भी धुआँ की चिंता जीवन स्पंदन की चिंता है।यह गंभीर प्रतीक है। ग्राम्य जीवन से जुड़े बिम्ब कविता को अधिक संजीदा और संवेदलशील बनाते हैं।

बाघ कविता की बनावट और बुनावट गंभीर सूझबूझ का परिचय देती है। बाघ को कई कोण से देखने समझने का इसमें आमंत्रण है। इसमें बाघ विविध रूप में उपस्थित है।वह केवल जंगल का बाघ नहीं है। वह महामानव की चेतना को खुद में समेटे एक सजग द्रष्टा भी है। इतना ही नहीं, वह अपनी शाश्वतता में अपनी भंगूरता भी ढोता है।

केदारनाथ सिंह के विचार, बिम्ब और भाषा की सार्थकता इस बात में निहित है कि वह अपने समय की समस्याओं को बड़े सलीके से कह देते हैं और कभी समय के पार भी इन्हीं के सहारे घूम आते हैं। उनका बाघ एक रात भयानक ठण्ड में आग देखता है।

"झाड़ियों से घिरा वह घर
एक बंगला था जहाँ से आ रही थी
किसी परिचित लकड़ी के
जलने की गंध
वह गन्ध बाघ को
सगोतिया की तरह लगी।"

बाघ के लिए विडंबना और आश्चर्य यह है कि भयानक ठंड में जहाँ पूरा जंगल कांप रहा है, कहीं आग दिखाई नहीं दे रही है। और आग जिस घर में दिखाई दे रही है वह बंगला है। जंगल की सारी आग बंगले में सिमट कर रह गई है। यहाँ आग सुविधा, ऊर्जा और चेतना का प्रतीक है। सारी ऊर्जा बंगलाधारियों के पास है। कवि यह नहीं कहता है कि आग की लौ झोंपड़ी से उठ रही है। बल्कि वह कहता है कि आग एक बंगला के भीतर है। वे सब आज को घेर कर बैठे हैं। लकड़ी के जलने की गन्ध इस बंगलानुमा घर के भीतर से

उठ रही है। लकड़ी के जलने की गंध का बंगलानुमा घर से उठना, इस बात का सूचक है कि समाज का शोषक वर्ग जंगल का दोहन केवल अपने लाभ और हित के लिए कर रहा है। यह आग यहाँ 'कठोपनिषद' वाले नचिकेता की आग (चेतना) की तरह नहीं है। हाँ, उस आग की रोशनी में वह मरे हुए बाघ की देह को दीवार पर झूलता हुआ देखकर अचंभित हो गया-

"अचानक उसने देखी एक मरे हुए बाघ की
लंबी देह
जो दीवार पर झूल रही थी
बाघ ने पहली बार
चिल्लाना चाहा
पर चिल्लाना उसे आता नहीं था
फिर भी कहीं अंदर जैसे चिल्ला रहा था वह
कि वो देखो... वो देखो
वो जो वहाँ टंगी है दीवार पर
वह मेरी-हाँ, हाँ
वह मेरी देह है!"

इस कविता में मरे हुए बाघ की लंबी देह का दीवार पर झूलना, जहाँ एक ओर गहरे अर्थ में बाघ का शिकार करने वाले शिकारियों की कलई खोलता है, तो वहीं दूसरी ओर ताकतवर बाघ के असहायपन को भी शिद्दत से चिन्हित करता है। वाकई, 'वसुधैव कुटुंबकम्' और 'रामराज्य' का सपना देखने वाले इस भारत देश में किसी एक की खाल किसी दूसरे के आनंद और शौक का साधन है। बंगलों को हर तरह की छूट है और झोपड़ियां तबाह हैं। यह धरती का दुःखद आश्चर्य है। इस पर विराम लगना चाहिए। खैर!!!

केदारनाथ सिंह के द्वारा प्रयुक्त रूपक और बिम्ब बाघ कविता के एसथेटिक सौंदर्य को बढ़ाने में अहम भूमिका निभाते हैं। बाघ का गतिशील सौंदर्य उसमें होने वाला रचनात्मक परिवर्तन-रूपांतरण खास किस्म का-हिंसा से आनंद में और क्रूरता से करुणा में- प्रतिलोम रचता है, जिसका होना आज आर्थिक साम्राज्यवादी विस्तार के बीच बेहद जरूरी है। हिंसा मुक्त समाज की चिंता केदार जी के कवि-कर्म का अहम सरोकार रहा है। बिम्ब को लेकर केदारनाथ सिंह की मान्यता स्पष्ट रही है। वे मानते हैं कि "बिम्ब वह शब्द चित्र है जो कल्पना के द्वारा एन्द्रिय अनुभवों के आधार पर निर्मित होता है। कवि जब मानव मन के सहज, कृत्रिम, गतिशील जटिल, संवेगों को भाषा के जीवंत माध्यम के द्वारा

शाब्दिक पुनर्निर्माण करता है तो उसे समीक्षा की आधुनिक पदावली में बिम्ब कहा जाता है।" बिम्ब की महत्ता को देखते हुए आचार्य रामचंद्र शुक्ल को कहना पड़ा कि 'काव्य में अर्थ ग्रहण से काम नहीं चलता, बिम्ब ग्रहण अपेक्षित होता है।' इस कविता में बाघ और पिंजरे का बिम्ब एक-दूसरे के पूरक हैं। बाघ हो और पिंजरा न हो, यह भला कैसे संभव है? यह जीवन भी एक तरह का कैद खाना ही तो है इससे आसानी से मुक्ति कहाँ मिलती है। वैसे भी मनुष्य स्वतंत्र कहाँ है? फ्रांसीसी विचारक रूसो ने सही ही लिखा है कि 'मनुष्य स्वतंत्र पैदा होता है, किन्तु वह सदैव बेड़ियों से जकड़ा रहता है।' ये अदृष्य सी दिखने वाली जंजीरें समाज की परंपराओं, रीति-रिवाजों, पद्धतियों, नैतिकताओं, मर्यादाओं, गुरुओं, संस्थाओं, संगठनों के विचारों की होती हैं। मनुष्य और प्राणी स्वतंत्र कहाँ हैं? मनुष्य की इसी सामाजिक और वैचारिक परतंत्रता को देखते प्रसिद्ध दार्शनिक जिद्दू कृष्णमूर्ति ने मनुष्य को 'सेकंड हैंड मैन' कहा है।

संसार में कई तरह के पिंजरे होते हैं, कुछ तो दिखते हैं और कुछ नहीं दिखते। लोहे के पिंजरे को तोड़ना और उससे मुक्त होना कुछ हद तक आसान है, किंतु विचारों के पिंजरे को पूरी तरह नष्ट कर उनसे मुक्त होना सरल नहीं है। पिंजरे में बंद बाघ अपने अस्तित्व के बारे में भी सोचता है। वैसे भी बीसवीं सदी के लेखन पर मार्क्सवाद के साथ-साथ किर्केगार्ड, काफ्का, सार्त्र और कामू के अस्तित्ववाद का गहरा प्रभाव रहा है। और इस अस्तित्ववाद ने कला और साहित्य को मनो जगत और 'इनर एक्सप्लोरेशन' के लिए प्रेरित किया है, इस तथ्य को नकारना मुश्किल है। अस्तित्व के प्रश्न पर विचार करते हुए अस्तित्व की निरर्थकता पर भी अस्तित्ववादियों ने खूब विचार किया है। केदारनाथ सिंह का बाघ भी वजूद की व्यर्थता और अकेलेपन के बारे में सोचता है। जीवन अगर यक्ष प्रश्न है तो आपके होने में भी प्रश्नों का होना स्वतः शामिल रहता है। केदारनाथ सिंह का बाघ भी संदेह, एलिनेशन (अलगाव /एकाकीपन) आब्जर्डिज्म (बेतुकापन) जैसे प्रश्नों से जूझता है। उसकी जूझ जितनी बाहरी है, कहीं उससे अधिक मनोवैज्ञानिक भी। बाघ के एकाकीपन एवं बेतुकेपन की सोच और उसके अंतर्द्वंद में आधुनिक आदमी की मानसिक छटपटाहट एवं उसका द्वंद्व शामिल है।

"और वह अपनी परिधि के
सैकड़ों चक्कर लगा चुकने के बाद
अब मानो अपने ही वजूद की व्यर्थता से थक कर
अपने उसी सीखचे की टेक लिए खड़ा था
जिसमें वह बंद था

और अपनी लंबी खुरदुरी जीभ से
अपनी पुट्ठों का नमक
बार-बार चाट रहा था
इस क्रिया में वह इतना अकेला था
और फिर भी इतना तल्लीन
कि उस समय
मुझे आदमी से अलग नहीं लगा वह।"

वैसे तो बाघ कविता को डी-कोड करना कठिन है। यह उतना ही दुरूह है, जितना किसी के मन के विज्ञान को पढ़ना। फिर भी इतना तो स्पष्ट है कि बाघ केदारनाथ सिंह के कवि दृष्टि और उनकी रचना धर्मिता का माउथ पीस है। इसमें कवि का जीवनानुभव और क्रियाशील संघर्ष अपनी पूर्णता में प्रकाशित है। इसमें बाघ जीवन्त एवं इन्द्रधनुषी जीवन का प्रभावी रूपक है। किन्तु यह रूपक अब उत्तरोत्तर अराजक होते समय के दबाव में अपने अर्थ एवं महत्ता के लिए संघर्ष कर रहा है, लहुलुहान भी है। कवि बाघ को, उसके बाघपन को, उसके सौंदर्य को, उसके समावेशी जीवन को, उसके आत्मा और मूल्य को, उसके रचनात्मक संघर्ष एवं जिजीविषा को, जीवन दायी आस्था, उम्मीद, सपने एवं मूल्यवान नैरन्तर्य को बचाने सहेजने के लिए ही मानो समर्पित रहा है। इसलिए वह चिंतित है कि समूचे जंगल को निगल लेने की इच्छा से पूँजीवादी ताकतें कहीं बाघ को ही न निगल जांय। जीवन को बाजार और व्यवसाय में ढालने वाली ताकतें बाघ अर्थात् जीवन के अर्थपूर्ण सौन्दर्य को ठुकरा कर ही अर्थहीन देहवादी जीवन पद्धति को आकार दे पाती हैं। इसलिए भी अब बाघ खतरे में है। बाघ के जीवन के हित में भोगवादी खतरों को भांप कर कवि सोचता है-

"उन्हें डर है कि एक दिन
नष्ट हो जाएँगे सारे-के-सारे बाघ
कि एक दिन ऐसा आयेगा
जब कोई दिन नहीं होगा
और पृथ्वी के सारे-के-सारे बाघ
धरे रह जायेंगे
बच्चों की किताबों में
मुझे भी डर है।"

यह सच है कि आजकल जो उन्मादी हवा बह रही है, इन हवाओं में डर

है। जंगल के लोग सहमे हुए हैं। डरी हुई है घासें। डरी हुई हैं झाड़ियां और झोपड़ियां।क्या सचमुच एक दिन यह धरती बाघ (ईश्वर, आत्मा, सत्य, मूल्यवान जीवन, प्रेम, करूणा, सौन्दर्य) विहीन हो जावेगी? इस डर के बीच सब बीत रहे हैं। इसलिए 'डर और बीतने' में मन को भीतर तक झकझोरने वाली पीड़ा निहित है। केदार जी कहते हैं-

"बीत रहे हैं सारे पहाड़ और नदियां
और हावड़ा का पुल
और हवाई जहाज के डैने
और बुनते हुए हाथ
और चलते हुए पैर
सब बीत रहे हैं।"

कवि केदारनाथ सिंह पूँजीवादी ताकतों की विस्तारवादी नीति और उसके अर्थहीन सम्मोहन के घातक परिणाम को भलीभांति समझते थे। वे जानते थे कि इसका प्रेम एक दिन भस्मासुर बनकर मनुष्यता और मानवता को निकल जाएगा और अंत में मनुष्य अपनी सतही यांत्रिकता में जीवित रहने के लिए विवश होगा। बावजूद इसके वे मनुष्य जाति को आश्वस्त करते हैं, हिम्मत बधाते हैं, उनमें उम्मीद जगाते हैं। वे कहते हैं कि 'हमें जीना होगा'। उनका अटूट विश्वास है कि जीवन जीने के लिए है, इसलिए जीना होगा। उनका दृढ़ विश्वास में सराबोर शब्द-'जीना होगा' -जीवन के प्रति आस्था और जिजीविषा का सूचक है। 'बाघ' कविता के भाग उन्नीस में 'जीना होगा' शब्द एक बार नहीं, दो बार नहीं, तीन बार नहीं, बल्कि तेरह बार पूरी शक्ति के साथ उल्लेखित है। इससे प्रतिकूल स्थिति-परिस्थिति में भी कवि की जीवनी शक्ति, उसकी जिजीविषा और जीवन के प्रति अटूट आस्था को सहज ही समझा जा सकता है। कवि की जीने की जिजीविषा और अभिलाषा दृष्टतव्य है-

"पर दोस्तों हमें जीना होगा
जीना होगा बाघ के साथ
और बाघ के बिना भी जीना होगा...
समय चाहे जितना कम हो
स्थान चाहे उससे भी कम
चाहे शहर में बची हो बस उतनी सी हवा
जितनी एक साइकिल में होती है
पर जीना होगा...

और जैसे भी हो
यहाँ से वहाँ तक समूचा जीना होगा।"

और अंत में कवि की जीवन-आस्था से उपजा हुआ बाघ जादुई लगने लगता है। एक ऐसी रहस्यपूर्ण सर्व व्यापक उपस्थिति में ढल जाता है कि वह सबको दिखाई देता है। प्रार्थना में, स्कूल में, माचिस के अंदर, और यहाँ तक कि चाय की प्याली में भी बाघ की जादुई उपस्थिति सबको बांध रखी है। 'एक सुंदर आग की तरह लपलपाता हुआ बाघ' सबके जीवन के केन्द्र में है। वह शहर में चुनाव और चुनौती की तरह दिखता है। बाघ का होना जंगल के होने का सबूत है। वह जंगल भी क्या जंगल है, जिसमें बाघ न हो। बाघ अपनी व्याप्ति में ईश्वर, सत्य, आत्मा, अग्नि, उम्मीद, आस्था, जिजीविषा, सुंदरता, ऊर्जा और जीवन की चेतना का मेटाफर है। वह सुंदर है क्योंकि गतिमान है-

"वह लगातार चल रहा था
और चूँकि वह चल रहा था
इसलिए सुंदर था
और चूँकि वह सुंदर था
इसलिए कहीं कोई डर था ना भय।"

प्रश्न उठता है कि क्या मनुष्य अपने अल्प जीवन में जीवन की पूर्ण चेतना, उसकी सुंदरता, उसकी अग्नि, उसकी आत्मा, ईश्वर और सत्य को अर्थात् बाघ या उसके बाघपन को समग्रता या पूर्णता में जान सकता है? इसका विनम्र उत्तर है-नहीं! इसलिए बाघ को भी जिन्होंने भी देखा, उसे पूरा का पूरा नहीं देख पाये। कुछ ऐसा ही देखना हुआ-"जाकी रही भावना जैसी, प्रभु मूरति देखी तिन तैसी।" कुछ इसी तरह सब ने बाघ को देखा-

"किसी ने देखी
सिर्फ उसकी आँखें
किसी ने धारियां
किसी को दिख गए पूरे जबड़े
किसी को हिलते हुए मांसल पुट्ठे
पूरा बाघ किसी ने नहीं देखा
पर मानो सब कृतज्ञ थे।
उस महान सूर्य के
कि दिन-दहाड़े
जब सब लगे थे अपने-अपने काम में

तो सब को थोड़ा-थोड़ा दिख गया बाघ!"

यह 'बाघ' अपने रहस्य और प्रतीक में कुछ-कुछ उसी तरह है, जैसे अज्ञेय की 'असाध्य वीणा'। उस वीणा के स्वर और निहितार्थ को सबने अपने-अपने ढंग से, अपनी-अपनी क्षमता के मुताबिक ग्रहण किया। केदारनाथ सिंह की यह कविता अपनी परिणति में जिस मोड़ पर आकर विश्राम पाती है, इससे क्या हम केवल यही अर्थ ग्रहण करें कि यह केवल बाघ है? यकीनन यह 'बाघ' अपनी व्याप्ति में, उपस्थिति में, सुंदरता और बाघ-पन में अद्‌भुत और अद्वितीय रचना है। बाघ एक जीवंत और विराट बिम्ब है। यह 'ढलती शताब्दी का पंचतंत्र' नहीं है बल्कि बाघ सही मायने में जीवन का पंचतंत्र है। डॉ. नंदकिशोर नवल की टिप्पणी बाघ के संदर्भ में गंभीर लगती है, उनका कहना है, "अब तक केदार जी जिस मूल्य को उपलब्ध करने के लिए काव्य रचना करते आ रहे थे, यह कविता वस्तुतः उसी को 'बाघ' के रूप में मूर्त व प्रतीकीत करती है। यह बाघ उनकी कविता में सौंदर्य का एक बहुत पूर्ण प्रतीक बनकर अपने पूरे बाघ-पन, इन्सान-पन और सुंदर-पन के साथ उपस्थित हुआ है।" केदारनाथ सिंह बाघ के आने एवं उसकी उपस्थिति को शुभ सूचक मानते हैं। वे मानते हैं,

"क्योंकि उसका आना एक सूचना है
कि हवा अभी है
और पानी कहीं उसी तरह
बह रहा है।"

अर्थात् बाघ जीवन स्पंदन का प्रतीक है। वह असीमित है, अनन्त है, अनिवार्य है। ऐसे में उसकी असीमितता को, उसकी सर्व व्यापक उपस्थिति को, उसकी लपलपाती आग को, उसकी जादुई आवाज को, उसकी गूढ़ता एवं रहस्यमयता को क्या सूत्रों में समेटा जा सकता है? वैयाकरण पाणिनि की आड़ में कवि सूत्रों में निहित गरिमा-महत्ता के बावजूद उनकी सीमाओं की ओर संकेत किया है। यही कारण है कि बाघ की आवाज सूत्रों में नहीं अंटती थी।

"वैयाकरण ऋषि के लिए
यह एक बिल्कुल नई समस्या थी
क्योंकि उनकी स्मृति में जितने भी सूत्र थे
उनमें से किसी में वह आवाज
अंटती ही नहीं थी।"

बाघ और उसका रूपक कला-साहित्य का महत्वपूर्ण विषय रहा है। किसी एक देश में नहीं बल्कि विश्व के कोने कोने में इसके चाहने वाले रहे हैं। इस

जीवंत और शाश्वत बाघ में रहस्यमयता उसकी शक्ति के कारण भी रही है। वह जंगल का राजा है। सर्वोपरि है। ताकतवर है। जंगल का प्रमुख प्रतिनिधि भी है। किंतु उसके प्रतिनिधित्व के पीछे जंगल का हाथ और सहयोग भी है। एक स्वीकार भाव भी है। कला और साहित्य में बाघ प्रतीक के रूप में आने के पहले से ही आदिवासियों के जीवन से शिद्दत से जुड़ा हुआ है। जहाँ जंगल रहा है, वहाँ आदिवासी रहे हैं और बाघ भी रहा है। आदिवासी समुदाय में विशेष कर बैगा जन जाति में बाघ की उपस्थिति का विशेष महत्व आज भी है क्योंकि जंगल में बैगा जनजाति मानव सृष्टि के उदय काल से ही रहते आई है। भले ही उसे बैगा जनजाति का टैग बाद में मिला हो। जनजाति चूंकि जंगल में रहते आई है। इसलिए अपने परिवार जनों एवं पालतू पशुओं की रक्षा के लिए बाघ की विशेष पूजा अर्चना करती है ताकि बाघ उनके समूह के लोगों एवं पालतू पशुओं को क्षति न पहुँचाए। उन्हें अपना शिकार न बनाए। इसलिए यह जनजाति अपने रहायसी जंगली इलाके में एक सीमा निर्धारित कर उस सीमा पर मिट्टी का चबूतरा बनाकर (अब पक्के चबूतरे भी बनने लगे हैं) वहाँ बाघ की पूजा करती है। यह पूजा आदिवासी वाद्य यंत्रों के साथ उत्साह पूर्वक नाच गाने के साथ संपन्न की जाती है, बावजूद इसके जब कभी बाघ उनकी सीमाओं में घुसकर इनके परिवार जनों या मवेशियों को नुकसान पहुंचता है तो ये लोग सोचते हैं बाघ देवता हमसे नाराज हो गया है। लगता है कि हम लोगों से कुछ गलती हो गई है। इसलिए ये बाघ को मनाने और खुश करने के लिए फिर से पूजा अनुष्ठान करते हैं और बैगा जनजाति के लोग बाघ को "बघेसुर" कहते हैं अर्थात बाघ देवता। इस तरह बाघ कई रूपों में कला-साहित्य और जीवन से जुड़ा हुआ है।

यकीनन, बाघ को पढ़ने, उसके बीच से गुजरने का अर्थ है खुद को सुन्दर और समावेशी अनुभव सम्पदा से सम्पन्न करना। यही क्या कम है कि यह कविता जीवन को देखने और समझने की आँख देती है। यह यथार्थ का प्रतीक रूप में निरूपण ही नहीं करती बल्कि रहस्यमय विराट लोक में शामिल होने का नेहिल आमन्त्रण भी देती है। केदारनाथ सिंह के रचना-कर्म की विशेषता रही है कि जहाँ इशारे से काम सधता है, वहाँ उनकी कविताएँ बात करने की हड़बड़ाहट नहीं दिखातीं, जहाँ प्रेमपूर्ण बर्ताव से बिगड़ी बात बनने की संभावना रहती है, वहाँ लाठी नहीं भांजती हैं। कवि की तरह ही उनकी यह बाघ कविता भी धैर्य और समझ का अप्रतिम उदाहरण है। यह गंभीर रचनात्मक बोध उनके जीवन के प्रति आस्था जवाबदारी और प्रतिबद्धता के कारण संभव हो सका है। केदारनाथ सिंह मानते हैं कि "मेरे लिए लिखना लगभग उसी तरह एक

जिम्मेदारी से भरा हुआ काम है जैसे एक मिस्त्री के लिए एक ढीले नट की चूल कसना या एक गड़रिये के लिए अपनी खोई भेड़ की तलाश करना।" अभी तक हम देखते आये हैं कि जिम्मेदार लेखन ही मूल्यवान दस्तावेज बनता है। इस नजरिए से 'बाघ' का समावेशी सौन्दर्य और उसका बाघ-पन कविता जगत की एक अमूल्य धरोहर है।

अध्याय-7

कविता का आत्म-सत्य

परिवर्तन प्रकृति का स्वभाव है। हर कालखंड बदलाव लेकर आता है। समय के साथ जीवन और जगत में बदलाव जरूरी है, उसे होना भी चाहिए और उसका स्वागत भी आवश्यक है। किंतु इन सतत् बदलावों के बीच बहुत कुछ ऐसा भी है जो नहीं बदलता है। जो प्रलयंकारी परिवर्तन में भी अपरिवर्तित है, जो समय के उठा-पटक एवं वैचारिक मतभेदों और आग्रहों के हाहाकार में भी स्थिर एवं धूरीवत है, क्या उस गतिशील स्थिरता की पूर्णतः अनदेखी कर आगे बढ़ जाना चाहिए? जीवनदायिनी मूल जड़ों को सींचने और संवर्धित करने की जगह क्या केवल शाखाओं-प्रशाखाओं को सिंचित एवं पोषित करना बुद्धिमत्ता है? कला-साहित्य की आत्मा के बिना उसकी देह का, उसकी यांत्रिकता का महज विस्तार होना अर्थहीन और नीरस है। मैं इस बात को दृढ़ता से स्वीकारता हूँ कि व्यक्ति और सामाजिक जीवन की तरह कला और साहित्य का भी जीवन होता है। इन सब की अपनी धुरी होती है। इन सब की अंतर संबद्धता ही इन्हें जीवन और जीवंतता देती है। आंतरिक और वाह्य संतुलन के अभाव में केवल सतही एवं एकांगी आग्रह और संघर्ष जीवन को परिपूर्ण और सुन्दर नहीं बना सकते हैं। वैज्ञानिक और बढ़ते वैचारिक दबाव के कारण 20वीं सदी के उत्तरार्द्ध से कला और साहित्य का जीवन किसिम-किसिम की वैचारिकी से जुड़कर अपने-अपने होने का उत्सव मना रहे हैं किंतु यह तथाकथित उत्सवधर्मी समय अपनी समकालीनता में विभेदकारी, आत्ममुग्ध और एकांगी है। ऊपर से सुंदर, कलात्मक एवं विकसित सी लगने वाली दुनिया यकीनन भीतर से कुरूप, अकलात्मक और खोखली हुई है। कविता का कवितापन और उसका कलात्मक जीवन भी इन दूषणों से वंचित नहीं है। ऐसे समकालीन साहित्यिक समय में कविता के आत्म-सत्य एवं उसके आत्मानुभूतिक उच्च यथार्थ को टटोलने-विचारने की विशेष आवश्यकता है।

मनुष्य के जीवन की तरह कविता का भी जीवन होता है-सतो गुण, रजोगुण एवं तमोगुण से युक्त। कविता की भी आत्मा होती है। जिस तरह मनुष्य से अन्नमय कोष, प्राणमय कोष, मनोमय कोष, विज्ञानमय कोष एवं आनंदमय कोष की ओर बढ़ने की उम्मीद की जाती है, ठीक उसी तरह कविता भी खुरदरे जागतिक यथार्थ से उठकर उच्च भावदशा अर्थात् आनंद दशा को प्राप्त कर ही पूर्णता को पाती है। कविता साहित्य की सर्वाधिक मूल्यवान विधा है। इसका संबंध मस्तिष्क की तुलना में हृदय और आत्मा से अधिक नजदीक का माना जाता है। इसलिए भी कविता से उम्मीद की जाती है कि वह आत्मापोशी हो, वह उदात्त भावना का विस्तार करें। वह अपने हाथ में पत्थर और डंडा लेकर सामाजिक संतुलन बनाए रखने के लिए संघर्ष न करें बल्कि मनुष्य और सामाजिक आत्मा का ऐसा रूपांतरण करने में सहयोगी बने जिससे सामाजिक समरसता के पक्ष में प्रेम और करुणा का विस्तार संभव हो सके। कविता किसी जाति, धर्म, वर्ण या समुदाय के पक्ष में कभी फतवा जारी नहीं करती बल्कि वह जीवन में अंतर्दृष्टि विकसित करने में सहयोगी भूमिका निभाती है। वह 'सत्यम्-शिवम्-सुंदरम्' का सुमधुर गीत गाती है।

कविता अपनी सार्थक उपस्थिति में करुणामयी और मानवीय है। क्रूरता, हिंसा, अराजकता, विद्रोह और अंधेरे का सहचर होना उसका स्वभाव नहीं रहा है। उसकी प्राणवान उपस्थिति में अंगुलिमाल भी बोधिसत्व बन जाता है। हाँ, कभी-कभी कविता फुंफकारती है, विद्रोह का बिगुल भी बजाती है, लेकिन काटती नहीं है, और न ही खूनी संघर्ष का आह्वान ही करती है। वह तो जीवन की बांसुरी में कृष्ण बनकर मोहक स्वर फूंकती है। वह सत्य के पक्ष में अपनी एक-एक सांस न्योछावर करती है। कविता होशपूर्ण जीवन का सृजन करती है। वह 'त्येन त्यक्तेन भुंजीथाः' का मनुष्य जीवन में राग भरती है। वह विभेद और द्वेष हरती है।

हम अब यह खुले मन से स्वीकारने लगे हैं कि अन्य कलाओं की तरह साहित्य भी एक कला है। चूँकि कविता कला है, इसलिए उससे कला की स्वायत्तता अपेक्षित रहती है, किंतु उसका जीवन से एक गहरा रिश्ता भी है, इस नाते वह अपने दायित्व और सरोकारों से पूर्णतः विमुख भी नहीं हो सकती है। कला और जीवन से जुड़ने के कारण जहाँ एक ओर वह खुद को मुक्त करने का उपक्रम भी निरंतर करती है, वहीं दूसरी ओर जीवन और जगत के बंधन में जकड़ी हुई भी लगती है। इस रूप में कविता (कला) को दोहरे दायित्व से गुजरना पड़ता है। वह जगत और उसकी माया से मुक्त होने के लिए संघर्ष करती

है, उससे दूर जाने के लिए छटपटाती है किंतु साथ ही वह जागतिक लीला को पूरी तरह भूलने का साहस भी नहीं जुटा पाती। इन अंतर्द्वंदों और संघर्षों के बावजूद उसकी क्रियाशीलता मनुष्य और समाज को सुंदर बनाने की होती है। इस नाते वह सौंदर्य बोध की कीमिया गढ़ती है। गहन संवेदना का वातावरण बनाती है। आत्मा और नैतिकता के उन्नयन का सूत्र रचती है।

वैसे तो हर समकालीन समय की अपनी समस्याएँ होती हैं।हर काल खंड में राजनीतिक और सामाजिक स्तर पर समस्याओं से जूझने और कुछ मूल्यवान अर्जित करने का सिलसिला चलता रहता है। कलाकार और कवि भी अपने ढंग से अंधेरी ताकतों से उजास के लिए टकराता है, लेकिन उसका टकराना, उसका जूझना, उसका संघर्ष करना आत्मा और चेतना के प्रकाश के लिए ही होता है। वह सतही और खुरदुरे यथार्थ में ही उलझ कर नहीं रह जाता या कि उसे उलझ कर नहीं रह जाना चाहिए, बल्कि उसका लक्ष्य तो उच्च यथार्थ को जानने और जनाने के लिए समर्पित होता है बिल्कुल कबीर, श्री अरविंद, टैगोर, विलियम ब्लेक, इमरसन, वाल्ट विट मैन, राबर्ट ब्राउनिंग, टी.एस. इलियट, डब्लू.बी. इट्स, जयशंकर प्रसाद, महादेवी वर्मा, निराला, अज्ञेय, मुक्तिबोध केदारनाथ सिंह आदि की तरह।

ऐसा नहीं है कि उच्च यथार्थ एवं गंभीर जीवन बोध को रेखांकित करने वाले कवि मनुष्य जीवन के सतही या खुरदरे यथार्थ का वर्णन नहीं करते हैं या उनसे जूझते-टकराते नहीं है। सच्चाई तो यह रही है कि महान कवि खुरदुरे यथार्थ और उच्च यथार्थ के बीच मूल्यवान समन्वय स्थापित करने में सिद्ध होते हैं। ऐसी सिद्धि साहित्यिक साधना से अर्जित होती है। टी.यस. इलियट के "वेस्टलैंड" में ही देखिए। उसमें जीवन के खुरदरे यथार्थ एवं समाज के आंतरिक संबंधों को कविता की विषय वस्तु तो बनाया ही गया है, साथ ही उच्च यथार्थ का बोध कराने के लिए जीसस के अंतिम संघर्षों और शहादत को भी काव्य में संजोया गया है। इतना ही नहीं, हमारे बृहदारण्यक उपनिषद में वर्णित 'दत्त-दमयत-दयाध्वयम' को उच्च यथार्थ के निरूपण के लिए उद्धृत करते हुए 'शान्ति:-शान्ति:' का काव्यात्मक पाठ भी किया गया है। इसी तरह आयरिश कवि डब्लू बी इट्स की कविताएँ समकालीन सच का उद्घाटन करने के साथ ही जीवन के चरम यथार्थ की ओर भी यात्रा करती हैं। उदाहरण के तौर पर, 'सेलिंग टू वैजंटीअम' में "दैट इस नो कंट्री फॉर द ओल्ड मैन" से आत्मा की तलाश में बढती हुई "टू कीप द ड्राउजी एंपरर अवेक आर/ टू सेट अपान द गोल्डन बो टू सिंग टू लार्डस एंड लेडीज ऑफ बैजन्टियम..।" तक कविता यात्रा

करती है। मुझे यह कहते हुए खुशी है कि डब्लू बी इट्स ने अपने साथी के साथ मिलकर नौ उपनिषदों का अनुवाद भी किये थे। उपनिषदिक जीवन मूल्यों का प्रभाव क्या उसके लेखन पर न पड़ा होगा जिनमें आत्मा और चैतन्य के उजास का वर्णन है? कबीर भी अपने पदों के माध्यम से धर्म और समाज में व्याप्त अंधविश्वासों से भरपूर टकराते हैं किंतु उनका सरोकार सतही संघर्ष में उलझ कर रह जाना नहीं रहा है, बल्कि मनुष्य जाति को असली गंतव्य और लक्ष्य (परमात्मा) का बोध कराना रहा है। कवि मुक्तिबोध द्वारा 'अंधेरे में' की गई 'परम अभिव्यक्त की खोज' अराजकता और हिंसा को अतिक्रांत किए बिना क्या संभव है? इसी क्रम में अज्ञेय की 'असाध्य वीणा' या केदारनाथ सिंह की 'बाघ' कविता के निहितार्थ और मर्म को क्या शाब्दिक अर्थ में समेटा जा सकता है? ये कविताएँ जीवन के हाहाकार के बीच मौन की कविताएँ हैं। ये उच्च भाव दशा के शिखर पर रची गयीं सम्बोधि की कविताएँ हैं।

कविता, सचमुच में मूल्यवान कविता जाने अनजाने जीवन की बुनियादी समझ का दायरा बढ़ाती है, साथ ही कर्तापन के भाव को अकर्तापन में भी ढालती है। कविता आत्मा का जल है। इसका पान करने से मनुष्य के जीवन की तन्द्रा टूटती है। वह मनुष्य को चौकाती है। कविता अन्य कलाओं की तरह कोरी कला नहीं है, उसकी स्वायत्तता और स्वतंत्रता स्वतंत्र होने के बावजूद भी दायित्व से भरपूर होती है। कविता मनुष्य को चारों पुरुषार्थ से परिचय कराती है। कविता नटराज शिव के नर्तन मुद्रा की तरह अपना पंजा (आधार) धरती पर तो रखती है किंतु उसकी उड़ान उर्ध्वमुखी होती है। जीवन्त कविता शिखर की पुकार है। आचार्य विश्वनाथ ने कविता की व्याप्ति और सामर्थ्य को इस रूप में व्यक्त किया है-

> ***"चतुर्वर्गफलप्राप्तिः सुखात् अल्पधियामपि,***
> ***काव्यात् एव यतस्तेन तत्स्वरूप निरूप्यते।"***

मनुष्य, समय और समाज का जीवन भौतिक स्तर पर अव्यवस्थित, परिवर्तनशील और विश्रृंखल लगने के बावजूद भी अंतर संबद्धता और पारस्परिकता के सूत्र में गुथा हुआ है। आकस्मिक और अप्रत्याशित यहाँ कुछ भी नहीं है। सबका अपनी वास्तविक अवास्तविकता में होना जीवन को समझने और जानने के लिए ही है। आजकल तरह-तरह की वैचारिकी और तरह-तरह के कला और साहित्य के आंदोलन हैं। हर कोई अपनी अकेली और इकलौती सत्ता में विश्वास करता है। अंतर संबद्धता और एकता के सूत्र को भूलकर सब अपनी-अपनी डफली और अपना-अपना राग तेजी से अलाप रहे हैं। मनुष्य, पशु, पक्षी, पेड़,

पौधे, जीव, जंतु, नदी, पहाड़, मिट्टी, पत्थर, झरने, सूरज, चंदा, तारे, आसमान आदि की क्या अकेले में कोई अर्थवत्ता है। आलंबन दूसरे की उपस्थिति के बिना भी क्या मूल्यवान हो सकेगा? निजी सत्ता की शक्ति और महत्ता उसकी पारस्परिकता और परिवेश के कारण होती है। किंतु उत्तरोत्तर कठिन और दूरूह होते समय में आत्ममुग्धता बढ़ी है। मनुष्य पहले की तुलना में अधिक सेल्फ-सेन्ट्रिक और धूर्त हुआ है। बाहर से सुंदर, सभ्य, सम्पन्न और सुशिक्षित दिखने वाला मनुष्य भीतर से कुरूप, विपन्न और खोखला हुआ है। यह टूटन- छूटन और यह अपने-अपने पिंजरे के प्रति कुत्सित आसक्ति विभेदक दृष्टि की उपज है। कविता जीवन के झंझावातों, द्वन्द्वों और अंधेरों से गुजरते हुए मनुष्य के थके मन को सहलाती है। उसे सान्त्वना देती है। अपने अंचरा से समय के चेहरे की धूल पोछती है। वह आत्मानुभूति का द्वार खोलती है ताकि चैतन्य प्रकाश की झलक मनुष्य जाति पा सके। यह चैतन्य प्रकाश विशुद्ध सामाजिक चेतना है, पारस्परिकता, समानुभूति और अखंड का गंभीर बोध है।

साहित्य के कुछ चिंतक-मनीषी मानते हैं कि कविता किसी के पक्ष में लड़ती नहीं है। वह सीधे हस्तक्षेप से कतराती है। यह सच है कि कविता मनुष्य या पशु-पक्षी की तरह स्थूल प्रतिकार या स्वीकार नहीं करती है, किन्तु उसका हस्तक्षेप सूक्ष्म होता है। उसमें रूपांतरण करने की क्षमता होती है। वह अपने समय और समाज को धीरे-धीरे बदलती है। वह जीवन के मूल्यवान अनुभवों में ढलती है। यकीनन मेरे लिए जीवंत कविता मौन के शिखर पर होने वाला 'महारास' है। वह प्रकृति और पुरुष के बीच होने वाले महारास का हस्ताक्षर है। कविता पूजा है-प्रार्थना है-अजान है। वह जीवन के जंगल में कौंध है, प्रकाश है। वह अंधेरे में मनुष्यता की आश है। कविता का फलक केवल पाताल से आकाश तक ही नहीं है, बल्कि आकाश से परे भी है।

कविता उन्माद, उत्तेजना, आवेश, उपदेश और ज्ञान का गीत नहीं है बल्कि वह सौन्दर्य है, चित्र और अनुभवी उपस्थिति है। जैसे सभी भाषाओं के बीच एक मूल स्वर होता है, उसी तरह विभिन्न विचारों के बीच एक सर्वमान्य विचार होता है। उसी मानवीय एवं समावेशी भाव-विचार को कविता सौन्दर्य में बदलती है। वह अनुभूति की व्याख्या नहीं है बल्कि उस क्षण की कौंध है। ऐसे ही मूल्यवान क्षणों को अज्ञेय ने बड़ी मेहनत और शिद्दत से सहेजा है। यह बेहद जरूरी है कि कविता से प्रेम करने वालों को कविता के मूल स्वर को, उसके कौंध और सौंदर्य को सहेजना और संवारना चाहिए। किन्तु बहुसंख्य आलोचक और कवि वैचारिकी के मकड़ जाल में फंस कर वैचारिकी जन्य सतही कविताएँ लिख रहे हैं और

उन पर वैचारिकी से लैश होकर आलोचनाएँ हो रही हैं। वैचारकी के हाहाकार और धुंध में कविता का मानवीय स्वर गुम सा गया है। विचार और वैचारिकी का होना चिंतन की समृद्धि के लिए आवश्यक है और यह होते आया है परन्तु इस दौर में वैचारिकी पिंजरा बन गई है। अपने-अपने पिंजरे का मोहाकर्षण इस कदर हावी है कि दूसरे का संगठन और विचार गर्हित, कुत्सित और अनुपयोगी लगता है। इस एकांगी और दोषपूर्ण दृष्टि ने सामाजिक, साहित्यिक और राजनीतिक जीवन में अंधेरा बढ़ा दिया है। प्रकाश, प्रेम, सौहार्द्र, पारस्परिकता, समन्वय और समावेशिता के मूल्य और अर्थ कमजोर हुए हैं। ऐसी नकारात्मक सोच कविता और उसके कवितापन के लिए नुकसान देय है। बावजूद इन सबके वैचारिक मोह में कमी नहीं दिखती है। दूसरे को कोशने एवं नीचा दिखाने का उपक्रम जारी है। जबकि हर वैचारिकी को सामाजिक और साहित्यिक हित अर्थात् मानव हित में कार्य करना चाहिए। आज वैचारिकी का संकट इसलिए भी अधिक बढ़ गया है क्योंकि विचारों के निहितार्थ और मूल्य को उनके समर्थक और अनुयायी भी ठीक से समझ नहीं पा रहे हैं।

जीवन और जगत की अनुभवी आँखों वाले गंभीर लोगों ने यह खुले मन से स्वीकार किया है कि द्वैत और विविधताओं के बीच एक पूँजी भूत शक्ति या चेतना है जिनकी उपस्थिति सब में है एवं सब उसकी उपस्थिति में उपस्थित हैं। यह मानने में बुराई भी नहीं है। मानवीय रूप से यह परस्पर गंभीर जुड़ाव का सूचक है। इसी के चलते अहम का विसर्जन और पारस्परिकता का बोध विकसित होता है। एक समझदार कविता पारस्परिकता और समावेशिका के मूल्य बोध को जाने अनजाने विकसित करती है। जो दिखाई देता है, जो स्थूल है, कविता सिर्फ उन्हें ही नहीं दिखाती है बल्कि जो नहीं दिखाई देता है, जो सूक्ष्म है, कविता उन्हें भी दिखती है, इंगित करती है। कविता लौकिक एवं अलौकिक, स्थूल एवं सूक्ष्म और प्रकृति एवं पुरुष के राग-विराग को अपने में गूँथती सहेजती है। मेरी दृष्टि में कविता मालिन की तरह है। जैसे मालिन बाग के हर फूलों से प्रेम करती है, उन्हें एक-एक कर चुनती है, प्रेम की माला में पिरोती है। उसकी कामना होती है कि ये फूल शिवत्व को, सत्य को, परम चेतना को, परम त्याग को स्पर्शित कर सकें। एक समझदार कविता के मन में भी यही भावना कुलबुलाती है। वह धरती की गोद में बैठकर धरती को ही नहीं गुदगुदाती और रिझाती है, वह मुक्त आकाश (मुक्तावस्था) का गीत भी गाती है। एक अच्छी कविता अपने सारे हलचलों और संघर्षों के साथ यौगिक और मांत्रिक होती है।

आज 21वीं सदी के पूर्वार्ध में कविता एवं समावेशी साहित्य को जिस तरह

की कठिन चुनौतियां मार्क्सवादी विचारधारा, नारीवादी समर्थकों, दलित चिंतकों-लेखकों एवं दक्षिणपंथी कलमकारों से अलग-अलग ढंग से मिल रही है, इससे ऐसा लगता है कि कविता के मूल्य, स्वभाव, सरोकार, दायित्व एवं भविष्य को लेकर फिर से गंभीर विचार कर उन पर अमल करने की आवश्यकता है। कविता कोई खिलौना या मन बहलाने की चीज नहीं है। यह गंभीर कलात्मक कर्म है। कवि मस्खरा या जोकर नहीं है। वह प्रोफेट और निर्माता है। कवि कविता के माध्यम से जीवन में पूर्णता की खोज करता है। कवि मनुष्यता को धारण करने वाले मनुष्य एवं नवोन्मेषी संस्कृति की सर्जना करता है। कविता मनुष्य को जीने और समझने की समझ देती है। इसलिए कविता के बारे में कहा गया है कि-"It is the sweet food of sweetly uttered knowledge."

यह स्वीकार करने में कतई संकोच नहीं है कि मार्क्सवादी विचारधारा और दलित लेखन-चिंतन ने समाज में सामाजिक चेतना लाने एवं दमित-शोषित वर्ग के लिए समता और न्याय दिलाने के लिए अहम भूमिका निभायी है किन्तु कविता का इस्तेमाल इन विचारधारा के कवियों ने जिस सतही और ओछे ढंग से किया है और कर रहे हैं, उससे कविता की आत्मा लहुलुहान हुई है और जो भी रही-सही कोर कसर बची थी उसे मार्क्सवादी विचारधारा के समर्थक आलोचकों ने पूरी कर दी। इसी तरह ईर्ष्यालु नारीवादी लेखन ने भी कविता को कविता पन से वंचित किया है। दलित, दमित, शोषित और नारी के हित की बात करना एवं इन्हें समाज की मुख्य धारा से जोड़ना भला कौन मनुष्यता का पक्षधर नहीं चाहेगा? लेकिन कविता की आत्मा को तार-तार करके तो बिल्कुल नहीं। कविता हिंसा और सतही संघर्ष का साधन नहीं है बल्कि वह रूपांतरण का दिव्य माध्यम है। कविता आत्मा और सौंदर्य की उपासिका है। इसलिए उसे केवल भौतिक यथार्थ के दलदल में धकेल कर खुश होना कविता देवी का अपमान करने जैसा है। फिर भी ऐसा करने की भरपूर चेष्टा कट्टर मार्क्सवादियों ने की है। शायद वे भूल गए कि कविता महज सामाजिक खुरदुरे यथार्थ का निरूपण और वर्णन नहीं है, जब कि वह रोशनी और उम्मीद का एक समानांतर दरिया है, जहाँ कस्तूरी की गंध हवाओं में अहर्निश तैरती है।

मनुष्य जीवन में कस्तूरी गंध का एहसास कराने का श्रेय कविता को ही जाता है और जाना भी चाहिए, क्योंकि जब अन्य कलाओं का विकास नहीं हुआ था और विज्ञान की चमक हमारे इर्द-गिर्द नहीं थी, तब भी कविता रोशनी, सपनों, उम्मीदों और संघर्षों के रूप में हमारे साथ थी। जब तक दर्शन और इतिहास का रूप विकसित नहीं हुआ था, दार्शनिक और इतिहासकार नहीं थे तब

कवि ही दार्शनिक और इतिहासकार की भूमिका में भी थे। जीवन के उन्नयन में एवं मानव को महा मानव बनाने की यात्रा में जिस सर्जक कवि की मूल्यवान भूमिका रही है, उसे खंड-खंड में बटता देखकर सहज ही दुख होता है। पूर्णता के खोजी को वैचारिक पिंजरे में बंद देख कर निराशा होती है। कवि तो कविता के माध्यम से समाज को मुक्ति और आजादी का आख्यान देता है और खुद भी मुक्त होता है। कवि के जेहन में यह विश्वास हमेशा होना चाहिए कि वह किसी पिंजरे का पंछी नहीं है, बल्कि वह मुक्त गगन का पखेरू है। कविता आनंददायी सीख है। वह कलाओं की कला है। वह जीवन के अंधेरे जंगल में तड़पते सांसों के लिए संजीवनी है।

कवि जिन असहज अविश्वसनीय शब्दों और बिम्बों की मदद से कविता की रचना करता है, वह गोपन अधिक होती है। इस नाते कवि कविता और भाषा के गुह्य एवं आंतरिक सत्य को गहराई से अनुभव करता है। वह पाठकों को अचंभित और व्याकुल करता है। इस लिए भी कविता मनुष्य के आंतरिक संवेदन तंत्र को अधिक घेरती और प्रभावित करती है। वाट्स डंटन ने कहा है-"Absolute poetry is the concrete and artistic expression of the human mind in emotional and rhythmical language."

कविता सीख, सुझाव, उपदेश, प्रेरणा का प्रत्यक्ष साधन न होते हुए भी वह जीवन के अधूरेपन को पूरा करती है। वह बाहर घटित होने वाली घटनाओं के रेखांकन में ही अपना पूरा समय जाया नहीं करती बल्कि मानव मस्तिष्क के भीतर की जीवंत शाश्वतता को उजागर करती है जिसका स्वभाव और स्वर मनोवैज्ञानिक धरातल पर अमूमन एक सा होता है। इस चैतन्य एकत्व का विस्तार कर कविता अधूरेपन को पूर्णता देती है। सम्भवतः इसलिए कविता पूर्णता की समर्थक होने के कारण आध्यात्मिक भी होती है। उसका झुकाव मस्तिष्क की तुलना में आत्मा की ओर अधिक होता है। आत्मा के रंग में रंगी कविता का अर्थ भावुक आध्यात्मिकता नहीं है बल्कि पूर्णता और समन्वय के प्रति गहरी समझ एवं जागरूकता है। इसी आत्मिक सत्य वाली समझ को कविता बार-बार आकार देती है। और इसी के लिए वह सतह पर संघर्ष करते हुए सी लगती है। वह अंधेरे से टकराती है। वह नकारात्मक शक्तियों से दो-दो हाथ करते हुए सी लगती है। लेकिन उसका मूल दायित्व जीवन के शिखर पर फहरने वाले समावेशी प्रकाश पताका से साक्षात्कार कराना होता है। इसी में कविता की सिद्धि है। इन दायित्वों और सरोकारों के चलते कवि किसी साधक से कम नहीं है। ऐसी स्थिति में वह केवल सतही यथार्थ का आत्ममुग्ध चितेरा भला कैसे हो सकता है? इस रूप

में कवि विशिष्ट है, सिद्ध है, साधक है, ऋषि है और उपनिषदिक भाषा में कहें तो 'प्रजापति' है, किन्तु इस नई सदी में अधिकांश कवि अपनी गरिमामय पहचान को भूलकर आत्ममुग्ध लौकिकता के शिकार हैं। अंधविश्वास, पाखंड, झूठ, अंधेरे और अयथार्थ से जूझने-टकराने वाले कवि प्रकाश की कीमिया गढ़ने की जगह नए तरह का अंधेरा रचने में निमग्न हैं।

हमें यह नहीं भूलना चाहिए कि वे रचनाकार ही मौलिक और जीवंत रचना का सृजन कर पाते हैं जो किसी खास विचारधारा के गुलाम नहीं होते हैं। किसी खास विचारधारा में जकड़े हुए कवि से उदात्त, समावेशी और पारस्परिक सृजन की उम्मीद निरर्थक है। ऐसे कलमकार दोयम दर्जे के लेखक ही बन पाते हैं। वे भले ही अपने खेमे-खूंटे की निगाह में अद्वितीय और श्रेष्ठ हों। कविता लेखन नट साधना है। लौकिक-अलौकिक, स्थूल-सूक्ष्म, प्रत्यक्ष-गूढ़, भौतिक-आध्यात्मिक, उत्तर-दक्षिण, व्यष्टि-समष्टि, वयैक्तिक-अवयैक्तिक और जीवन-मृत्यु जैसे दो ध्रुवों को जो कवि उनकी सम्पूरकता में देखता और दिखाता है, जो दोनों को एक पुल की तरह जोड़ता है, जो दोनों के बीच कलात्मक और संतुलित आवाजाही करता है, जिसे दोनों छोर प्रिय हैं और नहीं भी, जो कहीं भी बंधता नहीं है। वही कुछ दे सकता है। उसी का देना होना बन पाता है। वही अधूरेपन में पूर्णता ला सकता है। ऐसे कवि की कविता ही अपनी निरन्तरता में जीवन्त होती है। इस रूप में कविता दृष्टि-प्रसारिका है। कविता के शिखर पर सहस्र दल के कमल खिलते हैं।

सहायक संदर्भ ग्रंथ

- A.B. Purani , The Life of Sri Aurobindo , Sri Aurobindo Ashram, Pondicherry, 2001.
- A.B Purani , Sri Aurobindo's Savitri : An Approach and Study, Sri Aurobindo Ashram , Pondicherry India , 2002 .
- Jagessar Das , The complete Bijak of Kabir , Motilal Banarsidass Publishing House , India ,2015 .
- K.D. Sethna , Sri Aurobindo The Poet , Sri Aurobindo Ashram , Pondicherry India ,1997
- Karan Singh , A Treasury of Indian Wisdom,Penguin, India ,2010
- M.P Pandit, A Summary of Savitri, Sri Aurobindo Ashram, Pondicherry, 2007
- Nolini Kanta Gupta, On Savitri', Sri Aurobindo Ashram, Pondicherry, 2005
- Pranay : Kabir, The Great Mystic, Fingerprint Belief, India, 2022.
- Rabindra Nath Tagore, One Hundred Poems of Kabir, Macmillan, India , 1915
- Sri Aurobindo, The Future Poetry, Sri Aurobindo Ashram, Pondicherry India , 2000 .
- Sri Aurobindo, The Life Divine, Sri Aurobindo Ashram, Pondicherry India , 2001
- Sri Aurobindo , Savitri : A Legend and a Symbol , Sri Aurobindo Ashram, Pondicherry India , 2006 .
- श्री अरविंद, सावित्री (रूपांतर कर्त्री: विद्यावती 'कोकिल'), श्री अरविंद आश्रम, पांडिचेरी, 2016
- अली सरदार जाफरी, कबीर बानी, राजकमल प्रकाशन, नई दिल्ली, 2017

- अवधेश कुमार सिंह, समकालीन आलोचना विमर्श, वाणी प्रकाशन, नई दिल्ली, 2016.
- अज्ञेय, आँगन के पार द्वार, भारतीय ज्ञानपीठ, नई दिल्ली, 1998 .
- अज्ञेय, आत्मनेपद, भारतीय ज्ञानपीठ, नई दिल्ली, 2003 .
- आशीष त्रिपाठी (संपादक), नामवर सिंह–साहित्य की पहचान, राजकमल प्रकाशन, नई दिल्ली, 2015.
- कमला प्रसाद, रचना और आलोचना की द्वंदात्मकता, वाणी प्रकाशन, नई दिल्ली, 2001.
- केदारनाथ सिंह, कल्पना और छायावाद, वाणी प्रकाशन, नई दिल्ली, 2007
- केदारनाथ सिंह, बाघ, वाणी प्रकाशन, नई दिल्ली, 200 .
- क्रिस्टोफर कॉडवेल, विभ्रम और यथार्थ, राजकमल प्रकाशन, नई दिल्ली, 2022 .
- गजानन माधव मुक्तिबोध, एक साहित्यिक की डायरी, भारतीय ज्ञानपीठ, नईदिल्ली, 1998 .
- गजानन माधव मुक्तिबोध, चाँद का मुँह टेढ़ा है, भारतीय ज्ञानपीठ, नईदिल्ली, 1999 .
- चंद्रबली सिंह, आलोचना का जनपक्ष, वाणी प्रकाशन, नईदिल्ली, 2003 .
- छबिल कुमार मेहेर, मुक्तिबोध मूल्य और मूल्यांकन, नई किताब प्रकाशन, नई दिल्ली, 2016 .
- नामवर सिंह, कविता के नए प्रतिमान, राजकमल प्रकाशन, नईदिल्ली, 1974
- नामवर सिंह, दूसरी परम्परा की खोज, राजकमल प्रकाशन, नईदिल्ली, 2020
- निर्मला जैन, कविता का प्रति संसार, राधाकृष्ण प्रकाशन, नईदिल्ली, 1994
- पुरुषोत्तम अग्रवाल, अथक कहानी प्रेम की, राजकमल प्रकाशन, नईदिल्ली, 2009 .
- माधव हाड़ा (संपादक), कबीर, राजपाल एंड संस, दिल्ली, 2022.
- मीरा श्रीवास्तव, काव्य चिंतन श्री अरविंद, लोकभारती प्रकाशन, इलाहाबाद, 1988.
- मैनेजर पाण्डेय, साहित्य और इतिहास दृष्टि, वाणी प्रकाशन, नईदिल्ली, 2021.
- रमेश चंद्र शाह, भूलने के विरुद्ध, राजकमल प्रकाशन, नईदिल्ली, 1990 .
- रामचंद्र तिवारी (संपादक), रामचंद्र शुक्ल संचयिता, वाणी प्रकाशन, नईदिल्ली, 2018 .

- रामधारी सिंह दिनकर, साहित्य और समाज, लोकभारती प्रकाशन, इलाहाबाद, 2008
- रामधारी सिंह दिनकर, कवि और कविता, लोकभरती प्रकाशन, इलाहाबाद, 2008.
- रामधारी सिंह दिनकर, कविता और शुद्ध कविता, लोकभारती प्रकाशन, इलाहाबाद, 2008.
- रामधारी सिंह दिनकर, काव्य की भूमिका, लोकभारती प्रकाशन, इलाहाबाद, 2013.
- रामबक्ष, समकालीन हिंदी आलोचक और आलोचना, हरियाणा साहित्य अकादेमी चंडीगढ़, 1991.
- विजय प्रकाश सिंह (संपादक), नामवर की दृष्टि में मुक्तिबोध, वाणी प्रकाशन, नई दिल्ली, 2021.
- वी.जी. गोपाल कृष्णन (संपादक), मुक्तिबोध : विचार और विवेक, वाणी प्रकाशन, नई दिल्ली, 2019.
- श्यामसुंदर दास, साहित्यालोचन, भारतीय ज्ञानपीठ, नईदिल्ली, 2013.
- शिवप्रसाद सिंह, उत्तरयोगी श्री अरविंद, लोकभारती प्रकाशन, इलाहाबाद, 2013.
- स्वामी आनंद कुलश्रेष्ठ (संपादक), कबीर के दोहे, डायमंड बुक्स, नई दिल्ली, 2014.
- स्वामी कृष्णानंद जी, कहै कबीर कुछ उद्यम की जै, प्रभात पेपर बैक्स, नई दिल्ली, 2015
- स्वामी कृष्णानंद जी, बीजकर मैनी भाष्य, नई दिल्ली, 2016.
- हजारी प्रसाद द्विवेदी, कबीर, राजकमल प्रकाशन, नई दिल्ली, 2000.
- हितेश कुमार सिंह (संपादक), अज्ञेय होने का अर्थ, लोकभारती प्रकाशन, इलाहाबाद, 2020

●●●

www.ingramcontent.com/pod-product-compliance
Lightning Source LLC
LaVergne TN
LVHW101400051026
849519LV00005BC/1597
* 9 7 8 9 3 5 8 6 9 2 8 9 1 *